Über dieses Buch

Die international berühmte und von manchen Mächtigen gefürchtete italienische Journalistin Fallaci beschreibt in diesem halbdokumentarischen Roman ihre Liebesgeschichte mit dem griechischen Widerstandskämpfer Alekos Panagoulis, der nach dem Ende der Obristen-Diktatur unter ungeklärten Umständen ums Leben kam. In sechs Teilen erzählt die Autorin die Geschichte der Symbolfigur des griechischen Widerstands: vom mißglückten Attentat auf den Junta-Chef Papadopoulos im Jahre 1968, über die unvorstellbaren Folterungen und die fünf Jahre im Kerker, die Fluchtversuche, die Freilassung (1973) unter dem Druck internationaler Interventionen, die Zeit des Exils in Italien, seine politische Tätigkeit als Abgeordneter, der die verschwundenen Archive der Geheimpolizei sucht, bis hin zu seinem gewaltsamen Tod bei einem mysteriösen Verkehrsunfall am Stadtrand von Athen. Panagoulis war auf der Spur von Dokumenten, die beweisen konnten, daß hohe Amtsträger des neuen Karamanlis-Regimes tief in die Machenschaften der Obristen verstrickt waren. ›Ein Mann‹, ein Roman über »die Einsamkeit des Individuums, das ablehnt, katalogisiert, schematisiert, von der herrschenden Mode, der Ideologie, der Gesellschaft, der Macht in bestimmte Schablonen gezwängt zu werden« (Fallaci), ist seit Erscheinen der Erstausgabe weltweit ein Bestseller.

Die Autorin

Oriana Fallaci, 1929 in Florenz geboren, stammt aus einer Journalisten- und Schriftstellerfamilie. Bereits mit 17 Jahren schrieb sie ihre ersten Artikel in der Kriminalrubrik einer Tageszeitung. Sie gehört zu den eigenwilligsten und profiliertesten Journalistinnen Europas, durch ihre Porträts der Mächtigen dieser Welt ist sie selbst weltberühmt geworden. Mehrere Buchveröffentlichungen. Oriana Fallaci lebt abwechselnd in der Toscana und in New York. Von derselben Autorin ist im Fischer Taschenbuch Verlag erschienen: ›Brief an ein nie geborenes Kind‹ (Bd. 3706).

Oriana Fallaci

Ein Mann

Roman

Aus dem Italienischen von
Toni Kienlechner

Fischer
Taschenbuch
Verlag

266.–273. Tausend: April 1993

Veröffentlicht im Fischer Taschenbuch Verlag GmbH,
Frankfurt am Main, Januar 1982

Die italienische Originalausgabe
erschien unter dem Titel ›Un uomo‹

Umschlaggestaltung: Jan Buchholz/Reni Hinsch
Druck und Bindung: Clausen & Bosse, Leck
Printed in Germany
ISBN 3-596-25204-0

Gedruckt auf chlor- und säurefreiem Papier

Für Dich

Jedoch, es ist nun Zeit, daß wir gehen,
ich, um zu sterben, und ihr, um zu leben.
Wer aber von uns beiden zu dem besseren
Geschäft hingehe, das ist allen verborgen
außer nur Gott.

PLATON, »Apologie«, 33. Kap., 42a, 3–5
(Übersetzung von Friedrich Schleiermacher)

PROLOG

Ein Gebrüll von Wut und Schmerz, das jeden anderen Laut hinwegfegte, erhob sich über der Stadt; unaufhörlich, besessen, skandierte es die große Lüge. Zi, zi, zi! Er lebt, er lebt, er lebt! Ein Gebrüll, das nicht Menschliches mehr hatte. In der Tat entstammte es nicht Menschen, nicht Wesen mit zwei Armen und zwei Beinen und der Fähigkeit zu denken; es entsprang einer ungeheuren Bestie, der Menge, einem Riesenkraken, der wie von einem Panzer geballter Fäuste, verzerrter Gesichter und aufgerissener Münder umgeben war. Um die Mittagszeit war er auf den Platz vor der orthodoxen Kathedrale hereingebrochen und streckte nun seine Fangarme aus, ergoß sich wie Lava durch die anliegenden Straßen, verstopfte, überflutete sie, verschlang jedes Hindernis und betäubte es mit seinem zi, zi, zi. Sich diesem Ungeheuer entziehen zu wollen war vergeblich. Einige versuchten es, sie schlossen sich in die Häuser ein, in die Läden, die Büros, wo immer ein Zufluchtsort sich auftat, an dem man wenigstens das Gebrüll nicht mehr hören mußte. Aber selbst durch geschlossene Türen und Mauern drang es an das Ohr, und bald schon ergaben sich die Schutzsuchenden ihrem Schicksal. Unter dem Vorwand, sich umsehen zu wollen, gingen sie hinaus, näherten sich einem der Fangarme und wurden von ihm ergriffen, ihre Fäuste ballten sich, ihre Gesichter verzerrten sich, ihre Münder wurden aufgerissen. Zi, zi, zi! Die Bestie wuchs, wellenartig dehnte sie sich aus, und mit jeder Welle kamen Tausende, Zehntausende, Hunderttausende hinzu. Um zwei Uhr nachmittags waren es fünfhunderttausend, um vier Uhr anderthalb Millionen, um fünf Uhr zählte man die Menschen nicht mehr. Sie kamen nicht nur aus der Stadt, aus Athen. Sie kamen von weither, von den ländlichen Gegenden Attikas und des Epirus, von den Ägäischen Inseln, aus den peloponnesischen Dörfern, aus Makedonien, aus Thessalien. Sie kamen mit Zügen, mit Schiffen, mit Omnibussen; es waren Bauern und Fischer in Sonntagsanzügen, Arbeiter in Overalls, Studenten, Frauen und Kinder. Es waren Wesen mit zwei Armen, zwei Beinen und der Fähigkeit zu denken, bevor der Riesenpolyp sie verschlang. Es war das Volk. Jenes Volk, das dich bis gestern gemieden und alleingelassen hatte wie einen dahergelaufenen Hund, das dich nicht beachtete, als du ihm sagtest: »Laßt euch nicht einschüchtern von den Dogmen, von den Uniformen, von den Doktrinen, laßt euch nicht übertölpeln von denen, die euch beherrschen, die euch erschrecken, die euch Versprechen machen, die einen Herrscher durch einen anderen ersetzen wollen, seid keine Herde, verschanzt euch nicht hinter den Untaten anderer, gebraucht euren eigenen Verstand, denkt daran, daß jeder von euch ein Jemand ist, ein wertvolles Individuum, einmalig und seiner selbst mächtig und verantwortlich; verteidigt es doch, euer Ich, diese Zelle der Freiheit, die Freiheit ist eine Pflicht, lange, bevor sie ein Recht ist, ist sie eine Pflicht.« Erst jetzt hörten sie dir zu, jetzt, wo du tot warst. Als sie auf die Menge zuschritten, trugen sie dein Bild, trugen Schilder, auf denen Drohungen und Herausforderungen standen, Lorbeerkränze, Blumengebinde in Form eines A, eines P, eines Z, A für Alekos, P für Panagoulis, Z für zi, zi, zi. Zentner von Gardenien, Nelken, Rosen. Es herrschte eine unerträgliche Hitze an jenem Mittwoch, dem 5. Mai 1976; der Geruch der rasch welkenden Blumen und das Wissen darum, daß dies alles nur einen Tag dauern würde, raubten mir den Atem. Dann würde das Gebrüll verebben, der Schmerz in Gleichgültigkeit und der Zorn in Gehorsam übergehen, die Wogen würden sich glätten, in denen dein Schiff versunken war: die Macht würde ein weiteres Mal siegen. Die ewige Macht, die nie stirbt, die nur fällt, um sich aus ihrer Asche wieder zu erheben. Du meinst vielleicht, sie niedergeschlagen zu haben mit einer Revolution, oder besser, mit einem Gemetzel, das sie Revolution nennen; statt dessen aber erhebt sie sich wieder, offensichtlich unverletzt, nur mit anderer Farbe, hier schwarz, dort rot oder gelb oder grün oder violett, und das Volk nimmt es hin oder läßt es über sich ergehen oder paßt sich an. Hattest du darum dieses fast unmerklich bittere und höhnische Lächeln?

Ich stand versteinert vor der Bahre, auf der unter einem Glasdeckel die marmorne Gestalt, dein Körper, lag; mit starr geöffneten Augen blickte ich auf deine Lippen, die zu einem bitteren und höhnischen Lächeln verzogen waren, und ich wartete auf den Augenblick, in dem die Bestie in die Kathedrale einbrechen würde, um dich mit ihrer verspäteten Liebe zu überwälzen. Qual und eine namenlose Angst ließen mich erstarren. Die Portale waren zwar verriegelt und mit Eisenstützen versehen worden, wütende Schläge aber erschütterten sie, und durch unsichtbare Breschen hatte das Riesentier seine Fangarme hereingestreckt. Sie hingen an den Arkadenpfeilern, tropften von den Balustraden der Empore herunter, kletterten das Gitter des Ikonostas hinauf. Um den Katafalk hatte sich eine Art Krater gebildet, der von Minute zu Minute enger wurde. Um den Druck der Menge aufzufangen, die von hinten und von den Seiten auf mich eindrang, mußte ich mich auf den Glasdeckel stützen. Ich hatte Angst, er würde zerbrechen, hatte Angst, auf dich zu fallen und wieder diese Kälte verspüren zu müssen, die mir die Hände zerschnitten hatte, als ich in der Leichenhalle unsere Ringe getauscht hatte: an deinen Finger den Ring, den du an meinen gesteckt hattest, und an meinen Finger den Ring, den ich ohne Gesetz und ohne Vertrag vor drei Jahren an einem Tag der Freude an deinen gesteckt hatte. Es gab da drinnen im Tumult nichts anderes, auf das ich mich hätte stützen können. Auch das Absperrseil, das zunächst um den Katafalk gespannt war, war von den Mythomanen, den Neugierigen, den Geiern verschlungen worden, die sich gierig in die erste Reihe drängten, um sich in diesem Schauspiel hervorzutun. Die Diener der Macht vor allem, diese Repräsentanten der kulturellen und parlamentarischen Ordnung, gelangten leicht bis zum Krater, denn die Masse weicht stets zurück, wenn sie aus ihren Limousinen steigen: Bitte-sehr-Exzellenz-nehmen-Sie-Platz. Und schau nur, wie zerknirscht sie sich geben in ihren grauen Zweireihern, ihren makellosen Hemden, ihren manikürten Fingernägeln, ihrer ekelerregenden Respektierlichkeit! Dann die Lügner, die vorgeben, sich der Macht zu widersetzen, die Demagogen, diese Gewerbetreiber einer schmutzigen Politik, die Parteiführer mit ihren kleinen dreckigen Parlamentssitzen, die ausschließlich ihre Ellbogen gebraucht hatten, um nach vorne zu gelangen, aber nicht etwa weil die Masse sie daran hindern wollte, sondern weil sie danach gierte, sie zu umarmen. Und wie sie ihre Zerknirschtheit zur Schau tragen und sich dabei versteckten Blickes vergewissern, daß die Fotografen zur Stelle sind, wenn sie ihre Judasküsse auf die Bahre drücken und Schleimspuren auf dem Glasdeckel hinterlassen! Und sieh jene, die du die Arsch-Revolutionäre nanntest, diese Pseudo-Fanatiker, die im Namen des Proletariats und der Arbeiterklassen schießen und morden, die Unrecht auf Unrecht und Mißbrauch auf Mißbrauch häufen, die selbst nichts anderes als Macht sind. Und schau nur, wie sie die Fäuste heben, diese Heuchler mit ihren Bürgermienen, denen man die zukünftigen Bürokraten, die zukünftigen Herren ansieht. Zuletzt die Priester, diese Ausgeburten

aller gegenwärtigen, vergangenen und zukünftigen Macht, aller Anmaßung und aller Gewaltherrschaft. Sieh, wie sie sich brüsten in ihren dunklen Talaren, mit ihren sinnlosen Symbolen, ihren Weihrauchfässern, mit denen sie uns Augen und Verstand vernebeln. Mitten unter ihnen der Patriarch, Oberhaupt der orthodoxen Kirche, in seinem Mantel aus violetter Seide, strotzend von Ketten und Gold, von wertvollen Kreuzen, Saphiren, Rubinen, Smaragden, der das »Eonìa imì tu esù« psalmodierte: »Ewig sei das Gedenken deiner.« Aber niemand hörte es mehr, denn die wütenden Schläge gegen die Portale mischten sich nun mit dem Klirren der zerberstenden Fenster, dem Knarren der Riegel, die den Stößen nicht mehr standhielten, dem Protestgeschrei, dem finsteren Getöse draußen auf dem Platz, wo das Gebrüll zum Donner angeschwollen war. An den Fassaden der Kathedrale klebend, verlangte die Riesenbestie ungeduldig danach, dich zu sehen.
Plötzlich gab es einen explosionsartigen Knall, das Hauptportal brach auf, und schäumend, mit seinen lavaartigen Auswürfen, drang der Riesenkrake herein. Angstschreie und Hilferufe erhoben sich. Der Krater vorne zog sich zu einem Strudel zusammen, der mich auf die Bahre schleuderte und unter einem ungeheuren Druck begrub. Kaum noch waren in der Finsternis die Linien deines blassen schmalen Gesichts, die gekreuzten Arme über deiner Brust, der Glanz des Ringes an deiner Hand zu erkennen. Der Katafalk unter mir schwankte, der Glasdeckel krachte, ich befürchtete, er würde zersplittern. »Zurück, ihr Bestien, wollt ihr ihn denn fressen?« schrie jemand. Und dann: »Zum Leichenwagen, schnell, zum Leichenwagen!« Der ungeheure Druck ließ nach, durch einen Riß in der Decke drang ein Lichtstrahl, sechs Freiwillige stürzten sich in den Strudel und hoben die Bahre auf, um sie in Sicherheit zu bringen. Sie bewegten sich auf einen Seitenausgang zu, wo am Fuße der Treppe ein Leichenwagen wartete. Aber die Bestie, die Masse, war unberechenbar, und als sie nun den Leichnam hinter dem zerbrechlichen Glasdeckel sah, wurde sie vollends verrückt. Als sei ihr das Brüllen nicht mehr genug und als wolle sie dich nun verschlingen, krümmte sie sich zusammen und sprang auf die Träger zu, die, von ihrem Zugriff fast erdrosselt, sich weder vor- noch rückwärts bewegen konnten. Sie taumelten, rutschten aus und schrien: »Platz, bitte, Platz!« Die Bahre auf ihren Schultern ging auf und nieder, wurde geschüttelt wie ein Floß auf hoher See. Sie schleuderten dich hin und her, es sah so aus, als würdest du stürzen, ich schwebte in tausend Ängsten, daß die Träger ihr Gleichgewicht verlieren und dich der

hungrigen Meute preisgeben könnten, mit Fäusten und Tritten versuchte ich mir Platz zu verschaffen und schrie verzweifelt: »Vorsicht, Alekos, Vorsicht!« Eine Strömung ergriff uns, und statt dem Leichenwagen näher zu kommen, entfernten wir uns immer mehr von ihm. Es dauerte eine Ewigkeit, bis die Bahre dort landete, bis man sie achtlos in den Leichenwagen hineingeschoben hatte, um bloß keine Zeit zu verlieren, bis man die Wagentür geschlossen und verriegelt hatte, um sie vor den Krallen zu schützen, die sie wieder aufreißen wollten; es war ein wilder Kampf mit tretenden Füßen und kratzenden Nägeln. Es dauerte eine Ewigkeit, bis ich mich Zentimeter für Zentimeter den Leichenwagen entlang nach vorne gedrängt und neben dem Chauffeur Platz genommen hatte. Der war wie gelähmt vor Panik, außerdem befürchtete er, daß dies erst der Anfang war. Denn nun galt es, den Friedhof zu erreichen.

Diese endlose Fahrt, mit der Bahre, die man schief in den Wagen hineingeworfen hatte, mit deinem Körper, den man wie eine Schaufensterpuppe ausstellte, wie eine barbarische und hurenhafte Herausforderung: Schauen-aber-nicht-anfassen. Dieser endlose Alpdruck in diesem Leichenwagen, der in der Menschenlava hoffnungslos feststeckte, nicht vor und nicht zurück konnte und jeden Meter, den er gewann, sofort wieder verlor. Wir brauchten etwa drei Stunden für einen Weg, den man normalerweise in zehn Minuten zurücklegt: Odos Mitropoleos, Odos Othonos, Odos Amalia, Odos Diakou, Odos Anarafseos. Die Polizisten, die dem Trauerzug das Geleit hätten geben sollen, waren sofort in der Masse verschwunden, viele von ihnen waren verletzt oder mißhandelt worden. Die jungen Männer, die man für den Ordnungsdienst vorgesehen hatte, waren hinweggefegt worden; von mehreren Dutzend waren nur noch fünf oder sechs Schiffbrüchige übrig, die von Striemen überdeckt waren und die nun alle Hände voll zu tun hatten, die zersplitterten Wagenfenster abzuschirmen. Auf den Luftaufnahmen, die damals gemacht wurden, erscheint der Leichenwagen als ein undeutlicher Fleck in einer kompakten Masse: das Zyklopenauge des Riesenkraken. Es war gänzlich unmöglich, sich seiner Umklammerung auch nur um ein weniges zu entwinden; bald wußten wir nicht einmal mehr, wo wir uns befanden und wie weit es noch war bis zum Friedhof. Als sei dies nicht genug, überschüttete man uns mit einem Blumenmeer, das sich wie ein Vorhang über die Windschutzscheibe legte. Die Finsternis im Wageninneren glich der, die mich umgeben hatte, als ich auf deinen Katafalk geschleudert worden war. Manchmal

wurde der Blumenvorhang etwas dünner, und was ich in diesen kurzen Augenblicken sah, war ein Rätsel, zu dem ich keine Lösung wußte: War es denn möglich, daß sie alle so plötzlich erwacht waren, daß sie sich mit einem Mal nicht mehr wie eine Herde gebärdeten, die sich treiben läßt und das tut, was man ihr befiehlt? Oder hatte sie irgendein Aasgeier hierhergeschickt, der Gewinn aus deinem Tode ziehen wollte? Aber ich sah auch Dinge, die mir alle Zweifel nahmen und das Herz erwärmten. Menschentrauben, die an Laternen und an Bäumen hingen, aus Fenstern und Balkonen quollen, auf Dächern hockten, zusammengekauert wie Vögel. Eine Frau weinte, und während sie weinte, beschwor sie mich: »Weine nicht!« Eine andere gab sich restlos der Verzweiflung hin, und in ihrer Verzweiflung schrie sie mir zu: »Nur Mut!« Ein Jüngling mit zerrissenem Hemd hielt mir über das Gewimmel hinweg ein altes Schulheft von dir entgegen, für ihn sicher eine Kostbarkeit, und sagte: »Ich geb' es dir!« Eine Alte schwenkte ihr Taschentuch und schluchzte: »Leb wohl, mein Kind, leb wohl!« Zwei Bauern mit weißen Bärten und schwarzen Hüten knieten auf dem Asphalt vor dem Leichenwagen und hielten eine Ikone hoch: »Bete für uns, bete für uns!« Der Leichenwagen hätte sie beinahe überrollt, die Menge beschimpfte sie: »Macht doch Platz, ihr Idioten!« Aber sie blieben dort auf den Knien und hielten ihre silberne Ikone hoch.
Dies dauerte so lange, bis man ein Flüstern vernahm: »Wir sind angekommen.« Nun war auf einmal etwas Platz um uns herum, der Chauffeur hielt an, jemand holte die Bahre heraus, man setzte sie auf die Schultern der Träger, die nun durch einen unerwartet sich öffnenden Korridor und eine plötzliche eisige Stille ihren Weg aufnahmen. Endlich hatte der Riesenkrake aufgehört zu brüllen, zu zucken, zu drücken. Und doch war er da. Wie mit einer Zange hatte einer seiner Fangarme den Leichenwagen vorwärts geschoben. Zehntausende drängten sich auf dem Friedhof: aber sie schwiegen. Sie bedeckten jeden Grabstein, jeden Säulenstumpf, jedes Beet, jeden Weg, umklammerten jede Zypresse und jedes Denkmal: aber sie schwiegen. Und in diesem eisigen Schweigen, durch den Korridor, der sich stumm vor uns öffnete und stumm hinter uns wieder schloß, schritten wir auf das offene Grab zu, das man nicht sah und das dann mit einem Mal vor uns lag: ein enger, tiefer Schacht, der sich jäh vor meinen Füßen auftat. Ich taumelte. Jemand fing mich auf und setzte mich auf die steinerne Umrandung des Nachbargrabes, dann begann das Begräbnis. Um den Schacht herum hatte der Riesenkrake ein Bollwerk von Menschen-

leibern errichtet. Um dich aber von der richtigen Seite her zu begraben, nämlich mit dem Kopf unter dem Kreuz und den Füßen zum Weg hin, hätte man die Bahre umdrehen müssen. Das Bollwerk aus Menschenleibern jedoch war unbeweglich wie Zement, vergeblich forderten die Totengräber, daß man ihnen Platz mache; und so versenkten sie dich so, wie du warst: mit dem Kopf zum Weg hin und den Füßen unter dem Kreuz. Du bist – soweit ich weiß – der einzige Tote, der ein Kreuz zu seinen Füßen hat. Dann, als du in der Tiefe des Schachtes angelangt warst, trat durch wer weiß welche Lücke in der Menschenmauer der Patriarch hervor, mit seinem violettseidenen Mantel und seinem Goldzierat, seinen Ketten aus Saphiren, Smaragden, Rubinen. Pompös und weihevoll hob er den Bischofsstab, um dich einzusegnen, aber plötzlich purzelte er kopfüber in den Grabesschacht, zerbrach den Glasdeckel und schlug auf deiner Brust auf. Dort verweilte er ein paar Sekunden, tiefrot vor Scham, sammelte dann seinen Festschmuck wieder auf und fuchtelte grotesk in der Luft herum auf der Suche nach einem Halt, um wieder nach oben zu gelangen. Sie fischten ihn heraus, und er verschwand beleidigt, wobei er völlig vergaß, dich einzusegnen. Die ersten Erdklumpen fielen auf dich. Sie fielen mit dumpfen, tauben Schlägen, aber die Masse hörte sie. Ein Schauer schüttelte sie plötzlich, fast wie ein elektrischer Schlag, das Schweigen zerbrach und ging in einen apokalyptischen Tumult über. Man schrie: »Er ist nicht tot. Alekos ist nicht tot!« Man stieß Worte aus, die ich nicht verstehen konnte, und als ich sie dann verstand, war eines davon mein Name, und ein anderes bedeutete: »Schreib es auf, erzähle es, halte es fest!« Und während die Erdschollen nun immer schneller hinunterfielen, wie Hammerschläge auf die Seele, und nach und nach die marmorne Gestalt und das bittere und höhnische Lächeln bedeckten, während die trügerisch roten Fahnen im Winde flatterten, hob das Gebrüll wieder an; unaufhörlich, besessen, jeden anderen Laut hinwegfegend, skandierte es die große Lüge: »Zi, zi, zi! Er lebt, er lebt, er lebt.«

Ich ertrug es, bis der Schacht geschlossen war und eine Pyramide von welken Blumen, von erstickenden Blütenblättern sich über ihn türmte, dann floh ich. Schluß mit den Lügen, dem organisierten oder spontanen Festrummel, der vorübergehenden und verspäteten Liebe, dem Schmerz und dem Zorn, die einen Tag lang hinausgeschrien werden, und dann nicht mehr. Aber je weiter ich floh, je weiter ich es zurückwies, um so mehr verfolgte mich das Gebrüll mit dem Echo der Erinnerung, des Zweifels, auch der

Hoffnung, und es war schließlich so unvermeidlich da wie das tröstliche Ticken einer Uhr ohne Zeiger. Er lebt, er lebt. Er lebt, er lebt. Er lebt, er lebt. Auch nachdem der Riesenkrake, die Masse, wieder zur Herde geworden war, die denen gehorcht, die sie treiben, die sie erschrecken, die ihr ein Versprechen geben, auch nachdem sich der Sieg wieder einmal auf die Seite derjenigen, die herrschen, erschrecken und versprechen geschlagen hatte, verschwand die Erinnerung nicht: wie ein Gespenst hatte sie sich in das Innerste meines Bewußtseins gelegt und blieb dort, selbst wenn die Logik oder der gesunde Menschenverstand oder der Zynismus dieses Gespenst zu vertreiben suchten. Von einem gewissen Augenblick an begann ich mich zu fragen, ob nicht etwas Wahres daran sei. Oder, wenn es nicht so war, so mußte man etwas tun, damit es wahr werde oder wahr erscheine.

So kam es, daß ich mich auf die Suche nach deiner Geschichte machte. Der Weg war manchmal klar, manchmal in Nebel gehüllt, manchmal leicht zugänglich, manchmal voll Wurzeln und Lianen, hatte jenes Doppelgesicht, ohne das es kein Leben gäbe. Ein Teil des Weges war mir bekannt, weil wir ihn zusammen gegangen waren, andere Teile kannte ich nur aus deinen Erzählungen. Es ist die übliche Geschichte des Helden, der sich allein durchschlägt, der getreten und verachtet wird und den man nicht versteht. Es ist die übliche Geschichte des Mannes, der sich nicht unterdrücken läßt von den Kirchen, von den Ängsten, den Modeströmungen, den Ideologien, den absoluten Prinzipien, woher sie auch immer kommen, in welcher Farbe sie auch immer gekleidet sein mögen, sondern der Freiheit predigt. Es ist die übliche Geschichte des einzelnen, der sich nicht anpaßt, der nicht resigniert, der seinen eigenen Verstand gebraucht und der deshalb stirbt, von allen ermordet. Hier ist sie, deine Geschichte; die zeigerlose Uhr weist den Weg der Erinnerung, und du dort unter der Erde bist für mich der einzig mögliche Gesprächspartner.

ERSTER TEIL

1. Kapitel

In der Nacht hattest du diesen Traum gehabt. Ein Sturmvogel flog durch die Morgenröte, es war ein wunderschöner Vogel, mit silbernen Federn. Einsam und stetig flog er über die schlafende Stadt, und es schien, als gehörten ihm der Himmel und das Leben. Dann hatte er plötzlich einen Bogen beschrieben, war in die Tiefe geflogen und senkrecht ins Meer gestoßen, hatte ein Loch ins Wasser geschlagen und eine Lichtfontäne in die Lüfte geschleudert, die Stadt war erwacht, voller Freude, denn seit langem hatte sie kein Licht mehr erblickt. Im gleichen Augenblick hatten die Hügel Feuer gefangen, aus den aufgerissenen Fenstern riefen die Leute sich die gute Nachricht zu, zu Tausenden waren sie auf die Plätze geeilt, um das Fest zu feiern, um ein Loblied auf die wiedergefundene Freiheit anzustimmen: »Der Sturmvogel! Der Sturmvogel hat gewonnen!« Aber du wußtest, daß alle sich täuschten, daß der Vogel verloren hatte. Nach seinem Sturz ins Meer waren Myriaden von Fischen über ihn hergefallen, um ihm die Augen und die Federn auszureißen, es war ein schrecklicher Kampf ohne Aussicht auf Rettung. Vergebens verteidigte er sich mit Mut und Geschicklichkeit, hackte wie ein Wahnsinniger um sich, wand und drehte sich, so daß ungeheure Schaumfächer aufstiegen und die Wellen bis an die Klippen schlugen: die Zahl der Fische war zu groß, und er war allein. Mit zerrissenen Flügeln, zerschnittenem Körper und zerfleischtem Kopf kämpfte er immer noch, aber immer schwächer, er verlor immer mehr Blut, und zum Schluß versank er mit einem Schmerzensschrei und zog das Licht mit sich hinab. Auf den Hügeln erlosch das Feuer, die Stadt fiel zurück in ihren Schlaf, in die Dunkelheit, als sei nichts gewesen.
Beim Gedanken daran brach dir der Schweiß aus: von Fischen zu träumen war für dich stets das Zeichen für kommendes Unheil gewesen, auch in der Nacht des Putsches hattest du von Fischen geträumt. Von Haifischen. Kalter Schweiß stand dir auf der Stirn, und es war dir klar, daß die Niederlage des Sturmvogels eine Warnung war; du hättest vielleicht alles um eine Woche oder

wenigstens um einen Tag hinausschieben und von neuem die Minen unter der Brücke überprüfen sollen, um sicherzugehen, daß keine Fehler gemacht worden waren. Aber am Abend vorher war das Zählwerk schon losgegangen, um acht Uhr in der Früh sollten auch die beiden Bomben im Park und im Stadion hochgehen, der Wald auf den Hügeln würde Feuer fangen wie in deinem Traum. Und die Kameraden, die mit dem Auftrag betraut waren, konnten nicht mehr erreicht werden. Aber selbst wenn sie erreichbar gewesen wären, was hättest du ihnen sagen sollen: etwa daß du von einem Vogel geträumt hattest, der von Fischen verschlungen wurde, und daß Fische für dich ein Zeichen von Unheil wären? Sie hätten dich ausgelacht oder gedacht, du hättest Angst bekommen. Es blieb also nichts übrig, als sich anzuziehen und loszugehen. Du zogst dir die Badehose, das Hemd, die Hose an. Es war August. Gleich nach deiner Ankunft dort unten wolltest du Hemd und Hose wieder ausziehen und nur die Badehose anlassen: so würde jeder, der dich sähe, denken, du seiest einer jener skurrilen Typen, die im Morgengrauen schon schwimmen gehen. Wer wird denn nur mit einer Badehose bekleidet einen Tyrannen ermorden? Du zogst die Leinenschuhe an. Die wolltest du anbehalten, wegen der schroffen Felsen am Ufer. Oder lieber nicht? Nein, man konnte zur Not auch auf die Schuhe verzichten für die kurze Strecke zwischen Straße und Ufer. Denn dann wolltest du gleich ins Wasser springen und zum Motorboot schwimmen. Du nahmst die Brieftasche mit dem Geld und den falschen Ausweisen und stecktest sie in die Badehose; dann aber zogst du sie wieder heraus, denn du hattest es dir anders überlegt. Keine Ausweise: weder falsche noch richtige. Wenn die Fische den Vogel greifen würden, so sollten sie nichts über seine Identität erfahren. Und wenn sie ihn umbringen würden? Dann stünde in den Zeitungen nichts weiter, als daß eine Leiche am Ufer von Sunion angeschwemmt worden sei. Alter, circa dreißig Jahre. Größe, ein Meter vierundsiebzig. Gewicht, knapp siebzig Kilo. Konstitution, kräftig. Haare, schwarz. Haut, sehr weiß. Besondere Kennzeichen, keine außer einem schwarzen Schnurrbart. Aber viele Männer in Griechenland haben einen schwarzen Schnurrbart.

Du schautest auf die Uhr: sie zeigte fast sechs. Bald würde Nicos' Hupzeichen von draußen ertönen. Und während du auf dieses Hupzeichen wartetest, überfiel dich plötzlich die Erinnerung an die Ereignisse der letzten Monate und quälte dich wie ein Juckreiz. Am Tage, als du desertiert warst, um nicht länger dem Tyrannen dienen zu müssen, warst du von Haus zu Haus gegangen, auf der

Suche nach jemand, der dich aufnehme. Aber niemand nahm dich auf, niemand half dir; von Stunde zu Stunde zog sich der Kreis der Polizisten, die hinter dir her waren, enger zusammen, bis sie dir schon fast im Nacken saßen; und mit schwindenden Kräften fragtest du dich: leiden, kämpfen, für wen und warum? Am Tage, als dir klargeworden war, daß die Angst der anderen, der Gehorsam der anderen, die Unterwürfigkeit der anderen dich dem Verderben ausliefern würden, daß du also das Land verlassen, woanders von neuem von Haus zu Haus gehen müßtest, auf der Suche nach jemand, der dich aufnehme, an jenem Tag flogst du mit einem falschen Paß von Athen nach Zypern, um jedoch auch hier von Polizisten verfolgt zu werden, die dir auch hier im Nacken saßen, und auch hier fragtest du dich mit schwindenden Kräften: leiden, kämpfen, für wen und warum? Als dir klar wurde, daß du auch hier nichts erreichen würdest, daß der Innenminister Georgartzis eine Hetzjagd auf dich veranstaltete, um dich der Junta auszuliefern, daß du auch von hier wieder fliehen müßtest, an jenem Tag hattest du Hunger, dir war kalt, nachts schliefst du in einer verlassenen Hütte, am Tage ernährtest du dich von gestohlenen Früchten, und wieder fragtest du dich: leiden, kämpfen, für wen und warum? Am Tage, als dich das Schicksal zum einzigen führte, der dich retten konnte, zum Präsidenten Makarios, bot dieser dir einen Freipaß nach Italien an und sagte: »Gehen Sie zu meinem Minister Georgartzis, er wird ihn unterzeichnen.« Als du dann in dessen Büro gingst, warst du voller Zweifel, ob dies nicht nur eine neue Falle sei, und du warst bereit, ihm entgegenzuschreien: »So verhaften Sie mich doch, was nützt es schon zu leiden, zu kämpfen, die Menschen wissen mit der Freiheit nichts anzufangen.« Er aber hob ein finsteres Gesicht, das von einem rabenschwarzen Bart umrahmt war wie von einer Kapuze, die nichts als zwei scharfe Augen sehen ließ, lächelte und sagte: »Du also. Gerade hinter dir bin ich seit Monaten her. Ist dir bewußt, welches Risiko es für mich bedeutet, dir zu helfen?« – »Dann helfen Sie mir nicht, liefern Sie mich den Schergen aus! Was nützt es schon, zu ...« – »Zu leiden, zu kämpfen? Es nützt dem Leben, mein Sohn. Wer resigniert, lebt nicht; er überlebt nur.« Und dann: »Was hast du im Sinn?« – »Nur eines: ein bißchen Freiheit.« – »Kannst du schießen, kannst du richtig zielen?« – »Nein.« – »Kannst du eine Bombe basteln?« – »Nein.« – »Bist du bereit zu sterben?« – »Ja.« – »Hm. Sterben ist leichter als leben, aber ich werde dir helfen.« Er half dir wirklich. All das, was du wußtest, hattest du von ihm. Ohne ihn hättest du niemals die

beiden Minen legen können, die nun unter der Brücke hinter der Kurve lagen. Fünf Kilo Sprengstoff, anderthalb Kilo Plastik, zwei Kilo Zucker. »Zucker?« – »Ja, er beschleunigt die Verbrennung.« Seine Belehrungen erheiterten dich wie ein Spiel: »Ist's nun wohl süß genug? Geben wir noch ein Löffelchen hinzu!« Aber nun schauderte es dich, denn es ging nicht mehr um ein Spiel, es ging darum, einen Menschen zu töten. Du hattest nie geglaubt, einen Menschen töten zu können, du konntest nicht einmal ein Tier töten. Diese Ameise, zum Beispiel. Eine Ameise kroch auf deinem Arm. Du nahmst sie mit leichten Fingern und setztest sie auf das Tischchen. Das Hupzeichen ertönte.
Du sahst nach der Uhr, es war Punkt sechs, und mit festen Schritten gingst du hinunter zu Nicos, der dich am Steuer eines Taxis erwartete, und nahmst auf dem Rücksitz Platz, damit es aussehe, als seist du ein normaler Fahrgast. Nicos war dein Vetter, und er war Taxifahrer von Beruf. Du hattest ihn ausgewählt, weil er dein Vetter war, du dich also auf ihn verlassen konntest, und weil er Taxifahrer war. Ein Taxi fällt weniger auf: welcher Polizist vermutet schon zwei Attentäter in einem Taxi? Und dann, einen Wagen zu kaufen oder zu mieten, kostete Geld, und du hattest kein Geld, um einen Wagen zu kaufen oder zu mieten, dazu hättest du Mitglied einer Partei sein müssen, hättest dich ihrer Ideologie, ihren Gesetzen, ihrem Opportunismus beugen müssen. Was aber solltest du tun, der du in keiner Partei warst, keine Parteihoheit im Hintergrund hattest, die dich schützte und finanzierte? In Rom, wohin du aus Zypern geflohen warst, hatten dich die Parteipolitiker mit Geschwätz überschüttet und mit sonst nichts. Kamerad vorne und Kamerad hinten, es lebe der Internationalismus und die Freiheit. Ein paar Almosen hie und da, ein Zimmer zum Schlafen und bestenfalls ein Essen in einer Schenke, um nicht zu verhungern, aber sonst nichts. Einst hatte dich ein sozialistischer Funktionär empfangen, einer von der Sorte, dem man die Karrieresucht, die Kunst, andere übers Ohr zu hauen, vom Gesicht ablesen konnte. Durch seine dicke Brille stierte er dich an, er war dick wie ein Schwein und versprach dir Gott und die Welt: Kamerad vorne und Kamerad hinten, es lebe der Internationalismus und die Freiheit. Aber als du Italien verließest, waren deine Taschen immer noch leer, und auch später floß dir keine einzige Drachme zu. Dabei kanntest du sie gut, deine emigrierten Landsleute, von denen man hätte erwarten können, daß sie dir helfen würden, zum Beispiel jenen, der sich für den Boß der Linken im Exil hielt. Sich bloßstellen wegen eines Verrückten, der mit einer Handvoll

weiterer Verrückter einen Tyrannen umbringen will? Nie und nimmer! Wenn das Attentat aber geglückt wäre, ja dann hätten sie sich um dich geschart und von dir gezehrt wie Heuschrecken von einem Getreidefeld, hätten sich gebrüstet mit ihrer Rolle als Komplizen und Beschützer. Nun aber taten sie nicht mehr, als dir ein Schnäpschen anzubieten: Trink, Freund, und Hals- und Beinbruch. »Hast du gestern abend etwas gegessen?« fragte Nicos. »Ja, gestern abend schon.« – »Wo?« – »In einem Restaurant.« – »Du hast dich in ein Restaurant gewagt?!« Du zucktest mit den Schultern und überlegtest schweigend, ob die Zeit reiche, um in Glyfada vorbeizufahren, um das Haus und den Garten mit den Orangen- und Zitronenbäumen wiederzusehen. Dort hattest du deine Kindheit und Jugend verbracht, dort wohnten deine Eltern: als du nach Athen zurückkehrtest, hatte es dich viel gekostet, diesem Haus fernzubleiben. Wehe dem, der solchen sentimentalen Regungen nachgibt, sagte Georgartzis. Sentimentale Regungen? Mag sein, aber ein Mensch ist ein Mensch, und deshalb gibt er sentimentalen Regungen nach. »Fahre in Glyfada vorbei«, befahlst du Nicos. »In Glyfada? Aber es ist schon spät!« – »Tu, wie ich dir gesagt habe.« Nicos fuhr mit großer Geschwindigkeit an dem Haus vorbei, du hattest kaum Zeit, das Fenster zu erblicken, hinter dem dein Vater schlief, und den Garten, in dem eine schwarzgekleidete alte Frau die Rosen goß. Die Tatsache, daß deine Mutter immer noch im Morgengrauen aufstand und die Rosen goß, und der Gedanke an deinen schlafenden Vater schnürten dir das Herz zusammen, heftig drehtest du dich um, um noch mehr zu sehen, aber Nicos bog bereits um die nächste Ecke, und schnell erreichte das Taxi die Straße, die am Meer entlangführt. Es war die Straße, über die der Tyrann jeden Morgen von seiner Residenz in Lagonissos nach Athen fuhr, in seinem gepanzerten Lincoln. In den letzten Wochen warst du diese Straße wohl ein dutzendmal abgefahren, auf der Suche nach einem günstigen Ort, an dem man die Minen anbringen konnte. Die erste Wahl war auf einen arkadenartigen Felsen gefallen: du hättest ihn gerne von oben bombardiert, wie ein Blitz des Zeus, eine göttliche Strafe. Aber das ging nicht, denn der Explosivstoff wirkt von unten nach oben, und so warst du gezwungen, auf die Brücke hinter der Kurve auszuweichen. Es war nicht einmal eine richtige Brücke: über eine mit Zement ausgegossene, fast quadratische Erdvertiefung, führte die Straße hinweg, mit einer Dicke von nur fünfzig Zentimetern. Die Entfernung vom Grund der Vertiefung bis zum Asphalt der Straße betrug achtzig Zentimeter: sie schien eigens für dein Vorhaben

geschaffen. Die Minen würden dort Trichter von mindestens drei bis vier Metern aufreißen, die Sprengkraft wäre enorm. Das einzige Problem war, daß man bei Tageslicht fliehen mußte. Nicht zufällig sagte Georgartzis, daß man Attentate in der Dunkelheit verüben müsse, denn nur die Dunkelheit schütze den Fliehenden. Und wenn sie dich bei der Flucht entdecken würden? Nun ja, wenn schon. Im übrigen mochtest du die Dunkelheit nicht. In der Dunkelheit bewegen sich Fledermäuse, Maulwürfe und Spione, nicht aber Männer, die für die Freiheit kämpfen.
Um Viertel vor sieben kamst du an der Brücke an. Nicos öffnete rasch den Kofferraum, um dir die Zündschnur zu geben. Ein Fluch entfuhr dir. Die Schnur war gänzlich verknotet und verwickelt. »Was hast du nur gemacht, du Wahnsinniger, was hast du nur gemacht?« – »Nichts, ich, ich ...« Aber es war jetzt nicht der richtige Augenblick, um zu streiten, sondern es mußte gehandelt werden, und so zogst du dir schnell die Kleider vom Leib, gabst Nicos Hemd, Hose und Schuhe und ranntest barfuß und nur mit der Badehose bekleidet, das Knäuel Zündschnur an die Brust gedrückt, auf die Vertiefung unter der Brücke zu.

Heute gibt es die Brücke nicht mehr. Die Vertiefung wurde aufgeschüttet, als man die Straße erweiterte und die Kurve begradigte: du würdest heute nicht einmal mehr den Ort wiederfinden, an dem sie war. Aber ich erinnere mich gut an die Stelle, du hast mich einmal dorthin geführt, bevor sie verschwand; und ich erinnere mich ebensogut an das, was du mir von jenem Morgen erzähltest: es war der Beginn deiner Geschichte, deiner Tragödie, von allem. Das Meer war sehr stürmisch an diesem Morgen, hohe Wellen brachen sich am Ufer, und es war kalt. Oder war dir nur kalt wegen der völlig verwickelten Zündschnur? Es war dir unbegreiflich, wie es dazu kommen konnte, und es ließ dir keine Ruhe. Vielleicht hatte Nicos sie zu heftig in den Kofferraum hineingeworfen, oder vielleicht hatte er vergessen, sie aufzuwickeln und sie war durch das Rütteln des Taxis so durcheinandergeraten. Aber wie dem auch war, die zweihundert Meter Schnur waren zu einem wirren Knäuel zusammengeschrumpft: wenn du einen Knoten löstest, so entstand daraus ein neuer, und aus diesem wieder einer, und so fort. Verzweifelt rissest du das Knäuel auseinander, zogst das unbeschädigte Stück heraus und maßest seine Länge. Wieder fluchtest du: es waren nur vierzig Meter, nur ein Fünftel der notwendigen Länge! Der Fels, von dem aus die Schnur entzündet werden sollte und von dem aus du fliehen wolltest, war zweihundert Meter entfernt. Wie sollte man jetzt den Plan ändern, wie nur? Nach ausführlicher Prüfung hattest du diesen Fels ausgesucht, weil sich von ihm aus eine ausgezeichnete Sicht bot. Du hattest ausgerechnet, daß die Schnur in dem Augenblick entzündet werden mußte, in dem der Lincoln zwischen Kurve und Brücke halb hinter einem Straßenschild verschwand. Außerdem stand der Felsen nahe dem Wasser, und du hättest schnell hineinspringen können. Nun, mit einer Schnur von nur vierzig Metern, würdest du erst die hundertsiebzig Meter bis zum Wasser hinter dich bringen müssen. Außerdem mußte alles neu geplant werden! Welche Sicht hatte man wohl aus vierzig Metern Distanz? Du befestigtest das eine Ende der Schnur an den Minen, nahmst das andere Ende in die Hand und prüftest nach, bis wohin es reichte. Verdammt, ausgerechnet hier war die Straße von der Böschung verdeckt, und als wäre dies nicht genug, die Stelle auch noch völlig exponiert. Du gingst die gleiche Strecke zurück: mit der kurzen Schnur blieb nichts anderes übrig, als sie direkt unterhalb der Straße zu entzünden, in einer Entfernung von etwa zehn Metern, selbst auf die Gefahr hin, mit in die Luft zu fliegen. Glatter Selbstmord. Aber es gab keine andere Lösung, und von hier aus hatte man wenigstens den Vorteil, den schwarzen Lincoln rechtzeitig sehen zu können. Vorteil? Was denn für ein Vorteil? Um den Wagen sehen zu können, mußtest du dich so weit hinaufwagen, daß man dich selbst von der Straße aus sehen konnte. Und dann mußte man den Zeitpunkt der Zündung neu berechnen. Wehe, wenn du dich nur um eine Sekunde verrechnen würdest, um den Bruchteil einer Sekunde: wegen des Bruchteils einer Sekunde schon wäre das Ziel verfehlt. An die Arbeit also; und schnell, nur schnell. Üblicherweise passierte der Lincoln um acht Uhr die Brücke, und nun war es schon fast Viertel vor acht.

Dein Gehirn begann zu arbeiten mit der Geschwindigkeit eines Computers. Laß sehen: der Wagen fuhr immer Tempo hundert, hundert Kilometer sind hunderttausend Meter, eine Stunde hat dreitausendsechshundert Sekunden, hunderttausend geteilt durch dreitausendsechshundert macht ungefähr siebenundzwanzig, also legte der Lincoln in einer Sekunde siebenundzwanzig Meter zurück. Jede Zehntelsekunde also zwei Meter und siebzig. Wie aber sollte man eine Zehntelsekunde messen? Mit der Stimme, hatte Georgartzis gesagt: kilia ena, kilia dio, kilia tria. Tausendeins, tausendzwei, tausenddrei. Gut, so konnte man es machen. Du übtest ein paarmal, wie lange die Pausen zwischen dem Tausendeins, dem Tausendzwei und dem Tausenddrei sein müßten, dann sahst du ein letztes Mal nach den Minen, brachtest den Zündsatz an und warst bereit. Sieben Uhr fünfundfünfzig. Fünf Minuten zum Entspannen und zum Nachdenken ... Georgios Papadopoulos hieß der Mann, den du in fünf Minuten umbringen wolltest und mit dem du vielleicht selbst in die Luft fliegen würdest. Was für ein Mensch er wohl war, aus der Nähe gesehen? Du hattest ihn nie aus der Nähe, in Fleisch und Blut gesehen, nur auf Fotos. Auf den Fotos sah er aus wie eine Spinne, er war ausgesprochen komisch mit seinem Schnauzbärtchen und den besessenen Äuglein. Aber Diktatoren sind immer komisch und haben immer besessene Äuglein. Sie reißen sie auf, als wollten sie den Kindern Angst machen: Wenn-du-nicht-gehorchst-werde-ich-dich-bestrafen! Als du einmal ein Foto von ihm betrachtetest, sagtest du: es würde mir Spaß machen, ihm offen ins Gesicht zu blicken. Aber das war lange vor den Vorbereitungen zum Attentat, später sagtest du es nicht mehr. In den beiden Wochen, als du die Straße beobachtetest, um die Zeit zu kontrollieren, zu der er seine Villa in Lagonissos verließ, und die Geschwindigkeit zu überprüfen, mit der sein Wagen die Strecke zurücklegte, und die Anzahl der Geleitwagen, da hättest du deinem Wunsch, ihm in die Augen zu sehen, ja nachgeben können. Aber kaum, daß der schwarze Lincoln näher kam, drehtest du dich um, zum einen, damit sie dich nicht wiedererkannten, das ist wahr, aber doch hauptsächlich darum, weil der Gedanke, ihm ins Gesicht zu blicken, dich verwirrte. Wenn du einem Feind ins Gesicht blickst und siehst, daß er trotz allem ein Mensch ist wie du, vergißt du, was er sonst noch ist oder sein mag: dann wird es schwer, ihn umzubringen. Es ist besser, sich einzubilden, man brächte nur ein Auto um. Auch als du die Bomben basteltest, als du die Zeit und die Entfernungen prüftest, als du rechnetest: hunderttausend durch dreitausendsechshundert, dachtest du an ein Auto, und nicht an einen Menschen in einem Auto. Besser an zwei Menschen, denn am Steuer saß ja der Chauffeur. Und der, was war der wohl für ein Mensch? Ein Schuft oder ein armer Kerl, der Geld verdienen mußte? Sicher war er ein Schuft, denn ein anständiger Mensch arbeitet nicht als Chauffeur für einen Tyrannen. Oder vielleicht doch? Du mußtest dir derlei Gedanken verbieten, für gewisse Fragen ist im Krieg kein Platz. Im Krieg schießt man; und wen es trifft, den trifft es. Der Feind ist im Krieg nicht mehr Mensch, sondern ein Gegenstand, auf den man zielen muß. Wenn neben ihm ein armer Teufel oder ein Kind steht, so ist das nicht zu ändern. Nicht zu ändern? Zum Teufel damit: ist es denn etwa richtig, Unrecht mit Unrecht, Blut mit Blut

zu vergelten? Nein, es ist ganz und gar nicht richtig. Und wenn man es besser bedachte, so war es auch nicht richtig, das Beispiel des Krieges herbeizuzitieren: nichts ist dümmer, nichts reaktionärer als die Idee des Krieges, und wann hatte dir überhaupt der Krieg gefallen? Nicht einmal den Militärdienst konntest du ausstehen, bis zu deinem achtundzwanzigsten Lebensjahr war es dir gelungen, ihn hinauszuschieben, und ein Gewehr auch nur zu schultern, verursachte dir schon Übelkeit. Jedenfalls war dir beim Gedanken an den Chauffeur gar nicht wohl, eine Art Scham überkam dich, du mußtest dich anstrengen, dir selbst das zu wiederholen, was du immer deinen Kameraden gepredigt hattest: Gewalt ruft nach Gewalt, der Zorn des Unterdrückten gegen seinen Peiniger ist legitim, wenn einer dich auf die Wange schlägt, so halte ihm nicht auch noch die andere hin, sondern gib ihm den Schlag zurück. Dieser Mann hatte die Freiheit »ermordet«, und im antiken Griechenland wurde der Tyrannenmörder mit Lorbeerkränzen gekrönt und mit Denkmälern geehrt. Und dann war da jener Satz, den du dir eingeprägt hattest: ich kann keinen Menschen töten, aber ein Tyrann ist kein Mensch, er ist ein Tyrann. Plötzlich kam dir dieser Satz falsch vor, fast verlogen. Frorst du deshalb so sehr? Blödsinn: du frorst, weil du fast nackt warst und weil es kalt war.
Du kauertest dich zwischen die Steine, die Arme um die Knie geschlungen, um dich etwas aufzuwärmen. Das Motorboot näherte sich pünktlich und hielt am vereinbarten Ort an. Wie weit es doch weg war: würde es dir denn gelingen, es zu erreichen? Am Morgen mußte das Wasser eisig sein, und es würde bestimmt hart sein, ins eiskalte Wasser zu springen. Freilich, wenn du mit dem Auto in die Luft fliegen würdest oder wenn es dir nicht gelingen würde, rechtzeitig das Ufer zu erreichen, so erübrigte sich dieses Problem. Das Leben. Was für eine lächerliche Sache es doch war, dieses Leben. Man verbindet einen negativen und einen positiven Pol, dreht an einem Schalter, und ... Das Geräusch des Autokonvois drang an dein Ohr. Du sprangst auf und sagtest leise und traurig: »Nur Mut. Es geht los.«

Es war ein richtiger Konvoi. Vorneweg fuhren Polizisten auf Motorrädern, drei rechts und drei links, dann kamen hintereinander zwei Jeeps, dann eine Erste-Hilfe-Ambulanz, dann ein Funkwagen, und dann endlich der schwarze Lincoln. Dahinter ein weiterer Jeep und eine weitere Batterie Motorräder. Sie hatten eben das letzte gerade Stück vor der Kurve erreicht, sie fuhren offensichtlich im üblichen Tempo. Bald würden sie in der Kurve verschwinden und kurz dahinter wieder auftauchen. Das Geräusch kam näher, und du strecktest dich, um besser sehen zu können. Die ersten beiden Motorradfahrer tauchten auf, sehr klar konntest du ihre Umrisse erkennen. Von der Höhe des Straßenschildes an aber verschwammen sie zu einem undeutlichen Schatten. Gleich würde der ganze Geleitzug in der Kurve verschwinden, und von da an müßtest du blind handeln und dich allein auf die Zeitrechnung verlassen. Vom Straßenschild bis zur ersten Mine waren es achtzig Meter, und bei einem Tempo von hundert Stundenkilometern braucht man für achtzig Meter circa drei Sekunden. Circa! Dein Hirn fing wieder an, fieberhaft zu arbeiten, dein Körper verkrampfte sich: dieses verdammte Circa! Wenn man in einer Sekunde siebenundzwanzig Meter zurücklegt, so legt man in drei Sekunden einundachtzig Meter zurück, und nicht achtzig: die erste Mine würde also verspätet zünden. Und so auch die zweite, die einen Meter hinter der ersten lag, also nicht einundachtzig, sondern zweiundachtzig Meter vom Straßenschild entfernt. Um wieviel aber käme dann die Zündung zu spät? Wenn eine Zehntelsekunde einem Weg von zwei Meter siebzig entsprach, so käme die Zündung mit einer Verspätung von circa einer Dreißigstelsekunde. Schon wieder dieses Circa! Und dies alles unter der Bedingung, daß der Lincoln absolut seine Geschwindigkeit beibehielt! Mein Gott. Wie lange ist eine Dreißigstelsekunde? Einen Augenblick lang? Nein, weniger. Eine Dreißigstelsekunde ist für Menschen nicht meßbar. Eine Dreißigstelsekunde ist das Schicksal. Man muß sich dem Schicksal anvertrauen und keine Zeit verlieren. Nicht auf den Sekundenzeiger schauen, lieber etwas langsamer zählen. Kilia ena, kilia dio, kilia tria. Tausendeins, tausendzwei, tausenddrei. Langsamer zählen? Was hieß hier »langsamer«? Die beiden Jeeps sind am Straßenschild vorbeigefahren. Die Ambulanz ist auch schon vorbei; dann der Funkwagen, die Motorräder. Da kommt er, groß und schwarz. Er kommt immer näher, wird immer größer und schwärzer. Gleich wird er am Straßenschild vorbeifahren und zu einem Schatten verschwimmen. Hoffentlich zittern meine Hände nicht zu sehr. Nein, sie zittern nicht. Hoffentlich fährt der Lincoln nicht plötzlich schneller oder langsamer. Nein, er fährt nicht schneller und nicht langsamer. Er kommt. Er ist da. Tausendeins, tausendzwei, tausenddrei, Zündung!

Für einen Augenblick, der eine Ewigkeit, hundert Millionen Jahre währte, geschah nichts. Dann wurde dir das Trommelfell von einem bösen, trockenen Knall zerrissen, Steine wurden in die Luft geschleudert und eine graue Staubwolke erhob sich. Nur *eine*

Wolke, nur *ein* Knall. Es war nur *eine* Mine geplatzt. War's möglich? Und nicht ein einziger Stein hatte dich getroffen. War's möglich? Ungläubig betastetest du deine Glieder. Aber du hattest keine Zeit dazu, dich über deine Unversehrtheit zu freuen; blitzartig begriffst du, daß du nur deshalb unverletzt geblieben warst, weil die Sache schiefgegangen war. Wenn ein Panzerwagen in die Luft fliegt, so gibt es einen sehr viel heftigeren Knall und eine sehr viel dichtere Staubwolke, und es sind nicht nur Steine, die dann umherfliegen. Warum war es denn nur schiefgegangen? Hatte es an der Ladung gelegen oder an der Zeit, an der Art zu zählen, kilia ena, kilia dio, kilia tria, oder am Schicksal? An der Dreißigstelsekunde? Warum aber war die zweite Mine nicht explodiert? Hattest du die Zündschnur schlecht angebracht? Oder den Zündsatz? Oder war der Zucker schuld, das Zuckerspiel, geben-wir-noch-ein-Löffelchen-dazu? All diese Fragen gingen dir durch den Kopf, während du schon ranntest. Nachdem du dich ungläubig abgetastet hattest, ließest du dich fast unbewußt von der Böschung hinunterfallen und ranntest nun, ranntest, vom einzigen Wunsch getrieben, das Meer zu erreichen, hineinzuspringen, im Wasser zu verschwinden, zu leben. Leben! Plötzlich fühltest du das Wasser an deinen Füßen, am Körper, der ganz in den eiskalten Wellen verschwand; die Kälte zwang dich bald, wieder aufzutauchen. Du warfst einen Blick zurück ans Ufer und sahst erschrocken, wie die Polizisten mit gezogenen Revolvern die Straße entlangliefen. Sofort holtest du tief Luft und tauchtest wieder unter, um unter Wasser weiterzuschwimmen. Du schwammst mit Kraft und Geschicklichkeit, du warst immer ein guter Schwimmer gewesen, aber das Meer war unruhiger, als du erwartet hattest, eine starke Strömung trieb dich uferwärts, und du kamst dem Boot nicht näher. Wieder tauchtest du auf, um zu atmen. Zum zweiten Mal schautest du zu den Polizisten hin, um zu sehen, ob sie schon hinter dir her waren. Nein, sie stürzten alle auf die Erdvertiefung unter der Brücke zu, sie hatten dich nicht entdeckt, du konntest also ruhig weiterschwimmen. Wenn nur diese Strömung nicht gewesen wäre. Und die Atemnot. Du warst in Atemnot geraten. Immer häufiger mußtest du anhalten, um nach Luft zu schnappen und verlorst dabei kostbare Zeit. Was für Wellen, was für ungeheure Wellen! Eine gewaltige Welle ergriff dich und schleuderte dich gegen die Klippen. Benommen klammertest du dich an einen Vorsprung. Wie lange hast du wohl da gehangen, so benommen und unfähig, an das Weitere zu denken? Was diese unvorhergesehene Pause bedeutete, wurde dir erst wieder bewußt, als deine unruhigen Augen das Motorboot

suchten. Du hattest ihnen gesagt, sie sollten genau fünf Minuten warten, keine Minute länger. Fast brutal hattest du es ihnen eingeschärft, damit sie recht verstanden: »Dies ist ein Befehl!« Nach fünf Minuten würden sie also nun davonfahren. Dem mußte man abhelfen, und zwar sofort. Die einzige Möglichkeit war, wieder an Land zu gehen und sich zu Fuß dem Ort zu nähern, an dem das Boot wartete. Mühsam zogst du dich am Felsen hoch. Du begannst zu rennen, wie du vorher gerannt warst, gebückt, über die Steine, die dir die Füße zerschnitten, jeder Schritt eine Wunde, ein stechender Schmerz; du nahmst es in Kauf, um nur schneller dem Motorboot näher zu kommen. Noch fünfzig Meter, noch dreißig, und du würdest ihnen zurufen können: »Hier bin ich! Wartet auf mich, ich komme!« Dann ein Sprung ins Wasser, ein paar Schwimmzüge, und sie würden dir entgegenkommen. Noch dreißig Meter, zwanzig, zehn: »Hier bin ich! Wartet auf mich, ich komme! Wartet auf mich, wartet!« Das Motorboot setzte sich in Bewegung: es wendete und fuhr davon.
Es fuhr davon, und dein ganzes weiteres Leben lang solltest du dich nicht mehr erholen vom Anblick dieses Bootes, das davonfuhr, ohne auf dich zu warten, wartet-auf-mich-ich-komme-wartet, und von dem entsetzlichen Gefühl der Leere, das dich in diesem Augenblick befiel. Du hättest weinen mögen und schreien: ihr Schufte, ihr elenden Schufte. Du warst verzweifelt. Du fragtest dich: Was soll ich jetzt tun, was soll ich tun. Du schautest hinauf zur Straße. Die Konvoipolizisten hatten eine provisorische Straßenblockade errichtet, und du hörtest einige der Uniformierten schreien: »Beobachtet das Ufer! Gebt acht auf alles, was sich dort bewegt!« Was tun? Du mußtest dich verstecken, so schnell wie möglich. Aber wo? Deine Augen irrten verstört umher, auf der Suche nach einem Loch, in das du dich flüchten konntest. Dort! Diese winzige Grotte, diese Nische, die sich da zwischen den Felsen auftat. Sie war ein bißchen zu eng, aber etwas anderes gab es nicht. Auf allen vieren krochst du dahin. Du schmiegtest dich hinein wie eine Muschel in ihre Schale, wie ein Fötus in die Plazenta: die Stirn auf den Knien, die Arme um die Beine geschlungen. Wenn du so bis zur Dunkelheit aushieltest, so könntest du dich vielleicht retten. Irgendwann würden sie die Suche aufgeben, und dann könntest du, mit ein wenig Glück, dich davonmachen. Das würde freilich sehr schwierig werden, es würde vor allem bedeuten, barfuß und nur mit einer Badehose bekleidet durch die Nacht zu irren; aber an verschiedenen Orten entlang des Küstenstriches hattest du Kameraden plaziert, die dich im Notfall aufsammeln

sollten... Was würdest du ihnen wohl sagen? Wie würdest du ihren Fragen, ihren Vorwürfen begegnen? Daß es schiefgegangen war, wegen der verwickelten und viel zu kurzen Zündschnur, wegen der Notwendigkeit, in aller Eile die Zeit neu zu berechnen, wegen der Dreißigstelsekunde, wegen des Schicksals? Du hattest zu spät gezündet, das war dir nun klar. Du hattest zu langsam gezählt: kilia ena, kilia dio, kilia dria; die erste Mine war erst explodiert, nachdem der Lincoln schon fast drei Meter über die Brücke hinaus war. Und die zweite Mine? Wie würdest du begründen, daß die zweite Mine überhaupt nicht gezündet hatte? Oh, Theos! Theos! Theos mu. Gott, mein Gott! So viel Arbeit, so viele Opfer, so viele Schmerzen, viele Monate für nichts. Nichts! Du durftest gar nicht daran denken. Du wurdest fast verrückt davon. Besser war's, an etwas anderes zu denken: an die beiden anderen Bomben, die die Hügel in Flammen aufgehen lassen sollten. Während du das Attentat begingst, sollte eine Bombe im Stadion explodieren und eine weitere im Park. Die Bäume auf den Hügeln würden dadurch Feuer fangen. Ein Feuerkranz, von dem die Stadt erwachen sollte. Der Sturmvogel, der Sturmvogel! Deine Anweisungen waren sehr präzise gewesen. Aber hatten sie sie auch befolgt? Vierzehn Jünger sind nicht viel für einen Christus, der allein eine Tyrannei beenden will, geben wir es zu. Und wenn dein Anschlag fehlgeschlagen war, so hatten auch sie das Recht, einen Fehlschlag zu machen. Vielleicht war auch im Stadion und im Park nichts geschehen, nichts brannte auf den Hügeln. Das Nichts nach dem Nichts. Was hätte Georgartzis dazu gesagt? Und die Berufspolitiker, die ihre wortreichen Versprechungen nicht eingehalten hatten? Sicherlich würden sie ihre eigene Weitsicht lobpreisen: dieser einzelgängerische Verrückte, dieser überhebliche Rebell, der meint, er käme ohne die Parteien aus, ohne ihre Disziplin, ohne die Strenge der Ideologie. Wir haben es gleich gemerkt, daß man ihn nicht ernst nehmen darf. Schluß damit. Im Augenblick gab es nur eins: die eigene Haut zu retten. Was für eine Qual es aber doch war, hier so zusammengekauert zu hocken, die Beine und die Arme nicht ausstrecken zu können, dieses Kribbeln in den Gelenken ertragen zu müssen! Und dann war da diese plötzliche schläfrige Trägheit. Man mußte sich dagegen wehren, wach bleiben. Wie mühsam aber, wie mühsam. Und dann noch dieser Hubschrauber. Sie hatten sogar einen Hubschrauber eingesetzt. Er flog sehr niedrig hin und her, und der Lärm seiner Rotoren schläferte dich ein wie ein Wiegenlied. Ein bleierner Vorhang legte sich über deine Augen.

Wie lange hattest du geschlafen? Deine Uhr funktionierte nicht mehr: es war wohl Wasser in sie eingedrungen. Sicher aber nicht weniger als eine Stunde, vielleicht auch zwei: die Sonne stand schon hoch, das sahst du durch einen Spalt im Felsvorsprung über dir, der den Blick auf ein Fleckchen Himmelsblau freigab. Es war nicht mehr kalt, im Gegenteil, dir war heiß. Vielleicht war dir heiß wegen der Stimmen, die dich geweckt hatten, Stimmen in unmittelbarer Nähe, so nah, daß du deutlich verstehen konntest, was gesprochen wurde. »Durchsucht Felsen für Felsen!« Auch der Hubschrauber war wieder da, mit einem unheilvollen Getöse, das dem eines Maschinengewehrs glich. Man hätte meinen können, das gesamte griechische Heer sei am Werk. »Eine Mannschaft hierher!« – »Sergeant zum Rapport!« – »Nicht im Gänsemarsch! Verteilt euch!« Dann ein arroganter, zorniger Schrei, der dir im Kopf dröhnte: »Ich habe euch gesagt, ihr sollt jede Handbreit absuchen!« – »Jawohl, Herr Hauptmann.« Der himmelblaue Fleck, der Felsenspalt über deinem Kopf verschwand unter einem Paar Schuhe. Du hieltest den Atem an. Verzweifelt drücktest du dich in die Nische, und ein paar Augenblicke lang glaubtest du dich in deine Kindheit zurückversetzt, als deine Mutter dich suchte, um dich zu bestrafen, und du dich unter dem Bett versteckt hattest, um ihren Schlägen zu entgehen; damals verkrochst du dich ganz hinten in der Wand und starrtest von dort auf ihre Füße, hörtest ihr Schimpfen: wo-steckt-er-denn-nur-wieder, und mit geschlossenen Lippen betetest du: Lieber Gott, mach, daß sie mich nicht sieht, mach, daß sie wieder weggeht. Manchmal ging sie tatsächlich wieder weg, ohne dich gefunden zu haben, aber du trautest dich nicht hinaus, und du bliebst dort unter dem Bett und unterdrücktest Hunger, Durst und den Drang, Pipi machen zu müssen. Manchmal aber bückte sie sich und sah dich, dann streckte sie drohend und triumphierend die Hand nach dir aus und zog dich heraus: »Jetzt habe ich dich, du kleines Aas, jetzt habe ich dich endlich!« Aber warum sollte sie sich ausgerechnet dieses Mal bücken und dich entdecken? Du warst doch ein Mann inzwischen, und bisher hattest du viel Glück gehabt: wohl ein dutzendmal warst du in den letzten sechzehn Monaten heil davongekommen. Warum sollte dich ein Paar Schuhe erschrecken, auch wenn sie zu einem Offizier gehörten, der bewegungslos über deinem Kopf stand? Eine Stimme sagte: »Wir haben alles gut durchsucht, Herr Hauptmann. Hier ist niemand.« – »Durchsucht noch den Teil dort oben, dann können wir zur anderen Seite übergehen.« Ein tiefer Seufzer weitete dir die Brust, du balltest die Fäuste und dachtest:

Gott sei Dank, ich habe es geschafft. Aber im selben Augenblick, in dem du noch dachtest: ich habe es geschafft, stolperte der Hauptmann und stürzte. Er stürzte den Felsen hinunter. Er landete genau vor dir. Und er sah dich.

»Nicht schießen! Nicht schießen!« So schrie er und hielt mit zitternder Hand eine Pistole auf dich gerichtet, und du wußtest nicht, was du ihm antworten solltest: schießen, womit? Dann schrie er: »Komm raus! Komm raus!« Aber vergeblich. Angst und Wut, aber mehr noch ein grenzenloses Staunen hatten dich wie gelähmt: es gelang dir nicht, deine Kauerstellung aufzugeben und dich aus dieser muschelartigen Nische herauszureißen. Dafür taten sie es. Mit der Grausamkeit, mit der die Fische in deinem Traum den Vogel angegriffen hatten, sprangen sie auf dich drauf, alle auf einmal, einer den anderen wegstoßend. Sie zogen dich an den Füßen heraus, sie stellten dich auf, ohne zu merken, daß du gar nicht geradestehen konntest, weil du lahme Beine hattest. Es wäre Wahnsinn gewesen, wenn du versucht hättest, dich wie der Sturmvogel zu verteidigen. Es waren zu viele. Es war ein ganzer Schwarm von Uniformen, der immer größer wurde; alle dachten nur daran, dich zu schlagen und zu filzen. Einer schlug dich zweimal auf Schläfen und Augen; ein anderer zwang dir den Mund mit der flachen Hand auseinander, wühlte, auf der Suche nach wer weiß was, mit dem Finger in deinem Mund herum und schrie: »Spuck sie aus, spuck sie aus!« Ein anderer wiederum riß dir die Badehose vom Leib, um zu sehen, ob du Waffen darin versteckt hieltest. Dann zerrten sie dir die Arme über den Kopf und stießen dich die Steigung hinauf. Aber du warst nicht imstande zu gehen, denn unter deinen nackten Füßen, die vom Laufen auf den Felsen über und über zerschnitten waren, wurde nun jeder kleine Stein zum Messer. Aber sobald du stehenbliebst, damit sich der Schmerz beruhigte, stießen sie dich ungeduldig mit Gewehrläufen und Pistolenbolzen weiter. Es war eine Erleichterung für dich, als ihr endlich die Straße erreichtet, aber dieses Gefühl verwandelte sich sofort in Bitterkeit: wo ein Schlund sich hätte auftun müssen, war nichts als ein Loch von knapp zwei Metern. Du hattest dich also nicht nur mit den Zehntelsekunden verrechnet, sondern auch in der Menge des Sprengstoffs verschätzt. Sie stießen dich in ein sehr geräumiges Auto mit Klappsitzen, auf die sie sich setzten. Dann begannen sie, dich auszufragen: »Wer bist du? Wer hat dich bezahlt? Wer sind die anderen? Wer waren die im Motorboot?« Und los ging es mit den Ohrfeigen, den Faustschlägen, den Tritten ans Schienbein. Der grausamste war ein dicker Kerl mit einem affenartigen Körperbau, dessen Gesicht von kraterartigen Vertiefungen, Pickeln und Narben verunstaltet war, die die Pocken oder wer weiß was für eine Seuche zurückgelassen hatten. Er schlug mit schweren Boxerfäusten auf dich ein, und je länger du schweigend Widerstand leistetest, um so bestialischer wurde er: »Rede, du Mörder! Oder ich haue dich krumm und lahm! Antworte, du Verbrecher, oder ich ziehe dir die Haut vom Leibe! Tu nur nicht so, als wüßtest du von nichts. Es nützt dir sowieso nicht mehr. Wenn du nicht antwortest, bringe ich dich um. Weißt du denn nicht, wer ich bin?« Du wußtest es nicht, und es war dir egal. Du hattest keinen anderen Wunsch als den, daß es dir gelingen möge, den Mund zu halten, nicht das geringste preiszugeben, das ihnen dabei helfen könnte, deine Person zu identifizieren: Wenn sie deinen Namen erführen, so hätten die Kameraden keine Zeit mehr dazu, sich in Sicherheit zu bringen. Ein alter, gutmütig aussehender Polizist näherte sich plötzlich. Er zog an seinem Jackenärmel: »Herr Major, hören Sie, Herr Major, ich weiß, wer er ist. Ich kenne ihn, denn ich mache Dienst in Glyfada, er ist einer aus Glyfada. Er heißt Panagoulis und...« Aber der blatternarbige Mann ließ ihn nicht aussprechen; er riß den Mund auf und ließ einen wahren Speichelregen auf dich nieder: »Ah! Du bist es also, du mieser Wurm! Du bist also gar nicht verschwunden, hast dich nicht ins Ausland verdrückt, Leutnant Georgios Panagoulis! Hier warst du also, du dreckiges Aas, Deserteur, in Athen warst du, hast wohl gedacht, dich durchschmuggeln zu können, du Feigling?« Dann ein unerträglich brennender Schmerz, eine Art Dolchstich in den Hals. Er hatte seine brennende Zigarette an deinem Hals ausgedrückt. Mit einem Stöhnen brachst du zusammen und verlorst die Besinnung.

In den letzten Jahren deines Lebens, als du mir die Geschichte deiner Verhaftung erzähltest, konntest du dich nicht mehr recht daran erinnern, was geschehen war, nachdem er die brennende Zigarette an deinem Hals ausgedrückt hatte. Die Erinnerung gab dir nur einzelne Bilder preis. Der alte Polizist, der von neuem versucht, die Aufmerksamkeit des Blatternarbigen auf sich zu lenken, um ihm zu erklären, daß du nicht Georgios, sondern dessen Bruder Alekos seist; der Blatternarbige, der ihn zurückstößt und nicht zuhören will, weil er schon alles über dich zu wissen glaubt, er jagt ihn weg, hau ab, du Idiot, stör mich nicht, du siehst doch, daß ich arbeite; nochmal der alte Polizist, der mit einer resignierenden Geste weggeht. Weiter nichts mehr. Über die zwei

Stunden, die du in jenem Auto verbrachtest, über diese zwei Stunden Geprügeltwerden, wußtest du nichts mehr zu berichten. An eines aber erinnertest du dich noch gut: an die Ankunft von Ladàs, dem damaligen Innenminister und der rechten Hand von Papadopoulos. Die Mauer von Uniformen vor dir, die sich öffnet, um ihn durchzulassen. Sein helles, rundes Gesicht, das sich über dich beugt, und seine dicken kleinen Hände, die dir mit fast liebkosenden kleinen Schlägen auf die Schulter klopften. Seine schmalzige Stimme, die sich sachte an dich heranschlich: »Hör mir zu, Leutnant, ich kenne ihn, deinen Bruder Alekos. Ich kenne ihn von der Zeit her, als er zusammen mit meinem Sohn am Polytechnikum studierte. Ein schwieriger Mensch, geben wir's zu, ein Anarchiebesessener. Er kritisierte an Karamanlis herum, haßte das Königshaus, schimpfte auf Evangelis Averoff, der Kommunismus paßte ihm nicht, der Faschismus paßte ihm nicht, nichts paßte ihm. Aber er war ein intelligenter Mensch, und wenn man ihn richtig zu nehmen wußte, auch recht vernünftig. Und weißt du, warum ich das zu dir sage, Leutnant? Deshalb, weil Alekos, wenn er hier wäre, zu dir sagen würde: Erzähle Ladàs alles, hab Vertrauen zu Ladàs. Bekenne Ladàs, wer hinter diesem Attentat steckt. Du wirst dir damit einen Haufen Unannehmlichkeiten ersparen.« Du erinnertest dich genau daran, denn während Ladàs sprach, überkam dich die Lust zu weinen. Du hättest sie nicht zu haben brauchen, diese Lust zu weinen: die Tatsache, daß sie dich für Georgios hielten, war für dich sehr vorteilhaft; wenn du es ein paar Tage oder wenigstens ein paar Stunden durchhalten konntest, würde dies den Kameraden Zeit geben, sich in Sicherheit zu bringen. Aber je mehr du dir einzureden versuchtest, daß die Verwechslung ein Vorteil sei, sogar ein großes Glück, um so mehr würgte dich das Weinen in der Kehle und machte dir die Augen naß. »Auch du mußt desertieren, Georgios.« – »Aber ich bin Berufsoffizier, Alekos, ich kann nicht!« – »Natürlich kannst du. Du mußt, also kannst du auch.« – »Ich bin nicht dazu imstande, Alekos, ich kann es nicht.« – »Du wirst können.« Du hattest ihn überredet. Er desertierte. Er erreichte den Fluß Evros und setzte über in die Türkei, ging von dort in den Libanon, von dort nach Israel: kein Land wollte ihn aufnehmen, keines ihm helfen. Ein Kreuzzug. Im Hafen von Haifa, als er gerade das Schiff nach Italien besteigen wollte, hatten die Israelis ihn dann geschnappt. Sie übergaben ihn dem Kapitän eines griechischen Schiffs, der ihn nach Athen zurückbringen und der Junta ausliefern sollte. Der Kapitän sperrte ihn in eine Kabine ein und ... er sei »verschwunden«, hatte der Blatternarbige gesagt, und dies war die Umschreibung dafür, daß man bei der Ankunft in Athen die Kabine leer und das Bullauge offen fand. Du aber wußtest, daß Georgios nicht verschwunden, sondern tot war. Du wußtest es durch einen Traum. In derselben Nacht, in der das Schiff von Haifa nach Piräus fuhr, hattest du diesen Traum gehabt. Du gingst neben Georgios auf einem Bergpfad, über einem Abgrund, der zum Meer hin abfiel. Plötzlich erschütterte ein Beben den Berg, und eine Erdlawine stürzte auf Georgios zu. »Georgios!« schriest du, und versuchtest, ihn zu packen. »Georgios!« Aber es gelang dir nicht, ihn zu halten. Georgios stürzte ins Meer, zu den Fischen.

Es war Mittag, als sie dich wegbrachten. Zu deiner Rechten der Blatternarbige, zu deiner Linken ein Oberstleutnant, der mit dem Blatternarbigen stritt, auf den Klappsitzen zwei Wachen mit Maschinenpistolen, zwei weitere neben dem Chauffeur: acht Menschen in einem Auto. Die Enge raubte dir den Atem, und schmerzhaft drückten die Menschenleiber auf die blauen Striemen, die du von den Schlägen davongetragen hattest; ein Pistolenlauf, den man dir in die Rippen bohrte, vermehrte die Qual. Es war der Revolver des Blatternarbigen, der monoton immer wieder vor sich hin sprach: »Du wirst schon sehen, Leutnant, du wirst schon sehen!« Oder: »Bald wirst du aufhören damit, den Taubstummen zu spielen, du wirst schon sehen!« Und nach jeder Drohung trat er dir gegen die Beine. Du schwiegst weiterhin und starrtest auf die Straße, in der Hoffnung, daß irgend etwas Unvorhergesehenes eintrete. Ein Unfall zum Beispiel, der dir die Flucht ermöglichte. Aber es geschah nichts. Das Auto fuhr sicher dahin, von Polizisten auf Motorrädern eskortiert, und niemand schenkte ihm besondere Aufmerksamkeit. Wenn es anderen Autos nahe kam und du nach dem Blick ihrer Insassen suchtest, begegneten dir leere Gesichter; wenn der eine oder andere Passant sich nach eurem Gefährt umdrehte, so um der gleichgültigen Frage willen, wen man wohl verhaftet habe: »Vielleicht einen Dieb?« Oder: »Da hat man wohl einen Verbrecher geschnappt, sehr gut!« Ein Mädchen aber, das an der Seite eines Jünglings am Bürgersteig stand, schien die Wahrheit zu erfassen, mit bestürztem Gesicht packte sie das Handgelenk des Jünglings und deutete mit dem Finger auf dich. Merkwürdigerweise gab dir dies ein Gefühl des Trostes, als läge in der Bestürzung dieses Mädchens die Bestürzung der ganzen Stadt und als ginge die ganze Stadt hin, risse die Fenster auf und riefe: »Sie haben ihn verhaftet, sie haben ihn verhaftet! Wir müssen ihn verteidigen!« Der Jüngling aber zuckte die Schultern, als wolle er sagen: »Laß, das geht dich nichts an.« Das Gefühl des Trostes verwandelte sich in Enttäuschung, eine große Müdigkeit überkam dich. Du senktest den Kopf und du gestandst dir die schmähliche Niederlage ein. Du kamst dir lächerlich vor, weil du nackt zwischen bekleideten Leuten saßest, du fühltest dich einsam, weil du einsam warst und weil du Angst hattest vor dem, was sie noch mit dir anstellen würden. Der Zweifel nagte an deinem Herzen: würde es dir gelingen, standzuhalten? Der Blatternarbige bemerkte es. Er zog den Pistolenlauf aus deinen Rippen und setzte ihn gegen deine Kinnlade: »Bald sind wir da, Leutnant. Und ich schwöre dir, du wirst reden. O ja, Leutnant, du wirst reden. Ich werde dich ausquetschen wie eine Zitrone. Weißt du nicht, was man mir nachsagt? Man sagt mir nach, ich könnte auch Statuen zum Reden bringen. Hast du noch nicht kapiert, wer ich bin? Ich bin Major Teofilojannacos.«

Der Name war dir bekannt, und was er sagte, war richtig: es gab einen erbärmlichen Witz darüber. Ein Archäologe findet eine Statue und kann nicht herauskriegen, aus welcher Epoche sie stammt. »Sag's mir!« schnauzt er die Statue an. Da sagt sein Gehilfe: »Herr Doktor, bringen Sie sie doch zu Teofilojannacos. Bei ihm wird sie schon reden.« Nachdem du nun wußtest, wer er war, fühltest du dich sehr erleichtert. Es war, als hätte der Wind die Angst, den Zweifel, das Gefühl der Niederlage und sogar die Scham über deine Nacktheit weggefegt. Statt dessen warst du nun stolz darauf, allein und gedemütigt zu sein, und du warst dir sicher, daß nichts deinen Widerstand brechen könne. Du wandtest den Kopf und sahst in das von kraterförmigen Vertiefungen, Pickeln und Narben verunstaltete Gesicht, die die Pocken oder wer weiß was für eine Seuche zurückgelassen hatten, und du brachst in ein Gelächter aus. »Lache, lache nur«, sagte Teofilojannacos. Der Wagen fuhr am Olympischen Stadion, dann am Hilton-Hotel und nun an der amerikanischen Botschaft vorbei. Hinter dem Botschaftsgebäude bog er rechts ab, und dein Herz krampfte sich zusammen. Hinter den Akazien am Straßenrand erkanntest du das Gebäude der Sonderabteilung für Ermittlungen der Militärpolizei, das Gebäude der ESA, die Zentrale der Folterungen.

Auch dieses Gebäude gibt es inzwischen nicht mehr. Man hat es abgerissen, um ein Hochhaus dort zu bauen, das man aber dann nicht baute, weil zu viele der Meinung waren, daß es Unglück brächte, an diesem Ort der Verdammnis zu wohnen. Hinter den Akazien am Straßenrand sieht man heute nichts als ein paar abgeschlagene Pfeiler, ein paar herumbaumelnde Gerüste und einen von Abfällen verunstalteten Platz. Wenn der Südwestwind vom Meer her weht und der Müll über den Platz gefegt wird, die Eisengerüste dumpf gegen die Pfeiler schlagen, dann ist es, als würden sich weinende Stimmen aus den Ruinen erheben. Dabei ist es ein schönes, vornehmes Stadtviertel, mit breiten Alleen und weißen Fin de siècle-Häusern, und die reichen Leute dort haben einen Koch, einen Butler, eine Büglerin und einen Chauffeur. Vor eleganten kleinen Villen im altenglischen Stil halten Diplomaten gutgepflegte Gärten und auf Hochglanz polierte Messingtürgriffe instand. Es fällt einem dabei schwer, sich vorzustellen, daß hier, ausgerechnet hier, die Hölle stand, aus deren Fenstern die Schreie und die Klagen der Opfer ertönten. Hörten sie sie nicht, die Reichen mit dem Koch und dem Butler und der Büglerin und dem Chauffeur? Hörten sie sie nicht, die Angestellten der Konsulate und Botschaften mit den gutgepflegten Gärten und den auf Hochglanz polierten Messingtürgriffen? Vor allem die Angestellten der amerikanischen Botschaft, die doch genau gegenüber stand? Oder hörten sie sie vielleicht, und gaben sie vielleicht mit angewiderten Gesichtern ihre Kommentare dazu ab? »Mein Gott, das geht schon wieder los. Hoffentlich stören sie die Party heute abend nicht zu sehr.« Es fällt auch schwer, sich vorzustellen, was für ein Gebäude das war, die Zentrale der ESA. Vielleicht ein schöner Palast, wie die Ljubjanka in Moskau, wie der Sitz der Geheimpolizei in Madrid, oder auch eine Kaserne wie viele andere in den Mittelmeerländern: ein altes Gemäuer mit häßlichen Wartesälen, mit Sesseln mit abgewetztem Lederimitat, schmutzigen Aschenbechern, schmucklosen Büros mit dem Porträt des Tyrannen an der Wand und dem verschwitzten Beamten hinter dem Schreibtisch. Schwarze Fingernägel, überhebliche kleine Schnurrbärte, ölige stumpfe Gesichter, Kaffeetäßchen, die von verängstigten kleinen Soldaten getragen werden, zu Befehl, Herr Kommandant, zu Befehl, Herr Leutnant, und dann die Kellerräume für die Häftlinge und die Sonderräume für die Verhöre. Einer lag im letzten Stock, neben der Terrasse mit dem Motor, der die Funktion hatte, die Schreie und die Klagen zu übertönen. So steht es auf jenen Blättern, die du einen Monat vor deinem Tod vollschriebst und die du dann zerrissest, als du zu dieser schrecklichen Seite dreiundzwanzig kamst. Du verbatest mir, sie aufzuheben, ich hob sie dennoch auf, um enttäuscht festzustellen, daß nicht mehr darauf stand, als ein minuziöses Verzeichnis über die ersten vierundzwanzig Stunden in jenem Gebäude. Heute aber beeindruckt mich gerade dieses Verzeichnis, die erbitterte Genauigkeit der Details, die Tatsache, daß du nach vielen Jahren nichts vergessen hattest, keinen Namen, keinen Satz, keine Geste, fast als hätte sich dir jede kleinste Kleinigkeit wie mit einem glühenden Eisen ins Gedächtnis geprägt.

Man hatte, so erzählst du auf jenen Blättern, Alarm gegeben, als euer Wagen dort vorfuhr und Teofilojannacos zu dir sagte: »Willkommen, Leutnant.« Wachtposten mit den Gewehren im Anschlag, Soldaten, die mit zackigen Bewegungen den Weg freigaben, trockene Befehle, in die sich fragendes Geflüster mischte: wer war dieser nackte, barfüßige Mann, was für ein Verbrechen hatte er begangen? Sie stießen dich die Treppen hinauf, in ein Büro hinein, wo man dich fotografierte, um die Bilder an die Zeitungen zu verteilen. Auf einem siehst du aus wie ein müder Schwimmer, deine Arme hängen schlaff am Körper herab, dein Kopf ist auf die linke Schulter gesunken, und dein Blick ist getrübt von einer Trauer, die ins Herz schneidet. Dann schickten sie nach einem Arzt, der feststellen sollte, ob deine Schweigsamkeit von einem Schock herrührte. Der Arzt kam, es war ein merkwürdiger Mensch. Er hatte ein sympathisches, geistvolles Gesicht, glänzende Äuglein, die Ironie und Verschworenheit signalisierten, und es schien, als sei er nur zufällig dort hineingeraten. Mit gespielter Überraschung untersuchte er die Brandwunde am Hals: »Wer war das? Haben sie dich mit einem Aschenbecher verwechselt?« Mit fast übertriebener Sanftheit betastete er die Striemen und Schürfungen: »Tut es hier weh? Und hier? Und hier?« Dann fragte er, ob du Schmerzen an der Schläfe hättest, die blutunterlaufen war, und tat so, als ob er darüber irritiert wäre, daß du auf seine Fragen nicht antwortetest. Es war deutlich, daß er Gefallen an dir hatte und daß er dir irgendwie helfen wollte. Auch er gefiel dir, obwohl er eine Uniform trug, aber du konntest nichts tun, um ihm das zu zeigen, du konntest nur hoffen, daß er recht lange bliebe. Er blieb. Bald schon wurde Teofilojannacos ungeduldig. »Also, Doktor, hat er nun einen Schock oder nicht?« – »Ja, ich glaube, der Schock hat ein Trauma bewirkt, aber um sicher zu sein, müßte ich ihn in Ruhe in meinem Zimmer untersuchen.« – »Was heißt hier in Ruhe untersuchen, Doktor? Dies ist ein Polizeibüro und keine Erste-Hilfe-Station!« – »Und ich bin ein Psychiater und kein Tierarzt.« – »Wenn Sie Psychiater sind, so müßten Sie doch sehen, daß er den Taubstummen spielt, daß er auch Sie an der Nase herumführt.« –

»Nein, ich halte es für notwendig, ihn zu behandeln.« – »Wir werden ihn schon selbst behandeln, Doktor. Sie können gehen.« Sie wiesen ihm die Tür, und als du ihn niedergeschlagen hinausgehen sahst, war dir, als sähst du ein zweitesmal das Boot davonfahren, das nicht auf dich gewartet hatte: wartet, ich komme, wartet auf mich! Du hättest ihm nachlaufen, dich an seinen Jackenärmel klammern, ihn zurückhalten mögen: bring mich weg von hier, finde einen Vorwand, um mich wegzubringen. Es schien, als hätte er es gehört. Er blieb stehen, drehte sich um und warf dir einen Blick zu, der zu sagen schien: ich weiß, daß du nur simulierst, aber sie sind sich dessen nicht sicher, versuche durchzuhalten. Tatsächlich aber half das Simulieren immer weniger, der Augenblick, in dem du ihnen anders begegnen, ihnen zeigen müßtest, daß du weder taub noch stumm warst, kam immer näher. Es war soweit, als man dich in ein anderes Zimmer brachte, ein Zimmer, in dem ein Tisch und zwei Stühle standen, aber auch ein kleines Bett ohne Matratze, ein Eisenbett. Neben dem Bett standen mit gekreuzten Armen drei Sergeanten; sie hatten Knüppel am Gürtel hängen, Knüppel, so dick wie Keulen. Auch die Sergeanten waren sehr dick und sehr kräftig. Du sahst sie an, sahst das kleine Bett an, und einen Augenblick lang konntest du dir nicht erklären, wozu ein Eisenbett ohne Matratze gut sein sollte; aber dann wurde es dir klar, denn zwei von ihnen packten dich, ernst und gleichmütig, legten dich auf das Bett, ohne sich um den Wehlaut zu kümmern, der dir entfuhr, als dein Rücken das Eisennetz berührte, das zerrissen und scharf wie ein Stacheldraht war. Du bissest dir auf die Lippen, um der Angst Herr zu werden: würden sie gleich beginnen oder erst später? Nein, nicht gleich. Ein schüchtern aussehender Hauptmann trat herein, und unter Hüsteln und Räuspern sagte er: »Gestatten, guten Tag, gestatten.« Mit einer Miene, als bemerke er das groteske Schauspiel nicht, das sich da vor seinen Augen abspielte, ein nackter, blutüberströmter Mann auf einem Eisenbett ohne Matratze, setzte er sich hinter den Schreibtisch. Er legte eine Aktenmappe darauf, daneben in Reih und Glied einige Bleistifte. Dann stellte er dir Fragen, die sich eindeutig auf Georgios bezogen: wie dein Name sei, in welchem Jahr du geboren wärst, welchem Regiment du angehörest; als du schwiegst, antwortete er für dich: »Oh, natürlich, es steht ja alles hier geschrieben, entschuldigen Sie. Jahrgang 1939. Ich kenne einige Neununddreißiger, alles tüchtige Burschen, ich hatte einen Freund, der von '39 war, wir waren zusammen im 534er Lager.« Du sahst ihn an und fragtest dich, was für eine Rolle er wohl hätte:

sollte er nur eine Leerstelle ausfüllen, oder war er ein Teil des Rituals? War er vielleicht von irgendeiner psychologischen Abteilung hierhergeschickt worden? Etwa so: geh dorthin, tu als wäre nichts, behandle ihn höflich, schau, daß du sein Vertrauen gewinnst, vielleicht kommt etwas dabei heraus. Eins war sicher: er zählte nichts, und er war völlig verschreckt; als die Tür aufging, sprang er auf, als hätte man ihn gestochen. Oder als käme ein General herein. Es war aber kein General, sondern es waren zwei Männer in Zivil. Sie schoben ihn beiseite und deuteten ihm mit einer lässigen Kopfbewegung an, er solle gehen, dann stellten sie sich neben das Bett, schwenkten irgendwelche Papierbündel und sagten mit lauter, deutlicher Stimme: »Ich bin Vizekommissar Malios von der Abteilung zur Bekämpfung des Kommunismus.« – »Ich bin Vizekommissar Babalis von der gleichen Abteilung.«

Als Kind hattest du einmal einen schrecklichen Film gesehen. Es war ein Science-fiction-Film, die Protagonisten waren eine Art Roboter, sie kamen nicht als Kinder auf die Welt, sondern als Erwachsene, bekleidet, mit Hut und Schuhen, und sie hatten alle das gleiche Gesicht, die gleiche Statur, die gleiche Art, sich zu bewegen. Die beiden erinnerten dich an diesen Film. Auf den ersten Blick sahen sie harmlos und gewöhnlich aus: farblose Gestalten in grauen Anzügen, mit Hemd und Krawatte; bei genauerem Hinsehen aber jagten sie einem Angst ein. Und zwar deshalb, weil sie – obwohl einer klein und einer groß, einer mager und einer dicklich, einer mit Schnurrbart und einer ohne war – einander auf eine schreckliche Weise glichen: als sei einer der Schatten des anderen. Die Art, wie sie breitbeinig dastanden und die Bäuche vorstreckten, zum Beispiel. Einer genau wie der andere. Die Art, wie sie dich ansahen, als lägst du in deinem eigenen Zimmer oder in einem Krankenhaus. Einer genau wie der andere. Sie sprachen auch einer wie der andere, mit der gleichen Stimme und im gutgeübten Wechseltakt. Kaum hatte der eine einen Satz beendet, sprach der andere den nächsten. Aber ihre Sätze waren nicht unterschiedlich wie die von zwei Gesprächspartnern; der zweite führte vielmehr logisch und syntaktisch die Rede des ersten fort, und ihnen zuzuhören war, wie wenn man einer Tennispartie zusähe, einer Tennispartie, bei der die beiden Spieler niemals den Ball verlieren. Tock, tock! Tock, tock! Tock, tock! »Leutnant, wir sind über Sie vollständig informiert.« – »Wir kennen auch die Akte über Ihren Bruder Alekos.« Tock, tock! »Wir wissen alles über Sie und nehmen an, daß auch Sie alles über uns wissen.« – »Die ausländischen Radiosender schenken uns viel Aufmerksamkeit.« Tock, tock! »Aber sie verleumden uns. Sie behaupten, wir würden foltern.« – »Nichts als Lügen. Unsere Regierung hat die Folter nicht nötig.« Tock, tock! »Wir konfrontieren den Verhörten mit den Tatsachen, mit den Beweisen, die wir geduldig zusammengetragen haben.« – »Letztlich müssen deshalb alle unsere entwaffnende Güte anerkennen.« Tock, tock! »Wenn einer sagt: ich will auspacken, aber ich möchte eine bestimmte Person decken.« – »Dann haben wir dafür Verständnis, wir erfüllen seinen Wunsch.« Tock, tock! »Einer sagte einmal: der Sowieso hat mich in seinem Haus versteckt gehalten, aber tut ihm nichts, er hat Frau und Kinder.« – »Und wir haben ihm nichts getan: wir sind nur hingegangen zu ihm und haben ihm einige Ratschläge gegeben.« Tock, tock! »Freundschaft ist eine schöne Sache, haben wir zu ihm gesagt, aber vor lauter Freundschaft könntest du leicht lebenslänglich im Gefängnis landen.« – »Er warf sich auf die Knie und schwörte, daß er es nie wieder tun würde.« Tock, tock! »Das ist der Grund, weshalb uns die Kommunisten hassen.« – »Sie hassen unsere Fähigkeit, unsere berufsmäßige psychologische Vorbildung.« – »Aber wir wollen Sie mit solchen Reden nicht ermüden, Leutnant.« – »Wir möchten Ihnen nur ein paar Fragen stellen.« – »Wir würden zum Beispiel gerne die Adresse Ihres Verstecks erfahren.« – »Danach können Sie Ihre Kleider wiederhaben und sich anziehen.« – »Sie können ja nicht die ganze Zeit nackt herumlaufen.« – »Wo haben Sie gewohnt, Leutnant?« Tock, tock! Tock, tock! Tock, tock!

Du hörtest ihnen zu und bewegtest deine Augen in unermüdlicher Pendelbewegung zwischen ihnen hin und her, gerade so, wie man es bei einem Tennisspiel macht, und weil du nicht mehr wußtest, welcher von beiden Malios und welcher Babalis war, nahmen sie immer mehr das Aussehen von Doppelgängern an, und die eine Stimme hallte wie das Echo hinter der anderen drein. »Wo haben Sie gewohnt, Leutnant?« – »Ja, wo haben Sie gewohnt, Leutnant?« Man mußte sie aufhalten, sie stören, sie auseinanderreißen. Du mußtest ihnen antworten, sonst würdest du verrückt. »Ich erinnere mich nicht.« – »Leutnant, ist Ihnen klar, was das Wort ›Verhör‹ bedeutet? Im Verhör kehrt jedem die Erinnerung sehr bald zurück, das versichern wir Ihnen.« – »Ich habe gesagt, daß ich mich nicht mehr erinnere, und es besteht keine Hoffnung, daß es mir wieder einfällt.« – »Vielleicht sind Sie zu verkrampft, Leutnant. Brauchen Sie vielleicht einen Kognak oder einen Kaffee?« – »Ich brauche gar nichts.« – »Vielleicht liegen Sie nicht bequem, möchten Sie sich auf diesen Stuhl setzen?« – »Ich fühle mich hier sehr wohl.« –

»Nun, nun, Leutnant, seien Sie ein braver Junge.« Nein, so kam man nicht weiter. Sie ließen sich überhaupt nicht stören, auch wenn du redetest, blieben sie am Ball. Man mußte es mit etwas anderem versuchen. Mit einer Beleidigung vielleicht. Du probiertest es: »Halt die Klappe, Malios! Halt die Klappe, Babalis!« Es klappte. Sie spalteten sich. Sie warfen Papierbündel in die Luft und schrien mit verschiedenen und gut unterscheidbaren Stimmen: »Halt-die-Klappe sagst du zu uns, du Mörder? Warum sagst du nicht: ja, ich habe es getan, und ich bin stolz darauf, ich trage alle Verantwortung?! Warum handelst du nicht wie ein Mann? Er ist ein Feigling, er hat Angst, er zittert ja!« – »Leck mich am Arsch, Malios. Leck mich am Arsch, Babalis. Du bist es doch, der Angst hat, du Eunuch. Das weiß doch jeder, daß du kastriert bist wie ein Eunuch, Babalis.« – »Schuft, elender!« Babalis wollte sich auf dich stürzen, Malios packte ihn gerade noch rechtzeitig am Arm. »Nein, Babalis. Wenn wir die Ruhe verlieren, kommen wir nicht weiter. Der Leutnant wird schon vernünftig werden.« – »Vernünftig? Wir behandeln ihn mit so viel Höflichkeit, und er, dieser verhinderte Mörder, beleidigt uns?!« – »Beruhige dich, hab ich gesagt. Bald wird er uns nicht mehr beleidigen. Er wird nicht einmal mehr genug Luft haben dazu.« – »Also gut.« Die Tür ging auf, und Teofilojannacos fuhr schimpfend dazwischen. »Ihr habt's wohl wieder auf die weiche Tour probiert, he? Überlaßt ihn mir. Ihr Dummköpfe habt nicht begriffen, daß der hier eine Spezialbehandlung braucht.«

Du sagtest, daß in jeder Gewaltherrschaft, in jeder Diktatur, sei sie rechts oder links, westlich oder östlich, von gestern, von heute oder von morgen, ein gutes Verhör wie ein Theaterstück abliefe, mit Personen, die nach einem genauen Inszenierungsplan auftreten und abgehen, und mit einem Regisseur hinter den Kulissen, der sie lenkt: dem Inquisitor, der mit der Ermittlung beauftragt ist. Du sagtest, die Personen hätten jede eine andere Rolle zu spielen, aber sie hätten ein einziges Ziel: das Geständnis des Opfers herbeizuführen. Bis dies gelingt, gibt ihnen der Inquisitor Carte blanche und wartet. Es steht ihm ja eine vorzügliche Waffe zur Verfügung: die Zeit; und er weiß, daß mit der Zeit das Opfer nachgibt. Wenn das Opfer nicht alles verlieren will, so muß es also diese Waffe entschärfen. Es muß mit einer Gegenoffensive reagieren, die einen normalen Ablauf des Schauspiels verhindert. Hungerstreik, Durststreik, Aggressivität, also Gewalt, die der Gewalt entgegengesetzt wird und die zu immer stärkeren Mißhandlungen

herausfordern soll, bis das Opfer in Ohnmacht fällt: dies wären ein paar Beispiele für die Gegenoffensive. Wenn das Opfer ohnmächtig wird, von Schlägen und anderen Grausamkeiten überwältigt, oder wenn es infolge des Fastens ins Koma fällt, so muß das Verhör notgedrungen aufgeschoben werden. Es ermöglicht ihm, sich auszuruhen und der Wiederaufnahme der Qualen mit neuer Kraft zu begegnen, und darüber hinaus mit dem Vorteil, die Schläge, die Szenen, den Regiestil nun schon zu kennen. Du sagtest auch, daß du davon nichts gewußt hättest, daß du es aber erahntest, als Malios und Babalis ihren Monolog zu zweit abhielten. Während du ihnen zuhörtest und sie beobachtetest, kam dir der Verdacht, daß sie ihren Wechselgesang unter der versteckten Leitung eines äußerst fähigen Regisseurs rezitierten und daß er die beiden in diesem Schauspiel deshalb auftreten ließ, um deine Kräfte aufzureiben, um deinen Verstand zu zerrütten, der vom Auftritt des schüchternen und dümmlichen Hauptmanns schon leicht verwirrt sein sollte. Mehr aus Instinkt als mit dem Verstand hattest du begriffen, daß du dich wehren mußtest: du mußtest sie schon jetzt zu Mißhandlungen herausfordern; wenn du infolge ihrer Schläge ohnmächtig würdest, so wäre dies eine Erholungspause nicht nur für den Körper, sondern auch für den Geist; danach würdest du keine Fehler mehr machen. Wichtig war, die richtige Gelegenheit zu ergreifen. Und diese bot sich dir, als Teofilojannacos schimpfend dazwischenfuhr: »Ihr habt's wohl wieder auf die weiche Tour probiert, überlaßt ihn mir, ihr Dummköpfe begreift nicht, daß der hier eine Spezialbehandlung braucht.« Dann wandte er sich an dich: »Wir wissen ja, wer du bist, du Verbrecher! Wir haben's ohne Schwierigkeiten herausbekommen. Du bist der Deserteur, der nach Israel abgehauen ist, der Verräter, der vom Schiff geflohen ist! Du schwuler Sack!«
Das war der Moment, nun los! Wie ein Raubtier schnelltest du vom Bett empor, mit einem Raubtiersprung hattest du ihn bei der Hand gepackt, verdrehtest ihm den Kopf und brülltest: »Teofilojannacos! Schwule Säcke tragen Majorsuniformen!« Und augenblicklich geschah, was geschen mußte, was du wolltest: als seien sie bisher festgeschraubt gewesen und würden nun von einer Feder losgeschleudert, verloren Malios und Babalis ihre Beherrschung, die drei Sergeanten mit den Knüppeln ihre Unbeweglichkeit, und alle miteinander sprangen auf dich zu, um Teofilojannacos von dir zu befreien. Dein Angriff verwandelte sich in einen Kampf gegen sechs Männer, die kräftiger und ausgeruhter waren als du. Zwei vor dir, zwei hinter dir, zwei zu deinen Seiten, unter einem Regen

von Fausthieben, Knüppelschlägen und Fußtritten taumeltest du, fielst nieder, standst wieder auf, taumeltest wieder, standst nochmals auf, verteiltest Tritte, Stöße, Hiebe mit der Wildheit eines Leopards, den man im Netz gefangen hatte und der entschlossen war, das Netz zu zerreißen. Der Tisch fiel um, ein Stuhl flog durch die Luft und streifte Babalis, der voller Angst zur Tür rannte und nach Verstärkung schrie, während Teofilojannacos, der keine weiteren Zeugen seiner Demütigung haben wollte, vergeblich ihn zurückzuhalten versuchte und protestierte. »Blödsinn, keine Verstärkung.« Aber ein Unteroffizier mit Maschinengewehr kam schon angelaufen, und das war mehr, als du erhofft hattest. Du zerrissest das Netz, sprangst auf das Maschinengewehr zu, packtest es und, wiewohl der Unteroffizier es mit eisernem Griff festhielt, zogst du so verzweifelt daran, daß du nicht einmal mehr die Knüppelschläge auf dem Kopf, den Schultern und den Armen spürtest. Du hörtest nur ihre Schreie und das dumpfe Schwirren der Knüppel, die aufs Geratewohl niedergingen, so sehr aufs Geratewohl, daß ein Hieb nun die Stirn von Malios traf, und Malios drehte sich entrüstet um und wollte dem dafür Verantwortlichen einen Tritt versetzen, der aber Babalis traf, Babalis gab wütend Malios einen Faustschlag auf den Mund zurück, und es kam zu einer regelrechten Schlägerei zwischen den beiden: »Was schlägst du mich, du Idiot!« Die Schlägerei griff auf die anderen über, sinnlos und grotesk, denn während sie sich schlugen, ermahnten sie sich gegenseitig, doch damit aufzuhören: »Hör auf damit, was ist denn in dich gefahren, hör auf! Hör endlich auf. Schluß damit! Merkt ihr denn nicht, daß ihr nur sein Spiel mitspielt? Kümmert euch besser um ihn!« Du aber kämpftest allein mit dem Unteroffizier weiter und zogst und zogst an seinem Gewehr, fühltest seine Finger schwächer und schwächer werden, der Griff lockerte sich, gleich würdest du ihm das Gewehr entreißen können, du rissest, und da, da hattest du es in der Hand. Du richtetest es auf die anderen. Sofort fiel dir der Himmel auf die Augen. Schwarz und voller Sterne. Tausend Krallen ergriffen dich. Tausend Fesseln schlangen sich um dich.

Nein, du warst nicht richtig ohnmächtig geworden, leider. Der Knüppelschlag hatte dich nur betäubt. Du hobst die Augenlider und schautest umher, um zu sehen, wo du seist und weshalb du dich nicht bewegen konntest. Du lagst wieder auf dem Bett. Diesmal hatten sie dich an den Knöcheln und an den Handgelenken festgeschnallt, ein Sergeant saß auf deiner Brust, ein anderer auf deinen Beinen. Über dich gebeugt keuchte Teofilojannacos:

»Wir werden dich zu Brei schlagen, du Aas. Zu Brei!« Du sahst ihm in die Augen. Wenn man ihm ins Gesicht spucken könnte. Wenn man nur ein bißchen Speichel hätte, um ihm ins Gesicht zu spucken. Deine Zunge sammelte die paar Tropfen Feuchtigkeit, die übriggeblieben waren und schob sie vor zu den Lippen, er merkte es und schrie wütend: »Die Keule!« Babalis trat vor, mit der Keule. »Jetzt wirst du sehen, du käufliches Schwein!« Die Keule schlug gegen deine Fußsohlen. Einmal, zweimal, dutzendemal. Die Bastonade. Die Folter, die man Bastonade nennt. Wie weh das tat. Was für ein elektrisierender Schlag, der von den Füßen ins Gehirn steigt, von dort in die Ohren, dann wieder hinunterläuft in den Magen, den Bauch, in die Knie, wo er sich zu einem Krampf konzentriert. Eine Stimme, die dazu im Takt spricht: »Nimm das. Und das. Und das. Und das. Und das.« Ein einziger flehender Gedanke: »Ohnmächtig werden, mein Gott, ohnmächtig werden. Nicht schreien, ohnmächtig werden.« Aber wie sollte man das machen, nicht schreien? Du schriest. Da geschah etwas noch Schlimmeres; Teofilojannacos hielt dir den Mund zu, um dich am Schreien zu hindern. Den Mund und die Nase. Daumen und Zeigefinger hielten dir die Nase zu, der Handballen lag auf dem Mund. Nein, nicht ersticken. Das ertrage ich nicht. Gebt mir alle Knüppelschläge dieser Welt, aber nehmt mir nicht die Luft weg. Ein bißchen Luft, nur ein bißchen Luft, um Himmels willen. Mein Gott, wenn ich ihn beißen könnte. Wenn ich die Zähne auseinanderbrächte und ihn in einen Finger beißen könnte. Einen Augenblick lang würde er dann die Hand wegziehen, einen Augenblick lang würde ich atmen können. Du nahmst alle Kraft, die dir geblieben war, zusammen und konzentriertest dich auf deinen Kiefer. Langsam, sehr langsam öffnetest du ihn und schlugst deine Zähne in seinen rechten kleinen Finger, so fest du konntest, bis es knackte. Ein wilder Schrei. Es war Teofilojannacos, der schrie und seinen blutenden kleinen Finger hochhob. Der Finger war an der Bißwunde gespalten. Dies löste das Lynchgericht aus. »Schwein! Hurensohn! Verräter! Hund!« Sie schrien alle im Chor, ein Chor von Uniformen, sie ohrfeigten dich, schleuderten deinen Kopf gegen das Eisenbett, schlugen dich überall, bis keine einzige Stelle deines Körpers mehr deinen Impulsen gehorchte. Das zerrissene Eisennetz des Bettes bohrte sich in dein Fleisch, bis der Schmerz in eine lähmende Gefühllosigkeit überging. Ohnmächtig werden, o Gott. Laß mich ohnmächtig werden, laß mich ausruhen, laß mich ein wenig sterben, nur ein wenig. Und endlich das Dunkel. Ein weites Dunkel, in das du hineinstürzt wie in einen befreienden

Abgrund. Und die Stille. Eine Stille, die in den Ohren summt wie ein Bienenstock, während der Mund sich langsam mit Blut füllt, die Schläfen zu springen drohen, das Bewußtsein schwindet und die ersehnte Erlösung über dich kommt, nichts mehr fühlen zu müssen, ein wenig sterben zu dürfen.
Als du die Augen wieder öffnetest, warst du nicht nur an Knöcheln und Handgelenken festgebunden. Man hatte auch einen Gurt um deinen Leib geschnallt, in Höhe des Magens, und du fühltest weder deine Beine noch deine Arme, noch den Rumpf. Du fühltest dein Gesicht und sonst nichts, fast als hätten sie dich geköpft und der abgehackte Kopf lebe alleine weiter. Du fuhrst dir mit der Zunge über die Lippen. Sie kamen dir ungeheuerlich vor, und du dachtest, daß sie fürchterlich geschwollen sein müßten. Du versuchtest, die Augenlider zu heben. Sie blieben kleben, und du dachtest, daß auch sie fürchterlich geschwollen sein müßten. Hinter dem Schleier deiner verklebten Wimpern erschienen undeutliche Schatten, die schwer atmeten. Einer lachte: »Was für eine Schinderei!« Ein breiter Schatten, der nicht so schwer atmete, näherte sich, und die Stimme von Teofilojannacos sagte: »Da liegt er. Ist er es?« Der Schatten beugte sich über dich und bedeckte dich wie eine Wolke, eine zögernde Stimme fragte dich: »Erkennst du mich?« Du hauchtest ein sehr schwaches Nein. »Lügner! Ihr wart zusammen auf der Offiziersschule, und du willst ihn nicht erkennen?« fuhr Teofilojannacos dazwischen. Der Schatten beugte sich tiefer über dich. Vielleicht begriff er, daß du nicht Georgios warst, war sich aber dessen nicht ganz sicher. »Also?« drängte Teofilojannacos. Der Schatten schwieg, während ein Regen von Schweißtropfen von ihm auf dich niederfiel. »Vorwärts, ist er's nun oder ist er's nicht?« insistierte Teofilojannacos. »Ich weiß es nicht. Er muß es ja sein, aber er sieht verändert aus. Vielleicht, weil ihr ihn so zerschunden habt.« – »Na, dann komm morgen wieder.« Er kam wieder. Am nächsten Tag und am übernächsten und nochmals am übernächsten. Aber an jedem Tag gab er die gleiche Antwort, denn du wurdest jeden Tag unkenntlicher, sie folterten dich jeden Tag mehr. Offiziere, Sergeanten, Soldaten, Söhne des Volkes, jenes Volkes, für das man weint, für das man leidet, für das man kämpft, das man immer rechtfertigt, dem man immer verzeiht, weil es ja angeblich nichts dafür kann. Fünf Jahre später, als du dich röntgen ließest, um den Grund für deine ständigen Atembeschwerden herauszufinden, hob der Röntgenarzt das Negativ ans Licht und rief bestürzt: »Aber was hat man denn mit diesem Mann gemacht? Er hat nicht eine unversehrte Rippe!«

Nein, nicht eine. Man hatte sie dir alle mit Eisenstangen gebrochen. Den linken Fuß aber hatten sie dir durch Keulenschläge zerschlagen, deshalb hinktest du, als hättest du ein zu kurzes Bein. Die Handgelenke haben sie dir ausgerenkt, an einer Schnur; sie ließen dich hängen, bis Schultern und Arme lahm geworden waren und die Handwurzel sich von den Unterarmknochen löste. Am rechten Handgelenk war dir davon ein schwieliges Ödem zurückgeblieben, das sich sofort entzündete, wenn du eine Armbanduhr trugst. »Nicht einmal eine Armbanduhr kann ich mehr tragen!« Auf der Brust hattest du viele kleine Löcher, denn sie hatten dort vielfach ihre Zigaretten ausgedrückt: der Rücken und die Seiten trugen noch die Zeichen der Geißelungen. Weitere Narben bedeckten die Beine, das Gesäß, die Genitalien. Die erschütterndste Narbe aber war die in der Herzgegend: sie war die Folge eines Schnittes, den Teofilojannacos dir mit dem Papiermesser zugefügt hatte, während Konstantin Papadopoulos, der Bruder von Papadopoulos, dir einen Revolver an die Schläfe hielt. »Ich bohr es dir ins Herz, ich bohr es dir ins Herz!« Das Fleisch war schlecht nachgewachsen, in Wucherungen, die aussahen wie ein Relief von weißen Tränen und die sich wie harte Reiskörner anfühlten. Als du damals die Röntgenaufnahmen machen ließest, fuhr der Arzt mit ungläubigen Fingern darüber und stotterte: »Unglaublich! Mein Gott!« Und dann all die anderen Folterungen, die keine Spuren zurücklassen, zum Beispiel, daß man dich weckte, sobald du erschöpft in den Schlaf fallen wolltest, oder daß man dir die Luft abschnürte. Sie merkten bald, daß du dies weniger ertragen konntest, als alles andere, und kamen deshalb besonders häufig darauf zurück. Nachdem du aber Teofilojannacos in den kleinen Finger gebissen hattest, nahmen sie eine Decke zwischen ihre Hände und deinen Mund. Zuletzt die sexuellen Grausamkeiten. Du hast mir nie etwas Genaues darüber erzählt: wenn ich dich nach den Einzelheiten fragte, wurdest du blaß und hülltest dich in Schweigen. Aus einem aber machtest du nie ein Geheimnis, aus der Nadel in der Harnröhre. Sie zogen dich aus, betasteten dir den Penis so lange, bis er erigierte und führten dann eine Eisennadel von der Dicke einer Häkelnadel ein. Dann brachten sie die Nadel mit Hilfe eines Feuerzeuges zum Glühen, und die Wirkung war gleich der eines Elektroschocks. Damit du ihnen nicht wegstarbst, saß ein Arzt mit einem Stethoskop dabei.

Zwei Wochen lang fuhren sie so fort und bombardierten dich währenddessen mit Fragen, die du nicht beantworten konntest, selbst wenn du gewollt hättest, denn sie waren alle an Georgios gerichtet. »Antworte, Leutnant! Wer hat dir geholfen? In welcher Kaserne hast du den Zündstoff gestohlen? Wer hätte von eurem Komplott profitiert? Wie heißen deine Komplizen, und wo sind sie? Wo ist dein Bruder Alekos? Wann hast du ihn das letzte Mal gesehen? Wo warst du versteckt, nachdem du vom Schiff geflohen bist, und wer hat dir das Bullauge geöffnet?« Du schwiegst. Du öffnetest den Mund nur, um zu klagen oder zu schreien. Dann, am fünfzehnten Tag, trat ein Mann in blauem Anzug, weißem Hemd und blauer Krawatte ein. Er hatte sehr gepflegte Hände mit glänzenden Nägeln, die von einem Lackschleier überzogen schienen; dies war das erste, was du an ihm beobachtetest, denn in diesen Händen hielt er eine Akte, auf der der Name von Georgios und der Vermerk »Streng geheim« standen. Das Gesicht des Mannes sahst du dir erst später an, denn es gelang dir noch nicht, die Augen von der Akte zu lösen. Es war ein Gesicht, das den Händen entsprach: es war gut rasiert und sehr gepflegt, die Linien waren klar und ernst, hohe Stirn, lange Nase, schmale Lippen. Die Augen blickten scharf und fest hinter den dicken Gläsern. Sie ruhten einen Augenblick lang prüfend und mit großer Kälte auf dir, fast so, als seist du ein Gegenstand und nicht ein Mensch. Dann blätterte er schweigend in der Akte. Endlich tat er den Mund auf und sagte mit eiskalter Stimme: »Ich bin Oberstleutnant Nicolas Hatzizisis, Kommandant der ESA. Wir wollen ein bißchen miteinander reden, Alexander. Geht es dir besser, Alexander? Oder soll ich dich Alekos nennen?«

»Der echte Inquisitor schlägt nicht. Er spricht, er schüchtert ein, er verschreckt. Der echte Inquisitor weiß, daß ein gutes Verhör nicht allein aus körperlichen Folterungen besteht, sondern aus seelischen Grausamkeiten, die körperlichen Folterungen folgen. Er weiß, daß der Verhörte, dessen Körper auf ein Bündel von Qualen zusammengeschrumpft ist, sich glücklich schätzt, Zuflucht bei einem suchen zu können, der ihn mit Worten quält und mit nichts anderem. Er weiß, daß nichts so sehr seinen körperlichen und moralischen Widerstand zu brechen geeignet ist, wie die sachlich-nüchterne Ankündigung weiterer Qualen. Der echte Inquisitor zeigt sich nie zusammen mit den Akteuren jenes Schauspiels, das den Namen ›Verhör‹ trägt: er wartet den Vorhang nach dem ersten Akt ab, bevor er sich zeigt. Erst dann schaltet er sich dazwischen wie ein Regisseur, der die Arbeit seiner Truppe leitet: sorgfältig wägt er die Fragen ab, klug prüft er die Antworten, höflich respektiert er eine Verweigerung der Antwort. Er legt keinen Wert auf außerordentliche oder unmittelbare Enthüllungen. Ihn interessieren vor allem kleine Äußerungen, aus denen er das Mosaik zusammensetzt, das ihm ermöglicht, die verwundbaren Stellen seines Opfers herauszufinden, in ihm Unsicherheit, Angst und schließlich völlige Verfügbarkeit zu erzeugen. Es genügt deshalb nicht, dem Inquisitor die Antwort zu verweigern. Man muß ihm auch das Gespräch verweigern, jede Form des Gesprächs, und man muß sehr wachsam sein. Dies ist natürlich schwierig: die körperliche Folter hat die Denkkraft geschwächt. Es ist aber notwendig, sich anzustrengen, wenn man wissen will, wie weit die Ermittlung fortgeschritten ist, was sie entdeckt haben und was nicht. Also, Augen und Ohren auf. Auch das Gedächtnis ist wichtig, und die Phantasie, denn der Inquisitor hat keine Phantasie: er versteht die Macht als ein rein formales Phänomen, als eine Anhäufung von Mitteln, kraft deren der Status quo aufrechterhalten werden kann, ohne daß man sich um die Problematik kümmern müsse. Nicht, daß er dumm oder eitel und machtgierig wäre: oft sind es nicht einmal persönliche Interessen, die ihn anspornen, er begnügt sich damit, ein Unbekannter mit mäßigem Einfluß zu sein, sich also im Vorzimmer der Macht aufzuhalten. Nicht, daß er unbedingt ruchlos und korrupt wäre: oft sind es ein echter Haß gegen die Unordnung und eine echte Liebe zur Ordnung, die ihn motivieren. Aber das totalitäre System, die Gewaltherrschaft ist sein Gott; die Vorstellung, die er von der Ordnung hat, ist die eines Friedhofs, auf dem die Kreuze in Reih und Glied stehen. Auch er selbst stellt sich in Reih und Glied, ohne zu widersprechen: er kann sich nichts anderes, nichts Neues vorstellen. Das andere, das Neue macht ihm Angst. Devot wie ein Priester ist er den bereits erprobten Systemen ergeben, vergöttert deshalb deren Vorschriften und gehorcht ihnen restlos, wie er auch den banalen Vorschriften der Eleganz gehorcht: blauer Anzug, weißes Hemd, blaue Krawatte. Der echte Inquisitor ist ein kläglicher Mensch. Weltanschaulich ist er der echte Faschist, das heißt der Faschist, der sich zu keiner Farbe bekennt, der jedem Faschismus dient, jedem Totalitarismus, jedem Regime, das die Menschen in Reih und Glied stellt wie Kreuze auf dem Friedhof. Man trifft ihn überall, wo es Ideologien, absolute Prinzipien, Doktrinen gibt, die dem einzelnen verwehren, er selbst zu sein. Er hat seine Büros überall auf der Erde, seine Kapitel in jedem Geschichtsbuch, gestern diente er dem Inquisitionsgericht der katholischen Kirche oder des Dritten Reichs, heute hilft er bei der Hexenjagd der östlichen oder westlichen, rechten oder linken Tyranneien. Er ist ewig, allgegenwärtig, unsterblich. Niemals ist er menschlich. Vielleicht ist er fähig, sich zu verlieben, vielleicht kann er zur Not weinen und leiden wie wir, vielleicht hat er eine Seele. Wenn er sie jedoch hat, so liegt sie am Grunde eines so tiefen Grabes, daß man einen Bulldozer bräuchte, um sie auszugraben. Wenn man das nicht begreift, wird es einem nicht gelingen, ihm die Stirn zu bieten, und der Widerstand gegen ihn bleibt dann ein Akt des persönlichen Stolzes. Damit wir uns nicht mißverstehen: der persönliche Stolz ist ein Recht und sogar eine Pflicht. Verschließt man ihn aber in sich selbst, so wird er zum politischen Fehler: Widerstand in einem Verhör zu leisten bedeutet nicht nur, heroisch zu sein wie der heilige Sebastian oder die Märtyrer im Kolosseum, es bedeutet auch, das berufliche und geistige Tun des Inquisitors bloßzustellen, in ihm den Zweifel an sich selbst herauszufordern und an dem System, das er repräsentiert; es bedeutet, alle die zu rächen, die von seiner kultivierten Grausamkeit zermalmt wurden.«

Dies ist ein kurzer Essay, den du viele Jahre später für dein Buch schriebst, als deine Geschichte ihrem Ende zuging, und er ist der Ausdruck deines Hasses gegen Hatzizisis: den einzigen Schergen, dem du nie verzeihen solltest. Ein finsterer, schmerzhafter, trotziger Haß. Ein Haß, der sich in eben jenem Augenblick entfachte, in dem er deinen Namen aussprach, um zu zeigen, daß er wußte, wer du warst. »Geht es dir besser, Alexander? Oder soll ich dich Alekos nennen?« Du starrtest ihn an und warst unfähig, ja oder nein zu sagen. Du hättest viel darum gegeben, ja oder nein sagen zu können. Aber die Worte gingen dir nicht von den Lippen, nicht einmal, wenn sie dir die Zunge abgeschnitten hätten. Es war nicht so sehr die Tatsache, daß sie dich erkannt hatten, die dich verstummen ließ, auch nicht das Wissen darum, was dies alles bedeutete: daß Nicos und die anderen verhaftet würden, daß Georgartzis hineingezogen, daß dies einen Skandal auslösen würde, denn wenn sie es geschafft hatten, in wenigen Tagen deine Identität herauszufinden, so würden sie nicht lange brauchen, um zu erfahren, wer dir den Sprengstoff gegeben hatte und wie er nach Athen gelangt war. Es war seine offensive Sicherheit, seine verächtliche Nachgiebigkeit, die Distanz, mit der er dich behandelte. Teofilojannacos und seine Gehilfen waren menschlich in ihrer Bestialität: menschlich genug, um vor dir Angst zu haben und wütend zu werden. Er aber war nicht wütend und hatte keine Angst vor dir: er saß da hinter dem Schreibtisch mit seinen schönen Händen und seinem makellosen Anzug, nahm ruhig die Brille ab und putzte sie, wobei er auf die Gläser schaute und nicht auf dich, setzte sie wieder auf, hüstelte und benahm sich ganz und gar so, als drohe ihm nicht die leiseste Gefahr. Er hatte im übrigen nicht gewollt, daß dich jemand bewache. Er hatte befohlen, daß man dir die Handschellen abnehme, hatte dir einen Stuhl angeboten und sprach nun in einem Ton, als führe er ein Gespräch an einer Bar und nicht ein Verhör in der Zentrale der ESA. »Du schweigst? Nun, wer schweigt, gibt zu. Also geht es dir gut. Es freut mich, wenn es wenigstens einem in der Familie gut geht. Dein Vater erlitt einen Herzinfarkt, nachdem er von der Sache erfahren hat, und deine Mutter war nahe daran, verrückt zu werden. Was sie nicht alles gesagt hat, als wir ihr Haus durchsuchten! Sie wollte nicht, daß wir ihr die Sesselpolster aufrissen, sie entrüstete sich, als wir die Fotos aus ihrem Album beschlagnahmten und weil wir wissen wollten, woher ein gewisses Geldbündel stammte. Sie schrie, schimpfte und lärmte. Wir sahen uns gezwungen, sie zu verhaften. Ebenso deinen Vater, du verstehst. Es ist immer eine unangenehme Sache, zwei alte Leute einzusperren, das sage ich dir, aber ich hatte keine andere Wahl. Sie stehen zu unserer Verfügung. Wir werden sie wohl noch eine Weile festhalten müssen. Sagen wir ein paar Monate. Tja: du stürzt eine ganze Menge Leute in eine ganze Menge Unannehmlichkeiten. Wenn es keine Landesgrenzen und keine diplomatische Immunität gäbe, könnten wir alle unsere Gefängniszellen füllen. Aber das interessiert dich nicht, oder! Wenn ich nicht irre, hat ein guter Revolutionär keine Gefühle, oder er läßt seine Gefühle nicht sprechen. Er ist bereit, seinen Vater zu opfern, seine Mutter, seine Freunde oder wen auch immer. Es kostet ihn keine Mühe, denn es ist ihm egal. Er hat kein Herz. Hast du ein Herz?« – »Nein.« – »Wie ich befürchtet habe. Ich sehe aber, daß deine Lippen trocken sind und du Mühe hast zu sprechen. Möchtest du ein Glas Wasser?« – »Ja.« – »Sehr gut.« Er drückte auf einen Klingelknopf und Babalis kam herein, ganz unterwürfig und seines Doppelgängers beraubt: »Zu Befehl, Herr Oberst.« – »Unser Freund hätte gerne ein Glas Wasser. Er hat trockene Lippen.« Dann wandte er sich wieder dir zu: »Nun, wo waren wir stehengeblieben? Ach ja: beim Herz. Du bist nicht verheiratet, nicht wahr? Du hast nicht einmal eine feste Freundin. Ein Abenteuer hie und da, wenn es sich anbietet, wenn Zeit dazu ist, aber keine festen Bindungen. Keine Liebschaften. Deine einzige Liebe ist die Politik, ich wette, du warst niemals verliebt. Aber ich verstehe auch dies: ein guter Revolutionär darf sich nicht mit solchen Albernheiten abgeben. Oder sind meine Informationen vielleicht nicht richtig, irre ich, hast du doch ein Mädchen?« Noch ein heiserer Ton: »Und du, Hatzizisis?« – »Nein, ich auch nicht. Ich bin auch nicht verheiratet, wie du, und ich bin nicht verliebt, wie du. Wir haben einiges gemeinsam, du und ich, wir werden uns noch gut verstehen. Aber da ist das Wasser.« Babalis war mit einem Glas Wasser eingetreten, und alles geschah schneller, als sie begreifen konnten, keiner der beiden hatte bemerkt, daß du das Glas nicht zum Munde führtest. Sie hörten nur den Knall, fühlten die Feuchtigkeit an ihrem Leib, und da warst du schon auf den Schreibtisch gesprungen, um Hatzizisis den Hals durchzuschneiden. Hatzizisis gelang es, gerade noch rechtzeitig auszuweichen. Babalis nicht. Zwischen dir und Babalis waren keine Hindernisse, und es war leicht, ihn niederzuschlagen, wenn auch nur oberflächlich, sozusagen behelfsmäßig; denn du hattest es immer noch auf Hatzizisis abgesehen: seinetwegen hattest du das Wasser angenommen, und auf ihn richtetest du nun von neuem das kaputte Glas, zitternd vor Wut über die unerschütterliche Ruhe, mit der er dir ausgewichen war. Aber er zuckte nicht mit der Wimper. Er veränderte nicht einmal den Gesichtsausdruck. Er beschränkte sich darauf, den Klingelknopf zu drücken, um Verstärkung herbeizurufen und das Schauspiel zu genießen, das unmittelbar darauf folgte. Unter den Hereinstürzenden befanden sich die drei Sergeanten, die am ersten Tag neben dem Eisenbett gestanden hatten. Sie sprangen sofort auf dich zu und packten den Arm, der das kaputte Glas schwang, und sie waren es nun, gegen die du zu kämpfen hattest, während Babalis schrie: »Haltet ihn fest, haltet ihn!« Es war ein langer Kampf, denn obwohl du dich nicht bewegen konntest, ließest du das Glas nicht los, du hieltest es fest, wie ein Rugbyspieler den Ball vor seiner Brust festhält, du kümmertest dich nicht darum, daß das Glas dir in die Finger schnitt, und als es ihnen endlich gelungen war, dir den Griff zu lockern, war dein kleiner Finger fast bis zur Hälfte aufgeschlitzt, die Sehne zerschnitten. »Tja, ich sehe, daß heute kein Gespräch zwischen uns zustande kommt«, sagte Hatzizisis mit unveränderter Stimme; dann überließ er dich Babalis, der dir die Arme auf den Rücken band und dich von einem Arzt vernähen ließ, wobei er diesem verbat, dich zu anästhetisieren. Eine Woche später kam Hatzizisis wieder, in seinem blauen Anzug, seiner blauen Krawatte, seinem weißen Hemd, seinen manikürten Nägeln. »Wie geht es dem Finger? Man hat mir gesagt, du seist sehr mutig gewesen und hättest eine Anästhesie verweigert. Mein

Kompliment! Nebenbei bemerkt, bist du es nicht gewesen, der den kleinen Finger von Teofilojannacos entzweigebissen hat? Nun lauft ihr beide mit einem Verband einher, und, wenn ich nicht irre, ist es sogar der gleiche kleine Finger. Aug' um Auge, Finger um Finger, wie die Muselmanen zu sagen pflegen. Tja, laß uns miteinander reden.«

Er sagte immer: »Tja, laß uns miteinander reden.« Er sagte es zweieinhalb Monate hindurch. Zweieinhalb Monate lang fuhren sie ununterbrochen fort, dir Körper und Seele zu quälen. Der Körper fiel Teofilojannacos zu, die Seele Hatzizisis. Aber du redetest nie. Du öffnetest den Mund nur, um sie zu beleidigen oder sie zur Verzweiflung zu bringen oder zu sagen: »Ja, ich bin es gewesen. Es ist mir nicht gelungen, und das tut mir leid. Wenn ich nicht sterbe, tue ich es nochmal.« Die anderen redeten. Sie hatten alle verhaftet, einen nach dem anderen, es verging kein Tag, an dem sie dir nicht diesen oder jenen vorführten, um dich zum Nachgeben zu bewegen, um dir zu zeigen, daß dein Widerstand sinnlos sei, und sie, deine Kameraden, sprachen zu dir, mit geschwollenem Gesicht und nunmehr willenlosen Blick: »Schluß, Alekos, es nützt nichts mehr. Wir haben nicht durchgehalten, wir haben alles gesagt.« Und du, ob du nun auf dem Eisenbett festgeschnallt oder an der Decke aufgehängt warst, antwortetest jedesmal: »Wer ist dieser Mensch? Was will er? Ich kenne ihn nicht.« Ende September formulierten Hatzizisis und Teofilojannacos ein Geständnis, wobei sie sich der Aussagen bedienten, die die anderen gemacht hatten, und forderten dich auf, es zu unterschreiben. Eine Unterschrift, nur eine Unterschrift, und niemand würde dich mehr quälen. Du verweigertest sie ihnen. Sie verpaßten dir eine Bastonade, und während der Bastonade forderten sie dich nochmals auf zu unterschreiben. Du weigertest dich wieder. Sie geißelten dich, und nachdem sie dich gegeißelt hatten, hielten sie dir das Papier nochmals vor. Du weigertest dich abermals. Du weigertest dich immer. Du wärst an ihren Folterungen gestorben, wenn er nicht eines Nachts aufgetaucht wäre, er: Brigadegeneral Joannidis, Oberhaupt der ESA.
Es war eine kalte Nacht, in jenem Oktober war es kalt in Athen, und du lagst nackt auf dem Eisenbett, wo sie dich wie üblich an Knöcheln und Handgelenken festgeschnallt hatten. Blutstropfen rannen dir aus dem Mund, denn sie hatten dir mit ihren Fausthieben einen weiteren Zahn ausgeschlagen, dein Gesicht war eine weiße Maske, denn seit Tagen hattest du nichts gegessen und seit

Nächten nicht geschlafen. Dein Atem ging schwer, ein Röcheln aus der Tiefe deiner Kehle; dessenungeachtet brüllte Teofilojannacos: »Ob du nun redest oder nicht, wir werden jedenfalls sagen, du hättest geredet! Ob du unterschreibst oder nicht, wir werden sagen, du hättest unterschrieben!« Die Tür öffnete sich und Joannidis trat ein mit seinem martialischen Schritt. Die Brust vorgestreckt, die Hände auf dem Rücken gekreuzt, blieb er vor deinem Bett stehen. Du erkanntest ihn sofort, du wußtest, wer er war: nicht nur das Oberhaupt der ESA, vielmehr der mächtigste Mann Griechenlands, so mächtig, daß selbst Papadopoulos ihn fürchtete. Er war verschlossen, starrköpfig, mürrisch mit jedermann, und wer immer sich ihm näherte, bekam Angst vor ihm; wiewohl er nichts dazu tat, um groß beachtet zu werden und sich lieber im Hintergrund hielt, kannten alle seine Härte, seine Unbestechlichkeit, seine Sturheit. Man sagte ihm nach, daß er seine eigene Mutter erschießen würde, wenn er es für nötig erachtete; oder auch eigenhändig seinen Rosengarten zerstören würde, an dem alle Liebe hing, die er sich gestattete. Man sagte auch, daß er den Tyrannen offen verachtete und daß er sehr ungern und nur aus Prinzip ihm beim Staatsstreich geholfen habe, der im übrigen ohne seinen Beistand unmöglich gewesen wäre. Acht Jahre später, nachdem die Ironie der Geschichte oder die Groteske des Lebens ihn an deinen Platz versetzt hatte, nämlich hinter Gitter, bemerkte ich mit Verwunderung, daß du ihn achtungsvoll behandeltest, wie einen Widersacher, nicht wie einen Feind, und daß du ihn deshalb nicht hassen konntest. Resultierte aus dieser Achtung deine Unfähigkeit, ihn zu hassen? Entstand sie wegen der Worte, die er zu Teofilojannacos sprach? Mit unbeweglichem Gesicht, die eiskalten blauen Augen fest auf dich gerichtet, stand Joannidis einige Sekunden schweigend da. Dann schob er mit einer Geste Teofilojannacos beiseite und sagte: »Schluß. Rührt ihn nicht mehr an. Es hat keinen Sinn, darauf bestehen zu wollen, er wird nicht reden. Unter hunderttausend ist nur einer, der nicht redet. Und er ist einer von diesen.« Dann streckte er eine Hand nach dir aus, und ohne seine beeindruckende Haltung zu verändern oder auch nur einen Muskel seines bösen Gesichts zu verziehen, packte er ein Ende deines Schnurrbartes und zog sachte daran: »Ich werde dich erschießen lassen, Panagoulis.« Neunzehn Tage später – der November mit seinen Nordwinden hatte bereits Einzug gehalten – begann der Prozeß.

2. Kapitel

Der Gerichtssaal war klein und stank, weil sich im Korridor nebenan die Aborte befanden, deren Abflußrohre verstopft waren. An der Stirnwand hing eine Ikone mit der Muttergottes und dem Jesuskind, das die Opfer dieses üblen Geruchs zu segnen schien. Unter der Ikone befand sich die lange Bank für die Richter des Kriegsgerichts. Man hatte sie aus den Reihen der regimetreuen Offiziere ausgewählt und in eine flaschengrüne Uniform mit goldenen Knöpfen und roten Aufschlägen gesteckt. Links von den Richtern saß ein kahlköpfiger Amtsrichter mit vernarbtem und fettigem Gesicht, der den Prozeß hätte anfechten können, weil er nicht dem Militär angehörte: der Staatsanwalt Liappis. Rechts befand sich der Käfig der Angeklagten: vierzehn – außer dir. Gegenüber der Richterbank war der Tisch der Verteidiger, die im letzten Augenblick ernannt worden waren, ohne Kenntnis der Ergebnisse des Untersuchungsverfahrens. Vor Angst und Kälte ganz aufgebläht und in ihre Talare gekauert, sahen sie aus wie schwankende Vögel auf einem Leitungsdraht. Einer sagte weinerlich: »Man müßte vertagen! Man müßte vertagen!« Hinter ihnen war der Tisch für die Presse. Nur wenige Berichterstatter waren zugelassen worden, und es gab tausend Verbote: kein Tonbandgerät für die Rundfunkreporter, keine Kameras für die Fernsehleute, keine Fotoapparate, außer wenn der Präsident ausdrücklich eine Sondererlaubnis erteilte. Schließlich gab es einen abgeteilten Raum für das Publikum, zu dem man nur nach besonderer Überprüfung zugelassen wurde: Familienangehörige und Freunde der Angeklagten konnten dem Prozeß nicht beiwohnen. Du tratest ein, als alle bereits saßen, und es herrschte Grabesstille.
Du gingst erhobenen Hauptes, mit Handschellen, zwischen zwei Polizisten gezwängt, die dich an den Ellbogen festhielten. Zusammen mit ihnen gelangtest du in die erste Reihe, direkt neben den Käfig, und erst dort nahm man dir die Handschellen ab. Aber den Griff an den Ellbogen lockerte man nicht. Du trugst eine Soldatenuniform, die zu groß für dich war, ausgewählt mit der Absicht, dich lächerlich zu machen. Zwei Stunden zuvor hatte man dich mit Ohrfeigen traktiert, weil du sie nicht anziehen wolltest und Zivilkleidung verlangtest, wie die anderen vierzehn sie trugen. Man hatte dir die Uniform höhnisch lachend übergezogen und gesagt, daß sie dir gut passe, vor allem am Kragen und in den

Schultern. Der Kragen schlotterte dir um den Hals, und die Schultern versanken förmlich in der Uniform. In den drei Monaten warst du sehr abgemagert, hattest zwanzig Kilo von deinem normalen Gewicht verloren, das sah man auch an deinem ausgezehrten Gesicht, an den hervorstehenden Wangenknochen. Eine Verwandte, die sich in den Saal eingeschmuggelt hatte, suchte vergeblich den Käfig nach dir ab und murmelte: »Ich sehe ihn nicht, er ist nicht dabei, wann kommt er?« Aber deine Augen waren zwei lebendige Brunnen, und du lächeltest mit solchem Stolz und heiterer Unverschämtheit, daß es den Leuten schwerfiel, etwas Mitleid für dich aufzubringen. Übrigens kannten die Leute dich nicht, die Berichte von deinem Leidensweg waren nie über die Grenzen der ESA hinausgedrungen. Was die Leute über dich wußten, beschränkte sich auf das Bild eines ängstlichen, unbedeutenden, käuflichen Söldners, eines gewöhnlichen Verbrechers, der sich um ein wenig Geld hatte dingen lassen. Die üblichen Informationen, geliefert von der Presse des Regimes, von den feigen Schreiberlingen, die sich in einer Demokratie als Ritter der Freiheit und des Mutes aufspielen, und die, kaum daß die Diktatur hereinbricht, wie die Dirnen mit ihr ins Bett schlüpfen, und, ihr zu Diensten, diejenigen verleumden, die sie vorher gepriesen haben, diejenigen preisen, die sie vorher verurteilten, die einst wohlgefällig die Riesenversammlungen auf der Piazza Venezia beschrieben oder die sportlichen Leistungen des vierundsechzigjährigen Diktators, der noch im Jang-tse-Fluß schwimmt, und wenn die Angst überstanden, die Demokratie zurückgekehrt ist, fangen sie unverfroren von vorne an, ohne daß ihnen je etwas zustößt, weil man sie eben braucht wie den Schuster und den Totengräber. Was würden die neuen Herren ohne sie anfangen? Wie würden sie zurechtkommen ohne sie, die Schutzpatrone der Macht, die befiehlt, verspricht, Angst einjagt? Acht Jahre später, als Toten, würden sie auch dich rühmen und in ihren Zeitungen schreiben atánatos, unsterblich, atànatos. Jetzt aber schmähten sie dich. Es gab ja keine Partei, die dich schützte, keine organisierte Ideologie, keine anerkannte Religion.
Man verlas die Anklage: versuchter Widerstand gegen die Staatsgewalt, Mordversuch am Staatsoberhaupt, Sprengstoff- und Waffenbesitz, Fahnenflucht. Du hörtest zu, ohne mit der Wimper zu zucken, verzichtetest nicht auf dein Lächeln. Alles entsprach der Wahrheit, und du wolltest es nicht leugnen. Dann aber sagten sie, daß du alles in einem unterschriebenen Dokument zugegeben hättest, in welchem du deine Komplizen anzeigtest, und da sahen

auch die Blindesten, wer du warst. Denn sie sahen, wie du dich aus dem eisernen Griff der beiden Polizisten befreitest, aufsprangst, mit dem Finger auf die Richter zeigtest: »Lügner! Meine Unterschrift befindet sich nicht auf den Akten, und ihr wißt es! Jedes Dokument, das meine Unterschrift trägt, ist eine Fälschung von Hatzizisis und von Teofilojannacos, und ihr wißt es, ihr Knechte der Tyrannei.« – »Angeklagter, schweigen Sie!« – »Mich heißt ihr schweigen? Mich nennt ihr Angeklagter? Ihr? Ihr wagt es, mich anzuklagen? Ich bin es, der euch anklagt, ich verurteile euch für eure Lügen, eure Mißhandlungen!« Und du versuchtest, dein Hemd zu öffnen, um wenigstens die Narben auf der Brust vorzuzeigen, die Messerstiche von Teofilojannacos an der Seite. »Angeklagter, im Gerichtssaal zieht man sich nicht aus!« – »Man zieht sich aus, wenn man die nötigen Beweise liefern muß.« – »Welche Beweise!« – »Die Beweise für die Mißhandlungen, die ich beim Verhör erdulden mußte! Messerstiche, Schläge mit Stöcken und Knüppeln, Auspeitschen mit Stahlriemen!« – »Schweigen Sie!« – »Verbrennungen mit Zigaretten auf den Genitalien! Bastonaden auf die Fußsohlen!« – »Schweigen Sie!« – »Nadeln in die Harnröhre, sexuelle Folterungen!« – »Schweigen Sie, Angeklagter, schweigen Sie!« – »Ersticken, Tritte, Ohrfeigen! Auch ehe ich in den Gerichtssaal geführt wurde, hat man mich geschlagen! Und seit neunzig Tagen, neunzig, hat man mir die Handschellen nicht abgenommen! Auch nicht zum Schlafen oder zum Urinieren! Ich verlange, daß ein Arzt hier im Gerichtssaal mich untersucht und meine Behauptungen bestätigt! Ich verlange, daß ein Verfahren eröffnet wird gegen den Oberstleutnant Hatzizisis und den Major Teofilojannacos wegen falscher Aussage. Ich verlange, daß die beiden und der Vizekommissar Babalis, der Vizekommissar Malios, der Bruder eures Präsidenten, Costas Papadopoulos, die Offiziere der ESA, deren Namen zu nennen ich mir vorbehalte, wegen Folterung vor Gericht gestellt werden. Ich verlange ...« – »Angeklagter, diese Dinge haben mit dem Prozeß nichts zu tun!« – »Wenn sie mit dem Prozeß nichts zu tun haben, meine Herren vom Gerichtshof, dann habe ich doppelt recht, wenn ich Sie Knechte des Regimes nenne.« Sie verurteilten dich daraufhin sofort zu zwei Jahren Gefängnis wegen Beleidigung des Gerichtes und der Obrigkeit.

Der Prozeß dauerte fünf Tage und war, was die Rechtsprechung anbelangt, eine reine Farce. Die Zeugen waren die gleichen, die die Untersuchung geleitet und dich gefoltert hatten: man ließ sie schnell auftreten, die Protokolle bestätigen, und die Rechtsanwälte wagten gar nicht, sie zu beanstanden. Zu deiner Entlastung hatten sie nur zwei oder drei Personen zugelassen, die man vorher bedroht hatte, so daß sie auf dem Zeugenstand all das aussagten, was Liappis wollte. In der Furcht, dem Tyrannen zu mißfallen, übertrieb Liappis noch seine Rolle, und wenn immer er sich äußerte, schmälerte er deine Glaubwürdigkeit, stellte dich als Söldner im Dienst einer fremden Macht hin, vor allem von Polykarpos Georgartzis, und überdies als einen Banditen und Abenteurer, einen Raufbold, den alle verabscheuten. Um dies zu beweisen, berief er sich auf die Aussagen, deren Echtheit du bestritten hattest, und dein Anwalt bat vergeblich, von diesem Umstand Kenntnis zu nehmen. Dein Verteidiger konnte sich mit dir nicht in Verbindung setzen, man erlaubte ihm nicht mehr als einige Gesprächsminuten während des Verhörs, wobei die beiden Polizisten zuhörten, ihre Bemerkungen machten und störten. Sehr bald hatte sich zu den beiden noch ein dritter gesellt, hinter deinem Rücken, der dich nicht reden ließ. Trotzdem verzichtetest du nie auf die Haltung, die du dir vorgenommen hattest, und immer wieder gelang es dir, aufzuspringen, um zu protestieren, zu entlarven, die Ankläger der Lüge zu zeihen, zum beinahe bewundernden Staunen der Richter: nie hatte man einen Mann gesehen, der die Todesstrafe riskierte und sich mit solcher Festigkeit und Klarheit vom Angeklagten zum Kläger wandelte. War das ein Verrückter oder ein Selbstmörder, begriff er denn nicht, daß er seine Verurteilung förmlich herbeizwang? Du wußtest es wohl, gewiß, du wußtest, daß du mit diesem Verhalten dein Leben aufs Spiel setztest, es den Richtern auf den Tisch warfst wie eine Spielmarke aufs Roulette: rouge et noir et rien ne va plus. Aber du spieltest nicht blind, du spieltest mit wissenschaftlicher Schärfe, berechnetest überlegen die Folgen jeder Geste, jedes Satzes, indem du jeder Kühnheit ein gleiches Maß an Vernunft, Mut, Impulsivität und List beimaßest: wie ein großer Spieler, der nicht an den Roulettetisch tritt, um jämmerliche Sümmchen zu gewinnen. Jahre später hast du es mir erklärt. Gewiß, so erklärtest du, hattest du nur eine entfernte Möglichkeit des Überlebens. Sagen wir höchstens ein Prozent. Aber gerade deshalb mußtest du den großen Einsatz wagen, systematisch überraschen und verunsichern, den Keim des Zweifels in deine Ankläger legen: der-ist-seiner-so-sicher-hat-er-vielleicht-recht? So wurdest du von Tag zu Tag entschiedener und aggressiver, erhobst dich stolzer über deine Mitangeklagten, die sich mit Leugnen demütigten, sich rechtfertigten, sich gegenseitig beschuldigten oder dir die Schuld

zuschoben. Und die Hoffnung, daß dieses eine Prozent gewinnen würde, wuchs und wuchs.
Dann aber kam der Tag für das Plädoyer und die Anklagerede des Staatsanwalts Liappis, und es geschah etwas, was du nicht vorausgesehen hattest: du verliebtest dich in die Vorstellung des Sterbens. Warum das Spiel weiterführen? Damit man dir das zufügen würde, was du stolz hättest fordern können, um die Rolle des Opfers aufrechtzuerhalten? Man muß sie immer von sich weisen, die Rolle des Opfers, man bekommt nie etwas in der Rolle des Opfers, und da ist sie, die ersehnte große Gelegenheit: der Welt zeigen, wer du warst und woran du glaubtest. Die Presse des Regimes würde sich darum nicht scheren, wohl aber die ausländischen Berichterstatter. Sie riskierten nichts, wenn sie nicht gehorsam waren, und so würden sie die Wahrheit berichten über diesen Mann, der als Mann zu leben und zu sterben verstand, ohne sich zu beugen, ohne sich zu fürchten oder zu verzichten, der das einzig mögliche Heil predigte, das einzige Gut, das zählt, die Freiheit. Und vielleicht hätte es noch manch ein anderer erzählt, in deinem eigenen Land. Manch ein Richter, ein Rechtsanwalt, ein reuiger Polizist. Und viele würden es erfahren. Nach deinem Tod hätten sie dich geliebt oder gar nachgeahmt. Du würdest nicht mehr allein sein. »Angeklagter, stehen Sie auf!« Der Präsident rief dich auf. Der Regel nach hätte der Angeklagte vor dem öffentlichen Ankläger sprechen sollen. Die drei Polizisten lockerten ihren eisernen Griff. Du standest auf. Du blicktest den Richtern ins Gesicht, einem nach dem anderen. Und deine Stimme erhob sich, fest, volltönend, wunderbar.

»Herren des Kriegsgerichtes, ich werde mich kurz fassen. Ich werde mich nicht einmal aufhalten mit dem infamen Untersuchungsverhör, dem ich unterworfen wurde: mir genügt das, was ich darüber bereits gesagt habe. Ehe ich auf die Beschuldigungen eingehe, die man gegen mich erhebt, will ich lieber den anderen Aspekt der schändlichen Untersuchung, die mich betrifft, herausstellen: Ihren Versuch, die Anklage mit falschen Beweisen, unwahren Einzelheiten, mit abgekarteten oder erzwungenen Aussagen der Zeugen auf beiden Seiten zu konstruieren. Diese meine Verteidigungsrede will und soll keine Rechtfertigung sein. Sie will und soll hingegen eine Anklage sein: und dabei will ich gerade von dem falschen Dokument ausgehen, das mir zugeschrieben wird und das der Leitfaden dieses ganzen Prozesses war. Ein wichtiges Dokument, meiner Ansicht nach, weil es typisch ist für alle

Prozesse, die sich in Ländern abspielen, wo das Recht zugleich mit der Freiheit ermordet wird. Ihr steht nicht allein mit dieser Schmach, nein. Gewiß werden, während ich hier spreche, Patrioten anderer unfreier und gesetzloser Länder von einem dem Regime unterworfenen Kriegsgericht verurteilt aufgrund falscher Beweise, unwahrer Einzelheiten, abgekarteter oder erzwungener Aussagen, Geständnissen gleich dem Geständnis, das ich nie abgelegt und nie unterschrieben habe: wie die Tatsache belegt, daß es nicht meine Unterschrift, sondern die zweier Schergen trägt, die Hatzizisis und Teofilojannacos heißen. Schergen, die überdies nicht die geringste Ahnung von Grammatik haben. Heute nacht konnte ich diese Papiere endlich lesen, und ich könnte schwerlich sagen, ob es mir mehr schauderte vor den Lügen oder vor den himmelschreienden Grammatikfehlern, die sie enthalten. Wenn ich sie früher zu Gesicht bekommen hätte, so hätte ich, noch im Koma, einige Verbesserungen vorgeschlagen. Was hat nur dieses Regime für Analphabeten in seinen Diensten! Man könnte sagen, daß die Unbildung Hand in Hand geht mit der Grausamkeit.
Nun, meine Herren vom Kriegsgericht, Sie wissen sehr wohl, daß die Benutzung eines falschen Dokumentes unannehmbar ist, sowohl moralisch als auch juristisch gesehen. Und da dieser Prozeß auf einem solchen Dokument aufgebaut ist, hätte ich das Recht gehabt, ihn anzufechten. Ich habe ihn nicht angefochten, weil ich Sie nicht dazu verleiten wollte, zu glauben, ich hätte Angst, mich der Anklage zu stellen. Es ist klar, daß ich die Anklage akzeptiere. Ich, meinerseits, habe sie nie zurückgewiesen. Weder während des Verhörs noch vor Ihnen. Und ich wiederhole nunmehr mit Stolz: ja, ich habe den Sprengstoff gelegt, ich wollte zwei Minen zur Explosion bringen, wobei leider nur eine explodierte. Dies zu dem Zweck, jenen Mann zu töten, den Sie ›Präsident‹ nennen. Und ich bedauere nur, daß es mir nicht gelungen ist, ihn zu töten. Seit drei Monaten ist dies mein größter Schmerz, seit drei Monaten frage ich mich mit Kummer, wo ich einen Fehler gemacht habe, und ich würde meine Seele darum geben, nochmals zurückkehren und es zum Gelingen bringen zu können. Es ist also nicht die Anklage an sich, die meine Entrüstung hervorruft, sondern die Tatsache, daß man mich mit Hilfe dieser Blätter mit Schmutz bewerfen will, indem man erklärt, daß ich es gewesen sei, der die anderen Mitangeklagten hereinzog, daß ich die Namen genannt hätte, die in dieser Aula ausgesprochen wurden. Zum Beispiel den Namen des zypriotischen Ministers Polykarpos Georgartzis. Hier liegt die Niederträchtigkeit, und die ist typisch. Um sie zu bekräftigen,

haben meine Ankläger sogar behauptet, daß mein polizeiliches Führungszeugnis unsauber sei, daß ich als Junge ein teddy boy gewesen sei, als Erwachsener ein Lump, ein Dieb und käuflicher Spitzel. Mein polizeiliches Führungszeugnis liegt Ihnen vor, meine Herren vom Kriegsgericht, und Sie können feststellen, daß ich weder ein teddy boy noch ein Herumtreiber, noch ein Dieb, noch ein käuflicher Spitzel jemals gewesen bin. Ich war und bin immer ein Kämpfer für ein besseres Griechenland, ein besseres Morgen, eine Gesellschaft, die an den Menschen glaubt. Ich befinde mich hier, gerade weil ich an den Menschen glaube. Und an den Menschen zu glauben bedeutet, an seine Freiheit zu glauben. Freiheit des Denkens, des Wortes, der Kritik, der Opposition: all das, was der faschistische Staatsstreich des Papadopoulos vor einem Jahr ausgemerzt hat. Kommen wir nun zum ersten Punkt der Anklage, die man gegen mich erhebt.

Der erste Punkt der Anklage, auch der schwerwiegendste, ist versuchter Widerstand gegen die Staatsgewalt: Artikel 509 des Strafgesetzes. Ist es nicht paradox, daß dies gegen mich vorgebracht wird gerade von denen, die am 21. April 1967 gegen den Artikel 509 verstoßen haben? Wer also sollte eigentlich in diesem Käfig sitzen? Ich oder sie? Jeder Bürger mit etwas Verstand und etwas Schneid würde antworten: sie. Und würde das hinzufügen, was ich jetzt hinzufüge: Indem ich mich weigerte, das Gesetz und die Autorität des Tyrannen anzuerkennen, habe ich den Artikel 509 beachtet und nicht dagegen verstoßen. Aber ich hege nicht die Illusion, daß ich in diesem Punkt von Ihnen verstanden werde, denn wenn der Staatsstreich mißlungen wäre, stünden auch Sie hier in diesem Käfig, meine Herren vom Kriegsgericht: nicht nur die Führer der Junta. Daher sage ich nicht mehr als dies und gehe auf den zweiten Punkt der Anklage über: Fahnenflucht. Es ist wahr: ich bin desertiert. Einige Tage nach dem Staatsstreich habe ich meine Einheit verlassen und bin mit einem falschen Paß ins Ausland gegangen. Ich hätte das noch am Tag des Staatsstreiches machen sollen, nicht erst später. Darin muß man mich aber freisprechen: am Tag des Staatsstreiches war die Lage in der Türkei sehr gespannt, und wenn Krieg ausgebrochen wäre, hätte meine Pflicht als Grieche darin bestanden, zu kämpfen, nicht zu desertieren. Weil aber der Krieg nicht ausbrach, beeilte ich mich, meine andere Pflicht zu erfüllen: zu desertieren. Meine Herren Richter, in einem Heer der Diktatur zu dienen, das wohl wäre Verrat gewesen. Ich entschloß mich also dazu, ein Fahnenflüchtiger zu sein, und bin stolz auf meine Wahl; und nachdem das gesagt ist, kommen wir zu dem Punkt, auf den es Ihnen am meisten ankommt: versuchter Mord des Staatsoberhauptes. Ich beginne damit, zu bekräftigen, daß ich, entgegen dem Geschwätz meiner Gefängniswärter, die Gewalttätigkeit nicht liebe. Ich hasse sie. Ich mag auch den politischen Mord nicht. Wenn ein solcher in einem Land geschieht, wo es ein freies Parlament gibt und die Bürger sich frei ausdrücken, sich widersetzen, eine andere Denkweise haben können, dann verurteile ich ihn mit Zorn und Abscheu. Wenn aber eine Regierung sich mit Gewalt durchsetzt und mit Gewalt den Bürgern verwehrt, sich frei auszudrücken, sich zu widersetzen oder gar zu denken, dann ist die Zuflucht zur Gewalt eine Notwendigkeit. Sie ist sogar Pflicht. Jesus Christus und Gandhi könnten es euch besser erklären als ich. Es gibt keinen anderen Weg, und daß es mir nicht gelungen ist, steht auf einem anderen Blatt. Andere werden nachfolgen, und es wird ihnen gelingen. Bereitet euch darauf vor und zittert. Nein, Herr Präsident, unterbrechen Sie mich nicht: ich bitte darum. Ich komme zum dritten Anklagepunkt, und bald werden Sie in alle vier Himmelsrichtungen verkünden können, wie sicher Sie in Ihrer Uniform stecken. Dritte Anklage: Besitz von Sprengstoff. Was könnte ich noch zu dem hinzufügen, was ich bereits gesagt habe? Ich habe erklärt, daß nur zwei meiner Mitangeklagten wußten, daß ich ein Attentat vorbereitete, aber sie wußten nicht, welches Attentat. Ich habe auch die Verantwortung für die beiden Bomben übernommen, die am gleichen Morgen im Stadtpark und im Stadion explodiert sind. Ich habe klargestellt, daß sie nur demonstrativen Zweck hatten, als eine Warnung, und deshalb so gelegt wurden, daß sie keine Opfer unter der Bevölkerung hervorriefen. Wenn meine Mitangeklagten in den von ihnen unterzeichneten Dokumenten etwas anderes aussagten, so ist es bedeutungslos. Es handelt sich um gewaltsam erpreßte Dokumente. Wenn ich Hatzizisis und Teofilojannacos foltern würde, wären sie sogar bereit, zu behaupten, daß ihre Mutter eine Dirne und ihr Vater ein Schwuler sei. Und ich vermute, daß dank solcher Methoden auch die Verleumdung bezüglich Polykarpos Georgartzis' entstanden ist. Ich weiß, daß Papadopoulos viel darum gäbe, wenn diese Verleumdung wahr wäre. Ebenso Joannidis. Dann hätten sie doch einen Vorwand, um in Zypern einzufallen, der Unabhängigkeit ein Ende zu machen, wie sie hier der Demokratie ein Ende machten. Aber sie müssen sich beide darin ergeben: kein ausländischer Politiker ist verstrickt in den Kampf, den ich vertrete. Er geht hier im Vaterland vor sich, meine Herren, nicht im Ausland: aus

gutem Grund nennt sich meine Gruppe ›Griechischer Widerstand‹, und wenn Polykarpos Georgartzis für den ›Griechischen Widerstand‹ arbeiten würde, für mich, dann wäre es wohl das erstemal, daß ein einfacher Soldat einen Verteidigungsminister zu den Waffen ruft. Nun aber, werden Sie einwenden, woher kam dann dieser Sprengstoff? Meine Herren vom Kriegsgericht, das werde ich Ihnen nicht sagen. Ich habe es unter den fürchterlichsten Folterungen nicht verraten. Glauben Sie vielleicht, daß ich es in meiner Verteidigungsrede sagen werde? Dieses Geheimnis nehme ich mit in den Tod. Und damit bin ich am Ende angelangt. Es bleibt mir nur noch, eine persönliche Sache hinzuzufügen. Wenn Sie wollen, eine kleine Geste des Stolzes meinerseits. Ihre Zeugen haben ausgesagt, daß ich ein egoistischer Mensch sei. Gut, wenn ich es wäre oder gewesen wäre, dann hätte ich ruhig im Ausland bleiben können. Ich bin hingegen aus dem Ausland zurückgekehrt, um etwas zu wagen und zu kämpfen. Ich kannte die Gefahren, die mich erwarteten. Genauso wie ich die Strafe kenne, die Sie mir jetzt auferlegen werden. Ich weiß, daß man mich zum Tod verurteilen wird. Und ich mache keinen Rückzieher, meine Herren vom Kriegsgericht. Ich nehme von vornherein die Verurteilung an. Denn der Schwanengesang eines echten Kämpfers ist das Röcheln, das er ausstößt, wenn er vom Erschießungskommando der Tyrannei getroffen wird.«
Über der Aula lag bleiernes Schweigen. Versteinert starrten dich die Richter an, ohne zu reagieren. Es dauerte einige Minuten, ehe der Präsident die Sprache wiederfand und Liappis aufforderte, seine Anklagerede zu halten. Liappis sprach lange, ohne dem Rechnung zu tragen, was du gesagt hattest, forderte die Todesstrafe für dich und einen anderen Angeklagten, Elefterios Verivakis, lebenslänglichen Kerker für Nicos, sehr schwere Strafen für fast alle. Dann wurde die Verhandlung vertagt mit der Ausrede, daß einer der Richter Fieber habe. Sie wußten nicht mehr, was sie machen sollten. Es hieß, daß nach deiner Verteidigungsrede die Mitglieder des Kriegsgerichtes untereinander uneins waren, daß selbst Papadopoulos zögerte, dich erschießen zu lassen, weil er begriff, daß ihn das unpopulär machen würde, daß daraufhin aufgeregte Sitzungen abgehalten wurden, um den widerstrebenden Joannidis dahin zu bringen, dich letztlich doch zu begnadigen. So kam der Tag der Abschlußverhandlung heran, Sonntag, der 17. November 1968. Du warst sehr ruhig, hattest dich in den sieben Tagen und Nächten nicht eines anderen besonnen, eher dir vorgeworfen, daß du nicht noch mehr gesagt hattest. Ein Gedicht

hattest du geschrieben, das den Tod besang: »Fortgeflogen sind die weißen Tauben, / der Himmel hat sich mit Raben gefüllt, / mit schwarzen Vögeln. / Wilde Flügelschläge des Schreckens / verdekken das Blau,/ die letzten Augenblicke. / Werft Erde in die Grube, / damit die weißen Tauben wiederkehren. / Erde, schnell, Erde. / Aber die Gruben wollen nicht nur Erde, / sie wollen Asche und Blut, / sie wollen Tote, / werft uns Tote zu. / Tränkt die Erde mit Blut, / damit die weißen Tauben wiederkehren, / braucht es viel Blut.« So tratest du in die Aula mit deinem üblichen Lächeln, mit deiner üblichen Sicherheit, und auch deine Stimme bebte nicht, als der Präsident dich fragte, was zu hinzuzufügen hättest. Und du erhobst dich, um jene Worte auszusprechen, die jeder Wahrscheinlichkeit einer Rettung ein Ende machten: »Meine Herren vom Kriegsgericht, in seiner Anklagerede hat der Staatsanwalt Liappis die Göttin Themis zitiert, die Göttin der Gerechtigkeit. Wenn wir schon die Mythologie bemühen müssen, dann dürfen uns dabei nicht die Schnitzer unterlaufen, die ihm passieren, sobald er den Mund auftut. Ihr Generalstaatsanwalt ist ein ungebildeter Tölpel, meine Herren, er weiß nicht einmal, daß es zweierlei Themis gibt: diejenige, die in der Rechten die Waage und in der Linken das Schwert hält, blickt heiteren Auges auf die Waage. Diejenige, die in der Linken die Waage und in der Rechten das Schwert hält, blickt mit verbundenen Augen auf die Waage. Ich weiß, daß sie mit verbundenen Augen auf das Schwert schauen. Dies ist ein politischer Prozeß: alle Verbrechen, die mir zugeschrieben werden, vom Aufruhr bis zur Desertion, vom Sprengstoffbesitz bis zum Attentat, sind Teile der gleichen Anklage, und sie ist politisch. Im übrigen, meine Herren, können Sie sich keine Weichherzigkeit gestatten. Jeder von Ihnen hat am 21. April 1967 seinen Kopf aufs Spiel gesetzt: mich nicht zu verurteilen würde bedeuten, daß Sie sich selbst verurteilen, daß Sie Ihre eigene Schuld anerkennen. Das begreife ich so gut, daß ich keinen Milderungsgrund vorbringe, der Sie zu einer glimpflicheren Strafe bewegen könnte. Ich wiederhole vielmehr: ich selbst begehre die Todesstrafe, die der Staatsanwalt gefordert hat. Man soll mich erschießen: das wird auch moralisch meinen Kampf erhellen, den Kampf eines jeden, der sich dem schmutzigen Regime widersetzt, das heute Griechenland bedrückt.«

Und das Urteil lautete: Todesstrafe wegen versuchten Widerstands gegen die Staatsgewalt, Todesstrafe wegen Fahnenflucht, fünfzehn Jahre Gefängnis für versuchten Mord am Staatsoberhaupt, drei Jahre Gefängnis für verbotenen Sprengstoff- und Waffenbesitz, außerdem zwei Jahre für Beleidigung des Gerichtes und der Behörde. Insgesamt: doppelte Todesstrafe und zwanzig Jahre Gefängnis. Verivakis wurde hingegen zu lebenslänglichem Zuchthaus verurteilt. Die anderen erhielten Gefängnisstrafen zwischen vierundzwanzig und vier Jahren. Der Platzkommandant von Athen, General Phaidon Gizikis unterzeichnete unverzüglich die Papiere zum Strafvollzug.

Du hattest keine Miene verzogen. Du warst nicht einmal erblaßt. Nachher hattest du mit einer ironischen Grimasse deinen Anwalt gefragt: »Wie macht man das, zweimal erschossen zu werden?« Und ohne eine Antwort abzuwarten, hattest du den Polizisten die Arme hingestreckt, damit sie dir wieder die Handschellen anlegen konnten. Du hattest dich, wie du mir Jahre später erzähltest, seltsam erhoben gefühlt, beinahe zufrieden, nicht, weil du lebensmüde warst, aber du warst müde zu leiden. Gewöhnlich ist man freundlich mit denen, die in den Tod gehen. Man gibt ihnen eine anständige Matratze, bietet ihnen gutes Essen und einen kleinen Kognak an, man schickt ihnen den Priester, damit sie sich ein wenig unterhalten können, man erlaubt ihnen, an die Familie und die Freunde zu schreiben. Und vor allem, man schlägt sie nicht mehr. Keine Folterungen mehr, keine Plagen. Daß es nicht so sein würde, begriffst du, kaum daß man dich wieder zur ESA brachte, um dich in die gleiche Zelle ohne Fenster und ohne Pritsche zu werfen. Denn dort drinnen erwarteten dich drei Offiziere mit der Stahlknute, und gleich darauf erschien Teofilojannacos mit Malios und Babalis. »Ah, wir achten nicht auf die Grammatik, he? Ah, wir schreiben also Rapporte mit dicken Lügen, he? Nun wirst du es merken, ob wir Analphabeten und Dummköpfe sind, weil wir dich jetzt verhören werden, wie wir dich noch nicht verhört haben. Und niemand wird erfahren, ob du hier drinnen krepiert bist oder vor dem Erschießungskommando.« Dann sauste die Stahlgerte über deinen Rücken, deine Lenden, deine Beine. Sie wollten wissen, ob ein gewisser Anghelis an dem Anschlag auf Papadopoulos teilgenommen hatte. Du wurdest fast unmittelbar darauf ohnmächtig, und als du wieder zu dir kamst, glaubtest du zu träumen: vor dir stand Hatzizisis im dunkelblauen Anzug, mit wohlgeknüpfter Krawatte und sorgsam rasiertem Gesicht. »Guten Tag, Sokrates. Oder soll ich dich Demosthenes nennen? Nein, der Vergleich mit Sokrates scheint mir der richtige. Auch er war ein Weiser, auch er hielt eine eindrucksvolle Verteidigungsrede. Meinen Glückwunsch, deine Redekunst hat mich beinahe gerührt. Wer hätte

gedacht, daß du dazu imstande wärst? Nun, im Grunde ist es nützlich, daß die Großen wie du vor Gericht gestellt und dazu gezwungen werden, den Schierlingsbecher zu leeren: sonst würde die Geschichte nicht erfahren, daß es euch gegeben hat. Werde auch ich auf die Nachwelt kommen, du neuer Miletus?« Der Drang zu weinen überkam dich. »Geh fort, Hatzizisis.« – »*Rufen wir uns also zurück von Anfang her, was für eine Anschuldigung es ist, aus welcher mein übler Ruf entstanden ist, worauf bauend auch Meletos diese Klage gegen mich eingegeben hat.** Siehst du, ich bin schlecht in der Grammatik, aber ich habe ein gutes Gedächtnis. Ich könnte dir auch die Rede über die Unsterblichkeit der Seele aufsagen.« Du verspürtest das dringende Bedürfnis zu weinen. »Geh fort, Hatzizisis.« – »*Denn wenn der Tod eine Erledigung von allem wäre: so wäre es ein Fund für die Schlechten, wenn sie sterben, ihren Leib loszuwerden, aber auch ihre Schlechtigkeit mit der Seele zugleich.*«** – »Geh fort, Hatzizisis.« » – »Nicht ehe ich dir einige kleine Fragen gestellt habe, Sokrates. Du müßtest mich allmählich kennen. Jetzt wirst du nicht mehr annehmen, daß ich hier bin, um mich zu amüsieren, daß ich mich herbequemt habe, um mit dir zu philosophieren.
Aber was machst du denn? Du weinst. Wer hätte das je gedacht. Du kannst weinen! Wenn du weinst, kannst du mir nicht antworten. Und du mußt antworten, mein Lieber, weil ich wissen will . . .« Da drehtest du dich um und zeigtest ihm ein tränenüberströmtes Gesicht. »Hatzizisis! Ich werde nicht sterben, Hatzizisis! Und eines Tages werde ich dich zum Weinen bringen, Hatzizisis! Denn eines Tages wirst du im Gefängnis landen, Hatzizisis! Und während du im Gefängnis sitzt, werde ich deine Frau ficken, Hatzizisis! Ich werde sie immer wieder ficken, bis sie Blut pißt, bis ihr die Eingeweide herausfallen, Hatzizisis! Und du wirst nichts anderes machen können als weinen, das schwör ich dir, Hatzizisis!« – »Unmöglich, mein Lieber. Ich bin nicht verheiratet, das weißt du. Sag mir lieber, ob . . .« – »Hatzizisis! Ich bring dich um, Hatzizisis!« – »Na gut, ich werde gehen. Meine Frage werde ich an jemanden delegieren, der es nicht so genau nimmt. Du mußt ja sowieso sterben.« Und er ließ dich in den Händen der drei Offiziere, die dich diesmal bis auf Blut peitschten, um herauszukriegen, ob im Komplott auch ein gewisser Costantopulos verwickelt war.

* Platon, »Apologie«, 3. Kap., 19 a 8–19 b 1 (Übersetzung von Friedrich Schleiermacher)
** Platon, »Phaidon«, 57 Kap., 107 c 5–8 (Übersetzung von Friedrich Schleiermacher)

Während der folgenden vierundzwanzig Stunden geschah nichts. Am Morgen darauf, am 20. November, schifften sie dich auf einem Motorboot ein. Sie brachten dich nach Ägina, wo du drei Tage und Nächte darauf wartetest, erschossen zu werden. Auf Ägina hatte man eine Menge Vorkehrungen getroffen. Man hatte ein unbewohntes Gebäude ausgewählt, das zum alten Flügel des Kerkers gehörte. Ohne daß jemand etwas erfuhr, hatte man dich in absoluter Stille durch einen Seiteneingang geschleust und im kleinen Hof zwanzig Wachtposten mit Maschinengewehren aufgestellt, im Vorraum des Gebäudes weitere fünf, im Korridor nochmals neun, in deiner Zelle wiederum drei. Siebenunddreißig bewaffnete Männer für einen einzigen Mann in Handschellen. Du lächeltest und riefst einen Unteroffizier, damit er dir die Handschellen wenigstens für kurze Zeit abnähme. Der Unteroffizier sagte, daß dies nicht möglich sei, die strengste Anweisung betraf gerade die Handschellen. »Sobald er die Hände frei hat, springt er einen an wie ein wildes Tier. Er ist ein sehr, sehr gefährlicher Krimineller.« Die einzige Konzession betraf die Tür der Zelle: sie konnte offenstehen. In Wirklichkeit handelte es sich nicht um eine Konzession, sondern um eine Sicherheitsmaßnahme: falls du einen der drei Wachtposten angreifen würdest, konnten die im Korridor postierten durch die Tür zu Hilfe eilen. Wie denn angreifen, womit? Die Zelle war leerer als eine leere Eierschale. Man hatte dir nicht einmal eine Pritsche hineingestellt oder eine Matratze. Du mußtest dich zum Schlafen auf den Boden legen. Ein Offizier trat ein, der ein Blatt in der Hand trug. Es sei keine Zeit zu verlieren, sagte er, aufgrund des Kriegsgerichtes würde man, falls nicht der Präsident der Republik interveniere, das Urteil innerhalb von zweiundsiebzig Stunden nach der Verkündung vollstrecken müssen. Achtundvierzig Stunden waren bereits verstrichen. Hier also sei das Gnadengesuch: du brauchtest es nur zu unterschreiben. Du nahmst das Blatt, lasest es durch, gabst es ihm ruhig zurück: »Nein.« Der Offizier riß die Augen auf. »Nein ... du unterschreibst das Gnadengesuch nicht? Hab ich richtig verstanden?« – »Du hast ganz richtig verstanden, Papadopoulaki, kleiner Papadopoulos. Ich unterschreibe es nicht.« Der Offizier bestand auf seiner Forderung: »Hör zu, Panagoulis. Du meinst vielleicht, es sei nutzlos, aber du irrst dich. Ich bin ermächtigt, dir mitzuteilen, daß der Präsident bereit ist, die Todesstrafe in lebenslängliches Zuchthaus umzuwandeln.« – »Das glaube ich wohl. Er würde gern der Welt verkünden, daß ich ausgerechnet ihn gebeten habe, mir das Leben zu schenken. Es wäre bequem für ihn, mich nicht erschießen zu lassen.« – »Es wäre bequemer für dich, Panagoulis. Unterschreib!« – »Nein.« – »Wenn du nicht unterschreibst, besteht keine Hoffnung.« – »Das weiß ich.« Der Offizier steckte das Blatt in die Tasche. Er schien aufrichtig bekümmert. Er schien auch nicht zu wissen, ob er weggehen sollte oder nicht, als ob er noch immer nach Worten suche, um dich zu überzeugen, und sie nicht fand. »Willst du ... willst du ein paar Minuten überlegen?« – »Nein.« – »Also dann geschieht es morgen früh um halb sechs«, sagte er ohne Verärgerung und ging kopfschüttelnd davon. In einer Ecke stöhnte einer der Wachtposten: »O nein! O nein!« Es handelte sich um einen fast noch bartlosen Burschen, die Uniform kam frisch aus der Kleiderkammer. Er hatte die Szene mit offenem Mund verfolgt und schaute dich nun an, als ob er gleich weinen würde. Du gingst zu ihm hin: »Papadopoulaki, was hast du?« – »Ich ...« – »Wolltest auch du, daß ich unterschreibe?« – »Ja!Ja!« – »Hast du nicht gehört, was ich dem Offizier geantwortet habe?« – »Doch, aber ...« – »Nichts aber, Papadopoulaki. Wenn es notwendig ist zu sterben, dann stirbt man.« – »Ja, aber mir tut es trotzdem leid.« – »Mir auch«, sagte der zweite Wachtposten. »Mir auch«, sagte der dritte. Und das verwirrte dich zutiefst: seit ewigen Zeiten hatte dich niemand mehr ohne Bosheit behandelt. In dieser langen Zeit gab es nur einmal jene alte Frau, die im Militärhospital die Aborte putzte. Als du dort im Koma eingeliefert wurdest, verursacht durch die Folterungen und das Fasten, war sie eines Tages, als sie dich an Händen und Füßen gebunden sah, mit dem Wasserstreuer zu dir getreten und hatte dir sanft über die Stirn gestrichen: »Armer Alekos! Armes Kind! Wie haben sie dich nur zugerichtet! Und immer bist du allein, sprichst nie mit jemanden. Heute abend komme ich hierher und setze mich zu dir, und du erzählst mir von dir, nicht wahr?« Aber ein Polizist hatte sie verscheucht, mit ihrem Wasserstreuer weggejagt, und du hattest sie nicht mehr gesehen. Du räuspertest dich, um deine Rührung zu unterdrücken: »Kommt alle her, Papadopoulaki. Reden wir ein wenig über diese Sache.« Und als sie um dich herumstanden, begannst du, ihnen zu erklären, warum sie weder traurig noch untätig sein sollten, warum sie sich schlagen und dazu beitragen sollten, daß dein Tod zu etwas nütze sei. Du deklamiertest sogar einige Gedichte über die Freiheit. Sie lauschten respektvoll und zerknirscht: wenn ein Gedicht ihnen gefiel, schrieben sie die Verse auf ihre Zigarettenschachtel. »So vergessen wir sie nicht.« Sie waren alle drei sehr jung, gerade zum Militärdienst aus den fernen Dörfern einberufen. Von dir wußten sie nur, daß du versucht hattest, den Tyrannen zu töten, und ihre Unwissenheit war so unschuldig, daß du es schwer hattest, die richtigen Worte zu finden, damit sie dich verstanden. »Im Grunde tut es mir nicht leid, daß es schlecht für mich ausgegangen ist, versteht ihr, Papadopoulaki? Wichtig ist, daß einer es probiert hat und daß nochmal einer es probiert und es ihm gelingt, denn wenn du auf der Straße gehst und keiner Menschenseele etwas zuleide tust, und dann kommt einer daher und haut dir Ohrfeigen herunter, was machst du dann?« – »Ich geb' ihm die Ohrfeige zurück!« – »Bravo! Und wenn er dich verprügelt, völlig grundlos, was machst du?« – »Dann verprügle ich ihn auch.« – »Bravo! Und wenn er dich nicht sagen läßt, was du denkst, und dich ins Gefängnis wirft, weil du nicht genauso denkst wie er, und das Gesetz dir nicht hilft, weil es einfach kein Gesetz mehr gibt, denn die Freiheit unterdrücken, das heißt das Gesetz unterdrücken, was machst du dann!« – »Ich, also ich ...« – »Du bringst ihn um. Es bleibt dir keine Wahl. Es ist furchtbar, jemanden umzubringen, das weiß ich, aber unter der Tyrannei wird das zu einem Recht, sogar zu einer Pflicht. Die Freiheit ist eine Pflicht, mehr noch als ein Recht.« Schließlich wurde ein Unteroffizier auf dem Korridor ärgerlich und befahl dir, den Mund zu halten. »Hör auf, Panagoulis! Gehst du auf Jagd nach Jüngern, knapp vor dem Tod?« Aber ein anderer ergriff deine Partei, sei-du-still-du-Schweinehund-oder-ich-schlag-dir-in-die-Fresse, und er bot dir eine Zigarette an. Wieder warst du verwirrt. War es möglich, daß man plötzlich so freundlich zu dir war! Die menschlichen Wesen sind gar seltsam: solang du etwas von ihnen erwartest, geben sie dir nichts, wenn du nichts mehr erwartest, geben sie dir alles. Alles? Nun, manchmal sind eine Beleidigung und eine Zigarette alles.

Gegen fünf Uhr wurde der Wachtposten abgelöst, und als die drei jungen Soldaten fort waren, spürtest du eine große Leere: wer weiß, was für Schufte sie dir jetzt schicken würden. Die drei neuen waren jedoch genauso: gleich jung, gleich harmlos und von der gleichen Traurigkeit. Deine anfängliche Verwirrung wurde zur Rührung und ließ dich schließlich übermütig werden. »Vorwärts, Papadopoulaki, verdient euch euer Brot! Wer von euch kann singen?« Sie zeigten auf einen dicken, ungelenken Jungen mit den Händen eines Landarbeiters: »Er, er! Er singt in seinem Dorf im Kirchenchor!« – »Wirklich! Dann sing mir das Requiem aus der Totenmesse.« – »Nein! Das nicht!« – »Sing es, hab ich gesagt!« Er gehorchte, und du bereutest es, denn dein Magen verkrampfte sich, als du zuhörtest. »Laß ihn ruhen in Frieden, o Herr! Auf daß sein Grab würdig sei, o Herr! Erde zu Erde! Nimm deinen Knecht in Frieden auf, o Herr!« Du unterbrachst ihn: »Mir gefällt dein Requiem nicht, Papadopoulaki. Mir gefallen die Worte ›Knecht des Herrn‹ nicht. Niemand ist jemandes Knecht. Nicht einmal des Herrn. Verstanden!« Der Junge stimmte verwirrt zu. Aber der Krampf ließ nicht nach. »Vorwärts, Papadopoulaki, singen wir etwas Besseres! Wer kennt das Lied *Der Junge, der lächelt*?« – »Ich!« – »Ich!« – »Ich!« – »Gut, dann alle zusammen! Was kann je wieder heilen/mein gebrochenes Heeerz?/Ich verlor meinen Knaben mit dem zärtlichen Lächeln,/nie seh ich ihn wiedeeer./ Fluch sei der Stunde, Fluch über siiie,/als unsre Feinde ihn haben gemordeeet,/mein Knabe war es mit dem zärtlichen Lächeeeln ...« Du sangst mit ihnen. Aber immer noch wollte der Krampf nicht vergehen. Den ganzen Abend hindurch sangst du, scherztest du, predigtest ihnen und versuchtest, nicht an das Requiem zu denken, nicht an deinen Krampf zu denken, aber der Krampf lockerte sich nicht. In manchen Augenblicken wurde es schlimmer, dann, wenn du dir selbst absurde Fragen stelltest oder dich in die unsinnigsten Hoffnungen verstiegst: wo es sein würde, wie es sein würde. Du glaubtest, gehört zu haben, daß es am anderen Ende der Insel stattfände, auf dem Schießplatz der Marine, aber du wußtest nicht, ob sich dieser Schießplatz in einem Hof oder im Freien befand, und hofftest, er sei im Freien und daß es nicht regnen würde. Du hattest einmal einen Film gesehen, in dem sie einen Partisanen im Regen erschossen, und du warst entsetzt, weil der Partisan in den Schlamm fiel. Du hofftest auch, daß sie dir nicht ins Gesicht schießen würden, du überlegtest dir, wie du den Soldaten sagen könntest, sie möchten aufs Herz zielen und nicht ins Gesicht, und schließlich fragtest du dich, ob es weh tun würde. Das war dumm, das war dir klar, denn man kann keinen Vergleich ziehen zwischen den Schmerzen bei einer Folterung und dem Schmerz, den man bei der Erschießung vielleicht spürt. Es dauert ja mindestens fünzig Sekunden, um das Brennen einer Kugel im Fleisch zu spüren, und bis die um sind, bist du tot: das hattest du irgendwo gelesen, oder vielleicht hatte es dir auch jemand, der im Krieg gewesen war, erzählt. Aber die Wißbegierde blieb und du mußtest dir einen Stoß geben, an ernstere Dinge zu denken, zum Beispiel an das, was du sagen wolltest, ehe das Hinrichtungskommando Feuer gab. Es genügte nicht der Ausruf es-lebe-die-Freiheit, man mußte noch etwas hinzufügen oder einen Satz sagen, der alles enthielt, einschließlich der Freiheit. Etwas, o ja, wie der Schrei des italienischen Offiziers, den die

Deutschen 1944 in Cefalonia erschossen hatten: »Ich bin ein Mensch!« Der Magenkrampf löste sich bei dem Gedanken, daß du »Ich bin ein Mensch!« rufen würdest. Gleich darauf setzte er wieder ein, denn dieser Krampf wurde nicht genährt von der Suche nach dem Satz, den du schreien oder nicht schreien würdest, von dem Schmerz, den du spüren oder nicht spüren würdest, oder dem Regen, der auf dich fallen oder nicht fallen würde, sondern es war die Tatsache, daß du zu einer bestimmten Stunde an einem bestimmten Tag sterben mußtest. Sterben durch Folterung oder im Krieg oder durch eine hochgehende Mine, also mit einem Spielraum von Ungewißheit, ist etwas anderes, als zu bestimmter Stunde, an einem bestimmten Tag, mit der Exaktheit eines fahrplanmäßigen Zuges zu sterben. Noch eine Nacht und du würdest aufhören zu existieren. Trotz deiner Kraft und deines Glaubens und deines Stolzes konntest du dich nicht in die Vorstellung finden, daß du aufhören würdest zu existieren. Du konntest dir nicht einmal vorstellen, was das bedeutete. Sich diese Fragen zu stellen war schwieriger als die Frage, ob das Universum endlich oder unendlich sei, ob Zeit Zeit und Raum Raum sei, ob es Gott gäbe oder nicht und ob Gott, Zeit und Raum einen Anfang hatten oder nicht, ob vor dem Anfang etwas anderes gewesen sei oder nichts, und was das Nichts sei. Was ist das Nichts? Vielleicht ist es das, was man ist oder nicht mehr ist, wenn wir aufgehört haben zu existieren, erschossen zu bestimmter Stunde an einem bestimmten Tag, nach einem Tag und einer Nacht des Held-Spielens, ungeachtet des Magenkrampfes.
Als es dunkelte, wurdest du müde. Die Anstrengung, dich in zwei zu teilen, auf der einen Seite die Qual jener heimlichen Gedanken und auf der anderen die Komödie der stolzen Gleichgültigkeit, hatte deine Kräfte erschöpft. Die Beine wurden dir schwer, die Handschellen, die Augenlider. Du warst entsetzlich schläfrig. Und je schläfriger du wurdest, um so weniger wolltest du schlafen. Die Wachsoldaten sagten: »Ruh dich aus, Alekos. Warum ruhst du dich nicht aus?« Aber jedesmal, wenn sie das sagten, wurdest du unwillig. War das nicht unglaublich, daß man zu einem Mann, der gleich in die ewige Ruhe eingehen würde, sagte ruh-dich-aus-warum-ruhst-du-dich-nicht-aus? War es nicht Wahnsinn, einzuschlafen, wenn man nur noch so kurz zu leben hatte? Um dem Schlaf nicht nachzugeben, gingst du auf und ab, auf und ab, setztest dich nicht einmal hin. Dann gegen drei Uhr morgens überwältigten dich die Müdigkeit und das Bedürfnis, die Augen zu

schließen. Du strecktest dich auf dem Boden aus und batest die Wachen, dich nach zehn Minuten zu wecken, nicht mehr als zehn Minuten, und schliefst schlagartig ein. Da träumtest du jenen Traum. Es träumte dir, du seist ein Samenkorn, und langsam verdoppelte, verdreifachte, verzehnfachte sich das Samenkorn und schwoll so groß an, daß die Hülse es nicht mehr hielt. Da sprang es mit einem dröhnenden Knall auf, und tausend Samenkörner bedeckten die Erde, und jedes Samenkorn verwandelte sich rasch in eine Blume, dann in eine Frucht, dann wieder in einen Samen, der sich verdoppelte, verdreifachte, verzehnfachte und platzend die Erde mit einer Myriade von Samen bedeckte. Nun aber geschah etwas sehr Seltsames. Aus einer Blume erblühte eine Frau, aus einer anderen Blume eine andere Frau, und aus einer weiteren wieder eine Frau, und du hättest sie alle besitzen mögen und dachtest, mein Gott, wie mache ich das, ich habe ja keine Zeit, gleich kommt das Hinrichtungskommando und holt mich fort, ich muß mich beeilen, und so ergriffst du die, die am nächsten war, ohne ihr ins Gesicht zu schauen, ohne zu überlegen, ob sie dir gefiele, ohne zu fragen, ob es ihr recht sei, und drangst in sie ein, gierig, eilig und verbissen, warfst sie von dir und nahmst die zweite, auf die gleiche Weise, drangst in sie auf die gleiche Weise, warfst sie auf die gleiche Weise von dir, um die dritte zu ergreifen, und eine vierte, und eine fünfte, eine sechste, bis sich das Zählen verwirrte, jeder Lendenstoß eine Frau, und dabei die Angst, du müßtest aufhören, weil dich jemand weckte, dich an den Schultern faßte, dich weckte. Wer? Du lugtest durch die Wimpern. Es war der ungelenke kleine Soldat vom Kirchenchor. »Es ist fünf Uhr, Alekos. Du hast zwei Stunden geschlafen.«

Du sprangst auf. Mit dumpfem Zorn faßtest du jeden der Wachsoldaten ins Auge. Zwei Stunden! Du hattest sie gebeten, dich nach zehn Minuten zu wecken, und sie hatten dich zwei Stunden lang schlafen lassen! Ein Teil von dir hätte schluchzen, schreien und sie prügeln mögen, ihr Kerle, ihr Blödlinge, ihr Diebe! Ein anderer Teil in dir begriff jedoch, daß sie dir aus Zuneigung und Güte nicht gehorcht hatten, laß-ihn-doch-schlafen-den-Ärmsten, aber-er-will-doch-nur-zehn-Minuten, laß-ihn-trotzdem-schlafen – und gewaltsam beherrschtest du dich und flüstertest traurig. »Scheißkerle. Ihr habt mir zwei Stunden meines Lebens gestohlen.« Dann sagtest du, daß du dir das Gesicht waschen und deine Notdurft verrichten wolltest, und sie begleiteten dich in den Korridor, wo ein Wasserhahn und ein rudimentärer Abort waren. Vor allen, von den Handschellen behindert, verrichtetest du deine Notdurft, wuschst dich, und nun war es fünf Uhr zwanzig. Dann kehrtest du zurück in die Zelle, batest um einen Kaffee, trankst ihn, und es war fünf Uhr fünfundzwanzig. Noch fünf Minuten zu leben also. Was denkt ein Mann, der in fünf Minuten erschossen wird? Viele Jahre später, als ich dir diese Frage stellte, sagtest du, daß man es sehr schwer ausdrücken könne. Du hattest dich sehr geplagt bei dem Versuch, es in einem Gedicht zu sagen. Aber es gab ja drei Autoren, die es beschrieben hatten, so, wie auch du es empfandest: Dostojewski im »Idiot«, Camus im »Fremden«, Kazantzakis in »Leben Christi«. Von den beiden letzteren hattest du mir zusammenfassend erzählt, nicht von ersterem, weil wir in eine Diskussion abschweiften. Ich behauptete, daß im »Idiot« nichts dergleichen vorkomme, du erwidertest, daß ich mich irrte und daß Dostojewski als junger Mann aus politischen Gründen zum Tod verurteilt und zwanzig Minuten vor der Hinrichtung begnadigt und vom Pfahl losgebunden worden sei und daß im Buch Prinz Myschkin diese Geschichte erzähle. Du erinnertest dich nicht, in welchem Kapitel diese Episode stand. Um es mir zu zeigen, suchtest du sogar danach und blättertest stundenlang in den zwei Bänden des »Idiot«, aber vergeblich. Schließlich sagtest du: »Vielleicht irre ich mich.« Du irrtest dich nicht: doch erst nach deinem Tod sollte ich das erfahren. Nach deinem Tod fand ich jene vergeblich gesuchte Stelle, durch ein Papierzeichen, das du, weiß Gott wann, ins Buch gelegt hattest, so daß es sich an dieser Stelle von selbst öffnete, kaum daß ich es zur Hand nahm – und da standen die Zeilen, die du unterstrichen hattest, die von den letzten fünf Minuten, in welchen du dich selbst wiedererkannt hattest. »Es blieben ihm noch fünf Minuten auf Erden, nicht mehr. Doch diese fünf Minuten schienen ihm eine unendlich lange Frist, ein unschätzbarer Reichtum; es schien ihm, daß er in diesen fünf Minuten noch so viel Leben zu durchleben habe, daß er an den letzten Augenblick vorläufig noch gar nicht zu denken brauche, und er entwarf noch einen ganzen Plan für die Ausnutzung dieser kurzen Zeit: für den Abschied von den Kameraden bestimmte er zwei Minuten; weitere zwei Minuten bestimmte er dazu, um zum letzten Mal noch einmal still für sich zu denken, und die letzte Minute, um noch einmal, zum letzten Mal, rings um sich zu schauen.« Und die weiteren: »Doch trotzdem sei ihm in diesen Augenblicken nichts schwerer gewesen, erzählte er, als der unausgesetzte Gedanke: Wie aber, wenn du nicht zu sterben brauchtest? Wenn man dir das Leben wiedergeben würde – welch eine Ewigkeit! Und all das gehörte dann mir! Oh, jede Minute würde

ich in ein ganzes Jahrhundert verwandeln, nichts würde ich verlieren, keinen Augenblick würde ich ungenützt vergeuden! Er sagte, daß dieser Gedanke in ihm schließlich zu einem so brennenden Ingrimm geworden sei, daß er nur noch gewünscht habe, schneller erschossen zu werden.«
Du hattest auch die Frage der Alexandra Japantschin angezeichnet. »Nun, was tat er denn später mit diesem Reichtum? Lebte er wirklich so, daß er keinen Augenblick mehr unnütz vergeudete?« Und die Antwort des Prinzen Myschkin: »O nein, er hat mir selber gesagt – auch ich stellte diese Frage an ihn –, daß er längst nicht so gelebt und viele, viele Augenblicke vergeudet und verloren habe.« Aber neben die Worte des Prinzen Myschkin hattest du ein großes Fragezeichen gesetzt.

Deine letzten fünf Minuten dauerten drei Stunden und dann dreißig Stunden. Um halb sechs Uhr warst du bereit, aber das Erschießungskommando kam nicht. Du fragtest einen Unteroffizier, warum, und der Unteroffizier antwortet dir, daß es offenbar um sechs Uhr kommen würde. Du schenktest dir diese halbe Stunde, und um sechs Uhr warst du wieder bereit. Aber das Erschießungskommando kam auch um sechs Uhr nicht. Du fragtest wieder den Unteroffizier, warum, und der Unteroffizier antwortete: sie kommen um halb sieben. Du schenktest dir eine weitere halbe Stunde, um halb sieben warst du wiederum bereit. Aber auch diesmal kam die Abordnung nicht. Das gleiche geschah um sieben, um halb acht und um acht Uhr. Von einer halben Stunde zu nächsten bereitetest du dich zum Sterben vor, und starbst nicht. Einmal, zweimal, dreimal, viermal, sechsmal, jedesmal die Erleichterung und die Qual, die Hoffnung und die Enttäuschung, während die Angst wuchs und zur Ruhelosigkeit, Ungeduld, selbstmörderischen Eile wurde. Um halb neun schriest du: »Worauf wartet man denn?« Und als im Hof ungewöhnlich lautes Fußgetrampel widerhallte und auf der Schwelle der Hauptmann erschien, sagtest du mit einem Seufzer der Erleichterung: »Hier bin ich.« Es dauerte geraume Zeit, ehe du verstandest, was er überrascht und irritiert stammelte: Heute war das Fest der Jungfrau Maria und Muttergottes, in Griechenland wird niemand erschossen am Festtag der Jungfrau Maria und Muttergottes. Die Hinrichtung war auf den nächsten Morgen, den 22. November verschoben, hatte man dir das nicht gesagt? »Nein.« Zum Teufel nochmal, was für ein scheußliches Mißverständnis, ein grausamer Fehler, hatte vielleicht ein bösartiger Kerl Schindluder mit dir getrieben? Du drehtest ihm den Rücken, schweigend, du verharrtest den ganzen Vormittag in Schweigen und hättest nie erklären können, was ein Mensch empfindet, der weitere vierundzwanzig Stunden zu leben hat. Nicht eine halbe Stunde, sondern vierundzwanzig Stunden, tausendvierhundertvierzig Minuten, einen Tag und eine Nacht zum Nachdenken, Atmen, Existieren. Wenn ich dich danach fragte, spürtest du ratlos einer Erinnerung nach, die sich dir vielleicht entzog und die du vielleicht gar nicht hattest, als ob diese zweite Agonie sie entrüstet weggefegt hätte. Immer wiederholtest du den Satz, den du an jenem Abend ausgesprochen hast, an dem wir uns kennenlernten: »Wieder begann das Warten auf die Morgendämmerung, und alles war wie am Tag zuvor, wie in der Nacht zuvor.« Wieder tröpfelten die Stunden unerbittlich: fünf Uhr, halb sechs, sechs, halb sieben, sieben, halb acht, acht, halb neun, neun. Um neun Uhr kehrte der Offizier zurück, der dir das Blatt mit dem Gnadengesuch gebracht und die Hinrichtung für den folgenden Morgen angekündigt hatte. Mit den gleichen Bewegungen schwenkte er das gleiche Blatt, mit gleicher Stimme redete er dir zu: »Unterschreib, los, unterschreib.« Du rissest ihm das Blatt aus der Hand, knäultest es zusammen und warfst es ihm ins Gesicht, sprangst ihn an und packtest ihn an den Uniformaufschlägen: »Schuft, Feigling, Schuft, du wußtest, daß sie mich gestern nicht erschießen würden! Ich erwürge dich, du Feigling!« Mit Gewalt entriß man ihn dir, und er lief davon und schrie, Undankbarer, nur damit du unterschreiben solltest, hätte er es gemacht, Undankbarer. »Du hast es gar nicht verdient, Undankbarer, mich siehst du nicht wieder.« Gleich darauf ertönte ein knapper Befehl, einer der Wachsoldaten erblaßte, und du dachtest, wir sind soweit, diesmal sind wir wirklich soweit. Indes geschah nichts, wieder nichts, und du begannst wieder zu warten. Halb zehn, zehn, halb elf, elf. Um elf Uhr warst du sehr unruhig, der Wunsch, daß sie nicht länger warten sollten, wurde dringlich in dir, wurde fieberhaft. Du fluchtest mit zusammengebissenen Zähnen, verlangtest eine Uhr, wolltest eine Erklärung. War Liappis nicht da? Liappis mußte im Namen des Gesetzes der Hinrichtung beiwohnen. Bei bewegter See verkehren die Schiffe nicht und vielleicht auch nicht die Motorboote der Marine. Du riefst nach einem der Wachtposten: »Wie ist das Meer?« Der Wachsoldat wandte sich zum Korridor und gab die Frage an den Unteroffizier weiter: »Wie ist das Meer?« – »Es ist ruhig heute morgen. Warum?« – »Nur so.« Ob Liappis mit dem Hubschrauber kommen würde und vielleicht des Windes wegen nicht landen

konnte? Wieder riefst du die Wache: »Wie ist der Wind?« Wieder drehte sich der Wachsoldat zum Korridor, um den Unteroffizier zu fragen: »Wie ist der Wind?« – »Wieso der Wind? Es ist nicht windig. Warum?« – »Nur so.« Du bissest dich auf die Lippen: »Ich verstehe nicht. Ich verstehe einfach nicht.« Der Verdacht, daß Papadopoulos beschlossen habe, dich am Leben zu lassen, streifte dich überhaupt nicht. Nie hättest du dir vorstellen können, daß man sich in der ganzen Welt, während du dich in unmenschlicher Erwartung verzehrtest, deinetwegen schlug: Umzüge durch die Straßen, Versammlungen, Demonstrationen vor den Botschaftsgebäuden, Zusammenstöße mit der Polizei, überstürzte Ferngespräche der Staatsoberhäupter, Tausende von Telegrammen, Diplomaten, die zwischen Rom und Athen hin- und herreisten, zwischen Paris und Athen, London und Athen, Bonn und Athen, Stockholm und Athen, Belgrad und Athen, Washington und Athen, und sogar eine Botschaft des Papstes, eine von Lyndon B. Johnson, von U Thant, mit der Bitte, dein Leben zu schonen. Wie hättest du das für möglich halten sollen? Man hatte dir nicht einmal gestattet, deinen Vater, deine Mutter zu sehen, ein Wort mit deinem Anwalt zu wechseln. Nach dem Urteil hattest du niemanden mehr gesehen außer Teofilojannacos, Hatzizisis, Malios, Babalis und die Wachsoldaten, die am wenigsten von dir wußten: Die Welt begann und endete für dich in dieser Zelle, wo du dich vergessen glaubtest wie die letzte Alge im Meer.
Am Nachmittag kam das Erschießungskommando. »Vorwärts, Panagoulis!« Du umarmtest die Wachsoldaten, einen nach dem anderen, batest sie wegen deiner Nervosität um Verzeihung und danktest ihnen dafür, daß sie dir Gesellschaft geleistet hatten. Die Wachsoldaten weinten. Auch der Junge mit dem bartlosen Gesicht war dabei, und der Dicke, der im Kirchenchor sang. Diese beiden schluchzten rückhaltlos, und dem ersteren gabst du einen Nasenstüber, den zweiten faßtest du am Kinn: »Nur Mut, Papadopoulaki.« Er schneuzte sich: »Darf ich dich etwas fragen, Alekos?« – »Gewiß, Papadopoulaki.« – »Warum hast du uns immer Papadopoulaki genannt, was meinst du damit?« Ein Lächeln: »Manchmal meine ich Scheiß-Papadopoulos und manchmal Papadopoulos-Knecht. Es kommt darauf an, wie ich es sage.« – »Aber ich bin kein Scheiß-Papadopoulos! Nieder mit dem Faschismus! Es lebe die Freiheit!« – »Nieder mit Papadopoulos! Nieder mit dem Faschismus! Es lebe die Freiheit!« – »Alle zusammen! Ruft alle zusammen: Es lebe die Freiheit!« – »Es lebe die Freiheit!« – »Bravo! Wer von euch will mir nun einen Gefallen tun?« – »Ich ...« – »Ich ...«

– »Ich . . .« – »Gut. Bei der ESA ist ein gewisser Hatzizisis. Ruft ihn an und sagt ihm, daß er nicht vergessen soll, Äskulap einen Hahn für mich zu opfern.« – »Was?« – »Er versteht es.« Und du folgtest dem Erschießungskommando. Draußen standen zwei Fahrzeuge, ein Lastwagen und ein Jeep. Du stiegst in den Jeep, nachdem du einen langen Blick auf den Himmel geworfen hattest: es war ein blauer Tag, der Himmel war so klar wie blanke Fensterscheiben. Die Fahrzeuge setzten sich in Bewegung. Aber du bemerktest sogleich, daß sie nicht in Richtung des Schießplatzes fuhren, denn du kanntest Ägina, wußtest, daß die Straße zum Schießplatz in die entgegengesetzte Richtung bergauf führte, während die Kolonne den Weg hinunter zum Hafen nahm. »Wo bringt ihr mich hin?« – »Nach Athen. Wir erschießen dich in Athen.« Sie schifften dich auf dem gleichen Motorboot ein, auf dem du gekommen warst. Sie sperrten dich in eine Kabine und befestigten die Handschellen an einem Ring. Am Piräus steckten sie dich eiligst in ein Auto. »Wo bringt ihr mich hin?« – »Nach Gudì. Wir erschießen dich auf dem Übungsplatz in Gudì.« Aber sie brachten dich nicht nach Gudì, sie brachten dich zur ESA. Hier war ein Kommandant, den du nicht kanntest. Er trug eine schwarze Brille und roch übel aus dem Mund. Indem er dir seinen stinkigen Atem ins Gesicht blies, sagte er: »Die Zeitungen schreiben, du seist bereits erschossen worden, Panagoulis. Jetzt können wir uns also vergnügen nach Herzenslust.« Du verbrachtest die ganze Nacht in der sicheren Erwartung, daß sie kommen und dich auf das Folterbett schnallen würden. Aber sie kamen nicht. Beim Morgendämmern schoben sie dich wieder in das gleiche Auto wie tags zuvor. Du warst so erschöpft, daß du dich nicht auf den Beinen halten konntest. Du gingst mit halbgeschlossenen Augen. Nichts interessierte dich mehr, du hofftest nur, daß sie sich beeilen und dich an der nächstbesten Stelle erschießen würden, nicht in Gudì. Glückseligkeit überkam dich, als du merktest, daß die baumbestandene Allee nicht nach Gudì führte: gottlob, sie hatten sich für eine Kaserne in der Stadt entschieden. Aber welche? »Wo bringt ihr mich hin?« fragtest du von neuem. »Zur Hinrichtung bringen wir dich, Idiot. Wo meinst du denn, daß wir dich hinbringen? Es ist vorbei mit den Scherzen.« Aber man brachte dich nach Boiati.

3. Kapitel

Das Märchen des Helden erschöpft sich nicht in der großen Geste, die ihn der Welt zu erkennen gibt. Im Märchen wie im Leben ist die Geste nur der Beginn des Abenteuers, das Ingangsetzen der Mission. Ihr folgt die Zeit der großen Prüfungen, anschließend die Heimkehr ins Dorf oder ins normale Dasein, dann die endgültige Herausforderung, hinter der die Gefahr des lang vermiedenen Todes lauert. Die Zeit der großen Prüfungen ist die längste, vielleicht die schwierigste. Sie ist es deshalb, weil der Held vollkommen auf sich selbst gestellt ist, der unwiderstehlichen Versuchung ausgesetzt, sich zu ergeben, weil alles sich gegen ihn verschwört: die Vergeßlichkeit der anderen, die verzweifelte Einsamkeit, die monotone Wiederkehr der Leiden. Doch wehe, wenn er diese zweite Prüfung nicht besteht, wehe, wenn er nicht durchhält, wenn er nachgibt: die große Geste, die ihn zu erkennen gab, wird nutzlos, und die Mission mißlingt. Nun, deine große Prüfung trägt den Namen Boiati. In dieser Hölle, wo du die besten Jahre deines Daseins vergeudetest, hat sich dein Heldenmut bestätigt, dein Märchen sich gefestigt. Und du wußtest es. Deshalb wurdest du nie müde, mit den Gedanken nach Boiati zurückzukehren, wie ein Kranker, der immer über seine Krankheit, oder ein Veteran, der immer über seinen Krieg erzählt, worüber auch immer gesprochen werden mag. Auch noch zuletzt, als die Erinnerung an die Bombe, an den Prozeß und an Ägina undeutlicher geworden war und dein Märchen sich mit sehr viel kühneren, gewiß wichtigeren Unternehmungen angereichert hatte, war das Kapitel Boiati in dir so bedrückend wie eine unheilbare Krankheit, der Stolz auf einen unmöglich scheinenden Sieg, fast als ob die dort verbrachte Zeit dich mehr gekostet hätte, als die Folterungen und die Stunden in Erwartung des Todes. Von Boiati sprachst du geradezu zwanghaft mit allen, und schrecktest auch nicht davor zurück, die gleichen Dinge den Leuten zu erzählen, die sie bereits gehört hatten oder die sie gar nicht einzuschätzen wußten: Die Geschichte deiner Höllenfahrt schenktest du allen und jedem. Wie gefiel es dir doch, Staunen und Schrecken hervorzurufen oder die Leute zu amüsieren, an den Stellen, wo dein Sinn für Humor das Tragikomische entdeckte! Das einzige, was du nie erzähltest, war deine Resignation, die dich ausgelöscht hatte, ehe du dort ankamst, deine Hoffnung darauf, daß man dich schnell, daß man dich sofort

erschießen würde: ein Mensch kann das nicht wiederholen, was du getan hattest, als du die Wachen batest, Hatzizisis anzurufen, damit er Äskulap einen Hahn opfere.
Boiati ist ungefähr dreißig Kilometer von Athen entfernt. Man erkennt die Straße leicht, weil viele Schilder darauf hinweisen. Du aber sahst die Schilder nicht, starrtest achtlos auf den Asphalt, und plötzlich öffnete sich der Ausblick auf eine graue Hügellandschaft, auf dem gegenüberliegenden Hügel ein Haus, das dem Gefängnis von Ägina ähnelte, mit einer Einfassungsmauer und Wachttürmen mit Schießständen. Auf dem Tor stand »Militärgefängnis Boiati«. Das Auto hielt auf einem Platz, auf den hin sich sechs grüngestrichene Türen öffneten. Man ließ dich aussteigen, schob dich zur letzten Türe links und murmelte etwas dazu, dem du keine Aufmerksamkeit schenktest, dann schleuderte man dich so gewaltsam hinein, daß du auf dem Boden ausrutschtest und mit dem Hinterkopf aufschlugst. Du warst benommen von dem Schlag, und es vergingen mehrere Minuten, ehe du um dich schauen und zur Besinnung kommen konntest. Wo warst du? Offensichtlich in einer Zelle. Wie üblich leer: keine Pritsche, keine Matratze und nicht einmal eine Decke. Einziger Gegenstand in dieser Leere: der Latrinenkübel. Aber die Zelle war nicht zu klein, sagen wir, neun auf sieben Schritt. Und die Wachen? Es gab keine. Seltsam, die Bestimmungen sagen, daß ein zum Tode Verurteilter nicht unbewacht bleiben darf. Aber was hatte der da gemurmelt, der Kerl mit der schwarzen Brille und dem üblen Mundgeruch, während du fielst? »Da bist du zu Hause«, hatte er gesagt. Und danach? »Wenn du Glück hast, bleibst du hier, bis du krepierst.« Was meinte er damit? Daß sie dich auch diesmal nicht hinrichten würden? Unmöglich, es sei denn, die Strafe wäre ausgesetzt worden. Ausgesetzt für einen Tag, eine Woche, einen Monat? Eine Hypothese, die dich nicht glücklich stimmen konnte: Es ist so schwer, sich wieder an den Gedanken zu gewöhnen, daß man weiterlebt, wenn man sich mit dem Tod abgefunden hat. Du schlepptest dich bis zur Mauer, um dich mit dem Rücken anzulehnen. Dort ließest du dich auf den Boden sinken, den Rücken an der Wand, die ausgestreckten Beine auf dem Boden, und schautest um dich. Bei der Tür war ein Kakerlak, der langsam auf dich zukroch. Er kroch weiter, bis er einen halben Meter von deinen Schuhen entfernt war, hielt dann an, fett und schwarz, ekelhaft. Du bewegtest die Füße: »Weg, geh weg da!« Dann locktest du ihn reuig wieder an. »Los, komm, los!« Der Kakerlak schien das zu hören. Er drehte um und kam näher, hielt an deinem rechten

Absatz inne. »Los, vorwärts, nur Mut!« ermuntertest du ihn. Der Kakerlak bewegte sich einen oder zwei Zentimeter weiter, umkroch den Absatz, setzte seinen Marsch längs deiner Hose fort und blieb auf der Höhe des Knies stehen, ratlos. Du beugtest dich herunter, um ihn zu beobachten. Er hatte lange, haarige Beine und zwei Fühler, die so steif wie ein Schnurrbart waren, aber das Erstaunlichste waren die Flügel. Also konnte sogar ein Kakerlak fliegen. Du hieltst ihm die Arme hin: »Flieg!« Nein, er flog nicht. »Spring wenigstens, spring!« Sehr zögernd krabbelte er über die Ketten der Handschellen, dann auf den rechten Handrücken, kam bis zum Ansatz der Finger, wo er voller Zweifel innehielt: welchen Weg sollte er nehmen, welchen Finger? Schließlich entschied er sich für den Daumen, wo er unerwarteterweise das Gleichgewicht verlor und kopfüber zur Erde fiel. Du stießest ein Lachen aus. Dich selber lachen zu hören, erfüllte dich mit einer gewissen Freude: wer hätte gedacht, daß du noch imstande wärst zu lachen? Nur wegen eines Kakerlaken, der vom Daumen herunterfällt! Du streicheltest behutsam seinen Rücken. Du fragtest dich, wie lange wohl ein Kakerlak lebt, wie lange seine Gesellschaft dauern konnte, falls man dich nicht so bald erschießen würde. Du fragtest dich auch, ob man einen Kakerlaken abrichten könne. Als Kind hattest du versucht, einen Skarabäus abzurichten, und es war dir beinahe gelungen. Dein Glücksgefühl wuchs. Welches Glück, ein Wesen neben sich zu haben, mit dem man spielen und sprechen konnte, ohne beurteilt oder beschuldigt zu werden, welch weise Einrichtung! Einem Kakerlaken kann man alles sagen, was einem durch den Kopf geht, sogar, daß der Mut aus Angst besteht, daß du in diesen Monaten oft Angst gehabt hattest, daß du vor allem Angst gehabt hast, als das Erschießungskommando ankam. Die Soldaten hatten es nicht gemerkt, aber dich zu dieser Ruhe und zu dieser Frechheit zu zwingen, war eine fürchterliche Anstrengung gewesen: auf dem Motorboot konntest du einfach nicht mehr. Auch vor einer Stunde konntest du nicht mehr. Und auch vor einer halben Stunde, vor einer Minute. Fast, als ob du keine Lust mehr hattest zu leben. Und plötzlich, dank einer winzigen, scheußlichen Kreatur, vor der du dich sonst nur geekelt hättest, merktest du, daß du sehr wohl Lust hattest zu leben, daß man im Grunde auch in einer Zelle leben kann, die neun auf sieben Schritt mißt. Man braucht nur eine Pritsche, ein Tischchen, einen Stuhl, ein Spülklosett und einen Kakerlaken. Und vielleicht ein paar Bücher, ein wenig Papier, einige Stifte. Falls sie dich nicht erschießen würden! Dann könntest du lesen, studieren, Gedichte schreiben: du warst

nicht der einzige Mensch auf der Welt, der eingesperrt war, und in gewissen Fällen ist Eingesperrtsein eine Art des Kampfes. Die Tyranneien mißt man an der Zahl der politischen Gefangenen, nicht wahr, Dalí? Du wolltest ihn Salvador Dalí nennen, wegen der Fühler, die wie Schnurrbärte aussahen, und mit diesem Namen wandtest du dich an ihn, als der Schlüssel sich im Schloß drehte und sechs Wachsoldaten mit der Essensration eintraten. Dalí verhielt sich ganz still, mit gesenkten Fühlern. Vielleicht war er, gelangweilt von deinen Reden, eingeschlafen. »Vorsicht, gebt acht auf Dalí, Papadopoulaki.« – »Auf wen?« fragte der Soldat, der das Tablett trug. »Auf Dalí, meinen Freund.« – »Was für einen Freund?« – »Der hier.« Und du zeigtest auf den Kakerlaken. »Ah!« sagte der Soldat und verzog voller Abscheu den Mund. Und mit einem schnellen Stiefelschritt zermalmte er ihn. Auf dem Boden blieb nur weißlicher Matsch zurück.
Du sagtest, daß weniger der weißliche Matsch als das Krachen der gepanzerten Flügeldecken unter dem Stiefelabsatz dich entsetzte. Und zugleich mit dem Krachen der schrille Ton, den du zu hören glaubtest: fast als ob der Kakerlak im Sterben einen Schmerzensschrei ausgestoßen habe. Du sagtest, daß du es so empfandest, als ob man ein Wesen mit zwei Armen und zwei Beinen zermalmt hätte, daß die Vorstellung, daß du ihn verloren hättest, dir das Blut in den Kopf trieb, weil du dir plötzlich deiner Einsamkeit wieder bewußt wurdest, der leeren Zelle, in der nur ein Latrinenkübel stand und sonst nichts. Du sagtest, daß all dies dich in bestialischen Zorn trieb und wieder mit Energie erfüllte. »Mööördeeer!« Mit diesem absurden Schrei warfst du dich gegen den Wachsoldaten und schlugst ihm die Handschellen ins Gesicht. Das Tablett mit der Essensration schlug gegen die Wand, der Soldat fiel nach hinten. Dann warfst du dich gegen die anderen fünf, tratest dem einen in den Bauch, hiebst dem anderen die Ellbogen in den Magen, dem dritten die Faust auf die Nase – es war schlimmer, als wenn man im Sommer ein Streichholz in den trockenen Wald wirft: in wenigen Sekunden hattest du alle über dir und bestandest nur noch aus einer einzigen blutigen Visage. Es kam sogar der Gefängnisdirektor und fand vor Entrüstung keine Worte. Wen hatten sie ihm denn diesmal auf den Hals gesetzt, wen! Zum Verrücktwerden, wiederholte er unablässig, zum Verrücktwerden, und ihm war doch in seiner langen Amtszeit einiges untergekommen, aber nie ein Kerl, der sich auf einen armen Wärter stürzt, wenn der ihm die Essensration bringt, was hatte der ihm denn getan, einen Kakerlaken zertreten, also noch etwas Freundliches, also hatten die von

der ESA doch recht, wenn sie sagten, der sei eine wilde Bestie, man müsse ihn äußerst hart anfassen, so wie im Zoo die Tierbändiger die wilden Bestien zähmen, er wäre ja gegen solche Methoden, aber nun bliebe ihm schließlich nichts anderes übrig, und die Post würde er auch nicht aushändigen, keine Zeitungen und keine Bücher, kein Papier, keinen Stift, genau wie man es vorgeschrieben hatte, absolute Strenge, und nicht einmal den täglichen Rundgang im Freien, keinen Verwandtenbesuch. Und die Handschellen vierundzwanzig Stunden, rund um die Uhr, wenn du mit gebundenen Händen die Wärter verletzen konntest, was stellst du dann erst mit freien Händen an? Du hörtest ihm zu und täuschtest Gleichgültigkeit vor, in Wirklichkeit aber ermaßest du genau jeden Satz in seiner Bedeutung: Teufel, wenn dieser Kerl dir Disziplinarstrafen ankündigte, dann hieß das, daß man dich nicht erschießen würde. Und das war das einzige, was für dich zählte, später würde dir schon irgendein Schutzpatron heraushelfen. Morgen ist ein anderer Tag.

Aber morgen ist kein anderer Tag, wenn das Dasein nichts Menschliches mehr hat. Seit einem Monat warst du da drinnen, und es gab Augenblicke, da du keinen Unterschied mehr sahst zwischen Tot- und Lebendigsein; daß du lebendig warst, wußtest du nur, weil du atmetest. Vor allem die Zelle! Sie war feucht und kalt, weil man dir keinen Ofen zugestand, und von pestilenzialischem Gestank erfüllt, weil man den Latrinenkübel nur alle zwei Tage leerte. Die Wärter hielten den Atem an, wenn sie eintraten, oder drückten das Taschentuch vor Nase und Mund, daß sie ganz blaurot anliefen, und machten kehrt, um sich draußen zu erbrechen. Du warst an diesen Gestank gewöhnt, aber kaum daß die Tür sich öffnete und ein frischer Luftzug eindrang, merktest du den Unterschied. Manchmal überkam dich Übelkeit und du konntest keinen Bissen hinunterbringen. Daß keine Pritsche vorhanden war, machte alles noch schlimmer. Obwohl es bei der ESA und auf Ägina ebenso gewesen war, konntest du dich nicht mit dem Gedanken abfinden, daß du wie ein räudiger Hund auf dem Boden schlafen mußtest. Überdies war das Pflaster eiskalt, die Platten mit Schimmel überzogen. Das trug gewiß nicht dazu bei, die ewige Erkältung und den Husten loszuwerden. Es fehlte dir vor allem ein Kopfkissen. Gebt mir wenigsten ein Kopfkissen, hattest du geschrien. Aber Patsourakos, wie der Direktor hieß, stellte sich taub, aus Angst, daß die Vorgesetzten ihn zu nachgiebig fänden. Du benutztest die zusammengerollte Jacke als Kopfkissen, und ohne

Jacke frorst du bis auf die Knochen. Um nicht ganz steif zu werden, unterbrachst du den Schlaf, standest auf und gingst auf und ab, mit dem Ergebnis, daß nach kurzer Zeit deine Beine steif wurden und du dich wieder ausstrecken oder, mit dem Rücken an der Wand, auf den Boden setzen mußtest: zähneklappernd auf die Sonne wartend. Nicht daß du sie hättest sehen können, die Sonne: vor das Fenster hatten sie, wer weiß warum, einen Karton gesetzt. Aber du spürtest ihre Wärme, und du wartetest auf die Wärme ungeduldiger als auf das Essen. Aus dem Essen machtest du dir nicht viel, denn dieses Tablett auf dem Boden ekelte dich an, und mit den Handschellen um die Gelenke konntest du nur schwer essen. Die Handschellen! Die Handschellen waren die große Qual: du trugst immer noch Handschellen. Am ersten Tag hattest du geglaubt, daß sie darauf verzichten würden. Bei Gott, man wird mich doch nicht mit Handschellen im Kerker sitzen lassen, kein Häftling muß sie tragen, sie haben es wohl vergessen, ja, sie haben vergessen, sie mir abzunehmen, und als der Wärter kam, um den Kübel auszuleeren, hattest du die Hände hingehalten. »Papadopoulaki, die Handschellen. Ihr habt vergessen, mir die Handschellen abzunehmen.« Aber der Wärter hatte keine Antwort gegeben, und nach einer Woche hatte Patsourakos dir erklärt, daß er gerade bezüglich der Handschellen die strengsten Anweisungen erhalten habe. »Seit dem 13. August habe ich die Handschellen!« – »Das geht mich nichts an, Panagoulis. Man hat mir gesagt, ich soll es so lassen, und ich muß es eben so lassen.« Man nahm sie dir alle vierundzwanzig Stunden nur je zwanzig Minuten lang ab, damit du deine Notdurft verrichten konntest, aber zwanzig Minuten genügten nie für diesen Vorgang. Und hernach die Hosen herunterzulassen wurde zu einer höchst komplizierten Gymnastik, denn die Kette zwischen den beiden Ringen war nur dreißig Zentimeter lang. Die Ringe selbst waren so eng, daß sie dir die Gelenke aufgescheuert hatten, und aus den Wunden flossen immer Blut und Eiter.

Und doch waren es nicht diese Dinge, die dich zur Verzweiflung trieben. Es war die Einsamkeit, die Isolierung. Du hattest nicht den leisesten Schimmer, was jenseits der Mauern und auch innerhalb des Gefängnisses vor sich ging, nicht einmal, wie viele Gefangene hier gehalten wurden oder wer in den benachbarten Zellen saß. Die einzigen Personen, die du erblicktest, waren die Wärter, die dir das Essen brachten und den Kübel leerten, und ob du sie nun grüßtest oder beschimpftest, öffneten sie nie den Mund. Das war ihnen verboten worden, und um eine andere als deine eigene Stimme zu hören, mußtest du nach dem Echo eines Streits oder eines Liedes haschen. Dieses hartnäckige Schweigen zerrte an deinen Nerven, und manchmal wünschtest du dir die Verhöre von Ägina zurück. Dem Tod schaut man ins Auge, sagtest du dir, die Folterungen läßt man über sich ergehen, das Schweigen nicht. Am Anfang meint man wohl, es sei kein Schaden, und daß man besser und mehr denken könne, aber bald merkst du, daß du weniger und schlechter denken kannst, weil das Hirn, das nur aus der Erinnerung arbeitet, verkümmert. Ein Mensch, der zu niemanden spricht und zu dem niemand spricht, ist wie ein Brunnenschacht, der von keiner Quelle gespeist wird: nach und nach wird das stehende Wasser faulig und verdampft. Hin und wieder sprachst du zu einem Flecken auf der Wand. Ein Flecken auf der Wand kann einen sehr beschäftigen, weil er sich bewegt und die Umrisse nie die gleichen sind, weil er wandert und dir plötzlich einen Gegenstand, ein Profil, dann wieder ein Gesicht beschert, manchmal einen Körper, das Antlitz eines Freundes, den Körper einer ersehnten Frau. Und du sprichst zu dem Flecken wie zu einem Kakerlaken. Aber es besteht ein erheblicher Unterschied zwischen einem Flecken auf der Wand und einem Kakerlaken. Wenn du diesen Vergleich anstelltest, tat es dir weh. Er fehlte dir fürchterlich, Dalí, der Kakerlak. Er fehlte dir so sehr, daß du allmählich an deiner geistigen Gesundheit zweifeltest: ein Mensch kann über den Tod eines Hundes, einer Katze weinen, aber nicht über den Tod eines Kakerlaken. Und wie sehr hattest du dir eingebildet, daß wieder einer auftauche! Tagelang hattest du einen gesucht, weil du dir sagtest, wo ein Kakerlak ist, wird auch ein zweiter sein, kein Tier lebt allein, aber du hattest nichts gefunden, außer länglichen Kügelchen, die Exkremente von Mäusen zu sein schienen. Unnötig zu sagen, daß dich das sehr aufgeregt hatte, daß du liebend gern eine Maus gehabt hättest, lieber als einen Kakerlaken. Mäuse sind intelligent, hübsch, leicht zu zähmen. Aber auch diese Hoffnung war bald geschwunden: es handelte sich nicht um Exkremente einer Maus, sondern um die einer Spinne. Aber keine Spinne war da. Nein, es gab einfach nichts Lebendiges in dieser Zelle. Stille herrschte, sonst nichts. Natürlich, wenn sie dir ein Buch oder eine Zeitung gegeben hätten, hätte das Lesen dir geholfen, dein Gehirn in Schwung zu halten, wenigstens mit den geschriebenen Worten ein Zwiegespräch zu halten: aber das Verbot blieb bestehen, nährte das Schweigen, die Monotonie, die Langeweile. Die Langeweile! Wenn man eingesperrt ist mit nichts anderem als einem stinkenden Kübel, ist auch das Nichtstun eine Folter, eine Minute wird zu hundert Jahren, man verliert den Zeitsinn.

Du konntest die Zeit nicht mehr berechnen. Du hattest keine Uhr, man hatte sie dir nach der Verhaftung nicht mehr zurückgegeben, und manchmal wußtest du nicht mehr, ob es Vormittag oder Nachmittag war. Immerzu fragtest du dich: wieviel Uhr mag es sein? Bei der ESA hattest du dich das nie gefragt, und es war dir ganz gleichgültig, wenn man dir sagte, es sei neun Uhr vormittags oder fünf Uhr nachmittags, auch während des Prozesses fragtest du dich nie danach. Und auch auf Ägina nicht, außer wenn es Nacht war ... In Boiati aber verzehrtest du dich in der Begierde, die Zeit zu wissen, und sie sagten dir kein Wort, diese Schweine. »Wie spät ist es?« Schweigen. »Antworte mir, wie spät?« Schweigen. Als ob man ihnen die Zunge herausgeschnitten hätte. Aber das Allerschlimmste war etwas anderes: du hattest auch die Berechnung der Tage, der Wochen, der Monate verloren. Während der ersten Woche hattest du bei Eintritt der Dunkelheit ein Zeichen auf die Tür gemacht, aber beim achten Zeichen warst du krank geworden, hattest kein Zeichen mehr eingekratzt. »Welchen Tag haben wir? Welchen Monat?« Schweigen. Vergeblich gerietest du in Wut und schriest: »Sag es mir, um Gottes willen, was kostet dich das?!« Schweigen. Als du dir in den Kopf gesetzt hattest, daß mindestens drei Monate vergangen sein mußten, entdecktest du durch reinen Zufall, daß nur einer vergangen war, nicht mehr. Es war der Tag, an dem sie dich zum erstenmal herausließen. »Komm raus, Panagoulis, raus!« – »Was ist? Was ist los?« – »Ein Besuch.« – »Von wem?« – »Du wirst schon sehen.« Halb geblendet von der Sonne und taumelnd vor Schwäche gelangtest du ins Sprechzimmer. Wenn es deine Mutter wäre? Da, war sie, mit dem Sonntagsmantel, dem turbanartigen Hütchen, wie eine festlich gekleidete Bauersfrau. Aber warum begrüßte sie dich nicht? Warum schaute sie nach der anderen Seite? Du tratst an das Trennungsgitter, um sie anzurufen, aber die Rührung schnürte dir die Kehle zu, und die Lippen bewegten sich nicht. Du hustetest. Sie wandte sich um, schaute dich einen Augenblick gleichgültig an und wandte sich wieder zur anderen Seite. Nach einigen Sekunden fragte sie zornig den Wachhabenden: »Kommt er nun oder nicht?« – »Er ist ja schon da, sehen Sie ihn nicht?« Ihre Pupillen streiften erneut über dich hinweg. Sie suchten jemanden, der da sein sollte und nicht da war: dieses weiße Skelett mit den dunklen Augenhöhlen und den Handschellen an den klapperdürren Gelenken ähnelte dir nicht einmal in den Umrissen. »Nein, wo ist er?« Du brachtest mit dünner Stimme die Worte hervor: »Hier bin ich.« Und sogleich erschütterte ein Schrei den Raum: »Ihr Mörder! Was habt ihr mit ihm gemacht, ihr Mörder!« Du hättest nie geglaubt, daß deine Mutter weinen könnte: nie hattest du eine Träne an ihren Wimpern gesehen. Jetzt aber weinte sie, und es dauerte geraume Zeit, ehe sie sich beruhigt hatte und redete und dir ins Gedächtnis rief, wie schön es ist, die Stimme der anderen zu hören. Gewiß, sie hatte dir so vieles zu sagen: auch sie war verhaftet worden, zusammen mit deinem Vater, wußtest du das? Man hatte sie am 24. November wieder freigelassen, und ihm ging es nicht gut, diese hundertdrei Tage der Quälerei hatten ihm den Kopf verwirrt, aber du solltest dir keine Sorgen machen, es ging schon besser. Er wußte übrigens nicht, daß du eingesperrt warst. Wußte nicht einmal, daß man dir einen Prozeß gemacht hatte, sie hielt es vor ihm geheim. Was die Todesstrafe anbelangte, die war ausgesetzt worden. Ja, sie blieb wohl drei Jahre lang bestehen, aber alle meinten, daß, dem Joannidis zum Trotz, Papadopoulos dich nicht erschießen lassen würde: man sprach zu viel über dich in Europa, du warst ein Symbol geworden, alle führten deinen Namen im Mund. Deshalb nämlich hatte man ihr endlich erlaubt, dich zu besuchen, und heute vormittag hatte Patsourakos sogar gestattet, daß sie dir Essen mitbrachte. Um so mehr, weil übermorgen ... Du unterbrachst sie: »Was für ein Tag ist heute?« – »Du weißt nicht, was für ein Tag ist? Der 23. Dezember! Übermorgen ist Weihnachten!« – »Weihnachten? Bedeutet das, daß ich erst seit einem Monat hier bin?« – »Ja, gewiß, ja ...«

Nach dieser Entdeckung, nach diesem Trauma war es, daß du aufbegehrtest: nein, es konnte nicht so weitergehen. Ein Mensch kann nicht leben, ohne zumindest sich über die Zeit klar zu sein. Wozu sollten Mäuse- oder Spinnenkügelchen nutzen: man mußte fliehen. Und einstweilen eine menschliche Behandlung fordern. Du verlangtest eine Pritsche, zum Donnerwetter, eine Uhr, einen anständigen Abort und jeden Morgen die Zeitung. Und du verlangtest, daß man mit dir spräche. Welches Urteil bestimmte, daß du immer allein sein solltest, ohne eine Uhr, um die Zeit zu messen, ohne Kalender, um den Tag zu bestimmen, ohne daß jemand auf deine Fragen antwortete oder das Wort an dich richtete? Mit welchem Recht rächte sich Joannidis an dir, daß du nicht tot und begraben warst? Du wolltest einen Hungerstreik durchführen bis zum Koma, und wenn Patsourakos nicht nachgeben würde, ging die Sache an Papadopoulos, der deine Forderungen erfüllen würde, um die öffentliche Meinung in Europa nicht gegen sich aufzubringen. Gewiß, einen Hungerstreik zu beginnen angesichts der reichlichen Speisen, grenzte an Wahnsinn. Du bewundertest alles, was die Mutter dir gebracht hatte. Ah, der Kaninchenbraten war sicher köstlich, gab es überhaupt etwas, was dir besser schmeckte als Kaninchen? Vielleicht Hühnerleber. Himmel, auch Hühnerleber war dabei! Mit Lorbeerblättern! Und was noch? Gulasch! Wenn du hättest wählen müssen zwischen Kaninchen, Leber und Gulasch, wärst du schlimmer in Verlegenheit geraten als Paris, der den Apfel der schönsten unter den drei Göttinnen reichen mußte: seit wieviel Jahrtausenden hattest du nicht mehr so gegessen? Und es würde auf Tage hinaus reichen, konnte man das alles in drei Tagen aufessen? Heute die Leber, die leicht verdarb, morgen das Gulasch, das sonst ranzig riecht, und am Weihnachtstag das Kaninchen! Ja, der Apfel des Paris gebührte dem Kaninchen: genau richtig gebräunt und nach Salbei duftend. Danach aber: Fastenzeit. Zwei Tage lang stopftest du dich so voll, daß du Weihnachten nicht einmal einen Kaffee mehr hinunterbrachtest. Das war hart, den Weihnachtstag nicht mit dem Verspeisen des Kaninchens feiern zu können. Aber der kommende Tag würde sein Tag sein, und du sagtest es dem Kaninchen: »Hab Geduld, mein Schönes, hab Geduld! Wir schieben den Hungerstreik um vierundzwanzig Stunden auf, heute schaffe ich es einfach nicht, entschuldige!« Dann deutetest du, ganz zufrieden, einige Tanzschritte an, zwischen Tür und Wand, zwischen der Wand und der Tür. Bei der vierten Runde aber bliebst du stehen, ganz verdüstert. Seltsam, da war etwas Sonderbares an der Tür: im Gegensatz zu sonst schimmerte kein Licht durch das Guckloch. Warum? Du nähertest dich, lehntest die Stirn an die Tür und machtest einen Satz rückwärts: durch das Guckloch schaute ein Auge dich an. Verflucht! Da hatte dich also einer beobachtet, als du mit dem gebratenen Kaninchen sprachst, wie du tanztest und dich albern benahmst! Wie peinlich, wie beschämend. Wer war das? Wer es auch war, er mußte betraft werden. Du hobst die gefesselten Arme, stießest den rechten Zeigefinger ins Guckloch, und draußen ertönte ein Schmerzensschrei, dann ein Chor aufgebrachter Stimmen. »Schnell, auf die Krankenstation! Er hat ihm weh getan, hat ihn fast geblendet! Was heißt fast, er hat ihm das Auge ausgestochen! Dieses Vieh, diese Bestie! Geben wir ihm eine Lektion, dieser Bestie!« Dann eine andere Stimme: »Nein, nein, ich kann ja sehen! Er hat mich nicht geblendet, ich sehe, das schwöre ich! Es war ein Unglück! Das hat er nicht mit Absicht gemacht, sag ich euch, laßt ihn, es ist Weihnachten!« Aber es nutzte nichts. Die Zellentür sprang auf, und zu siebt stürzten sie wütend herein, wild entschlossen, die Beleidigung zu vergelten.

»Du Bestie, scheußliche Bestie, wir werden dir schon zeigen, was Weihnachten ist!« Sie hatten offenbar schlagartig ihre Stimmbänder wiederentdeckt, und das Schweigen eines ganzen Monats zersprang, um dich jetzt mit Lärm zu betäuben. Bald begnügten sie sich nicht mehr mit Schreien: sie schlugen dich. Alle zusammen, alle sieben. Von den Handschellen behindert, konntest du nicht einmal versuchen, dich zu wehren, und bald lagst du nur noch als ein Häufchen von blutigen Schrammen und Beulen auf dem Boden neben dem zertretenen Kaninchen und den Exkrementen aus dem umgestürzten Kübel. Frohe Weihnacht, frohe Weihnacht.

Dennoch erleichterte diese weihnachtliche Prügelei die Dinge. Sie ließ dir den ersten Hungerstreik in Boiati fast erträglich werden. Beim Hungerstreik ist es ja der Anfang, der so schwerfällt. Die ersten drei Tage. Wenn die vorüber sind, tritt eine große Schwäche ein und das Verlangen nach Essen schwindet. Wenn du also das Fasten nach einer schönen Prügelei beginnst, von der du halb verblödet bist, merkst du überhaupt nicht, daß dein Magen leer ist und möchtest alles andere, als etwas essen. Du hungertest von dem Augenblick an, als die sieben dich allein gelassen hatten: zweiundsiebzig Stunden lang verweigertest du sogar das Wasser. Als die vorbei waren, akzeptiertest du ein Täßchen Kaffee, dann begannst du von neuem, bis du in einen so tiefen Dämmerzustand verfielst, daß dir die Sinne schwanden, und in diesem Zustand fand dich der Arzt der ESA: der gleiche, der am Tag deiner Verhaftung versucht hatte, dir zu helfen. Du warst an diesem Tag halb tot, denn zwei Wochen lang hattest du keine Nahrung angerührt. Plötzlich spürtest du eine Nadel in deinen Arm eindringen, eine heiße Welle des Wohlbehagens fuhr dir durchs Blut. Du hobst die Lider, und über dir war er, mit seinem klugen Gesicht und den Augen, die vor Ironie und Verschworenheit blitzten. »Iassu, Alekos. Grüß dich.« – »Wer bist du?« – »Du kennst mich. Ein Arzt. Ich heiße Danarukas.« – »Was willst du?« – »Dir helfen.« – »Wie dein Kollege, der bei den Folterungen dabei ist?« – »Ich bin nicht bei den Folterungen dabei.« – »Du Lügner.« Er antwortete, indem er dir ein Stück Schokolade in den Mund schob: »Sag mir, warum du nicht ißt.« – »Weil ich einen Kalender will. Eine Uhr und einen Kalender. Und weil ich will, daß man mit mir spricht.« – »Das ist zu wenig, was noch?« – »Ich will, daß man mir die Handschellen abnimmt.« – »Immer noch wenig, was noch?« – »Ich will, daß man mir eine Pritsche gibt.« – »Immer noch wenig, was sonst?« – »Einen anständigen Abort.« – »Und sonst?« – »Zeitungen. Und

ein paar Bücher. Und Schreibzeug. Und Papier.« – »Das ist schon besser. Wenn du nur eine Sache verlangst, geben sie sie dir nie. Wenn du viele Sachen verlangst, geben sie dir eine. Oder zwei. Ich werde es melden. Versteck einstweilen diese Schokolade. Sie wird dir das nächstemal nützen.« Er verließ dich mit einer Liste von Forderungen, und am nächsten Tag brachte man die Pritsche. Zwei Tage später kam ein Soldat mit sanftem und sympathischem Gesicht: »Guten Tag, Alekos.«
Am Weihnachtstag hatte man ihm die Wache vor deiner Zelle anvertraut, ohne ihm zu sagen, wer du seist. Man hatte ihm nur erklärt, daß du ein äußerst gefährlicher Verbrecher seist, an den man daher nicht einmal das Wort richten dürfe, und das hatte in ihm eine immense Neugier entfacht: er hatte dich vom Guckloch aus beobachtet, um zu sehen, wie ein äußerst gefährlicher Verbrecher aussähe, und sogleich hatte er deinen Finger ins Auge gekriegt. Du mustertest ihn feindselig: »Wer bist du?« – »Ich bin der, dem du den Finger ins Auge gestoßen hast.« – »Dann lerne nur, wie es einem Spion ergeht.« – »Ich bin kein Spion.« – »Alle Spione sagen ich-bin-kein-Spion.« Der Soldat lächelte und ging wortlos auf den Kübel zu, um dich von ihm zu befreien. Und wenn er nun aufrichtig wäre? Man mußte ihn reizen, um das herauszukriegen. Du begannst ihn zu provozieren: »Ich sehe, daß es dir Spaß macht, Scheiße einzusammeln, Papadopoulaki.« – »Nein, aber die deine sammle ich gern ein, Alekos. Weil ich dich bewundere.« Schau an. Er wirkte aufrichtig. Du wartetest, bis er mit dem sauberen Kübel zurückkam und fingst wieder an, ihn zu quälen. »Knöpf mir die Hosen auf, Papadopoulaki. Ich will urinieren.« Wieder lächelte er sanft. Er stellte den gereinigten Kübel zurecht und knöpfte dir die Hosen auf. »Jetzt hilf mir zu urinieren.« – »Nein, Alekos, das nicht. Das macht man nicht. Ich werde dir die Handschellen abnehmen und dann machst du es allein.« – »Ah, hat man dir die Erlaubnis gegeben, die Handschellen abzunehmen, Papadopoulaki?« – »Nein, die hat man mir nicht gegeben, aber schon lange habe ich Lust, es zu tun.« – »Das glaub ich nicht.« – »Dann laß ich es.« Du wurdest ein wenig weicher: »Warum hast du bisher nicht mit mir gesprochen?‹ – »Weil ich dich nicht kannte.« – »Oder weil du nicht den Mut dazu hattest, weil sie dir gesagt haben, daß man mit mir nicht sprechen dürfe?« – »Daß es verboten war, wußte ich, und doch habe ich in den vergangenen Tagen, als du phantasiertest, immer mit dir gesprochen. Soll ich dir also die Handschellen abnehmen oder nicht?« – »Nimm sie mir ab, dann hau ich ab.« – »Wenn du abhaust, fangen

sie dich wieder ein, und an meiner Stelle kommt dann einer, der kein Freund ist.« Du hieltest ihm die Hände hin. Er nahm die Fesseln ab. »Und wenn ich dir jetzt die Schlüssel und den Revolver wegnehme?« – »Das wirst du nicht tun.« – »Warum nicht?« – »Weil das eine Dummheit wäre. Willst du urinieren, ja oder nein?« Verwirrt uriniertest du und schautest ihn aus den Augenwinkeln scharf an: nein, er log nicht. Das fühltest du aus deinem Instinkt heraus, und nach leichtem Zögern hieltest du ihm wieder die Handgelenke hin, damit er die Handschellen wieder anlegen konnte. Am rechten Puls, der am schlimmsten entzündet war, hatte die Wunde sich bis auf den Knochen gefressen. »Und das hier? Du mußt behandelt werden, Alekos, verbunden!« – »Leg die Handschellen an, Papadopoulaki, und hör auf mit der Komödie!« – »Du bist ungerecht. Und ich werde nicht die Handschellen auf so eine Wunde anlagen. Ich hole jetzt gleich eine Salbe und eine Binde.« – »Nein.« – »Ich geh trotzdem.« Und er ging und kam nach einer Stunde wieder mit einer Salbe und Verbandszeug. »Da hast du aber lang gebraucht, Papadopulaki. Hast du Rapport erstattet über deine Fortschritte?« – »Nein, ich habe gebummelt, um dich möglichst lange ohne Handschellen zu lassen.« Dann strich er die Salbe auf, verband dich und legte dir die Handschellen wieder an mit einer Miene, die dich mehr überzeugte als alle Worte. »Danke, Papadopoulaki.« – »Ich heiße nicht Papadopoulaki. Ich heiße Morakis. Korporal Morakis.«
Es dauerte fast einen Monat, ehe du überzeugt warst, daß er nicht log, und während dieses Monats warst du oft so grausam, wie nur du es sein konntest, wenn du dich einer Wahrheit vergewissern willst. Je mehr ein Mensch dir gefiel, um so mehr fürchtetest du dich nämlich davor, belogen zu werden und dich gehenzulassen, und dann quältest du den anderen. Schließlich aber besiegte dich seine Güte. Er war dir so ergeben. Manchmal fragtest du dich, wie du ohne ihn auskommen würdest. Er war es, der dir nicht nur den Kübel ausleerte, auch dreimal am Tag, sondern dir auch die Zeitungen, die Bleistifte, das Schreibpaper brachte, das Patsourakos dir immer noch nicht geben wollte. Nicht, daß Patsourakos dich schlecht behandelte, eine Zeitlang hatte er dir sogar gestattet, deine Mutter in der Kapelle anstatt im Sprechraum mit dem Gitter zu sehen. Eines Tages hatten dich die Wärter jedoch dabei erwischt, als du ihr einen Zettel gabst, und um in den Augen von Joannidis nicht als Beihelfer zu erscheinen, hatte er dir die Zeitungen, die Bleistifte, das Papier weggenommen, alles, was du durch deinen Hungerstreik, den Danarukas unterbrochen hatte,

erkämpft hattest. Er hatte dir nur die Pritsche gelassen. Außerdem nahm Morakis dir die Handschellen ab und riskierte jedesmal, dabei erwischt zu werden, und das war es, was dich überzeugte, daß du ihm vertrauen, ihm sogar gestehen konntest, daß du entfliehen wolltest. Er war davon nicht überrascht: »Ich weiß, aber es ist sehr schwierig.« – »Nein ich brauche nur eine Uniform. Hast du eine?« – »Ich habe eine für den freien Ausgang.« Du schätztest eure Größe ab: er war kleiner als du und hatte auch schmalere Schultern, aber alles in allem hattet ihr ungefähr den gleichen Umfang. »Das geht, du gibst mir die Ausgehuniform und behältst die, die du anhast.« – »Ich?!« – »Du kommst natürlich mit mir.« – »Aber ich . . .« – »Mach nicht so ein Gesicht. Du hast Zeit genug, dich an die Vorstellung zu gewöhnen. Ich muß ja erst wieder zu Kräften kommen. Ich bin immer noch so schwach, daß ich nicht einmal bis ans Tor käme.« – »Und wann glaubst du, daß du . . .« – »Ich weiß es nicht. Es eilt nicht. Bring mir jetzt ein ausgiebiges Abendessen.« Er brachte es, und du aßest es mit Appetit. Jeden Tag aßest du so: du warst so friedlich geworden, daß Patsourakos dir auch einen Tisch, einen Stuhl, den Rundgang im Freien genehmigte. Das einzige, was er nicht mehr erlaubte, war das Abnehmen der Handschellen. Bei der ESA hatte man ihm die Genehmigung verweigert: »Wir sind wohl unter die Samariter gegangen, Herr Direktor?« Handschellen hin oder her, dein Zustand besserte sich rasch: bis zum Frühjahr waren die Wunden an den Handgelenken vernarbt, du hattest einen Teil deines Gewichts wieder zurückgewonnen. Es kam sogar vor, daß man dich vergnügt das traurige Lied singen hörte, das du gedichtet hattest, als der Prozeß auf eine Woche unterbrochen worden war: »Fortgeflogen sind die weißen Taubeeen!!! Der Himmel hat sich mit Raben gefüüüllt!!! Schwarze Vöööögel!!!« Du sangst es gern, weil du wußtest, daß du mit deiner unmusikalischen Stimme die Wärter doppelt ärgern konntest. »Halt den Schnabel, Panagoulis!« Dann, als der laue Mai gekommen war, spielte sich jenes Drama ab.

Eines Morgens nahmen sie dir die Handschellen ab, brachten dir einen Eimer heißen Wassers, wuschen dich, schnitten dir die Haare und den Bart, gaben dir ein sauberes Hemd und gebügelte Hosen. Sie sagten, daß du in den Hof gehen und soviel herumlaufen könntest, wie du Lust hättest. Das überraschte dich, aber du schöpftest keinen Verdacht: offenbar wollten sie nachgeben, und warum solltest du dich dagegen wehren, einmal aufzuatmen? Du verließest die Zelle. Im Hof war niemand. Du lehntest dich an die Wand, hieltest das Gesicht in die Sonne, da sprang vor deinen

Füßen ein Ball auf. Du kniffst die Augen zusammen, um zu sehen, wer ihn geworfen hatte, aber die Sonne blendete dich, und du sahst immer noch niemanden. Vielleicht war es Morakis? Du stießest lässig den Ball weiter. Der Ball rollte zurück. Ja, das mußte Morakis sein, wer weiß wo er versteckt und zu welchen Späßen er aufgelegt war. Mit wachsender Begeisterung tratest du gegen den Ball. Der Ball sprang an die gegenüberliegende Wand und wieder zurück: zum drittenmal rollte er dir zwischen die Beine. Ah, dieser Morakis! Der wollte dich wohl herausfordern, he? Na, das konnte er haben. Du hattest das Gefühl, seit Jahrhunderten nicht mehr Fußball gespielt zu haben, aber du wolltest es ihm zeigen, auch wenn du kurzatmig warst. »Hopp, hopp, hopp!« Du stießest den Ball zurück, einmal, zweimal, dreimal, bis du außer Atem warst und keuchend innehieltest: »Ich bin müde, Morakis!« Aber niemand antwortete. »Morakis!« Wieder Schweigen. War das wirklich Morakis? Und während du dich fragtest, hattest du das unangenehme Gefühl, beobachtet zu werden. Aber der Hof war doch leer. Leer? Nein, jetzt wo du dich an das Sonnenlicht gewöhnt hattest, entdecktest du dort hinten einen Unteroffizier. Er gestikulierte: »Los, Alekos, los!« Du kanntest ihn nicht, wer war es? »Los, Alekos, los, spiel!« Du wandtest ihm errötend den Rücken und kehrtest in deine Zelle zurück. Dann wartetest du auf Morakis, und als er am Tag darauf kam und dir die Zeitungen reichte, begriffst du auf den ersten Blick, was geschehen war. Alle veröffentlichten das Foto, das man geknipst hatte, als du mit dem Ball spieltest, alle schrieben, daß es infame Lügen der ausländischen Sender seien, wenn sie berichteten, wie man dich seit neun Monaten gefesselt hielte, daß du auf der Erde schlafen müßtest wie ein Hund, nie die Sonne zu Gesicht bekämst, ein lebendig Begrabener: griechische Reporter und Korrespondenten aus allen Ländern hatten bestätigen können, daß du, ganz im Gegenteil, dich guter Gesundheit erfreutest, daß du sauber und ordentlich gekleidet warst, ohne Handschellen, daß du die Zelle verlassen konntest, wann du wolltest, daß du so wenig nach Licht und Luft verlangtest, daß du freiwillig frühzeitig in die Zelle zurückkehrtest. Morakis war niedergeschmettert: »Es war gerade mein freier Vormittag... Wenn ich nicht Ausgang gehabt hätte, wäre das nicht passiert... Ich hätte dich gewarnt... Ich habe es erst gestern abend erfahren und...« – »Sag mir, wo sie waren.« – »Im Sprechzimmer. Sie hatten sich im Sprechzimmer verborgen. Sie schauten dir von den Fenstern aus zu.« Du sagtest einige Minuten lang gar nichts, dann brachst du in Tränen aus und sagtest zu

Morakis, daß er sich bereithalten sollte: innerhalb einer Woche wolltest du fliehen.

Es war die Nacht zum 5. Juni 1969, und das Gefängnis schlief. Morakis kam, in der Mappe die Uniform, die du sogleich anlegtest. Dann packtest du die Kleider in die Tasche, zogst die Decken zurecht, um einen schlafenden Körper vorzutäuschen, falls jemand durch das Guckloch spähen würde, und befahlst: »Los!« Es machte den Eindruck, als ob du einen Landausflug vorhättest. Morakis hingegen war nervös. Das Bewußtsein, sich in einen Deserteur und den Fluchthelfer des vom Regime meistgefürchteten Gefangenen zu verwandeln, ließ ihm die Hände zittern. »Mach du sie zu, ich schaff es nicht«, sagte er und zeigte auf die Tür deiner Zelle, indem er dir den Schlüsselbund reichte. Du schlossest sie ab mit ruhiger Hand, ihr gingt im Dunkeln voran, ohne zu wissen, wie ihr die erste Schwierigkeit überwinden würdet: das Gefängnistor zu durchschreiten. Wenn der Wachtposten dich erkannte? Wenn er die Ausweise verlangte? Der Posten war schlaftrunken. »Sprich du!« sagte Morakis. Du gingst auf ihn zu: »Aufwachen, Schlafmütze!« Dann warfst du ihm den Schlüsselbund hin: »Sperr das Tor auf, Schlafmütze!« – »Aber bitte, Herr Unteroffizier ...« – »Nimm Haltung an, wenn du mit einem Vorgesetzten sprichst!« – »Jawohl, Herr Korporal.« – »Und diese nicht zugeknöpfte Jacke, was ist das? Eine neue Mode?« – »Nein, Herr Korporal. Verzeihung, Herr Korporal.« – »Laß mich mal kontrollieren, ob hier alles in Ordnung ist.« – »Jawohl, Herr Korporal, kontrollieren Sie bitte, Herr Korporal.« Hinter dir lamentierte leise Morakis: »O nein! Das ist doch nicht notwendig. O nein!« Aber du hörtest überhaupt nicht zu, warst hingerissen von der Komödie und triebst sie unverschämt weiter: »Schau mal an, was hier los ist! So bewahrt man also die Schlüssel auf! Schäm dich! Bei dieser Unachtsamkeit könnte ja jeder auskneifen, verflucht nochmal! Jeder! Nun gut, für heute will ich es gut sein lassen. Morgen aber machst du mir Rapport, verstanden?« – »Jawohl, Herr Korporal.« – »Sperr das Tor auf.« – »Sofort, Herr Korporal.« – »Und wenn wir wiederkommen, dann schrei nicht, wer-da oder anderen Blödsinn, verstanden?« – »Jawohl, Herr Korporal.« Er sperrte das Tor auf, und ihr befandet euch auf dem Übungsfeld, zu dem das Gefängnis gehörte, und mußtet nun die zweite Schwierigkeit bewältigen: aus dem Übungsfeld hinausgelangen. Aber wie? Sich dem anderen Wachtposten stellen und die gleiche Komödie zu wiederholen war undenkbar. Um die Umfassungsmauer zu klettern war sehr

riskant: die Scheinwerfer der Schießtürme tasteten sie alle fünfzig Sekunden ab. Aber es gab keine andere Wahl. Ihr kauertet euch am äußersten Ende der Baracken zusammen, in Erwartung des günstigsten Augenblicks, und kaum, daß es soweit war: »Los!« Morakis kletterte flink auf deine Schultern, klammerte sich an die Wand, war oben, streckte dir die Arme hinunter und zog dich herauf: »Achtung auf den Stacheldraht!« Auf den Stacheldraht oder den Lichtschein, der unbarmherzig näher kam und euch gleich beleuchten würde? »Spring hinunter!« Man hörte ein doppeltes Reißen: euch beiden waren die Hosen zerfetzt, und auch die Jacken. Aber der Sprung war gelungen, ohne Verstauchung, ohne Verletzung, ihr konntet den Hügel hinunterrasen auf die Straße; das einzige Hindernis war ein Schäfer mit seiner Herde und einem Hund, auf halbem Weg. »Vorwärts!« Morakis war der erste. Tief gebückt lief er wie ein Hase, während du ab und zu stehenbleiben und Atem schöpfen mußtest, und der Hund hatte dich bemerkt. Er bellte und bellte. Er bellte immer weiter, bis du, keuchend und verdreckt, an die Straße kamst. Und nun mußtet ihr nach Athen gelangen.
Meist gelingt einem Gefangenen der Ausbruch mit dem Beistand von außen, zum Beispiel einer Person, die mit dem Auto wartet und ihm zu weiterer Flucht hilft. Aber dein Mißtrauen und die Vorliebe für gewagtes Spiel hatten diese Möglichkeit von vornherein ausgeschlossen, und du hattest Morakis verboten, fremde Hilfe zu suchen. Niemand sollte wissen, daß du mit ihm zusammen fliehen würdest. Alles sollte dem Schicksal und deiner Initiative überlassen bleiben, so daß sich jetzt auf der Straße keine Menschenseele befand. »Und jetzt?« fragte Morakis. »Jetzt nehmen wir den Omnibus.« – »Den Omnibus?« – »Ja, den Omnibus: wie es zwei Korporale machen, die Ausgang haben.« Der Omnibus näherte sich bereits, du stiegst zusammen mit Morakis ein, und es dauerte nicht lange, bis zu merktest, daß das ein großer Fehler war: mit einer so zerrissenen und verdreckten Uniform saht ihr nach allem anderen aus als nach zwei Korporalen auf Ausgang. Der Fahrkartenbeamte schaute euch überrascht an: »Eine Rauferei?« – »Ja, so ist es. Ein Schuft hat es gewagt, die Armee zu beleidigen.« – »Fahrt ihr in die Stadt?« – »Nein, wir steigen an der nächsten Haltestelle aus.« Und ihr stiegt aus. Morakis erschien immer mehr beunruhigt. »Und jetzt?« – »Jetzt nehmen wir ein Taxi.« Auch ein Taxi kam daher. Es nahm euch einige Kilometer mit, weil es nur für die Zone Boiati zuständig war. Dann wart ihr wieder auf eure Beine angewiesen und von nichts anderem geschützt als von der

Dunkelheit. »Und jetzt?« – »Jetzt zieh ich die Uniform aus.« Du versteckest dich hinter einem Baum, nahmst deine Kleider aus Morakis' Tasche und zogst dich mit einem Seufzer der Erleichterung um: nun würde man die Spur von zwei uniformierten Korporalen verlieren. »Und jetzt?« – »Jetzt suchen wir uns ein neues Taxi, und dann noch eines, bis wir in Athen sind.« Das dritte Taxi brachte euch um Mitternacht in die Stadt. Da erst zeigte sich die ganze Hinfälligkeit eines Planes, der dem Zufall überlassen war: wo sich verstecken? Während der Vorbereitungen hatte Morakis dich mehrmals gefragt: »Und wo willst du danach hingehen? Ich kann mich bei einem Mädchen oder bei Verwandten verstecken, aber du? Deine Familie wird überwacht, und deine Genossen sind eingesperrt. Wie willst du da durchkommen?« Und du hattest immer geantwortet: »Mach dir keine Sorgen, tausend Häuser stehen mir offen.« Wessen Häuser? Die Häuser derjenigen, die immer erst aufwachen, wenn die Gefahr vorüber, wenn die Freiheit wieder eingekehrt ist, diejenigen der Schwätzer also, der Feiglinge, die bei der ersten Prüfung sich auflösen wie Wachs im Feuer? Einige öffneten dir nicht einmal die Tür. »Wer ist da?« – »Ich bin es, Alekos, ich bin entflohen, mach mir auf!« – »Geh, du machst Spaß, geh lieber!« Andere legten, kaum daß sie dich draußen stehen sahen, in panischem Schrecken die Kette vor. »Ich kann nicht, es ist zu gefährlich, ich kann nicht.« Sogar ein Mädchen, das behauptete, dich zu lieben, scheuchte dich weg wie einen leprakranken Bettler: »Geh weiter, sofort! Du wirst doch nicht wollen, daß ich deinetwegen bei der ESA lande!« Um drei Uhr morgens streiftet ihr immer noch von einem Stadtviertel zum anderen, und Morakis sagte verzweifelt: »Was machen wir nun? Wo kann ich dich denn unterbringen?« Du warst erschöpft vom vielen Gehen, das dir die Beine lähmte, schlepptest dich weiter und murmeltest: »Ich bin nicht mehr daran gewöhnt, ich muß rasten, ich muß rasten.« Endlich entdecktet ihr eine Abbruchruine. »Und wenn wir hier rasten würden?« – »Einverstanden«, antwortete Morakis. Ihr schlieft sofort ein, nebeneinander ausgestreckt wie zwei Kinder, und beim Morgengrauen wurdet ihr von einem Geschrei geweckt: »Ihr schwulen Kerls! Man macht keine solchen Schweinereien auf einer Baustelle, verstanden? Polizei! Polizei!« Kaum, daß euch die Zeit blieb, aufzustehen und fortzurennen, verfolgt von einer drohenden Arbeitergruppe. Als ihr um die Ecke wart, bliebst du stehen: »Wir müssen uns schnell entscheiden, schnell!« – »Ich kann dich nicht alleinlassen, Alekos, ich kann nicht!« – »Aber ja doch! Geh los, sag ich, geh!« – »Aber du, wo wirst du denn hingehen?« – »Ich weiß nicht, mach dir keine Sorgen, hau ab!« Die Arbeiter kamen näher: »Polizei, nehmt sie fest, Polizei!« Morakis lief los, und es blieb nicht einmal die Zeit, um ihm Lebewohl zu sagen und Dank, auf Wiedersehen.

So standest du also allein in der erwachenden Stadt. Ausgesetzt dem Sonnenlicht, mit deinem Gesicht, das sechs Monate vorher auf allen Zeitungen abgebildet gewesen war, mit dem Schnurrbart, der dich selbst in einem Land mit schnurrbärtigen Männern kenntlich machte: wenn du wenigstens daran gedacht hättest, ihn zu stutzen! »Trägt eine dunkle Hose, ein hellblaues T-Shirt und Schnurrbart«, würde in den Suchmeldungen stehen. Jetzt, um sieben Uhr morgens, hatten sie zweifellos die Flucht entdeckt, und die Suchtelegramme waren bereits übermittelt: du konntest also nicht im Traum daran denken, ein Taxi zu nehmen. Noch weniger einen Omnibus. Auf den Straßen weiterzugehen, ob sie nun menschenleer waren oder nicht, war ebenso ausgeschlossen. Du mußtest sofort, und zwar noch in diesem Stadtviertel, eine Lösung finden. Welches Stadtviertel war es eigentlich? Ah, richtig: Kipseli. Wer wohnte in Kipseli? Patitsas! Demetrios Patitsas! Daß dir das nicht gleich gestern abend eingefallen war! Demetrios war ein entfernter Verwandter, ein Vetter zweiten Grades, und er hatte Verbindungen zum Widerstand gehabt: Teofilojannacos wollte von dir die Bestätigung während des Verhörs herauspressen, mit Hilfe der Bastonade. Auch in diesem Fall war kein Wort über deine Lippen gekommen: allein aus Dankbarkeit würde Demetrios dich nun für die Nacht aufnehmen. Wie aber war seine Adresse? Ah, richtig: Patmosstraße 51. Laß uns sehen: wo liegt die Patmosstraße? Hier herum: erst rechts, dann links, dann nochmal rechts ... Patmosstraße! Wie lang sie ist, hört ja gar nicht mehr auf! Hier ist die Nummer hundertneunundvierzig, hundertsiebenundvierzig, hundertfünfundvierzig ... neunundneunzig, siebenundneunzig, fünfundneunzig ... Immer mit gesenktem Kopf, aus Furcht, daß plötzlich eine Stimme sagen könnte: »Aber ist das nicht Panagoulis?« Siebenundfünfzig, fünfundfünfzig, dreiundfünfzig ... einundfünfzig! Endlich gelangtest du zur Nummer einundfünfzig und klingeltest am vorletzten Knopf links oben. Über die Sprechanlage kam eine verschlafene Stimme: »Wer ist da?« – »Ich bin es.« – »Wer, ich?« – »Mach auf, Demetrios! Mach schnell, ich bitte dich, verlier keine Zeit, ich bitte dich!« Ein trockener Knall, die Tür sprang auf. Der Hausmeister war nicht da. Kurzes Zögern: Lift oder Treppe? Und dann keuchtest du die Treppe hinauf, wie viele Treppen, mein Gott, für einen Mann, der seit elf Monaten keine Treppen mehr gestiegen und schon ganz lahm in den Beinen ist! Acht Treppenabsätze bis zum vierten Stock, wo ein verschrecktes Gesicht dir entgegenstarrte, unfähig, dich fortzuschicken. Aber diesmal verlorst du keine Zeit mit Bitten. Mit einem Satz warst du drin und schlossest hinter dir die Tür: »Ich bin entflohen, Demetrios. Du mußt mich zumindest für eine Nacht unterbringen!« – »Entflohen?! Erklär mir...« – »Später. Jetzt gib mir schnell einen Rasierapparat, ich muß den Schnurrbart loswerden.«

Ohne Schnurrbart warst du fast unkenntlich. Du betrachtetest dich wohlgefällig im Spiegel und inspiziertest dann die Wohnung. Auf einen Blick erkanntest du, daß der Zufall dich in ein ausgezeichnetes Versteck geführt hatte: Die Patmonsstraße befand sich in einer Art Kasbah, und die Wohnung Patitsas' lag in einem Gebäude, das genauso aussah wie alle anderen. Überdies verfügte sie über eine doppelte Terrasse, von der aus man im Notfall auf das Dach nebenan springen und entkommen konnte. Aber das würde gar nicht notwendig sein: wer wäre denn auf die Idee gekommen, daß du dich dort verbargst? Niemand hatte dich hereinkommen und über die Treppen steigen sehen, und von den gegenüberliegenden Fenstern konnte man nichts erkennen, denn sie lagen viel tiefer. Du zähltest die Zimmer: Wohnzimmer, Bad, Küche und ein weiteres Zimmer, das abgeschlossen war. »Was ist da drin?« – »Ein Freund.« – »Du wohnst hier nicht allein?!« – »Nein, aber du brauchst nicht zu erschrecken. Es ist ein wirklicher Freund, ein Genosse.« – »Wie heißt er und was macht er?« – »Er heißt Perdicaris, ein Student.« – »Ich möchte mit ihm sprechen.« Patitsas öffnete die Tür. Ein junger Mann schlief dort unter einem Foto der Brüder Kennedy und einem Plakat, auf dem der Rote Platz mit der spitztürmigen Kathedrale des Kreml abgebildet waren. Du unterdrücktest ein Lächeln und tratst ein. Du wecktest ihn auf und sprachst ihn entschlossen an: »Ich bin Panagoulis. Ich bin aus Boiati entflohen. Treib bloß kein falsches Spiel, verstanden?« Nachdem er die erste Überraschung verwunden hatte, sprang er aus dem Bett und antwortete dir mit Küssen, Umarmungen und Treueschwüren. Alekos-du-weißt-ja-nicht-wie-ich-dich-bewundere, Alekos-für-dich-würde-ich-mein-Leben-hingeben. Und Patitsas zeigte auf das Foto der Kennedy-Brüder, den Roten Platz und den vieltürmigen Kreml und sagte: »Ich hab es dir doch gesagt! Sei nur ruhig! Du bist unter Genossen, zum Teufel, hättest es nicht besser treffen können, warum bist du nicht gleich hierhergekom-

men? Jetzt ruh dich aus, iß, erzähl, wie du es angestellt hast, du Teufelskerl!« So ging es weiter unter Beteuerungen und Schmeichelreden, bis das Radio die Meldung brachte. Die Flucht war um acht Uhr morgens entdeckt worden, sagte das Radio, als die Wärter die Zellentür aufbrechen mußten, weil man die dem Korporal Morakis anvertrauten Schlüssel nicht finden konnte. Zusammen mit Panagoulis war auch Morakis verschwunden, der nunmehr als Fluchthelfer und Deserteur gesucht wurde. Sogleich kam eine Diskussion in Gang: zweifellos mußtest du aus dem Land fliehen, aber wie? War es besser auf dem Landweg oder übers Meer? Patitsas meinte übers Meer, mit einem ausländischen Frachter oder einer Jacht; Perdicaris meinte auf dem Landweg, über die jugoslawische oder albanische Grenze; du sagtest, daß es am besten mit dem Flugzeug sei, ohne Schnurrbart und mit Brille würde dich niemand erkennen, wenn du einen Paß hättest. Dafür wollte Demetrios sorgen. »Nicht wahr, Demetrios?« – »Gewiß, morgen.« Aber am nächsten Tag wurde die Sache wieder aufgeschoben. Weißt du, es ist Sonntag, und am Sonntag fahren alle ans Meer, am Sonntag kann man nirgends etwas erledigen. Außerdem waren sie mit zwei Mädchen verabredet, und wenn sie einfach ausblieben, könnte das Verdacht erregen. Tschüs, wir sehen uns zum Abendessen wieder.
Zur Abendessenszeit waren sie noch nicht zurück. Auch nicht um Mitternacht, auch nicht gegen Morgen, nicht am Montag früh und nicht am Montag nachmittag: warum? Schweißtriefend vor Angst zähltest du die Minuten, und jede Minute bedeutete eine finstere Hypothese. Ob man sie verhaftet hatte? Aber nein, in diesem Fall wäre bereits die Polizei angerückt, um dich zu verhaften. Ob sie einen Autounfall gehabt hatten? Aber nein, dann hätte sich jemand gemeldet. Daß sie dich vielleicht ... nein, so etwas wolltest du nicht einmal denken. Klar, daß sie bei den Mädchen übernachtet hatten ... Klar? Quatsch! Sie wußten doch, daß du allein warst, nervös und besorgt, und daß du keine Zeit verlieren durftest, daß du fort mußtest aus Griechenland. Du hattest auch nichts zu essen. Im Kühlschrank waren nur zwei Eier, eine Tomate und Käse, der vom Samstag übriggeblieben war. Die Eier und den Käse hattest du gleich aufgegessen, später auch die Tomate, so daß nur eine Brotkruste noch da war, und daran hatten sie auch nicht gedacht? Außer wenn ... Nein, auf Demetrios war Verlaß, Perdicaris war ein guter Junge. Gewiß versuchten sie einen Paß aufzutreiben und hatten sich deshalb noch nicht sehen lassen. So sagtest du dir. Aber der Zweifel blieb, vergiftete dich allmählich, trieb dich umher. Du

warfst dich aufs Bett, standest wieder auf, stelltest das Radio an, stelltest es wieder ab, du ersticktest vor Zorn, Ratlosigkeit, Ungewißheit. Solltest du weggehen oder bleiben? Gewiß, wegzugehen grenzte an Wahnsinn, und doch wäre es falsch gewesen zu bleiben. Nehmen wir an, daß sie trotz des freundlichen Empfangs Angst bekommen hatten. Aus Angst begeht man jede Gemeinheit, und du glaubtest sie vor dir zu sehen, mit ihren kleinen, pickelbesäten Gesichtern, ihren fettigen Haaren, ihren ordinären Blue jeans und meintest sie sprechen zu hören: »Ausgerechnet uns muß das passieren? Ich will nicht seinetwegen ins Gefängnis kommen!« – »Ich auch nicht!« – »Und wenn wir uns an die Polizei wenden würden?« – »Einfacher ist es, nicht heimzugehen, ihn hungern zu lassen. Früher oder später haut er ab.« Ja, es war ein Fehler gewesen, in die Patmosstraße zu flüchten, das war dir jetzt klar. Ein Fehler bedeutete Zeitverlust. Sobald es dunkel wurde, wolltest du fort. Du wartetest aufs Dunkelwerden, und gerade als du fort wolltest, sprang die Tür auf: »Hier sind wir! Ah, diese Mädchen! Diese Huren, diese Weiber! Was man auch macht, immer sind die Weiber schuld. Die hatten uns mit Beschlag belegt. Wir sagten: laßt uns doch wenigstens telefonieren! Aber wir haben die ganze Zeit an dich gedacht. Wir waren auch am Hafen. Wir haben das richtige Schiff für dich gefunden. Einen Frachter, der am Mittwoch vom Piräus ausläuft, nach Italien.«
In den Jahren, als wir miteinander lebten und die dich mir enthüllten, gab es ein Thema, über das du selten und ungern sprachst: die Tage, die du in der Wohnung von Patitsas und Perdicaris verbracht hast. Kaum daß ich versuchte, mehr darüber zu erfahren, wurdest du blaß und sagtest: »Nichts davon.« Einmal jedoch überwandest du deinen inneren Widerstand und erzähltest mir, was ich hier erzählt habe, und daß sich dir bei den Ausrufen der beiden, hier-sind-wir-was-für-Huren-sind-diese-Weiber, der Magen umdrehte. Als du ihnen ins Gesicht blicktest, ergriff dich seltsame Unruhe. Etwas an ihnen wollte dir einfach nicht gefallen: sie waren zu lustig, zu herzlich, sie schwätzten zuviel und widersprachen sich. Waren sie zum Beispiel bei den Mädchen gewesen oder hatten sie etwas für dich unternommen? Die beiden Dinge ließen sich schlecht vereinbaren. Und der Frachter, was war das für ein Frachter? Wie hatten sie ihn denn gefunden, mit wem hatten sie verhandelt, und unter welchem Vorwand? Du wurdest hart: »Schwätzt nicht soviel und erklärt es mir genauer.« – »Gewiß, Alekos, gewiß, aber was geht dir denn auf die Nerven, hab Geduld und sei ruhig, die ganze Nacht liegt noch vor uns, und wir

müssen doch auch essen. Hast du keinen Hunger? Schau, was für gute Sachen wir mitgebracht haben: Auberginen, Ziegenbraten, gefüllte Weinblätter.« – »Erst die Neuigkeiten, dann die gefüllten Weinblätter.« – »Aha, du traust uns also nicht! Wir haben dich wohl zu lang allein gelassen? Du bist nervös geworden und hast dir wer weiß was in den Kopf gesetzt. Es stimmt, wir hätten gestern abend zurückkommen sollen. Aber diese beiden Nutten ... Ich wollte heute früh auf einen Sprung zu dir hereinschauen, aber es war schon so spät, da wäre ich zu spät ins Büro gekommen.« Du wandtest dich an Perdicaris: »Wärst du vielleicht auch zu spät ins Büro gekommen? Gehst auch du ins Büro?« – »Nein, ich hatte Vorlesung an der Uni.« – »Ah, auch mittags hattest du Vorlesung an der Uni? Auch am Nachmittag?« – »Laß doch, Alekos, du bist ungerecht. Am Nachmittag bin ich zum Hafen gegangen. Und hab den Kommandanten gesucht ...« – »Wie heißt dieser Kommandant?« – »Ehrlich gesagt, ich weiß es nicht mehr, Alekos. Ein ausländischer Name, sehr schwierig.« – »War es ein japanischer oder ein schwedischer Name?« – »Schwedisch, meine ich.« – »Und das Schiff?« – »Nun ja, schwedisch!« Du packtest ihn am Kragen: »Untersteh dich, mein Junge!« Wenn Patitsas nicht herbeigesprungen wäre, hättest du ihn erwürgt. »Ruhe«, sagte Patitsas, »die Nerven gehen dir durch, ich versteh dich. Aber du kannst dich doch nicht mit ihm anlegen! Warum nicht lieber mit mir? Ich habe ihn zum Hafen geschickt. Traust du mir nicht? Ich bin dein Freund und Verwandter. Als Kinder haben wir miteinander gespielt, hast du das vergessen?« Du schobst ihn beiseite: »Ich gehe.« – »Bist du verrückt? Willst du dich umbringen lassen?« Und der andere: »Nein, Alekos, nein. Du hast uns falsch verstanden!« Und sie griffen nach deinen Händen, streichelten dich, wimmerten. Schließlich gabst du klein bei: »Na gut, essen wir also diese gefüllten Weinblätter und die Auberginen.« Du aßest und trankst. Es war genug Wein da, Retsina, harzig, wie du ihn mochtest, und du hattest seit fast einem Jahr keinen Wein mehr getrunken. Die Wut verwandelte sich bald in Fröhlichkeit, und die Fröhlichkeit in Benommenheit. »Nun, Jungens, wollen wir von dem Schiff reden, das am Mittwoch abfährt.« – »Später, Alekos, später. Jetzt haben wir zuviel getrunken und schlafen erst ein bißchen.« – »Ja, ja, noch ein Gläschen und dann ein Nickerchen, Alekos!« Gähnend gelangtest du in Perdicaris' Zimmer. Unter dem Bild der Brüder Kennedy und dem Plakat mit dem Roten Platz und den Turmspitzen des Kreml fielst du in einen angsterfüllten Schlaf. Mit den Fischen. Du warst mit Morakis an der Küste, wo das Attentat verübt wurde,

aber Morakis befand sich auf halber Höhe des Felshangs, und du auf einer Klippe am Wasser. Morakis schrie: »Vier Augen sehen mehr als zwei, warum haben wir uns getrennt?« Dann warf eine Woge zwei Fische auf die Klippe. Du wolltest sie fangen, aber sie waren lebendig und so schlüpfrig, daß sie bei der ersten Berührung davonsprangen, blitzartig, und wenn du den einen ergriffst, entwischte dir der andere, und du warst unglücklich, weil du begriffst, daß es sinnlos sei, nur einen zu erwischen: man mußte sie beide gleichzeitig erwischen. Morakis! riefst du, Morakis! Komm, hilf mir! Aber Morakis hörte dich nicht, und du fielst von der Klippe, und als du gerade versankst, merktest du, daß Morakis noch vor dir abgestürzt war. Patitsas rüttelte dich: »Was hast du? Ist dir nicht gut?« – »Warum?« – »Du hast dich herumgewälzt und gejammert.« – »Ich habe schlecht geträumt. Es wird etwas passieren.« – »Nichts wird passieren, Alekos. Schlaf nur ruhig.«
Der nächste Tag war ein Dienstag; Patitsas ging sehr früh weg, du warst noch ganz verschlafen. »Ah, wir haben gestern abend nicht von dem Schiff gesprochen! Vor lauter Weintrinken! Heute mittag wollen wir darüber reden. Ich bin gegen Mittag wieder da. Tschüs, entschuldige, ich muß mich beeilen.« Es blieb nicht einmal Zeit zu sagen nein-wir-reden-gleich-darüber-zum-Donnerwetter. Das erhöhte das Unbehagen, das der Wein vertrieben hatte, aber du zwangst dich, es zu überwinden, und als du zwei Stunden später aufstandest, fühltest du dich beinahe zuversichtlich. Beim Kaffeekochen pfiffst du vor dich hin, trankst dann den Kaffee, stelltest das Radio an, und sogleich ergriff dich wieder das Unbehagen. Der Sprecher sagte, daß man noch keine Spur gefunden habe, weder von dir noch von Morakis, und daß die Regierung eine halbe Million Drachmen ausgesetzt habe für nützliche Hinweise, die zu eurer Verhaftung führen würden. Donnerwetter, eine halbe Million Drachmen war eine schöne Summe, mehr als genug, daß jeder Lust darauf bekam. Du mußtest dich sehr in acht nehmen, jedes Geräusch vermeiden, wenn Patitsas und Perdicaris nicht zu Hause waren, kein Licht brennen lassen, das Radio ganz leise stellen, sonst konnten die Nachbarn Verdacht schöpfen. Eine halbe Million Drachmen. Ha, eine halbe Million Drachmen! Wußten es diese beiden, daß du eine halbe Million Dramen wert warst? Du wecktest Perdicaris, der im Zimmer nebenan seinen Rausch ausschlief: »He, weißt du, daß ich eine halbe Million Drachmen wert bin?« – »Davon reden sie schon seit gestern«, lallte Perdicaris, drehte sich auf die andere Seite und fing wieder an zu schnarchen. Seit gestern? Wieso seit gestern? Und warum hatten sie dir nichts

davon gesagt? Und von wem hatten sie es erfahren? Gewiß nicht übers Radio. Du hattest dir nicht eine einzige Nachrichtensendung entgehen lassen, und jetzt hatte man zum erstenmal von einer Belohnung gesprochen. Vielleicht in der Zeitung? Nein, am Montag erscheinen keine Zeitungen. Wenn es aus den Zeitungen stammte, dann hätte die Nachricht schon am Sonntag drinstehen müssen, und ... Du gingst wieder zu Perdicaris: »He, du! Wer hat dir das von dem Kopfgeld erzählt?« – »Ach, ich weiß nicht, ich erinnere mich nicht, ich habe zuviel getrunken, laß mich schlafen, was hat das denn für eine Bedeutung?« Er schien aufrichtig, und du glaubtest ihm. Zum Teufel, Schluß mit dem Mißtrauen und den Verdächtigungen: wo war denn dein Optimismus geblieben? Brachtest du keine Geduld mehr auf? Nun wolltest du dich aufs Bett legen und auf Demetrios warten. Ich-bin-mittags-wieder-da, hatte er gesagt. Punkt zwölf Uhr drehte sich der Schlüssel im Schloß. Du stütztest dich auf den Ellbogen: »Demetrios?« Dann hörtest du wirres Geräusch, wie von umgeworfenen Stühlen, und zwanzig Polizisten in Zivil stürmten in die Wohnung, mit entsicherten Pistolen. »Hände hoch oder wir schießen!«
Hier sind die Fotos, die man geknipst hatte, als man dich den Journalisten zeigte, an jenem Nachmittag, ehe man dich ins Militärlager von Gudì brachte. Deine Augen sind zu Boden gerichtet, dein Mund verschlossen in herzzerreißender Bitterkeit, deine Hände hängen leblos in den Handschellen, die sich um deine Gelenke schließen: du scheinst ein Symbol der Niederlage und Demütigung zu sein. Einer Demütigung, die weniger darin bestand, daß man dich wieder eingefangen hatte, als vielmehr in der Erklärung, die der Minister für Öffentliche Ordnung der Presse abgegeben hatte: »Mitglieder seiner Organisation haben ihn verraten, um das Kopfgeld zu kassieren. Es handelt sich um zwei, ihre Namen sind Patitsas und Perdicaris.« Dir aber hatte der Kommissar sehr viel mehr verraten: »Du dachtest, du hättest gehorsame und ergebene Sklaven, was? Seit Sonntag wußten wir, daß du in der Patmosstraße 51 warst! Wir sind nur nicht eher gekommen, weil wir hofften, daß du rauskämst: wir hatten deinem kleinen Vetter versprochen, daß wir dich nicht in seiner Wohnung verhaften würden. Er war zu uns gekommen und meinte: ›Der ist so nervös, daß er von selbst geht. Ich habe ihm auch gar nichts zu essen dagelassen!‹ Zwei Tage lang haben wir gewartet und jede Bewegung überwacht. Dann hatten wir es satt und haben es deinem sauberen Vetter und seinem Freund ins Gesicht geschrien: was spielen wir denn für ein Spielchen, der ist

imstande, monatelang da drin zu bleiben, der ist ja ans Gefängnis gewöhnt! Und er sagte: ›Ich will zusehen, daß er rauskommt, ich bring ihn zum Hafen!‹ Wir haben die Geduld verloren und uns den Wohnungsschlüssel aushändigen lassen. Aber die halbe Million Drachmen war ihm noch nicht genug, er wollte auch eine feste Anstellung bei den Olympic Airlines. Die haben wir ihm verschafft. Wir sind nämlich Ehrenmänner, keine Betrüger wie deine Freunde.« Später hatte er dir dann gesagt, daß man auch Morakis verhaftet hatte. Sie waren bereits im Begriff, ihn mit sehr viel Entschiedenheit zu verhören. Und er gestand, er gestand.

4. Kapitel

Wie es möglich ist, daß ein zum Tode Verurteilter, der nach einer sagenhaften Flucht wieder festgenommen wurde, die Mutlosigkeit überwinden und sogleich auf erneute Flucht zu sinnen vermag, begreift man nur, wenn man dich gekannt hat. Genauso lagen die Dinge, als man dich anderthalb Monate später von Gudì nach Boiati zurückbrachte. Patsourakos war nicht mehr Direktor, weil man ihn dieses Reinfalls wegen abgesetzt hatte. An deiner Zellentür erwartete dich ein etwa fünfzigjähriger Riesenkerl, kahlköpfig und mit großer Hakennase. »Guten Tag, Alekos, herzlich willkommen!« Du beobachtetest ihn verstohlen. Er hatte Schweinsäuglein, einen stumpfen und gleichzeitig bösartigen Blick. Einen schwulstigen Mund, der schwach und gleichzeitig bösartig war. Schwere zittrige Hände, Hände, die mit gleicher Leichtigkeit bitten und zuschlagen konnten. »Wer bist du?« – »Alekos, ich bin Nicolas Zakarakis, der neue Direktor.« – »Was willst du?« – »Ich will mit dir reden, Alekos, will dir erklären, was ich meine.« – »Und was meinst du, Zakarakis? Sag es mir.« – »Ich meine, du bist ein Teufelskerl, Alekos, du hast Schneid. Und weil ich der Ansicht bin, daß du ein Teufelskerl bist und Schneid hast, hab ich mich gleich mit dem Herrn Brigadegeneral Joannidis gut verstanden. Ich habe ihm gesagt: ›Herr Brigadegeneral, was geschehen ist, ist geschehen, Schwamm drüber, reden wir nicht mehr davon: vergessen wir die Fehler, die dieser Junge begangen hat, zeigen wir ihm, daß wir menschlich sind, geben wir ihm keinen Vorwand, sich wie ein Gauner zu benehmen, dann wird er schließlich bereuen und einsichtig werden.‹ Und der Herr Brigadegeneral hat gesagt: ›Was schlagen Sie vor, Herr Zakarakis?‹ – ›Ich schlage vor, daß man ihm Gnade erweist‹, habe ich geantwortet, ›daß man mit ihm redet, ihm die Handschellen abnimmt. Ja, nehmen wir ihm diese Handschellen ab, die er seit fast einem Jahr trägt, gestatten wir uns diese Geste des guten Willens!‹ Natürlich war der Herr Brigadegeneral nicht begeistert, aber er hat nachgegeben. ›Herr Zakarakis‹, hat er gesagt, ›Sie sind der Direktor, auf Sie kommt es an. Sie haben freie Hand, wählen Sie selbst das System, das Sie wollen.‹« Großer Gott! Ein Dummkopf und dennoch verschlagen, bedrohlich und doch versöhnlich: diesen Typ kanntest du. Der Typ, der sich vor jeglicher Macht verneigt, vor jeder Autorität, vor jeder Anmaßung. Es lebe Papadopoulos, es lebe Stalin, es lebe Hitler, es lebe Mao Tse-tung, es lebe Nixon, es lebe der Papst, es lebe wer gerade daherkommt. Wenn es nur keine Unannehmlichkeiten gab! Der Typ, der aber auch mit jedem, der schlechter dran ist als er, sich anlegt, weil er dabei seine Minderwertigkeit abreagieren und sich für das erlittene Unrecht rächen kann. Dieser Typ nährt die Diktaturen, stärkt den Totalitarismus. Es ist kein Zufall, daß diese Typen zumeist ausgezeichnete Kerkermeister sind. Man mußte sogleich Farbe bekennen und ihm klarmachen, wer du warst, ihn abweisen und durch Herausforderung den neuen Kampf einleiten. Du unterbrachst ihn: »Bist du fertig, Zakarakis?« – »Nein, Alekos, ich wollte gerade noch sagen, daß ...« – »Das ist nicht nötig, Zakarakis. Ich weiß schon, was du sagen wolltest. Du wolltest mir sagen, daß ich schön bin und dir gefalle, daß du von mir gefickt werden möchtest. Eine alte Geschichte, alle wissen, daß die Knechte der Junta Schwule sind. Ich habe aber keine Lust, dich zu ficken. Zakarakis. Weder heute, noch irgendwann. Diesen Gefallen kann ich dir nicht tun, du bist zu häßlich, zu fett. Du bist eklig.« – »He? Was? Wie?« – »Ich habe gesagt, daß ich dich nicht ficke, Zakarakis, weil du häßlich, fett und ekelhaft bist. Ich könnte dir nicht mal die Hosen runterlassen, um deinen Arsch anzuschauen.« – »Du Verbrecher! Du Kommunistenknecht!« Und er ging wild fuchtelnd davon.

Einige Stunden später kam er wieder, starrköpfig. »Eh! Es tut mir leid wegen dieser Szene. Es war meine Schuld, Alekos, ich habe nicht begriffen, daß du Spaß machtest. Dabei hatte man mir ja gesagt, daß du gerne Spaß machst, daß du ein lustiger Kerl bist. Das hätte ich nicht vergessen sollen. Damit du wieder gut bist, hab ich dir das hier mitgebracht. Nimm!« Deine Augen leuchteten auf. Er bot dir ein Koboloi an. Seit einem Jahr träumtest du von einem Koboloi, denn du warst von dem Gedanken besessen, mit diesem rosenkranzartigen Spielzeug zu hantieren, und in der Isolierung war dies beinahe zu einer Notwendigkeit geworden. Aber wehe, wenn du es annehmen würdest. Das hätte bedeutet, daß du ihn von der Schuld freisprachst, ihm sagtest, ich-versteh-dich-Zakarakis-du-hast-ja-auch-Familie, bist-auch-ein-Sohn-aus-dem Volk, wollen-wir-uns-vertragen. Und du wärst hoffnungslos zu seinem Spielball geworden. Du mußtest hart bleiben, ihm zeigen, daß man dich nicht beugen konnte, weder im Guten noch im Bösen, daß ihr Feinde wart und Feinde bleiben mußtet. Du ersticktest also den Impuls, die Hand auszustrecken nach dem kostbaren Geschenk, und täuschtest Gleichgültigkeit vor: »Das will ich nicht«. – »Los, nimm es doch. Ich geb es dir gern.« – »Ich habe gesagt, daß ich es nicht will. Von dir will ich nur eine einzige Sache, Zakarakis: einen Abort mit Wasserspülung.« – »Einen Abort mit Wasserspülung? Warum?« – »Weil ich keinen Kübel haben will. Der stinkt. Das ist unhygienisch.« – »Aber alle Zellen haben nur einen Kübel, keine hat einen Abort mit Wasserspülung!« – »Aber ich werde eine kriegen.« – »Nun sei doch vernünftig. Nimm mein Geschenk an.« – »Ich nehme keine Geschenke von Faschisten.« Zakarakis bebte. Er wußte, daß du früher oder später das Wort Faschismus aussprechen würdest und hatte sich eine Antwort darauf zurechtgelegt. »Eh, du bist jung, Alekos, du begreifst die Dinge nicht. In deinem Alter habe ich auch von Faschismus gesprochen!« – »Erzähl mir nicht, daß du schlecht darüber gesprochen hast, Zakarakis.« – »Aber ja doch. Ich hatte noch keinen Verstand. Und außerdem hatte Mussolini uns angegriffen, ich war nicht gut auf ihn zu sprechen. Ich erinnere mich an einen Abend in Rimini. Weißt du, im Jahr vierzig war ich Kriegsgefangener in Rimini, und manchmal diskutierte ich mit den Italienern, und an dem Abend habe ich gesagt, daß Mussolini ein Verbrecher sei, der Ruin der Menschheit ...« – »Bravo, Zakarakis! Bravo!« – »Und sie haben mir geantwortet, daß Mussolini eine Nation geschaffen, dem ganzen Land Ordnung und Ruhe gebracht habe ...« – »Und daran glaubtest du, nicht wahr?« – »Nein doch! Ich hab dir doch gesagt, daß ich einfältig war, wie du es heute bist. Ich glaubte überhaupt nicht daran und protestierte. Ich schrie: ›Seht ihr denn nicht, wieviel Unglück er über euch gebracht hat?‹ Und die darauf: ›Nein, an unserem Unglück sind die Engländer, die Juden und die Kommunisten schuld.‹ Ich aber, hör nur, was ich darauf sagte. Denn ich kann mich ganz gut wehren, du kannst dir gar nicht vorstellen, was ich für ein guter Diplomat bin: Botschafter hätte ich werden können. Ich sagte: ›Die Juden gefallen mir auch nicht, aber ihr, was sucht ihr denn in Griechenland? Sucht ihr vielleicht Juden?‹« – »Hör auf, Zakarakis, hör auf.« – »Nein, sei doch nett, hör zu! Denn sie, weißt du, was sie mir darauf antworteten? Sie sagten: ›Wir sind wegen Albanien nach Griechenland gekommen, denn sonst hättet ihr Griechen es geklaut und es Nordepirus genannt.‹« – »Das stimmte, Zakarakis.« – »Aha, du willst also einfach nicht zuhören. Denn genau an diesem Punkt habe ich gesagt: ›Ja, Albanien gehört uns, aber der Faschismus ist ein Verbrechen.‹ Und weißt du, was sie daraus geschlossen haben? Sie haben daraus geschlossen, daß das Verbrechen auf seiten derer lag, die den Faschismus bekämpften, weil man durch den Kampf gegen den Faschismus dem Kommunismus aufhilft! Sie hatten recht, mein Junge. Mehr als recht, das weiß ich heute. Und ich sage überdies: im guten Glauben begehst du das gleiche Verbrechen.« – »Glaubst du das wirklich, Zakarakis?« – »Ob ich das glaube? Ich bin dessen sicher, weil zweimal zwei vier ist, mein Junge. Wer auch immer Antifaschist ist, er arbeitet für den Kommunismus und für die Sowjetunion.« – »Hmmm!« Du täuschtest Ratlosigkeit vor und beglücktest ihn dann mit deinem Lächeln, dem keiner widerstehen konnte. »Interessant. Zum Teufel, interessant. Darf ich dich etwas fragen, Zakarakis?« – »Ganz zu deiner Verfügung, mein Junge.« – »Sprichst du Italienisch, Zakarakis?« – »Ich, nein. Ich kann nur Griechisch, sonst nichts. Ich wollte auch nie Englisch lernen, oder Französisch oder Deutsch. Ich bin eben ein Nationalist.« – »Ich verstehe. Und in Rimini, die Italiener, sprachen die Griechisch?« – »Nicht ein Wort.« – »Und wie hast du es dann gemacht, daß du soviel schwätzen konntest, du Idiot, wo du doch nicht einmal Griechisch kannst und dich schlechter ausdrückst als ein Analphabet?« Er vergaß, was er sich selber vorgenommen und Joannidis versprochen hatte. Er verprügelte dich, bis du ohnmächtig wurdest. Du aber nahmst es ihm nicht übel: das war es, was du wolltest. Denn auf diese Weise hattest du den legitimen Vorwand, ihm einen von deinen Hungerstreiks aufzuzwingen und den Abort mit Wasserspülung zu verlangen, der für die nächste Flucht unentbehrlich war.

Da Zakarakis nie einen Hungerstreik mitangesehen hatte, wußte er nicht, daß man nur in den ersten drei Tagen heftiges Verlangen nach Nahrung hat, daß nachher eine sanfte Betäubung eintritt, die kein Hungergefühl mehr aufkommen läßt. Er machte daher den Fehler, zu dir zu kommen, als du bereits seit drei Wochen hungertest und, um zu überleben, nur ein wenig Wasser zu dir nahmst. Deine Wangen waren eingefallen und die Beine waren dünn wie ein Handgelenk. Aus dem Mund kam dir ein so übler Gestank, daß man sich dir nur mit Überwindung nähern konnte. Er entsetzte sich daher allein über dein Aussehen und beschloß, das Justizministerium zu benachrichtigen: »Er stirbt!« – »Wenn er stirbt, landen Sie im Gefängnis, wir können uns keinen internationalen Skandal leisten«, antworteten die vom Justizministerium. Im Gefängnis? Bei allen Göttern, es mußte also gelingen, dir irgend etwas in den Mund zu stecken! Zakarakis ging in die Küche, prüfte das Abendessen, das man für ihn bereitet hatte, entdeckte mit Kummer, daß es sein Lieblingsgericht war, Linsen, und brachte es dir. »Kalimera, guten Tag, hier bring ich dir was!« – »Was willst du, Zakarakis! Was ist los?« – »Schau, mein Essen, für mich gekocht! Und ich bringe es dir. Linsen.« – »Linsen? Geh weg, Zakarakis.« – »Los, versuch's mal, wenigstens versuchen, sie sind gut, weißt du, und sie bekommen dir bestimmt gut!« – »Geh weg, hab ich gesagt!« – »Magst du vielleicht keine Linsen? Möchtest du lieber ein Schnitzelchen? Ein Süppchen, eine Bouillon?« Eine Bouillon, ja, das hättest du gerne gehabt, was hättest du darum gegeben! »Nein, Zakarakis. Keine Bouillon, kein Süppchen, kein Schnitzelchen? Ich will ein Spülklosett und sonst nichts.« – »Aber ich habe dir doch schon erklärt, daß das niemand hier hat!« – »Du hast eines.« – »Ich bin der Direktor!« – »Und ich bin ich. Ich will das Spülklosett.« – »Ich kann es dir nicht geben.« – »Aber sicher kannst du. Du brauchst nur eines zu kaufen und installieren zu lassen.« – »Nein, und wieder nein!« – »Dann sterb ich, dann steckt man dich hier in die Zelle wegen vorsätzlicher Tötung. Vielmehr wegen Mord, du wirst sehen. Es werden Journalisten aus aller Welt kommen und dich beschuldigen, daß du mich umgebracht hast durch Hungern und Prügeln, und alle Länder werden Sanktionen über Griechenland verhängen, so daß es durch deine Schuld nicht in den Gemeinsamen Markt aufgenommen werden kann.« – »Was sagst du da?« – »Das, was ich gesagt habe. Und Papadopoulos wird es dir nicht verzeihen, und Joannidis auch nicht. Laß mich jetzt in Ruhe, ich will in Frieden sterben. Im Himmel finde ich dann ein Spülklosett.« Beinahe weinend ging Zakarakis weg. In der Nacht konnte er nicht schlafen, und an den folgenden Tagen kam er immer wieder, um dir den Puls und die Stirn zu fühlen, und stieß angstvolle Seufzer aus. Dir ging es zusehends schlechter, und du tatest nichts dazu, es zu verbergen. Kaum daß er sich näherte, bewegtest du die Lippen: »Ich sterbe ... ich sterbe ...« Schließlich kapitulierte er: »Alekos, hörst du mich?« – »Ja ...« – »Falls ich dir das Spülklosett verschaffe, würdest du dann eine Bouillon neh-

men?« – »Ich verstehe nicht... wiederhole...« – »Wenn ich dir das Spülklosett gebe, trinkst du dann auch eine Bouillon?« – »Nein, erst das Spülklosett, dann die Bouillon.« »Also gut! Du kriegst das Spülklosett!« – »Sofort?« – »Sofort.« Eine halbe Stunde später drangen die Arbeiter mit Hacken und Kellen in die Zelle. Und du nahmst die Bouillon und fingst wieder an zu essen.
Die Idee, das Spülklosett als Fluchtmittel zu benutzen, war dir bereits vor Monaten gekommen. In Gudì hatte sie Gestalt angenommen, als dir klar wurde, daß sie dich früher oder später wieder in die übliche Zelle in Boiati stecken würden. Für eine Flucht hatte diese Zelle in der Tat eine Menge guter Eigenschaften. Nicht nur, daß sie sich zu ebener Erde befand und an einen wenig begangenen Weg grenzte, ihre Wände waren außerdem so brüchig von Feuchtigkeit, daß sie geradezu zum Durchbohren einluden. Man brauchte nur ein Werkzeug zum Graben und einen Gegenstand, der das Loch verdeckte, während man es erweiterte, und auch eine Möglichkeit, um den Schutt gleich zu beseitigen. Nun, diese Möglichkeit konnte nur ein Spülklosett bieten, und jetzt, wo sie dabei waren, es zu installieren, hattest du das Gefühl, als wäre das Unternehmen bereits halb geglückt. Du konntest sogar mit Zakarakis scherzen: »He, Papadopoulaki, wo ist denn das Linsengericht?« – »Heute gibt es keine. Ich kann dir nur ein Stück Huhn anbieten.« – »Na, dann soll's eben Huhn sein!« Dabei dachtest du bereits darüber nach, wie man die beiden anderen Probleme lösen konnte. Mit was für einem Werkzeug konntest du graben? Du hattest nicht einmal eine Gabel, weil man dir zum Essen nur einen Löffel brachte und... zum Teufel, der Löffel! Was wolltest du eigentlich: etwa ein Brecheisen oder einen Bohrer? Du verstecktest den Löffel unter der Pritsche, und als die Wache ihn suchte, zucktest du mit den Achseln: »Woher soll ich wissen, wo dein verdammter Löffel ist? Sie werden ihn schon rausgetragen haben.« Dann kratztest du probeweise an der Wand. Jawohl, es funktionierte, der weiche Verputz ließ sich leicht abkratzen und die Ziegel zerbröckelten leichter, als du gedacht hattest. Du brachtest alles mit einer Brotkrume wieder in Ordnung und dachtest nur darüber nach, wie man das Loch verdecken könne. Dazu brauchtest du einen kleinen Vorhang. Wie aber sollte man die Forderung nach einem Vorhang rechtfertigen, und durch welche List konnte man erreichen, daß man ihn dir gab? Gewiß nicht durch einen neuen Hungerstreik, das war eine Waffe, mit der man nicht zu verschwenderisch umgehen durfte. Vielleicht durch

eine Erpressung. Sehr gut – du wolltest warten, bis Zakarakis wiederkam, um deinen Dank einzuheimsen, und du wolltest ihn dabei erpressen. Er kam. »Bist du jetzt zufrieden? Gefällt dir dein Spülklosett?« – »Ja, es fehlt nur noch ein Vorhang.« – »Was für ein Vorhang?« – »Der Anstandsvorhang. Jetzt wo ich das Spülklosett habe, kannst du doch nicht verlangen, daß ich meine Notdurft verrichte vor den Augen derer, die mir durchs Guckloch zuschauen!« – »Aber wer schaut dir denn zu, wenn du dort sitzt?« – »Alle, du auch.« – »Ich!?« – »Ja, Zakarakis. Stell dich nicht dumm. Ich hab dich gesehen.« – »Du Elendskerl, du Aas!« – »Wenn du mich beleidigst, dann erzähle ich es allen.« – »Was erzählst du, du Erpresser?« – »Ich bin kein Erpresser, ich geniere mich. Ist das meine Schuld, wenn ich mich geniere, wenn ich wegen nichts und wieder nichts rot werde? Außerdem würde ein Vorhang sehr schmuck wirken. Ich habe ja nicht einmal einen Tisch und einen Stuhl ...« – »Ich habe verstanden, du möchtest dein Zimmer ein wenig ausstaffieren. Ich werde dir zeigen, wie großzügig ich bin: du bekommst einen Tisch und einen Stuhl.« – »Und einen Vorhang.« – »Wo soll ich denn einen Vorhang auftreiben?« Nein, die Erpressung klappte nicht. Auch Bitten halfen nichts. »Zakarakis, bitte, den Vorhang.« – »Ich habe keinen Vorhang.« – »Aber es genügt doch irgendein Fetzen und zwei Nägel zum Aufhängen.« – »Nein.« – »Warum nicht?« – »Weil ich darüber zu bestimmen habe, verstanden? Wenn ich immer auf dich hören würde, dann würdest schließlich du dieses Gefängnis leiten. Ich hab genug von deinen Wünschen. Ich habe dir einen Tisch gegeben, ich habe dir einen Stuhl gegeben, aber den Vorhang kriegst du nicht. Ich geb ihn dir nicht!« – »Wenn du ihn mir gibst, kannst du den Tisch und den Stuhl wiederhaben.« – »Nein, das ist eine Sache des Prinzips. Außerdem bist du verrückt.« Verrückt? Das war ja die Lösung! Du wolltest ihn zur Überzeugung bringen, daß du verrückt seist und dann würde er schließlich nachgeben. Am Abend wartetest du darauf, daß er sich schlafen legte, dann rücktest du den Tisch unter das Fenster, stelltest den Stuhl darauf, klammertest dich an das Gitter: »Zakarakis! Schläfst du, Zakarakis? Du darfst nicht schlafen, Zakarakis! Du sollst meinen Vorhang nähen! Einen blauen möchte ich haben! Mit Rüschen.« Oder du schriest: »Zakarakis! Hast du meinen Vorhang genääääht? Hast du auch Rüschen daran gemaaacht?« So ging das drei, vier, fünf Nächte hindurch, und die anderen Häftlinge protestierten: »Herr Direktor, geben Sie ihm schon den Vorhang! Man kann ja nicht mehr schlafen!« In der sechsten Nacht stürmte Zakarakis mit seinen Wachtposten herein und prügelte dich. Aber nachdem er dich geprügelt hatte, bekamst du den Vorhang. Einen blauen mit Rüschen. Und du konntest anfangen, zu bohren. Du arbeitetest unermüdlich Tag und Nacht, dort, wo der Löffel versagte, mit den bloßen Händen: deine Finger waren davon ganz wund und zerschnitten. Du spürtest nicht einmal den Schmerz. Dieses Loch zu sehen, das immer größer wurde, bis es fünfundvierzig Zentimeter Durchmesser hatte, war eine Freude, die dich betäubte. Und du sangst, pfiffst und lachtest. Vor allem wenn du die Mauerstücke in den Abort warfst und die Wasserspülung zogst: ohne jede Sorge, Verdacht zu erwecken. Du erschrakst auch nicht, als Zakarakis kam und dich mit gerunzelter Stirn fragte: »Sag, bist du krank? Hast du Durchfall?« – »Nein, warum?« – »Immer läßt du die Spülung laufen.« – »Die zieh ich, weil es mir Spaß macht. Ist das verboten?« – »Nein, verboten ist es nicht.« Aber seine Schweinsäuglein verrieten, daß eine dunkle Ahnung in ihm aufgestiegen war.

Es kam der Tag, als von der dicken Mauer nur noch zwei bis drei Zentimeter übrig waren: nur noch ein paar kräftige Schläge, und sie war durchbrochen. Du mußtest also lediglich die Nacht abwarten und strecktest dich mit einem tiefen Seufzer der Erleichterung auf der Pritsche aus, um dir alles auszumalen: wenn du dann auf dem kleinen Weg angelangt wärst, solltest du dich dann besser nach rechts oder nach links halten? Lings lagen die Räume von Zakarakis, rechts die Küchenräume. Also besser nach rechts. Ja, aber wie kamst du an den Wachtposten vorbei. Nun, die Wachtposten würdest du schon schaffen, das hattest du bei der Flucht mit Morakis festgestellt. Ebenso das Hindernis der Umfassungsmauern, über die du diesmal allein hinüberkommen mußtest. Das Glück ließ dich nie im Stich, und eigentlich war Zakarakis selber ein Glücksfall. Armer Zakarakis! Er hatte dir ein Koloboi und ein Linsengericht angeboten, hatte dir das Spülklosett und den Vorhang mit Rüschen verschafft, und du hattest ihn bis zum Wahnsinn gereizt und sogar seine Dämlichkeit ausgenutzt. Hattest du denn eigentlich recht mit der Behauptung, daß es diese Typen waren, die die Tyrannei hervorbrachten und stützten? Wenn man es recht bedachte, waren sie es, die sie in erster Linie zu spüren bekamen: eigentlich war auch er ein Gefangener. Immer hier im Kerker eingeschlossen, von allen verflucht und geschmäht, immer einem Joannidis und den Justizministern ausgeliefert, immer voller Angst vor dem, der befiehlt, und vor dem, der

befehlen wird. Du hättest ihm gern gesagt, daß du im Prinzip nichts gegen ihn hattest, weil du im Grunde auch ihn als einen Gefangenen betrachtetest. Du hättest ihn auch gern für die Sache gewonnen, ihm erklärt, daß er sich im Grunde selber prügelte, wenn er dich und andere Leute wie dich prügelte, und was er eigentlich hätte sein können: ein freier Mensch, ungehorsam, und nicht ein Knecht. Schade, daß keine Zeit dazu blieb. Solche Dinge gingen dir durch den Kopf, als Zakarakis in deine Zelle eintrat. Er schien sehr müde und war sehr höflich. »Alekos, ich muß dich um einen Gefallen bitten.« – »Was denn, Zakarakis ...« – »Ich fühle mich heute abend gar nicht wohl, ich brauche Ruhe. Sing heute abend nicht und vergnüg dich nicht wieder mit dem Spülklosett.« – »Geht in Ordnung, Zakarakis.« – »Wirklich? Schwörst du mir das?« – »Ich schwör's dir, Zakarakis.« – »Denn du hast was gegen mich, versteht sich, ich bin ja dein Gefängniswärter und ...« – »Ich habe nichts gegen dich, Zakarakis, ich habe etwas gegen diejenigen, denen du dienst. Auch du bist ein Gefangener, Zakarakis, genauso wie Patsourakos, wie alle Gefängniswärter, mit oder ohne Diktatur. Wenn dieses Land seine Freiheit wiederfinden wird, wirst du verstehen, was ich meine und warum ich mich jetzt so aufführe. Die Schuld liegt bei denen, die befehlen, die Grausamkeit liegt bei denen, die befehlen. Du bist nicht grausam, Zakarakis. Du bist nur ein Dummkopf.« Zakarakis zeigte wieder das gleiche Lächeln vom Vormittag, als er dich fragte, ob du Durchfall hättest. Diesmal merktest du es, und mit einem plötzlichen schmerzlichen Zucken erschrakst du. Aber es war zu spät für jede Vorsicht und Überlegung, die Nacht brach herein, und du verdrängtest die Unruhe und wartetest darauf, daß der Zapfenstreich ertöne und dann nächtliche Stille herrsche.
Elf Uhr. Zwei entschlossene Faustschläge, ein Stoß mit dem Ellbogen, und die letzte Mauerschale fiel. Du beugtest dich hinaus durch das Loch: der Weg schien verlassen. Du lauschtest auf eventuelle Geräusche: du hörtest keinen Laut. Freie Bahn also! Und indem du den Atem anhieltest, stecktest du den Kopf durch das Loch, dann einen Arm und eine Schulter. Du zwängtest dich hinaus. In dem Augenblick, als du auch die andere Schulter durchschobst, bliebst du stecken. Hattest du den Durchmesser nicht richtig kalkuliert? Nein, es war wegen der Kleider: die Lederjacke, das Wollhemd, das Unterhemd. Nackt würdest du gut durchschlüpfen. Du zogst dich vollkommen aus, rolltest die Kleider zusammen und warfst sie hinaus. Sie fielen mit einem ganz leisen Geräusch auf, du hattest nur knapp einen halben Meter

zu springen. Fabelhaft! Du zwängtest erneut den Kopf und die eine Schulter durch, dann den anderen Arm und die andere Schulter und rutschtest vor bis zur Taille. Nun brauchtest du nur den Bauch einzuziehen: so. Aufstützen: so. Weiterschlüpfen: so. Und ... Ein höhnisches Kreischen zerriß dir das Trommelfell, und eine schadenfrohe Stimme sagte: »Es ist kalt, Alekos. Was treibst du denn da so nackt? Genierst du dich denn nicht mehr?« Es war Zakarakis mit etwa zwanzig Wachsoldaten, die er den Weg entlang aufgereiht hatte. Zakarakis lachte und lachte. Auch die Soldaten lachten. Sie lachten so arg, daß die Gewehrläufe wackelten, als seien sie Äste im Wind.

»Und du meintest, ich sei ein Dummkopf, he? Du-bist-nur-dumm-Zakarakis. Dumm, blind und taub, was? Du meintest, daß ich nicht begriffen hätte, was dieses ganze Gekratze auf sich hatte, dieses Klosettspülen, das Verstecken hinter dem Vorhang, was? Du eingebildeter Lümmel! Weißt du, warum ich dich gewähren ließ? Weil du mir dadurch weniger auf die Nerven gingst, du Verbrecher! Weil ich dich auf frischer Tat ertappen und meinen Spaß haben wollte! Ja, meinen Spaß haben!« Es hagelte Schläge: ins Gesicht, auf die Brust, auf die Geschlechtsteile. »Ich zähle also überhaupt nicht, was? Ich bin ein armer Blödian, ein Gefangener wie du! Idiot, ich bin der Direktor, das bin ich! Ich bin der Chef! Der Chef! Und ein intelligenter Chef: ich habe sogar genau berechnet, wieviel Zeit du dafür brauchen würdest, du Aas! Ich wußte es ganz genau, daß du es heute nacht probieren würdest! Alle haben es gewußt, alle! Alle haben sie den Sprung in der Mauer gesehen! Das ist dir wohl nicht in den Sinn gekommen, daß sich an der Außenmauer ein Sprung bilden würde, was?« Und wieder Schläge: ins Gesicht, auf die Brust, auf die Geschlechtsteile. Aber es waren nicht die Schläge, die weh taten, sondern die Demütigung, die Worte, die Erinnerung an das Hohngelächter, das dir das Trommelfell zerriß, als du, halb drinnen, halb draußen, die am Weg entlang aufgestellten Soldaten erblicktest, als du ihn sahst, der höhnisch wiederholte es-ist-kalt-Alekos-was-machst-du-da-so-nackt. Das Blut war dir siedend heiß in die Wangen gestiegen, du hättest sterben mögen. Oh, Theòs! Theòs mu! O Gott, mein Gott! Geschlagen werden, das ja, gefoltert werden, zerfetzt werden: aber nicht lächerlich gemacht werden! Das ist nicht recht, das ist nicht menschlich. »Du dachtest wohl, ich sei schlafen gegangen, was? Daß ich gemütlich warm im Bett läge und über dein Geschwätz nachdächte, was? Weißt du, seit wann ich

hier auf der Lauer liege mit meinen Wachsoldaten? Seit drei Stunden, drei!« Die verquollenen Augenlider hoben sich über deinem verächtlichen Blick, die geschwollenen Lippen bewegten sich mühsam: »Das wirst du mir büßen, Zakarakis. Ich weiß nicht wie, aber du wirst es büßen, Zakarakis. Ich bring dich noch zum Nervenzusammenbruch, ich bring dich ins Irrenhaus.« Zakarakis antwortete mit einem letzten Fußtritt und übergab dich dann, müde vom Prügeln, verschwitzt, denen von der ESA, die dich in eine Decke wickelten und ins Militärlager nach Gudì brachten. Dort nahm man die üblichen Verhöre wieder auf, und die üblichen Mißhandlungen. Auch die übliche Prozession der Leute setzte wieder ein: Malios, Babalis, Teofilojannacos, Joannidis.
Der Verbissenste war auch diesmal Teofilojannacos. »Sag mir, womit du gegraben hast, womit?« – »Mit einem Löffel, Teofilojannacos.« – »Das ist nicht wahr, das ist nicht möglich, ich glaub es nicht. Sag mir, wer dir geholfen hat! Wer sind deine Komplizen, wer?!« – »Niemand, Teofilojannacos.« – »Gelogen, du Heuchler und Lügner! Aber du wirst bald gestehen!« – »Auf einem deiner falschen Aussageprotokolle, Teofilojannacos? Kennst du mich noch immer nicht, Teofilojannacos? Wisch dir den Arsch mit deinen analphabetischen Geständnissen. Wisch ihn dir, er hat es nötig!« – »Ich bring dich uuum.« Am wenigsten überrascht war Joannidis. Er starrte dich wortlos an, das eisige Gesicht war durch eine fast nachsichtige Grimasse aufgeweicht, und erst nach langem Schweigen sagte er kopfschüttelnd: »Panagoulis! Schuld ist Papadopoulos, der nicht Manns genug war, dich unter die Erde zu bringen!« Dann kam Phaidon Gizikis, der Platzkommandant von Athen, der den Erschießungsbefehl unterzeichnet hatte. Streng war er, traurig. An seinem linken Ärmel trug er einen Trauerflor: einige Tage vorher war seine Frau gestorben. Er beugte sich über dich, du lagst gefesselt am Boden, neben einem unberührten Eßnapf: »Herr Panagoulis! Ich bitte Sie, Herr Panagoulis, essen Sie etwas!« Seit vierzehn Monaten war er der erste, der Sie zu dir sagte. Du erwidertest in gleicher Weise. »Ohne Besteck, Herr General? Verzeihen Sie, Herr General, aber ich bin kein Hund.« – »Ich weiß, Herr Panagoulis, ich weiß. Sie müssen aber die Verbitterung der Leute begreifen. Kaum daß man Ihnen einen Löffel gibt, bohren Sie damit die Mauer durch!« Blitzartige Erleuchtung. Das war die richtige Person, die richtige Gelegenheit, um sich an Zakarakis zu rächen und an denen, die dich gedemütigt und verlacht hatten. Wenn es dir gelänge, diesen höflichen und einflußreichen Mann zu überzeugen, dann würde die Falle zu-

schnappen. Du blicktest in seine etwas einfältigen Augen, zwangst alle deine Gesichtsmuskeln zu einem übertriebenen Staunen: »Herr General! Sie werden doch nicht an die Geschichte vom Löffel glauben? Eine Mauer ist schließlich kein Karamelpudding!« – »Was sagen Sie da, Herr Panagoulis! Was meinen Sie?!« – »Ich sage Ihnen, daß die Wachtposten mir dabei geholfen haben, Herr General: die gleichen, die mich dann festgenommen haben. Ich sage Ihnen, daß es Zakarakis war, Herr General. Die Idee kam von Zakarakis, er hat sie mir eingeflüstert. Er hatte auf eine Versetzung gehofft, als Folge meiner Flucht, so, wie Patsourakos versetzt worden war. Wie hätte ich mir vorstellen sollen, daß er ein doppeltes Spiel trieb, Herr General? Ich habe ihm geglaubt, und, wenn ich das sagen darf, auch Sie hätten ihm geglaubt. Wenn ein Gefängnisdirektor in die Zelle eines Gefangenen kommt und sagt: machen wir gemeinsame Sache, du möchtest ausbrechen, und ich möchte versetzt werden, wir wollen uns gegenseitig helfen, was! Wenn er einem seine Wachleute zur Verfügung stellt, einem das Trugbild der Freiheit vorgaukelt ... Herr General, ich frage mich sogar, ob er wirklich ein doppeltes Spiel im Auge hatte, er erschien mir gegenüber so aufrichtig! Vielleicht hat er sich in der letzten Zeit geändert, aus Furcht, daß einer der Wachtposten etwas ausplaudern könnte. Er war so sehr darauf erpicht, genau wie Patsourakos von Boiati fortzukommen!« – »Herr Panagoulis, ich traue meinen Ohren nicht. Das ist unerhört! Absolut unerhört!« – »Der Meinung bin ich auch, Herr General. Ihnen gestehe ich diese Zusammenhänge gern, weil Sie ein Gentleman sind, ein gebildeter, korrekter Mann, ein echter Soldat. Sie haben mich nie mißhandelt, nie. Und Sie wissen sehr wohl, daß ich den anderen gegenüber nie den Mund aufmachen würde, unter Folterungen spreche ich nie.« – »Ich weiß es, Herr Panagoulis, ich weiß. Und ich muß zugeben: Sie sind ein Ehrenmann. Aber was Sie mir anvertrauen, ist skandalös, unglaublich!« – »Ich bin Ihrer Meinung, Herr General, aber es ist die Wahrheit. Leider ist es die pure Wahrheit. Denken Sie, als ich mit dem Loch nicht zu Rande kam, hat Zakarakis mich immer ermuntert: ›Probier's nochmals, probier es! Ich geb dir einen Pickel!‹ Und weil ich eines Tages sehr müde war und einfach nicht mehr weiterkonnte, wurde er ganz wütend. Er sagte: ›Du glaubst doch nicht, daß ich dir das Loch in die Mauer bohre?‹ Aber dann hat er doch einige Wachsoldaten geschickt, die mir helfen mußten: dann-komm-ich-hier-weg-wie-Patsourakos. Hmmm! Und was er alles über euch Offiziere gesagt hat, insbesondere über Sie, Herr General! Ich meine nicht jene

Militärs, die ich selber verachte, die Knechte der Junta; ich meine die Militärs wie Sie, Herr General!« – »Danke, Herr Panagoulis. Sie sind ein sehr aufrechter Feind, Herr Panagoulis. Aber Sie werden sich sicher Rechenschaft darüber ablegen, daß ich diese Informationen nicht für mich behalten kann, daß ich darüber referieren muß.« – »Das ist mir klar, Herr General. Ich werde dafür büßen müssen, aber das macht nichts. Referieren Sie nur, Herr General, referieren Sie.« – »Dann auf Wiedersehen, Herr Panagoulis.« – »Auf Wiedersehen, Herr General.« – »Ich werde Ihnen einen Löffel bringen lassen, Herr Panagoulis.« – »Danke, Herr General.« – »Und essen Sie etwas, nicht wahr! Ich bitte darum.« – »Jawohl, Herr General.«
Er grüßte dich, die Hand an der Mütze, als wärst du ein Vorgesetzter, und entfernte sich, erfüllt von brennender Entrüstung. Wenige Minuten später berichtete er alles Joannidis, der mit gleicher Entrüstung seinerseits Teofilojannacos herbeirief. »Das Loch ist also mit einem Löffel gebohrt worden!« – »Jawohl, Herr Brigadegeneral. Dieser Lump hat es gestanden!« – »Mit einem normalen Suppenlöffel.« – »Jawohl, Herr Brigadegeneral, das steht nun fest.« – »Und niemand hat ihm geholfen, niemand hat ihm zum Beispiel eine Spitzhacke gegeben.« – »Nein, Herr Brigadegeneral. Der Kerl ist ein Teufelsvieh, wie man weiß.« – »Und Sie sind ein Idiot! Ein unfähiger Laffe!« – »Herr Brigadegeneral!« »Ein Verrückter! Ein Stiefelputzerinquisitor, ein Weichtier!« – »Herr Brigadegeneral!« – »Gehen Sie mir aus den Augen oder ich trete Ihnen in den Hintern!« Die Wachsoldaten, die dich auf dem Gefängnisweg verlacht hatten, waren inzwischen nach Gudì gebracht worden. Aus den Zimmern, wo man sie verprügelte, hörte man sie schreien, und für deine Ohren klang es süßer als Harfenmusik. »Nein, Hilfe, nein! Ich habe nichts damit zu tun! Ich bin unschuldig, ich schwör es, bin unschuldig! Nein, ich hab ihm nicht geholfen, nein! Genug, Hilfe, Mama, genug!« Einige von ihnen wurden dir auch gegenübergestellt, und sie waren derart jämmerlich zugerichtet, daß du einen Moment lang beinahe versucht warst, sie zu entlasten. Aber die Erinnerung an die Schamröte, die dir in die Wangen gestiegen war, war noch zu frisch. Du bestätigtest also deine Aussagen vor Gizikis und verstärktest noch die Dosis. »Ja, das sind sie. Zakarakis hatte ihnen die Spitzhacke gegeben und sie halfen mir damit. Dann trugen sie die Trümmer weg, damit sich das Klosett nicht verstopfte.« – »Das ist nicht wahr, das ist gelogen.« – »Leider ist es wahr. Und weil sie auch faul sind und nicht einmal Zakarakis sie zur Eile antreiben

konnte, so warf ich schließlich den Schutt ins Spülklosett, das sich dann tatsächlich verstopfte. Und sie wollten es aus Ärger nicht reparieren.« Zakarakis hingegen bekamst du nicht zu Gesicht. Den wollte Joannidis sich selber vorknöpfen. Um genau zu sein, Joannidis hegte einige Zweifel. Er hatte dich besser als irgend jemand durchschaut, und wußte, daß du zu allem fähig warst: auch auf den Ruhm dieser Flucht zu verzichten und durch Lügen Zakarakis in Schwierigkeiten zu bringen. Aber in seinem Zweifel saß auch eine Überlegung, und diese Überlegung schien ihm von allen Seiten her stichhaltig. Warum sollte er Zakarakis wegschikken? Falls du gelogen hattest, so wäre künftig kein Gefängnisaufseher sicherer und unbeugsamer als eben dieser Zakarakis. Wenn du aber die Wahrheit gesagt hattest, so mußte man Zakarakis bestrafen, aber nicht so, wie er es sich gewünscht hatte. Es war daher sinnlos, sich in Verhöre und Vorwürfe zu vertiefen. Er rief ihn zu sich: »Also, Zakarakis, Sie wollten in Pension gehen?« – »Ich verstehe nicht, Herr Brigadegeneral.« – »Sie verstehen, Zakarakis, Sie verstehen! Der Mann, der sonst nie redet, hat diesmal geredet. Ich weiß alles, Sie können sich das Theater ersparen.« – »Herr Brigadegeneral, ich bestehe darauf zu sagen, daß ich nicht verstehe. Ich bin müde, jawohl, Sie wissen nicht, was diese letzten fünf Monate mit diesem Elenden für mich waren. Ich möchte gern versetzt werden, nichts mehr von ihm hören, vergessen, daß es ihn überhaupt gibt. Aber nicht in Pension gehen, nein!« – »Versetzt, Zakarakis? Hab ich richtig gehört? Haben Sie gesagt, versetzt?« – »Ja, Herr Brigadegeneral. Wenn es möglich wäre. Ich schaff es nicht mehr, Herr General! Der ist ein Teufel, ich versichere Ihnen, ein Dämon!« Joannidis' Stimme wurde eisiger denn je. »Ich kenne ihn besser als Sie, Zakarakis. Er ist ein Dämon, aber er ist ehrlich. Genau das Gegenteil von Ihnen, der Sie ein Dummkopf und unehrlich sind. Ich sollte Sie festnehmen lassen, Zakarakis, Sie vor ein Kriegsgericht wegen Verrats stellen. Aber das wäre zu wenig für Sie, das wäre ja geschenkt...« – »Kriegsgericht, Herr Brigadegeneral? Einen Prozeß wegen Verrats?!? Aber Herr Brigadegeneral, ich war es doch, der diesen Verbrecher gefaßt hat, ich bin es, der...« – »Unterbrechen Sie mich nicht, Zakarakis. Ich habe schon gesagt, daß ich mir kein Theater vorspielen lasse. Und ich wiederhole, daß das Kriegsgericht zu wenig wäre für Sie, es wäre geschenkt. Ich weiß, wie man Sie strafen muß. Wollen Sie wissen, wie? Sie bleiben auf Ihrem Posten, Zakarakis. Sie bleiben in Boiati! Mit ihm! Sie werden ihn auf dem Buckel haben, solange er lebt, das schwör ich!« – »Nein,

Herr Brigadegeneral, das nicht!« – »Jawohl, sage ich. Und von diesem Augenblick an vertraue ich Ihnen noch eine neue Aufgabe an, Zakarakis: Sie errichten für ihn eine Sonderzelle, eine Zelle, aus der er nicht ausbrechen kann, selbst wenn sie ihm die Tür aufmachen. Jetzt hinaus mit Ihnen! Und wohlgemerkt: wenn Ihnen etwas mißlingt, Zakarakis, dann erwartet Sie etwas Übleres. Dann sperr ich Sie mit ihm zusammen hinter Gitter!«
Zwei Wochen lang hing Zakarakis wie eine tote Larve herum. Der Zusammenstoß mit Joannidis hatte ihn so fertiggemacht, daß er, wie er dir in einer schwachen Stunde gestand, nicht einmal seinen ehelichen Pflichten nachkommen konnte und seine Frau stichelte: »Als ob sie ihm aufgetragen hätten, den Parthenon zu bauen!« Aus der verzweifelten Schlaffheit, dem ohnmächtigen Bewußtsein seiner Unfähigkeit rissen ihn nur die Vorstellungen, daß er dich in eine Zelle einsperren würde, aus der es kein Entweichen mehr gab. Aber was für eine Zelle? Das war die Frage, die ihm den Schlaf, den Appetit und die Manneskraft raubte. Joannidis hatte ihm auch die Verantwortung dieser Wahl aufgehalst: »Das ist Ihre Sache, Zakarakis. Ich gebe Ihnen drei Monate Zeit. Gleich nach Weihnachten muß sie bereitstehen.« Gleich nach Weihnachten! Nur drei Monate! In der Hoffnung, eine Lösung des Problems zu finden, blätterte Zakarakis in Katalogen und Architekturbüchern, lernte schwierige Fachausdrücke, potentielle Energie, Druckwiderstand, Maxwellscher Lehrsatz, Betti-Theorie, Clayperon-Lehrsatz. Alles umsonst. Gut, es mußte eine Eisenbeton-Zelle sein, mit solider Basis und so massiven Mauern, daß man sie nicht einmal mit dem Preßlufthammer aufbrechen konnte. Gut, sie mußte aber auch Doppeltüren haben, und zwar aus Stahl, fast unsichtbare Fenster, das Dach mußte mit Starkstrom abgesichert werden, der beim bloßen Anschauen schon zündete. Aber auch das würde nicht ausreichen, das spürte er: es mußte noch etwas Besseres sein. Etwas, das nicht nur deinen Körper, sondern auch deine Phantasie einkerkerte: etwas, das dem Gehirn das Denken verbot. Trotz seiner geistigen Primitivität hatte er erraten, daß dies der springende Punkt war, das Gehirn am Denken zu hindern, denn beim nächstenmal hättest du dich nicht mit einem Loch in der Mauer zufriedengegeben, sondern dir eine ganz neue Teufelei ausgedacht. »Achtung, Zakarakis! Wenn es Ihnen mißlingt, dann erwartet Sie etwas Ärgeres als ein Kriegsgericht. Ich sperr Sie mit ihm zusammen hinter Gitter!« Dann kam ihm eines Tages die Idee, als er Ende November auf einem Friedhof die Form einer Kapelle sah: eine Gruft! Das war es! Das war das richtige für

diesen Dämon: eine Gruft! Eine Zelle in der Form und Größe einer Gruft. Er wollte dir eine Gruft bauen. Vielleicht sogar mit einer Zypresse davor. Stand da nicht auf dem mittleren Platz des Militärlagers eine Zypresse? Und wie ein Künstler, der fürchtet, daß seine schöpferische Eingebung sich verflüchtigt und ihr deshalb stehenden Fußes gehorcht, eilte Zakarakis sogleich zurück nach Boiati, zeichnete eine Parallelepipedon und setzte die Ausmaße fest. Zwei Monate später war die Zelle fertig. Die fürchterliche Zelle, in der du vier Jahre lang, von einem gewissen Februarmorgen an, eingesperrt bliebst.

Dieser entsetzliche Februarmorgen. Du warst in Gudì an diesem furchtbaren Morgen, und du hattest gewiß keine Ahnung, daß Zakarakis seinen Parthenon gebaut hatte. Du bildetest dir sogar ein, daß man dich seiner Macht entzogen hätte. Es ging dir gar nicht so schlecht in Gudì, der Direktor ließ dir nie die Handschellen anlegen, die Aufseher verweilten oft, um mit dir zu schwätzen, und du hattest vor allem einen zweiten Morakis kennengelernt: einen Soldaten, der dir bei der Flucht helfen wollte. »Schau mich an, Alekos, erinnerst du dich nicht an mich?« – »Nein.« – »Aber du kennst mich, Alekos, du hast mich schon gesehen.« – »Wo? Wann?« – »Im Hauptquartier der ESA, gleich nach deiner Festnahme, während sie dich einmal prügelten.« – »Prügelten?« – »Ja, sie hatten mir befohlen, dich zu prügeln, und so habe ich dich geprügelt. Aber nachher habe ich mich furchtbar geschämt.« – »Das glaub ich nicht.« – »Aber es ist die Wahrheit, Alekos, es ist wahr. Ich habe mich so geschämt, daß ich mir schwor, dir bei der ersten Gelegenheit zu helfen und ...« – »Das glaub ich nicht.« – »Ich schwor mir, dir zu helfen und sagte mir: wenn sie ihn nicht umbringen, werde ich eines Tages etwas für ihn tun.« – »Denk daran, daß Morakis sechzehn Jahre gekriegt hat.« – »Ich weiß« – »Und beim nächsten Mal verlieren sie keine Zeit mit Festnahmen, dann schießen sie auf mich und jeden, der dabei ist.« – »Ich weiß.« – »Ach, was weißt du schon, du Hanswurst.« Getreu deinem System hattest du ihn verspottet, bedroht, gedemütigt, aber schließlich glaubtest du ihm, daß er nicht log, und ihr hattet zusammen einen Plan ausgedacht. Kein leichtsinniges Vorgehen diesmal, keine Heldentat. Außer einer Uniform wollte er dir die Militärausweispapiere verschaffen, um aus Gudì hinauszukommen, dazu einen falschen Paß, eine Brille, um den Gesichtsausdruck zu verfremden, außerdem sollte ein Auto draußen auf dich warten, eine Jacht würde dich in der Bucht von Vouliagmeni aufnehmen, um sogleich in exterritoriale Gewässer loszusegeln.

Die einzige Schwierigkeit waren die beiden Schlösser an deiner Zellentür: die Schlüssel dazu hatte ein Hauptmann. »Ich kann sie ihm nicht stehlen, Alekos.« – »Das ist nicht notwendig. Geh zu einem Eisengeschäft und kaufe alle Schlüssel, die dir tauglich erscheinen.« Er war mit etwa fünfzig Schlüsseln zurückgekommen, wovon einer das erste Schloß öffnete, das zweite jedoch nicht. »Was machen wir, Alekos?« – »Ganz einfach, du kaufst noch mehr Schlüssel. Kauf alle, die es auf dem Markt gibt. Wenn wir immer wieder probieren, werden wir schon den richtigen finden.« Er war wieder losgezogen und zurückgekehrt: mit etwa hundert Schlüsseln. Morgens von acht bis elf Uhr, für die Dauer seiner Tagesschicht, und von zehn Uhr abends bis Mitternacht, für die Dauer seiner Nachtschicht, hatte er am zweiten Schloß herumgearbeitet, schwitzend und zitternd bei der Vorstellung, daß man ihn dabei erwischen könnte. »Probieren wir den hier.« – »Der geht nicht.« – »Diesen da.« – »Geht nicht.« Aber beim neununddreißigsten Schlüssel: »Der geht!« Das Schloß war offen. »Gut. Schaffst du es bis morgen?« – »Ja, alles ist bereit.« – »Auch das Auto, auch die Jacht?« – »Ja, die warten schon seit Tagen.« – »Also um Mitternacht. Morgen.« Mitternacht war eine fabelhafte Zeit. Um Mitternacht schlief das ganze Lager.

Du sangst an jenem Morgen, wie zu Zeiten des Spülklosetts. »Fortgeflogen sind die weißen Taubeeen! Der Himmel bedeckt sich mit schwarzen Vööögeln!« Aber lange hast du nicht gesungen, denn gegen neun Uhr kam eine Abordnung in deine Zelle: »Abmarsch, Panagoulis. Es geht los.« – »Los ...? Wohin ...« – »Nach Boiati, Panagoulis. Du kommst zurück nach Boiati.« Ein kleiner Lastwagen, eine nicht enden wollende Fahrt; der Drang zu weinen nahm dir den Atem; dann kamen die grauen Umrisse von Boiati mit der Umfassungsmauer und den Schießtürmen in Sicht. Zakarakis erwartete dich am Eingang, die Hände in die Seiten gestützt, auf seinem olivenfarbenen Gesicht einen kaum unterdrückten Ausdruck des Triumphes. »Sieh mal einer an, wer da kommt, wen man da wiedersieht. Komm, mein Lieber, komm. Du hast keine Ahnung, was ich für dich vorbereitet habe während deiner Ferien in Gudì.« Er griff dich am Arm, stieß dich den Weg entlang, der zum Hof mit der Zelle führte, aus der du ausgebrochen warst, ging daran vorbei, ohne innezuhalten. Er bog nach rechts, dann nach links, dann wieder nach rechts, und dein Herz klopfte wie wild: du spürtest, daß etwas Schlimmes bevorstand, sobald Zakarakis sagen würde, hier-sind-wir-mein-Lieber-wir-sind-da. Etwas Fürchterliches, das dich ärger peinigen würde, als jede bisher erlittene Pein. »Hier sind wir, mein Lieber! Wir sind da! Gefällt es dir? Das ist für dich, nur für dich, einzig und allein für dich!« Mitten auf dem Platz stand vor deinen Augen, wie ein Hieb ins Gesicht, die Gruft mit der Zypresse. »Die Zypresse ist noch klein, mein Lieber. Aber sie wird wachsen.«

Du sagtest mir, daß man sich diese Zelle nicht vorstellen könnte, wenn man sie nicht mit eigenen Augen sah. Deshalb erbatest du, nachdem die Junta gefallen war, vom Verteidigungsminister Evangelis Tossitsas Averoff die Erlaubnis, sie zu fotografieren. Er erlaubte es dir aber nicht. Du fragtest erneut danach, als du Abgeordneter im Parlament warst und erklärtest, daß dies nicht eine Laune sei, sondern die Notwendigkeit, der Welt zu zeigen, wie man unter den Gewaltherrschaften die Gefangenen behandelt, aber wieder verweigerte Averoff die Genehmigung. Du verlangtest sie drei Jahre lang mit Hartnäckigkeit, betontest jedesmal den Verdacht, daß er vor der Welt diese Infamie verbergen wolle, daß er sie vielleicht gar aus der Erinnerung ganz auslöschen wollte.
Aber er schlug es dir auch später immer ab. Er ließ dich nicht einmal über die Schwelle von Boiati, um einen Blick darauf zu werfen und um dir selbst sagen zu können: hier, hier bin ich eingemauert gewesen, und ich habe es überlebt. Ich habe gewonnen. Du hast sie nie wiedergesehen. Du hast sie nie fotografiert. Aber nach deinem Tod, als ich wie eine Pilgerin wanderte, um die Spuren einer versunkenen Vergangenheit, die Straßen und Gebäude zu finden, die oft nicht mehr vorhanden waren, eingerissene Brückenpfeiler, vom Wind gepeitschte Hochspannungstürme, da habe ich sie in deinem Namen gesehen, habe sie in deinem Namen fotografiert. Die Bulldozer des Evangelis Tossitsas Averoff waren dabei, sie zu demolieren. Die Schießtürme und ein großer Teil der Umfassungsmauern, die mittleren Baracken waren abgerissen, alles zerbröckelte, zerfiel in nichts, nur mühsam erkannte ich den Innenhof, wo man dich hatte Ballspielen lassen an jenem Tag der Demütigung, das Büro des Zakarakis, die Zelle, aus der du mit Morakis zusammen ausgebrochen und in die du zurückgekehrt warst, um den Kampf um das Spülklosett zu führen. Die erkannte ich an dem Loch in der Mauer: vom Weg aus sah man noch, wo es zugemauert worden war. Dann aber kam ich auf den großen Freiplatz, den Zakarakis gewählt hatte, um dort seinen Parthenon zu errichten, und ich erkannte es blitzartig, denn beim ersten Anblick stand mir das Herz still. Wahrhaftig, das war eine Gruft, du hattest nicht übertrieben. Die Farben und die Ausmaße waren

die eines Grabes: nur ein Fensterchen von dreißig Zentimetern im Quadrat und der Ausschnitt der winzigen Tür, die in den Zellenvorraum führte, unterbrachen die eintönige Zementwand. Im Inneren war es noch schlimmer. Denn drinnen merkte man, daß alles noch viel enger war als es von draußen schien: zwei Drittel des Raums nahm der Vorraum ein. Die eigentliche Zelle lag dahinter, jenseits einer kleinen Gittertür, die bis zur Höhe des Kinns aus einer Stahlplatte bestand, darüber waren dann Gitterstäbe angebracht. Die Zelle war etwa zwei mal drei Meter groß: sie hatte also die Breite eines Ehebetts. Oder wenig mehr. Dieser Vergleich ist aber ungenau, weil man dazu verleitet sein könnte, zu glauben, daß der Bewegungsraum dem eines Ehebetts entsprach. Dem war aber nicht so. Bewegen konnte man sich nur auf einem etwa ein Meter achtzig langen und neunzig Zentimeter breiten Streifen, der Rest des Raumes war ausgefüllt von einer Pritsche und einem Verschlag mit einer rudimentären Waschgelegenheit und einem Klosett. Die Pritsche, fünfzig Zentimeter über dem Boden befestigt, war eingezwängt zwischen der Seitenwand und dem Verschlag. Wenn man sich dort ausstreckte, lag man wie in einem Sarg, denn auch die Decke war sehr niedrig und finster. Er herrschte fast völlige Dunkelheit. Abgesehen von dem schwachen Licht einer blauen Lampe drang nur etwas Licht vom Vorraum ein, dessen Decke aus einer horizontalen Vergitterung bestand. Aber man konnte nicht eigentlich von Licht sprechen, denn vor der Vergitterung befand sich nochmals ein Gitter und davor noch ein Gitter, und durch dieses kam wie durch ein Sieb ein wenig Sonne durch: dünne Tropfen von bleichem Licht, winzige Nadelköpfe von Sonnengelb. Der Regen hingegen drang sehr gut durch, auch die Kälte im Winter und die Hitze im Sommer: ein Grab also, das allen Launen der Witterung ausgesetzt war. Ich schloß mich dort ein. Ich versuchte, auf dem Streifen von einsachtzig mal neunzig auf und ab zu gehen und an das Gedicht zu denken: »Drei Schritte nach vorn, und drei zurück/tausendmal den gleichen Weg/heute hat mich der Spaziergang so müde gemacht...« Drei Schritte? Man konnte höchstens zwei Schritte tun, und sofort wurde es einem schwindelig. Ich versuchte, mich auf der Pritsche auszustrecken. Die Decke, die so tief über mir hing, und die Wände erstickten mir den Atem. Ich klammerte mich an die Gitterstäbe, um wieder Luft zu holen, ich zwang mich, dem Drang, das Tor aufzureißen, zu widerstehen. Als ich den Eindruck hatte, Stunden und Stunden dort drinnen verbracht zu haben, schaute ich auf die Uhr: es waren knapp zehn Minuten

vergangen. Da versuchte ich es nochmals, mit all meiner Willenskraft, die Gedanken kristallisierten sich zu einem tödlichen Schweigen, und aus diesem Schweigen drängte sich eine einzige Idee hervor: hinaus, hinaus, hinaus!
Und trotzdem zeigtest du Zakarakis nicht einen Augenblick lang, daß du dich verloren fühltest, und erwidertest ihm mit einem breiten Lächeln: »Bravo, Zakarakis! Hast du das gebaut?« – »Ja, genau, ich.« – »Das glaub ich nicht, Zakarakis, so intelligent bist du doch nicht.« – »Im Gegenteil. Ich war's, ich schwör's dir, ich habe die Gruft entworfen.« – »Meinen Glückwunsch!« Dann zeigtest du auf den Vorraum. »Ist der auch für mich?« – »Nein, der ist für Wachtposten, wenn sie dir die Essensration bringen. Aber wenn du dich gut aufführst, kannst du jeden Tag dreißig Minuten dort auf und ab gehen.« – »Gut, Zakarakis, gut.« – »Und mehr hast du mir nicht zu sagen?« – »Doch, Zakarakis. Ich werde ausbrechen, Zakarakis.« – »Nein, von hier kannst du nicht ausbrechen.« – »Ich breche aus, wollen wir wetten?« – »Wetten wir, um was?« – »Um eine Obristenuniform.« – »Einverstanden.« Er verrammelte die Zellentür und das Tor und überließ dich deinen Gedanken. Du mußtest deinen Verstand anstrengen, nachdenken, um nicht von der Wut überwältigt zu werden, um dich nicht im Kummer über dein Pech zu verlieren, daß es dir nicht gelungen war, vierundzwanzig Stunden früher den Schlüssel für das zweite Schloß gefunden zu haben, um der Träne nicht zu gestatten, dir über die Wange zu rinnen, dieser Träne, die dir an der Wimper hing. Es mußte irgendeinen Weg geben, um von hier herauszukommen, und in wenigen Tagen würdest du ihn gefunden haben. Mit solchen Gedanken verging der erste Tag, und der zweite, der dritte, der vierte, der fünfte. Du sammeltest Informationen, Eindrücke und arbeitetest sie aus: Rings um die Gruft gab es sechzehn Wachtposten, drei auf jeder Seite, einer an jeder Ecke, das Essen brachten sie dir zu viert... Neue Gesichter – stumpfe Gesichter. Vielleicht lag die Lösung in diesen neuen, stumpfen Gesichtern, vielleicht würde es dir nicht schwerfallen, den Wachtposten einen Streich zu spielen, einen Fluchtweg aus der Zelle zu finden. Das Hindernis war nicht die Zelle, es war die Umfassungsmauer mit dem Stacheldraht: handelte es sich um normalen Stacheldraht wie bei der Flucht mit Morakis oder um elektrisch geladenen Draht? Danach konntest du dich ja nicht gut erkundigen, ohne Verdacht zu erwecken. Es blieb dir daher diesmal kein anderer Weg, als aufs Ganze zu setzen, blind, rouge et noir et rien ne va plus: wenn dich der Starkstrom tötete, dann war der Draht eben geladen; wenn du

unversehrt bliebst, war es normaler Stacheldraht. Es lohnte sich jedenfalls, weil der Trick, mit dem du aus der Zelle entkommen wolltest, so hübsch erdacht war. Der hübscheste und amüsanteste Trick, den deine Phantasie je ausgeknobelt hatte. Und am sechsten Tag warst du entschlossen. Der Abend brach herein, die vier Soldaten mit der Essensration kamen, zwei blieben im Vorraum stehen, einer öffnete die Zellentür, einer trat mit dem Tablett herein, das gleich auf die Erde fiel. O Gott, die Zelle war leer, und auf der Pritsche lag ein Zettel: »Lieber Zakarakis, ich komme wieder, um mir die Obristenuniform abzuholen. Wenn du Teofilojannacos und Hatzizisis siehst, sag ihnen, daß ich sie dazu bringen werde, Blut zu pissen. Wenn du Joannidis siehst, sag ihm, daß er dich in Pension schicken soll. Dein dich liebender Alekos.«
Auch die Soldaten aus dem Vorraum sprangen herein. »Wo ist er?!« – »Er ist nicht da!« – »Unmöglich.« – »Wieso unmöglich?! Schau!« – »Wer hat ihm heute früh den Kaffee gebracht?« – »Du hast ihn gebracht.« – »Du Lügner!« – »Was, ich ein Lügner?« – »Ja, du!« – »Ruhe, Jungs, laßt uns überlegen. Hast du gut abgeschlossen, als du raus gingst?« – »Ganz bestimmt!« – »Und danach, wem hast du die Schlüssel gegeben?« – »Dir hab ich sie gegeben!« – »Mir? Du Lügner!« – »Kinder, wir wollen doch nicht miteinander streiten! Suchen wir ihn lieber!« Und ihre Augen suchten alles ab, die Decke, die Wände, als wärst du eine Fliege. Zusammengekauert unter der Pritsche, hieltst du inzwischen den Atem an und unterdrücktest die Lachlust. Es verlief alles genauso, wie du es dir vorgestellt hattest: am einzigen Platz, an dem du wirklich sein konntest, unter der Pritsche, schauten sie nicht nach. Ob sie wohl dumm genug waren, auch den zweiten Fehler zu begehen und beim Weggehen die beiden Türen offenzulassen? Nun, erst setzten sie sich auf die Pritsche und jammerten wie-hat-er-das-nur-gemacht, sie sagten, man-muß-Alarm-geben, stürzten hinaus, ohne Tür und Gitter abzusperren. »Alarm! Alarm!« Das Lager verwandelte sich in einen einzigen Schrei: »Alarm! Alarm!« Du wartetest noch ein paar Sekunden – und dann fort, indem du mit den anderen zusammen »Alarm! Alarm!« schriest. Du erreichtest einen Baum, von dort aus das Küchenhäuschen. Ein Schatten fiel auf dich, ein Soldat. Er fragte dich: »Hast du ihn gesehen?« – »Ja, da drüben!« antwortetest du und zeigtest auf jemanden, der in die entgegengesetzte Richtung rannte. Er dankte dir und lief weiter und schrie da-drüben-da-drüben. Niemand scherte sich um dich, niemand dachte daran, die Scheinwerfer

aufzublenden, du konntest also versuchen, die Umfassungsmauer zu erreichen. Du erreichtest sie und begannst, sie zu erklettern, warst oben, rouge et noir et rien ne va plus, du berührtest den Stacheldraht. Nein, er war nicht elektisch geladen, aber er riß dir das Fleisch auf, schlimmer als in der Nacht deiner Flucht mit Morakis. Wie lange brauchtest du wohl diesmal, um dich herauszuwinden? Die Dunkelheit kam dir gelegen, aber der Alarm mußte aufhören. Du hieltest deine Hände wie einen Trichter vor den Mund: »Alarm abblasen! Alarm abblasen!« Eine Stimme wiederholte: »Alarm abblasen! Alarm abblasen!« Alle riefen miteinander: »Alarm ist abgeblasen! Alarm ist abgeblasen!« Dann schnauzte ein Feldwebel: »Wer hat gesagt, Alarm abblasen?« – »Er!« – »Wer, er?« – »Der Zivilist dort!« – »Welcher Zivilist?! Dummkopf! Sucht ihn!« Du rissest den Draht von einem deiner Beine, bliebst mit dem Arm hängen. Der Ärmel füllte sich mit Blut. Hattest du dir eine Ader aufgerissen? Der Schmerz lähmte dich eine Sekunde zuviel. »Ich hab ihn gesehen!« – »Wo?« – »Auf der Mauer! Faßt ihn!« Ein Scheinwerfer blendete auf, übergoß dich mit Licht. Und du warst gerade dabei, hinunterzuspringen, als du ihren Griff spürtest: »Herr Feldwebel, ich hab ihn!«

Es folgte ein recht kurzer Hungerstreik. Im Ausland beschäftigten sie sich weiter mit dir, und Zakarakis hatte immer mehr Angst, daß du sterben könntest. »Iß!« – »Nein.« – »Iß, bitte!« – »Nein.« – »Das ist Essen, das deine Mutter gebracht hat.« – »Sie soll es selber essen.« – »Los, sag mir, was du haben willst.« – »Hab ich dir doch gesagt, ich will eine Obristenuniform. Die steht mir zu. Ich bin doch ausgebrochen, oder nicht?« – »Nein, weil ich dich wieder gefaßt habe.« – »Das gilt nicht. Aus der Zelle bin ich ausgebrochen und habe dir bewiesen, daß du ein Idiot bist.« – »Der Idiot bist du!« – »Nein, ich bin intelligent. Und ich will die Obristenuniform.« – »Was machst du denn mit der Obristenuniform?« – »Ich zieh sie an. Es ist ja Karneval, und zu Karneval maskiert man sich, und die ulkigste Maskierung, die es gibt, ist die Obristenuniform, weil sie dein Patron trägt, Papadopoulos.« – »Du Elendskerl!« – »Du Hanswurst!« Am nächsten Morgen das gleiche Zwiegespräch. Und schließlich der Verzweiflungsschrei des Zakarakis: »Bringt ihm eine Obristenuniform!« – »Es ist keine da, Herr Direktor. Es gibt hier keine Obristen.« – »Treibt eine aaauf!« Sie trieben eine auf, du zogst sie an und aßest wieder. Zakarakis erschien. »Gib sie jetzt wieder zurück!« – »Nicht im Traum!« – »Man hat sie dir nur gebracht, damit du wieder ißt, gib sie also wieder her!« – »Nein.« – »Zieht ihm die Uniform aaaus!« Zu fünft warfen sie sich über dich.

Behindert vom winzigen Raum und dem gegenseitigen Stoßen, zogen sie sie dir aus. Sie nahmen dir auch die Schuhe weg, auf Tage hinaus, und es war kalt. Du nahmst das Hungern wieder auf. »Iß.« – »Nein.« – »Was willst du?« – »Meine Schuhe.« – »Da hast du deine Schuhe. Willst du jetzt essen?« – »Nein.« – »Was willst du denn noch?« – »Ich möchte ein Bad nehmen. Weil ich stinke und Läuse habe! Wie du auch, Zakarakis!« – »Ich stinke nicht! Ich habe auch keine Läuse!« – »Natürlich hast du welche. Zumindest eine Laus, die neunzig Kilo wiegt. Die Laus bist du selber!« – »Ich bring dich um!« – »Dann kommst du vors Kriegsgericht, wegen Mord. Joannidis hat es dir gesagt.« – »Also gut, badet ihn!« – »Warm will ich baden, mit warmem Wasser. Sonst hol ich mir eine Lungenentzündung und sterbe, und du kommst vors Kriegsgericht wegen vorsätzlicher Tötung.« – »Warm! Badet ihn warm!« – »Ich will auch einen Friseur.« – »Holt den Friseur!« Man brachte einen Zuber mit warmem Wasser, es kam auch der Friseur. Sie wuschen dich, sie rasierten dich, sie schnitten dir die Haare. Aber sie schnitten sie dir, auf Anordnung von Zakarakis, bis auf einen halben Zentimeter, und der Kampf brach von neuem los. »Dreckschwein, du hast mich enthaaren lassen.« – »Ich habe dich nicht enthaaren, sondern scheren lassen: hast du nicht gesagt, du hättest Läuse?« – »Die Läuse sind nicht nur auf dem Kopf, die sitzen an allen behaarten Stellen. Du müßtest mich also überall enthaaren, auch unter den Achseln, auch rund um die Eier.« – »Du bist verrückt!! Man hat mir einen Verrückten in Verwahrung gegeben!« – »Ich bin nicht verrückt, Zakarakis. Du weißt sehr genau, daß ich mich so aufführe, damit du verrückt wirst. Und das wird mir auch gelingen, so wahr ich hier in dieser Gruft hocke!« – »Enthaart ihn!« – »Nicht die anderen, du selber. Ich weiß ja, daß es dir Spaß macht, mich zu betätscheln, weil du nämlich nicht nur ein Schwein und eine Laus bist, sondern auch noch schwul.« Er ließ dich an die Pritsche festbinden. Er prügelte dich persönlich. Er schlug dich so arg, daß er danach den Arzt rufen lassen mußte, der bei deinem Anblick entsetzt war: dein Körper war von oben bis unten blau. »Wer war das?« – »Zakarakis war's. Er wollte mich enthaaren.« – »Enthaaren?!?« – »Ja. Er wollte mich dann vergewaltigen. Er sagt, daß man das in den Bordellen in Istanbul so macht. Ich habe mich gewehrt, und er hat mich geschlagen.« – »Dich vergewaltigen!?« – »Aber gewiß. Das probiert er bei allen, alle wissen es. Er ist schwul.« Diesmal bekam Zakarakis eine Leberkolik, die ihn eine Woche lang ans Bett fesselte.

Jeder der beiden war nunmehr gleichzeitig Opfer und Henker des anderen: euer Verhältnis beruhte auf ständigem Rollentausch oder gleichzeitiger Ausübung der Rolle, und es wäre schwer zu sagen gewesen, welcher von beiden grausamer war. Vielleicht du, weil du Zakarakis durchschautest. Zakarakis durchschaute dich nicht. Wie hätte er das gekonnt? Das, was du ausdrücktest und darstelltest, war von seiner ärmlichen Welt weiter entfernt als der Alpha Centauri von der Erde. Er hätte gelacht, wenn man ihm hätte erklären wollen, daß der wahre Held sich nie ergibt, daß er sich von den anderen nicht durch die große Anfangsgeste oder durch den Stolz unterscheidet, mit dem er Folterungen und Tod ins Antlitz blickt, sondern durch die Beständigkeit in der Wiederholung, durch die Geduld, mit der er erleidet und reagiert, durch den Stolz, mit dem er seine Leiden verbirgt und sie dem wieder ins Gesicht wirft, der sie ihm auferlegt. Nicht zu resignieren ist sein Geheimnis, sich nicht als Opfer zu betrachten, nicht den anderen Traurigkeit und Verzweiflung zu zeigen und nötigenfalls die Waffe der Ironie und des Spottes zu Hilfe zu nehmen: die natürlichen Verbündeten eines Mannes, der in Ketten liegt. Als deine neue Offensive ausbrach, wurde er von neuem davon überrascht.

Die neue Offensive brach aus, und zwar dröhnend wie ein Kanonenschuß, kaum daß sich die Schmerzen der letzten Mißhandlungen gelindert hatten. Eines Abends klammertest du dich an die Eisenstäbe des Zellengitters und schriest in Richtung der Dachvergitterung des Vorraums, du schriest, bis Wachtposten und Gefangene aufmerksam wurden. »Achtung! Achtung! Hier Nachrichtensendung Radio Boiati! Sondermeldung! Nicolas Zakarakis, Direktor dieses Scheißhauses, ist leberkrank. Es hat sich herumgesprochen, daß diese Erkrankung eine Folge des Wutanfalls ist, weil es ihm nicht gelang, einen Gefangenen zu vergewaltigen, dem Schwule nicht genehm sind. Es handelt sich jedoch um eine Falschmeldung. Wir sind in der Lage, richtigzustellen, daß die Leberkoliken des Zakarakis auf die Enttäuschung zurückzuführen sind, daß seine Gelüste von diesem Gefangenen nicht befriedigt worden sind. Wer immer sich für diese makabre Operation freiwillig melden möchte, wird gebeten, sich beim zuständigen Amt vorzustellen und seine Personalien dort zu hinterlegen. Zakarakis zahlt mit Linsen.« Und am nächsten Abend: »Achtung! Achtung! Nachrichtensendung Radio Boiati. Sondermeldung. Zakarakis lügt. Er ist nicht leberkrank, er hat Hämorrhoiden. Dieser Gefangene weiß es, weil dieses Schwein sie ihm gezeigt hat. Er hat ihm auch erklärt, daß er sie durch die Türken bekommen hat, als er als Strichjunge in einem Bordell in Istanbul gearbeitet hat. Zakarakis hat einen Rückfall seines Leidens erlitten nach einer Unterredung mit dem Justizminister, der ihn mit Tritten in den Hintern traktiert hat.« Jeden Abend ging das so, mit erschreckender Regelmäßigkeit, und in den Baracken jenseits der Umfassungsmauern herrschte eine derartige Erheiterung, daß die Ausgangsgesuche zurückgingen. »Was machst du heute abend? Gehst du ins Kino?« – »Nein, ich will die Sondermeldung von Panagoulis hören.« Oder: »Warst du gestern abend in der Stadt?« – »Nein, ich bin dageblieben, um die Sondermeldung von Panagoulis zu hören.« Häufig gesellten sich, mit geheuchelter Gleichgültigkeit, auch Offiziere zu dem Auditorium, neugierig zu erfahren, was du nun wieder ausgeheckt hattest. Mit der Zeit war nämlich diese Übertragung eine Art Fortsetzungsroman über die erotischen Erlebnisse des Zakarakis im erfundenen Bordell von Istanbul geworden. Deine Geschicklichkeit bestand darin, immer an einer besonders spannenden Stelle zu unterbrechen. »Morgen, meine lieben Zuhörer, erfahrt ihr, wie es weiterging.« Ich kann mich nicht gut an die Handlung der Geschichte erinnern, aber ich glaube, daß Zakarais irgendwann aufgehört hatte, Strichjunge zu sein und entmannt wurde, um als Eunuch in den Dienst des Großwesiers einzutreten. Das führte nun zu einer Serie von unglaublichen schweinischen Geschichten, in die noch andere Personen verwickelt waren, auch der Großwesir selbst, der sich Papadopoulos nannte, und ein Kalif, der Joannidis hieß, ein Henker namens Teofilojannacos, ein unsauberer Ratgeber mit dem Namen Hatzizisis. Der Großwesir und der Kalif haßten sich auf den Tod, der Henker und der unsaubere Ratgeber spielten sich gegenseitig böse Streiche, aber alle waren eisern miteinander verbunden, wenn es darum ging, den Eunuchen zu demütigen, der sich nur dadurch weiterhalf, daß er die abscheulichste Unterwürfigkeit an den Tag legte.

Schließlich kam Zakarakis zu dir. Er kam, stützte sich müde an das Gittertor und blickte dich mit erloschenen Augen an: »Alekos, ich muß mit dir reden.« – »Nimm Platz, Zakarakis, hier ist ja genug Platz. Ein Riesensaal. Sitzt du lieber auf dem Sofa oder auf einem dieser Sessel? Aber tätschle mich nicht, he, rühr mich nicht an. Heute bin ich ungemein keusch.« – »Hör zu, Alekos. Ich weiß ja, daß du Spaß machst. Ich habe eine Frau und zwei Kinder.« – »Zakarakis, die Frau ist nur Tarnung, und wer weiß, von wem die Kinder sind.« – »Du Schuft!« – »Beleidige mich nicht und rühr

mich nicht an, Zakarakis, sonst sag ich über Radiosendung, daß du auch gehörnt bist. Da fällt mir ein, daß ich dich heute abend ja erlösen könnte vom Eunuchenamt. Ich laß dich die Favoritin des Großwesirs heiraten, dann wirst du auch gleich gehörnt, weil diese Frau es mit dem Kalifen treibt.« – »Hör zu, Alekos. Ich versteh dich ja. Ich habe ein Buch über Psychologie gelesen und weiß Bescheid über gewisse Dinge. Du bist jung, du hast deine sexuellen Bedürfnisse. Die machen dich so aufsässig. Auch ich war, als ich mich in Rimini in italienischer Kriegsgefangenschaft befand, immer unruhig, weil mir eine Frau fehlte. Wenn du also willst, laß ich dir eine Frau kommen. Einmal im Monat. Oder auch einmal in der Woche. Möchtest du das, was? Das hättest du doch gern?« – »Ich habe verstanden, Zakarakis. Das ist die alte Geschichte: du möchtest von mir gefickt werden. Armer Zakarakis, du bist also in mich verliebt. Ganz verschossen, schau mal an. Du hast derart den Kopf verloren, daß du mir wirklich leid tust, und wenn ich könnte, würde ich dich erhören. So ganz auf die flotte Tour, das hättest du verdient. Aber ich habe es dir schon tausendmal gesagt: ich schaff's nicht, du gefällst mir nicht!« – »Du Verbrecheeer!« – »Werd nicht hysterisch, Zakarakis! Und sei nicht ungerecht. Ist es vielleicht meine Schuld, daß er mir bei dir nicht steht? Kahlköpfig bist du auch noch! Hör zu, Zakarakis: warum bringst du mir nicht deine Frau? Es bleibt doch alles in der Familie.« – »Aufhängen! Ich lasse dich aufhängen!« – »Na, gut. Ich bringe also dieses Opfer. Ich fick dich.« Mit blitzartiger Geschwindigkeit schlossest du die Zellentür, mit der Linken klemmtest du ihm die Arme fest, mit der Rechten ließest du ihm die Hosen runter, mit den Knien drängtest du ihn an die Wand: die Wärter konnten ihn dir gerade noch entreißen, als sie auf seine Schreckenschreie herbeistürzten. Einige Tage später, es war der 19. April, fing dein Strohsack Feuer.
Zakarakis blieb immer bei der Behauptung und schwor hoch und heilig bei seiner Frau und seinen Kindern, daß du selber ihn angezündet hattest. Und da ich deine Schaustellergaben kenne, wäre ich geneigt, seine These zu akzeptieren. Als Schachzug wäre das ja alles andere als dumm gewesen: die Wachtposten eilen herbei und lassen die Tür offen, im Rauch und im Durcheinander entschlüpfst du und springst über die Einfassungsmauer. Aber es steht fest, daß man genau zwei Tage vorher den Strohsack weggeholt und ihn dann mit seltsamer Behutsamkeit wiedergebracht hatte. Es steht fest, daß ein freundlich gesonnener Wärter dir zugeflüstert hatte: »Alekos, hattest du nichts im Strohsack versteckt? Ich habe gesehen, daß der Korporal Karakaxas drin

herumgewühlt hat.« Es steht fest, daß Zakarakis nach deinem Angriff auf ihn dich dadurch gestraft hatte, daß er dir auch Zigaretten und Streichhölzer wegnahm. Es steht fest, daß, als du wiederhergestellt warst, ein gewisser Hauptmann Kutras von der ESA zu dir kam und sagte: »Wenn du niemandem erzählst, was passiert ist, geb ich dir mein Ehrenwort, daß wir dich ins Ausland fliehen lassen.« Es steht fest, daß du mir gegenüber bis zuletzt mit leidenschaftlicher Aufrichtigkeit wiederholtest: »Ich schwöre dir, daß nicht ich den Strohsack angezündet habe. Das waren die anderen. Bei anderen Aussagen habe ich gelogen, teils weil es notwendig war, teils weil es mir paßte, hierüber lüge ich nicht. Ich hatte nicht einmal ein Streichholz, selbst wenn ich gewollt hätte, hätte ich es nicht machen können, warum glaubst du mir das nicht? Gegen sieben Uhr abends hörte ich einen leisen Knall, und der Strohsack fing Feuer. Ich bin überzeugt, daß sie etwas reingesteckt hatten, Plastik und Schwefel.« Wie auch immer die Dinge gestanden haben mögen, Zakarakis tat jedenfalls alles, um dich sterben zu lassen. An die Gitterstäbe geklammert, flehtest du: »Macht auf, ich verbrenne, ich ersticke, ich sterbe.« Und niemand rührte sich. Zusammen mit deinen Schreien drang der Rauch immer dichter aus der Vergitterung des Vorraums, und dennoch schien keiner der sechzehn Wachtposten, die rund um deine Zelle aufgestellt waren, dir zu Hilfe eilen zu wollen: fast als ob Zakarakis ein Veto dagegen eingelegt hätte. Der Wachtposten, der dir von Karakaxas erzählt hatte, stand neben ihm und sagte immer wieder: »Nur Ruhe, reg dich nicht auf, Ruhe. Das ist wieder einer von seinen Tricks.« Es dauerte geraume Zeit, bis er sich's anders überlegte, die Zelle war mittlerweile ein Backofen, vom Strohsack schlugen die Flammen auf, du lagst ohnmächtig am Boden. Als der Arzt kam, sagte er besorgt, man müsse dich ins Krankenhaus schaffen, sonst würdest du sterben, aber Zakarakis erlaubte nicht einmal, daß man dich ins Freie trug. »Es genügt, wenn man ihn in den Vorraum bringt.« Dort ließen sie dich zwei Tage lang auf einer Decke liegen. Am zweiten Tag regnete es, und du triefest vor Nässe wie ein Baum. Dem Arzt gelang es nur, einen Schirm zu besorgen, mit dem er dein Gesicht schützen konnte. Man mußte beim Verteidigungsministerium anrufen, dann eine Anweisung von Papadopoulos erbitten, ehe Zakarakis endlich kapitulierte. Du warst mittlerweile in einem jammervollen Zustand; Schnurrbart, Brauen und Wimpern waren versengt, Gesicht und Hände von Brandblasen bedeckt: du konntest nichts mehr sehen und nicht mehr sprechen. Im Lazarett von Gudì, in das man dich einlieferte, stellte man fest, daß in deinem Blut zweiundneunzig Prozent Kohlenanhydrid enthalten war. Zweiundsiebzig Stunden lagst du im Koma. Und als du nach Boiati zurückkamst, fandest du einen Zakarakis vor, der dich mit folgenden Worten empfing: »He du, gute Neuigkeit für dich! Dein Freund ist verreckt!« Dann hielt er dir eine Zeitung unter die Nase, mit folgendem Titel: »Auf Zypern starb gestern der ehemalige Innen- und Verteidigungsminister Polykarpos Georgartzis.«

Man hatte ihn in seinem Auto tot aufgefunden, von Maschinengewehrschüssen durchlöchert – wie die Zeitung schrieb. Die Mörder waren entwischt, und es gab keinerlei Aussicht, sie zu identifizieren. Die Indizien waren sehr vage. Am Abend zuvor hatte Georgartzis sich zu einem Treffen mit unbekannten Personen in einem abgelegenen Dorf bereit erklärt. Beim Fortgehen hatte er seine Frau besonders herzlich umarmt und gesagt: »Wenn es spät wird, dann laß mich suchen.« Du brachst in einen Weinkrampf aus, und dies nicht nur aus Schmerz. Gewiß, während des Verhörs und des Prozesses hattest du mit Nachdruck seine Teilnahme geleugnet, der-Versuch-Polykarpos-Georgartzis-mithineinzuziehen-ist-lächerlich, ich-kenne-diesen-Herrn-nicht, glaubt-ihr-daß-ein-einfacher-Soldat-einen-Verteidigungsminister-zu-den-Waffen-rufen-könnte? Aber Hatzizisis hatte dennoch ausfindig gemacht, welche Rolle Georgartzis bei dem Attentat gespielt hatte, und die von ihm gelieferten Beweise waren so erdrückend, daß sich durch sie die Beziehungen zwischen der griechischen und der zypriotischen Regierung verschlechtert hatten. Joannidis hatte die Zahl seiner Offiziere auf der Insel verdoppelt, und im Verlauf weniger Wochen hatte Georgartzis seine Macht eingebüßt, die Freundschaft Makarios' verloren sowie die Achtung der anderen Politiker, die ihn jetzt als einen zu jeder Leichtfertigkeit fähigen Abenteurer betrachteten. Papadopoulos hatte ihn deshalb gehaßt und sogar öffentlich geschworen, ihn dafür büßen zu lassen. Wer hatte ihn in die Falle gelockt durch die Verabredung in einem entlegenen Dorf? Seine persönlichen Henkersknechte oder die Gesellen vom CIA? Vielleicht beide, in einer konzertierten Aktion. Jedenfalls gab es nun deinen großen Freund nicht mehr: den Mann, der an dich geglaubt hatte, der dir beigestanden hatte, der dich unterwiesen hatte und den du bewundertest, wie ein begeisterter Knabe seinen Lehrer bewundert. Auch er tot, wie Georgios. Deinetwegen, wie Georgios. Dein Weinkrampf wurde so heftig, daß du dich erbrechen mußtest und krank wurdest. Einen Monat lang warst du krank. Und kaum warst du wiederhergestellt,

verkündete dir Zakarakis einen neuen Schmerz: »Los, mach dich fertig. Schnell. Der Präsident läßt dich einige Stunden raus.« – »Warum?« – »Weil dein Vater im Sterben liegt und der Herr Präsident dir erlaubt, von ihm Abschied zu nehmen. Ist das nicht eine großmütige Geste? Wenn's nach mir ginge, würde ich dich nicht einmal mehr ein Foto von ihm sehen lassen.«
Du liebtest deinen Vater zärtlich. Jahre später gestandest du mir, daß du nie die gleichen zärtlichen Gefühle für deine Mutter aufgebracht hattest, die so hart und männlich und selbstgerecht war, aber daß dir das Herz weh tat aus Liebe zum Vater. Vielleicht, weil dein Vater sehr viel älter war als sie: er hatte sie geheiratet, als er schon alt war, und erst im Alter war er Vater geworden, hatte als alter Mann seine Söhne aufgezogen, mit der Nachsicht der Alten. Als du ein Kind warst und dich unterm Bett vor den Schlägen der Mutter verbargst und tagelang versteckt bliebst und Hunger und Wasserlassen unterdrücktest, kreischte sie: »Komm raus, ich muß dir noch mehr Ohrfeigen versetzen.« Er hingegen flüsterte: »Komm raus, es passiert dir nichts, ich bin ja da.« Als Schüler hieltest du es nicht aus, nachmittags zu Hause zu bleiben und zu lernen. Sie sperrte dich ins Zimmer ein und drehte zweimal den Schlüssel um, er aber winkte dir zu: »Hau ab! Ich bring das schon in Ordnung.« Dennoch war er nie ein Rebell gewesen, dein Vater. Als Berufssoldat war er in der Schule der Ordnung aufgewachsen. Mut hat er genug bewiesen in den Kriegen unter Kanonen- und Gewehrfeuer. Das Heer war seine Welt, die Fahne des Vaterlandes sein Abgott, und welche Enttäuschung war es für ihn gewesen, als du dich für das Mathematikstudium entschiedest und nicht für die Offiziersuniform wie Georgios. Welcher Schmerz, als du desertiertest, welche Verwirrung, als du ins Gefängnis kamst, welcher Kummer, als man auch ihn selber festnahm und für einhundertdrei Tage in Haft behielt! Später hattest du erfahren, was ihm in diesen einhundertdrei Tagen angetan worden war. Ohrfeigen und Beleidigungen und Mißhandlungen aller Art, trotz seiner sechsundsiebzig Jahre, seiner Auszeichnungen, seines Rangs als Oberst. »Wenn du keine andere Schuld hast, so hast du doch einen Verbrecher in die Welt gesetzt!« Oder: »Warum willst du denn nach Hause? Deine Frau hat dich verlassen, die macht sich ein schönes Leben, weil sie genug hat von solch altem Gerümpel wie dir.« Eine besonders heftige Ohrfeige hatte ihn auf einem Auge beinahe erblinden lassen, eine besonders tiefe Demütigung hatte eine körperliche und geistige Lähmung herbeigeführt: seit acht Monaten schwebte er in einem Dämmerzustand, empfand weder

Schmerz noch Freude und wußte nichts mehr von alledem, was geschehen war. Er konnte sich überhaupt nicht vorstellen, daß du ein Zuchthäusler warst, über den außerdem noch die Todesstrafe verhängt war, und von seinem Lehnstuhl oder vom Bett aus stellte er immer die gleiche Frage: »Wo ist Alekos?« – »Im Ausland.« – »Was macht er dort? Ich möchte ihn sehen, möchte ihn umarmen, bevor ich sterbe.« Auch du hättest ihn gern umarmt. Es gab Augenblicke, in denen du dies so heftig wünschtest, daß du den Eindruck hattest, wieder zum Kind geworden zu sein und... Zakarakis wurde ungeduldig und regte sich auf: »Machst du dich also fertig oder nicht, um zu deinem Vater zu gehen, bevor er stirbt?« – »Nein.« – »Nein? Hast du nein gesagt?« – »Ich habe nein gesagt, Zakarakis. Dein Papadopoulos wird sich meiner nicht bedienen können, um die Komödie der Großmut aufzuführen. Ich gebe ihm keine Gelegenheit, das Fersehen und die Presse zu mobilisieren, um die Szene von der Heimkehr des verlorenen Sohnes zum Sterbebett des Vaters darzulegen. Geh fort, Zakarakis.« – »Herzlose Bestie!« – »Geh, Zakarakis.« – »Du wirst dich noch anders besinnen, das wirst du!« – »Geh, oder ich erwürge dich, Zakarakis.« Zakarakis ging, und am folgenden Abend kam er wieder: »Er ist tot, du Aas! Gestorben, ohne dich nochmal umarmt zu haben!«
Im Augenblick zeigtest du keine Regung, als seist du taub und stumm und als ob dir alles gleichgültig wäre. Dann aber spuckte Zakarakis auf den Boden, vielleicht aus Entrüstung über deine scheinbare Unbewegtheit, und dein Körper schnellte hoch, deinem Mund entrang sich ein Gebrüll, das nichts Menschliches mehr an sich hatte: »Zakarakiiiiis!« Du packtest ihn an der Kehle. Du würgtest ihn, bis sein Gesicht schwarz und die Zunge fürchterlich lang wurde. Als es den Wachsoldaten gelang, deinen Griff zu lockern, hattest du ihn beinahe erdrosselt.

5. Kapitel

Wie das monotone, immer gleichbleibende Tropfen aus einem Wasserhahn, das gnadenlos in die Stille der leeren Nacht hämmert, bis du glaubst, daß du schon vom Hören verrückt wirst und du ein anderes Geräusch herbeisehnst, ein knallendes, vielleicht einen Schuß, der tötet, alles, nur nicht diese grausame Gleichtönigkeit, diese Dunkelheit – so verliefen die Jahre nach dem Abend, an dem Zakarakis dir sagte, daß dein Vater tot sei, und die Wachen dich daran hinderten, ihn zu erwürgen. In diesen Jahren kamst du nie aus deiner Gruft heraus, die nur von der blauen Lampe beleuchtet war, du tratest nie über die Schwelle, hinter der Tag und Nacht, die Sonne, die Sterne, der Regen und der Wind waren. Auch nicht, um dir die Beine zu vertreten, um ein bißchen Luft zu schnappen. Auch nicht, um zur Krankenstation gebracht zu werden, bevor du dich im Koma befandest, auch nicht, um deine Mutter zu sehen, als man ihr erlaubte, dich zu besuchen. Vorher fanden die Gespräche mit ihr im Sprechraum der anderen Gefangenen statt, und du gingst hinaus, machtest hundertzwanzig Schritte auf dem Hinweg und hundertzwanzig Schritte auf dem Rückweg, und dabei sahst du ein Stück Himmel. Nach diesem Abend jedoch trafst du sie immer in deiner Zelle an der Gittertür, die euch trennte. Und doch ist in diesen Jahren viel geschehen. Vor allem lerntest du mich kennen, durch die Bücher, die ich geschrieben habe, und durch die Artikel, die manchmal in den Athener Zeitungen veröffentlicht wurden. Du erlerntest daraufhin meine Sprache, indem du regelmäßig jeden Tag zwanzig Vokabeln und zwei unregelmäßige Verben auswendig lerntest, damit wir miteinander sprechen könnten, wenn wir uns später begegnen würden. Die Anstrengung des Gedächtnisses half dir, vor allem die Trägheit des Gehirns zu bekämpfen, die mit der Isolation eintritt; der schreckliche Nebel, der die Fähigkeit zur Konzentration, sogar die, einer Erinnerung zu folgen oder sich der Phantasie hinzugeben, auslöscht. Darüber hinaus schriebst du in diesen Jahren deine schönsten Gedichte. Vor allem resigniertest du nicht, entsagtest nie deiner Rolle des Helden, der nicht aufgibt. Siebzehnmal wurdest du entdeckt, als du versuchtest, die Gitterstäbe mit den winzigen Feilen durchzusägen, die zum Öffnen von Ampullen dienen, zweiundfünfzigmal wurdest du damit bestraft, daß man dir Schreibmaterial, Schreibpapier, die italienische Grammatik, das Wörterbuch von Rapaccini, Zeitungen und Bücher entzog. Neunundzwanzigmal nahm man dir deine Schuhe und die Zigaretten weg, achtzehnmal schlug man dich bis zur Bewußtlosigkeit, ebenso viele Male zog man dir die Zwangsjacke an und schrie, daß du verrückt seist, und die Hungerstreiks waren so zahlreich, daß du sie bald nicht mehr zählen konntest. Als du mit mir darüber sprachst und mir diese genaue Aufzählung machtest, konntest du dich nur noch an die längsten Hungerstreiks erinnern: sieben, die sich über fünfzehn Tage erstreckten, vier über vierundzwanzig, zwei über dreißig, einen über siebenunddreißig, einen über vierzig, einen über vierundvierzig und einen über siebenundvierzig Tage. Während dieser letzteren ernährtest du dich ausschließlich von Wasser, gezuckertem Kaffee und einem Riegel Schokolade, den du in der Matratze versteckt hattest, und magertest so sehr ab, daß der Arzt gezwungen war, dich mit einer Sonde durch die Nase zu ernähren. Die schlimmste Qual. Du konntest es überhaupt nicht ertragen, wie der Schlauch durch die Nasenhöhle und den Hals in die Speiseröhre eingeführt wurde, denn er würgte dich wie die Hand von Teofilojannacos damals beim Verhör, und du verspürtest einen Brechreiz, aber du konntest dich nicht übergeben. Sobald man dir den Schlauch durch die Nase führte, nahmst du dir vor, Schluß mit dem Hungern, Schluß! Dann begannst du wieder von neuem; es versteht sich von selbst, daß du nur wieder damit begannst, um dich in Übung zu halten. Manchmal erschien dir das Ganze wie ein monotones Ritual, und es wäre dir recht gewesen, wenn Zakarakis eine neue Bosheit erfunden hätte, um dich ein wenig zu reizen, wie etwa dich am Gähnen zu hindern. Das erste Mal, als er dir die Schuhe wegnahm, hatte dich dies fast belustigt, auch wenn es Winter war, ebenso als er dir das erste Mal die Zwangsjacke anzog. Sie erschien dir wie eine Kuriosität. Mit der Zeit war sie dir jedoch zur Gewohnheit geworden, und die einzige Ablenkung fandest du jetzt an den kleinen Feilen, mit denen du die Gitterstäbe durchsägen wolltest. Es war ein Genuß, sie in den Speisen versteckt zu finden, die dir deine Mutter brachte, ein Stück Kaninchen in den Mund zu nehmen und zwischen den Zähnen die kleinen Stahlzacken zu spüren. Wenn Zakarakis das Geräusch der Feile hörte, kam er sogleich angelaufen: »Du Schuft, was machst du da?« – »Ich? Nichts.« – »Wo hast du sie versteckt?« – »Versteckt? Was?« – »Die Feile, du Verbrecher, die Feile!« – »Was für eine Feile?« – »Ich hab dich doch gehööört! Du hast an den Stäben gesäääggt!« Dann rief er die Wächter, die dich überall durchsuchten, den Hosenaufschlag, den Hemdkragen, den Saum der Unterhose, die Schuhsohlen, doch sie konnten nichts finden, denn es fiel ihnen niemals ein, dort zu suchen, wo sie war: in den Haaren oder zwischen den Zähnen, zwischen den Seiten eines Buches. »Du hast aber doch gesägt, verdammt nochmal.« – »Ich habe nicht gesägt, Zakarakis, ich hab Musik gemacht.« Und lachend nahmst du ein Glas, spucktest auf den Rand und riebst mit dem Zeigefinger darauf, um das Geräusch der Eisenfeile zu erzeugen. »Hörst du, du Schwachkopf.«

Auch ein Streich half dir, den Verdruß zu bekämpfen: du hast nie darauf verzichtet, sie an der Nase herumzuführen mit deinen Einfällen, die eines Cagliostro würdig waren. Wie zum Beispiel die Geschichte von der Pistole aus Brot und Seife. Mit viel Geduld hast du dir aus Brotkrume und Seifenresten eine Pistole geformt, mit abgebrannten Streichholzköpfen hast du den Knauf schwarz gefärbt, um den Lauf Stanniolpapier gewickelt, und eines Abends richtetest du sie auf die Wachen, die dir das Essen brachten: »Hände hoch! Schlüssel her!« Es waren diesmal nur zwei Wärter, und sie waren unbewaffnet; im Halbdunkel wirkte das Spielzeug wie eine echte Pistole; dem einen Wächter fiel das Tablett aus der Hand, während der andere dir zitternd die Schlüssel reichte. Laut lachend gabst du sie ihm zurück, sie hätten dir nichts genützt, da draußen sechzehn Wachtposten standen. »Idioten!« Oder die Geschichte von dem Draht, mit dem du dir die Gittertür öffnen lassen wolltest. Damals war ein armer Schwachsinniger im Vorzimmer der Zelle, der dich bewachen sollte, ein Rekrut, der gerade erst vom Land gekommen war. Zakarakis hatte ihn dort postiert, damit du nicht an den Gitterstäben sägtest; er hatte ihm gesagt, daß du ein sehr wichtiger Gefangener seist, und die Worte »sehr wichtig« hatten ihm starken Eindruck gemacht; er ließ dich zwar nie aus den Augen, gehorchte dir jedoch mit dem Eifer eines Dieners. Er redete dich sogar mit »Exzellenz« an. »Bursche, zünde mir die Zigarette an!« – »Jawohl, Exzellenz!« – »Bursche, mach mir ein bißchen Wind!« – »Jawohl, Exzellenz!« An jenem Tag lag auf dem Boden des Vorzimmers ein Stück Draht. »Bursche, komm her!« – »Jawohl, Exzellenz!« – »Mach das Schloß auf, ich muß raus zum Pinkeln!« – »Jawohl, Exzellenz, ich lauf und hole den Schlüssel!« – »Wozu den Schlüssel, du Trottel! Das Schloß macht man nicht mit dem Schlüssel auf! Siehst du nicht den Draht dort? Warum, glaubst du, liegt der da? Natürlich, um das Schloß aufzumachen!« – »Jawohl, Exzellenz, entschuldigen Sie, Exzellenz, aber in meinem Dorf öffnet man die Schlösser mit dem Schlüssel!« – »Was geht mich dein beschissenes Dorf an? Mach auf, schnell! Ich kann's nicht mehr halten!« – »Jawohl, Exzellenz, sofort, Exzellenz. Aber können Exzellenz nicht inzwischen auf Ihr Klo gehen?« – »Idiot, siehst du nicht, daß es verstopft ist? Hast du nicht gehört, wie mich der Direktor gebeten hat, nicht mehr hineinzumachen, bis es gerichtet ist? Schnell, heb den Draht auf und mach auf, so!« Ganz aufgeregt schuftete der Kleine, aber ohne Erfolg. »Verzeihen Sie, Exzellenz, ich schaffe es nicht, ich hole den Sergeanten!« – »Wenn du den Sergeanten holst, zeig ich dich an! Los, versuch es weiter!« Doch es war nichts geschehen, denn von dem Wortwechsel aufmerksam geworden, kamen die anderen Wärter angelaufen und beendeten seine Versuche: »Idiot, was machst du denn?« Doch wie der Scherz von der Pistole aus Brot und Seife, hat auch dies dir etwas geholfen, die Schwermut, das Gefühl der Leere zu bekämpfen, die die Lektüre und das Lernen nicht füllen können, sondern höchstens noch nähren. Gerade beim Lesen und Lernen, sagtest du mir, kann man im Gefängnis das Abstumpfen des Verstands verfolgen. Einen Augenblick lang glaubst du, ein Verb gelernt zu haben, und eine halbe Stunde später merkst du, daß du es schon wieder vergessen hast. Dann gehst du es nochmals durch, konjugierst es von neuem, ich-gehe-du-gehst-er-geht-wir-gehen-ihr-geht-sie-gehen, doch es fallen dir die Augen zu, du legst dich auf die Pritsche, um ein Nickerchen zu machen und schläfst den ganzen Nachmittag; beim Aufwachen ist dein Geist so stumpf, daß du glaubst, eher eine Pflanze als ein Mensch zu sein.

Nicht, daß du den Gedanken an eine Flucht aufgegeben hättest. Solange die unumgängliche, unerbittliche Gewohnheit nicht eintrat, die dich das Eingesperrtsein hinnehmen ließ und deinen Widerstand auf die dichterische Tätigkeit reduzierte, ließest du nicht davon ab, an diesem Trugbild zu spinnen. Doch immer weniger überzeugt und immer oberflächlicher. Dies bezeugt der Fluchtversuch, auf den du letztlich verzichtetest, ein Verzicht, der offensichtlich aus den Tiefen deines Unterbewußtseins herrührte; der Versuch, in den du den Wärter verwickeltest, der anstelle jenes Schwachsinnigen im Vorzimmer postiert war, ein junger Mann, der davon träumte, Filmschauspieler zu werden. Ein kurzes Gespräch genügte, um zu erkennen, daß auch er leicht beschränkt war und du mit ihm dein Spiel treiben konntest, worauf du sofort begannst, ihn einzuwickeln. »Hm, du willst also Schauspieler werden. Da hast du nicht unrecht mit deinem Gesicht. Laß mal dein Profil sehen... Ja, ein wunderbares Profil. Eine große Karriere erwartet dich.« – »Leider kenne ich niemanden, Herr Panagoulis, niemanden.« – »Darüber brauchst du dir keine Sorgen zu machen. Sag mir lieber: bist du sicher, daß du Filmschauspieler werden willst? Es ist eine schöne Karriere, ich kenne sie, jede Menge Frauen, Villa mit Schwimmbad, Milliarden. Am Anfang muß man aber viele Opfer bringen. Einige haben ihr Leben riskiert, um Schauspieler zu werden: denk daran, was Laurence Olivier für Churchill getan hat.« – »Was hat er getan?« – »Das ist eine lange Geschichte, ich erzähle sie dir ein andermal. Jetzt sag mir erst, hast du Sprecherziehung gehabt?« – »Ja, als Kind.« –

»Um so besser. Rezitieren ist, wie eine Sprache zu lernen. Wenn du sie als Kind lernst, vergißt du sie nie mehr. Bist du fotogen?« – »O ja, aber warum fragen Sie mich das?« – »Weil ich dir helfen kann.« – »Hier, von hier aus?« – »Nicht direkt, morgen sprechen wir darüber. Wichtig ist nur, daß du vor Zakarakis nichts verlauten läßt. Er haßt Schauspieler, Theater und Kino. Er ist neidisch.« – »Seien Sie beruhigt, Herr Panagoulis.« – »Du kannst auch du zu mir sagen.« – »Sei beruhigt, Alekos.« – »Gut. Bring mir morgen die Fotos.« Und am nächsten Tag: »Prima, kein Zweifel, du bist fotogen. Hmm, bist du nie in Rom gewesen?« – »Nie.« – »Wundervolle Stadt, meine besten Freunde sind alle in Rom. Sofia sagte immer ...« – »Sofia? Welche Sofia?« – »Unterbrich mich nicht, Sofia Loren natürlich. In Rom wohnte ich in einem Flügel ihres Schlosses. Ach ja. Dort habe ich das Attentat vorbereitet, aber sag es nicht weiter. Ihr Mann half mir sogar, die Minen zu basteln, als Gegenleistung wollte er nur, daß ich ein Drehbuch für ihn schreibe.« – »Ein Drehbuch? Hast du für Sofia ein Drehbuch geschrieben!« – »Nicht für Sofia, für Carlo! Carlo, ihr Mann, der Produzent!« – »Oh!« – »Unter einem Pseudonym natürlich.« – »Oh!« – »Was ist dabei, hätte ich vielleicht einem Freund, der für mich riskierte, ins Gefängnis zu kommen, einen Gefallen abschlagen sollen?« – »Nein, nein!« – »Also, wo waren wir stehengeblieben? Rom ist die richtige Stadt, um zum Film zu kommen. Die einzige. Auch Marlon Brando muß inzwischen nach Rom fahren, wenn er einen Film drehen will. Wenn dir wirklich daran liegt, ein Star zu werden, mußt du nach Rom, Hollywood kannst du abschreiben! Hm, zeig mir noch einmal die Fotos.« – »Hier.« – »Wundervoll, die Nase ist wundervoll. Und auch das rechte Profil. Das linke Profil etwas weniger. Seltsam, genau wie Laurence Olivier. Erinnere mich daran, daß ich dir die Geschichte von Churchill und Laurence Olivier erzähle. Nun ja, ich glaube, ich kann dich Sofia empfehlen. Nein, besser Carlo. Sofia hat in diesen Sachen keinen Einfluß. Es sei denn, Carlo hat dir einen Vertrag unterschrieben, dann kann sie dich zum Partner wählen. Wegen deiner markanten männlichen Züge.« – »Was sagst du, Alekos? Wirklich?« – »Nur mit der Ruhe, Freundchen. Du wirst doch nicht glauben, daß ich einen Zauberstab habe! Außerdem ist Carlo vorsichtig. Es wird ein Jahr dauern, bis er dir eine Rolle an der Seite Sofias anvertraut. Er wird dir eine Probezeit geben. Er wird dich zuerst einmal zum Fernsehen abschieben.« – »Für mich tut's auch das Fernsehen.« – »Ja, aber ich möchte nicht, daß du dir falsche Vorstellungen machst. Das Fernsehen bietet nicht solche Gagen

wie der Film. Es ist schon viel, wenn man dir fünfzigtausend Drachmen im Monat zahlt.« – »Fünfzigtausend?!« – »Das kommt dir toll vor, was? Das ist aber gar nichts. Später kannst du fünfhunderttausend verdienen.«
So ging es Tag für Tag; während er immer begeisterter wurde, wartetest du auf den richtigen Augenblick, um den entscheidenden Zug zu tun. Der Augenblick kam, als er dich bat, einen Brief an Carlo und Sofia zu schreiben. »Bist du wahnsinnig? Willst du, daß ich meine Freunde ruiniere, den Mann, der mir geholfen hat, die Bombe zu basteln? Weißt du nicht, daß er mit den Amerikanern arbeitet? Weißt du nicht, daß auch er im Gefängnis landen würde, wenn der Brief verlorenginge? Glaubst du außerdem, daß man so eine Anfrage brieflich machen kann? Man muß doch persönlich miteinander sprechen, oder? Da müßte ich mit dir nach Rom! Ich dachte, das sei klar! Wenn du mir nicht hilfst zu fliehen, wie soll ich dir helfen, Filmschauspieler zu werden?« – »Fliehen? Aber das ist schwierig, Alekos, es ist gefährlich!« – »Schwierig, gefährlich, Unsinn! Das hat doch selbst Laurence Olivier mit Winston Churchill geschafft. Dummkopf! Idiot! Lern mal ein bißchen Geschichte! Weißt du nicht einmal, daß Churchill aus dem Nazigefängnis entflohen ist und Laurence Olivier ihm dabei geholfen hat? Und Laurence Olivier war kein Wärter, er war Küchenjunge! Für ihn war es wirklich schwierig und gefährlich. Doch Churchill hat diese Tat nie vergessen. Und als er Premier wurde, lancierte er ihn. Er sagte, gut, das Profil auf der einen Seite geht nicht, aber Larry ist mein Freund. Profil hin oder her, ich möchte, daß er Laurence Olivier wird. Tatsache ist, daß Laurence Olivier ein Mann war, und du bist keiner. Ich habe die ganze Zeit damit vertan, mich mit dir zu beschäftigen, und da haben wir das Ergebnis. Weg, geh weg! Ich will dich nie mehr sehen!« – »Nein, Alekos, hör ...!« – »Weg! Hinaus!« Zwei Wochen lang spieltest du den Beleidigten, und umsonst bat er dich, ihm zu verzeihen, er erklärte dir, daß sein Zögern nur ein kurzer Augenblick der Schwäche gewesen war, daß dies bestimmt nicht wieder vorkommen würde. »Ich weigere mich, dich anzuhören!« Du sprachst erst wieder mit ihm, nachdem er sich vor dir auf die Knie warf und dich anflehte, ihm zu gestatten, dir bei der Flucht zu helfen: du warst seine einzige Hoffnung, er hatte niemand anderen, der ihm helfen könnte, Schauspieler zu werden, der seine Berufung erkannt hätte; wenn er ohne dich nach Rom fahren würde, würden ihn Carlo und Sofia keines Blickes würdigen. Du nahmst das Angebot an, als würdest du ihm ein großes Geschenk machen. Daß er es sich

aber gut merke: du würdest nur nachgeben wegen dieses verdammten Lasters, das man Großmütigkeit nennt. Du wußtest auch nicht, weshalb du dich eigentlich an ihn wandtest und nicht an Laurence Olivier, der so mutig war und bei deiner Mutter angerufen hatte, um dir seine Dienste anzubieten. »Laurence Olivier?! Wirklich?!« Klar. Nicht, daß Larry alles umsonst machen würde, du wußtest genau, daß er dir seine Dienste anbot, um dich nach London zu bringen, und daß er dort deine Inszenierung des »Ödipus Rex« haben wollte, aber London gefiel dir nicht, zuviel Nebel, zuviel Monarchie. »Ich werde dir also deinen Wunsch erfüllen. Tun wir uns zusammen.« Die übliche Uniform, die übliche nächtliche Stunde, einen Weg, um das Land zu verlassen, würdet ihr schon finden. Was die sechzehn Wachen um dein Grab betraf, brauchte man sich keine Gedanken zu machen: bis dahin war der Plan Sofia durchdacht. In dieser Zeit wurde dir deine Abendration wieder von zwei Wachhabenden gebracht, und nicht selten war einer dieser beiden der verhinderte Schauspieler. Der andere war ein Kerl, dessen Verstand noch weniger taugte: man brauchte ihn nur zu überfallen, ihn auszuziehen, an die Pritsche zu binden, ihm den Mund mit einem Pflaster zuzukleben und seine Uniform anzuziehen. »Du brauchst mir nur ein Pflaster und eine Schnur zu verschaffen.« Am nächsten Tag brachte der verhinderte Schauspieler eine Schnur und ein Pflaster: »Heute abend sind wir beide an der Reihe.« – »Gut.« Du verstecktest die Schnur hinter dem Wasserklosett, das Pflaster unter deiner Achsel, und wartetest. Aber es fehlte dir die Begeisterung, erklärtest du mir später, und beim Dunkelwerden überfiel dich eine große Müdigkeit: du schliefst ein und träumtest, du hättest eine Frau bei dir. Es geschah sehr selten, daß du träumtest, eine Frau zu besitzen; nach der Nacht von Ägina war es dir viermal passiert, und jedesmal war es nur ganz kurz gewesen, da die Furcht, es nicht zu schaffen und vor dem Orgasmus vor das Erschießungskommando geführt zu werden, in dir fest saß wie ein Komplex. Diesmal aber war es ein sehr langer Traum. Es schien dir, als habest du die Ewigkeit vor dir, und du drangst mit Ruhe in die Frau ein, mit den sanften Bewegungen des stillen Meeres, das streichelnd die Küste mit seinem Schaum umspült, sich langsam zurückzieht, geduldig innehält und wieder kommt, und sie erneut umfängt, und es war süß, den Ausbruch hinauszuzögern, den Augenblick, in dem das Meer aufwallen würde, um sich in einer reißenden Flut zu ergießen; es war genüßlich, das Warten auszudehnen, das Warten auf einen Abschluß, der nicht ausbleiben konnte, der jetzt näher kam, immer näher, noch ein wenig, und die letzte Welle wollte brechen und ihre siegreichen Spritzer von sich sprühen. Da, sie schwoll an, sie kam, sie war dabei, dich zu überströmen, und . . . »Wach auf, Alekos, wach auf! Ich bin hier, wir sind hier!« Der verhinderte Schauspieler schüttelte dich mit beiden Händen, er zwinkerte dir mit den Augen zu, sie beschworen dich, zeigten zu seinem Kumpel, den du hättest überfallen sollen. Du blicktest ihn wütend an: »Du Elender, hast mich nicht zu Ende machen lassen!« Und indem du immer schriest hast-mich-nicht-zu-Ende-machen-lassen, hast-mich-nicht-zu-Ende-machen-lassen, jagtest du ihn hinaus und warfst mit deinem Eßgeschirr nach ihm. Er ging schluchzend von dannen. Verrückt, sagte er immer wieder, du warst verrückt, sie hatten recht, dich in die Zwangsjacke zu stecken. Dann bat er Zakarakis, ihn vom Dienst in deiner Zelle zu suspendieren, und du sahst ihn nie mehr wieder. Es tat dir auch nicht leid. Deine Pritsche war letztendlich gar nicht so unbequem, deine Zelle gar nicht so klein: du hattest dich inzwischen an deine Gruft gewöhnt.

Die Gewohnheit ist die infamste aller Krankheiten, sie läßt uns alles hinnehmen, jedes Unglück, jeden Schmerz, jeden Tod. Aus Gewohnheit lebt man mit verhaßten Menschen zusammen, lernt man in Ketten zu leben, Ungerechtigkeiten über sich ergehen zu lassen, man lernt zu leiden und sich mit dem Schmerz, der Einsamkeit, mit allem abzufinden. Die Gewohnheit ist das erbarmungsloseste Gift, denn sie dringt geräuschlos und langsam in uns ein, breitet sich allmählich aus, nährt sich von unserer Unkenntnis; und wenn wir entdecken, daß sie uns befallen hat, ist bereits jede kleinste Faser unseres Körpers von ihr eingenommen, jede Bewegung von ihr bestimmt, und es gibt kein heilendes Medikament. Am Abend, nachdem du auf diesen erneuten Ausbruchversuch verzichtet hattest, war eben dies geschehen. Es war geschehen, was du nie für möglich gehalten hättest: den Freiraum, das Grün, das Blau und die Menschen vermißtest du nicht mehr. Im Sommer, wenn die Sonne durch die Decke des Vorzimmers drang und auf den Fußboden einen hellen Streifen zeichnete, störte dich das Licht so sehr, daß du dauernd die Augen schließen mußtest und dich in die dunkelste Ecke deiner Zelle verzogst, wo du bis zum Sonnenuntergang hocken bliebst wie ein Maulwurf in seinem Loch. Wenn Zakarakis dir ein Fenster gebaut hätte, damit du am Tage den Himmel und nachts die Sterne sehen könntest, so hättest du es mit einer Zeitung zugestopft. Und doch gab es etwas, was die

Gewöhnung ans Dunkle, an den Platzmangel, an die Eintönigkeit nicht gelöscht hatte: deine Fähigkeit zu träumen und zu phantasieren, die Wut, den Schmerz und die Gedanken in Verse umzusetzen. Je mehr dein Körper sich der Trägheit hingab und sich von ihr aufzehren ließ, um so gefestigter war dein Geist, und deine Einbildungskraft entfesselte sich in deinen Gedichten. Du hast schon immer Gedichte geschrieben, schon als Junge, doch in dieser Zeit steigerte sich deine Kreativität ins Ungeahnte. Unzählig viele Gedichte. Fast jeden Tag ein Gedicht, manchmal nur ein kurzes. »Weine nicht für mich. / Wisse, daß ich sterbe. / Du kannst mir nicht helfen. / Sieh doch die Blume, / die welkende, mein ich. / Gieße sie.« Oder: »Ich liebte so sehr das Licht, / das eine Kerze mir gab, /aber ich verschwendete das kleine, matte Licht. / Bevor ich mich darüber freute, / entdeckte ich verzweifelt, / daß überall ein schweres Dunkel hing, / denn durch das Licht, das ich hielt, / warf mein Körper / schwarze Schatten auf meinen Weg.« Oder: »Ich verstehe dich nicht, Gott. / Sag mir nochmals, / bittest du mich, dir zu danken / oder dir zu verzeihen?« Du schriebst sie, auch wenn Zakarakis dir Stift und Papier wegnahm, denn dann nahmst du eine Feile, die du zu diesem Zweck aufgehoben hattest, schnittest dir damit in den linken Unterarm, tauchtest ein Streichholz oder ein Stöckchen in das Blut und schriebst damit auf das, was du gerade zur Hand hattest: auf die Hülle eines Verbandes, ein Stückchen Stoff, eine leere Zigarettenschachtel. Dann wartetest du darauf, daß Zakarakis dir Papier und Stift wiedergab und schriebst alles in winziger Handschrift ab, immer darauf bedacht, keinen Millimeter Papier zu verschwenden, dann faltetest du das Blatt, bis es nur noch ein schmaler Streifen war und schicktest es hinaus in die Welt, um die Sage des Mannes zu verbreiten, der trotz der Gewohnheit nicht aufgibt. Die Kunstgriffe waren verschiedener Art: du warfst die Papierstreifen in den Kehricht, damit ein dir befreundeter Wärter sie auflese; oder du schobst sie in die Nähte der Hosen, die du nach Hause zum Waschen schicktest; oder du stecktest sie deiner Mutter zu, wenn sie dich besuchen kam. Zuerst aber lerntest du die Verse auswendig für den Fall, daß die Papiere verschwinden oder zerstört würden. Was gab das für einen Streit, wenn Zakarakis sie lesen wollte, um sie zu zensieren! »Wo hast du sie hingetan? Gib sie mir! Weißt du nicht, daß im Gefängnis der Direktor alles Geschriebene zensieren muß?« – »Ich weiß es, aber ich kann sie dir nicht geben, Zakarakis. Ich habe sie in mein Archiv eingeschlossen.« – »Was für ein Archiv? Ich möchte das Archiv sehen!« – »Da ist es, Zakarakis«, und du zeigtest auf den Kopf.

»Das glaube ich nicht, du verdammter Lügner, das glaube ich nicht!« Im Gegenteil, das hätte er glauben sollen, denn in diesem Archiv fanden wir Jahre später alle verlorenen oder zerstörten Gedichte wieder, um sie in einem Buch zu veröffentlichen, das nach der Meinung vieler der Anfang einer literarischen Karriere war.

Doch diese Wortwechsel entstanden nicht immer nur wegen der Gedichte. Manchmal waren die Ränder der Blätter, die Zakarakis zensieren wollte, voller seltsamer Zahlen, geheimnisvoller Rechnungen: denn wie ein Schiffbrüchiger, der sich an sein Floß klammert, hieltest du an deinem Verstand fest und hattest begonnen, dich mit Mathematik zu beschäftigen. »Sag mir, was das ist!« – »Das ist ein Lehrsatz, Zakarakis.« – »Was für ein Lehrsatz?« – »Wenn ich es dir sage, verstehst du doch nichts!« – »Warum, ich bin wohl ein Idiot, was?!« – »Ja, das bist du, deswegen halt deinen Mund und laß mich in Frieden.« Meistens verzog er sich, geschlagen von seiner Dummheit. Doch manchmal war er sehr beharrlich, und es entstanden groteske Streitereien. Spannungen wie im kalten Krieg. Die Mathematik war schließlich auch der auslösende Faktor für den Streit, der deine letzten Monate in Boiati vergiften sollte. Es war im Frühjahr 1973, an dem Tag war Zakarakis wiedergekommen, um das Archiv zu suchen, wo du deine Gedichte versteckt hieltest. »Wo ist es? Sag mir, wo es ist?« – »Ich habe es dir schon gesagt, Zakarakis, in meinem Kopf.« – »Das stimmt nicht, das ist nicht möglich, die kannst du dir nicht alle merken!« Plötzlich fiel sein Blick auf einen Zettel, auf den du $X^n + Y^n = Z^n$ geschrieben hattest. Er stürzte sich darauf und ergriff ihn: »Und was ist das? Ich sehe hier keine Zahlen. Ah, das ist ein Kode, du Schuft!« – »Nein, das ist kein Kode, Zakarakis.« – »Ist es nicht? Willst du, daß ich den Oberst hole? Willst du, daß er dich zwingt, zu sagen, was X, Y und Z bedeutet? Und die n's? Wer sind die n's?« Du sagtest ihm, er solle sich auf deine Pritsche setzen. »Komm her, Zakarakis.« – »Nein, sonst ziehst du mir die Hosen aus und versuchst mich zu vergewaltigen, wie schon mal.« – »Ich werde dich nicht vergewaltigen, Zakarakis. Ich verspreche es dir.« – »Und du sagst mir, wer die X, die Y, die Z und n's sind?« – »Ich sage es dir, Zakarakis. Die n's sind Nummern. X, Y und Z sind Unbekannte.« – »Du Schuft, du Lügner! Glaubst du, du kannst mich anschmieren? Ich werde es herauskriegen, wer diese Unbekannten sind!« – »Dann wärst du wirklich ein Genie, Zakarakis, denn das ist in dreihundert Jahren noch niemandem gelungen.« – »Dreihundert Jahre, siehst du, du willst mich verkohlen! Wachen, fesselt ihn!« Man fesselte dich an die Pritsche, und du warst erstaunlich fügsam. Zakarakis jedoch wurde immer zorniger. »Jetzt wirst du sprechen, jetzt wirst du sprechen.« – »Ich werde sprechen, Zakarakis, und wenn du nichts verstehst, werde ich dir die Hosen runterziehen, sobald du mich befreist.« – »Sprich!« – »Gut, hör mir zu. Ist ›n‹ eine natürliche Zahl größer zwei, so existieren für X, Y und Z keine ganzen, von Null verschiedene Zahlen, unter denen diese Gleichung lösbar ist, also ...« – »Betrüger, Verbrecher! Da hast du, was du bist, ein Betrüger! Ein Verbrecher!« – »Und du bist ein Idiot, Zakarakis! Ist es meine Schuld, wenn die Gleichung so ist?« – »Welche Gleichung, Unglückseliger?« – »Die, die du in der Hand hältst: $X^n + Y^n = Z^n$. Das ist eine Gleichung, Zakarakis, eine mathematische Gleichung. Du weißt doch, daß ich Mathematik studierte am Polytechnikum. Wenn du davon ausgehst, daß die Differentialrechnung ...« – »Hör aauuf!« Er ging fast weinend fort; in der Hand hielt er den Zettel, mit dem er die Verschwörung aufdecken wollte. Denn nur darum konnte es sich handeln, zum Teufel nochmal, um eine Verschwörung zu einem neuen Fluchtversuch. Und man mußte sie auffliegen lassen, man mußte dir zeigen, daß du der Dumme warst.

Nächtelang studierte Zakarakis den Zettel, entschlossen, sich dadurch das Lob Joannidis' zu verdienen. Sicher, er hätte sich an den Spionagedienst wenden können, den KYP, aber das hätte bedeutet, den anderen ein Verdienst zu schenken, das er ganz für sich behalten wollte. Und ohne jemanden zu fragen, kam er zu folgendem Ergebnis: Die drei n's waren drei Soldaten, die mit zur Verschwörung gehörten, um dir zur Flucht zu helfen; Herr X, Herr Y und Herr Z waren drei Zivilisten, die von außen agierten, X für Xristos, Xristopilos oder Xarakalopoulos. Es sei denn, X, Y und Z bezeichneten nicht Leute, sondern Orte. In diesem Fall hätte X sich auf Xania beziehen können, Hauptstadt von Kreta, Y auf den Yemen und Z auf Zürich. Oder stand X für Xristugenna, für Weihnachten? Natürlich Weihnachten, das war es: mit Hilfe von drei dir verbündeten Soldaten wärst du am Weihnachtstag über den Yemen nach Zürich geflohen. Er kam wieder zu dir: »Du hieltest mich für dumm, he? Ich habe alles herausbekommen, ich habe alles gelöst.« – »Alles?! Mensch, Zakarakis! Das ist nicht möglich. Ich schwöre dir, das ist nicht möglich.« – »Sicher ist es das. Ich weiß, wer X, wer Y, wer Z ist. Du willst nach Zürich fliehen, du Schuft, he?« – »Was hast du gesagt, Zakarakis?« – »Ich weiß, daß Z für Zürich steht.« – »Und wenn Z für Zakarakis stünde?« Es folgte ein erschrockenes Schweigen, Zakarakis starrte dich an wie ein Schwachsinniger. Verdammt, daran hatte er nicht gedacht! Wenn Z für seinen Namen stand, konnte dies nur eines bedeuten: daß du ihn mit Hilfe der drei n's und eines Herrn Y zu Weihnachten umbringen wolltest. »Du willst mich wohl umbringen lassen, was? Das hätte ich mir denken können!« – »Nein, Zakarakis, du bist so dumm; dich umzubringen wäre ein Fehler. Ich würde mich zu Tode langweilen ohne dich. Es handelt sich nicht um dich, ich schwöre es dir. Es handelt sich um Pierre de Fermat.« – »Wer ist das? Den kenne ich nicht!« – »Das kannst du auch nicht, Zakarakis. Er hat vor dreihundert Jahren gelebt. Er war ein Mathematiker, der sich auch mit Politik und Literatur befaßt hat, besonders beschäftigte er sich mit der Differentialrechnung und der Wahrscheinlichkeitsrechnung ... Diese Gleichung ...« Wieder floh er und ließ dir nicht die Zeit, zu erklären, daß es diese Gleichung tatsächlich gab, daß sie das berühmte Problem von Fermat war; er hatte sie gelöst, aber die Lösung war verlorengegangen, so daß man seit dreihundert Jahren zu zeigen versucht, unter welchen Parametern die Gleichung $X^n + Y^n = Z^n$ lösbar ist. Niemandem war es bisher gelungen, und die englische Akademie der Wissenschaften hatte einen Preis ausgesetzt, den du gewinnen wolltest, weniger wegen des Geldes, sondern vielmehr, um denen, die dich in diesem Grab eingesperrt hielten, eine moralische Ohrfeige zu erteilen. Doch Zakarakis ordnete an, daß man dir Stift und Papier wegnehmen und dich gründlich durchsuchen sollte, damit dir kein Bleistiftstummel, kein Fetzchen Papier, kein Stückchen Verband mehr bleibe. Sie durchsuchten dich gründlich. Sie fanden sogar die verrostete Klinge. Und jetzt, ohne Bleistift, ohne Papier, sogar ohne Klinge, mit der du dir hättest den Arm anritzen und das Blut als Tinte nehmen können, war es ein unmögliches Unterfangen, die Gleichung zu lösen. Du versuchtest es dennoch. Es war, als wolltest du einen Aal mit der bloßen Hand fangen. Kaum hieltest du dir die Gleichung vor Augen, schlüpfte sie dir weg, denn Rechenvorgänge im Kopf zu behalten ist etwas anderes, als Verse auswendig zu lernen. Doch eines Nachmittags glaubtest du, die Lösung gefunden zu haben. Ganz aufgeregt klammertest du dich an die Gitterstäbe und schriest: »Papiiier! Stiiift! Schneell! Bitte, ich bitte euch!« Aber keiner antwortete, und als Zakarakis dir Stift und Papier wiedergab, war es schon zu spät. Du hattest alles vergessen.

Jahre später noch sprachst du erbittert davon. Das heißt, du begannst die Geschichte lachend zu erzählen, und wenn du zum

Schluß kamst, trat Bitterkeit in dein Gesicht und in deine Stimme. Du sagtest, dieser Vorfall hätte dich stärker als jeder Tritt verletzt, und daß du danach in bezug auf Zakarakis ein seltsames Gefühl entwickelt hattest, eine Art Nachsicht, die deinem Glauben an die Verantwortung des einzelnen, des Individuums widersprach. Denn die Geschichte endete für beide schmerzlich. Nachdem Zakarakis nicht fähig war, festzustellen ob X, Y und Z für Xristos, Xristopilos, Xarakalopoulos, Xania oder Xristugenna, Y für den Yemen und Z für Zürich oder für seinen Namen standen, wandte er sich schließlich an den KYP. Die Leute vom KYP hatten ihm mit verächtlicher Heiterkeit gesagt, daß du recht hattest, es handle sich nicht um ein Komplott, sondern um das berühmte Rechenproblem von Pierre de Fermat, dem französischen Mathematiker aus dem 17. Jahrhundert; der Herr Direktor solle sich nicht lächerlich machen. Du sahst ihn zögernd auf dich zukommen, in der Hand hielt er ein Heft und zwei Kugelschreiber, einen blauen und einen roten: »Ich ... ja ... ich bin gekommen, um zu sagen, daß es mir leid tut, ich habe gehört, daß dieser Fermi wirklich schon tot ist.« – »Nicht Fermi, Zakarakis: Fermat.« – »Fermi oder Fermat, für mich ist das gleich. Hier sind zwei Kugelschreiber und ein Heft.« – »Das brauche ich nicht mehr, Zakarakis. Ich kann mich an mein Resultat nicht mehr erinnern.« – »Vielleicht fällt es dir wieder ein.« – »Das glaube ich nicht. Geh, Zakarakis, geh.« An der Schwelle hieltest du ihn nochmals auf: »He, Zakarakis!« – »Ja ...« – »Hör zu, Zakarakis. Ich habe es dir gesagt, als wir uns kennenlernten, und ich sage es dir jetzt noch einmal: du bist ein unglaubliches Arschloch, aber du kannst nichts dafür. Und wenn du auf der Anklagebank sitzen wirst, werde ich kommen, um gegen dich auszusagen, und dann werde ich genau das sagen: er war ein unglaubliches Arschloch, aber er konnte nichts dafür. Und ich werde verlangen, daß du dazu verurteilt wirst, eine Woche lang hier drinnen zu sitzen.« – »Ich bin der Herr hier, ich bin der Direktor!« – »Du bist überhaupt nichts, armer Zakarakis. Nichts als ein Sinnbild der Herde, die alles mit sich machen läßt und stets tut, was man ihr befiehlt. Du zählst gar nichts, du wirst nie etwas zählen und wirst immer von allen verarscht werden, armer Zakarakis, ob du willst oder nicht. So ist es: ob du willst oder nicht.« Danach hast du dich auf die Pritsche gelegt und über die traurige, unerwartete Erkenntnis nachgedacht, daß es dir jetzt schwerfiel, ihn zu hassen.

Es war Sonntag, der 19. August 1973. Nachts konntest du wegen der großen Hitze nicht schlafen, in der Zelle war es heiß wie in einem Backofen: du standest auf, in der Hoffnung, einen Windhauch zu finden, fielst aber sogleich wieder erschöpft auf die Pritsche zurück. Über den Boden zog sich eine Ameisenstraße; die Tierchen marschierten in erstaunlicher Symmetrie. Sie kamen vom Vorzimmer, unter der Gittertür durch, durchquerten diagonal die Zelle und verschwanden hinter dem Wasserklosett, in einem kompakten Streifen. Seit einer Woche sahst du sie, erst wolltest du sie töten, aber dann mußtest du an den Kakerlaken denken, den der Wärter mit seinem Stiefel zertreten hatte, und du tatest es nicht. Jedesmal wenn du auf die Toilette oder in der Zelle auf und ab gingst, machtest du sorgfältig einen großen Schritt über sie. Sie hatten es auch verdient, denn es handelte sich um sehr wohlerzogene Ameisen, sie krochen nie auf die Pritsche, und ihnen zuzuschauen machte Spaß. Du zähltest sie: es waren einhundertsechunddreißig und die hundertsechsunddreißigste Ameise schleppte eine Zypressennadel. Die Zypresse! Ob sie in diesen Jahren gewachsen war? Du hattest sie nicht mehr gesehen, seit dem Tag, an dem du von der Krankenstation von Gudì zurückkamst, nach dem Brand; ist es nicht absurd, neben sich einen Baum zu haben, den man nicht sieht? Ein Baum ist besser als eine Ameisenstraße, auch besser als ein Kakerlak. Wann war der Kakerlak gestorben? Am 23. November 1968. Fast fünf Jahre, mein Gott! Ob du wohl sehr gealtert warst in diesen fünf Jahren? Du konntest es nicht wissen, da Zakarakis dir keinen Spiegel gab. Er befürchtete, du könntest ihn als Waffe benutzen; er sagte, es sei schon zuviel, daß man dir das Glas lasse, auf dem du deine Musik machtest, und um dich anzuschauen, müßtest du warten, bis der Friseur komme, um dir die Haare zu schneiden oder dich zu rasieren. Aber dieser hatte nur selten einen Spiegel dabei. Zu Ostern hatte er einen mitgebracht, du hast einen Blick hineingeworfen und warst sehr erschrocken. Du erkanntest das schmale, eingefallene Gesicht nicht mehr, die tiefen Falten, die seine Wangen bis hin zum Schnurrbart durchzogen, die grünliche Haut: du sahst aus wie fünfzig, und warst gerade erst vierunddreißig geworden. »Bin ich immer so?« hattest du gefragt. Und der Friseur sagte: »Nein, nein.« Du gähntest, nahmst die italienische Grammatik und widmetest dich ein wenig dem Konjunktiv. »Wenn ich geliebt werden würde, wenn du geliebt werden würdest, wenn er geliebt werden würde, wenn wir geliebt werden würden, wenn ihr geliebt werden würdet, wenn sie geliebt werden würden ...« – »Wenn ich verstanden werden würde, wenn du verstanden werden würdest, wenn er verstanden werden würde, wenn wir verstanden werden würden, wenn ihr verstanden werden würdet, wenn sie verstanden werden würden...« Nach dem Vorfall mit Fermat hattest du keine Lust mehr, dich mit der Mathematik zu befassen. Auch des Dichtens warst du allmählich überdrüssig. Das fruchtbare Jahr war 1971 gewesen, damals hattest du das Gedicht »Die Reise« geschrieben, auf das du so stolz warst, auch das für Georgios, das an Marakis, das für Georgartzis, und die besten Sechszeiler. 1972 hattest du die »Vierzeiler des Herbstes« geschrieben und andere gute, aber kurze Gedichte: es war ein karges Jahr. Dieses Jahr hattest du nicht mehr als dreißig Verse zusammengebracht. Zu wenig. Tatsache ist, daß du Wochen der vollkommenen Erschlaffung hattest, wo der Körper der Aktivität des Gehirns nicht nachkam, und schon ein Bleistift in der Hand dir zu schwer war.

Du warfst die italienische Grammatik beiseite und hobst eine alte Zeitung auf. Du kanntest sie inzwischen schon auswendig, doch du wurdest nicht müde, sie immer wieder zu lesen. Sie berichtete vom mißlungenen Aufstand der Marine und von der kurzen Verhaftung des Exministers Evangelis Averoff. Er gefiel dir nicht, dieser Averoff. Vor dem Streich hatte er dir nicht behagt, weil er reaktionär und ein Monarchist war, jetzt gefiel er dir nicht, weil er ein bißchen zu früh wieder freigelassen wurde. Na! Da gesteht einer, an einem Komplott teilgenommen zu haben, um die Regierung zu stürzen, und dann geht er wieder nach Hause, ohne daß ihm ein Haar gekrümmt worden ist? »Bitte sehr, Herr Averoff, da ist der Ausgang, meine Empfehlungen, ich wünsche Ihnen alles Gute.« Es sei denn... war er es gewesen, der die sogenannte Brückenpolitik ersonnen hatte? »Eine Brücke von der Junta zur Opposition schlagen.« Opposition! Welche Opposition? Seine?! Ja, in seiner Freilassung verbarg sich irgendeine Falle. Du hättest dich nicht gewundert, wenn Papadopoulos unter direkter oder indirekter Mitwirkung Averoffs ein bißchen falschspielen würde, wenn er zum Beispiel mit Hilfe einer falschen Demokratie die Junta legalisieren, sie verfassungsgerecht zu machen versuchte. Du wolltest sogar tot umfallen, wenn es hierüber keine Beweise gäbe. Oh, könnte man nur die Beweise haben, die Unterlagen! Könnte man doch eines Tages die Wahrheit aufdecken, zeigen, daß die wahren Schuldigen jene sind, die sich hinter dem Schleier der Respektabilität verbergen, die würdigen Herren, die sich aller bedienen und immer ungeschoren davonkommen, auch wenn eine Regierung gestürzt wird oder eine neue sich bildet. Die Averoffs. Die Macht, die nie stirbt, die ihre Fahne nach dem Wind dreht, die sich jeder Lüge bedient. Eine maßlose Wut packte dich. Du mobilisiertest alle deine Kräfte, stelltest dich auf die Pritsche und schriebst mit dem Kugelschreiber von Zakarakis an die Wand: »Tha martirizò.« Ich werde beweisen. Im gleichen Augenblick wurde die Stille durch freudige Rufe unterbrochen: »Zito, zito! Hurra, hurra!« Du stiegst von deiner Pritsche, klammertest dich ans Gitter, um besser hören zu können. Wer schrie so? Die Gefangenen oder die Soldaten? »Zito, zito!« Es waren die Gefangenen. Und im selben Augenblick wurde dir alles klar. Wenn in einem Gefängnis Freudengeschrei ausbrach, konnte das nur einen Grund haben: Amnestie. Was du befürchtet hattest, war also geschehen: die Brückenpolitik hatte schon begonnen, ihre Früchte zu tragen, der Macht war bewußtgeworden, daß man die Stricke lockern, eine normale Situation, eine Demokratisierung vorgaukeln mußte; sie hatte Papadopoulos zu der Überzeugung gebracht, daß er eine Amnestie erlassen müsse. Es sei denn, die Diktatur war gestürzt worden und das Freudengeschrei galt einem Wunder. Du wartetest, daß die Wärter mit dem Essen kommen würden. »Was ist los? Worüber freuen sie sich?« – »Sie freuen sich, weil sie morgen nach Hause kommen.« Du senktest den Kopf, niedergeschlagen von der Bestätigung. Und wenn man auch dich freiließe? O weh, das wäre wirklich schlimm! Wer hätte dann von wahrer Tyrannei sprechen können? Nun ja, hätte man gesagt, so schlimm ist er auch wieder nicht, dieser Papadopoulos, auf jeden Fall ist er intelligent. Er wollte seinen Attentäter nicht erschießen lassen, auch wenn dieser nicht um Gnade gebeten hatte, und jetzt läßt er ihn sogar auf freien Fuß! Und dein fünfjähriger Kampf, deine Opfer, dein Schmerz wären umsonst gewesen. Nein, du wolltest nicht, daß er dich freiließe. Du wolltest nicht sein Werkzeug werden, sein Komplize! Freiheit durch Flucht zu erlangen oder sie vom Feind geschenkt zu bekommen sind zwei vollkommen verschiedene Dinge. Während du das dachtest, gingst du auf und ab, auf und ab und tratest auf die Ameisen, die du völlig vergessen hattest. Die ganze Nacht dachtest du darüber nach, manchmal glaubtest du daran, manchmal nicht; wenn du nicht daran glaubtest, warst du ruhig, wenn du daran glaubtest, teilte sich dein Gewissen in zwei Fronten. Ein Mann ist ein Mann, ein Mann besteht aus Stolz, Egoismus, Mut und Schwäche, aus Harmonie und Widerspruch: während eine Hälfte von dir hoffte, es würde nicht geschehen, wünschte es sich die andere sehnlichst. Du warst jung, mein Gott, du lebtest, du hieltest es nicht mehr aus in dieser Gruft. Nie die Sonne sehen, nie den Himmel sehen, nie eine Frau berühren, sie nicht streicheln können, ihr nie sagen können, ich liebe dich, immer allein sein, allein, allein, sich in einem Loch bewegen von einsachtzig mal neunzig, begraben, ohne gestorben zu sein! Und draußen war das Leben. Der Freiraum, das Leben. Das Licht, das Leben. Die Leute, das Leben. Die Liebe, das Leben. Das Morgen, das Leben. Wie schwer ist es, ein Held zu sein! Wie grausam ist es, wie unmenschlich und, letztlich, wie sinnlos! Würde sich vielleicht jemand bei dir bedanken für dein Heldentum? Würde man dir vielleicht ein Denkmal setzen, Straßen und Plätze nach dir benennen? Auch wenn dies der Fall wäre, was würde dir das bringen? Würden dir vielleicht ein Denkmal, ein Platz, eine Straße die verlorene Jugend wiederbringen, das Leben, das du nie gelebt hast? Schluß, du begannst schon zu fluchen. Die eigene Pflicht tut man nicht, damit einem jemand dankbar ist, man tut sie aus Prinzip, für sich selbst, für die eigene Würde. Weißt du, wie viele Menschen rechts und links von dir, im Osten und im Westen, zur gleichen Zeit in Gefängnissen sitzen, in einer Isolationszelle, um ihrer eigenen Würde willen lebendig begraben, ohne auch nur ein Dankeschön zu ernten? Menschen, von denen man nicht einmal den Namen weiß und ihn auch nie erfahren wird. Anonyme, unbekannte Helden; auch sie sehnen sich nach Sonne, Himmel, Liebe, Gesellschaft, auch sie sind bedrückt und leiden unter der Enge und der Finsternis, auch sie werden gequält von einem Zakarakis, der ihnen zur Strafe Schuhe, Zigaretten, Bücher, Zeitungen, Papier und Stifte entzieht, der ihnen Gedichte wegnimmt und Zwangsjacken anzieht: »Er ist verrückt, er ist verrückt!« Die Welt ist voll von diesen Verrückten. Die Besten, die Verrückten, enden meistens im Gefängnis. Nur die, die sich anpassen, die sich auf Kompromisse einlassen, die schweigen, die gehorchen, die betrügen, die alles schlucken und sich als Sklaven hergeben, landen nie im Gefängnis. Nun komm, willst du etwa aufgeben? Genügt denn der Gedanke daran, über eine Wiese zu laufen, am Strand entlangzugehen, eine Frau zu besitzen, neben ihr im Bett zu liegen, um dich vergessen zu lassen, wer du warst, wer du sein wolltest? Bis jetzt hattest du durchgehalten, du warst hart geblieben bei den Folterungen, beim Prozeß, als du auf das Exekutionskommando wartetest, während der furchtbaren Einsamkeit, in der du in fünf Jahren lediglich einen Kakerlaken und einhundertsechsunddreißig Ameisen gesehen hattest: du würdest doch auch der Begnadigung standhalten, bei Gott! Und wenn diese Tür sich aufgetan hätte und Zakarakis hereingekommen wäre, um zu sagen du-bist-frei-Alekos, hättest du ihm erwidert . . . O Gott, was würdest du ihm sagen? Die Augen fielen dir zu, du warst erschöpft, und du schliefst ein. Es war schon lange Tag, als die Stimme von Zakarakis dich weckte. »Steh auf, Alekos, du bist begnadigt worden.«

Lang ist das frostige Schweigen nach dem Ertönen eines Satzes, den man im guten und im schlechten so lange befürchtet oder so lange ersehnt hat. Das Gehirn, der Körper, die Füße, die Arme, der Kopf und auch die Zunge sind wie gelähmt, sie bewegen sich nicht, nur das Herz schlägt. Aus der Tiefe eines wiedergefundenen Willens erreichte dich schließlich ein Impuls, von dem niemand je wissen wird, welcher Art er war. Es bewegte sich ein Fuß, ein Arm, ein Bein, der Kopf, dann die Zunge, und der Verstand begann wieder zu arbeiten. Du standest auf. »Was für eine Begnadigung? Ich habe niemanden um Gnade gebeten, Zakarakis.« – »Du hast nicht darum gebeten, aber der Präsident hat sie dir gewährt.« – »Dieser nichtsnutzige Präsident.« – »Elender, ich sage dir doch, daß du morgen gehen kannst, verstehst du das nicht? Du haust ab, du gehst mir endlich aus den Augen!« – »Und wenn ich nicht will, Zakarakis?« – »Dann werden wir dich wegtragen! Wegtraaagen!« Du lehntest dich an die Wand, die das Klosett vom Raum trennte, stecktest beide Hände in die Hosentaschen und schlugst die Beine in provozierender Weise übereinander. »Na, dann müßt ihr mich eben wegtragen, denn ich werde mich von hier nicht fortbewegen, Zakarakis.« – »Du wirst dich fortbewegen, Alekos, das wirst du. Du redest nur so daher, du weißt nicht, was du sagst. Kaum, daß du draußen bist, wirst du deine Meinung ändern. Du wirst merken, daß draußen das Leben süß ist und ...« – »Und ihr werdet merken, daß es leichter ist, mich hier hineinzustecken, als mich wieder herauszubekommen.« Diesmal erwiderte Zakarakis nichts, er zuckte nur mit den Achseln und ging. Die Gittertür ließ er sperrangelweit offen. War es Zufall oder Absicht? Du riefst ihn: »Die Gittertür, Zakarakis. Du hast vergessen, die Gittertür zu schließen.« Zakarakis antwortete immer noch nicht und ging weiter auf die äußere Tür zu. Hier jedoch hatte er plötzlich einen Geistesblitz, er zögerte einen Augenblick und ging dann weiter, wobei er auch die äußere Tür offenstehen ließ. Du riefst ihn nochmals: »Die Tür, Zakarakis, du hast vergessen, die Tür zu schließen.« Du rührtest dich nicht. Du machtest keinerlei Anstalten, in den Vorraum zu gehen, die Schwelle zu erreichen, in den Hof zu schauen. Du hattest ein irrsinniges Verlangen danach, gestandest du mir später. Und dennoch bliebst du stehen, ohne dich zu bewegen. Eine Stunde später, als Zakarakis wiederkam, standest du immer noch so da: an die Wand gelehnt, die Hände in den Hosentaschen, die Beine über Kreuz. Er begann wie verrückt zu brüllen, er war böse, schloß alles, was zu schließen war, und du verbrachtest deine letzte Nacht in Boiati wie gewohnt.

Die Prozedur einer Entlassung, auch wenn es sich um eine Begnadigung oder eine Amnestie handelt, ist stets eine richtige Zeremonie mit dem Oberstaatsanwalt, der das Dekret liest, mit den Gefängnisautoritäten, die dem Ganzen strammstehend beiwohnen, mit einem Soldaten, der die Fahne hält, und einer Kompanie, die die Waffen präsentiert. Du wußtest das, und nichts von dem, was am 21. August geschah, war dem Zufall zuzuschreiben. Außer der Szene mit dem Stuhl war jede deiner Bewegungen, jedes Wort, das du sprachst, ein Szenenspiel, das du bis ins letzte Detail einstudiert hattest. Begonnen mit der Tatsache, daß du in Unterhosen dastandst, als Zakarakis dich holen kam. »Was soll das? Hast du dich nicht einmal angezogen?« – »Nein, warum?« – »Du mußt doch zur Zeremonie!« – »Was für eine Zeremonie?« – »Der Entlassungszeremonie.« – »Ich habe dich nicht entlassen, Zakarakis. Du bist immer noch mein Gefangener.« – »Nicht meine Entlassung, deine! Willst du dich nun anziehen, ja oder nein?« – »Nein, ich ziehe es vor, in Unterhosen zu gehen.« – »Hör zu, Alekos, du hast dich genug gerächt. Nun sei brav und blamiere mich nicht vor dem Oberstaatsanwalt. Du kannst nicht in Unterhosen gehen.« – »O doch!« – »Alekos ich flehe dich an, ich falle vor dir auf die Knie.« – »Du willst dich vor mir hinknien?« – »Wenn du dich anziehst, knie ich mich vor dir nieder.« – »Rede doch keinen Scheiß, Zakarakis. Ich sehe es nicht gerne, wenn sich jemand vor mir niederkniet, selbst wenn derjenige Zakarakis heißt.« Ganz langsam zogst du dir deine Hosen und dein blaues T-Shirt an und schlüpftest in die Schuhe. »Oh, der Bart, was machen wir mit dem Bart, Zakarakis?« – »Rasiert ihn! Schnell!« – »Warum denn schnell? Ich habe es nicht eilig.« – »Aber ich! Der Oberstaatsanwalt wartet! Und auch der Kommandant! Die Obrigkeit ist anwesend!« – »Was geht mich die Obrigkeit an? Mir macht es Spaß, ein bißchen Zeit mit dem Barbier zu verbringen.« Der Barbier kam und rasierte dich. Das genügte dir nicht, du wolltest auch die Haare waschen. Das genügte dir immer noch nicht, er sollte dir den Schnurrbart etwas tönen. Zakarakis tobte: »Bist du jetzt fertig?« – »Nein, ich brauche noch Eau de Cologne.« – »Wozu denn Eau de Cologne?« – »Weil ich nicht so ein Stinker bin wie du.

Ich parfümiere mich.« – »Provoziere mich nicht, Panagoulis!« – »Und wenn ich dich provoziere, was tust du dann, Zakarakis? Ziehst du mir die Zwangsjacke an? Schlägst du mich? Schleifst du mich in der Zwangsjacke oder blutverschmiert auf der Bahre zu deiner Zeremonie?« – »Bringt ihm sein Eau de Cologne, schnell!« Es wurde dir gebracht. Es war nicht das richtige. »Dies ist kein französisches Eau de Cologne. Ich benutze nur französisches Parfüm.« – »Sucht ein französisches!« Niemand besaß französisches Eau de Cologne; ein Offizier des Lagers aber hatte englisches Rasierwasser; nachdem du einen langen Vortrag über den Unterschied von französischem Eau de Cologne und englischem Rasierwasser gehalten hattest, besprühtest du dich schließlich mit letzterem. Endlich, es war schon fast Mittag, warst du fertig und gingst aus der Zelle. Da es aber drei Jahre und fünf Monate her war, daß du den Fuß über diese Schwelle gesetzt hattest, fühltest du dich so schwach, daß sie gezwungen waren, dich in die Zelle zurückzutragen, wo du dich ein paar Minuten auf die Pritsche legtest. Um die Strecke bis zum Quartier des Kommandanten zurückzulegen, brauchtest du zwanzig Minuten. Ein Unteroffizier stützte dich, denn du mußtest die Augen zukneifen. Das Licht der Sonne brannte dir in den Pupillen.

Im Quartier des Kommandanten erwartete dich ungeduldig eine kleine Menschenansammlung aus lauter Uniformierten. Bei deinem Eintritt nahmen sie alle eine stramme Haltung ein, kerzengerade; in diesem Augenblick erblicktest du einen Stuhl, du ließest dich darauf nieder ohne die Proteste von Zakarakis zu beachten. »Das ist der Stuhl des Herrn Oberstaatsanwalts!« – »Warum, hat er ihn gekauft?« – »Mach ihn frei!« – »Nein.« Der Oberstaatsanwalt griff ein: »Panagoulis, erhebe dich!« – »Warum? Den Stuhl bekommst du sowieso nicht.« – »Weil ich den Präsidentenerlaß vorlesen muß.« – »Für dich mag es ein Präsidentenerlaß sein, du Juntaknecht. Für mich ist es nur ein Stück Papier von einem Hanswurst. Mit den Papieren deines Papadopoulos wisch ich mir den Hintern ab.« – »Panagoulis, du gehst zu weit!« – »Verhafte mich doch, schick mich doch in meine Zelle zurück.« – »Das geht nicht, du bist begnadigt worden!« – »Das sagst du. Ich akzeptiere keine Gnade.« – »Los, steh auf.« – »Das tu ich nicht, selbst wenn du mich umbringst.« Es folgte ein ratloses Schweigen: was tun? Sollte man dich zwingen, aufzustehen, und dadurch womöglich ein Getöse hervorrufen, oder Gleichgültigkeit vortäuschen und dich sitzen lassen? Man ließ dich wohl besser sitzen, das war klüger. »Fangen wir an«, sagte der Kommandant. Die Kompanie präsentierte die Waffen, der Fahnenträger erhob die Fahne, der Oberstaatsanwalt begann, die ersten Zeilen des Dekrets vorzulesen. Du lehntest dich zurück, strecktest die Beine aus, gähntest, begannst ein Liedchen zu pfeifen und kratztest dich ohne Unterlaß an den Knöcheln. Der Staatsanwalt hielt inne. »Was machst du?« – »Ich kratze mich.« – »Was kratzt du denn?« – »Ich kratze mich an den Eiern, die hängen mir so tief runter, daß sie schon an die Knöchel reichen.« Der Staatsanwalt errötete, Zakarakis fletschte mit den Zähnen, der Kommandant machte eine wütende Bewegung, es wurde weitergelesen. Als die Prozedur zu Ende war, zur großen Erleichterung aller außer dir, forderte man dich erneut auf, aufzustehen. »Gehen wir, Panagoulis!« – »Wohin? Ich fühle mich hier wohl, es gefällt mir. Außerdem bin ich müde.« – »Du mußt in deine Zelle zurück, bis der Oberstleutnant kommt.« – »Tragt mich!« – »Wie?« – »Wie der Papst auf seinem Tragsessel spazierengetragen wird, wenn er die Leute segnet.« Der Kommandant begann zu lachen, Zakarakis heulte. »Sehen Sie, Herr Kommandant? Sehen Sie. Fast vier Jahre lang war das so! Ein Schuft, sage ich Ihnen, er ist ein Schuft!« Du sagtest: »Heute nur, Zakarakis, heute nur. Ich werde mich nicht vom Fleck rühren.« Und du klammertest dich mit Händen und Füßen am Stuhl fest. Sie wurden immer ratloser und trugen dich schließlich auf dem Stuhl hinaus, während du auf einmal ganz andächtig und ernst wurdest, wie ein Papst auf seinem Tragsessel! Doch als du die Zelle verlassen solltest, fingst du wieder von vorne an. Diesmal legtest du dich mit einem Oberstleutnant an. »Nimm deine Sachen, Panagoulis. Du bist frei.« – »Ich nehme nichts, nimm du sie.« – »Willst du nicht raus?« – »Nein. Ich habe es euch schon tausendmal gesagt, daß ich mich hier wohl fühle und es vorziehe, hierzubleiben.« – »Draußen wirst du anders denken und ...« – »Und ich werde merken, daß das Leben süß ist: das sagt auch Zakarakis. Trag meine Sachen.« Halb belustigt und halb resigniert nahm der Oberstleutnant deine Sachen: eine Reisetasche voller Wörterbücher und Feilen. Die Feilen waren im Tragriemen, du hattest sie dort zum Spaß versteckt, jetzt waren sie nur noch ein kostbares Andenken. »Komm, laß uns gehen, Panagoulis.« – »Na gut, gehen wir.« Du warfst einen letzten Blick in die Zelle, es war ein seltsamer, klagender, trauriger Blick; schmerzerfüllt starrtest du auf die Schrift: »Ich werde beweisen«, dann gingst du hinaus in den Hof, links den kleinen Weg entlang, dann rechts den Seitenweg, wo Zakarakis dich in der schrecklichen Nacht bei deinem Fluchtversuch ausgelacht hatte. Du gingst mit gesenktem Kopf und zugekniffenen Augen wie zuvor, als du zur Zeremonie gegangen warst; stur vermiedest du, in den Himmel zu schauen, und die Wärter konnten dich nur mit Mühe aufrecht halten, so sehr stütztest du dich auf ihre Arme. Du fühltest dich sehr müde, dieses Schauspiel der Provokationen und Beleidigungen hatte dich erschöpft, und bei jedem Schritt überlegtest du, was du tun würdest, wenn ihr am Tor angelangt wäret und die Wärter dich verlassen würden; auf deinem Gesicht zeigte sich keine Spur von Freude. Schließlich kamt ihr am Tor an, du löstest dich von den Wärtern, gingst über die Schwelle und stottertest verstört: »Oh, Theòs! Theòs mu! O Gott! Mein Gott!«

Vor dir war ein großer Abgrund: er war so groß, so tief, so leer, daß dir allein von seinem Anblick schlecht wurde und du glaubtest, dich übergeben zu müssen. Dieser Abgrund war der Raum, der freie Raum. In deiner Gruft hattest du vergessen, was Raum war. Es war etwas Schreckliches. Denn es war etwas, was nicht war: ohne eine Wand, die es begrenzte, ohne eine Decke, die es zudeckte, ohne eine Tür, die es verschloß, ohne Guckloch, ohne Gitter! Es öffnete sich vor dir und rings um dich, wie ein geheimnisvoller, tückischer Ozean; der einzige Anhaltspunkt war der Boden, der sich endlos ausbreitete, das Tal hinunter, nur hin und wieder unterbrochen von einem Grasbüschel oder einem Baum: es war wie eine Halluzination. Doch das schlimmste war der Himmel. In deiner Gruft hattest du auch vergessen, was der Himmel war. Er war die Leere über der Leere, ein Schwindel über dem Schwindel: so blau, nein, so gelb, nein, so weiß. So böse. Er brannte in den Augen, stärker als eine Säure, stärker als Feuer. Du machtest die Augen zu, um nicht zu erblinden, und strecktest deine Arme aus, um nicht hinzufallen. Plötzlich packte dich der Gedanke an deine Zelle mit unwiderstehlicher Wehmut, du verspürtest einen unbezähmbaren Wunsch, dich in ihrer Dunkelheit zu verbergen, in ihren engen, sicheren Schoß zurückzukehren. Meine Zelle, gebt mir meine Zelle wieder. Der Offizier, der deine Tasche mit den Wörterbüchern und den Feilen trug, verstand, was los war, er kam auf dich zu und legte seine Hand auf deine Schulter: »Nur Mut.« Du öffnetest die Augen, machtest einen Schritt vorwärts, dann noch einen und noch einen. Du bliebst wieder stehen. Es war keine Frage des Mutes, sondern des Gleichgewichts. In all dieser Weite zu laufen, in diesem Licht, noch dazu ganz alleine, das war etwas anderes, als durch die Gassen des Gefängnishofes zu gehen, zwischen zwei Wärtern, die dich gut stützen: es war wie über dem Rand eines Abgrundes zu taumeln.

Selbst das Geradeausgehen war sehr schwierig, denn ohne Wände und Hindernisse wüßtest du nicht mehr, was gerade, was schräg, wo vorne und wo hinten war, du wußtest nur, daß es ein Oben und ein Unten gab, den Himmel und die Erde und die grell scheinende Sonne. Doch ganz langsam, während die Übelkeit, die Unsicherheit und die Angst wuchsen, während sich alles vor dir noch mehr ausbreitete, sich alles drehte und umkehrte und dich wieder sagen ließ meine-Zelle, gebt-mir-meine-Zelle, fandest du wieder zu dir selbst. Du bemerktest etwas. Was? Dort unten sahst du Schatten, Flecken, die sich bewegten. Schwankend, flatternd kamen sie auf dich zu, sahen manchmal wie Flügel und dann wieder wie Arme aus. Waren es Vögel oder Menschen? Menschen, denn sie gaben undefinierbare Töne von sich, die Stimmen sein mußten: »Aleekoos! Aleekoos!« Welch unheimlicher Kraftaufwand, ihnen entgegenzugehen. »Aleekoos! Aleekoos!« Auf einmal löste sich ein Schatten, es war eine schwarze, untersetzte Figur. Du konntest allmählich eine Frau wiedererkennen, in einem schwarzen Kleid, mit schwarzen Strümpfen, schwarzen Schuhen, schwarzem Hütchen und dunkler Brille. Sie lief dir mit ausgestreckten Armen entgegen. Deine Mutter. Du fielst ihr in die Arme. Jetzt stürzten alle auf dich zu: Freunde, Verwandte, Journalisten, sie wollten dich berühren, dich umarmen, dir zurufen, damit du nicht mehr deiner Zelle nachtrauertest; in der Tat, plötzlich sehntest du dich nicht mehr nach ihr, du fühltest dich unsagbar glücklich, auch wenn du ein großes Verlangen zu weinen hattest. Du wolltest nicht weinen, du wolltest etwas Wichtiges sagen, etwas, das in die Geschichte einginge. Aber je mehr du nachdachtest, was dieses Etwas ausdrücken sollte, desto stärker wurde der Drang zu weinen, er wuchs, wurde zu einem Kribbeln im Hals, und die Tränen verschleierten deine Augen wie ein Vorhang. Denn jetzt wurde dir bewußt, daß die Hilflosigkeit, die du verspürt hattest, als du den Abgrund sahst, die Vorahnung dessen war, daß die Freiheit für dich ein weiteres Leiden, ein weiterer Schmerz sein sollte.

Und dies war der Mann, dem ich am nächsten Tag endlich begegnen würde; auf den ich stoßen sollte wie ein Zug auf einen anderen Zug, der auf demselben Gleis in entgegengesetzter Richtung fährt.

ZWEITER TEIL

1. Kapitel

Die bittere Erkenntnis, daß es Gott nicht gibt, löscht den Begriff Schicksal aus. Doch es ist überheblich, an kein Schicksal zu glauben, und zu behaupten, daß wir die Baumeister unserer Existenz sind, ist Irrsinn: wenn man nicht an das Schicksal glaubt, ist das Leben nur noch eine Anhäufung verlorener Chancen, und man trauert dem nach, was nicht gewesen ist, das aber hätte sein können, was nicht getan wurde, aber hätte getan werden können, und die Gegenwart wird verschwendet, weil man auch sie zu einer verlorenen Chance macht. Mit Bedauern fragtest du mich: »Warum sind wir uns nicht früher begegnet? Wo warst du, als ich die Minen gelegt habe, als sie mich gefoltert haben, als der Prozeß gegen mich geführt wurde, als man mich zum Tode verurteilte und mich in die Gruft einschloß?« Mit Bedauern antwortete ich: Ich war in Saigon, Hanoi, Phnom Penh, Mexiko, São Paulo, Rio de Janeiro, Hongkong, La Paz, Cochabamba, Amman, Dacca, Kalkutta, Colombo, New York, nochmals São Paulo, nochmals Saigon, nochmals Phnom Penh, nochmals La Paz; und während ich diese entfernten Namen aufzählte, kam es mir vor, als würde ich die einzelnen Etappen eines Verrats aneinanderreihen. Ich sagte dir nie, daß ich eben dort war, wo das Schicksal mich haben wollte, denn das Schicksal hatte es so bestimmt, daß wir uns an jenem Tag und zu jener Stunde begegneten, und nicht früher. Bis zu diesem Tag und zu dieser Stunde verliefen unsere Wege so getrennt und weit voneinander entfernt, daß auch der festeste aller Willen es nicht vermocht hätte, sie zusammenzuführen. Nur einen Augenblick lang streiften wir uns, wie von einem Windstoß zusammengetrieben: an dem Tag, an dem du von Zypern nach Italien geflohen warst. In der Tat, wenn wir die Zeiten verglichen hätten, hätten wir bemerkt, daß du im gleichen Augenblick ankamst, in dem ich abfuhr. Doch das Schicksal gehorcht einer Logik, nichts geschieht durch Zufall: hätten wir uns bei dieser Gelegenheit oder schon vorher kennengelernt, so hätten wir uns nicht wiedererkannt. Später haben wir uns wiedererkannt, denn wir waren uns schon hundertmal begegnet, in Saigon, Hanoi, Phnom Penh, Mexico, São Paulo, Rio de Janeiro, Hongkong, La Paz, Cochabamba, Amman, Dacca, Kalkutta, Colombo, und nochmals in São Paulo, nochmals in Saigon, all dies waren Wege zu dir, Etappen einer großen, treuen Liebe.

Du hattest viele Gesichter und viele Namen in diesen Jahren. In Vietnam hießest du Huyn Thi An und warst ein junges Vietcong-Mädchen, mit Narben auf den Wangen, dem Kinn und der Stirne. Die Dynamitladung, mit der du einen Tyrannen namens Van Thieu hattest umbringen wollen, war bei dir zu Hause explodiert; danach hatte man dich festgenommen. Man hatte dich gequält, indem man dich mit kochendem Wasser übergossen und mit Handtüchern fast erstickt hatte. Die Offiziere in ihren flaschengrünen Uniformen waren gerade dabei, das Todesurteil über dich zu verhängen, als wir uns in einem Zimmer der Spezialpolizei begegneten und du mich haßerfüllt ansahst, weil ich eine Militäruniform trug. Ich sagte dir: »Ich bin kein Soldat, Huyn Thi An. Ich bin eine Journalistin und komme aus einem Land, das mit dem deinigen keinen Krieg führt. Ich möchte Gutes über dich schreiben. Erzähl mir, Huyn Thi An.« Und du antwortetest mir: »Ich möchte nicht, daß du über mich schreibst. Das nützt mir nichts. Mir nützt nur, hier herauszukommen und weiter zu kämpfen. Kannst du mich hier herausholen?« – »Nein, Huyn Thi An. Das kann ich nicht.« – »Dann interessierst du mich nicht. Geh fort. Adieu.« Du hießest auch Nguyen Van Sam und warst ein kleines, schwarzgekleidetes Männchen, barfuß, mit schmalen, zerbrechlichen Schultern und dünnen Händen. Du hattest etwas Schreckliches gemacht, du hattest im Restaurant My Canh, dem am Fluß, zwei Clymores in die Luft gehen lassen und damit mehrere Dutzend unschuldiger Menschen getötet: für nichts. Am Vorabend eines weiteren Attentats hatten sie dich in eine Falle gelockt, und du warst im ersten Arrondissement gelandet, dem Generalquartier der ESA von Saigon, wo es Malios, Babalis und Teofilojannacos nicht gelungen war, dich zum Reden zu bringen. Hatzizisis war es diesmal gelungen. Dein Hatzizisis in Saigon hieß Kapitän Pham Quant Tan, und er hatte dich erpreßt: »Wenn du sprichst, werde ich dich ehrenvoll erschießen lassen. Wenn du nicht sprichst, werde ich dich unter einen Lastwagen quetschen, und du stirbst ohne Ruhm.« Du warst damals kein Held, du konntest dich nicht damit abfinden, unter einem Lastwagen zu sterben, anstatt erschossen zu werden; mit Mühe bewegtest du deine von Faustschlägen geschwollenen Lippen und fragtest Pham Quant Tan: »Wirst du wirklich einen Prozeß gegen mich führen und mich erschießen lassen?« – »Ja.« – »Dann werde ich alles sagen.« Wir trafen uns im gleichen Zimmer, wo ich Huyn Thi An getroffen habe, und du warst sehr freundlich; du warst gerne mit mir zusammen, denn dann durftest du rauchen und man nahm dir die Handschellen ab. Ich habe dich zwei Nächte lang interviewt, und es war schön, dir zuzuhören, denn auch dort im Gefängnis von Saigon warst du zum Dichter geworden. Du erzähltest von einem Gott mit einem blonden Bart, der Jesus Christus genannt wurde, der Flügel hat, über den Wolken fliegt und wie ein Vietcong-Partisan stirbt: durch Erschießung; du erzähltest mir, wie in deinem Dorf die Sonne sich abends rot färbte und in einem Reisfeld versank, während ein leichter Wind die Reishalme schaukeln ließ; du sagtest mir, wie sinnlos und dumm das Töten sei; daß die Menschen unschuldig sind, weil sie Menschen sind, daß sie unnütze, dumme Dinge tun, wie den Feind zu erschießen, und daß man deshalb Erbarmen mit ihnen haben müßte. Traurig gingen wir auseinander – du, weil du keine Gelegenheit mehr haben würdest, so viele Zigaretten zu rauchen und die Hände freizuhaben, ich, weil ich begann, dich zu lieben. Als ich mich von dir verabschiedete, wünschte ich dir einen guten Tod. Es war das, wovon du träumtest: ein guter Tod.

In Bolivien hießest du Chato Peredo, du warst der letzte der Brüder Peredo. Der erste war zusammen mit Che Guevara umgekommen, der zweite bei einem Zusammenstoß mit der Polizei. Du warst in die Wälder des Illimani geflohen, um dort einen bewaffneten Widerstand zu organisieren. Zu dem Zeitpunkt, als ich dich treffen wollte, wurdest du vom Heer des General Miranda umzingelt und festgenommen. Es waren deine Genossen in La Paz, die mich darüber informierten und mich baten, etwas zu unternehmen. Ich lief zum Präsidenten Torres, der ein gutmütiger Mann war, so gutmütig, daß Miranda ihn später erschießen ließ. Ich sagte zu ihm: »Herr Präsident, man hat Chato gefangen, und man will ihn erschießen, retten Sie ihn, um Himmels willen.« Torres rettete dich, und du hast nie erfahren, daß er es war, der dich rettete, und ich diejenige, die ihn dazu beschworen hatte. Wir sind uns auch niemals wirklich begegnet, als du Chato hießest, doch wir sahen uns, als du Julio hießest und im Gefängnis von La Paz saßest. Dank eines Tricks und eines falschen Dokuments gelangte ich ins Gefängnis und drang zu deiner Zelle vor: ich wollte sehen, wo sie lag, um es jenen zu berichten, die dich befreien wollten. Du trugst damals einen dichten, schwarzen Bart und schriebst keine Gedichte, sondern Bücher: in der üblichen winzigen, ordentlichen Schrift. Wenige Minuten nur waren wir zusammen, du hattest Vertrauen zu mir und sagtest mir, was ich wissen mußte: und es half. Am Tag, an dem ich erfuhr, daß es ihnen gelungen war, dich zu befreien, weinte ich vor Freude. Ich suchte dich in Brasilien. In Brasilien hießest du Carlos Marighela und warst ein alter Kommunist, ein ehemaliger Abgeordneter, der von Fleury erbarmungslos gejagt wurde. Der bösartige Fleury, der Polizeichef von São Paulo, war der Komplize und Beschützer der uniformierten Mörder, des sogenannten Todeskommandos. Du lebtest damals versteckt und mußtest andauernd Adresse und Perücke wechseln, doch es lag dir daran, mich zu treffen, denn du wolltest mir die Wahrheit sagen über jene, die gegen die Diktatur in Brasilien kämpften. Dreimal hatten wir uns verabredet. Zweimal konnte ich nicht zu dir, weil Fleury mir seine Agenten auf die Fersen gehetzt hatte; wo ich auch hinging, immer waren sie hinter mir her, mit ihren havannafarbenen Regenmänteln, und das einzige Mal, bei dem es mir gelungen war, sie abzuschütteln, kamst du nicht, weil du beschattest wurdest. Dann brachte Fleury dich um. An der Kreuzung der Lorenastraße und der Casabrancastraße stellte er dir eine Falle mit Hilfe zweier Klosterbrüder, die dem Widerstand angehörten und bereits verhaftet waren, und einer Menge Polizisten in Zivil, Männern und Frauen. Es waren zwei Frauen, die dich mit dem Maschinengewehr durchlöcherten; für diese Tat bekamen sie eine Lohnerhöhung und wurden befördert. Das war am 5. November 1969, und ich glaube, daß meine Liebe zu dir mir damals bewußt wurde, nachdem Fleury dich umgebracht hatte, an der Kreuzung Lorena- und Casabrancastraße, als du durch die Hand zweier Frauen starbst, denen er zum Dank Lohnerhöhung und Beförderung versprochen hatte.

Dann hießest du Pater Tito de Alencar Lima, du warst ein Dominikaner, von dem ich weder Aussehen noch Alter kannte. Du wurdest Pater Tito de Alencar Lima am 17. Februar 1970, als Kapitän Mauricio mit seiner Truppe dich abholen kam und dich in die Zentrale der ESA brachte, die in São Paulo den Namen Operaciones Bainderantes hatte. Er sagte zu dir: »Jetzt wirst du die Filiale der Hölle kennenlernen.« Er zog dich nackt aus und hängte dich an eine Eisenstange, die an der Decke hing. Der pau de arara. Auf portugiesisch heißt das: die Papageienstange; sie sah auch tatsächlich aus wie eine Schaukelstange für Papageien, auch wenn sie bei der Operaciones Bainderantes nicht für Papageien, sondern für Männer und Frauen benutzt wurde: die Stange wurde zwischen die Armbeugen und Kniekehlen eingeklemmt, dann wurden die Knöchel mit den Handgelenken zusammengebunden, und man ließ die Menschen in dieser lächerlichen, höchst schmerzvollen Lage, bis das Blut nicht mehr zirkulierte, der Körper sich aufblähte und sie nicht mehr atmen konnten. Er hängte dich auf und ließ dich den ganzen Nachmittag und Abend dort, band dich nur ab, um mit dir das Telefonspielchen zu machen, eine Grausamkeit, die darin besteht, daß man dem Opfer mit beiden Händen auf die Ohren schlägt. Dann stieß er dich in eine Zelle, so ähnlich wie die in Boiati, ohne Pritsche, ohne Matratze, ohne Decke. »Morgen wirst du reden, Bruder.« Aber am nächsten Tag redetest du noch immer nicht, so daß der Kapitän Omero kam, der sich auf die Bastonade und das Schlagen auf die Geschlechtsteile spezialisiert hatte. Du redetest auch nicht mit Kapitän Omero, und so kam Kapitän Albernaz, der die skrupelloseste aller Truppen unter sich hatte. »Bruder, wenn ich zu den Operaciones Bainderantes komme, lasse ich das Herz zu Hause und spucke auch auf die Madonna, wenn ich nur das erfahre, was ich hören möchte. Jedesmal wenn du nein sagst oder gar nicht antwortest, erhöhe ich die Stromspannung«, erklärte er dir. Sogleich fesselte er dich an den Drachenstuhl, eine Art elektrischer Stuhl, legte dir die Drähte an die Schläfen, die Hände, die Füße, die Genitalien und jagte dir eine Spannung von 200 Volt in den Leib. »Willst du reden oder nicht?« – »Nein.« – »Redest du oder nicht?« – Nein.« Für jedes Nein gab es 200 Volt. Abends um zehn Uhr war er müde und beschloß, daß du für eine kleine Extravaganz reif seiest, du hattest ihn lange genug an der Nase herumgeführt, morgen würde er sich darum kümmern. Die Extravaganz bestand darin, dir den elektrischen Draht in den After zu stecken. Am nächsten Tag steckte er dir also den Draht in den After und verpaßte dir eine Ladung, die so stark war und so lange anhielt, daß du meintest, in tausend Stücke gerissen zu werden. Der Schließmuskel versagte, und der Kot spritzte auf den Boden. Albernaz stieg über den Kot: »Zum letztenmal Bruder, willst du sprechen, ja oder nein?« – »Nein.« – »Dann bereite dich auf den Tod vor. Öffne den Mund, ich gebe dir die heilige Hostie.« Du öffnetest den Mund, froh darüber, sterben zu dürfen; Albernaz legte dir den Draht auf die Zunge und ließ 250 Volt durchlaufen. Achtundvierzig Stunden später unternahmst du einen Selbstmordversuch, was für dich als Katholik und Dominikanerpater eine doppelte Todsünde war. Sie waren gekommen, um dir den Bart zu rasieren, und aus Spott hatten sie ihn dir nur auf einer

Seite abrasiert. Du riefst einen Soldaten und batest ihn um etwas, womit du dich auch auf der anderen Seite rasieren könntest; er gab dir eine Klinge, die du dir sofort in die linke Armbeuge stießest. Der Schnitt hatte die Arterie getroffen, und das Blut spritzte an die Wände. In einem Zimmer der Krankenstation kamst du wieder zu Bewußtsein. Sechs Wärter bewachten dich, und der Kapitän Mauricio beschwor den Arzt, genau wie Zakarakis: »Doktor, er darf nicht sterben, sonst sind wir verloren.« Du starbst nicht. Später erfuhr ich von deinem Kreuzzug. Ich erfuhr es durch einen Brief, den du deinem Bischof geschrieben hattest; ich suchte den Bischof in São Paulo auf, um diesen Brief zu veröffentlichen, um der Welt zu erklären, wer du seist, um etwas für dich zu tun.

Es geschah folgendermaßen. In den Jahren, in denen das Rad der Zeit sich folgerichtig drehte, um mich zu dir zu führen, nannte ich dich kein einziges Mal bei deinem Namen. Kein einziges Mal verlieh ich dir dein Gesicht. Für den Menschen, der dein Gesicht hatte, der deinen Namen trug, unterschrieb ich nicht einmal eine Protestschrift, ich war auf keiner Kundgebung gewesen und hatte über ihn keine Zeile geschrieben. Ich las auch nicht die dreißig aus Boiati geschmuggelten Gedichte, die ins Italienische übersetzt und in Italien erschienen waren. Ich versuchte auch nicht, mein Wissen über eine Geschichte zu vertiefen, die ich nur oberflächlich kannte. Von dem Attentat erfuhr ich erst sehr viel später, durch eine Depesche, während ich in Vietnam war: wenige Zeilen über einen gewissen griechischen Offizier, der den Tyrannen umbringen wollte. Ich hatte sie gelesen und mir gesagt, dort unten tut sich wenigstens etwas, danach vergaß ich es wieder; in Vietnam starb ein ganzes Volk, um sich aus der Unterdrückung zu befreien und dann in eine andere zu geraten; die Luft war verpestet vom Gestank der Leichen. Unter so viel Schrecklichem war kein Platz für dich. Vom Prozeß und dem Todesurteil erfuhr ich, als ich im Krankenhaus lag, nach dem Blutbad in Mexiko. Ich wurde damals verletzt, eine Kugel traf mich ins linke Bein und eine weitere in die Schulter, die Wunde an der Schulter hatte sich entzündet, und ich mußte operiert werden. »Erschießung für den Attentäter von Papadopoulos«, hieß es in der Zeitung. Man hatte hinzugefügt, daß du selbst verlangt hattest, erschossen zu werden. Ich war verstört, aber meine Verstörung schwand schnell, wenn ich an die Hunderte von Menschen dachte, die vor meinen Augen auf dem großen Platz in Mexiko niedergemetzelt worden waren – Körper, die die Freitreppe hinunterrollten oder nach vorne hinfielen, das Kind, dem eine Maschinengewehrsalve den Schädel zertrümmert hatte, und das andere Kind, das sich weinend auf das verletzte gestürzt und geschrien hatte, Uberto-was-haben-sie-dir-getan-Uberto, bis auch es von einer Salve getroffen und in zwei gespalten wurde, die schwangere Frau, der sie mit Bajonetthieben den Leib aufschlitzten, das junge Mädchen, dem nur noch das halbe Gesicht geblieben war, und der Arzt, der immer wieder sagte, ich-lasse-sie-sterben-ja-ich-lasse-sie-sterben. Und die Toten, zwischen denen ich einige Stunden liegengeblieben war, die Toten, die in den Gefängnissen gestorben waren, die man deshalb verbrennen oder heimlich begraben wollte, so daß nie jemand von ihnen sprechen würde, niemand mit Bewunderung sagen würde: Er-hat-verlangt-erschossen-zu-werden. Daß dein Urteil nicht ausgeführt wurde, habe ich später erfahren und dabei eine kurz auflebende Freude empfunden; daß du im Gefängnis unmenschliches Leid über dich ergehen lassen mußtest, erfuhr ich nebenher, was in mir eine ebenso kurz auflebende Wut aufsteigen ließ. Nun, wenn es kein Schicksal gäbe, wenn ich nicht ein Teil deines Schicksals hätte werden sollen, dann müßte man sich fragen, warum ich dir an jenem Augusttag telegrafierte und mich sogleich nach Athen begab, mit der Unruhe eines Menschen, der seit langem erwartet wird, warum ich, kaum daß ich in deiner Stadt angelangt war, eine Vorahnung davon hatte, daß etwas Unaufhaltsames auf mich, auf uns zukommen würde.

Es war sehr heiß in Athen. Die glühende Hitze, die um zwei Uhr mittags im Süden herrscht. Der Asphalt unter meinen Schuhen war aufgeweicht, die Kleider klebten mir am Leib, und es war kein Windhauch zu spüren. Ich verließ das Flughafengebäude, stieg in ein Taxi, gab dem Taxifahrer deine Adresse an, und sogleich ergriff mich ein seltsames Unbehagen, das gleiche, das ich in Vietnam hatte, als ich einer Truppe folgte, die einen Weg entlang ging, der vermutlich vermint war: auf jedes Geräusch achtend, bemühte ich mich dort, die Füße in die Fußstapfen der anderen zu setzen, aber ich wußte, daß ich die Spur der anderen jederzeit um einige Zentimeter verfehlen und somit auf den Sprengkörper treten konnte, dem die anderen ausgewichen waren; voller Reue, gesagt zu haben, ich-komme-mit, wäre ich gerne zurückgelaufen und hätte geschrien, was-geht-mich-euer-Krieg-an-verdammt-nochmal. Genauso fühlte ich mich jetzt; bald verwandelte sich das Gefühl der Unruhe in unterschwellige Angst, die gleiche Angst wie an jenem Morgen, als ich an der Peripherie von São Paulo auf der Suche nach dem Brief von Bruder Tito de Alencar Lima war, oder als die Agenten von Fleury mich mit ihren havannafarbenen

Regenmänteln verfolgten; die gleiche Angst, die ich hatte, als ich dem Straßenkampf auf der Plaza Tlatelolco entgegenging, wissend, daß es zum Blutbad kommen würde. Dasselbe Warten auf ein Unglück, ein Leid, das man noch nicht so recht kannte, sicherlich aber ein Unglück, das einen aus der Bahn werfen wird, ein unermeßliches Leid, genauso war diese widersprüchliche Ungeduld, während das Taxi in der drückenden Hitze fährt, und der Fahrer, der das Viertel nicht kennt, andauernd in falsche Straßen einbiegt, um immer wieder zum Ausgangspunkt zurückzukommen, zu einer Autowerkstatt mit der Aufschrift Texaco. Unter der Werkstatt eine Mechanikergrube, ein schwarzes Loch, das jedesmal meinen Blick anzieht und mich wie eine Drohung beunruhigt. Das Loch, in das sie dich drei Jahre später hineinstürzten. Texaco, Texaco, Texaco. Der Fahrer gerät in Verzweiflung, er entschuldigt sich in einer geheimnisvollen alten Sprache. Klänge, die an Vokabeln erinnern, die man in der Schule auswendig gelernt hat, von der Ilias, der Odyssee. »Den xero, den katalavéno. Ich weiß nicht, ich verstehe nicht.« Doch plötzlich schwenkt er das Stück Papier, auf dem die Adresse steht. Hinter den Olivenbäumen liegt ein kleiner Garten mit Orangen- und Zitronenbäumen, mit Rosenstöcken und Kakteen; mitten durch den Garten führt ein kleiner Weg zu einem gelben Haus mit grünen Rolläden und einer Veranda, die von aufgeregten Menschen überfüllt ist, auf der linken Seite des Weges steht eine große Palme, an deren Stamm ein Knoblauchzopf hängt: wer weiß warum. »Edò, edò! Hier, hier!« Er bekreuzigt sich. Will er damit Gott dafür danken, daß er angekommen ist, oder tut er es, um den Teufel zu vertreiben, der in der Gestalt einer kleinen, dünnen, wie ein Mann gekleideten Ausländerin in seinem Auto sitzt, sich die langen, verschwitzten Haare glattstreicht und nicht aussteigt, fast als hätte sie Angst, dann aber plötzlich entschlossen aussteigt, um sich zu ihrer Verabredung mit dem Schicksal zu begeben.

Ich wußte überhaupt nicht, wie du aussahst, hatte auch nie ein Foto von dir gesehen. Ich hatte mich nie gefragt, ob du jung oder alt, häßlich oder schön, groß oder klein, blond oder dunkel wärst. Was für ein Typ warst du, fragte ich mich plötzlich. Ich drängte mich an den vielen Leuten vorbei, ging den kleinen Weg entlang, stieg die Stufen zur Veranda hoch, befand mich dann in einem kleinen Eingang, wo andere aufgeregte Menschen standen, wagte mich in das Stimmengewirr, das aus einem schäbigen Wohnzimmer kam, in dem auf einer Seite die Männer saßen und auf der anderen die Frauen, wie in Arabien. Die Männer sahen alle gleich aus, ich suchte dich und war sicher, dich nicht zu erkennen. Doch ich erkannte dich sofort, weil unsere Blicke aufeinander trafen wie zwei Pfeile, weil dieser schmächtige, etwas häßliche Mann mit den kleinen, schwarzen, blitzenden Augen, dem langen, schwarzen Schnurrbart in dem blassen, kränklichen Gesicht niemand anderer als Huyn Thi An und Nguyen Van Sam und Chato und Julio und Marighela und Pater Tito de Alencar Lima sein konnte. Es war Huyn Thi An, die mit ausgebreiteten Armen aufsprang, es war Nguyen Van Sam, der mir entgegenkam, es waren Chato, Julio und Marighela, die mich fest umarmten, ohne mir Zeit zu lassen, mich vorzustellen, meinen Namen zu sagen; es war Pater Tito de Alencar Lima, der mir mit seinen zärtlichen Händen über die Wangen strich. Aber es war deine Stimme, die sagte: »Grüß dich, du bist also gekommen.« Es war eine Stimme, bei deren Klang man für immer die Ruhe verlor.

»Ich habe dich erwartet, komm.« Du nahmst meine Hand und führtest mich weg von den vielen Leuten, einen Korridor entlang in ein Zimmer, in dem ein Schrank stand, der zum Heiligenschrein umfunktioniert worden war. Ikonen von Christus, der Muttergottes und der Heiligen standen dort, eine über der anderen, silbern strahlend im Licht der kleinen brennenden Kerzen, davor Weihrauchtiegel und Gebetbücher. In der gegenüberliegenden Ecke stand ein Bett, das mit griechischen Büchern regelrecht bedeckt war. Auf den Büchern lag ein großer Strauß roter Rosen. Du nahmst ihn und überreichtest ihn mir freudig: »Für dich.« – »Für mich?« – »Ja, für dich.« Dann riefst du in autoritärem Ton: »Andreas!« Auf den Ruf hin erschien ein junger Mann, groß und elegant gekleidet, mit blauem Anzug und weißem Hemd. Er stand fast stramm vor dir, und in jener absurden Haltung hörte er das an, was du ihm in deiner Sprache sagtest, dann übersetzte er es ins Englische. Du konntest Italienisch, übersetzte er, du hattest es im Gefängnis gelernt, aber in all den Jahren hattest du lediglich mit der Grammatik Konversation geführt, deshalb wolltest du, daß er übersetze. Du wolltest dich zuallererst dafür entschuldigen, daß du mich in einem Schlafzimmer empfingst, es war das Schlafzimmer deiner Mutter, der einzige Ort, wo wir ungestört reden könnten; du wolltest mir weiterhin sagen, daß dies meine Bücher in der griechischen Übersetzung waren, daß sie dir in der Einsamkeit in deiner Zelle oft Gesellschaft geleistet hatten, daß du sogar einen Hungerstreik gemacht hattest, um eines von ihnen zu bekommen, und daß du mir deshalb die Rosen schenken wolltest. Du hattest sie

durch zwei Freunde schon an den Flughafen bringen lassen, diese hatten mich aber nicht gefunden, da ich im Telegramm keine Ankunftszeit genannt hatte; hier waren sie nun. Verwirrt hörte ich zu und war unfähig, mit einem belanglosen Satz zu antworten: was für ein Mensch war dieser Mann, der, kaum aus dem Gefängnis entlassen, mich mit solch einer Geste empfing, solche Dinge sagte, und warum tröstete mich das nicht, sondern verstärkte nur meine Unruhe, meine Angst, die unerklärliche Bedrohung, die ich fühlte, seit ich diese Stimme gehört hatte? Man mußte sich schnell von ihm befreien, klarstellen, welcher Art dieses Treffen war, sicherstellen, daß ich mich zwecks Arbeit hier befand, um ein Interview zu machen. »Sehr freundlich, very nice«, sagte ich kleinlaut und ironisch zugleich, ohne mich zu fragen, ob ich dich damit verletzte, ohne den seltsamen Ausdruck in deinem Gesicht zu beachten. Dann legte ich die Rosen auf einen Stuhl, das Tonbandgerät auf ein Tischchen, setzte mich, bat dich, vor mir Platz zu nehmen, bitteschön, so, gut, beginnen wir gleich, und fing an, dir Fragen zu stellen: professionell, sachlich. Doch gleichzeitig betrachtete ich dich verzweifelt, fiebernd versuchte ich, das Rätsel zu lösen, den magischen Zauber, der von dir ausging, zu enthüllen. Du hattest etwas an dir, das anziehend und abstoßend zugleich wirkte, das fast die Besinnung verlieren ließ und zugleich tief erschreckte. Wie wenn man vom letzten Stock eines Wolkenkratzers hinabschaut und man das Gefühl hat zu fliegen, doch gleichzeitig glaubt, ins Leere zu stürzen.
Was war es? Vielleicht das Gesicht? Nein, das Gesicht war keineswegs außergewöhnlich. Schön war nur die Stirn: so hoch, so breit, wunderbar klar. Interessant waren nur die Augen, weil sie nicht gleich geformt waren, eines war weit, das andere schmal, eines ganz geöffnet, das andere halb zugekniffen: das weite, offene Auge blickte hart, fast böse, das andere strahlte etwas Weiches, fast Kindliches aus, beide zusammen leuchteten wie ein in der Nacht lichterloh brennender Wald. Alles andere war nicht weiter beeindruckend. Die Lider sahen aus wie zwei mißgeformte Teelöffel, die Nase war platt und leicht krumm, nur um die Nasenlöcher herum hatte sie etwas Herrisches an sich, das Kinn war kurz und spitz, die Wangen zu rund. Gezeichnet vom Leid und dennoch zu rund. Es waren nur der borstige, dichte Schnurrbart und die buschigen Augenbrauen, die wie zwei dicke Pinselstriche aussahen, die dieses Gesicht eindrucksvoll machten. Was den Körper betraf, so warst du kräftig gebaut, breite Schultern, starke Hüften, stramme Beine, wenn du wieder etwas zugenommen hättest,

würde er direkt anziehend wirken können, doch es würde immer der mittelgroße, etwas plumpe Körper eines Mannes aus dem Volke bleiben. Nein, an deinem Aussehen bemerkte ich nichts, das mich aufregen und bezaubern konnte. Was war es dann? Die Stimme vielleicht. Diese Stimme, die mich schon bei den wenigen Worten grüß-dich-du-bist-also-gekommen wie ein Messerstich getroffen hatte: sie war so tief und kehlig, von einer unbeschreiblichen Sinnlichkeit. Oder war es die Ansehnlichkeit deiner Bewegungen und die Art, mit den anderen umzugehen? »Andreas!« Die Ruhe eines Menschen, der sehr selbstsicher ist, keinen Widerspruch gelten läßt, weil er keinerlei Zweifel hat über das, was er sagt. Du hattest dir eine Pfeife genommen, hattest sie langsam und ruhig gestopft, langsam und ruhig angezündet und hattest begonnen zu rauchen, in langen Zügen, wie ein alter Mann, und dies alles unterstrich die Distanz, mit der du meine Fragen beantwortetest. Doch als du mir entgegengekommen warst, als du mich umarmt hattest, war diese Distanz nicht da gewesen. Es war besser, nicht mehr daran zu denken. Besser, wieder Huyn Thi An, Nguyen Van Sam, Chato, Julio, Marighela und Pater Tito de Alencar Lima zu suchen, dir ihre Gesichter wiederzugeben, die Handgelenke, die von den Stricken zerschunden waren, mit denen man dich an der Zimmerdecke aufgehängt hatte, den von der Bastonade verkrüppelten Fuß, die Striemen auf der Brust, den violettfarbenen Auswuchs an der Narbe auf dem linken Jochbein anzuschauen. »Du erinnerst mich an einen brasilianischen Mönch, Alekos.« – »Pater Tito de Alencar Lima.« – »Woher weißt du das?!« – »Ich weiß es, ich kenne seinen Brief, den du veröffentlicht hast. Ich hatte gehofft, du würdest das gleiche auch für mich tun.« – »Ich habe nie etwas für dich getan.« – »Das macht nichts, jetzt bist du da.« Du legtest die Pfeife weg, nahmst meine Hände, drücktest sie fest und blicktest mir tief in die Augen. »Du bist da, wir haben uns gefunden.«

Es war schrecklich, denn plötzlich war alles klar; ich begriff mit einemmal die Vorahnung, die mich verstört hatte, als ich in Athen angekommen war, ich begriff, daß in diesem Zimmer, vor dem absurden Heiligenschrein mit den vielen Christus- und Madonnenbildern nicht nur eine Abrechnung mit meinen Idealen, mit meinem moralischen Engagement stattfand, mit dem, was du darstelltest oder von dem ich wollte, daß du es darstellen solltest, sondern auch die Begegnung zwischen einem Mann und einer Frau, die füreinander in Liebe entbrennen, die gefährlichste Liebe, die es gibt: die Liebe, die die Ideale und das moralische Engagement mit der Anziehung und den Gefühlen verbindet. Ich zog meine Hände zurück und versteckte sie unter dem Tischchen. Ängstlich wie eine Schnecke, die bei der zartesten Berührung sich in ihr Haus zurückzieht, begann ich dir blinden Widerstand zu leisten, indem ich deinem Blick auswich, mich hinter der Festung meiner Fragen verschanzte oder mich an die Anwesenheit von Andreas klammerte und mich nicht an dich, sondern an ihn wandte. Doch die Dinge, die du mir erzähltest, die Qualen, der Prozeß, das Todesurteil, die Hölle, in der du jahrelang gelebt hast, ohne dich selbst aufzugeben, brachten mich wieder zu dir wie ein Windstoß, der alles, selbst den Willen wegbläst. Und außer diesem Wind war noch diese Stimme da, waren diese Augen, diese Hände da, die beharrlich nach mir suchten. Zuletzt ergab ich mich. Ich wich nicht mehr deinem Blick aus, ich ließ zu, daß mein Blick in deinen Augen versank, ich legte meine Hände wieder auf den Tisch, damit du sie jederzeit drücken konntest, wenn dir danach zumute war. Das Interview ging weiter: Die Anwesenheit Andreas' empfanden wir jetzt als etwas Unpassendes, Indiskretes, und die Stunden vergingen, ohne daß wir es merkten. Als wir begonnen hatten, stand die Sonne noch hoch, und die Silberikonen glänzten in ihrem Licht. Dann war das Licht der Dämmerung, die Dämmerung der Dunkelheit gewichen. Eine alte, schwarzgekleidete Frau kam herein, um das Licht anzumachen, doch auch das lenkte uns nicht ab. Als ob sich meine Angst aufgelöst hätte. Plötzlich aber war sie wieder da. Sie kam wieder, als ich dich fragte, was für dich die Politik bedeute, nicht die Politik, die man im geheimen macht, sondern die Politik, die man in der Freiheit macht; zuerst erwidertest du mir, daß du bis jetzt keine Politik gemacht, höchstens mit ihr à la Garibaldi, nicht à la Cavour geflirtet hättest; dann versankst du in ein unerwartetes Schweigen, und in diesem Schweigen strecktest du ganz langsam deine Finger aus und berührtest meine Finger. Ganz langsam verschränktest du deine Finger mit meinen. Ganz langsam sagtest du in meiner Sprache: »Flirten gefällt mir, aber ich ziehe die Liebe vor. Die liebevolle Liebe.« Wie von einer Wespe gestochen sprang ich auf. Ich sagte, ich müsse mich jetzt verabschieden, um ein Hotel zu suchen. In strengem Ton antwortetest du mir: »Du gehst nirgendwohin, du bleibst hier.« Und auf dem Fuß hinkend, der infolge der Bastonade von Teofilojannacos verkrüppelt war, gingst du zu der alten, schwarzgekleideten Frau in die Küche. Inzwischen war es schon Nacht geworden und die Gäste, die enttäuscht waren, daß du sie allein gelassen hattest, waren alle fort.

Auf dem Bürgersteig standen vier Polizisten. Auf der Veranda war es kühl, es duftete nach Jasmin, und eine schwache Brise bewegte den seltsamen Knoblauchzopf an dem Stamm der Palme. Ich zeigte ihn Andreas: »Wozu hängt er dort?« Er lächelte: »Um den bösen Blick der Polizei und weitere Übel abzuwenden. Bleiben Sie wirklich da?« – »Nein, sagen Sie es ihm.« – »Das werden Sie selber tun müssen, und es wird nicht einfach sein. Wenn er etwas beschließt, ist es praktisch unmöglich, sich nicht danach zu richten.« – »Ich bin nicht hier, um mich nach ihm zu richten.« – »Oh, das sagen alle, dann richten sie sich doch nach ihm. Vierzehn Leute sind im Gefängnis gelandet, weil sie sich nach ihm gerichtet haben. Sie könnten natürlich sofort abreisen, es müßte doch einen Nachtflug nach Rom geben. Wenn Sie wollen, fahre ich Sie zum Flughafen.« – »Warum? Machen Sie sich Sorgen um mich? Befürchten Sie, daß diese Polizisten mich festnehmen?« Wieder lächelte er: »Nein, nicht die Polizisten.« – »Das verstehe ich nicht.« – »Das vorhin war kein Interview, es war ein geistiger Beischlaf. Und er müßte jetzt eine Zeitlang ruhen, sich erholen. Die Liebe ist keine Ruhe, und wenn sie in solch geistigem Beischlaf gezeugt wird, kann sie zur Tragödie werden.« – »Übertreiben Sie nicht«, sagte ich trocken. Seine Wichtigtuerei störte mich, auch die Tatsache, daß er mehr gesehen hatte, als ich befürchtete. Einerseits hätte ich ihn gerne zum Schweigen gebracht, andererseits konnte ich es mir nicht verkneifen, ihm zuzuhören, was ihn natürlich dazu ermutigte, weiterzureden. »Übertreiben Sie nicht.« – »Ich übertreibe nicht. Oder doch? Wir Griechen sind vernarrt in Tragödien. Nachdem wir sie erfunden haben, sehen wir in allem eine Tragödie.« – »Aber von welcher Tragödie sprechen Sie denn?« – »Es gibt nur eine Form der Tragödie; sie besteht aus drei Teilen, die sich nie ändern: der Liebe, dem Schmerz und dem Tod.« Während er dies sagte, kamst du angehinkt: »Alles geklärt, du schläfst im Wohnzimmer. Es ist nicht so komfortabel wie eine Suite im Hotel Grande Bretagne, aber besser als eine Pritsche in Boiati. Und bald werden wir essen.« – »Hör zu, Alekos ...« – »Schmeckt dir melitsanosalata?« – »Alekos ...« – »Und spanakòpitta?« – »Alekos ...« – »Ah, du weißt nicht, was spanakòpitta ist: ein Spinatkuchen! Melitsanosalata ist ein Auberginensalat. Er ist sehr gut, du wirst sehen. Besser als die Linsen von Zakarakis; habe ich dir die Geschichte mit den Linsen von Zakarakis erzählt?« Du sprachst und sprachst und ließest mich gar nicht zu Wort kommen, ließest nicht zu, daß ich sagte, ich-bleibe-nicht-danke, danke-ich-muß-gehen, jedes Thema war dir recht: die Linsen von Zakarakis,

der Auberginensalat, der Spinatkuchen. Schließlich legtest du besitzergreifend deinen Arm um meine Schultern, lehntest dich an das Geländer der Veranda und atmetest gierig die Luft ein: »Es ist das erste Mal seit fünf Jahren und zehn Tagen, daß ich den Geruch von Jasmin einatme. Gestern nacht war er nicht da.« – »Natürlich war er da«, sagte Andreas. »Nein, er war nicht da.« – »Er war nicht da«, sagte Andreas.
Das Abendessen verlief ohne Gefahr. Andreas, der dabei war, schien das gleiche zu denken. Du warst in fröhlicher Stimmung, beschriebst Boiati wie ein luxuriöses Ferienhotel mit beheiztem Schwimmbad und Golfplätzen, privaten Kinos und Restaurants mit frischem, aus dem Iran eingeflogenem Kaviar, mit erstklassigem Service; nie warfst du mir einen zu intensiven Blick zu, nie war eine Bewegung zu vertraulich, nichts schien die prophetischen Befürchtungen zu bestätigen, die zuvor auf der Veranda zur Sprache gekommen waren. Ich kam schließlich zu dem Schluß, daß das Spiel der Augen und der Hände eine schlichte Freundschaftsbezeugung war und das Gespräch über die Liebe nichts als eine sehr scharfsinnige Äußerung zur Politik. Eigentlich könnte ich deine Einladung annehmen und erst morgen nachmittag abreisen, sagte ich mir. Langsam füllte sich das Haus wieder mit Freunden, Leuten, die dich begrüßten und umarmten. Das Schauspiel, wie du sie mit der Ungezwungenheit eines großen Mannes empfingst, der von einer langen Reise zurückgekehrt war, interessierte mich. Ich war auch neugierig zu sehen, wie du dich mit ihnen unterhieltest, wie du sie belehrtest und warntest. Ja, sich wiederzusehen war schön, aber man durfte sich nicht blenden lassen, diese Begnadigung war nichts als ein Betrug, ein Alibi, um die Diktatur durch die Zustimmung der Rechten, durch die Partei Evangelis Averoffs zu stabilisieren. Ja, im eigenen Bett zu schlafen war eine angenehme Sache, aber man verläßt nicht das Gefängnis, um im eigenen Bett zu schlafen, man geht hinaus, um den Kampf wiederaufzunehmen. Mit beharrlicher Häufigkeit sprachst du den Namen Averoff aus, und aus dem, was Andreas mir übersetzte, war klar zu entnehmen, daß du ihn fast ebensosehr haßtest wie den Tyrannen. »Was sagt er?« – »Er sagt, daß Averoff ein Kollaborateur ist.« – »Was sagt er?« – »Er sagt, daß er es eines Tages beweisen werde.« – »Was sagt er?« – »Er sagt, daß die Papadopoulos' fallen, aber die Averoffs bleiben werden.« Mit der gleichen Häufigkeit und von ebenso strengen Urteilen gefolgt, erwähntest du den Namen von Andreas Papandreu, dem offiziellen Repräsentanten der Linken im Exil. »Was sagt er?« – »Er sagt,

daß er ein operettenhafter Regierungsgegner ist.« – »Was sagt er?« – »Er sagt, daß Leute wie er eine Diktatur durch die nächste ersetzen, und im besten Falle einem Autoritarismus den Weg ebnen.« Dies bestätigte deinen Hang zur Freiheit, deine ideologische Unabhängigkeit, die ich während der dramatischen Stunden unseres Interviews entdeckt und in denen ich mich wiedererkannt hatte, und während ich dies begriff, verwandelte sich die geheimnisvolle Anziehung, die mich verstört hatte, in eine Verbrüderung. Ja, ich konnte bleiben, dachte ich glücklich. Ich stand auf und half der alten, schwarzgekleideten Frau, deiner Mutter, die mißbilligend vor sich her murmelnd und von Zeit zu Zeit ihre grauen Haare feststeckend durchs Zimmer schlurfte, die Reste des Abendessens wegzuräumen. »Ich sehe, daß Sie ruhig sind«, bemerkte Andreas. »Das bin ich auch«, erwiderte ich. »Dann bleiben Sie also?« – »Ich glaube, ich werde wirklich bleiben.« – »Ach! Gute Nacht.« – »Gute Nacht.« Ich verabschiedete mich von ihm, verabschiedete mich von dir, sagte dir gute Nacht und schloß die Wohnzimmertür, von Müdigkeit überwältigt. Es war eine Tür aus mattem Glas, durch das das Flurlicht durchschimmerte. Doch nachdem ich mich auf das Sofa hingestreckt hatte, schlief ich sogleich ein.

Zwei Stunden später weckte mich das Geräusch von Schritten und das dunkle Gefühl einer kommenden Gefahr. Ich stützte mich auf einen Ellbogen, um besser hören zu können; ich vernahm jedoch nichts. Absolute Stille lag über dem Haus, und auch vom Garten her hörte man nicht einmal das Rauschen der Blätter. Und doch hatte ich mich nicht geirrt; der Widerhall der Schritte war so deutlich in meinen Schlaf gedrungen, daß ich mich sogar an den Rhythmus erinnerte: unerbittlich, langsam, die Schritte von jemandem, der nur auf der Ferse auftritt, weil der Rest des Fußes verkrüppelt ist. Eins, zwei. Eins, zwei. Ich schaute genauer zur Glastür hin, das Licht im Flur war schwach, man konnte niemanden sehen. Seltsam. War vielleicht die Angst, daß du zu mir kommen könntest, so stark, daß sie aus meinem Unterbewußtsein hervorgebrochen war? Ich streckte mich wieder auf das Sofa hin, in der Hoffnung, schnell wieder einzuschlafen. Ich schloß die Augen, und fast im gleichen Augenblick ertönten wieder die Schritte, die mich geweckt hatten; hinter der Glastür erschien der Umriß deiner Gestalt. Schwarz und unbeweglich. Ich hielt den Atem an und sprang auf, ich starrte auf den Schatten an der Tür; eine Ewigkeit schien zu vergehen. Der Schatten bewegte sich und verschwand, das Geräusch der Schritte war wieder zu hören:

langsam, unerbittlich gingen sie in die Richtung, aus der sie gekommen waren. Eins, zwei. Eins, zwei. Eins, zwei. Schließlich hielten sie an, um im selben Rhythmus wieder näherzukommen, und der Schatten tauchte wieder auf: näher, deutlicher. Ein Arm erhob sich, näherte sich der Türklinke und wurde schnell wieder zurückgezogen, als hätte die Hand sich an der Klinke verbrannt. Und wieder die beharrlichen Schritte. Eins, zwei. Eins, zwei. Eins zwei. Bei jedem Schritt die Angst, daß die Tür sich öffnen würde, wir uns in der Dunkelheit gegenüberstehen und die Worte ertönen würden, die ich nicht hören, nicht wahrhaben wollte. Da, die Schritte hielten nochmals an. Der Arm erhob sich nochmals. Die Hand berührte die Klinke, ganz langsam; die Klinke quietschte. Doch plötzlich und so schnell, daß es kaum zu verfolgen war, gabst du auf, kehrtest in dein Zimmer zurück und knalltest die Tür hinter dir zu. Peng! Der Knall hallte durch das ganze Haus. Ich atmete aus tiefster Brust auf.
Ich kannte sehr gut dieses Gefühl einer wahnsinnigen Erleichterung. Im Krieg habe ich es empfunden, und zwar immer dann, wenn eine Kugel pfeifend an mir vorbeigeflogen war, ohne mich zu treffen.

Der Grausame am Krieg ist, daß man meistens genau dann getroffen wird, wenn man meint, es geschafft zu haben. Solange man vorsichtig ist, solange man sich der Gefahr aussetzt und den Kopf hinhält, passiert nichts; sobald man sich jedoch entspannt und sicher fühlt, kommt das Geschoß. Vielleicht ist es nur ein kleiner Splitter, den du im ersten Augenblick als Geschenk des Himmels betrachtest, da du mit einer kleinen Wunde nach Hause darfst oder zumindest in die hinteren Reihen versetzt wirst, doch dann stellt sich heraus, daß er tödlich ist, weil er eine Arterie geritzt oder das Herz getroffen hat. Auch an jenem Tag geschah es so. Die erste Kugel, die ich im übrigen erwartete, war der Augenblick, als wir uns am Morgen wiedersahen, und ich konnte ihr gut ausweichen, als wir uns im Korridor begegneten und uns gegenüberstanden wie zwei Katzen, bevor sie aufeinander losgehen. »Kalimera, guten Morgen.« Was die folgenden Schüsse betraf, ein Druck deiner Schulter gegen meine Schulter, ein kurzes Ergreifen meines Armes, so waren es zwar nur flüchtige, aber nicht ungefährliche Berührungen, denen ich aber unversehrt entrinnen konnte. Dies war nicht das tödliche Risiko. Es lag im Wort, in dem Satz, den du mir sagen wolltest und den ich nicht hören wollte. Um ihm auszuweichen, mischte ich mich unter die

Leute, die allmählich wieder eintrudelten, ein Journalist, ein Fotograf, und wenn es doch geschah, nicht zu vermeiden war, daß wir für einige Minuten alleine blieben, schützte ich mich, indem ich dir peinliche Fragen stellte: hast-du-nie-Proudhon-gelesen, hast-du-nie-Bakunin-gelesen, bist-du-nie-Marxist-gewesen. Es ist zwecklos, sich zu fragen, weshalb ich nicht einfach weggegangen bin, anstatt solche Tricks auszutüfteln. Meine Maschine ging um sieben Uhr, und an die Möglichkeit, dich auch nur eine Minute eher zu verlassen, dachte ich nicht im geringsten. Das Warten auf diese Stunde machte mich traurig: jedesmal, wenn ich ein Flugzeug hörte, spürte ich, wie mein Herz sich zusammenkrampfte, und ich mußte mich beherrschen, um dir nicht zu nahe zu kommen. War dies die Parabel einer Liebe, die schlecht enden würde? Um ein Uhr kamen Andreas und einige Freunde, die du zum Essen eingeladen hattest. Mit ihnen entflammte ein Disput, von dem ich ausgeschlossen war, da er in deiner Sprache geführt wurde, wodurch meine Anspannung etwas nachließ. Ich begann mir zu sagen, daß es durchaus verständlich ist, wenn ein Mann, der jahrelang im Gefängnis war, sich zu einer Frau, die ihn bewundert und ihn versteht, hingezogen fühlt, verständlich, daß er versucht ist, in ihr Zimmer einzudringen, um einen Hunger zu stillen, den er zu lange gelitten hat: was hatte damit die Liebe, der Schmerz oder die Drohung einer tiefen, gefährlichen Bindung zu tun? Ich hatte mit zuviel Empfindlichkeit die Vorfälle gedeutet, die im Grunde banal waren, und morgen würde ich diese vierundzwanzig Stunden in einem völlig anderen Licht sehen, und der gute Andreas war keine Kassandra. So stand ich auf, ging in den Garten und erfreute mich meines wiedergefundenen Wohlseins. Es war halb drei Uhr nachmittags. Aus den Olivenbäumen am Bürgersteig ertönte das durchdringende Zirpen der Zikaden, und ein aufkommender Windhauch erleichterte ein wenig das Atmen. Ich lehnte mich an die Palme, zündete mir eine Zigarette an und betrachtete belustigt den Knoblauchzopf. Dann schaute ich wieder auf und sah dich.

Du kamst auf mich zu, dein Gesicht war in der Sonne so blaß, daß die Narbe am Backenknochen röter als eine reife Kirsche schien. Mit festem Blick kamst du auf mich zu; deine Schritte hatten den gleichen Rhythmus, wie bei deinem nächtlichen Auf- und Abwandern. Eins, zwei. Eins, zwei. Eins, zwei. Du bliebst vor mir stehen, ohne etwas zu sagen, ergriffst meinen Arm, ohne etwas zu sagen, führtest mich wieder ins Haus, ohne etwas zu sagen, du stießest mich in dein Zimmer, und ich konnte gerade noch das erschreckte

Gesicht von Andreas sehen, bevor die Tür ins Schloß fiel. »Laß uns in Ruhe sprechen. Nimm Platz!« Du deutetest auf einen Stuhl, setztest dich aufs Bett und kreuztest die Arme: »Du fährst nicht ab.« – »Ich fahre nicht ab?« – »Nein, du fährst nicht ab.« – »Und warum sollte ich nicht, Alekos?« – »Weil ich es nicht will. Und wenn ich etwas nicht will, dann will ich es nicht.« – »Hör zu, Alekos. Mit dem, was ich hier machen wollte, bin ich fertig. Es besteht kein Grund zu bleiben.« – »Womit bist du fertig?« – »Mit dem Interview, mit meiner Arbeit. Ich bin wegen eines Interviews, wegen meiner Arbeit hierhergekommen, erinnerst du dich? Und das habe ich getan.« – »Du bist nicht wegen eines Interviews, sondern meinetwegen gekommen. Meinetwegen bist du hier.« – »Deinetwegen ebenso wie der anderen wegen, über die ich geschrieben habe, in Bolivien, in Vietnam, in Brasilien.« – »Du lügst.« – »Hör mal, Alekos ...« Man mußte versuchen, deinen gesunden Menschenverstand wieder anzusprechen, zur Waffe der Vernunft zu greifen, an den Menschen zu appellieren, der mir vierundzwanzig Stunden zuvor ganz nüchtern von seinen Qualen erzählt und dabei wie ein alter Mann an der Pfeife gezogen hatte. »Hör mal, Alekos. Ich bin nicht auf der Suche nach Abenteuern und ...« – »Ich auch nicht.« – »Mit seinen Ideen und Gefühlen auf der gleichen Seite der Barrikaden zu stehen bedeutet nichts mehr, als Freunde und Genossen zu sein, und ...« – »Das weiß ich.« – »Ich kann nicht einmal deine Sprache, und ...« – »Das macht nichts!« – »Ich lebe in einem anderen Land und ...« – »Das macht nichts.« – »Ich könnte niemals, ich kann einfach nicht mein Leben ändern für ...« – »Das macht nichts!« – »Das macht sehr wohl etwas aus. All das ist wichtig, und ich glaube, das hätte ich dir heute nacht gesagt, wenn du hereingekommen wärst.« Du zucktest plötzlich zusammen, als hätte dich eine Nadel gestochen. »Ich habe dich heute nacht gesehen, Alekos. Und ich habe gehofft, daß du nicht kommst, weil ...« – »Weil du keinen Mut hast!« Ich sprang beleidigt auf. Vielleicht brauchte ich mehr Mut, erwiderte ich, aber ich brauchte dich nicht, weil ich nicht den Schmerz brauchte, der in dir war. Ich war nicht abergläubisch, ich war eine selbständige Frau, doch instinktiv wußte ich, daß ein Vertiefen unserer Begegnung mir nur Schmerz gebracht hätte. Ja, ich hatte Angst vor dir. Vor dir, nicht davor, mit dir ins Bett zu gehen. Und hier spielte ich meinen Trumpf aus: »Möchtest du mit mir ins Bett gehen? Wenn es das ist, was du willst, dann laß es uns gleich tun, denn heute abend fahre ich weg!«– »Was hast du gesagt?« – »Ich habe gesagt: wenn du mit mir ins Bett gehen möchtest, dann laß es

uns gleich tun, denn heute abend fahre ich weg.« Langsam verwandelte sich dein überraschter Blick in einen Ausdruck wilder Wut. Du atmetest tief ein: »Aber ich liebe dich doch!«
Dieser rauhe zornige Schrei eines wilden Tieres, das verletzt und erniedrigt war. Dieses wilde Aufspringen, diese Arme, die mich packten, mich schüttelten und zuletzt in einem eisernen Griff umschlangen. Dieser warme Atem, dieser gierige Mund. Und diese Augen, diese unglaublichen Augen, in denen ich das Feuer eines lichterloh brennenden Waldes gesehen hatte. Einen kurzen Augenblick lang war ich versucht, dich um Verzeihung zu bitten, zuzugegeben, daß auch ich, obwohl ich es nicht wollte, dich liebte. Doch dann begegnete ich diesen Augen, und ein Schrecken durchfuhr mich: denn in diesen Augen war der Tod. So unglaubwürdig und gewollt dies klingen mag, ich sage dir, der Tod war in diesen Augen, die Vorankündigung all dessen, was in den kommenden Jahren geschehen würde und ohne mich nicht geschehen wäre, das heißt, wenn ich nicht zum Werkzeug deines bereits feststehenden Schicksals geworden wäre. Die Niederlage, die mit dir geboren war, die Verdammung, die dich bis zu einer Nacht Anfang Mai verfolgen würde, als sie dich in ein schwarzes Loch in der Vouliagmenistraße stürzte, die Mechanikergrube einer Autowerkstatt mit der Aufschrift Texaco. Dann war noch die ängstliche Erwartung, die tödliche Ungewißheit, die Unfreiheit, die du über mich verhängtest; denn du machtest mich zu deinem Sancho Pansa mit seinem mageren Gaul, und du beraubtest mich meiner Persönlichkeit und meines Lebens. Weh mir, wenn ich deine Liebe annahm und wenn ich dich wiederliebte; blitzartig ward mir dies klar. Sogleich befreite ich mich aus deinen Armen, von deinem Mund, von dir, stürzte ins andere Zimmer, packte hastig meine Reisetasche, rief Andreas und fragte ihn, ob er mich zum Flughafen bringen könnte: es mußte einen Flug um fünf Uhr geben, mit etwas Glück würde ich die Maschine noch erwischen. Reichten zehn Minuten? »Das reicht«, erwiderte Andreas prompt. Er hatte die Hände in die Taschen gesteckt und grinste rätselhaft; du beobachtetest ruhig die Szene, ohne mich aufhalten oder besänftigen zu wollen. Erst nachdem ich mich bei deiner Mutter verabschiedet hatte, riefst du: »Ich komme mit.« Du begleitetest mich zum Wagen und setztest dich neben mich: »Fahren wir los!« Während der ganzen Fahrt sagtest du kein einziges Wort, auch ich machte den Mund nicht auf. Es war, als gäbe es nichts mehr zu sagen. Am Flughafen stieg ich aus, verabschiedete mich von Andreas, drückte dir die Hand, du drücktest mir die Hand, und:

»Ciao, iassu!« Doch ich hatte erst ein paar Schritte getan, da erhob sich deine Stimme, trocken im Befehlston: »Agàpi!« Ich drehte mich um. Du strecktest deine rechte Hand aus dem Autofenster, wobei du Zeigefinger und Mittelfinger zu einem V formtest, auf deinem Gesicht zeigte sich liebevolle Ironie. »Du wirst wiederkommen! Ich werde gewinnen! Du wirst wiederkommen!«
Ich kam sehr bald wieder. Das erste Telegramm bekam ich am Tag darauf; darin stand: »Ich warte auf dich.« Das zweite nach zwei Tagen: »Worauf wartest du?« Das dritte nach vier Tagen mit den Worten: »Ich bin sehr traurig, weil du immer noch keinen Mut hast!« Dann, die Woche darauf, wurde mir nach Bonn ein Brief nachgeschickt, in dem du mir die Einweisung in die Klinik in der Sokratousstraße ankündigtest. Zu dieser Information war ein kurzes Gedicht beigelegt: »Gedanken vergessener Liebe / tauchen wieder auf / und erwecken mich wieder zum Leben.« Daneben standen die Worte: »Für dich.« Von Bonn hätte ich nach New York fliegen müssen. Ich stornierte den Flug und versuchte, einen nach Athen zu bekommen. Es gab nur eine Maschine, die am Nachmittag in Frankfurt abflog, doch wenn ich mir bis Frankfurt einen Wagen mieten würde, könnte ich es schaffen, sagte mir der Hotelportier. Ich tat es. Wenige Stunden danach war ich in deinem Land, getrieben von der unwiderstehlichen Anziehungskraft deines Schicksals, dem ich nicht mehr entrinnen konnte. Denn es besiegte sogar den Überlebensinstinkt und die tückische Gefährdung des Glücks.

Das Glück ist ein herzhaftes Lachen, abends um neun, wenn mein Taxi vor dem Krankenhaus hält, die Tür sich öffnet, ein Schatten in der Dunkelheit auftaucht und dem Fahrer zuruft: »Grìgora! Schnell!« Als ich angekommen bin, habe ich dich in einem kleinen Zimmer in der Pathologie vorgefunden, umgeben von Ärzten und Medikamenten; wie leblos lagst du da und batest mich mit dünner Stimme, um neun Uhr wiederzukommen. »Es geht mir schlecht, sehr schlecht...« Und jetzt bist du hier, munter und zu neuem Leben erstanden, umarmst mich in einem Taxi: »Grìgora! Schnell!« – »Was machst du denn? Was ist mit dir los?« – »Ich bin ausgebrochen!« – »Ausgebrochen? Was soll das heißen?« – »Es heißt, daß ich aufgestanden bin, mich angezogen habe, dem Krankenwärter einen Schlag auf den Kopf gegeben habe und hierhin gekommen bin, um auf dich zu warten.« – »Dem Krankenwärter einen Schlag auf den Kopf gegeben?« – »Ja, er wollte mich nicht gehen lassen. Er behauptete, das ginge nicht. Ich habe ihn hingelegt und ihm gesagt: du wirst sehen, daß es geht.« – »Wo hingelegt?« – »In mein Bett. Dort wird er bis morgen früh um fünf Uhr bleiben. Um fünf muß ich wieder hin und ihn losbinden.« – »Losbinden?« – »Ja, ich mußte ihn fesseln und ihm auch den Mund mit einem Plaster zukleben. Sonst hätte er geschrien.« – »Das glaube ich dir nicht.« – »Es stimmt auch nicht. Es war keine Gewalttat, sondern eine Sache der Intelligenz. ›Hör mal‹, habe ich ihm gesagt, ›wann hast du Dienstschluß?‹ – ›Um neun‹, antwortete er. ›Und wann mußt du wieder anfangen?‹ – ›Um fünf‹, sagte er. ›Wohnst du weit weg?‹ – ›Sehr weit‹, sagte er. ›Würdest du gerne gemütlich schlafen, ohne nach Hause gehen zu müssen?‹ – ›Und ob‹, antwortete er. ›Gut, hier ist mein Bett, hier ist mein Pyjama; Ich nehme deine Schuhe.‹ Ich habe ihn auf einen Stuhl gestoßen, ihm die Schuhe ausgezogen und bin da. Dumm wie er ist, wird er sich nicht rühren, bis ich wiederkomme.« Ich lache und lache, befreit von jedem Zweifel und jeder Angst, vergnügt, in dir eine Eigenschaft entdeckt zu haben, die ich noch nicht kannte und auch in dir nicht vermutet hatte, die Eigenschaft des heiteren Komödianten. Und du lachst mit mir. Du gestehst, daß du mir heute nur etwas vorgespielt hast, es ist dir gar nicht schlecht gegangen, du hast nur so getan, man hat dich nur ins Krankenhaus überwiesen, um einige Untersuchungen zu machen und morgen würde man dich wieder entlassen. Auch der Taxifahrer lacht, ohne zu wissen warum, er beobachtet uns im Rückspiegel und lacht, während wir durch die beleuchtete Stadt fahren, er biegt in die Vouliagmenistraße ein, an der Autowerkstatt mit dem Schild Texaco vorbei, und bringt uns zu dem Restaurant, in dem du drei Jahre später zum letztenmal essen wirst, bevor du den Tod fandst. Doch wenn die Götter es uns prophezeien würden, um uns zu warnen, wenn sie uns sagen würden, daß dies dein Schicksal, unser bereits geschriebenes Schicksal sei, würden wir es nicht glauben, und ich würde nur höhnisch erwidern, daß es kein Schicksal gibt. »Wohin fahren wir?« – »Zu Tsaropulos.« – »Was ist das?« »Ein Lokal in der Nähe vom Meer, wo man draußen sitzen und Fisch essen kann. Magst du Fisch?« – »Ja.« – »Ich nicht. Am Vorabend des Attentats war ich dort und habe Fisch gegessen.« – »Warum gehen wir dann dorthin?« – »Ich will heute abend auch den Fischen trotzen.« Das Glück ist ein Gefühl des Stolzes, das zu vibrieren beginnt, wenn wir in das Restaurant eintreten, durchbohrt von den abweisenden, prüfenden Blicken derer, für die du kein Held, sondern ein verhinderter Mörder bist, ein Umstürzler der bestehenden Ordnung, im besten Fall ein Phantast, der besser dort geblieben wäre, wo er herkam: im gutbewachten Gefängnis. Von ihren Tischen her hört man mißmutiges Hüsteln und mißtrauisches Tuscheln: »Ist das nicht...?« Ein Beau, wohl Diplomat von Beruf, ruft: »Look who's there! Schau, wer da ist!« Du begreifst, und einen Augenblick lang überkommt dich eine Art Verwirrung, du stützt dich auf mich wie auf einen Stock, unschlüssig, ob du weitergehen oder umkehren sollst, dann richtest du dich dreist auf und führst mich zu einem Tisch, der von allen neugierigen Augen gut gesehen werden kann. Das Flüstern nimmt zu; jedes getuschelte Wort ist für dich wie ein Messerstich, ich merke es; von Zeit zu Zeit läßt du den Kopf hängen, als wolltest du damit das Böse unterdrücken oder als könntest du es so besser ertragen: was für eine Enttäuschung ist die Freiheit, was für eine Mühe! Aber meine Hand sucht die deine, sie drückt sie fest, um dich daran zu erinnern, daß du nicht alleine bist; dein Gesicht hellt sich auf: »Ich weiß es.« Es ist schön, die Herausforderung gemeinsam zu erleben. Es ist schön zu merken, daß auch der eine oder andere dir zulächelt, sei es auch verborgen, aus Angst, er könne dadurch in Unannehmlichkeiten geraten. Ein mutiger Kellner kommt mit einer Weinflasche und sagt mit lauter Stimme: »Diese möchte ich spendieren. Es ist eine Ehre, Alekos, dich hier zu haben.« Der klare Nachthimmel ist wie aus dunkelblauem Email und mit Sternen übersät, neben uns steht ein Busch mit großen, goldgelben Knollen, nach und nach geraten wir in Verzückung, in eine Art Vergessenheit. Oder Unbewußtheit? Es kommt eine Blumenverkäuferin mit einem Korb Rosen, du nimmst einen Strauß und wirfst ihn mir auf den Schoß. Dann kommt ein buckliger Mann mit einer Bauchlade, an der Lotteriezettel stecken, du kaufst sie in rauhen Mengen und legst sie mir auf den Teller. Jede deiner Bewegungen ist eine naive Liebesbezeugung, eine ungeschickte Bitte um Liebe, und deine aufrechte Haltung von vorher ist dahin. Die Gabel gleitet dir aus der Hand, der Löffel fällt dir hin, und plötzlich errötest du wie ein Kind und reichst mir das Geschenk, das du für meine Rückkehr aufgehoben hattest, ein zerknittertes Blatt Papier, das mit einer winzigen Schrift bedeckt ist. »Was ist das, Alekos?« – »Mein Lieblingsgedicht. *Reise*. Ich habe es dir gewidmet, schau, an der Stelle der Überschrift steht jetzt dein Name.« Du übersetzt es mir, mit deiner Stimme, die mir das Herz zerreißt. »Durch unbekannte Wasser reise ich auf einem Schiff, / das Millionen anderer Schiffe gleicht, / die in Ozeanen und Meeren treiben / nach genauen Routen, zu genauen Zeiten, / Und noch viele, / wahrhaft viele / liegen in den Häfen. / Jahrelang habe ich dieses Schiff beladen / mit allem, was mir gegeben wurde / und das ich mit grenzenloser Freude nahm. / Und dann, / ich erinnere mich daran, als wäre es erst heute gewesen, / malte ich es an mit leuchtenden Farben, / und achtete darauf, / daß nirgends ein Fleck entstehe. / Ich wollte das Schiff schön machen für meine Reise. / Und nachdem ich lange, so lange gewartet habe, / kam endlich die Stunde, auszulaufen. / Und ich lief aus ...« Hier unterbrichst du, du erklärst mir, daß die Reise das Leben sei und das Schiff du selbst, ein Schiff, das nie den Anker ausgeworfen hat und ihn auch nie auswerfen wird, weder den Anker der Gefühle noch den Anker der Wünsche, noch den Anker einer wohlverdienten Ruhe. Denn du wirst nie aufgeben, du wirst nie müde werden, deinem Traum nachzuhängen. Und wenn ich dich gefragt hätte welchem Traum, so hättest du mir keine Antwort gegeben: heute ist es ein Traum, dem du den Namen Freiheit gibst, morgen könnte es ein Traum sein mit dem Namen Wahrheit; es zählt nicht, ob dies nun reale Ziele sind oder nicht, wichtig ist nur, der Erscheinung, dem Licht, nachzugehen. »Die Zeit verging, und ich / begann, den Kurs festzulegen, / aber nicht so, wie man mir im Hafen vorgeschlagen hatte, / obwohl mir schon damals das Schiff anders schien. / Meine Reise / sah ich nun anders. / Ohne die Angst vor der Landung und dem Handel / schien mir die Ladung nun überflüssig. / Doch ich reiste weiter, / ich kannte den Wert des Schiffes, / ich kannte den Wert, den ich führte ...« Und ich werde nicht müde, dir zuzuhören.

Das Glück ist ein Heimgehen, das uns um Mitternacht zu dem Haus mit dem Orangen- und Zitronengarten führt, wo wir auf Zehenspitzen eintreten, ungeachtet der Polizisten, die jede deiner Bewegungen kontrollieren: zwei an den Straßenecken und zwei auf dem Bürgersteig. Es ist ein Jasminbusch, der unter dem Fenster blüht, aus dem wir uns weit hinauslehnen, damit du eine Blüte abbrechen und sie mir zusammen mit deiner Schüchternheit überreichen kannst. Es ist ein Zimmer, dessen Schäbigkeit mit seinem verfärbten und abgewetzten Sessel, den häßlichen Ziergegenständen auf der Anrichte, den aus welchen Gründen auch immer eingerahmten Diplomen ich nicht mehr wahrnehme: denn du bist da. Es ist ein schamhafter Kuß auf meine Stirn, während der Wind die Zweige der Olivenbäume bewegt und uns das Rauschen des Meeres zuträgt. Es ist eine Träne, die plötzlich über deine Wange rinnt, während du flüsterst: »Ich bin so allein gewesen. Ich möchte nicht mehr allein sein. Schwör mir, daß du mich nie verlassen wirst.« Es ist dein ernstes Gesicht, das sich an mein ernstes Gesicht drückt; es ist dein ergriffener Blick, der in meinen ergriffenen Augen versinkt; es ist deine unsichere Hand, die nach meiner unsicheren Hand sucht, fast als wären wir zwei Backfische bei ihrem ersten Liebeserlebnis, oder als wüßten wir, daß wir einen Ritus begehen, von dem unsere Zukunft abhängen wird. Das Glück ist ein langes, ergreifendes Schweigen, während sich unsere Lippen zögernd berühren, sich entschlossen zusammenschließen, sich unsere Körper ohne Furcht verbinden, wir uns hinlegen, bebend in der Dunkelheit, ergriffen von einem Strom der Zärtlichkeit, nach vergessenen, heiß ersehnten Gesten suchen, sie finden und miteinander verschmelzen, immer wieder, als müsse es eine Ewigkeit dauern. Die Zeit gehört jetzt dir, kein Hinrichtungskommando wird kommen und dich mit trockenen Befehlen zum Schießplatz bringen, um dich zu liquidieren. Danach liegen wir erschöpft nebeneinander und blicken uns tief in die Augen; plötzlich rufst du: »S'agapò tora ke tha s'agapò pantote.« – »Was heißt das?« – »Es heißt: ich liebe dich jetzt, und ich werde dich immer lieben. Sag du es.« Ich sag es flüsternd: »Und wenn es nicht so sein wird?« – »Es wird so sein.« Ich versuche einen letzten sinnlosen Widerstand zu leisten: »Nichts hält für immer, Alekos. Wenn du einmal alt sein wirst und ...« – »Ich werde nie alt sein.« – »Doch, das wirst du. Ein berühmter alter Mann mit weißem Schnurrbart.« – »Ich werde nie einen weißen Schnurrbart haben. Auch nicht einen grauen.« – »Wirst du ihn färben?« – »Nein, ich werde sehr viel früher sterben. Und deshalb wirst du mich auch immer lieben müssen.« Ist das ein Scherz oder sprichst du im Ernst? Ich zwinge mich zu glauben, daß du nur scherzt; deine schwarzen Augen funkeln plötzlich, und mit einer Fröhlichkeit, die viele glückliche Tage prophezeit, schwingst du dich auf und kommst wieder zu mir, unersättlich. Ich muß wieder an das Gespräch auf der Veranda denken: »Wir Griechen haben eine Vorliebe für Prophezeihungen und Tragödien. Vielleicht, weil wir sie erfunden haben.« – »Von was für einer Tragödie sprechen Sie?« – »Es gibt nur eine Art von Tragödie, und die besteht aus drei Teilen: Liebe, Schmerz und Tod.«

Glück ist, die Augen zu öffnen und deine Stimme zu hören, die fast erstaunt ausruft: »Du bist schön!« Glück ist, wenn man merkt, daß es schon fast fünf Uhr ist und du schnell zum Krankenwärter laufen mußt, um ihm die Schuhe zurückzubringen; wenn man an die frische Luft geht, die den Morgen ankündigt, den Polizisten, die uns bis zum Taxistand verfolgen, keine Achtung schenkt, sich den ganzen Weg umarmt hält, sich verabschiedet und weiß, daß man sich bald wiedersieht. Glück ist, wenn ich zum Haus mit dem Orangen- und Zitronenhain zurückkehre, ohne die Verantwortung zu bereuen, die von nun an wie ein Stein auf mir lasten wird. Glück ist, wenn ich aufwache, um zur Klinik zu fahren, wo du mir voller Stolz sagst, daß niemand deine nächtliche Flucht bemerkt und daß der Arzt gesagt habe, daß du nach Hause gehen könntest, weil aus den Untersuchungen nichts Beunruhigendes hervorgegangen sei. Natürlich ist deine Gesundheit von den Folterungen im Gefängnis angegriffen, aber dein Herz ist kräftig, und deine Lungen sind in sehr gutem Zustand, nach und nach würdest du wieder zu Kräften kommen, das wichtigste sei, daß du dich wieder ans Leben gewöhntest. Das Glück ist schließlich, zu erfahren, daß genau heute nacht, während wir uns liebten, im Nebenhaus ein Kind geboren wurde, dem der Name Cristos gegeben wurde: kann man sich ein besseres Omen wünschen, als die Geburt eines Kindes im Nebenhaus, im Augenblick als wir uns liebten? Wir müssen die Geburt von Cristos und den strahlend blauen Sonnentag feiern. Gehen wir ans Meer? Seit fünf Jahren hast du das Meer nicht mehr gesehen, seit fünf Jahren träumst du davon, es wiederzusehen. Seit dem Tag, an dem du Boiati verlassen und den Raum wiederentdeckt hast, bist du nur aus dem Haus gegangen, um zur Klinik zu fahren und mich zu Tsaropulos zu führen: laß uns ans Meer gehen! Hier sind wir nun am Strand von Glyfada. Du gehst zögernd, mit gesenktem Kopf, man könnte fast meinen, daß du es nicht wagst, den Blick zu heben, und wenn du es tust, zuckst du zusammen, kneifst verstört die Augen zu, und auf deinem Gesicht erscheint ein Ausdruck, den ich nicht verstehen kann. Ist es Freude oder Angst? Plötzlich wirfst du dich nach vorne und rennst zum Wasser, du läufst mit großen Sprüngen wie ein junges Pferd, leicht und unbeschwert, ein Sinnbild der Jugend, und im Laufen schreist du: »I zoì! I zoì! I zoì! Das Leben! Das Leben! Das Leben!« Am Ufer hältst du an, drehst dich um, rufst mich, streckst mir die Arme entgegen, ich laufe zu dir, und wir rollen lachend im heißen Sand. »I zoì! I zoì! I zoì! Das Leben! Das Leben! Das Leben!« Heute verfolgt dich niemand die Klippe hinunter, heute ist das Meer nicht böse wie an einem Augustmorgen, an den du nicht denken magst. Wartet auf mich, ich komme, wartet auf mich! Das Meer ist still und glatt, nur am Ufer kräuselt sich das Wasser leicht. Wer hat Angst vor den Fischen? »Niemand!« Bedeuten sie vielleicht Unglück oder Gefahr! »Dummes Gerede!« Na, dann laß uns reinspringen. Schnell und ungeduldig ziehen wir uns aus. Wir springen zusammen hinein, schwimmen Seite an Seite im milden,

ruhigen Wasser, hin und wieder halten wir an, um uns einen frischen, salzigen Kuß zu geben. S'agapò tora ke tha s'agapò pantote. Herrlich ist es, sich danach erschöpft in die Sonne zu legen, Hand in Hand, vor Genuß und Kälte zu schauern, zu bemerken, wie dein weißer Körper neben meinem braungebrannten vor Begehren zittert, zu wissen, daß wir dem Begehren zu Hause nachgeben können. Gibt es wirklich einen Tyrannen namens Papadopoulos? Wer kennt Joannidis? Teofilojannacos, Hatzizisis und Zakarakis? Nie gesehen. Eine ganze Woche lang werden wir diese Namen nicht aussprechen. Glück ist ein Vergessen, das eine Woche anhält.
Diese unwirklich erscheinende Woche, zu der die Erinnerung immer wieder mit ungläubigem Staunen zurückkehrt: isoliert von allen, vollkommen zufrieden in unserer Zweisamkeit, vegetieren wir in einer dumpfen, ereignislosen Seligkeit dahin. Es gab so viele kleine Dinge, die man tun mußte, um dich wieder ans Leben zu gewöhnen. Zum Beispiel, dir wieder zu zeigen, wie man eine Straße überquert, ohne Angst zu haben, oder wie man auf dem Bürgersteig geht, den Leuten ausweicht, ohne sich von den Stößen im großstädtischen Gewühl einschüchtern zu lassen. In deiner Gruft von Boiati hattest du auch das verlernt. Nach dem Ausflug ans Meer machtest du eine Art Rückzieher: tagsüber wolltest du nicht aus dem Haus gehen. Oder du gingst aus, um dich sogleich wieder in ein Auto einzuschließen, in dem du dich sicher fühltest, doch wenn du dann ausstiegst, schrecktest du vor allem zurück. Damit du eine Straße überquertest, mußte man dich erst mit tausenderlei Versicherungen ermutigen: »Komm, die Ampel ist doch grün!« Oft mußte man dir schon Mut zusprechen, damit du auch nur einen Bürgersteig entlanggingst, denn du konntest nicht gerade gehen, du gingst immer schräg, so lange, bis du an eine Hauswand stießest. So führte ich dich morgens in die Innenstadt, durch die überfüllten Straßen, wo du, an meinen Arm geklammert wie ein Blinder an die Leine seines Hundes, ein wenig von der verlorenen Sicherheit wiederfandst. »Hast du gesehen? Der kam direkt auf mich zu, aber ich habe ihn nicht gestoßen.« – »Hast du gesehen, du hast gar nicht gemerkt, daß die Ampel auf Rot stand, ich aber schon.« Den Nachmittag hingegen verbrachten wir zu Hause, wo wir uns, ermüdet von der glühenden Hitze und der Stille, die nur hin und wieder vom Zirpen der Zikade unterbrochen wurde, in den Armen lagen. Wir sprachen ganz wenig, wir brauchten keine Worte. Abends jedoch wachtest du auf und wurdest munter wie eine Fledermaus, die spürt, daß es dunkel

wird, und immer wolltest du auswärts essen gehen. Manchmal fuhren wir bis nach Piräus, manchmal blieben wir in Glyfada, wo die Tavernen deiner Jugendzeit waren und wo ein Alter mit glasigen blauen Augen uns mit einer Stentorstimme das Lied *Ein Bett für zwei* vorsang. Du warst begeistert von diesem Lied, das von zwei Verliebten sprach, die in einem ganz engen Bett schlafen. Unser Bett war klein und eng; es war das Bett, das du als Kind schon hattest, und wenn man nicht ganz eng umschlungen schlief, fiel man auf den Boden. Plötzlich aber ging all dies zu Ende, ohne jegliche Vorankündigung, an jenem Tag, an dem wir nach Ägina fuhren.

2. Kapitel

Du hattest nicht gesagt, daß wir nach Ägina fahren würden, du hattest nur von einer Insel gesprochen. Ich hatte dich auch nicht gefragt, um welche Insel es sich handelte: ich ließ mich vom Glück treiben, wie ein Blatt im Wind. Das Schiff war soeben auf dem offenen Meer, wir standen auf der Brücke, und ich schaute gedankenlos zu, wie der Bug das Wasser in Schaumfächer teilte, als ein Delphin auftauchte. Ich klammerte mich an dich und schrie: »Die Delphine! Siehst du sie, die Delphine?« Eine eintönige Stimme antwortete mir: »Ich habe nichts gesehen, man hatte mich unter die Kommandobrücke gesteckt.« – »Unter die Kommandobrücke? Ich verstehe nicht, Alekos, von wem sprichst du?« – »Ich spreche von dem Tag, als man mich nach Ägina brachte, um mich dort zu erschießen.« Nachdem du diese Worte ausgesprochen hattest, hülltest du dich in Schweigen und ließest keinen Kontakt, keine Unterhaltung mehr zu; du öffnetest den Mund erst wieder, als wir von Bord gingen, du mich in ein Taxi stießest und dem Fahrer eine Adresse nanntest, die ich nicht verstand. Das Taxi fuhr los, schweigend fuhren wir aus dem Ort, schweigend erreichten wir eine vollkommen verlassene, steile Straße, die von Kakteen, Olivenbäumen, Pistazien und nochmals Kakteen gesäumt war. Hin und wieder sah man eine kleine Villa oder ein weißgekalktes Haus, einen weißen Tabernakel mit einer schwarzen Ikone. »Wohin fahren wir, Alekos?« – »Dort hinunter.« – »Wo, dort hinunter?« – »Dort hinunter.« Es gab kein Mittel, die geheimnisvolle Wand zu durchdringen, hinter der du dich verschanzt hattest. Mit angespanntem Gesicht und gekrauster Stirn beobachtetest du wachsamen Auges die Landschaft, als verberge sich hinter jedem Meter, jeder Kurve, jedem Steinbrocken eine Gefahr, oder als stecke irgendein Geheimnis hinter diesen Kakteen, diesen Oliven- und Pistazienbäumen, die nun grünen Feldern und engen Schluchten wichen, um dann wieder zwischen dem Gestrüpp eines Buschwaldes aufzutauchen. Suchtest du jemanden? Warst du auf dem Weg zu einer gefährlichen Verabredung? Nein, mein Gefühl sagte mir, daß es nicht so war. Wolltest du mir das Gefängnis zeigen, in dem du drei Tage und Nächte gewartet hattest? Ja, das könnte sein, aber das Gefängnis lag nicht unweit des Hafens, und das Taxi fuhr in die entgegengesetzte Richtung. »Alekos ...« – »Sei still!« – »Hör ...« – »Sei still!« – »Warum ...?« – »Sei still!« Wir fuhren schon eine halbe Stunde, als der Taxifahrer in einen holprigen, vollkommen mit Gras bewachsenen Weg einbog, auf dem man kaum fahren konnte. Ein paar Kilometer fuhren wir noch bergauf, bis wir, zwischen Steinen und Löchern herumschleudernd, auf einer versteppten Anhöhe ankamen. Der Wagen hielt schließlich vor einem Mast, hier war der Weg mit Stacheldrahtrollen versperrt. Hinter dem Stacheldraht war ein Schild: »Militärzone. Betreten verboten.« Wir stiegen aus, und mit wiedergefundener Liebe nahmst du mich bei der Hand und sagtest: »Wir sind da, komm.«

Ich folgte dir, verwirrt schaute ich mich um, ohne zu begreifen. Wir befanden uns auf einem Gipfel der Insel, auf der Seite, von der man auf die Südost-Küste von Attika blickte; unter uns ragte der Ausläufer des Berges in den Golf hinein, rechts von uns lag ein karges Vorgebirge: kein Haus, keine Hütte, kein Baum. Wohin man das Auge auch richtete, es war nichts zu sehen außer Felsen und Meer, eine erschütternde, urzeitähnliche Einsamkeit; trostlos und bedrückend unbeweglich wirkte die Landschaft. Und doch war es eines der schönsten Orte, die ich je gesehen habe. Beim Anblick des Vorgebirges, das langsam zum Wasser hinablief, der Landzunge, die sanft ins Meer vorstieß, der vielen kleinen Buchten, über denen phosphoreszierendes Licht schimmerte, und der vielen kleinen Strände mit dem weißen, sauberen Sand wurde man von einer seltsamen Sehnsucht ergriffen. Fast überkam mich das Verlangen, auf die Knie zu fallen und Gott dafür zu danken, daß ich lebte. Hattest du mich deshalb hierher gebracht? Ich wandte mich um, um dich zu fragen, aber du hörtest mich nicht. Du standest da, blaß, hattest den Arm gehoben und deutetest auf die Landzunge, du wolltest mir etwas zeigen, was ich nicht finden

konnte: »Dort unten, dort unten.« – »Wo dort unten und was, Alekos?« – »Der Platz.« – »Welcher Platz?« – »Der graue, rechteckige Platz, siehst du ihn nicht?« – »Nein, ich sehe ihn nicht.« – »Ganz unten, wenige Schritte vom Ufer beginnt er, und an dem Mäuerchen endet er.« Ja, jetzt sah ich ihn: ein zementiertes Rechteck, von einer Mauer umgeben. Was war es denn, eine Bocciabahn? Ein Landungsplatz für Hubschrauber? Vielleicht war es ein Militärflughafen. Das würde auch die Verbotsschilder erklären. »Ich sehe ihn«, sagte ich. »Ist es eine Landebahn für Hubschrauber?« – »Nein, es ist das Schießfeld, dort werden die zum Tode Verurteilten erschossen. Dort sollte ich erschossen werden. Mit den Schultern an der Mauer.« Es trat ein kurzes Schweigen ein. »Seit fünf Jahren frage ich mich, wie dieser Ort aussieht, und wo er ist. Ich wußte nur, daß man ihn von hier oben aus sehen kann.« Wieder Schweigen. »Ob es wohl ein trauriger Ort ist, fragte ich mich immer, ob er häßlich ist? Überhaupt nicht traurig, überhaupt nicht häßlich, er ist perfekt. Ein perfekter Ort, um zu sterben: der Saronische Golf breitet sich vor einem aus, oben blau und unten blau, Athen ... Schau, ganz rechts liegt Kap Sunion, mit den Tempelruinen. Kurz davor ist Lagonissos, die Villa von Papadopoulos. Weiter unten ist die Brücke, an der ich die Minen gelegt habe, dann Vouliagmeni und Glyfada. Mein Haus in Glyfada. Ganz hinten links ist Pyräus und darüber sieht man die Akropolis. Denk mal! Wenn man mich erschossen hätte, hätte ich sterbend die Akropolis, mein Haus und den Ort des Attentats sehen können. Das wäre ein schöner Tod gewesen, ein wunderschöner Tod. Ich habe einen wunderschönen Tod verpaßt.«
Es klang, als wäre der Tod mit Blick auf die Akropolis, dein Haus und den Ort des Attentats eine wundervolle, seit langem ersehnte Frau, die dir mit Tücke einen Augenblick, bevor du von ihr Besitz ergreifen konntest, davongelaufen ist. Deine Blässe war verschwunden, die Wangen, die Lippen, selbst die Ohren waren rot: deine Augen leuchteten vor Sehnsucht – oder war es Wehmut? Es gelang mir nicht mehr, dich von dem Platz fortzubringen. Gehen wir, wiederholte ich, gehen wir, bitte; du standst nur da und starrtest auf den Schießplatz des wunderschönen Todes, den du versäumt hattest. Es war fast dunkel, als wir mit dem Taxi durch diese melancholisch wirkende Landschaft zurückfuhren, die von Kakteen, Olivenbäumen und Pistazien bestimmt war; gänzlich dunkel war es, als wir das Gefängnis erreichten, in dem du drei Tage und drei Nächte verbrachtest, die zweite Etappe deiner Pilgerfahrt. Doch du erkanntest das Gebäude nicht wieder, du

fandest nicht einmal die Tür, durch die du damals eingetreten warst, du irrtest um die Umgrenzungsmauer, strengtest dein Gedächtnis an, quältest dich. »Vielleicht haben sie mich auf der Rückseite hineingeführt. Ja, es muß einen kleinen, verborgenen Weg geben, der zu einem Eisentor an der Rückseite führt, einer Art Gatter, hinter dem eine Abzäunung ist, die links in einen sehr engen Korridor führt. So eng, daß nur ein einzelner Mensch durchgehen kann. Hinter dem Korridor ist ein kleiner Hof mit dem Gebäude für die Todeskandidaten. Es ist einstöckig, sehr alt und schmutzig. Der Vorraum mißt nur wenige Schritte, dann gelangt man in den Korridor, wo links und rechts die Zellen liegen. Meine Zelle war die letzte auf der rechten Seite. Sie war vier Meter lang und drei Meter breit, die Wände waren mit hellblauer, inzwischen verblaßter Farbe gestrichen, der Fußboden war aus Ziegelsteinen, keine Lampe, das Licht kam von den Lampen, die im Hof standen.« Deine Wangen waren wieder ganz rot, deine Augen leuchteten: »Wie gerne würde ich die Zelle nochmals sehen! Nochmals eintreten, wenigstens ein paar Minuten ... Wie gerne würde ich das machen! Verstehst du das?« – »Bitte laß uns weggehen, Alekos.« – »Laß uns noch ein wenig bleiben.« – »Gehen wir nach Hause, ich bitte dich, laß uns nach Hause fahren!« – »Laß uns noch ein wenig bleiben.« – »Ich bin müde, es ist spät, es ist kalt.« – »Laß uns noch ein wenig bleiben.« Du hattest dich auf den Boden gesetzt, die Schultern an eine Hecke gelehnt und standst nicht auf. Du sagtest auch nicht, was dich dort festhielt. Aber als wir endlich auf dem Schiff waren, es war das letzte, sagtest du mir, daß die Sehnsucht dich dort festgehalten hatte. Die Sehnsucht nach dem Tod. »Denn ein Mann, der zum Tode verurteilt worden ist, der drei Tage und drei Nächte auf den Tod gewartet hat, wird nie wieder so sein können wie früher. Er trägt immer den Tod mit sich, wie eine zweite Haut, wie ein nicht befriedigtes Verlangen. Er wird ihn immer suchen, immer von ihm träumen, vielleicht unter dem Vorwand edler Beweggründe oder Pflichten. Er wird nicht zur Ruhe kommen, solange er ihn nicht gefunden hat.«

Den Beweis für deine Worte brachtest du mir, noch ehe wir zu Hause waren. Ein Taxi brachte uns nach Glyfada; plötzlich wurde der Verkehr aufgehalten, und ein Autokonvoi, der von der anderen Richtung kam, fuhr an uns vorbei. An der Spitze fuhren zwei Motorräder und ein Polizeiwagen, danach folgten nochmals zwei Motorräder und noch ein Polizeiwagen und schließlich ein schwarzer Wagen. Die Limousine von Papadopoulos. Ich konnte nur einen flüchtigen Blick auf das graue runde Gesicht und den dunklen Schnurrbart werfen, du stießest aber sofort einen wilden Schrei aus und wolltest die Tür aufreißen. »Possenreißer, verdammter Schweinehund!« – »Nein, Alekos, nein!« – »Laß mich los, ich will aussteigen, laß mich los!« Eine ungeheure Kraft war in deinen Armen, es gelang mir kaum noch, dich festzuhalten, dich daran zu hindern, den Türgriff herunterzudrücken. Die Limousine kam uns immer näher. Das runde graue Gesicht wurde immer deutlicher, ich konnte jetzt auch die kleinen listigen Augen sehen und den kleinen spöttischen Mund, der sich zu einem kaum merkbaren heuchlerischen Lächeln verzogen hatte. Noch einen Augenblick, und du würdest hinausstürzen, dich auf ihn werfen und dich umbringen lassen. »Helfen Sie mir!« schrie ich dem Fahrer zu. Er verstand, drehte sich um, hielt dich fest und stieß dich zurück: »Bist du verrückt, Freund?« Ich spürte ein schweres Gewicht auf mir und merkte, daß du bewußtlos warst und daß unser Glück zu Ende war. Da der Verlust des Glücks aber uns oft zu klaren Gedanken verhilft und uns aus einem Schlaf weckt, der den Verstand und die Urteilskraft vernebelt, begriff ich, daß von nun an die Liebe zu dir zu einem mühevollen Kampf werden würde.

»Hat es jemand gemerkt?« fragte Andreas. Ich zuckte mit den Achseln. »Ich glaube nicht. Es ist so schnell gegangen, alle schauten auf den Konvoi.« – »Und der Taxifahrer?« – »Der Taxifahrer war nett, ich habe ihm die Adresse angegeben, und er hat uns nach Hause gefahren. Er hat nur den Kopf geschüttelt.« Auch Andreas schüttelte den Kopf. »Dies ist nur der Anfang, ist Ihnen das klar?« – »Es ist mir klar«, erwiderte ich. Dann fragte ich ihn, ob er hergekommen sei, um Unglück vorauszusagen. Er schüttelte wieder den Kopf: »Nein, weil er mich gebeten hat zu kommen. Es gibt einen ziemlich berühmten Sänger in Athen, der bei der Junta unbeliebt ist. Er hat ein Lokal in der Plaka und hat euch in den letzten Tagen schon mehrmals eingeladen. Heute morgen hat mich Alekos gerufen, damit ich hingehe und ihm sage, daß ihr heute abend kommt. Doch nur unter der Voraussetzung, daß Lieder gespielt werden, die von der Junta verboten sind, Lieder von Theodorakis.« – »Und was wird passieren?« – »Die Polizei wird eingreifen, denke ich. Und er wird alles Denkbare tun, um verhaftet zu werden und damit zu demonstrieren, daß sich nichts geändert hat, daß die Diktatur immer noch anhält. Ja, ich fürchte, daß dies sein Programm ist. Es sei denn ...« – »Es sei denn?« – »Ich weiß nicht, vielleicht führt er etwas viel Komplizierteres im Schilde. Man müßte ...« Doch im gleichen Augenblick platztest du herein: »Komplott, Komplott! Was habt ihr beide für Geheimnisse? Los, schnell, mach dich fertig, wir gehen uns amüsieren und ein bißchen Musik hören. Heute abend möchte ich dich elegant haben, ganz in Rot!«

Wir waren tatsächlich dorthin gegangen. Nun lag ich wieder in deinen Armen, eng an dich geschmiegt, ich lauschte auf deinen schweren Atem, während du fest schliefst; ich versuchte, den Geschehnissen dieses Tages einen Sinn zu geben. Doch es war, als wolle ich einen Knoten lösen, aus dem nur stets neue Knoten entstanden; schließlich war die ganze Schnur heillos verwickelt. Bei deinem Eintritt hatte der Sänger eine Hymne von Theodorakis angestimmt, von da an hatte das Orchester nur verbotene Stücke gespielt, das Ganze auf einer offenen Terrasse: sicherlich war der Lärm im ganzen Viertel zu hören. Aber die Polizei hatte nicht eingegriffen. Schließlich hattest du sogar verlangt, daß alle mit dir den Marsch aus deinem Gedicht *Vormarsch der Toten* singen, und einige Dutzend fröhlicher Stimmen hatten sich erhoben und in die Nacht hinausgeschrien: »Vorwärts die Toten, / Fahnenträger im Kampf ohne Grenzen, / und hinter ihnen wir, / begierig das Banner zu heben, / ein ganzes Volk, / Lebende und Tote vereint ...« Doch auch darauf hatte die Polizei nicht reagiert. Erst um ein Uhr nachts hatten zwei Gendarme hereingeschaut und gebeten, nicht allzuviel Lärm zu machen, da sich in der Nachbarschaft jemand beschwert hätte; sie entschuldigten sich, bedankten sich und gingen wieder. Keine Verhaftungen, keine Verwarnungen. Warum? Nachdem die Herausforderung keine Wirkung gezeigt hatte, gingst du auf die Straße und schriest wilde Beschimpfungen gegen Papadopoulos, gegen Joannidis und gegen die Passanten, die dich beruhigen wollten, und als ob dies nicht genug gewesen wäre, schriest du nach jeder Beschimpfung: »Ime Panagoulis! Ich bin Panagoulis!« Doch wieder geschah nichts: als hätte jeder Polizist einzeln den Befehl erhalten, dir und deinen Beschimpfungen gegenüber völlig gleichgültig zu bleiben. Warum? Kaum waren wir zu Hause, liefst du zum Telefon und riefst die Zentrale der ESA an: »Ime Panagoulis! Ich bin Panagoulis! Telo Joannidis! Ich möchte Joannidis!« Und wieder eine Tirade von Beschimpfungen, daß einem die Haare zu Berge standen, doch der Posten blieb ruhig: er sagte nur, daß der Herr Brigadegeneral nachts nicht in seinem Büro sei, ob du eine Nachricht hinterlassen wolltest? Ja, belltest du in den Hörer, hier ist meine Nachricht, daß Sie meine Nachricht auch bestimmt gut aufschreiben und kein Wort auslas-

sen. »Joannidis, du schwuler Arschkriecher, es stimmt, daß Papadopoulos viel zu feige war, um mich erschießen zu lassen, aber du bist zu feige, um mich zu verhaften. Du wirst dich noch wundern, Joannidis, denn ich werde dich soweit bringen, daß du Blut pißt, Joannidis.« Danach legtest du den Hörer auf und sagtest ruhig: »Mal sehen, ob sie kommen, um mich zu verhaften.« Doch, o Wunder, kam niemand. Bald war es zehn Uhr morgens, doch es kam niemand. Warum? Ich verstand es nicht. Im übrigen verstand ich auch nicht, weshalb du die wiedergewonnene Freiheit zu solch niedrigen Gesten und rein oberflächlichen und rhetorischen Herausforderungen mißbrauchtest, wie ein Dinosaurier, der durch einen prähistorischen Wald rennt und Bäume zertrampelt, als wären es Grashalme, anstatt sie sinnvoll zu nutzen. Was hatte das Ganze für einen Sinn und Zweck? Tatest du es wirklich, um den Tod zu finden, der dir in Ägina erspart worden war? Ich löste mich aus deinen Armen: »Alekos ...« Du erwachtest mit einem breiten Lächeln: »Sie sind nicht gekommen, um mich zu verhaften, was?« – »Nein, sie sind nicht gekommen.« – »Ich wußte es!« – »Du wußtest es?!« – »Sicher wußte ich es. Joannidis ist doch nicht dumm. Wer nimmt denn einen Verrückten ernst, der plötzlich losbrüllt oder den Chef des ESA anruft, um ihn zu verhöhnen?« – »Sag nur nicht, du hättest es absichtlich getan!« – »Natürlich habe ich das. Und du wirst sehen, daß wir heute einen friedlichen Tag haben werden, du wirst sehen, daß wir in aller Ruhe nach Kap Sunion fahren können.« – »Was gibt's auf Kap Sunion?« – »Dort steht ein wunderschöner Tempel, der Tempel des Poseidon.«
Es war ein strahlender Nachmittag, die weißen Tempelruinen ragten in den tiefblauen Himmel empor, das Meer schimmerte wie Perlmutt, und die Touristen stießen Schreie des Entzückens aus: »How marvellous! Wunderbar! Superb!« Das dachte ich auch, während ich, durch die Umhängetasche etwas behindert, neben dir herging und mich hin und wieder bückte, um einen Stein aufzuheben, den ich gerne als Erinnerung mitgenommen hätte und den du mir empört wegnahmst: »Das kann man nicht machen! Das ist Diebstahl! Schäm dich!« – »Das ist doch kein Diebstahl, weshalb soll ich mich schämen? Es ist doch nur ein Stein!« – »Wenn jeder sich einen Stein nehmen würde, was bliebe dann übrig?« – »Die Säulen, die Marmorplatten ...« – »Dann würdest du die Säulen stehlen und die Marmorplatten! Du würdest sogar den Felsen stehlen. Was für ein schöner Fels! Von dort hat sich Ägeus ins Meer gestürzt. In der Sage heißt es, daß Ägeus hier die Rückkehr seines Sohnes Theseus erwartete, der ausgezogen war, um das

Goldene Vlies zu erobern. Ägeus hatte Theseus befohlen, mit weißen Segeln in den Hafen einzulaufen, wenn er als Sieger zurückkehren würde, aber Theseus war ein Säufer; vor Begeisterung über seinen Sieg trank er zuviel und vergaß, die weißen Segel zu hissen, da...« Irgend etwas rutschte in meine Tasche, die plötzlich ganz schwer wurde. »Alekos, was hast du da hineingesteckt?« – »Bleib ruhig, nicht hinschauen, nicht hineinfassen. Zwei abgebrochene Stücke von der Treppe.« – »Zwei Stücke von der Treppe?! Du wolltest nicht, daß ich einen Stein stahl, und du nimmst zwei Stücke von der Treppe?!« Du lächeltest zufrieden: »Ach, was ich nicht alles für dich tun würde! Du machst mich schon zum Dieb!« – »Wann hast du sie denn genommen?« Du hattest dich nie von meiner Seite entfernt und hattest dich auch nie gebückt, um etwas aufzuheben: wann hattest du sie bloß genommen? »Wie lästig du doch bist! Ich habe sie genommen. Es ist doch egal, wann. Und nicht in die Tasche greifen, hab ich dir gesagt. Willst du mich wieder nach Boiati bringen wegen zwei Stückchen Marmor? Laß uns lieber etwas weiter weg gehen. Wir müssen uns ganz gleichgültig verhalten. Komm, wir verhalten uns wie ein Liebespaar, das die Landschaft bewundert. So.« Du hängtest dich bei mir ein, so daß die Tasche zwischen uns hing und dirigiertest mich bis zum Rand des Felsens, weg von der Menschenmenge, du zittertest noch von der Aufregung wegen des Diebstahls. An dem Punkt, wo der Fels in eine Art Terrasse über dem Golf übergeht, bliebst du stehen. »Setzen wir uns mit den Schultern zum Tempel hin. Nein, setz du dich seitlich hin, um zu sehen, ob uns jemand beobachtet hat.« Ich schaute mich um. Diszipliniert, in Reih und Glied bewunderten die Touristen den dorischen Peripteros, und niemand kümmerte sich um uns. Nur ein junger Mann mit einem karierten Hemd stand etwas abseits; er tat so, als betrachte er die Marmorplatte mit dem eingravierten Namen Lord Byrons; er blickte zu uns herüber. »Vielleicht ein junger Mann dort unten. Er muß es bemerkt haben, er beobachtet uns. Jetzt geht er aber. Er geht weg. Glaubst du, er geht uns anzeigen?« – »Ausgeschlossen.« – »Gut. Laß mal sehen, was du gestohlen hast.« Erwartungsvoll zog ich den Reißverschluß der Tasche auf, doch gleich wurde mein Gesicht ernst. In der Tasche waren keine Marmorstückchen, sondern zwei apfelgrüne Blechdosen. »Alekos, was ist das?« – »Tabak. Es steht doch drauf: Golden Virginia hand rolling tobacco.« – »Tabak?! Und wer hat ihn dir gegeben?« – »Ein Freund.« – »Ein Freund mit einem karierten Hemd?« – »Ja.« – »Wann denn?!« – »Als ich dir die Geschichte von Ägeus und Theseus

erzählte. Gut, nicht?« – »Und war es notwendig, deshalb nach Sunion zu fahren?« – »Offenbar schon. Ein guter Verschwörer ist immer auch ein Liebhaber der Archäologie.« – »Was ist in diesen Dosen, Alekos?« – »Ich habe es dir doch schon gesagt, Tabak. Golden Virginia hand rolling tobacco.« Ich wog sie in der Hand. Auf dem grünen Untergrund standen noch weitere drei Worte: »Fifty grams net. Fünfzig Gramm netto.« Fünfzig Gramm! Jede wog mindestens zweihundert, vielleicht dreihundert Gramm. »Alekos ...« Ich öffnete den Deckel einer der beiden Dosen und schob das Stanniolpapier beiseite. Es bestand kein Zweifel, ich kannte diesen gelben rauhen Stein sehr gut, ich hätte dir die Zusammensetzung und alle Eigenschaften aufsagen können. Was du mir wie ein Spielzeug oder ein Geschenk in die Tasche gesteckt hattest, war Dynamit. Zwei hübsche Dynamitpatronen.
»How marvellous! Wunderbar! Superb! Isn't it unbelievable? Vraiment extraordinaire!« Die Sonne, die bald untergehen würde, zog rosafarbene und purpurne Streifen über den Himmel, und das Entzücken der Ausländer wurde immer größer. Einige Möwen erhoben sich in den roten Himmel, eine ließ sich in den Golf stürzen, wie der Sturmvogel in deinem Traum. Ich wandte mich zu dir. »Was willst du damit tun, Alekos?« Du antwortetest mit einer Frage: »Sag mir, was ist Liebe?« – »Vielleicht, zwei Dynamitpatronen in der Tasche zu tragen.« – »Gut. Sie zu tragen oder anvertraut bekommen zu haben. Ich habe sie dir anvertraut, um dir zu zeigen, daß Liebe auch Freundschaft und Verbindung bedeutet. Liebe ist eine Kameradin, mit der man das Bett teilt, weil man einen Traum, eine Verpflichtung teilt. Ich möchte keine Frau, um mit ihr glücklich zu sein. Die Welt ist voller Frauen, mit denen man glücklich sein kann, wenn dies das Glück ist, das man sucht. Ich habe so viele Frauen gehabt, und wenn man es sich recht überlegt, waren die fünf Jahre Gefängnis eine ganz gute Erholung. Aber ich habe nie eine Kameradin gehabt. Und ich möchte eine Kameradin haben. Eine Gefährtin, die mir Kamerad und Freund, Verbündeter und Bruder ist. Ich bin ein Mann, der in einen Kampf verwickelt ist, und das werde ich immer bleiben, ich wäre es in jedem Fall und überall. Auch im Paradies. Ich kann mir keine andere Art zu leben und zu sterben vorstellen. Wie viele Menschen leben auf diesem Planeten? Dreieinhalb Milliarden? Wenn nun drei Milliarden und vierhundertneunundneunzig Millionen und neunhundertneunundneunzigtausend und neunhundertneunundneunzig Menschen beschließen, nicht mehr zu kämpfen, also die ganze Menschheit mit Ausnahme einer Person, so würde ich

dennoch als einziger kämpfen. Dynamit hat damit nichts zu tun. Dynamit ist nur ein Moment im Leben des Menschen, der sich im Kampf befindet. Außerdem mag ich Sprengstoff nicht. Ich bin gegen jede Form von Gewalt: ich wäre nie imstande, einen Bus mit Kindern in die Luft zu sprengen, wie es einige im Namen ihres Landes oder auf dem Hintergrund irgendeiner dieser beschissenen Ideologien machen. Ich glaube nicht an den Krieg. Ich glaube nicht an blutige Revolutionen. Ich bin überzeugt, daß sie nur dazu dienen, den Herrscher auszutauschen. Schüsse und Explosionen stören mich: ich sagte dir schon, daß ich die Cavours den Garibaldis vorziehe. Aber wenn es um die Freiheit geht, und das einzige, was zählt, ist die Freiheit, dann ...« – »Was hast du damit vor, Alekos?« – »Was? Höre, fünfhundert Gramm Dynamit sind nichts. Aber man kann mit fünfhundert Gramm Dynamit sehr viel machen. Man braucht nur eine Zündkapsel, eine Zündschnur und ein wenig Phantasie. Und eine Gefährtin, die einem hilft. Ich brauche dich.« – »Um spazierenzugehen und Golden-Virginia-Dosen einzusammeln, ohne aufzufallen?« – »Nein, für sehr viel mehr. Um nicht allein zu sein. Wenn du mir hilfst, wenn du mich nicht allein läßt, sag ich dir, was ich vorhabe.«
Diese Stimme. Diese Augen. Ein Dämon steckte in dieser Stimme und hinter diesen Augen: eine mitreißende kalte, unkontrollierbare Leidenschaft, in deren Namen du wie ein Besessener jeder unvernünftigen Tat fähig warst, das eigene Leben und das der anderen zu zerstören, die eigenen Gefühle und die der anderen, die eigene Intelligenz und die der anderen zu opfern bereit warst. Doch deine Worte enthielten die schönste Liebeserklärung, die ein Mensch nur bekommen kann. Sie galten mehr als tausend Umarmungen in einem Bett, als tausend bezaubernde Nächte, als tausend Jasminbüsche, als tausendmal s'agapò-tora-ke-tha-s'agapò-pantote. Und der Dinosaurier, der letzte Nacht gebrüllt hatte und durch die prähistorischen Wälder gerannt war und die Bäume zertrampelt hatte, als seien es Grashalme, war kein Dinosaurier mehr: er war ein Mensch. Noch dazu ein einsamer Mensch. So einsam, daß es niederträchtig gewesen wäre, sich von ihm abzuwenden. »Eine Gefährtin, die mein Kamerad, mein Freund, mein Verbündeter, mein Bruder ist. Wirst du mir helfen?« – »Sicher«, antwortete ich. »Gut. Du kennst doch die Akropolis?«

Der Akropolisplan war ein wahnsinniger Einfall. Er sah die Besetzung des archäologischen Geländes vor, im Augenblick der Schließung; anschließend sollte eine rote Fahne auf dem Parthenon gehißt werden; nicht, daß dir der Konformismus der roten Fahne sehr nahegelegen hätte; aber das Rot störte die Junta, und außerdem würde es sich vom weißen Marmor sehr gut abheben. Darüber hinaus war die Besetzung des Parthenons geplant, und ihr wolltet drohen, ihn in die Luft zu sprengen. »Alekos, zwei Dynamitpatronen würden nicht einmal reichen, um eine Säule in die Luft zu sprengen!« – »Sicher. Aber sie wissen ja nicht, daß wir nur zwei Dynamitpatronen haben. Und wenn ich eine als Beweis explodieren lasse...« – »Sie werden dir nicht glauben.« – »Sie werden mir glauben. Sie halten mich zu allem fähig, auch zur Zerstörung des Parthenons.« – »Würdest du ihn wirklich zerstören?« – »Nie im Leben.« Zuerst hattest du noch vor, einige Touristen als Geiseln zu nehmen, möglichst Amerikaner, doch dann hattest du beschlossen, daß sie euch nur im Wege wären, wenn sie versuchen würden zu fliehen, außerdem bräuchten sie Nahrung und Wasser, vielleicht sogar Medikamente. Kurz, sie würden nur stören. Der Parthenon trinkt nicht, ißt nicht, läuft nicht weg und braucht keine Medikamente. Welche Geisel hätte außerdem wertvoller sein können, als der Parthenon? Wer das Schöne und die Kultur liebt, sagtest du, hatte jenen Königsmarck nicht vergessen, der im Jahre 1687 den Parthenon beschoß, um die Türken zu vertreiben, die dort ihr Pulverlager eingerichtet hatten. Die Reste der Parthenons zu verlieren würde bedeuten, das Wahrzeichen der Kultur selbst zu opfern: die ganze Welt würde aufstehen und diese sechsundvierzig Säulen verteidigen, alle Botschaften würden sich an die Junta wenden und sie beschwören, deinen Forderungen zu entsprechen. »Welchen Forderungen?« – »In einem Diktaturregime fehlt es nie an Forderungen, und ich habe eine, die das Erechtheion mit seinen Karyatiden wert ist.« Daß das Unternehmen auch schiefgehen könnte, war eine Möglichkeit, die du sofort ausgeschlossen hattest. Die Akropolis, wiederholtest du, ist nicht zu erobern: sie steht auf einem steilen Felsen und hat nur einen Eingang, den bei den Propyläen. Ein Dutzend bewaffneter Männer würden mehr als genug sein, um das Militär und die Polizei in Schach zu halten. Das einzige Problem war, sie zu finden. »Zwölf Guerillas, Alekos? Zwei Hubschrauber und ein paar Scharfschützen würden genügen, um sie in fünf Minuten unschädlich zu machen. Ganz zu schweigen von Tränengas...« – »Nein, nicht wenn ich beim ersten Schuß oder bei der ersten Tränengasbombe ein Stückchen Parthenon in die Luft fliegen lasse. Es ist eine psychologische Frage.« – »Du hast gesagt, du würdest nie im Leben den Parthenon zerstören.« – »Wer sagt

denn, das es wirklich ein Stück Parthenon sei? Wie sollen die denn merken, ob die Steine, die in die Luft fliegen, wirklich vom Pathenon sind?« – »Zugegeben, daß du recht hast, aber wie lange meinst du, durchhalten zu können? Einen Tag? Eine Nacht?« – »Mit einem kleinen Lebensmittelvorrat sogar drei Tage und drei Nächte. Kannst du dir vorstellen, wie die rote Fahne drei Tage und drei Nächte auf dem Parthenon weht? Zwischen all diesem Weiß wird sie leuchten wie Klatschmohn, von jedem Punkt in der Stadt aus wird man sie sehen können. Kameramen, Journalisten und Fotografen aus der ganzen Welt werden anreisen. Die Junta wird restlos lächerlich gemacht werden, er wird sich gezwungen sehen zu kapitulieren.« – »Wer?« – »Joannidis natürlich! Ich will Joannidis. Papadopoulos zählt immer weniger, und früher oder später wird Joannidis ihn ausbooten.« – »Du willst ihn, wo und wozu?« – »Um mit ihm zu verhandeln. Auf der Akropolis. Er wird hinaufsteigen müssen und ...« – »Ist dies die Idee, die das Erechtheion mit den Karyatiden wert ist?« – »Ja.« – »Hör zu, Alekos: Joannidis würde nie kommen.« – »Ich kenne Joannidis und ich sage dir, er wird kommen. Weil er mutig ist und weil er mich haßt!«
Auch hierin zeigtest du keinerlei Zweifel. Deine Überzeugung, daß der Plan gelingen würde, war so fest, daß jeder Appell an dich, die Sache mit Vernunft zu sehen, ins Leere traf. Ja, Joannidis würde auf die Akropolis steigen, und du würdest ihn im Parthenon empfangen. Mit einer Sprengstoffladung am Körper. Du würdest ihm sagen: »Mein Kompliment, Joannidis. Du hast mich nicht enttäuscht, Joannidis. Vor fünf Jahren warst du an der Reihe, kundzugeben, daß es bei hunderttausend Fällen einmal geschieht, daß jemand nicht redet. Heute bin ich es, der sagt, daß es nur einmal in hunderttausend Fällen geschieht, daß ein General eine solche Einladung annimmt. Doch an jenem Tag trug ich Handschellen, Joannidis. Und heute mußt du welche tragen. Das heißt, wir werden sie zusammen tragen.« Dann würdest du sein rechtes Handgelenk an dein linkes fesseln: »Siehst du die Ladung, die ich bei mir habe, Joannidis? Sie ist mit einer schnell brennenden Zündschnur versehen. Wenn du dich bewegst, fliegen wir beide in die Luft.« – »Das glaube ich nicht, Alekos. Das würdest du nicht machen.« – »Doch, das würde ich machen. Wenn es sein muß, mach ich es. Du wirst sehen.« – »Und dann?« – »Dann stelle ich meine Forderungen, und wir setzen uns nach Algerien ab.« – »Nach Algerien?« – »Ja.« – »Direkt von der Akropolis?« – »Ja.« – »Mit Joannidis?« – »Natürlich. Den nehmen wir als Geisel mit,

schön an mein linkes Handgelenk gefesselt. Wir werden ein Flugzeug fordern, und dann ...« – »Und wenn Joannidis bereit wäre zu sterben, um dich daran zu hindern?« – »Er schon, aber seine Gefolgschaft nicht. Er ist der starke Mann des Regimes und hat einen großen Teil des Militärs auf seiner Seite. Attika gehört ihm. Wer Papadopoulos eliminieren will, wird Joannidis nie gestatten zu sterben und wird meinen Forderungen entsprechen. Im übrigen werde ich immer die zündfertige Ladung an meinen Leib gebunden haben. Wenn es nötig ist, werde ich mit ihm sterben, wie dieser deutsche General, der mit Hitler in die Luft fliegen wollte.« – »Du bist verrückt.« – »Vielleicht. Aber der Lauf der Geschichte wird von Verrückten bestimmt, nicht von der Logik. Wenn wir uns darauf beschränken würden zu erwägen, was sinnvoll ist und was nicht, was möglich ist und was nicht, würde die Erde aufhören sich zu drehen und das Leben seinen Sinn verlieren.«

Welche Rolle du mir in dieser Verrücktheit zugedacht hattest, konnte ich nicht recht erkennen. Manchmal hörte es sich an, als bestünde sie nur aus einer moralischen Unterstützung, und dann wieder schien sie von großer strategischer Wichtigkeit zu sein. »Wenn ich drei Männer auf der Nordseite aufstelle, zwei auf der Ostseite, vier zwischen dem Tor und den Propyläen und den Rest auf dem Parthenon verteile, dann habe ich niemanden, der mir den Rücken deckt. Kannst du mit einem Maschinengewehr umgehen?« Der Gedanke, daß ich etwas dagegen haben könnte, etwa ein Maschinengewehr zu betätigen, streifte dich nicht einmal. Außerdem interessierte es dich überhaupt nicht, daß ich mit der ganzen Angelegenheit nicht einverstanden war: der Nachmittag in Kap Sunion hatte einen Pakt besiegelt, und danach war jeder Einwand meinerseits ausgeschlossen. Ich war nun dein Sancho Pansa; ist es nicht die Aufgabe von Sancho Pansa, seinem Don Quichotte zu folgen, ihm bei jeder Verrücktheit dienlich zu sein? Das einzige, was dir zu denken gab, war, zwölf Guerillas zu finden, das hattest du mir bereits gesagt, als du mir den Plan erklärtest. Ohne eine Partei im Hintergrund und eine patentierte Ideologie würde es nicht leicht sein, sie zusammenzubringen. Du sperrtest dich im Haus ein, um Namen aufzuschreiben, sie zu prüfen und zu sortieren: »Den nicht, den kenne ich zu wenig. Den nicht, der würde es herumerzählen. Den nicht, der hätte Angst.« Und wehe, wenn ich von etwas anderem sprach, wenn ich versuchte, dich abzulenken! »Das geht mich nichts an, das interessiert mich nicht!« Nur als die Nachricht kam, daß es in Chile einen Staatsstreich gegeben hatte und Allende erschossen worden war, kamst du aus deinem Schneckenhaus gekrochen: die Akropolis schien aus deinen Gedanken verbannt zu sein. Doch bald tauchte sie wieder auf, mit der Kraft eines Korken, der um so schneller wieder an die Oberfläche kommt, je tiefer man ihn ins Wasser drückt, und der Tod Allendes wurde zu einem weiteren Beweggrund für deinen wahnsinnigen Einfall. »Neben der roten Fahne werden wir die chilenische Fahne hissen. Freiheit hat keine Heimat.« Du hattest eine ganze Liste mit Kandidaten aufgestellt und beschlossen, sie einzeln zu prüfen, ohne ihnen den Grund des Zusammenkommens zu sagen. Du empfingst sie mit unschuldiger Miene, gingst ihnen mit offenen Armen entgegen, klopftest ihnen herzlich auf die Schulter und führtest sie ins Wohnzimmer, wo aus einem Kassettenrecorder in voller Lautstärke die Widerstandslieder erklangen. Diese Methode wandtest du an, um sofort zu erkennen, mit wem du es zu tun hattest. Wenn einer nervös wurde oder sagte, es sei gefährlich, diese Lieder zu spielen, strichst du ihn sofort von der Liste; wenn er aber aufhorchte oder ruhig blieb, kam er für dich in Frage. Charakter, Risikobereitschaft, Intelligenzgrad, Kampflust: mit der Trockenheit eines Entomologen bei der Beobachtung einer Ameise, oder wie ein Schneider, der einen Stoff prüft, studiertest, untersuchtest und analysiertest du die Kandidaten. Doch fast immer ohne Erfolg. Und als du zum Schluß die fünf auswähltest, die deines Erachtens den Kern bilden sollten, gestanden dir drei von ihnen sofort, daß ihnen der Mut dazu fehle. Mit den beiden anderen war es noch schlimmer.

Der eine bat um ein paar Stunden Bedenkzeit und kam schließlich mit einem Blatt Papier voller Zahlen wieder und erklärte dir, weshalb der Plan nicht funktionieren könne: glaubhaft zu machen, daß der Tempel vermint sei, war ein absurdes, ganz unmögliches Unternehmen. Der Parthenon, sagte er, sei weniger brüchig als man denke: jeder Ingenieur oder Architekt wüßte, daß die Marmorblöcke nicht leicht zu sprengen seien. Um ihn in die Luft fliegen zu lassen, gäbe es zwei Möglichkeiten. In beiden Fällen müßte man die Ladungen so anlegen, daß die Säulen zusammenstürzten, eine nach der anderen. Die eine Möglichkeit sei die, daß am Fuß jeder Säule in einem Loch, das ungefähr fünfzehn Zentimeter tief und ebenso breit sein müsse, eine Dynamitladung angelegt würde. Fünfzehn Zentimeter seien das Mindestmaß, zugleich aber auch das Äußerste, das man noch verantworten könne; denn für jede Säule benötige man zehn Kilo Dynamit, das sind zwanzig Stäbe: ein Stab wiegt ein Pfund. In einem Loch hätten jedoch nicht mehr als zehn Stäbe Platz, deshalb müsse man für jede Säule zwei Löcher graben, in der richtigen Entfernung voneinander. Da der Parthenon sechsundvierzig Säulen habe, machte das zweiundneunzig Löcher. Um ein Loch in den Marmor zu bohren, bräuchte man eine Stunde: mit dem elektrischen Bohrer. Zweiundneunzig Arbeitsstunden verteilt auf zwölf Guerillas, die das Maschinengewehr niederlegen und vorübergehend zu Schwerarbeitern werden müßten, denn jeder hätte drei bis vier Säulen anzubohren, das wären nahezu acht Stunden ununterbrochener Arbeit. Sagen wir, von zehn Uhr abends bls zum Sonnenaufgang. Ganz abgesehen davon, daß man für ein derartiges Unternehmen mindestens zwölf Schlagbohrer und einen sehr leistungsfähigen Generator bräuchte, wäre der Lärm ohrenbetäubend: ein ununterbrochenes Bombardement, das die ganze Stadt von Pyräus bis Kifissia aufwecken würde. Man könnte die Arbeitszeit natürlich auf eine Stunde reduzieren, aber dazu bräuchte man zweiundneunzig Männer, oder auf zwei Stunden, dann bräuchte man sechsundvierzig Männer. Verärgert unterbrachst du ihn: »Ich habe dich nicht um eine Abhandlung über Sprengungen gebeten und habe auch nie vorgehabt, den Parthenon in ein Sieb oder einen Schweizer Käse zu verwandeln. Deshalb ist dies alles unnötiges Geschwätz.« – »Nein, das sind Berechnungen, die gleichen Berechnungen, die ein Experte für Joannidis machen würde, wenn dieser ihn fragt, wie hoch die Wahrscheinlichkeit ist, daß du den Parthenon wirklich vermint hast. Die Antwort wäre: es ist unmöglich, es sei denn, er verfügt über eine halbe Tonne Dynamit. Zehn Kilo Dynamit in jeder Säule mal sechsundvierzig Säulen macht fast eine halbe Tonne Dynamit. Scheint dir das zuviel? Die andere Möglichkeit, für die man weder Schlagbohrer noch einen Generator braucht, wäre, die Ladung außen an den Säulen anzubringen; dazu bräuchte man zehn Tonnen Dynamit. Das heißt, zweihundert Kilo Dynamit pro Säule. Und zweihundert Kilo sind vierhundert Stäbe. Um die ganze Aktion zu vereinfachen, kann man die Stäbe in einen Sack verpacken: diesen bindet man mit starken Klebebändern wie ein Paket an die Säule. Ein Sack pro Säule macht sechsundvierzig Säcke. Nun, wenn es dir gelingt, die Junta und die ganze Welt zu überzeugen, daß du zehn Tonnen oder zumindest eine halbe Tonne Dynamit auf die Akropolis gebracht hast, dann klappt es.« Du unterbrachst ihn wieder, doch diesmal überraschend ruhig: die Geschichte mit den Säcken schien dir zu gefallen: »Das ganze Dynamit brauchen wir überhaupt nicht, du hast mich auf eine Idee gebracht. Wir brauchen nichts weiter hinzutragen als sechsundvierzig leere Säcke, zwei- bis dreihundert Meter starkes Klebeband und eine Rolle Zündschnur. Die Akropolis ist voller Steine, und niemand wird wissen, was in den Säcken ist.« Der junge Man sah dich entgeistert an. Dann stand er auf und ging.

Der zweite hatte nichts gegen die neue Möglichkeit mit den leeren Säcken einzuwenden. Ja, sagte er zustimmend; er kenne deine Phantasie, die sich im ewigen Wettkampf mit deinem Mut befand. Das hattest du in den fünf Jahren von Boiati bewiesen. Deshalb stimmte er nicht mit denen überein, die das Gelingen deines Bluffs bezweifelten: wer dich kannte, und dazu gehörten auch Joannidis und die Polizei, würde nie in Frage stellen, daß die Säcke Sprengstoff enthielten. Das einzige, was er bezweifelte, war, ob du aus solch einer Aktion mit dem Leben davonkämst; und ob du nun am Leben bliebst oder nicht, was sollte die Sache eigentlich letzten Endes bezwecken? »Das sagte ich doch schon: die Aufmerksamkeit der Welt auf Griechenland richten, die inländische und ausländische Presse mobilisieren und die Junta verspotten.« Er nickte, räusperte sich, und in einem Ton, als suche er meine Zustimmung, übersetzte er mir die wichtigsten Sätze ins Englische; dann hob er zu einer Art Predigt an. Niemand, sagte er, habe die Tapferkeit eines Mannes namens Glazos vergessen, der im Zweiten Weltkrieg auf die Akropolis gestiegen war und die deutsche Fahne aus dem Schaft neben dem Eingang gerissen hatte. Eine aufsehenerregende Tat, eine Heldentat, die inzwischen schon in allen Schulbüchern stand. Doch was habe diese Geste gebracht, außer daß sie die Bevölkerung der ganzen Welt in Erstaunen versetzt und den Feind verspottet habe? Hatte sich vielleicht das Volk erhoben, oder hatte sich der Lauf der Dinge verändert? Die spektakulären Gesten, die privaten Heldentaten wirkten nie auf die Wirklichkeit ein: es seien Kundgebungen eines individuellen, oberflächlichen Ehrgeizes, sich selbst genügende romantische Anwandlungen, die immer Ausnahmen blieben. Leider seien die Griechen hierin von jeher Meister gewesen, zu diesem Thema gäbe es auch einen Aufsatz von Bertrand Russell, in dem behauptet werde, daß die Bewohner der griechischen Polis von einem primitiven Patriotismus beherrscht waren, der gefährlich und kurzsichtig war. Ihre Begeisterungskraft führe wohl zum persönlichen Erfolg, doch diese Art von Erfolg habe der Polis nichts gebracht; kurz gesagt, sie waren Symbole politischer Unfähigkeit. Im übrigen bräuchte man keinen Russell, um zu begreifen, daß das große Vorbild niemals die Massen in Aufruhr versetzte, sondern sie eher entmutige; denn sie fühlten sich herabgesetzt oder ließen sich von der überragenden Bedeutung eines einzelnen oder einiger weniger einschüchtern; deshalb verbarrikadierten sie sich hinter einem kollektiven Minderwertigkeitskomplex. Letztlich sei der Opfermut des Helden nichts als Egoismus. »Egoismus?« Deine Frage kam wie eine Ohrfeige. »Ja, Egoismus. Oder sollte ich besser Narzißmus sagen? Ein Fehler, auf jeden Fall.« – »Narzißmus? Fehler?« Und diesmal klang die Frage wie ein Schlag mit dem Holzprügel. »Ja, Alekos, Fehler. Du bist dabei, denselben Fehler wie vor fünf Jahren zu begehen: ich habe dir schon erklärt, daß man die Diktaturen nicht auslöschen kann, indem man den einsamen Helden spielt oder versucht, im Alleingang einen Tyrannen zu beseitigen. Man kann sie nur auslöschen, indem man die Massen zur gemeinsamen Revolte, zum organisierten Kampf erzieht. Stirbt ein Tyrann, so kommt eben der nächste, und alles beginnt von vorne.« Ich bemerkte, wie du fest auf den Pfeifenstiel bissest. »Das bedeutet, daß ich zu nichts genutzt habe, daß ich nichts wert bin.« – »Das sage ich nicht, Alekos, ich mache daraus eine ideologische Frage, ich betrachte die Tatsache unter einem ideologischen und einem vernünftigen Aspekt. Und man muß eben auch zugeben, daß in jedem Helden eine gute Portion Eitelkeit steckt!« – »Eitelkeit?!« Du sprangst auf, packtest ihn an der Krawatte und schnürtest ihm damit den Hals zu. »Hör mir gut zu, du Klugscheißer! Wer keinen Mut hat, versteckt sich immer hinter ideologischen Aspekten! Wer an nichts glaubt, verkriecht sich immer hinter der Vernunft! Wo warst du, Klugscheißer, was hast du getan, als ich auf dem Folterbett lag und auf meine Erschießung wartete? Hast du gerade Bücher geschrieben, um das Volk zu erziehen? Hast du die Massen für das Jahr zweitausenddreihundertdreiunddreißig mobilisiert? Raus mit dir. Rauuuusss!« Dann brachst du in ein untröstliches Weinen aus. Dynamitstäbe, Schlagbohrer, Divisionen, Multiplikationen, sechsundvierzig mal zwei ist gleich zweiundneunzig, zweiundneunzig geteilt durch zwölf ist gleich sieben Rest acht, Bertrand Russell, Egoismus, Narzißmus, die Massen: gab es also niemanden in dieser Stadt, der bereit war, dir zu helfen und an dich zu glauben? Ich hoffte, daß dies eine heilsame Krise sei. Doch sie führte zu nichts anderem, als daß sich das Gefühl des Verlorenseins verstärkte, das seit jenem Abend in mir war, an dem du dich unter den Wagen von Papadopoulos stürzen wolltest: in welche Falle war ich nur geraten, in welchem Labyrinth befand ich mich?

Wie ein Wanderer, der sich in einem fremden, feindseligen Land verirrt hat, dessen Wege er nicht kennt, und an jeder Kreuzung verwirrt stehenbleibt, umsonst nach etwas oder jemandem Ausschau haltend, der ihm den Weg zum Weitergehen oder zum Zurückkehren weisen könne, so betrachtete ich dich, nachdem die fünf dir eine Absage erteilt hatten. Die letzten zwei hatten mir bewiesen, daß du auch in deiner Welt, unter Menschen, die deine Sprache sprechen, als unverständliches, in keine Schablone passendes Wesen galtest, wie eine seltsame Pflanze, die nur da ist, um Unordnung in den Wald zu bringen, wie ein wunderschöner Pilz, den niemand pflückt, aus Angst, vergiftet zu werden. Das gab meiner Bestürzung immer mehr Gestalt, es verstärkte meine Ängste, die mich seit der Fahrt nach Ägina verfolgten: was hattest du mit Huyn Thi An, Nguyen Van Sam, Chato, Julio, Marighela und Pater Tito de Alencar Lima zu tun? Warst du wirklich der, für den ich dich hielt, hatte ich wirklich gut daran getan, zurückzukehren und deine Gefährtin zu werden, oder stimmte die Kassandrabotschaft von Andreas, daß mich nur Leid und Tragik erwarten würde? Dein ganzes Sinnen und Trachten war eine Herausforderung an die Vernunft, eine Revolte gegen den gesunden Menschenverstand und die Logik: die blinde, taube und übertriebene Inbrunst, mit der du dich in ein Abenteuer stürztest; die emphatische Rhetorik, mit der du jene Inbrunst in Worten ausdrücktest; die Willkür, mit der du sie anderen aufzwängest, deren Ansichten du entweder ignoriertest oder verhöhntest; die Wollust, mit der du dich immer wieder in Gefahr begabst, die unendliche Anstrengung, der ewige Kampf, in dem du dich verausgabtest. Doch es war nicht ein Kampf, der zu einem bestimmten Ziel führt: es war der Kampf um des Kämpfens willen, als wäre das Ziel völlig unwichtig, nur ein Vorwand, ein Trugbild, das einmal den Namen Freiheit hat und sich dann wieder wie ein Mühlrad im Leeren dreht, mit dem einzigen Zweck zu leben. Denn das Drehen bedeutet Leben, und wenn das Rad stehenbleibt, stirbt man. Dich zu lieben, dich zu nehmen, wie du warst, bedeutete wahrhaftig, in die Haut eines Sancho Pansa zu schlüpfen, Don Quichotte zu folgen und seine poetischen, verrückten Lügen nachzusprechen, den unmöglichen Traum zu leben, den unschlagbaren Feind zu bekämpfen, den unerträglichen Schmerz auszuhalten, den unverbesserlichen Fehler zu korrigieren, das Unerreichbare zu erreichen. Und bei all dem fragte ich mich immer wieder, ob nicht auch du im Grunde deines Herzens wußtest, daß dies nur poetische, verrückte Lügen waren; und an der Kreuzung jedes Weges regte sich wieder der Wunsch zu fliehen. Doch eine Flucht hätte meine Beziehung zu dir gleichzeitig zerrissen und verkittet. Denn ich hatte bereits gemerkt, daß die

Dinge, die mich von dir entfernten, mich gleichzeitig zu dir führten, als wäre gerade die Verschiedenheit und die Unvereinbarkeit unserer Naturen der Kitt, den die Götter hernahmen, um uns zusammenzuhalten. Unfähig, aus dieser Zwickmühle herauszukommen, versuchte ich schließlich, mich anzupassen und dich durch das Kaleidoskop deiner tausend Widersprüchlichkeiten hindurch zu verstehen. Etwa den plötzlichen Wechsel deines Wesens, der dich mal in einen kleinen Jungen, mal in einen alten Mann verwandelte, die beide dem Mann, den ich kennengelernt hatte und den die Welt zu kennen glaubte, vollkommen fremd waren: vielleicht waren sie in ihm vereint wie zwei Flüsse in einem Meer. Der Alte ging stets mit gesenktem Kopf und krummem Rücken, die Augen waren halb geschlossen, und er nahm nie die Pfeife aus dem Mund, die er langsam und bedächtig rauchte; er war sanft und gutmütig, ließ mit unendlicher Geduld auch Widersprüche gelten und sprach mit einer wundervollen Stimme, die mich an einem Augustnachmittag verführt hatte. Seine Reden waren feierlich. Wenn du ihn nach dem kleinen Jungen fragtest, sagte er: »Es ist ich. Es ist die wahre Weisheit. Das Gesicht der Weisheit ist nicht finster, ist nicht nachdenklich, sondern heiter und voller Freude.« Der kleine Junge hingegen hüpfte und sprang wie damals, als er glaubte, Guerillas für die Besetzung der Akropolis gefunden zu haben; seine Bewegungen waren ruckartig und spritzig, er war fröhlich und jähzornig, je nach Laune, und wenn er fröhlich war, sprang er im Kreis herum, wie ein junger Hund, der einen Knochen gefunden hat: »Spielen wir?« Wenn du ihn nach dem alten Mann fragtest, antwortete er mit einer Art Auszählverschen: »Ich bin ich. Ich mit ihm bin ich und er, ich mit dir bin ich und du, so daß ich immer ich bleibe.« Er machte auch etwas dümmliche Wortspielchen, ganz stolz darauf, meine Sprache zu beherrschen: »Non voglio te, voglio il tè! Non voglio il tè, voglio te!« Außerdem sammelte er Glasmurmeln, Fläschchen und Schächtelchen, alles, was als Spielzeug dienen konnte. Er liebte Spielzeug und hatte sich auch das Geschenk unter den Nagel gerissen, das ich für Cristos gekauft hatte, das Kind, das im Nachbarhaus auf die Welt gekommen war, als wir uns das erstemal im Bett liebten: es war eine Silberglocke mit einer Spieluhr, die ein hübsches Wiegenlied spielte. Es versteht sich, daß diese Verbindung in ihm unwiderstehlich war: auf parallelen, aber entgegengesetzten Wegen gehend und dennoch harmonisch, lebten der Alte und der kleine Junge in einem Mann, der auch ohne den Zauber einer heldenhaften Vergangenheit verführerisch gewesen

wäre. Nicht zufällig verliebten sich die Frauen unsterblich in ihn. Und manchmal auch die Männer, ohne daß er es bemerkte; zumindest tat er so, als merke er es nicht. Bei den Frauen hattest du im übrigen immer einen überdurchschnittlichen Erfolg, selten sah ich einen, der so viel Liebe, Leidenschaft und glühende Sehnsucht auslöste wie du bis zum letzten Tag deines Lebens, vor allem aber in der Zeit unmittelbar nach deiner Entlassung aus Boiati, als junge und alte, reiche und arme, dumme und intelligente Frauen sich dir mit einer Lüsternheit anboten, die schon fast anzüglich war: sie riefen dich an, schrieben dir Briefe, machten dir Geschenke, ließen dir über Heiratsvermittler Botschaften zukommen, steckten dir vor meinen Augen Zettel in die Hosentasche oder drückten sie dir in die Hand; nicht einmal die Tatsache, daß wir zusammenlebten, hielt sie davon ab. Im Gegenteil, es erregte sie nur noch mehr. Jetzt, da du wieder ohne Angst Straßen überquertest, gedrängt volle Bürgersteige entlanggingst und mit deinem verkrüppelten Fuß immer weniger hinktest, wollten dich auch jene, die dich vorher nicht beachtet hatten. Ich sah diesem Phänomen fasziniert zu und versuchte, auch in ihm einen Schlüssel zu deinem Wesen zu finden: wenn Männer und Frauen sich so unsterblich in dich verliebten, warum bliebst du dann so einsam, warum fandest du niemanden, der dir half, die Diktatur nach deinen Plänen zu bekämpfen? Und warum paßtest du dich nicht ein wenig der Wirklichkeit an, warum schlossest du dich nicht einer organisierten Bewegung an, einer anerkannten politischen Linie, warum bestandest du anmaßend darauf, die Dinge ganz allein verändern zu wollen, mit Gesten und Erfindungen, die mehr einem Spiel glichen, wie zum Beispiel der Akropolisplan? Es dauerte noch lange, bis ich merkte, daß gerade hierin die große intuitive Auffassungsgabe des Rebellen und Künstlers lag, die große Kohärenz deiner Persönlichkeit zu finden war.
Der Plan ging dir nicht aus dem Kopf. Weder die Tatsache, daß es nicht möglich war, ein Guerillakommando zusammenzustellen, noch die Überlegungen des jungen Mannes, den du Klugscheißer genannt hattest, noch die Zeit hatten es vermocht, dich davon abzubringen. Und eines Morgens sagtest du mir: »Wir werden nach Kreta fahren.« – »Wozu?« – »Um Guerillas zu suchen. Auf Kreta werden wir sie finden.«

Das Warten auf die Abreise nach Kreta war eine harte Probe für dich; denn die Hartnäckigkeit, mit der du deinen Ideen, deinen Wahnvorstellungen nachhingst, machte dich krank, du littest an einer Art Psychose. Die Geschichte mit den Säcken gefiel dir so sehr, daß du dir sogleich eine zusätzliche Teufelei ausdachtest: du wolltest sie nicht nur mit Steinen und Ballast anstatt mit Sprengstoff füllen, sondern auf sie auch einen Slogan rings um den Parthenon schreiben. »Auf den Marmor können wir ja nichts schreiben: abgesehen von den Auskehlungen, die das verhindern, wäre es ein Verbrechen, den Parthenon mit Farbe zu verschmieren. Auf die Säcke hingegen können wir schreiben, was wir wollen. An jeder Säule einen Sack und auf jedem Sack einen Buchstaben: man wird es von weitem lesen können. Ist das nicht eine glänzende Idee?« Das war es. Die Schwierigkeit bestand nur darin, Wörter zu finden, deren Buchstaben mit der Anzahl der Säcke übereinstimmten, und dies für alle Seiten des Parthenon. Die Frontseite und die Rückseite hatten je acht Säulen, das bedeutete, daß diese zwei Wörter nicht mehr als acht Buchstaben haben durften; die beiden Längsseiten hatten siebzehn Säulen, also durften hier das Wort oder die Wörter nicht mehr als siebzehn Buchstaben haben. Doch an den Ecksäulen konnten nicht zwei Buchstaben stehen, das wäre zu verwirrend gewesen, also mußte entweder das Wort an der Front- und an der Rückseite auf sechs Buchstaben reduziert werden, oder die der Längsseiten auf fünfzehn Buchstaben. Abgesehen von der Notwendigkeit der weißen Zwischenräume, die dich fast verrückt machten, denn dadurch waren die Wörter immer entweder zu kurz oder zu lang. »Unterdrückung! Katapiesis!« – »Zu lang.« – »Volk! Laòs!« – »Zu kurz!« Zuletzt fanden wir einen Satz, der beinahe paßte, da er aus acht Wörtern mit insgesamt vierundvierzig Buchstaben und sieben Freiräumen bestand: *Agonas dia tin elefteria – Agonas kata tis tirannias,* Kampf für die Freiheit – Kampf gegen die Tyrannei. Das Problem war das »Beinahe«. Die zwei »Agonas« paßten wunderbar auf die Frontseite und auf die Rückseite, und sie ließen sogar zwei Freiräume an den Ecksäulen. Die Wörter dia tin elefteria, für die Freiheit, paßten ebensogut an die Längsseite. Doch das kata tis tirannias, gegen die Tyrannei, hatte einen Buchstaben zuviel. Aber wenn dich dies auch störte, so ließest du dich davon nicht entmutigen. Der Satz hat einen Sinn, sagtest du, er paßt gut um den Parthenon: zum Teufel mit der Ästhetik; du würdest den Artikel tis zusammenziehen und ihn mit einem großen Sack auf zwei Säulen verteilen. Um dies zu prüfen, stiegen wir sogar auf die Akropolis, und das war die erste von vielen, vielen Exkursionen; stets verlangtest du, ich solle mich wie eine besessene Liebhaberin der Archäologie aufführen. Ich sollte alles bewundern, fotografieren, Friese und Kapitelle

studieren, damit wir nicht auffielen. Du suchtest währenddessen mögliche Verstecke, versuchtest, mit Schritten die Entfernung zwischen den Propyläen und dem Erechtheion, dem Erechtheion und dem Parthenon, dem Parthenon und den Propyläen auszumessen, studiertest sorgfältig den Felsen, der am Rand der Nordostseite bis an die Mauer reicht; es war der Fels, auf den Glazos gestiegen war, um die deutsche Fahne herunterzuholen. Du zähltest die Touristen, studiertest das Verhalten der Wärter und überlegtest, welcher der beste Platz war, um den Sprengstoff demonstrativ explodieren zu lassen. »Ich möchte einen vollständigen und bis ins Detail perfekten Plan mit nach Kreta nehmen.« Und du hörtest gar nicht hin, als ich wagte, meine Zweifel über den Erfolg dieser Reise auszudrücken. »Es wird alles klappen, du wirst sehen.«
Du warst überzeugt davon, weil du wußtest, daß du keine Fehler gemacht hattest: keine Verabredungen, keine Flugbuchungen, keine Zimmerreservierungen unter irgendeinem falschen Namen. Unsere Ankunft hattest du nur wenigen, sehr vertrauten Freunden angekündigt. Natürlich war da noch die Gefahr, daß die Polizei uns verfolgte, wenn wir aus dem Haus gingen, um zum Flughafen zu fahren, doch während der Fahrt sahen wir niemanden, und auch als wir durch die Sperre gingen, schien es, als würde sich niemand um uns kümmern. »Hast du gesehen? Sie haben kaum gemerkt, daß wir unter den Passagieren sind.« Doch die Freude schwand, als wir an Bord gingen. Sie hatten uns keine Sekunde aus den Augen gelassen, alles war so perfekt organisiert, daß sie sogar unseren Atem überwachen konnten. Zum Beispiel die zugewiesenen Plätze. Es waren die letzten zwei Sitze auf der linken Seite, sie unterschieden sich von den anderen dadurch, daß dahinter, von der Rückenlehne bis zur Wand, ein halber Meter Freiraum war; dorthin stellten sich sogleich zwei Polizisten in Zivil. Mit den Armen an unsere Rückenlehnen gestützt, bedrohten sie uns mit ihrem Knoblauchatem und machten keinen Hehl daraus, daß sie unseretwegen dort standen. Sie ärgerten dich, zupften dich bei den Haaren und provozierten dich mit Witzen und dummen Fragen: »Katálaves italiki? Kannst du Italienisch?« – »Né, ja.« – »Was heißt auf griechisch gute Reise?« – »Kalon taxidi.« – »Oh, oh!« Ich sah dich fragend an: wenn sie sich so aufführten und noch dazu vorschriftswidrig während des Fluges standen, konnte das nur bedeuten, daß sie in offiziellen Auftrag unterwegs waren und sehr präzise Aufgaben zu erfüllen hatten. Du nicktest ganz leicht mit dem Kopf und verharrtest dann in einer schweigenden Bewe-

gungslosigkeit, bis wir von Bord gingen, wo wir von Marion und Phöbus empfangen wurden. Sie, eine gute Freundin aus der Zeit des Polytechnikums, und er ein Widerstandskämpfer, der im Rahmen der Amnestie begnadigt worden war. Kaum hattest du die beiden umarmt und ihnen erklärt, was vorging, roch es nicht mehr nach Knoblauch und die beiden waren verschwunden. Von wem wurden sie abgelöst? Wieder schien es, als würde sich niemand um uns kümmern. Auf den Straßen von Xania war kein Auto zu sehen, das den Renault, mit dem Marion und Phöbus uns zum Hotel brachten, verfolgte. »Vielleicht hatten sie nur befürchtet, daß du das Flugzeug entführen würdest«, sagte Marion scherzhaft. Doch gleich danach rief sie: »O nein!« Wir hatten das Hotel erreicht und direkt davor, auf dem Bürgersteig, stand ein weißer Wagen der Polizei. Wir gingen auf unser Zimmer, es war ein schönes Zimmer mit Blick aufs Meer, du beugtest dich über den Balkon, zogst dich sofort wieder zurück und befahlst mir in rauhem Ton: »Lösch das Licht aus, schnell.« – »Warum?« – »Lösch es aus, sage ich dir!« Ich machte es aus und stellte mich neben dich: »Was ist los, was passiert da?« – »Schau!« Ich schaute, und im Augenblick konnte ich nichts sehen als eine strahlende Nacht im Mondlicht und das ruhige Meer, das im kleinen Hafen sanfte, silberne Wellen schlug. Doch dann entdeckte auch ich das, was du mir zeigtest, und es drehte mir den Magen um: ein Schiff, das zwanzig Meter vom Ufer vor Anker lag. Und auf diesem Schiff standen drei Männer, die uns mit einem großen Fernrohr beobachteten.
Jede Nacht blieb es dort an der gleichen Stelle vor Anker liegen. Zu einer bestimmten Zeit im Morgengrauen entfernte es sich, und wenn es dämmerte, kam es wieder: immer mit den gleichen drei Männern besetzt und dem Fernrohr auf unseren Balkon gerichtet. Es war eine spitzfindige und zugleich absurde Art der Überwachung. Spitzfindig, weil sie dich mit einem eindeutig harmlosen Mittel reizen wollten, und absurd, weil es für die drei ein recht großer Aufwand war: sie wechselten sich zwar ab, doch ohne Pause mußten die drei das Dunkel durchforschen. Und was dies alles noch verschlimmerte, war die Tatsache, daß du dich weigertest, in ein anderes Zimmer oder ein anderes Hotel umzuziehen, sogar die Fensterläden wolltest du nicht schließen: du sagtest, das würde nur ein Zeichen der Schwäche und der Niederlage sein und man müsse sich so verhalten, als habe man gar nichts gemerkt oder als wäre es uns völlig gleichgültig. Und wenn wir abends in unser Zimmer kamen, ließest du zum Trotz immer alle Lampen brennen

und öffnetest sperrangelweit das Fenster: in diesem Lichtrausch bewegten wir uns, doch das Wissen, ständig beobachtet zu werden, verursachte uns beiden ein Gefühl bedrückender Unbehaglichkeit. Bei dir war es noch stärker als bei mir. Es hatte dich schon große Mühe gekostet, dich zu beherrschen und keinerlei Reaktion zu zeigen, als dich die beiden Polizisten in Zivil im Flugzeug bei den Haaren zupften, dich reizten und verspotteten; du warst auch noch sehr mitgenommen von dem Schrecken, auf dem Bürgersteig einen Polizeiwagen zu entdecken, so daß du bisweilen dem Nervenkrieg nicht mehr standhalten konntest. So hattest du dir fest eingebildet, daß in unserem Zimmer Mikrophone installiert seien; ständig verschobst du die Möbel, untersuchtest alle Schubladen, fühltest die Matratzen ab, sprachst nicht mehr mit mir, sondern schriebst mir Zettel, die du dann sogleich im Aschenbecher verbranntest. Im Bett, wenn das unangenehme Gefühl, beobachtet zu werden, auch in der Dunkelheit nicht nachließ und wir zögerten, Zärtlichkeiten auszutauschen, als wären die Wände noch durchsichtiger als Glas, wälztest du dich unruhig und sagtest immer wieder bedrückt: »Wie ist es schwer, weiterzumachen!« Mit diesem Refrain nahm das Warten auf den Morgen kein Ende, und der Tagesanbruch brachte weitere Verfolgungen mit sich. Nein, ich hatte mich nicht getäuscht, als ich Zweifel am Nutzen dieser Reise ausgesprochen hatte; mit den in Frage kommenden Guerillas auch nur schwache Annäherungsversuche zu machen war so gut wie unmöglich. Kaum daß wir hinausgingen, setzte der weiße Polizeiwagen zur Verfolgung an. Im Schrittempo, wenn wir zu Fuß gingen, oder im Abstand von ein paar Metern, wenn wir mit dem Taxi oder im Renault von Phöbus fuhren; ob uns außer diesem Wagen noch Polizisten in Zivil verfolgten, konnten wir nicht feststellen. Am ersten Morgen hattest du noch gedacht, daß das Architektenatelier von Marion, das im fünften Stock eines großen Bürohauses war, der ideale Ort für ein Treffen sei: doch als du in den Aufzug gestiegen warst, war dort der gleiche Knoblauchgestank wie im Flugzeug, und die Verabredung wurde abgesagt. Um deine Untersuchungen zu machen, mußtest du letztlich zum Trick vom Abendessen im Lokal greifen. Er bestand darin, daß man mit sehr vielen Leuten an einem Tisch saß, unter die sich auch derjenige mischte, der dich interessierte. Doch auf diese Weise war die Prüfung nur sehr oberflächlich und ständig von Geschwätz unterbrochen, was letztlich die Unzufriedenheit noch verschlimmerte. »Alles verlorene Zeit, verlorene Zeit!« Manchmal warst du so deprimiert, daß ich es gar nicht wagte, dich zu fragen, ob du

irgendwelche Fortschritte machtest. Daß es nicht gut lief, hatte ich bereits aus einigen Wörtern entnommen, die ich trotz unserer Sprachbarriere verstanden hatte: »Den ine practicòs. Es ist nicht praktisch.« – »Den ine pragmaticòs. Er ist nicht realistisch genug!«
Und es kam der Tag, ich glaube es war der fünfte Tag, wo die Spannung und die Enttäuschung zu lodern begannen wie ein zu lange unter Druck aufbewahrtes Gas, das plötzlich ausströmt. Wir waren zu dem Grab von Venizelos gegangen, und wie in Ägina hatte dich die Sehnsucht nach dem Tod verhext. Du begannst zu sagen, daß kein lebender Mensch das Bewußtsein der Massen so aufwecken kann, wie es ein Toter vermag, und der Beweis lag hier in diesem Grab: wenn Venizelos leben und sich mit dir Arm im Arm gehend unterhalten würde, würdest du nicht dasselbe für ihn empfinden, wie du es jetzt tatest, wo er unter der Erde lag; dann sprachst du von Jan Palach, von seinem Scheiterhaufen in Prag vor der Statue des heiligen Venzeslaos. »Weißt du, was ich denke? Der Parthenon ist besser als die Statue des heiligen Venzeslaos. Nur die Tschechen wußten, wer der heilige Venzeslaos war, doch den Parthenon kennt jeder.« Ein Schauer durchfuhr mich, doch ich tat, als hätte ich dich nicht verstanden und fragte in gleichgültigem Ton: »Was hat denn der Parthenon damit zu tun?« – »Sehr viel. Denk dir, welch Schmach es für die Junta sein muß, wenn jemand sich auf der Akropolis vor dem Parthenon umbrächte. Die ganze Welt würde sagen, daß...« – »Daß es ein Verrückter ist.« – »Warum? War Jan Palach ein Verrückter? Waren die vietnamesischen Mönche, die sich in Saigon verbrannt haben, verrückt? Es gibt viele Mittel, einen Kampf zu führen und Widerstand zu leisten. Ein Mittel ist der Selbstmord. Ich habe nie an einen Selbstmord gedacht, auch nicht als ich gefoltert wurde und es nicht mehr aushalten konnte. Doch damals fühlte ich mich nicht so einsam, ich wußte, daß draußen sich jemand um mich kümmerte und mir half, indem er an mich glaubte. Doch wenn dir niemand hilft, dir niemand zuhört und du nichts unternehmen kannst, weil du allein bist, dann hat der Selbstmord einen Sinn. Und er dient zu etwas.« – »Du brauchst wohl nur noch einen Benzinkanister, was?« – »Nein, es reichen fünfhundert Gramm Dynamit, eine Zündschnur und ein Streichholz.« – »Alekos!« – »Mach dir keine Sorgen. Leute wie ich sterben allein, auch wenn sie lieben und geliebt werden. Oh, heute abend will ich mich betrinken, bis es mir schlecht wird.« Und das tatest du auch. Ein Glas nach dem anderen, eine Flasche nach der anderen, und du mischtest den Wein mit

Wut, die Wut mit Schmerz, den Schmerz mit Demütigung, die Demütigung mit Ohnmacht, das heißt mit Einsamkeit, einer Einsamkeit, die so tief saß, daß der Gedanke, dich von ihr zu befreien, der Illusion gleichkam, das Meer mit einem Löffel ausschöpfen zu können. Du trankst so viel, wie ich nie geglaubt hatte, daß ein Mensch trinken könnte. Wir hatten uns ein Lokal im Freien gegenüber dem Hotel ausgesucht und saßen an einem Tisch direkt am Straßenrand. Ein blauer Wagen mit zwei Männern, die dich beobachteten, fuhr immer wieder langsam an uns vorbei. Doch du sahst sie gar nicht, der Rausch hatte dich ganz blind gemacht. Wenn ich dir sagte, gehen-wir-weg, da-ist-ein-Auto-das-mir-verdächtig-vorkommt, sperrtest du die glasigen Augen auf und sagtest: »Ich sehe keine Autos. Es reichen fünfhundert Gramm Dynamit, eine Zündschnur und ein Streichholz.« Als du endlich bereit warst, wegzugehen, konntest du dich nicht mehr auf den Beinen halten. Du ließest dich auf mich fallen mit dem Gewicht eines Baumes, der auf ein Pflänzchen stürzt, und man brauchte eine unheimliche Kraft, um dich über die Straße, die Treppe hoch zum Hotel zu bringen, den Aufzug zu erreichen, ihn zu öffnen und wieder zu schließen, und nochmals zu öffnen und zu schließen, schließlich das Zimmer zu erreichen und dich aufs Bett fallen zu lassen. In Zukunft, in den folgenden Monaten und Jahren, sollte ich öfters diesen Gewaltakt wiederholen. Doch allmählich würde ich die Bewegungen kennen, die kleinen Tricks, damit dein Fuß, dein Bein sich bewege und du ein wenig das Gleichgewicht halten konntest, aber vor allem sollte ich lernen, daß das Trinken für dich nicht ein physischer Genuß war, sondern eine Verzweiflung, deren Technik und Geheimnisse dir alle geläufig waren. Ich sollte sogar lernen, zwischen dem – wie du es nanntest – ersten, zweiten und dritten Stadium zu unterscheiden: das erste Stadium war das, was den Geist anregt, die Zunge löst und das Trinken zu einem intellektuellen und gesellschaftlichen Ritual nach den Regeln des platonischen Gastmahls macht; im zweiten Stadium werden alle Hemmungen überwunden, die Barrieren der Selbstkontrolle zertrümmert und, befreit von allen schweren Gedanken, führt dieses Stadium zum Limbus des Vergessens; das dritte Stadium zerschmettert alles und bringt zu den grenzenlosen Ebenen des Versunkenen und Unbekannten. Ein geheimnisvolles In-sich-Ertränken, ein Stürzen in die Abgründe des Nichts, eine vollkommene Ruhe, ein vorübergehender Tod. Aus deinen Gesprächen sollte ich schließlich erfahren, daß du kalt berechnend jedes Stadium bereits vorher anstrebtest und daß es jedesmal einer präzisen Dosis Schmerz entsprach. Dessen bewußt, sollte ich mich später zu der Nachsicht zwingen, die es gestattet, einen Menschen mit all seinen Schwächen zu lieben. Doch jetzt war es noch nicht so, und ich verspürte nur Bestürzung, Erstaunen, Mitleid und Abscheu zugleich: kann ein Held so schwach sein? »Fünfhundert Gramm Dynamit, eine Zündschnur, ein Streichholz.« – »Still, Alekos, sei still!« – »Wie schwer es ist, weiterzumachen!« – »Still, Alekos, sei still!« Und plötzlich lagst du langgestreckt auf dem Bett, dein Körper war wie aus Marmor, und dein Kopf glühte; du wurdest vom Fieber geschüttelt und phantasiertest. Wenn ich mich über dich beugte, zucktest du zurück, verdecktest deine Augen mit dem Arm, krümmtest dich zusammen und starrtest mich mit angsterfüllten Augen an. »Ochi! Nein! Nein! Nein!« Oder: »Ftani! Schluß! Ftani!« Dich zu beruhigen war zwecklos, denn du sahst nicht mich, du sahst das Gespenst einer nie vergessenen und nie zu vergessenden Vergangenheit, das Gesicht von Teofilojannacos, von Malios, Babalis und Hatzizisis, die, wie ich feststellte, immer dann auftauchten, wenn sich die Wut mit dem Schmerz, der Schmerz mit einer Demütigung, die Demütigung mit der Ohnmacht, der Einsamkeit verband und dieser Knoten dir als Niederlage bewußt wurde. Vom Delirium fielst du dann in einen Erschöpfungszustand, und der Schweiß lief über dein Gesicht wie Öl, und alles, die Kleider, das Leintuch und das Kopfkissen waren durchnäßt. Zuletzt versankst du in einen bleiernen Schlaf, der einer Katalepsie glich. Ich blieb auf und wachte über deinen Schlaf, bis es anfing, hell zu werden und du vollkommen geheilt aufwachtest. »Guten Morgen! Hast du gut geschlafen? Was für ein herrlicher Tag! Weißt du, wohin ich dich heute führe? Nach Herakleion! Pack deinen Koffer!« – »Und was gibt es in Herakleion?« – »Das weißt du doch, der Palast von Knossos!« – »Und außer dem Palast von Knossos?« – »Jemand, den ich treffen möchte.« Du riefst Phöbus an und batest ihn, uns mit seinem Renault hinzufahren, und wir machten uns zur Abfahrt fertig. War es nicht ein großartiger Einfall, sagtest du, frühmorgens bei solch schönem Wetter zu reisen? Und war es nicht ein großes Glück, einen Freund wie Phöbus zu haben? Wenn Marion nicht wäre, hättest du ihn sofort aufgefordert, bei deinem Unternehmen mitzumachen: er hätte nicht mit der Wimper gezuckt. Aber du konntest es ihm nicht sagen, du konntest ihn nicht seinen Kindern und seiner Frau entreißen. Es ist eben ein Übel, Frau und Kinder zu haben; auch damals, im Jahre 1968, wolltest du nie Leute, die Frau und Kinder hatten. Du schwatztest und schwatztest und kümmertest dich gar nicht um die Mikrophone, die deines Erachtens in Möbeln, Wänden und wer weiß wo noch versteckt waren, und was du gestern am Grab von Venizelos über die sprechenden Toten, Jan Palach und den Gedanken, mit zwei Stückchen Dynamit Selbstmord zu begehen, gesagt hattest, war vergessen. Und über die letzte Nacht, über das erschreckende Besäufnis, das Fieber, das Delirium fiel kein Wort.

»Es ist weg!« – »Wer? Was?« – »Der weiße Polizeiwagen.« – »Bist du sicher?« – »Ganz sicher, schau doch!« Es stimmte. »Er wird kurz fortgefahren sein, um dir falsche Hoffnungen zu machen.« Ich versuchte mich zu erinnern, doch umsonst: auf dem Weg vom Restaurant zum Hotel war ich so sehr damit beschäftigt, dich auf den Beinen zu halten, daß ich auf nichts anderes geachtet hatte. Es war jedoch seltsam. Phöbus zuckte mit den Achseln: »Vielleicht haben sie beschlossen, dich in Frieden zu lassen.« – »Vielleicht.« – »Vielleicht werden sie uns auf der Straße einholen.« – »Vielleicht.« Wir stiegen in den Renault. Phöbus saß am Steuer, du neben ihm und ich auf dem Rücksitz. Wir konnten ungestört die Stadt durchqueren und waren schon bald auf der Straße nach Herakleion. Noch immer niemand, der sich um uns zu kümmern schien. Hin und wieder wurden wir von einem Personenwagen und kleinen Lastwagen überholt, das war alles. »Das verstehe ich nicht.« – »Ich auch nicht.« Um festzustellen, ob wir aus größerer Entfernung verfolgt würden, hielten wir am Wirtshaus eines kleinen Ortes an, parkten den Renault gut sichtbar und setzten uns an einen Tisch. Wir blieben dort ungefähr dreißig Minuten. Doch schließlich mußten wir zu der Überzeugung gelangen, daß die Beschattung wirklich eingestellt worden war: aus irgendeinem uns unbekannten Grund schenkten sie deiner Reise nach Herakleion keine Beachtung. Obwohl du, als du mit Phöbus telefoniertest, deutlich Herakleion gesagt hattest: hatten sie sich vielleicht damit abgefunden, daß dein Aufenthalt in Kreta ein harmloser Urlaub sei? Es war eine Möglichkeit, die nicht ganz auszuschließen war, und erleichtert stiegen wir wieder in den Wagen: »In anderthalb Stunden sind wir da!«
Die Fahrt von Xania nach Herakleion dauert anderthalb Stunden, und der Weg ist wunderschön. Lange Strecken fährt man an der Küste entlang, wo das Meer noch blauer ist als am Archipel, dann führt die Straße wieder durch felsiges, rötlichbraunes Gebirge, und der Himmel hat die gleiche Farbe wie das Meer: im September ist keine Wolke zu sehen. Weit und breit kein Haus, hier leben nur

Ziegen; und wenn du weißt, daß du nicht verfolgt wirst, empfindest du eine gewisse Glückseligkeit. Du kannst lachen, über angenehme Dinge reden und sogar über vergangene Vorfälle sprechen, die damals keineswegs lustig waren und es heute sind. »Was für eine liebe Frau die Besitzerin des Hotels ist! Stell dir vor, sie wollte nicht zulassen, daß wir die Rechnung zahlten!« – »Und sie hat darum gebeten, daß wir uns ins Buch der Ehrengäste eintragen, sie war ganz gerührt, als ich das Wort Freiheit hineingeschrieben habe.« – »Mir hat sie eine Tüte voller Obst mitgegeben.« – »Obst! Auf Zypern, als mich der Hunger quälte, da habe ich Obst in den Feldern gestohlen. Hast du mal versucht, eine Wassermelone zu stehlen, ohne ein Messer dabei zu haben? Das ist eine wahre Tantalusqual.« – »Alekos, erzähl Phöbus, wie du in Athen Zigaretten geklaut hast. Erzähl ihm, wie man das macht.« – »Das macht man so. Du kennst doch die Zeitungskioske, wo auch Zigaretten verkauft werden? Man läßt sich die Zigaretten geben, und während man zahlen möchte, tut man so, als wäre einem das Geld auf den Boden gefallen, oder besser, man läßt es hinfallen, dann bückt man sich, um es aufzuheben, und immer noch gebückt geht man um den Kiosk herum und läuft schnell weg.« – »Schäm dich!« – »Ich war doch Deserteur und hatte keine einzige Drachme!« – »Erzähl ihm, wie man in einer Konditorei Kuchen stiehlt.« – »Das macht man so. Man geht zu einem Kind und fragt: ›Würdest du dir gerne den Bauch mit Kuchen vollschlagen?‹ Das Kind sagt ja. Dann sagt man ihm: ›Komm mit mir, ich mag nicht allein Kuchen essen.‹ Man geht zusammen in eine Konditorei, und wenn man sich satt gegessen hat, sagt man dem Kind: ›Warte hier auf mich, ich komme sofort wieder, wenn der Kellner kommt, sagst du ihm, daß der Papa aufs Klo gegangen ist‹; dann geht man weg und kommt nicht wieder. Dem Kind tun sie nichts.« – »Du Schuft!« – »Das sagst du, weil du nie gehungert hast. Sag mir, was hast du Ostern 1968 gegessen?« – »Laß mich überlegen. Ostern 1968 war ich in Vietnam, an der Front bei Danang. Es wird die übliche Kost der amerikanischen Soldaten gewesen sein, so ein Zeug aus der Büchse. Und du?« – »Eine Dose Kaviar.« – »Und da beschwerst du dich?« – »Jetzt hör mal, du warst in Vietnam, aber ich war in Rom, um das Attentat vorzubereiten. Wie immer hatte ich überhaupt kein Geld und starb fast vor Hunger; im Haus war nur diese eine Kaviardose und sonst nichts. Nicht einmal eine Schnitte Brot. Hast du einmal versucht, deinen Hunger nur mit einer Kaviardose zu stillen, ohne ein einziges Stück Brot? Seit dem Tag kann ich keinen Kaviar mehr sehen, ich verstehe gar nicht, wie er so vielen Leuten

schmecken kann. Schmeckt dir Kaviar, Phöbus?« Doch Phöbus hörte nicht zu. Ganz bleich im Gesicht, schaute er nervös in den Rückspiegel: »Diese verdammten Schweine!« – »Phöbus! Was ist los?« – »Es war eine Illusion. Sie sind hinter uns her.«
Ich drehte mich um, aber es war nicht der weiße Polizeiwagen, es war der blaue Wagen, der am Abend davor ständig an dem Lokal vorbeifuhr, als du dich betrunken hattest. Er war ungefähr dreihundert Meter hinter uns und eindeutig zu erkennen, weil sich auf der schnurgeraden Straße nichts weiter bewegte: es schien fast unmöglich, daß wir beide ihn nicht schon früher entdeckt hatten. Phöbus hatte ihn bereits kurz nach unserem Aufenthalt in dem kleinen Ort gesehen. Er hatte nichts gesagt, weil er dachte, der Wagen würde uns überholen, erklärte er, danach blieb er immer mindestens einen halben Kilometer hinter uns. Er schien ihm harmlos; erst seit kurzem blieb er uns wie ein Schatten auf den Fersen. Wenn wir beschleunigten, beschleunigte er auch, wenn wir langsamer fuhren, wurde er auch langsamer. Und außer ihm war kein Hund weit und breit zu sehen: »Scheiße, skatà!« – »Nicht Scheiße, Schicksal«, verbessertest du ihn mit eiskalter Stimme. Du hattest dich auch umgewandt, und dein Gesicht zeigte weder Überraschung noch Wut, sondern eine ironische Ruhe, als wäre das alles ganz normal und als hättest du dies erwartet. Doch dein linkes Auge war haßerfüllt. »Versuch es noch einmal, Phöbus.« Phöbus drückte aufs Gaspedal und gewann etwa fünfzig Meter Vorsprung. Doch sogleich beschleunigte auch der blaue Wagen und nahm wieder die gleiche Entfernung von vorher ein. »Hm. Ja. Wie lange brauchen wir noch bis Herakleion?« – »Das kommt drauf an.« – »Sind wir an Rethymnon schon vorbei?« – »Ja.« – »Und an Perama?« – »Ja.« Du lachtest mir verbittert zu: »Totaler Polizeistreik.« – »Streik?« – »Klar, dachtest du, das sei ein Polizeiwagen? Das ist kein Polizeiwagen, und es sind auch keine Polizisten in Zivil.« – »Wer sind sie dann?« – »Faschisten.« – »Woher weißt du das?« – »Das weiß ich. Frag Phöbus.« Ich fragte ihn, doch er antwortete nicht; übers Lenkrad gebeugt versuchte er den Abstand zu dem blauen Wagen zu vergrößern und raste mit mindestens hundertdreißig Stundenkilometern. Wenn er die Kurven nicht mehr gut nehmen konnte, kreischten die Reifen, und da die Straße an jener Stelle zwischen zwei Felswänden hindurchführte, schien es, als würden wir im nächsten Augenblick gegen die Felswand prallen. »Paß auf, Phöbus, paß auf!« – »Laß ihn nur fahren, du brauchst keine Angst zu haben. Wir werden noch genug Angst bekommen, wenn sie uns angreifen werden.« – »Uns

angreifen?« – »Natürlich. Und es ist gar kein dummer Einfall. Wer kann später nachweisen, daß es sich um ein Verbrechen und nicht einfach um einen Unfall gehandelt hat?« – »Wenn sie das vorgehabt hätten, hätten sie doch nicht so lange gewartet, Alekos.« Und in dem Augenblick, als ich dies sagte, hatten wir die Felsen hinter uns: jetzt wußte ich, warum sie gewartet hatten. Von dort aus bis zur nächsten Kurve, wo es eine neue Böschung gab, hatte die Straße keine Leitplanke und, als wäre dies noch nicht genug, war an dieser Stelle die Felswand steil abstürzend, und ein tiefer Abgrund tat sich vor unseren Augen auf. Diese Strecke zu fahren, mit der Aussicht, von dem anderen Wagen gerammt zu werden, war wie mit verbundenen Augen über eine Brücke zu gehen, die ins Leere führt. Wir steuerten auf diese Stelle zu. Und sogleich schoß der blaue Wagen los. Er beschleunigte ruckartig und kam unerbittlich auf uns zu, im Nu hatte er uns erreicht, um im letzten Augenblick abzubremsen, um ein Haar einen Zusammenstoß zu vermeiden und mit seiner Schnauze dicht hinter dem Renault zu bleiben. Der Abstand zwischen den beiden Wagen war so gering, daß man die Gesichter der zwei Männer, ihre fettigen, schwarzen Schnurrbärte, ihre olivfarbene Gesichtshaut und das boshafte Grinsen der Fahrers deutlich sehen konnte. Ich schrie: »Du hast recht! Sie wollen uns abstürzen lassen!« Ich hörte dein Murmeln: »In die Mitte, Phöbus, in die Mitte.« Phöbus nickte und lenkte das Auto in die Mitte der Straße, weg von dem Abgrund, doch der blaue Wagen tat es uns nach und hängte sich an unser linkes Wagenende. Das rechte Seitenteil seiner vorderen Stoßstange berührte fast die hintere Stoßstange des Renaults. »Fahr schneller, Phöbus, schneller.« Phöbus gehorchte mit einem Grunzen: schneller ging nicht mehr, man konnte bloß hoffen, daß sie uns nur erschrecken wollten. Und im gleichen Augenblick streifte die Schnauze des blauen Wagens die linke Flanke des Renaults. Ein ganz leichter Stoß, wie der scherzhafte Schlag einer Katzenpfote, jedoch ausreichend, um uns nach rechts schleudern zu lassen: auf den Abgrund zu. Ich sah, wie Phöbus das Steuer fest umklammerte, es herumriß, bevor die Räder den Straßenrand erreichten und den Wagen wieder in die Mitte der Straße brachte, um dort eine Minute lang wieder geradeaus fahren zu können. Dann kam der zweite Stoß. Diesmal weniger sanft. Der Renault rutschte wie auf einem Ölteppich, einen Augenblick, der so lang dauerte, wie der Gedanke an den Tod, rutschte er auf das Nichts zu. Noch wenige Zentimeter, und das Nichts hätte den Wagen zu sich hinuntergesogen, um uns in der Schlucht zu zerschmettern. Doch Phöbus schaffte es noch einmal. Wieder in der Straßenmitte, gelang es ihm sogar, Abstand von dem blauen Wagen zu gewinnen, erst zehn Meter, dann zwanzig, vierzig, achtzig, hundert, und du zündetest dir ein Zigarillo an und sagtest: »Gut, Phöbus!« Daß man in einem solchen Augenblick auf den Gedanken kommt, sich ein Zigarillo anzuzünden, war mir unbegreiflich. Doch du hattest es getan und rauchtest; in deinem Gesicht war immer noch der Ausdruck ironischer Ruhe, deine Stimme war immer noch eiskalt, nichts erinnerte mehr an den verletzlichen Menschen, der am Abend zuvor im Fieber phantasierte. Im Gegenteil, man hätte meinen können, es sei für dich eine unbedeutende Lappalie oder vielleicht sogar ein geheimes Vergnügen, dein Leben und das zweier Menschen, die dich gerne haben, aufs Spiel zu setzen. »Sie kommen wieder. Sie kommen. Gib mir einen Stift, schnell. Ich möchte die Autonummer aufschreiben.«

Sie kamen wirklich. Mit gefährlichem Dröhnen kam der blaue Wagen wieder angeschossen und verschlang im Nu die hundert Meter gewonnenen Abstand. Ich hatte kaum Zeit, seine Schnauze mit den weißen Scheinwerferhöhlen, die fast menschlichen Umrisse, zu sehen, als er schon an unserer Seite war: er überholte uns wie der Blitz und bremste direkt vor uns plötzlich ab. »O Gott!« stöhnte Phöbus und riß den Wagen nach links, wodurch er knapp einen Zusammenstoß verhinderte. Das reizte sie, sie überholten nochmals und plazierten sich wieder vor unseren Wagen, so daß Phöbus das gefährliche Manöver wiederholen mußte. Das hatten wir nicht erwartet, sie wollten es soweit treiben und Phöbus erschöpfen, bis er die Herrschaft über den Wagen verlor und den Abgrund hinunterstürzte, wie bei einem Katz-und-Maus-Spiel. Die Männer im blauen Wagen waren die Katze und wir die Maus. Der Motor ihres Wagens war wesentlich stärker als der des Renaults, außerdem war ihr Wagen viel solider. Er geriet nie ins Schleudern und konnte mit uns machen, was er wollte. Er schnitt uns, wann er wollte, ohne Furcht vor einem Zusammenstoß. Es folgte das dritte Überholmanöver mit dem anschließenden Abbremsen, das vierte, das fünfte, das sechste und bei uns das dritte, das vierte, das fünfte, das sechste Ausweichen nach rechts, nach links, wieder nach rechts, wieder nach links in einem Slalom, der unweigerlich zum Rand des Nichts führen mußte. Und die wenigen Minuten waren wie eine Ewigkeit, die paar dutzend Meter wie tausend Meilen: Phöbus wurde zunehmend angespannter und erschöpfter, sein blasses Gesicht war grün geworden, während du neben ihm unbeirrt dein Zigarillo rauchtest, ihn

dirigiertest, ihm Ratschläge gabst und ihn lobtest: »Sehr gut, Phöbus, kalà. Achtung, Phöbus, so. Grìgora, Phöbus, schneller.« – »Wenn jetzt jemand kommt!« sagte Phöbus keuchend. Aber es kam niemand, zumindest nicht auf der Gegenfahrbahn; auf dem Asphaltstreifen waren nur wir und der blaue Wagen mit der bedrohlichen Schnauze, mit seinen weißen Augenhöhlen, die ihn menschenähnlich machten. Ich sagte seine, weil es der Wagen war, an den du dich wandtest, nicht die zwei Männer, die darin saßen, und weil für mich (auch für dich?) von diesem Augenblick an der Tod das Aussehen eines Autos hatte, egal von welchem Typ, von welcher Farbe, jetzt war es blau, morgen konnte es schwarz, weiß, dunkelgrün, rot, ockerfarben sein und schließlich würde es apfelgrün sein. Der Wagen kam wieder, zwängte uns zum Abgrund hin, setzte zum letzten, entscheidenden Angriff an, wohl wissend, daß die ins Nichts geschlagene Brücke bald überwunden sein würde, wenn hinter der Kurve sich die Böschung aufwölbte und die Straße wieder zwischen Felswänden verlief. Wenn wir es bis dorthin schafften, hätten wir heil davonkommen können. Würden wir hinkommen? Er kam uns immer näher, seine Flanke klebte fast an unserem Wagen. Ich konnte meine Angst nicht mehr unterdrücken, krallte mich an deine Schulter, beugte mich vor und beschwor Phöbus: »Schneller, schneller, streng dich noch ein letztes Mal an und brems dann an der Böschung ab: wenn er uns dann rammt, ist der Stoß nicht so arg: es sind nur noch zweihundert Meter, dann hundert, fünfzig, vierzig, dreißig, zwanzig, da ist die Böschung, da, zehn, fünf, drei, zwei, einer ...«
Er rammte uns dort, wo die Böschung begann. Er streifte uns an der linken Seite, wir schleuderten nach rechts, doch nicht zu stark, da Phöbus mit der Geschwindigkeit heruntergegangen war und das Steuer fest im Griff hatte. Das hatte er auch noch, als unser Wagen sich einmal um die eigene Achse drehte, in einem Wirbel, der endlos schien und uns das Gefühl gab, verschlungen zu werden. Doch er hielt an, wir schauten uns verdutzt und ungläubig an und entdeckten, daß wir unversehrt auf einer vollkommen verlassenen Straße standen. Der blaue Wagen war verschwunden, und du schwenktest den Zettel in der Hand, auf dem du die Nummer notiert hattest: »Jetzt können wir uns in Herakleion amüsieren.«

Daß wir uns in Herakleion nicht amüsieren könnten, wurde uns klar, als wir wenige Kilometer vor der Stadt den weißen Polizeiwagen sahen. Er fuhr auf der Gegenfahrbahn, in gemächlichem

Tempo, als hielte er nach jemandem Ausschau: suchte er drei Lebende oder drei Tote in der Schlucht? Daß er uns suchte, war sicher, denn als er an uns vorbeigefahren war, wendete der Wagen plötzlich und verfolgte uns bis zum Ortseingang. Hier kam noch ein roter Wagen mit Polizisten in Zivil hinzu; die Beschattung wurde langsam bedrohlich. Als wir in eine Taverne zum Essen gingen, hatte sich ein Polizist vor der Tür, einer an der Rückseite des Gebäudes und ein weiterer an der Straßenecke postiert. Es war nicht einfach, dich zu überzeugen, ruhig zu bleiben, aus der Taverne zu gehen, ohne sie zu beachten, wie ein Tourist, der auf einer sentimentalen Urlaubsreise ist; doch deine Beherrschtheit war zu Ende, dein Gesicht färbte sich dunkelrot vor Wut, du wolltest jetzt die Konfrontation, wolltest sie am liebsten schlagen. Später, als Phöbus telefonierte, um die Verabredungen, die du für den Nachmittag getroffen hattest, abzusagen, waren wir beide zum Knossospalast gegangen. Doch an der Auffahrt zum archäologischen Gelände tauchte plötzlich wieder der Knoblauchgestank auf und die höhnische Stimme sagte: »Katàlaves italiki? Kannst du Italienisch?« Sogleich loderte in dir wieder eine blinde Wut auf, du wolltest um dich schlagen und stürztest dich auf den boshaftesten von ihnen, schriest ihn an, Knecht, Arschloch, Schwein, und nur das Dazwischenkommen der uniformierten Polizisten verhinderte deine Verhaftung. Besser gleich nach Xania zurückfahren. Doch wie sollte man dies anstellen, ohne sich ein zweites Mal der Gefahr auszusetzen? Wenn sie einmal die Landstraße gewählt hatten, um dich zu erledigen, dann würden sie es gewiß noch einmal versuchen, besonders bei Einbruch der Dämmerung. Darüber entbrannte ein Streit. Ich sagte, es wäre klug, sich an die uniformierten Polizisten zu wenden: im Knossospalast hatten sie dir geholfen, und wenn wir ihnen die Sache von der Hinfahrt erzählten, würden sie uns beschützen; doch du wolltest davon nichts wissen und schriest: »Ich soll mich von der Polizei beschützen lassen, ich?! Ime Panagoulis! Ich bin Panagoulis!« Zuletzt hatte sich Phöbus einen Trick ausgedacht: man mußte sich so benehmen, daß sie uns keine Sekunde aus dem Auge ließen. Und das tat er. Er fuhr durch kleine verwinkelte Gassen, bog ab, wo es verboten war, fuhr in der falschen Richtung durch Einbahnstraßen, kurz, er tat so, als wolle er sie abhängen. Dadurch waren sie mißtrauisch geworden, und der weiße Wagen mit den Polizisten in Uniform begleitete uns von Herakleion bis Xania. In Xania blieben wir nur so lange, bis wir festgestellt hatten, daß die Nummer des blauen Wagens gefälscht war.

Ich ging im Orangen- und Zitronenhain auf und ab und dachte über die gefälschte Nummer nach; alles erschien mir wie ein großes Fragezeichen. Wer hatte die beiden mit dem blauen Wagen angeheuert? Wer hatte den Befehl zu einem Mord gegeben, den man, wenn er geglückt wäre, als Autounfall deklariert hätte? Papadopoulos vielleicht? Doch wenn die Komödie der Toleranz Glauben finden sollte, würde es ihm wahrscheinlich dienlicher sein, daß du am Leben bliebst. Vielleicht Joannidis? Es könnte sein, doch er würde dich lieber hingerichtet, als durch einen Unfall in einem Renault tödlich verletzt wissen. Und Teofilojannacos und Hatzizisis, der ganze Verein, der voller Furcht vor Rache mit Schaudern die Hiobsbotschaft deiner Entlassung vernommen hatte? Vielleicht, doch es schien mir unglaubwürdig, daß sie das gewagte Spiel eines inszenierten Autounfalls arrangieren würden. Die Geheimdienste vielleicht oder jemand im Vorzimmer des Regimes? Vielleicht: sie kamen natürlich alle in Frage. Doch eines war sicher: der Befehl, dich zu vernichten, kam von oben, von jemandem, der eine Machtposition innehatte. Anders wäre es nicht zu erklären gewesen, daß der weiße Polizeiwagen nach Herakleion geschickt wurde, bevor wir Xania verlassen hatten, und daß das Schiff mit dem Fernrohr jede Nacht ungestört im Hafen liegen konnte. Doch aus welchem Grund hatten sie dich auf Kreta und nicht in Athen angegriffen? Waren es mehr geographische als strategische Überlegungen, oder hatte man inzwischen den Akropolisplan entdeckt? Angenommen, er war entdeckt worden, war es möglich, daß diese Verrücktheit, die letztendlich nur in den Gärten deiner Phantasie aufblühen konnte, sie so erschreckt hatte, daß sie deinen Tod wollten. Wäre es da nicht einfacher, dem vorzubeugen, indem man dich beobachtete und die »Burg« bewachen ließ? Und langsam kam mir die Antwort, die ich suchte. Nein, der Akropolisplan spielte keine Rolle, und wenn, dann nur am Rande. Das, was die Macht fürchtete, waren nicht die fünfhundert Gramm Dynamit und den mehr oder weniger aufsehenerregenden Gebrauch, den du davon machen würdest: es war deine Persönlichkeit und die Unruhe, die sie immer und überall auslöste. Seitdem du aus Boiati entlassen worden warst, hattest du keinen Tag Ruhe gegeben: Presseerklärungen an inländische und ausländische Zeitungen, Interviews, Proteste und rechtliche Spitzfindigkeiten. Du warst soweit gegangen, die Begnadigung anzufechten mit dem Beweis, daß das Dekret unrechtmäßig sei, weil sie sich auf die Folter erstreckte: kann jemand amnestiert werden, der keinen Prozeß und keiner Verurteilung unterzogen wurde? Und wenn der

Betreffende amnestiert wurde, bedeutete das nicht, die vom Regime immer abgestrittenen Folterungen zuzugeben? Ganz abgesehen von den Auftritten in der Öffentlichkeit, von den Telefonbeschimpfungen bei der ESA, von der Popularität, die du hattest. Du konntest nie unbemerkt durch die Straßen gehen, immer wieder hielt dich irgend jemand an. Und als würde das noch nicht genügen, beschäftigten sich die Zeitungen viel mit uns. Unsere überraschende Liaison weckte starkes Interesse, wir waren ein interessantes Paar: das machte dich doppelt unbequem. Doch vor allem waren es deine Beharrlichkeit, deine Unbezähmbarkeit und deine Phantasie. Man konnte nie wissen, was du in der nächsten Minute oder am nächsten Tag anstellen würdest, und jeder, der sich diese Frage stellte, wurde zu einem Zakarakis, der mitten in der Nacht aufwacht und schreit: »Wo ist er? Was macht er?« In anderen Situationen und Bereichen könnte dies durchaus amüsant sein, doch in der Politik, noch dazu in einer Diktatur, bedeutet dies ein ungeschriebenes Todesurteil. Du mußtest Griechenland sofort verlassen.

»Worüber brütest du?« Du warst plötzlich hinter meinem Rücken aufgetaucht und sahst mich an, als hättest du jedes Wort gehört. »Ich brütete nicht, ich dachte, daß...« – »Ich weiß, du dachtest, daß mich früher oder später jemand um die Ecke bringen wird. Aber wer-von-ihnen, das-ist-das-Problem. Laß nur, das spielt keine Rolle. Ich werde immer und jedem unbequem sein, in jedem Land und in jedem Regime. Und wer mich um die Ecke bringen will, ist nicht unter jenen, die du meinst.« – »Alekos, ich dachte, daß...« – »...daß ich mir den Akropolisplan aus dem Kopf schlagen muß? Nein, es ist eine glänzende Idee, auf die ich nicht verzichte. Ich kann höchstens, wenn ich niemanden finde, der mir hilft, das Ganze zu einem demonstrativen Akt reduzieren. Ohne Dynamit, ohne Waffen, ohne Geiseln, nur mit dem Slogan *Agonas kata tis tirannias – agonas dia tin elefteria.* Hm! Dazu bräuchte ich nur achtundvierzig Stoffstücke und... Nachts würde uns niemand sehen.« – »Sie würden uns sehr wohl sehen, Alekos. Der Parthenon wird nachts von Scheinwerfern bestrahlt.« – »Hm, stimmt. Man könnte es im Morgengrauen machen.« – »Und bevor die Stadt aufwacht, wäre alles wieder weggeräumt.« – »Dann werden wir eben anstelle des Stoffes Ölfarbe nehmen, zum Teufel mit dem heiligen Marmor. Dann bräuchten wir nur eine Spraydose mitzunehmen.« – »Hör mal, Alekos, du mußt dir diesen Plan aus dem Kopf schlagen. Du mußt weg von Griechenland.« – »Ah! Das ist es also, was du ausgeheckt hast. Lieber sprenge ich mich wirklich vor dem Parthenon in die Luft.« – »Weil-kein-lebender-Mensch-sprechen-kann-wie-ein-Toter?« – »Genau.« – »Du täuschst dich, Alekos. Die Toten schweigen immer. Wenn es scheint, als würden sie sprechen, dann ist es, weil die Lebenden sie zum Sprechen bringen. Die Toten nützen gar nichts, denn man vergißt sie. Im Augenblick mag es scheinen, daß man sie nie vergessen kann und sie ewig gegenwärtig sein werden, aber nach kurzer Zeit weiß man gar nicht mehr, daß sie überhaupt einmal geboren wurden.« – »Das ist nicht wahr!« – »Es ist wahr, Alekos. Leider ist es wahr. Die Toten hängen vollkommen von den Lebenden ab.« – »Da hast du nicht recht!« – »Doch, Alekos. Es sind die Toten, die nie recht haben. Weil sie tot sind. Du mußt leben, Alekos. Leben! Und um zu leben, mußt du Griechenland verlassen.« – »Geh zum Teufel!« Du kehrtest ins Haus zurück und verschlossest dich in dem kleinen Zimmer. Und als du wieder auftauchtest, warst du fröhlich. »Weißt du was? Ich bin allmählich dieser Geschichte mit der Akropolis überdrüssig. Ich möchte nichts mehr von der Akropolis und dem Parthenon hören. Ich werde etwas anderes erfinden.« – »Mit den zwei Dynamitpatronen?« – »Ach die . . .! Die bin ich gestern abend losgeworden, kaum daß wir aus Kreta zurückkamen. Ich habe sie demjenigen zurückgegeben, der sie mir besorgt hat. Ich habe ihm gesagt: ›Hier nimm, viel Spaß beim Feuerwerk, ich habe Wichtigeres zu tun.‹«

3. Kapitel

Von der Erleichterung über diesen Verzicht hingerissen und überzeugt, daß er meinem Appell an deine Vernunft zu verdanken war, fragte ich mich nicht sogleich, was den Verzicht wirklich herbeigeführt hatte. Auch später fragte ich mich nicht danach, nicht, solange du lebtest. Aber Jahre später, als dein Phantom zum Alpdruck der Erinnerung und diese zum Werkzeug der Suche geworden war und ich durch den Tod hindurch begreifen wollte, wer du gewesen warst und mir dein Bild wie ein Mosaik zusammensetzte, da geschah es, daß dein Verzicht auf den Akropolisplan zu etwas wie einer Entdeckung wurde. Nein, es war nicht mein Vernunftappell gewesen, der diesen plötzlichen Meinungswechsel herbeigeführt hatte, schuld daran war vielmehr ein Fluch, der auf dir lastete. Und dieser Fluch war deine Unfähigkeit, zu Ende zu führen, was du einmal begonnen hattest, das in die Wirklichkeit umzusetzen, wovon du träumtest. Ich will sagen: je hartnäckiger und unbeugsamer du eine Idee verfolgtest, bis sie zur fixen Idee, zur Monomanie wurde, desto unbeständiger und ungeduldiger warst du, wenn es an ihre Verwirklichung ging. Für eine gewisse Zeit warfst du dich mit Leib und Seele in die Sache, setztest deine Existenz aufs Spiel, ruiniertest die Existenz anderer, mißachtetest sämtliche Hindernisse wie ein Panzerwagen, der über alles, sei's tot oder lebendig, einfach hinwegrollte – und dann plötzlich die Kehrtwendung: du verzichtetest darauf und redetest nicht mehr davon. Nur zweimal setzte sich deine Starrköpfigkeit durch: beim Attentat auf Papadopoulos, das dein Leben bestimmen sollte, und bei der Beschlagnahmung der Dokumente, die deinen Tod bestimmen sollte. Das heißt, am Beginn und am Ende deiner Heldengeschichte. Dies kommt häufig vor bei Dichtern und Künstlern. Es kommt noch häufiger vor bei einsamen Rebellen, die wissen, daß sie früh sterben müssen: meist besteht ihr Leben aus einem Feuerwerk von tausend unabgeschlossenen Abenteuern, einer Wolke von in den Wind gestreuten oder dem Zufall überlassenen Samen, und sie wissen nicht, ob einer von ihnen keimt, und sie warten nicht, ob der Keim gedeiht. Sie haben keine Zeit dazu, auch keine Lust, denn sie sind stets auf der Suche nach etwas Neuem, sie müssen stets von vorne anfangen, immer wieder, mit einer Art Inkohärenz, die sich bei näherem Zusehen als außerordentliche Kohärenz entpuppt. Alles ist dem einen Zweck geweiht, auch die Ideen der anderen. In der Tat stammten häufig gerade die neuen Ideen, die die alten hinwegfegten, nicht von dir: du hattest sie von jemand anderem gehört. Und nachdem du sie gehört hattest, wiesest du sie zurück und vergrubst sie zugleich in den Abgründen deines Unterbewußtseins: »Ich will keine guten Ratschläge und keine Meinungen hören.« Wenn das Gehörte aber dort unten in den Abgründen eine Saite deiner Phantasie anrührte, so kam es augenblicklich wieder an die Oberfläche und du ergriffst es und machtest es dir zu eigen. Mit meinem Rat, Griechenland zu verlassen, ging es geradeso. Eines Nachts, ich schlief friedlich neben dir, wecktest du mich mit heftigem Rütteln: »Wach auf! Wach auf!« – »Was ist los? Ist etwas passiert?« – »Ich habe es gefunden!« – »Was hast du gefunden?« – »Ich muß weg.« – »Wohin weg?« – »Nach Italien oder sonst irgendwo anders in Europa. Weg von Griechenland.« – »So!« – »Du bist nicht einverstanden, was? Wenn du nicht einverstanden bist, dann irrst du. Hier erreiche ich ja doch nichts mehr, die Hände sind mir gebunden. Man überwacht mich zu sehr, die Leute haben Angst; sie ziehen sich von mir zurück. Im Ausland ist das ganz anders: dort könnte ich mit mehr Organisation vorgehen, könnte Aktionsgruppen bilden. Unter den Emigranten, verstehst du? Europa ist ja voll von ihnen. Dann kehre ich heimlich zurück, oder besser gesagt, ich werde kommen und gehen, und ... morgen beantrage ich einen Paß. Papadopoulos wird nicht wagen, ihn mir zu verweigern.« – »Und Joannidis?« – »Joannidis schon.« – »Und wenn Joannidis es vereitelt?« – »In gewissen Dingen zählt Papadopoulos noch etwas.«

Gewaltherrschaften, seien sie nun rechts oder links, westlich oder östlich, von gestern, von heute oder von morgen, ähneln sich alle, wie man weiß. Gleich sind die Unterdrückungsmechanismen, gleich die Verhaftungen, die Verhöre, die Isolierzellen, gleich die stumpfen und bösartigen Gefängniswärter, die sogar Schreibzeug und Papier beschlagnahmen; gleich auch die Verfolgungen, nachdem der Rebell, der es gewagt hatte, den Gehorsam zu verweigern, wieder freigelassen wird; gleich die Kontrollen, die Drohungen und die Versuche, ihn zu eliminieren, falls er sich als unverbesserlich erweist. Eines aber verbindet die Gewaltherrschaften unserer Tage in ganz besonderem Maße, eine auf den ersten Blick seltsam erscheinende Sache: ihre Weigerung, den Rebellen in ein anderes Land ziehen zu lassen, wenn er darum bittet. Man möchte meinen, daß er dem Regime einen großen Dienst erweise, wenn er sich in ein anderes Land absetzt: Ich-haue-ab, ihr-seid-mich-los, ich-stör-euch-nicht-mehr. Aber nein. Er tut ihnen keinen Gefallen, wenn er geht, es ist vielmehr eine Unverschämtheit. Denn wenn er abhaut, wenn sie ihn los sind, wie sollen sie sich dann noch an seinem Ungehorsam rächen? Wie sollen sie ihn kontrollieren, quälen, wieder ins Gefängnis, in den Gulag, ins Irrenhaus einsperren? Und vor allem, wie sollen sie ihn länger daran hindern, sich auszudrücken, zu denken? Der Rebell im Exil ist für alle Gewaltherrschaften ein größeres Problem als der Rebell im Vaterlande, denn im Exil denkt er, äußert er sich, handelt er, und um sich dann von ihm zu befreien, muß man sich der Mühe unterziehen, ihm einen Meuchelmörder nachzuschicken, der ihn mit der Pistole oder etwa mit der Hacke umbringt. Die Pistole in Paris, für die Brüder Rosselli; die Hacke in Mexiko-City, für Trotzki. Eine lästige Angelegenheit, viel besser ist es, ihn zu Hause zu haben und ihn bequemer umzubringen, nach und nach, im Irrenhaus, im Gulag, mit seiner Ohnmacht, während das Volk schweigt. Paß?

Was für einen Paß? O ja, natürlich: du mußt nur eine Geburtsurkunde und ein Führungszeugnis vorlegen, und...
Um einen Paß zu beantragen, mußtest du vor allem eine Geburtsurkunde haben. Aber auf dem Gemeindeamt von Glyfada, wo du registriert warst, antworteten sie dir, man könne dir keine aushändigen: die Seite mit deinem Namen fehlte im Register. Aus Zufall verlorengegangen oder auf Befehl von Joannidis herausgerissen? Das Register schien unberührt zu sein, die Seiten mit den Namen der übrigen Mitglieder deiner Familie waren vorhanden, die Seite mit deinem Namen aber nicht. Die Angestellten stotterten verwirrt herum: was sollten sie dir anders sagen, als daß es dich vom bürokratischen Gesichtspunkt aus gewissermaßen nicht gab? Deine Mutter überbrachte dir die Nachricht; wie eine Dame gekleidet, mit schwarzem Hütchen, schwarzem Kostüm, schwarzer Tasche, schwarzen Strümpfen und dunkler Brille war sie hingegangen, um für dich das Dokument zu besorgen: »Du bist nicht geboren.« – »Was sagst du?« – »Sie sagen, du seist nicht geboren, es ginge aus dem Register nicht hervor.« Darauf warst du nicht gefaßt. Unter allen denkbaren Beleidigungen, die man dir antun konnte, unter allen Herausforderungen war dies die schlimmste. Dein Brüllen ließ die Fensterscheiben erzittern: »Ich bin nicht geboren? Ich, ich bin nicht geboren?« Wenn sie behauptet hätten, du seist gestorben, hätte dir das nichts ausgemacht: aber zu sagen, du seist gar nicht geboren, du existiertest erst gar nicht! Wenige Menschen auf der Welt hätten so sehr wie du bewiesen, daß sie geboren seien, schriest du mit Tränen in der Stimme: du warst so sehr geboren, daß sie dich hatten erschießen wollen, und wie kann man einen erschießen wollen, der nicht geboren ist, der nicht existiert? Gleich würdest du zum Rathaus gehen und sie einzeln durchprügeln, vom Bürgermeister angefangen bis zum letzten Nachtwächter, und würdest nicht aufhören, bis sie im Chor sängen: »Du bist geboren, Alekos, du bist geboren!« Es brauchte lange, dich davon zu überzeugen, daß es gerade das war, was sie erreichen wollten, einen Zornesausbruch: besser war, so zu tun, als hielte man die Sache für ein Mißverständnis, und nicht lockerlassen. Und mit schwarzem Hütchen, schwarzem Kostüm, schwarzer Tasche, schwarzen Strümpfen, dunkler Brille ging deine Mutter ein zweitesmal hin, um nach der verschwundenen Registerseite zu recherchieren. Sie ging schließlich jeden Tag hin und schrie, daß du, zum Teufel nochmal geboren wärst, sie müsse das ja wohl besser wissen, sie, die dich neun Monate in ihrem Bauch getragen und dann zur Welt gebracht hatte, und sie wüßten es genausogut,

Hunde seien sie, Diebe, feige Kriecher, gebt es endlich her, das Dokument. Die meisten Angestellten waren ihr nicht böse, sondern sympathisierten mit ihr und vertrösteten sie auf den nächsten Tag. Aber am nächsten Tag geschah das gleiche. »Du bist nicht geboren, du bist einfach nicht geboren«, sagte sie, als sie nach Hause kam; dann zog sie sich in das Zimmer zurück, in dem der Heiligenschrein stand, und begann, mit den Heiligen zu schimpfen. Sie warf ihnen Egoismus, Gleichgültigkeit, Feigheit vor, sie drohte, sie würde die Kerzen ausblasen und die Tür des Schrankes zumachen, sie da drinnen im Dunkeln versauern lassen, wenn sie nicht ein Wunder erwirkten und die verschwundene Seite wieder auftauchen ließen. Die Heiligen aber schwiegen und hatten kein Ohr für ihre Erpressungen und ihre Drohungen, und die Seite war und blieb unauffindbar. Der Antrag auf einen Paß konnte nicht gestellt werden. Und so breitetest du eines Abends eine große Landkarte auf dem Eßtisch aus: »Komm her, und sieh!« Mißtrauisch näherte ich mich. »Was ist das?« – »Etwas, worüber ich nachdenke, seit man behauptet, daß ich nicht geboren bin. Die heimliche Auswanderung.« – »O nein!« – »O doch! Hör doch erst einmal zu.«

Es gab zwei Möglichkeiten, sagtest du, den Landweg und den Weg über das Meer. Von Flugzeugen bräuchte man gar nicht erst zu reden. Theoretisch bot der Landweg die Möglichkeit, in eines der vier an Griechenland angrenzenden Länder zu fliehen: Albanien, Jugoslawien, Bulgarien, Türkei. Aber die Türkei konnte man als erstes streichen, denn wegen der schlechten Beziehungen zwischen den Regierungen in Ankara und Athen war die Grenze nahezu unpassierbar; Bulgarien fiel aus den gleichen Gründen weg. Albanien deshalb, weil es nur sehr ungern Flüchtlinge aufnahm: mindestens drei Griechen, die nach dem Putsch nach Albanien geflohen waren, büßten in den Gefängnissen von Tirana eine schwere Strafe wegen illegaler Einwanderung ab. »So daß auf dem Landweg nur Jugoslawien für mich übrigbleibt. Es wäre nicht schwer, die Grenze bei Euzonai zu überschreiten, auch politisches Asyl könnte man sicher bekommen. Aber das Problem besteht nicht darin, wie man über die Grenze kommt, sondern wie man nach Euzonai gelangt. Von Athen sind es mindestens sechs Stunden Zug- oder Autofahrt bis dorthin. Sie hätten also bestens Zeit, mich zu verfolgen, mich zu schnappen und mir womöglich eine Kugel durch den Kopf zu jagen. Deshalb ziehe ich den Seeweg vor.« Du beugtest dich erneut über die Karte. »Vorschlag Nummer eins der Lösung Seeweg: die Bucht von Vouliagmeni. Vouliagmeni hat zwei Vorteile: zum einen, daß es nur eine halbe Stunde von Glyfada entfernt ist, und zum anderen, daß es ein kleiner Hafen ist, von dem aus man schnell das offene Meer gewinnt. Aber um diese Jahreszeit liegen dort nur sehr wenige Jachten vor Anker, und deine Jacht könnte Verdacht erwecken.« – »Meine Jacht? Was für eine Jacht?!« – »Die, die du herbeischaffen wirst. Eine ausländische Jacht mit vier oder fünf Leuten, die einen wohlhabenden und flotten Eindruck machen und die sich gerade auf einer Kreuzfahrt durch das Ägäische Meer befinden.« – »Und wo soll ich das hernehmen, eine Jacht mit vier oder fünf Leuten, die einen wohlhabenden und flotten Eindruck machen und sich gerade auf einer Kreuzfahrt durch das Ägäische Meer befinden?« – »In Italien, nehme ich an. Was weiß ich, unterbrich mich nicht. Vorschlag Nummer zwei: der Hafen von Piräus. Er ist sehr gut überwacht, jede Einschiffung unterliegt einer strengen Kontrolle von seiten der Polizei und des Zollamts. Zum Ausgleich dafür hat er den Vorteil, ein sehr überlaufener Hafen zu sein, man fällt dort nicht so auf. Ja, wenn ich wählen könnte, so würde ich mich für Piräus entscheiden. Ob ich mich aber nun in Piräus oder in Vouliagmeni einschiffe, problematisch wird es vor allem von dem Augenblick an, in dem wir den Anker lichten, denn dann müssen wir dem Hafenkommando sagen, wohin wir fahren wollen. Wir werden sagen, wir führen nach Kreta und werden uns eine Weile südlich halten, entlang der peloponnesischen Küste. Auf der Höhe von Kýthera werden wir nicht Kurs nehmen auf Kreta, sondern rechts abdrehen.« – »Alekos ...« – »Sind wir einmal an Kýthera, der Insel an der äußersten Südspitze des Peloponnes, vorbei, so erreichen wir schnell die exterritorialen Gewässer des Jonischen Meeres. Wenn wir Glück haben, wird uns die Küstenwache nicht rechtzeitig daran hindern können. In Brindisi oder Taranto gehen wir an Land. Natürlich wäre die kürzeste Strecke die über Korinth und Patras, aber das wäre zu riskant: es ist die Strecke der Linienschiffe.« – »Alekos ...« – »Von Piräus nach Kýthera oder von Vouliagmeni nach Kýthera braucht man gewöhnlich einen Tag und eine Nacht. Zu viel. Es versteht sich von selbst, daß die Fahrt so schnell wie möglich gehen muß. Du mußt also eine sehr schnelle Jacht besorgen.« – »Alekos ...« – »In einer Woche will ich auslaufen.« – »Eine Woche?!« – »Sagen wir, in zehn Tagen. Wir haben fast Oktober, und um diese Jahreszeit ist eine Kreuzfahrt noch nichts Ungewöhnliches!« – »Alekos! Sei bitte vernünftig: eine Jacht ist kein Taxi, das man mit einem Pfiff herbeirufen kann, und vier oder fünf Leute zu finden, die bereit sind, sich auf eine fingierte Kreuzfahrt zu begeben und dich wegzuschaffen, ist nicht einfach.« – »Es ist sehr einfach. Du wirst sie finden. Denn wenn du sie nicht findest, bin ich gezwungen, auf dem Landweg nach Jugoslawien zu fliehen und mir vor Euzonai eine Kugel durch den Kopf jagen zu lassen.«

Der Gedanke, daß du etwas Unmögliches von mir verlangtest, streifte dich nicht einmal. Oder er streifte dich, aber du beachtetest ihn nicht. Es war deshalb vergeblich, dir auseinandersetzen zu wollen, daß eine solche Flucht mindestens einen Monat Vorbereitungszeit erforderte: um sie in zehn Tagen zu organisieren, hätte ich im Besitz von Aladins Wunderlampe sein müssen. Wie immer, wenn du in einen Traum vernarrt warst, machte dich ein unerschütterlicher Optimismus blind gegenüber jedem Hindernis und taub gegen jeden Appell an deine Vernunft; was immer ich gegen das Projekt einzuwenden hatte, es zerbrach an deinem betrübten Ausruf: »Du liebst mich nicht!« Ich sollte abreisen, sobald du die Einzelheiten beieinander hättest, und du dachtest fortwährend an diese Einzelheiten, mit dem gleichen Feuereifer, mit dem du damals die Entfernung zwischen den Propyläen, dem Erechtheion und dem Parthenon, dem Parthenon und den Propyläen maßest, oder die Zahl der Buchstaben berechnetest, die notwendig waren, um die Losung zusammenzusetzen, so studiertest du nun den Kurs, die Winde, die Herbststürme, die Gewohnheiten der Küstenwache, die Hafenregeln, die Kontrolltechniken beim Einschiffen, die Kilometerzahl der territorialen und exterritorialen Gewässer. Mit der gleichen Ausdauer, mit der du mich damals auf die Akropolis mitnahmst, führtest du mich nun nach Piräus. »Ja, ich habe mich für Piräus entschieden.« Es verging kein Abend, an dem wir nicht essen gingen in einer der Tavernen nahe der Reede, an der die Jachten festgebunden waren; und während du so tatest, als bewundertest du das Mondlicht, das sich auf dem Wasser spiegelte, studiertest du, notiertest du, konstruiertest du neue Auswege, verkündetest du neue Teufeleien. »Nehmen wir an, dies wäre unsere Jacht. Wer sieht mich denn, wenn ich im Dunkeln an Bord gehe? Schau das Taxi, das dort gerade ankommt; Taxis dürfen also bis zum Kai heranfahren, und von dort bis zum Landungssteg sind es nur etwa drei Meter: ein Sprung, und ich mische mich unter die anderen und gehe an Bord, wie ein Matrose. Ja, ich werde mir den Schnurrbart abschneiden und mich als Matrose verkleiden. In der Morgendämmerung dann, hoch mit dem Anker und ab.« Oder: »Zwei Tage Aufenthalt in Athen werden genügen, aber du darfst so wenig wie möglich an Land gehen, man könnte dich wiedererkennen. Du wirst eine schwarze Perücke tragen und einen falschen Paß haben. Laß dir von einer Freundin, die dir ein bißchen ähnlich sieht, den Paß leihen. Die anderen nicht, es ist besser, wenn sie echte Dokumente bei sich haben. Aber sorge dafür, daß sie sich wie richtige Touristen benehmen, daß sie ganz unbefangen wirken. Und keine Telefonanrufe, keine Kontaktaufnahme mit mir. Alles was ich wissen muß, ist der Name der Jacht und das Datum der Ankunft. Um das übrige kümmere ich mich selbst. Um mich dies wissen zu lassen, wirst du mir eine Karte schicken, die mit dem Namen Giuseppe unterschrieben ist. Die Nachricht schreibst du unter die Briefmarke.« – »Unter die Briefmarke?!« – »Natürlich, es ist ein ganz einfacher Trick, ich habe ihn mir selbst ausgedacht. Man schreibt die Botschaft in das kleine Quadrat, das für die Briefmarke vorgesehen ist, dann klebt man die Marke drauf und schickt die Karte ab. Der Empfänger braucht nichts anderes zu tun, als die Karte naß zu machen, die Marke abzuziehen und die Nachricht zu lesen, die in dem kleinen Quadrat steht.« Ich hörte dir resigniert zu und wünschte mir verzweifelt, daß in der Zwischenzeit die Registerseite wieder auftauchen möge, aus der hervorging, daß du geboren bist und die dir diesen wahnsinnigen Plan hoffentlich aus dem Kopf schlagen würde. Ich wünschte es mir so sehr, daß ich mich sogar dabei erwischte, wie ich heimliche Blicke auf den Heiligenschrank warf, wie ich mein sehnsüchtiges Flehen mit dem deiner Mutter vereinte, die unter Nörgeln, Schimpfen und Drohen nicht aufhörte, das Wunder zu beschwören. Sie hatte eine neue Strategie eingeschlagen. Seit sie vom Plan der heimlichen Auswanderung wußte, wandte sie sich nicht mehr an alle Heiligen. Dem heiligen Georg hatte sie gekündigt, denn der war der Schutzpatron der Soldaten und somit verdächtig, mit der Junta unter einer Decke zu stecken, den heiligen Elias, der der wundertätige Helfer der Bergsteiger war, verabschiedet, denn er hätte die Flucht nach Jugoslawien begünstigen können, abgeschrieben wurde auch der heilige Nikolaus, Patron der Seeleute und mithin verdächtig, sich für die Flucht auf der Jacht einzusetzen; ihre Gebete galten nunmehr dem heiligen Fanurios und sonst niemandem. Fanurios war der Heilige, der für die Vermißten und somit auch für die verlorengegangenen Gegenstände zuständig war. Und gerade an jenem Freitag, an dem das Ultimatum verfiel, ließ Fanurios seine Gnade walten.

Ich packte gerade den Koffer, um nach Rom zu fahren, als ein Freudenschrei das Haus erzittern ließ: »Genitica! Genitica!« Ich stürzte hinaus, und da warst du und schwenktest ein Blatt, auf dem dein Name stand: »Ich bin geboren, ich bin geboren!« Sofort wurden meine Koffer wieder ausgepackt und meine Abreise annulliert: nun konnte der Paß beantragt werden, und die Hoffnung darauf, daß er bewilligt würde, war nicht mehr ganz sinnlos. Es versteht sich von selbst, daß die Seite nicht durch Zufall wiedergefunden worden war, sondern weil Papadopoulos die Aushändigung der Dokumente bewilligt hatte; aber nun mußte man sehen, wie lange er brauchen würde, um bei Joannidis seinen Willen durchzusetzen. Joannidis, sagtest du, würde alles daransetzen, um zu verhindern, daß du das Land verließest. Und du irrtest dich nicht: wir bemerkten sofort, daß nach der Aushändigung dieses Stück Papiers die Bewachung um das Haus herum zunahm. Weitere zwei Polizisten an den Straßenecken, weitere drei in den anliegenden Straßen, und an den Fenstern eines benachbarten Appartements stand immer jemand, der dich beobachtete. Wir hörten auch, daß ein Offizier der ESA viele davor gewarnt hatte, dich zu besuchen. Dabei wäre das weiß Gott nicht nötig gewesen: nach deiner Rückkehr aus Kreta war es leer um dich herum geworden. Die wenigen, die dich noch besuchten, konnte man nunmehr an den Fingern abzählen, und ebenso die, die dich zum Abendessen oder zu sich nach Hause einluden. Sogar deine ausdauerndsten Verehrerinnen hielten sich fern, und so auch die Mythomanen, die früher tausend Vorwände ersonnen hatten, um sich dir zu nähern; und die, die sich als deine Freunde bezeichneten. Ich-würde-gerne-aber-ich-kann-nicht, ich-habe-eine-Familie-du-verstehst.

»Man muß hingehen und fragen, ob er fertig ist. Hast du angerufen und gefragt, ob er fertig ist? Frag nochmal, ob er fertig ist.« Wie ein Bauer, der über seinen sonnenverdörrten Feldern den Regen beschwört und bei jedem kleinsten Windstoß den Himmel nach Wolken absucht, die das Ende der Trockenheit verkünden, so erwartetest du den Augenblick, in dem das Paßamt sagen würde: »Hier bitte, gute Reise.« Mit ähnlichen Gefühlen, nur noch verschlimmert durch das brennende Verlangen, wieder in meine Welt, in mein Leben, zu meiner Arbeit zurückzukehren, sehnte ich den Augenblick herbei, in dem das Flugzeug von der Athener Rollbahn abheben und mich diesem Hagel von Ängsten, heftigen Gefühlen, ständigem Herzklopfen entreißen würde, diesen Seelendramen, die nur von einem leblosen Müßiggang unterbrochen wurden. Der Müßiggang der Soldaten, die zwischen der einen und der anderen Schlacht nicht wissen, was sie mit der Zeit anfangen

sollen, die unfähig sind, diese Intervalle des Friedens zu füllen, und gähnend die nächsten Gewehrsalven herbeisehnen. Alles war mir inzwischen verhaßt: die Atmosphäre dieser levantinischen Stadt, die mich an Tel Aviv oder Beirut erinnerte, noch nicht orientalisch, aber auch nicht mehr westlich, mit ihren düsteren, blödsinnig modernen Gebäuden, ihren Hügeln ohne Grün, voller Steine und verkohlter Baumstümpfe, den türkischen Sitten, dem Kaffee, der in einer Puppentasse serviert wird, aus der man am Schluß den Satz wie Schlamm hinunterschluckt; mit ihrem Nachmittagsschlaf, der bis sechs Uhr abends alles in seiner starrsüchtigen Faulheit erstickt, und ihrer Oberflächlichkeit und Resignation, mit der die meisten sich der Tyrannei unterwarfen. Mit der Oberflächlichkeit, die es immer gegeben hat, der Resignation, die es immer gegeben hat, der gleichen, die uns alle befällt, wenn es notwendig ist, ich-würde-gern-aber-ich-kann-nicht, ich-habe-eine-Familie-du-verstehst, die dich aber dennoch verrückt macht, wenn du sie mit Händen greifen kannst bei deinen Mitmenschen. Dann dieses bedrückende Haus, an dem nichts angenehm war außer dem Garten mit den Orangen- und Zitronenbäumen, aber in den Garten wolltest du nicht gehen, wegen dieses Kerls, der uns aus dem Fenster beobachtete, so daß wir immer in den häßlichen Zimmern hockten, die mit ihren Glastüren jedes Gefühl von Intimität zunichte machten; jedes Zimmer hatte mindestens zwei Türen, manche hatten drei: ständig glaubte man, durch diese Türen hindurch ein barbarisches, neidisches mütterliches Augenpaar auf sich gerichtet zu fühlen. Ist der Zauber einer beginnenden Liebe erst einmal verflogen und mit ihm die restlose Bereitschaft, alles hinzunehmen, merkt man auf einmal all die kleinen lästigen Dinge: den Gestank vom Hühnerverschlag hinter der Küche, die Hennen, die uns tagsüber mit ihrem Gegackere betäubten, den Hahn, der uns bei Sonnenaufgang das Trommelfell mit seinem Kikeriki zerriß. Ich mochte diesen Hahn nicht, sein Großvater thronte ausgestopft, mit Glasaugen und Wachsflügeln, über dem Eßtisch. Wenn ich ihn ansah, begann ich wie du zu sagen: »Man muß hingehen und fragen, ob er fertig ist. Hast du angerufen und gefragt, ob er fertig ist? Frag nochmal, ob er fertig ist.«
In der Hoffnung, die Dinge zu beschleunigen und in der Annahme, dein Telefon werde abgehört, ersann ich einen Trick: ich rief in New York an und tat so, als hätte eine Gruppe von Akademikern dich eingeladen, eine Vortragsreihe an amerikanischen Universitäten zu halten. Ein Freund, mit dem ich mich abgesprochen hatte, spielte die Rolle des literarischen Agenten, der beauftragt war, sich

um deine Ausreise zu kümmern; wenn ich ihn nicht anrief, so rief er mich an und protestierte: der Termin rücke näher und man müsse die Programme drucken, die Einladungen verschicken, die Zeitungen benachrichtigen, sich mit den Universitäten und den Bürgermeistern der Städte absprechen, die ein Essen zu deinen Ehren geben wollten. Wenn es sich nicht um eine Vortragsreihe handelte, so um die Verleihung einer Ehrendoktorwürde, die du zuerst in deiner grenzenlosen Bescheidenheit nicht annehmen und dann doch annehmen wolltest, aber wie sollte man das Paßproblem lösen? Es gäbe keinen Paß, man hätte ihn dir immer noch nicht bewilligt, antwortete ich seufzend, und wütende Anrufe kamen nun auch aus Chicago, Boston, Philadelphia, von angeblichen Rektoren, Gemeindebeamten, Mitgliedern der demokratischen oder republikanischen Partei: weitere Freunde hatten sich ins Spiel eingeschaltet und taten ihre angebliche Entrüstung kund. Alles was recht ist, daß die griechischen Behörden die amerikanische Kultur in Verlegenheit brachten, indem sie dir die Vortragsreihe nicht ermöglichten, war schon schlimm genug, aber daß sie dich von der Zeremonie zur Verleihung der Ehrendoktorwürde fernhielten, war schändlich und beleidigend, nur in Rußland geschahen ähnliche Gemeinheiten; wenn der Paß dir nicht bewilligt werde, und zwar rechtzeitig, so würden die Senatoren einen internationalen Skandal daraus machen. Um welche Senatoren es sich handle und um welche Universitäten und welche Ehrendoktorwürde, das sagten wir niemals, aus Angst, der Geheimdienst werde es nachprüfen. Dennoch wurde die Sache immer glaubwürdiger, und zwei Jahre später erfuhren wir, daß sie die Entscheidung von Papadopoulos beeinflußt hatte. »Die Geschichte mit den amerikanischen Senatoren machte seinen Ratgebern etwas Sorge«, gestand dir ein Offizier vom Geheimdienst. Es versteht sich von selbst, daß mein Spiel dich gar nicht erheiterte, sondern dich bedrückte und in eine Krise der Trostlosigkeit warf, und je mehr ich telefonierte, um so wütender wurdest du und verfluchtest dich, weil du den Plan mit der Jacht aufgegeben hattest, das wäre eine Dummheit gewesen, sagtest du, und du würdest nun überhaupt auf den Paß pfeifen; wenn sie ihn dir gäben, so würdest du ihn zurückweisen und nach Jugoslawien abhauen: wenn sie dir eine Kugel in den Kopf jagten, um so besser. Die Krise erreichte ihren Höhepunkt, als du eines Nachts verkündetest, du werdest noch vor dem nächsten Mittag in den Zug nach Euzonai steigen, und dies war der Augenblick, in dem deine Mutter Waffenstillstand schloß mit den Heiligen, die sie zugunsten des heiligen Fanurios mißachtet hatte. Sie zündete Kerzen für alle an, versprach allen immerwährende Ergebenheit und schwor, sie werde sie nie mehr beschuldigen, wenn sie dir jetzt den Paß gäben. Einer dieser Heiligen war so gerührt, daß er sie erhörte. Im Morgengrauen wurden wir von hin- und hereilenden Schritten im Flur geweckt: sie packte deinen Koffer. Wir fragten sie, warum sie das täte, und sie antwortete bestimmt: der heilige Christophorus, der Schutzpatron der Reisenden, wäre ihr im Traum erschienen. Auf dem Kopf habe er einen Sternenkranz gehabt, in der Faust ein Schwert von Feuer, und seine Kutte habe so hell geglänzt, daß ihr beim bloßen Denken daran noch die Augen brannten. Er habe das Feuerschwert erhoben, ihr zugelächelt und ihr dann verkündet, daß der Paß fertig sei: du könntest ihn abholen, sobald die Ämter öffneten, und das Land verlassen, noch bevor die Sonne untergehe. Wir zuckten mit den Achseln. Wenn der heilige Fanurios sie mit Geburtsurkunde nicht im Stich gelassen hatte, warum sollte dann der heilige Christophorus jetzt weniger wert sein? »Gehen wir.« Wir gingen, und der Paß war wirklich fertig. Und während du ihn mit gierigen Fingern packtest, gabst du als einzigen Kommentar von dir: »Wie spät ist es?« – »Halb zehn.« – »Wann geht das nächste Flugzeug nach Rom?« – »Um zwei Uhr nachmittags.« – »Gehst du die Tickets kaufen?« – »Ja. Nur Hinflug?« – »Nein, hin und zurück.«

Mir war so leicht zumute wie einem Vogel, der durch die freien Lüfte schwebt, alles Häßliche, alles Elend, aller Kummer schien vergessen. Der nächste Tag hatte in meiner Vorstellung die Farben eines Regenbogens. Ich lief lächelnd unter diesem Regenbogen dahin, und die Leute drehten sich nach mir um und sahen mich erstaunt an; aber kaum hielt ich das Ticket in den Händen, war all dies verschwunden. Es war ein ganz gewöhnliches Ticket, ein rechteckiges Stück Papier, mit dem Namen der Fluggesellschaft darauf, und dennoch überkam mich ein unbegreifliches Unbehagen: die gleiche unbestimmte Angst, die ich empfunden hatte, als ich in Athen landete, um dich zu treffen. Warum? War es vielleicht die Farbe? Es war apfelgrün, genauso apfelgrün wie die Tabakschachtel von Golden Virginia. Ich versuchte, nicht daran zu denken, sprang in ein Taxi und dachte im stillen, daß man wohl selbst abergläubisch wird, wenn man mit Abergläubischen zusammenlebt; das Taxi näherte sich schnell dem Odos Vouliagmeni, und für ein paar Augenblicke war ich wieder froh. Dann hatte der Wagen Odos Vouliagmeni erreicht und hielt vor der Texaco-Garage, vor der schwarzen Falltür, die hinunter ins Dunkel führt, und das unbegreifliche Unbehagen war wieder da. Die unbestimmte Angst. Warum war mir so heiß? War es möglich, daß es im Oktober noch so heiß war? Vielleicht bekam ich Fieber, ich war müde. Die nächtliche Krise mit deiner Drohung, nach Euzonai zu fliehen, die frühmorgendliche Aufregung, die der heilige Christophorus uns beschert hatte, die unerwartete Übergabe des Passes, die plötzliche Abreise: ganz einfach zu viele Aufregungen. Und mit dieser Diagnose brachte ich das bange Fragen zum Schweigen, trat ins Haus und hielt dir das Ticket entgegen: »Hier.«

»Sie wollen uns nicht weglassen.« Deine Stimme war ein zorniges Zischen. »Warum sagst du das?« – »Weil es nach Knoblauch stinkt. Es müssen mindestens zwanzig Polizisten um uns sein.« Ich schaute mich um, aber ich konnte nichts entdecken, was diese Aussage bestätigt hätte. Der Wartesaal des Flughafens sah aus wie immer, Reisende, die in den Sesseln ausgestreckt vor sich hinschlummerten, Kinder, die störend hin und her rannten. Touristen, die Souvenirs kauften, und keiner, der aussah wie ein Polizeibeamter in Zivil. Knoblauch oder nicht Knoblauch, sie haben etwas an sich, die Polizisten in Zivil, das einem geübten Auge niemals entgeht. Etwas in den Gesichtern, die stumpf und wachsam aussehen, und etwas in den Augen, die leer und dennoch aufmerksam sind. Ich will sagen: du fühlst diese Augen auf dir, auch wenn du ihnen den Rücken kehrst, als wären es Hände, die dich am Nacken packen. Und wenn du dich umdrehst, wenn du sie suchst, da siehst du, wie sie davonschleichen, mit gespielter Zerstreutheit, und dann kommen sie vorsichtig wieder hervor, ihr Blick gleitet gleichgültig über dich hinweg wie über einem unbedeutenden Gegenstand, einem beliebigen Hindernis in der Flugbahn des Auges; aber es gibt immer einen Moment, in dem sie auf die Komödie verzichten und dich mit der dummen und bösartigen Arroganz dessen fixieren, der die Waffe in der Hand hält, der sich mächtig dünkt, weil er den Mächtigen dient. »Ich sehe sie nicht, Alekos.« – »Hast du noch immer nicht gelernt, sie zu erkennen? Der dort ist ein Polizist in Zivil. Und der. Und der. Und der.« – »Woran siehst du das?« – »An den Schuhen. Sie tragen alle Schuhe zum Schnüren. Einschließlich des jungen Mannes in Jeans.« Ich beobachtete die Männer, auf die du gezeigt hattest. Sie sahen harmlos aus und machten den Eindruck, als kümmerten sie sich um nichts als ihre eigenen Angelegenheiten, und doch trugen sie allesamt Schuhe zum Schnüren. »Du hast recht, aber ich kann mir nicht vorstellen, wie sie uns daran hindern könnten, abzureisen.

Wir haben die Paßkontrolle schon hinter uns und haben unsere Bordtickets: wenn sie uns aufhalten wollten, so hätten sie das schon getan.« – »Aber vorher waren die Journalisten da.« Auch das stimmte. Die Nachricht von deiner Abreise hatte die Zeitungsredaktionen schnell erreicht, und bis zur Paßkontrolle waren wir von den Reportern geschützt gewesen, die uns fotografierten, uns Fragen stellten und jede Kleinigkeit aufzeichneten: wenn sie uns vor solchen Zeugen festgehalten hätten, so wäre dies weithin bekanntgeworden. »Ja, aber ich kann mir immer noch nicht vorstellen, wie sie uns am Abreisen hindern könnten, Alekos.« – »Du wirst es dir sehr bald vorstellen können.« Und während du dies sagtest, rief der Lautsprecher die Passagiere nach Rom auf und bat sie, sich zum Ausgang Nummer zwei zu begeben. Wir machten uns auf. Wir stellten uns in die Schlange. Wir erreichten die Schwelle des Ausgangs Nummer zwei. Eine verängstigte Stewardeß stieß uns zurück. »Nein, ihr nicht.« – »Wir nicht? Warum nicht?« – »Zurück.« – »Zurück? Warum zurück?« Und ich hielt ihr nochmals die Bordtickets vor. Im Nu näherten sich die Männer mit den Schnürschuhen und stellten sich im Kreis um uns herum, die Hände in den Hosentaschen, die Lippen fest verschlossen und offensichtlich taub gegen meinen Protest. »Wir haben alle Formalitäten erfüllt! Unsere Dokumente sind in Ordnung!« Schweigen. »Es ist unser Recht, die Maschine zu besteigen!« Schweigen. »Es ist unser Recht, den Grund für die Zurückweisung zu erfahren!« Schweigen. »Ich bin Ausländerin: wenn wir die Maschine versäumen, werde ich die Botschaft und die Regierung meines Landes davon unterrichten.« Schweigen. Dann deine Stimme, dieses wütende Zischen. »Rede nicht mit ihnen. Man redet nicht mit Scheiße. Den sizitàs. Den sizitàs me skatà.« Einer der Polizisten nahm eine Hand aus der Tasche und machte eine Bewegung, als wolle er sich auf dich stürzen. »Achtung, Alekos!« Aber du hattest keine Ratschläge nötig: eine außerordentliche Selbstbeherrschung ließ dich ganz ruhig bleiben, ähnlich wie damals, als wir auf der Straße nach Herakleion von dem blauen Auto angefahren wurden und deine kalte Beherrschung uns rettete. »Was sollen wir tun, Alekos?« – »Es gibt nichts zu tun, als zu sehen, wer gewinnt: Joannidis oder Papadopoulos.« Die verängstigte Stewardeß zog inzwischen die Bordtickets der anderen Passagiere ein, die uninteressiert oder gleichgültig an uns vorbeizogen. Ich-möchte-gerne-aber-ich-kann-nicht, ich-habe-eine-Familie-du-verstehst. Innerhalb von fünf Minuten war niemand mehr da außer uns, schweigend umringt von einem Kranz von Schnürschuhen.

Fünf, zehn, fünfzehn, zwanzig Minuten. Und jede Minute ein Stich ins Herz, die Qualen des Tantalus, der sich halb verdurstet über eine Quelle beugt; aber die Quelle versiegt im Augenblick, in dem er den ersten Schluck nehmen will. Dort, wenige Meter entfernt, stand das Flugzeug, es stand beinahe unmittelbar vor dem Ausgang Nummer zwei, man konnte es durch die Glasscheibe hindurch sehr gut sehen, die Tür war noch offen und die Treppe noch nicht weggerollt, man müßte nur jene Schwelle übertreten, die paar Meter zurücklegen und an Bord gehen und wäre gerettet. Aber nein, wir nicht. Ein Angestellter der Luftfahrtgesellschaft kam vorbei. Ich hielt ihn fest und fragte ihn, ob unseretwegen die Tür der Maschine noch offen und die Treppe noch nicht weggerollt sei. Er flüsterte mir ein Ja zu; wie lange aber würde der Kapitän der Maschine wohl noch auf uns warten? Ich fragte den Angestellten, ob es endgültig feststehe, daß wir die Maschine nicht besteigen dürften. Er antwortete immer noch flüsternd: nein, sie stritten noch miteinander, die Telefonanrufe gingen hin und her; dann, als sei er über die eigene Kühnheit erschrocken, verschwand er. Zwanzig Minuten, fünfundzwanzig, dreißig. Der Angestellte erschien wieder. »Haltet euch bereit. Sie sprechen gerade mit dem Präsidialamt der Republik, und wenn man uns von dort die Erlaubnis erteilt, nehmen wir euch sofort an Bord, und kommen so dem Gegenbefehl zuvor.« – »Gegenbefehl?« – »Es sind schon drei... Einen Augenblick!« Sein Walkie-Talkie leuchtete auf. Ich sah, wie er es ans Ohr führte, seine Zustimmung durchgab, sich dann an die Polizisten wandte, mit ihnen redete, als wolle er sagen: was-kann-ich-denn-dafür, sich dann mit rotem Gesicht wieder uns zuwandte, uns unsere Bordtickets entriß und murmelte: »Schnell! Weg mit euch!« Und, fast ohne es zu merken, saßen wir in der Maschine und sahen zu, wie der Steward die Türe verriegelte. »Wir haben's geschafft, Alekos!« – »Vielleicht.« – »Warum vielleicht?« – »Weil sie die Motoren noch nicht angelassen haben.« Sie hatten sie tatsächlich noch nicht angelassen, und sie ließen sie auch nicht an. Warum? Wir warteten, bangend, und die Minuten verronnen. Fünf Minuten, zehn. Zehn Minuten, fünfzehn. Fünfzehn Minuten, zwanzig. Zwanzig Minuten, fünfundzwanzig. Die Klimaanlage funktionierte nicht, die Leute begannen zu schimpfen: »Schluß jetzt damit! Das ist ja eine Schande!« Fünfundzwanzig Minuten, dreißig. Dreißig Minuten, fünfunddreißig. Fünfunddreißig Minuten, vierzig. War der Gegenbefehl eingetroffen? Sicher. Vom Fenster aus konnten wir zwei Polizisten sehen, die mit dem Angestellten stritten, der uns so eilig an Bord geschickt

hatte und der jetzt betrübt die Arme ausbreitete. Ich drückte deine Hand. Sie war so schweißnaß, daß sie mir entschlüpfte, als sei sie schmierig. Der Schweiß brach dir aus allen Poren. Große Schweißperlen fielen dir von der Stirn, von den Schläfen, vom Kinn, du warst durch und durch naß. War es die Hitze oder die Anspannung, vor der deine bemerkenswerte Selbstbeherrschung hinwegschmolz? Du konntest nicht einmal mehr sprechen. »Du wirst sehen, gleich starten wir, Alekos.« – »Hm.« – »Sie werden es nicht wagen, uns wieder zum Aussteigen zu zwingen.« – »Hm.« – »Es gäbe einen Skandal.« – »Hm.« Plötzlich, mit einem siegreichen Knall, begannen die Motoren zu dröhnen, die Maschine setzte sich in Bewegung, glitt sanft bis zur Startbahn, hielt an und begann zu beben, immer mehr, immer stärker, bis das Beben ein Dröhnen wurde. Und dröhnend schnellte sie auf die Startbahn, stieg auf und tauchte in den weiten blauen Himmel. Athen verwandelte sich in einen geographischen Flecken mit winzigen Häusern, Bäumen von der Größe eines Stecknadelkopfes, es wurde ein grauer Fleck, die Erinnerung an eine Augustnacht mit ihrem Jasminduft. Du holtest tief Luft und sagtest finster: »Einmal habe ich einem General in den Arsch getreten.« – »Was?!« stotterte ich. »Und es tut mir gar nicht leid. Es tut mir nur leid, daß ich es Joannidis nicht erzählt habe.« Dann lehntest du dich zurück und schlossest die Augen.
Als du sie wieder öffnetest, flogen wir über den Golf von Korinth. Du hobst das Glas Champagner hoch, das die Stewardeß gebracht hatte und sagtest: »Ich habe ein Leben gewonnen,/eine Fahrkarte in den Tod,/und ich reise noch immer./Es gab Augenblicke,/in denen ich dachte, ich sei angekommen./Ich täuschte mich./Es war nur Unvorhergesehenes,/auf dem Wege.« – »Das klingt wie ein Gedicht«, sagte ich. »Es ist eines. Ein altes Gedicht, das ich vor zwei Jahren in Boiati geschrieben habe, als der Termin für die Erschießung verfiel. Drei Jahre stand der Termin an.« – »Aber es ist ein trauriges Gedicht.« – »Jeder Aufschub ist traurig, wenn man weiß, daß es ein Aufschub ist.« Zwei Jagdflugzeuge tauchten auf, schwarz und beunruhigend wie zwei Insekten. Eine Minute lang blieben sie an der Seite unseres Flugzeuges, hielten sich auf der gleichen Höhe und in gleicher Geschwindigkeit, als wollten sie uns eskortieren, dann drehten sie nach links ab, hinterließen zwei Streifen aus weißem Rauch, die wie zwei riesenhafte Fragezeichen aussahen, dann kehrten sie wieder zurück. Aber die Anspannung war nun verschwunden, und, vom Champagner leicht berauscht, der dich auch das traurige Gedicht vergessen ließ, hattest du dich selbst wiedergefunden. Bewaffneter Widerstand in den Bergen.

Überfälle auf die Kasernen, Radiosender, die das Volk zur Revolte auffordern sollten: tausend Pläne wolltest du in Europa in die Tat umsetzen. Es gelang mir nicht, dich zu beruhigen. Von einem gewissen Augenblick an hörte ich nur noch deine schöne Stimme, und das Wort Aufschub-Aufschub-Aufschub trat an die Stelle dessen, was du redetest: es erklärte mir jenes unbegreifliche Unbehagen, die unbestimmte Angst, die mich beim Anblick des apfelgrünen Tickets befallen hatte. Nichts würde sich ändern in Italien, in Europa. Du würdest nicht weniger leiden, nicht weniger wagen. Du hattest es selbst gesagt an jenem Nachmittag nach der Reise nach Kreta: »Ich werde immer allen unbequem sein, in welchem Lande, in welchem Regime, zu welcher Zeit auch immer.« Wo immer du hingingst, du würdest immer eine Pflanze bleiben, die nicht systematisiert werden kann, die Unruhe in den Wäldern stiftet und die deshalb ausgerissen, ausgerottet werden muß. Hier und dort würden sie dich letztlich beseitigen. Und dies nicht wegen der Unternehmungen, die du vorhattest, nicht wegen des bewaffneten Widerstands in den Bergen, der Überfälle auf die Kasernen, der Radiosender, die das Volk zur Revolte auffordern sollten: sondern wegen deines Soseins, wegen deiner Einzigartigkeit als Dichter-Rebell, frei von jeder Hemmung, jedem Schematismus, jedem Tabu, wegen deiner Einzigartigkeit als einsamer Held, den die Schimären des Traums und der schönen Vorstellung in den Fängen hielten. Der Dichter-Rebell, der einsame Held, ist ein Individuum ohne Anhängerschaft: er zieht nicht die Massen auf die Straße, er löst keine Revolutionen aus. Aber er bereitet sie vor. Auch wenn er nichts zustande bringt, das unmittelbar wirksam wäre, auch wenn er sich mit Hilfe tollkühner Taten ausdrückt, auch wenn er beleidigt und verachtet wird, bewegt er doch die schweigenden, stagnierenden Gewässer, sprengt er die Dämme des hemmenden Konformismus, stört er die unterdrükkende Macht. Was immer er spricht oder tut, selbst ein nicht zu Ende gesprochener Satz oder eine mißlungene Tat, ist ein Samen, der keimen wird, ein Duft, der in der Luft hängenbleibt, ein Beispiel für die anderen, für uns, die wir nicht seinen Mut, nicht seine Hellsichtigkeit, nicht sein Genie besitzen. Und die Macht, die die Stagnation betreibt, weiß, daß er ihr wahrer Feind, die wahre Gefahr ist, die es zu beseitigen gilt. Sie weiß sogar, daß er nicht ersetzt und nicht nachgeahmt werden kann: stirbt ein Politiker, so wird er bald durch einen anderen ersetzt, stirbt ein Mann der Praxis, so ist bald ein anderer an seine Stelle getreten; die Weltgeschichte hat uns dafür genügend Beweise geliefert. Stirbt jedoch ein Dichter oder ein Held, so entsteht eine durch nichts zu füllende Leere, und es bleibt nichts, als zu warten, daß die Götter ihn wiederauferstehen lassen mögen. Wer weiß, wo, wer weiß, wann.

Aber dann nützte es nichts, daß du aus Griechenland flohst, und diese Flucht war wirklich nur ein Aufschub. Ein verzweifelter Versuch, dich solange wie möglich am Leben zu erhalten.

DRITTER TEIL

1. Kapitel

Die Tragödie eines Menschen, der zum Dichter, zum Helden verdammt ist, zeigt sich nicht nur darin, daß er gekreuzigt wird; sie mißt sich auch an dem Unverständnis derer, die ihn aus Liebe seinem Schicksal und seiner Rolle entreißen möchten: die ihn zum Beispiel in die Falle der Zärtlichkeit locken oder ihn zur Bequemlichkeit überreden wollen, ihm das Wahnbild eines leichten Sieges und eines wohlverdienten Ruhestands vorgaukeln. Wer ihn liebt, ist nicht gewillt, ihn dem Tod preiszugeben, und um ihm das Leben zu retten, es ein wenig zu verlängern, benutzt er jede Waffe, befleißigt sich jeder List. In diesem Sinne konnte dich niemand weniger verstehen als ich, niemand konnte so sehr wie ich versuchen, dich deinem Schicksal und deiner Rolle zu entreißen. Und dies vor allem nach unserer Ankunft in Italien, als ich mich noch nicht damit abgefunden hatte, daß die unablässige Herausforderung und die ständige Gefahr dein tägliches Brot waren und daß du ohne sie so matt wurdest wie eine Pflanze ohne Wasser und ohne Licht. Dir wurde dies in dem Augenblick bewußt, als wir in dem römischen Hotel ankamen, in dem ich eine Suite für uns bestellt hatte, und du tatest nichts, um es mir zu verbergen. Du tratest ein, prüftest aufmerksam die drei Zimmer und die Terrasse, die auf die Via Veneto hinausging, die Stilmöbel, die kostbaren Teppiche, die Kristalleuchten, dann bliebst du vor dem Korb mit Blumen stehen, der neben einer Schale mit Früchten und einem Eiskübel mit einer Flasche Wein auf dem Tisch stand. »Sind die Blumen für dich oder für mich?« – »Für dich.« – »Das Obst, ist es für mich oder für dich?« – »Für dich.« – »Und der Wein, für dich oder für mich?« – »Für dich. Alles ist für dich, Alekos.« – »Hm. Ich verstehe.« Es folgte ein langes Schweigen, und während dieses Schweigens setztest du dich, stopftest die Pfeife, zündetest sie an und sprachst endlich mit trauerschwerer Stimme: »Weißt du, in Boiati habe ich eines Nachts einen Traum gehabt. Ich träumte, ich sei in einem Hotel, das diesem hier ähnlich war. Nein, nicht ähnlich: gleich. Gleiche Möbel, gleiche Teppiche, gleiche Leuchten, gleiche Terrasse. Und der Blumenkorb war da, die Schale mit dem Obst, die Flasche Wein. Die Frau, die mich dorthin gebracht hatte, sagte: ›Für dich. Es ist alles für dich, Alekos.‹ Aber ich war unglücklich. Erst wußte ich nicht recht, warum ich unglücklich war: das Hotel war schön, es gefiel mir sehr. Aber bald wurde mir klar: ich war unglücklich, weil ich Handschellen trug. Merkwürdig. Als ich schlafen gegangen war, hatte Zakarakis sie mir abgenommen. Im Traum aber waren sie immer noch dran, und sie drückten mich. Sie drückten so sehr, daß es mir nicht gelang, die Flasche zu entkorken. Sie fiel plötzlich zu Boden und zerbrach. Da rannte ich aus dem Hotel und schrie: ›Skatà! Scheiße! Skatà!‹ Und ich ging in meine Zelle zurück, wo ich keine Handschellen tragen mußte.« Ich lächelte und hielt dir die Flasche in dem Kübel hin: »Öffne sie, heute wird sie nicht zu Boden fallen.« Du nahmst sie und hobst sie hoch, dann ließest du sie auf das Holzparkett fallen, wo sie mit einem Knall zersprang. »Skatà! Scheiße! Skatà!«

Die Tragödie eines Menschen, der zum Einzelgänger verdammt ist, der also außerhalb der Erscheinungen seiner Zeit steht, zeigt sich nicht nur an der unfreiwilligen Grausamkeit, der er ausgesetzt ist; sie mißt sich auch am Mißverständnis derer, die ihm die Rolle einer Persönlichkeit zusprechen, die er gar nicht ist: sie überschütten ihn mit Ratschlägen, Kritik, Ermahnungen, besorgten Fragen, die ihn leiden lassen. Wer ihn sieht, erahnt nicht einmal seine wahre Natur, sondern sieht ihn durch die Brille des Altbewährten, der Klischees, aus denen sein Bild zusammengesetzt wird, sei's aus Konvention, sei's aus Verlogenheit, sei's aus Faulheit. Mal ist es das Bild des Bombenlegers, mal das des Märtyrers, des Revolutionärs, des Politikers. In diesem Sinne konnte niemand je so grausam zu dir sein wie jene, die nach deiner Ankunft in Rom über dich herfielen mit Küssen, Umarmungen, Ausrufen wie willkommen-bei-uns-willkommen, Gloria, Halleluja. Meist waren es Neugierige, Leute, denen nichts an dir gelegen war, die in dir nur eine Bekanntschaft suchten, die man als Aushängeschild gebrauchen konnte, oder es waren Demagogen, die sich für deine Anhänger hielten, well sie zur Zeit deines Prozesses eine Versammlung einberufen hatten oder an einem Protestzug teilgenommen hatten. Selten waren es Menschen, die dich wirklich gern hatten, Freunde aus deiner Zeit in Italien, Kameraden. Aber auch diese letzteren sahen dich nur durch die Brille des Altbewährten, der Klischees. Ratschläge an den Märtyrer: »Schluß mit den Opfern, mit dem Hundeleben. Du brauchst eine gründliche Ruhepause, du mußt richtig entspannen, denke nicht mehr daran:

deinen Teil hast du geleistet. Iß, trink, schlaf, amüsier dich. Zur Hölle mit der Politik, du bist ja wohl nicht hier, um dich von der Politik anöden zu lassen? Morgen abend organisieren wir ein Superessen.« Ermahnungen an den Bombenleger: »Sei vorsichtig, gib acht, mit wem du zusammentriffst und mit wem du sprichst, wehe dem, der sich den falschen Gruppen anschließt; und beim nächsten Anschlag nimm keine Minen mehr, auf Minen kann man sich nicht verlassen. Sie sind auch zu schwer, besser sind die Plastikbomben, wie die Palästinenser sie benutzen. Du müßtest in den Libanon fahren und mit den Palästinensern etwas trainieren.« Kritik am Revolutionär: »Was für eine schöne Krawatte, was für ein schönes Hemd. Du pflegst dich gut, was? Übrigens, warum bist du eigentlich in diesem Hotel abgestiegen? Das paßt nicht zu dir, hier steigen die Filmdiven ab, und Kissinger und der Schah von Persien: was sollen da die Arbeiterklassen denken, was das Volk? Du mußt sofort weg von hier. Komm zu mir nach Hause, wir stellen ein Sofa in den Flur für dich.« Fragen an den Politiker: »Was hast du vor, welche Pläne hast du, auf welche Weise willst du dich an die Massen wenden? Du mußt dein ideologisches Konzept klarlegen, du mußt begreifen, daß es nicht genügt, gegen eine Diktatur anzukämpfen; sich nur am Problem der Freiheit schadlos zu halten, reicht nicht aus. Warum hältst du nicht eine Pressekonferenz ab? Warum schreibst du nicht einen Artikel?« Und kein Hund fragte dich danach, weshalb du gekommen warst, wonach du suchtest. Mit einemmal verlorst du die Nerven. Du hörtest gerade einem von denen mit dem Revolutionärs-Klischee zu, laut denen du auf dem Sofa im Flur schlafen solltest, dies-ist-ja-ein-Palast, du-kannst-nicht-in-einem-Palast-wohnen, du-vergißt-wer-du-bist-was-du-darstellst, und die Geduld, mit der du ihm teils schweigend, teils karge Laute von dir gebend zugehört hattest, verwandelte sich in einen Wutanfall. Sie sollten endlich verschwinden, alle miteinander, sie gingen dir längst auf die Nerven, du würdest in diesem Palast wohnen bleiben, solange es dir paßte, und du würdest dir vierundzwanzig reinseidene Hemden kaufen, vierundzwanzig englische Regenmäntel dazu und vierundzwanzig Paar Schnallenschuhe. Raus! Aber gleich darauf brachst du in verzweifeltes Weinen aus, du vergaßest sogar die zerbrochene Weinflasche und den Ausruf skatà, Scheiße, skatà. »Ich fahre weg«, schluchztest du, »ich fahre weg, nach Athen zurück, wir fahren nach Athen zurück.«

Die Tragödie eines Menschen, der zur Einsamkeit verdammt ist, weil er allen unbequem ist und niemandem dient, mißt sich endlich an der Wüste, in die er sich geworfen sieht, wenn er sein natürliches Milieu – die Politik als Traum – verlassen muß und in ein für ihn unnatürliches Milieu gerät – die als Beruf oder als religiöse Sekte verstandene Politik. Das solltest du elf Monate später bei deiner Rückkehr in die Heimat begreifen, aber die Lehrzeit hierfür begann nach der Ankunft in Italien. Eitle Tröpfe, die nur von ihrer Sucht nach persönlichem Erfolg getrieben wurden; Karrierehengste, die nur am privaten Vorteil eines Parlamentssitzes interessiert waren; Händler, die nur darauf bedacht waren, sich die Taschen mit Trinkgeldern zu füllen; gebrechliche Überbleibsel, die im Sarg ihrer hehren Tugendhaftigkeit eingeschlossen waren; und bestenfalls sture Heiligtuer, die sich hinter finsteren dogmatischen Gemäuern verschanzt hatten. Und auf der anderen Seite die Abenteurer, deren Aufsässigkeit zu leichtfertig ist, die Vertreter des blutigen Fanatismus, die Liedriane, für die das Wort Revolution ein Kaugummi ist, den man ständig im Mund hat, ein Mittel gegen die Langeweile, ein Ersatz für die Fremdenlegion. Dies war das politische Panorama, das sich dir bot, als du – nachdem du den Schock, daß du von mir mit Handschellen gefesselt und von den anderen mißverstanden wurdest, einmal überwunden hattest – dich auf die Suche begabst nach Leuten, die dir bei der Fortsetzung deines Kampfes gegen die Junta helfen würden. Es war, als wollte man mit einer Herde von Taubstummen über die Unsterblichkeit der Seele diskutieren. Dennoch hast du es versucht. Du hast dich ans Telefon gehängt und die Parteiführer angerufen, denen gegenüber du einige Hoffnung hegtest: Sozialisten, Republikaner, Kommunisten, Linkskatholiken. »Hallo, ich bin Panagoulis.« – »Wer?« – »Panagoulis, Alexander Panagoulis, Alekos. Ich möchte mit Kamerad Sowieso sprechen.« – »In welcher Angelegenheit?« – »Nun ... ich ... ich möchte ihn begrüßen.« – »Er ist nicht da, er ist auf einer Versammlung. Rufen Sie morgen wieder an. Nein, morgen nicht, da ist frei, ein Brückenfeiertag. In ein paar Tagen also.« – »Hallo, ich bin Panagoulis.« – »Taraguli?« – »Nein, Panagoulis, Alexander Panagoulis, Alekos. Ich möchte mit dem Abgeordneten Soundso sprechen.« – »Sie wollen sagen: mit dem Herrn Minister.« – »Ah! Das wußte ich nicht. Ja, mit dem Herrn Minister.« – »Den Herrn Minister kann man nicht stören.« – »Dann möchte ich ihm eine Nachricht hinterlassen, so kann er mich anrufen, sobald es ihm möglich ist.« – »Hören Sie, der Herr Minister hat höchst wichtige Dinge zu tun, äußerst schwierige Dinge. Wenn er da bei allen zurückrufen müßte, die nach ihm fragen!« – »Hallo, ich bin

Panagoulis.« – »Sprich lauter, man versteht hier kein Wort. Wer bist du?« – »Panagoulis, Alexander Panagoulis.« – »Wie? Bist du ein Kamerad?« – »Ja ...« – »Bist du Russe? Ich höre einen Akzent.« – »Nein, ich bin Grieche.« – »Und was willst du?« – »Ich möchte mit dem Generalsekretär sprechen.« – »Ah, aber wenn du Grieche bist, muß ich dich ans Ausländerbüro weitergeben.« Entweder ließen sie sich nicht blicken, oder sie ließen dir sagen, sie seien sehr beschäftigt damit, die Probleme der Menschheit zu lösen, oder sie verwiesen dich an die Stellvertreter ihrer Stellvertreter. Das Ganze führte lediglich dazu, daß man dir ein paarmal überaus jovial auf die Schulter klopfte. Lieber Alekos, lieber Alexander, was für eine Freude, dich wiederzusehen, was für eine Ehre, dich zu treffen! Aber an ihren Augen konnte man eine Art Frage ablesen: was soll ich mit dem da anfangen? Wozu kann ich ihn gebrauchen? Solange du ein zum Tode Verurteilter, ein Zuchthäusler, ein Mann in Ketten warst, konnten sie dich als Aushängeschild bestens gebrauchen, versteht sich. Gabst du ihnen doch einen Vorwand, mit viel Lärm an die internationalen Verpflichtungen zu erinnern. Nun aber, wo du frei warst, gut genährt, gut untergebracht, was sollten sie da mit dir anfangen? Und was wolltest du überhaupt? Warum wolltest du mit den Verantwortlichen sprechen? Besser war, sich vor solchen Unannehmlichkeiten zu schützen, die Sache im Sande verlaufen zu lassen, dich durch Wartenlassen abzuwimmeln. Nur drei alte Männer schenkten dir in jenen Tagen Gehör.

Der erste war Ferruccio Parri, der Mann, der den Widerstand im Norden Italiens geführt hatte. Mit ihm zu sprechen tat dir gut, es hob dich auf eine Flutwelle, die dich die Enttäuschung vergessen ließ, das ewig wiederholte Morgen-fahre-ich-nach-Athen-zurück, ich will-nach-Athen-zurück, laß-uns-zurück-nach-Athen. In der Tat sollte sich eine tiefe, ja angesichts des Altersunterschiedes fast befremdliche Freundschaft zwischen euch entwickeln, und du wurdest nie müde zu erzählen, wie du ihn kennengelernt hattest, wie du erst erschrakst, weil du sein Gesicht nicht sehen konntest. Parri war zu jener Zeit dreiundachtzig Jahre alt, die Gicht und eine Erkrankung der Wirbelsäule hatten ihn geknickt, wie eine Pinie im Sturmwind, und auch wenn er stand, sah man von ihm nur die schwarzen Hosenbeine, ein schwarzes Jäckchen und eine Strähne gewellten, elfenbeinfarbenen Haares. Kein Gesicht. Nicht gerade glücklich darüber und mit dem Humor des Greises, der Gefallen daran findet, sich über sich selbst lustig zu machen, verschärfte er sein Leiden noch dadurch, daß er sich mehr als nötig zusammenrollte, länger als nötig den Augenblick hinauszögerte, in dem er endlich den Kopf heben, endlich sein Gesicht zeigen würde. Weiß, eingefallen, bizarr durch einen Schnurrbart und Augenbrauen von überraschendem Braun, mit Augen, aus denen ein Feuerwerk von Sarkasmus sprühte, Blitze eines boshaften Elfs. Gerade so war es an jenem Tage. Augenblicklich aber verwandelte sich der Sarkasmus in Milde, und während die hageren Hände sich hoben und dir über Wangen, Kinn und Mund streichelten, rief Parri aus: »Mein Junge, mein Junge! Du hast gut daran getan, Griechenland zu verlassen, das war gut. Jetzt erst kannst du den Kampf richtig organisieren, kannst einen neuen Anfang machen. Setz dich, mein Junge, setz dich hier neben mich: ich muß dich so vieles fragen. Und das erste ist: was kann ich für dich tun? Man muß dir helfen, du bist so allein.« Es tat dir auch gut, mit dem zweiten Alten zu reden, Sandro Pertini, damals Präsident des Parlaments. Auch er brachte dir viel Verständnis entgegen, das bis zu deinem Tode dauerte, und du erzähltest oft, welche Erleichterung du jedesmal empfandest, wenn er dir entgegenkam: klein und mager, nervös, dir in manchem merkwürdig ähnlich, etwa darin, daß er unvermutet aus freudiger Erregung in schlechte Laune verfiel, oder etwa darin, wie er die Pfeife hielt und rauchte. »Bravo, Alekos, bravo. Du hast eine weise Entscheidung getroffen damit, daß du dich in Italien niedergelassen hast, wir werden schon Mittel und Wege finden, dich bei einem bewaffneten Widerstand zu unterstützen. Ich habe nach langjähriger Gefangenschaft das gleiche getan. Bewaffneter Widerstand, ja, es gibt keinen anderen Weg.« Er redete und redete. Er machte dir Mut und immer mehr Mut. Die Flutwelle stieg und stieg. Dann aber kam die Begegnung mit dem dritten alten Mann, Pietro Nenni. Wir besuchten ihn in seinem Haus in Formia, und dies weckte dich auf, die Flutwelle verebbte schlagartig und hinterließ tote Fische, trockene Algen und Teerklumpen auf dem Sandgrund deines Bewußtseins. Der Abfall, die Realität.

Ich sehe ihn noch vor mir, wie seine kurzsichtigen Augen hinter den dicken Augengläsern dich erforschen, nicht ein einziger Muskel bewegt sich, nichts verändert sich in dem Netz der Falten, die das lederne Gesicht bis hin zum großen kahlen Schädel überziehen, unbeweglich und unnahbar wie eine Pharaonenmumie, nüchtern wie ein uralter Weiser, der sich über nichts mehr wundert, weil er alles gesehen hat, alles kennt, und der vielleicht an nichts mehr glaubt. Er hat dich mit einer langen Umarmung und einem rauhen Ausruf begrüßt: »Alexander.« Er hat dich zweimal geküßt, in tiefer Bewegung, aber gleich darauf hat er sich auf diesem Stuhl mit der hohen Rückenlehne niedergelassen, einer Art Thron, und hat begonnen, dich mit der Kälte eines Wissenschaftlers zu mustern, der ein interessantes Exemplar unter dem Mikroskop betrachtet. Er spielt nicht auf das Vergangene an, auf das, was du gelitten hast, er sagt nicht, ob es gut oder schlecht ist, daß du Griechenland verlassen hast, er stellt dir praktische und präzise Fragen. Wie lange wird Papadopoulos sich halten? Wie lange wird Joannidis dazu brauchen, ihn auszubooten? Ob so eine Wachablösung wohl zum Besseren oder zum Schlechteren führe? Auf wieviel Prozent der Offiziere kann sich die Junta stützen? Du sitzt ihm gegenüber, in einem zu weichen Sessel versunken, was dich stört, und antwortest ihm ohne Enthusiasmus, jedes Wort abwägend. Du hast keine Lust, Auskunft zu geben, du willst das Gespräch dorthin bringen, wo es dich drückt, und endlich gelingt es dir: »Nur mit dem bewaffneten Widerstand kann die Junta besiegt werden.« – »Bewaffneter Widerstand?« wiederholte Nenni. Er weiß, daß der bewaffnete Widerstand ein Ding der Unmöglichkeit ist, aber er weiß auch, daß es sinnlos wäre, dir das zu sagen, und so schweigt er und betrachtet dich weiter. Es scheint, als ginge er einem Gedanken nach, einer flüchtigen Idee, dann fährt er plötzlich auf und wendet sich an mich: »Er erinnert mich an einen Jungen aus Turin, den ich sehr geliebt habe, einen Sozialisten, der im Spanischen Bürgerkrieg starb. Er hieß Fernando De Rosa. Er war eigentlich eher Anarchist als Sozialist. Im Grunde wie er. Wie er verübte er ein Attentat, das mißlang, gegen Umberto von Savoyen, als dieser nach Brüssel fuhr, um sich mit Maria José zu verloben. Er schoß auf ihn, und er verfehlte ihn. Dann ging er nach Spanien, mischte sich unter die Streitkräfte und ging an die Front: geradewegs. Er starb fast unmittelbar darauf durch einen Kopfschuß. Das war 1936. Ja, er ähnelt De Rosa, auch wenn De Rosa blond war und blaue Augen hatte. Die gleiche verträumte und düstere Art, die gleiche Ungeduld. Und der gleiche Mut, die gleiche Reinheit.« Ein Zischen, die Narbe über deinem Jochbein entzündete sich kirschrot und deine Ohren brannten: »Was sagt er?!« – »Er sagt, du seist Fernando De Rosa ähnlich, einem Sozialisten, nein, einem Anarchisten, der im Spanischen Bürgerkrieg starb. Er liebte ihn sehr.« – »Anarchist?« Ich spüre, daß du etwas erwidern möchtest, aber der große Alte redet weiter: von Utopie, von Realismus, vom Zweifel. Von jenem Zweifel zum Beispiel, der einen bei der Frage befällt, ob Männer wie du und De

Rosa recht haben, oder jene, die wie er im Namen des gesunden Menschenverstandes und der Vernunft handeln; jener Zweifel, der einen quält, wenn der Verstand das Wunschdenken vergiftet, wenn man gewahr wird, daß der Mensch nicht der Idee des Menschen, das Volk nicht der Idee des Volkes, der Sozialismus nicht der Idee des Sozialismus entspricht, und wenn man entdeckt, daß einen klaren Verstand haben soviel bedeutet wie: Pessimist zu sein. Hier hält er inne und sagt dann: »Aber jetzt hast auch du Zeit, über diese Dinge nachzudenken, jetzt wo du im Exil bist. Übrigens, weißt du, auch ich war im Exil, während der Zeit des Faschismus. Dreizehn Jahre lang! In Paris und in Südfrankreich, Auvergne.«
Es war das erste Mal, daß jemand auf dich das Wort Exil anwandte. Niemand hatte es bis dahin ausgesprochen. Exil. Niemand hatte mit solcher Klarheit, solcher Eindringlichkeit die Wahrheit über deine Anwesenheit in Italien gesagt. Exil. Und es gab keinen Begriff und keinen Ausdruck, den du mehr verabscheutest. Exil. Heimlich suchte ich deine Augen. Sie waren verschleiert von Schmerz, Kränkung und Wut: in dich selbst zurückgezogen, zu Tode getroffen, hörtest du nicht einmal mehr auf die Namen und Adressen, die Nenni dir gab. Leute, die dir helfen würden; zumindest hoffte er dies. Gleich darauf murmeltest du, es sei spät geworden, wir müßten gehen. Wir gingen. Die ganze Autofahrt lang zurück nach Rom schliefst du. Oder tatest du nur so? Denn kaum waren wir vor dem Hotel angelangt, hobst du die Augenlider, stiegst rasch aus dem Wagen, ranntest zum Aufzug, und fünf Minuten später ließ ein Schrei die drei Zimmer erzittern: »Mein Ticket!« Ich rannte in das Zimmer und fand alle unsere Kleider über Fußboden, Sessel und Bett verstreut: Jacken, Hosen mit nach außen gekehrten Taschen. Auch meine Handtaschen waren aufgerissen, und meine Papiere waren überall verstreut. Es sah aus, als sei ein Zyklon durchgezogen. Ich sah dich verblüfft an: »Das Ticket? Was für ein Ticket?« – »Mein Rückflugticket! Es war doch für Hin- und Rückflug gewesen, ja oder nein?« – »Ja, Hin- und Rückflug. Warum?« – »Weil ich es verloren habe! Wo ist es?!« – »Beruhige dich, du kannst es nicht verloren haben. Du hast es in deinem Portemonnaie so fest verstaut, daß es nicht herausrutschen konnte. Du mußt besser suchen, komm, wir suchen nochmal.« – »Ich habe gesucht und gesucht! Es ist nicht da!« – »Mach dir keine Sorgen, du wirst es finden. Im Augenblick brauchst du es ja nicht, du mußt ja nicht sofort nach Athen zurück.« – »Was hast du gesagt?« – »Ich habe gesagt, daß du es im Augenblick nicht brauchst und daß du nicht sofort nach Athen zurück mußt.« – »Ich

verstehe! Du hast es fortgenommen! Du hast es mir gestohlen! Du hast mein Rückflugticket gestohlen! Damit ich nicht wegfahren kann! Um mich hier im Exil zurückzuhalten! Du willst, daß ich im Exil bleibe! Du willst, daß ich im Exil bleibe! Im Exil!« – »Ich habe gar nichts gestohlen. Wenn du das Ticket verloren hast, brauchst du nichts weiter zu tun, als die Flugzeuggesellschaft davon zu unterrichten und dir eine Kopie geben zu lassen. Ich halte dich nicht im Exil, es steht dir frei, sofort abzureisen.« Dann schloß ich mich gekränkt ins andere Zimmer ein, und erst am nächsten Morgen merkte ich, daß du nicht ins Bett gegangen warst. Du hattest auf dem Boden geschlafen, angezogen. »Denn ein Mann, der im Exil und nicht etwa im Urlaub ist, schläft eben so. Mehr noch, ein Mann, der seiner selbst müde ist, der sich selbst wiederfinden muß.« Du warst gefaßt und voll Reue. Ich verzieh dir. Das Ticket aber wurde niemals wiedergefunden, und ich habe nie erfahren, ob du es wirklich verloren hattest oder ob du nur Theater machtest, nachdem du es am Ende zerrissen hattest, um nicht der Versuchung zu erliegen, zum Flughafen zu eilen und augenblicklich nach Athen zurückzukehren. Etwas, das du einerseits wolltest und andererseits nicht.

Die Toskana ist im Herbst am schönsten. Du kannst auf Wegen spazieren, die nach Pilzen und Ginster duften, kannst den Winden lauschen, die über die Zypressen und Tannen gesäumten Hügel rauschen, kannst Aale fischen in den Gumpen, wo die Strömung über glatte Steine rauscht, kannst auf Jagd nach Hasen und Fasanen gehen im Buschwald aus roter Erika; es ist die Zeit der Ernte, der Wein quillt violett zwischen dem dichten Laub, die Feigen hängen süß von den Ästen, die von Gimpeln und Lerchen zittern, die Wälder erglühen gelb und orange und sengen das eintönige Grün des Sommers hinweg. Wenn du deiner selbst müde bist und dich selbst wiederfinden, dich von Zweifeln reinwaschen mußt, gibt es dazu keinen besseren Ort als die Toskana im Herbst: laß uns in die Toskana fahren, sagte ich zu dir. Wir fuhren; und das alte Haus auf dem Hügel war nie so wunderbar wie in diesem Herbst. Der Efeu hatte es mit roten Flammen bedeckt, die sich bis zu den Fenstern im zweiten Stock und zum kleinen Türmchen hinaufzogen, die Rosenstöcke waren unerwartet in frühlingshaften Schmuck ausgebrochen, und ebenso die Glyzinie, die von der Terrassenbrüstung in zartblauen Kaskaden hinunterfiel. Auch der Meerkirschenbaum vor der Kapelle trug Blüten, purpurne Beeren, auf die die Gimpel sich gierig stürzten,

und im Becken schwebten weiß und prächtig die Seerosen. Du aber warfst einen gleichgültigen Blick auf all dies und zogst dich dann in eine freiwillige Haft zurück, die jedes Interesse und jede Neugier ausschloß. Tagelang gingst du fast gar nicht hinaus. Nie gingst du zwischen den Weinreben spazieren, um eine Traube zu pflücken, nie gingst du in den Wald, um den Ginsterduft einzuatmen oder die Landschaft vom Gipfel des Hügels aus zu bewundern. Nur ein einziges Mal bewegtest du dich dreißig Meter vor die Tür, um überrascht festzustellen, daß die Kastanien in einer stacheligen und die Nüsse in einer weichen, grünen Schale reifen; ein andermal gingst du in den Garten hinunter, um schaudernd zu bemerken, daß in dem Becken Fische waren und um zu fragen, ob in der Kapelle wohl Tote lägen. Mehr als das aber verwirrte mich noch etwas anderes: obwohl das Haus sehr groß war, voller Treppen, Türen zum Öffnen, Zimmer zum Entdecken, Dinge zum Anschauen, Bücher zum Lesen, bliebst du immer im gleichen Zimmer, um bei geschlossenen Fensterläden und elektrischem Licht vor dich hinzudösen. Wenn du nicht döstest, so gingst du auf und ab, immer auf und ab, die üblichen drei Schritte vor und drei Schritte zurück, oder du spieltest mit dem Koboloi, oder du hörtest Musik, in der Lethargie verharrend. »Fühlst du dich nicht gut, Alekos?« – »Ich? Doch, doch.« – »Warum gehst du dann nicht hinaus, warum hast du immer die Fensterläden verriegelt und das Licht an? Mach die Lampen aus, laß die Sonne herein!« – »Nein, nicht die Sonne. Sie stört mich, sie lenkt mich ab.« – »Aber gerade die Ablenkung ist es, was du brauchst! Komm, laß uns einen Spaziergang machen.« – »Nein, keinen Spaziergang, das macht mich müde. Bleiben wir hier, komm her, hier neben mich.« – »Alekos, aber so zu leben ist das gleiche wie im Gefängnis leben!« – »Deshalb gefällt es mir ja. Hab ich dir nie gesagt, wie frei ein Mensch im Gefängnis ist? Der Müßiggang erlaubt ihm, soviel nachzudenken, wie er will, die Isolation erlaubt ihm, solange zu weinen, zu rülpsen oder sich zu kratzen, wie er will; in der freien Welt hingegen kann er nur in den Pausen nachdenken, die ihm die anderen zugestehen. Und Weinen ist eine Schwäche, Rülpsen eine Ungehörigkeit, Kratzen eine Ungezogenheit.« – »Also das ist es, was du hier drinnen tust: weinen, rülpsen, kratzen?« – »Nein. Ich arbeite hier.« – »Du arbeitest?! Was arbeitest du?« – »Ich denke.« – »Du denkst nicht, du schläfst.« – »Du irrst.«
Es gelang mir nicht einmal, dich wütend zu machen. Wie Wolken, die ein plötzlicher Wind vertrieben hat, so war deine Reizbarkeit verschwunden. Ebenso die Ängste, die Wutausbrüche. An ihrer

Stelle lag schwer eine Art Willenlosigkeit über dir, oder eine ruhige Faulheit, die ich für Willenlosigkeit hielt, aus der du dich nur zu bestimmten Zeiten und zu bestimmten Zwecken löstest. Zum Beispiel zur Mittag- oder Abendessenszeit, wenn du dich an den Tisch setztest, mit Appetit aßest und trankst und sogar Scherze machtest: »Singen wir miteinander: ›Ach, wenn das Meer lauter Wein, und wenn der Berg aus Schafskäs wär...‹« Oder wenn du vom Fenster aus nach Lillo schriest, einem wilden schwarzen Köter, und entdecktest, daß er angebunden war, dann stürztest du hinunter, um ihn loszubinden: »Auch einen Hund darf man nicht in Ketten legen! Hopp, Lillo, spring!« Oder wenn du nach dem Abendessen versuchtest, dich an die Gedichte zu erinnern, die du aus Boiati dadurch gerettet hattest, daß du sie im Archiv deines Gedächtnisses sammeltest; du folgtest ihnen wie Glühwürmchen, die im Dunkeln aufblitzen. Wie ein Kind, das im Dunkeln ein Glühwürmchen erhascht hat, so schriest du jedesmal freudig auf, wenn dir ein Vers wieder eingefallen war: »Ich hab's, ich hab's!« Dann übersetzten wir sie und kamen darüber in Streit, denn du wolltest italienische Worte benutzen, die es gar nicht gab, dieses-Wort-gibt-es-nicht, dann-erfinde-ich-es-eben, und das Wortgefecht artet in Streit aus, der aber dann beigelegt wurde, wenn du mich nachts unter der Steppdecke suchtest. Aber diese waren nur Funken in der Asche der Untätigkeit, und am nächsten Morgen ging es weiter mit dem faulen Herumliegen im Bett, dem trägen Hin- und Hergehen im Zimmer bei geschlossenen Fensterläden und elektrischem Licht. »Mach wenigstens die Läden auf, laß ein bißchen Sonne herein!« – »Nein!« – »Geh hinaus, beweg dich ein bißchen!« – »Nein!« – »Willst du ein Buch, willst du lesen?« – »Nein!« – »Aber was machst du nur hier im Dunkeln?« – »Ich arbeite.« – »Was arbeitest du?« – »Ich denke.« – »Du denkst nicht, du schläfst!« – »Du irrst.« Schließlich ging meine Verwirrung in Gleichgültigkeit über, ich ging weg und sagte mir, daß ich nicht jede Minute meines Daseins dem Studium deiner Launen und Verwandlungen widmen könnte, zumal ich ja wirklich arbeitete; in großer Eile schrieb ich ein Buch fertig, das ich unterbrochen hatte, um nach Athen zu fahren, und es fiel mir daher schwer, deiner Behauptung zuzustimmen, der Müßiggang fördere den Geist. Manchmal aber war ich besorgt um dich, einiges an dir alarmierte mich: die Gedichte, die du aus dem Brunnen deines Gedächtnisses heraufzogst, zum Beispiel, waren fast allesamt Gedichte über den Tod. »Wenn du die Toten in Gedanken wiedererweckst,/vergiß nicht, daß auch sie gelebt haben/voll von

Träumen und Hoffnungen,/so wie jetzt die Lebendigen./Sie gingen die gleiche Straße, die du jetzt gehst,/und sie dachten nicht an das Grab, als sie da gingen ...« Oder: »Alles ist tot,/und wenn du siehst, wie etwas sich bewegt,/so denke nicht, es sei lebendig,/aber nur beweglich,/nicht lebendig./Alles, was sich bewegt, ist tot./Es sind tote Dinge,/tot, und doch leiden sie noch ...« Als wäre dies nicht schon genug, gab es da noch dieses Lied, von dem du besessen schienst, ein Lied voller Schwung und dennoch traurig, mit einem Refrain, der wie ein Schluchzen klang; du lauschtest ihm nach, ohne müde zu werden, das Gesicht zu einer Grimasse verzogen, der man nicht ansah, ob sie ironisch oder schmerzlich war. Als ich dich fragte, warum dir das Lied so sehr gefiele, antwortetest du: »Weil es von etwas spricht, das ich nie vergessen darf.« – »Wovon?« – »I zoì ine micri. Poli, polì, polì micrì. Das Leben ist kurz. Sehr, sehr, sehr kurz.« Im übrigen hatte auch deine Zuneigung zu Lillo mit dem Tod zu tun. Das merkte ich an jenem Tag, als er beinahe von einem Auto überfahren worden wäre, weil du ihn losgebunden hattest, und wir begannen zu streiten: »Warum hast du ihn losgebunden? Ich binde ihn ja nicht aus Bosheit an! Siehst du nicht, daß er die Autos nicht leiden kann und auf sie zuläuft und sie beißen will, wenn er frei herumläuft? Willst du, daß er von einem Auto zerquetscht wird?!« Antwort: »Wenn er von einem Auto zerquetscht werden will, so ist das sein Recht. Du kannst ihm dieses Recht nicht nehmen. Liebe heißt nicht, jemanden in Ketten zu legen, der kämpfen will und bereit ist, dabei zu sterben; Liebe heißt, ihn sterben zu lassen, wie er es will und sich ausgesucht hat. Das ist etwas, das du nie begreifen wirst.« Dann drehtest du dich auf dem Absatz um und stiegst mit schweren, langsamen Schritten auf den kleinen Turm und bliebst dort bis spät, der Stille lauschend, die nur vom Zirpen der Grillen unterbrochen wurde. Wie ein Mystiker, der in die Betrachtung des eigenen Ichs versunken ist.

In Athen hingegen ging es heiß zu in jenen Tagen. Du wußtest das. Gerade in jener Woche, in der wir aufs Land fuhren, demonstrierten Tausende auf den Straßen und Plätzen der Stadt und schrien Nieder-mit-den-Tyrannen, Nieder-mit-Papadopoulos; in der Nähe des Zeus-Tempels war es zu heftigen Zusammenstößen mit der Polizei gekommen, mit Steinen und Molotow-Cocktails. Die Polizei hatte geschossen und Dutzende von Demonstranten waren verletzt, Hunderte waren verhaftet worden; man erwartete neue Prozesse, neue Verurteilungen. Du wußtest auch, daß die Demonstranten deinen Namen gerufen hatten, daß sie ihn endlich ohne Angst im Mund führten. Warum also standest du sphinxhaft da, um der Stille zu lauschen, die nur vom Zirpen der Grillen unterbrochen wurde, wie ein Mystiker, der in die Betrachtung des eigenen Ichs versunken ist? Warum schlossest du dich selbst in diese düstere Haft, aus der du dich nur herausschältest, um mich unter der Steppdecke zu lieben oder um mich daran zu erinnern, daß das Leben kurz ist, sehr-sehr-sehr-kurz? Würdest du die Leine zerreißen, an der ich dich festgebunden hatte, damit du nicht unter ein Auto kämst, oder aber warst du so müde, daß du die Ketten hinnahmst und nicht reagieren wolltest auf den Ruf derer, die in deinem Namen kämpften? Man mußte eine Antwort dafür finden, besser noch, jemanden, dem du dich anvertrauen würdest. Und gerade da, mit jener Unbegreiflichkeit, mit der das Leben oft die Knoten durchschlägt, erschien in dem Haus auf dem Hügel ein fünfzigjähriger Mann, mit einem sanften Gesicht, einem wohlerzogenen, weltmännischen Auftreten, mit geduldigen und vielleicht sogar gütigen Augen, die auf unbestimmte Weise Vertrauen erweckten. Er hieß Nicola, und er war es gewesen, der zur Zeit deines Studiums am Polytechnikum, als deine Leidenschaft zur Politik erwachte, als erster dich ernst nahm und dich mit der Leitung der sozialistischen Jugend beauftragte, deren Vorsitzender er war. Er war es auch gewesen, den du in Italien aufsuchtest, als du Zypern mit einem falschen Paß von Georgartzis verließest, und er war es, der zu jener Zeit, als du das Attentat vorbereitetest, am meisten an dich glaubte, der dein Ratgeber war, der mit dir den Hunger, die Bitterkeit, das Warten auf den Tag teilte, an dem du die Minen auf der Straße nach Sunion legen würdest. Du hattest mir oft von ihm erzählt, stets mit einer Hochachtung, die an Unterwürfigkeit grenzte, auch dann, wenn du dich über seine Scheu vor dem Risiko und über seine pingelige Genauigkeit lustig machtest, etwa über sein blütenweißes Taschentuch, das, in drei akkurate Spitzen gefaltet, aus der Brusttasche seines dunkelblauen Anzuges heraussah; oft schon hattest du bedauert, daß er in Zürich lebte und du ihn daher noch nicht wiedergesehen hattest. »Nicola ist der einzige, zu dem ich Vertrauen habe, denn er ist der einzige, der mich kennt.« Er kam also, und seine Ankunft riß die Türen deiner Klause auf, brach die Deiche deiner Untätigkeit ein. Augenblicklich begannst du, in den Wäldern herumzuwandern, in den Feldern spazierenzugehen; du entdecktest den Sonnenschein und erwachtest zu solch überströmender Gesprächigkeit, daß die quälende Sorge verschwand, die sich bei mir eingenistet hatte. Als ich ihn aber fragte, worüber du mit ihm sprachst, wurden mir vor Schreck die Knie weich.

»Er redet wie ein Wahnsinniger. Schlicht und einfach wie ein Wahnsinniger. Er spricht von heimlicher Rückkehr, von Überfällen auf die Kasernen, von bewaffnetem Widerstand: ganz alleine will er das machen. Er sagt, daß ihm auch hier niemand zuhöre, niemand helfe, daß nur drei alte Männer ihn empfangen hätten und daß er deshalb alles alleine machen werde, und wenn sie ihn umbrächten, dann wär's eben aus. Aber was für genaue Pläne er geschmiedet hat, sie sind bis ins kleinste ausgefeilt!« – »Aber wann hat er die entworfen, Nicola? Und wo?« – »Wo? Hier in diesem Hause, während Sie dachten, er schliefe oder spiele mit seinem Koboloi herum. Er arbeitete aber wirklich, er dachte sich seine Wahnsinnspläne aus, mit der Präzision eines Mathematikers. Das ist seine Art, so ist es immer gewesen.« – »Ich glaubte, er dächte an den Tod: er sprach immer vom Tod.« – »Sicher: jeder dieser Pläne würde, ohne eine Partei, ohne eine Organisation im Hintergrund ausgeführt, den sicheren Selbstmord bedeuten. Und er weiß das. Allein schon nach Griechenland zurückzukehren wäre Selbstmord. Sie halten ihn für den Anstifter der Unruhen und ... sie würden ihn umbringen wie einen Hund.« – »Will er jetzt nach Griechenland zurückkehren?« – »Ja, er hat sich in den Kopf gesetzt, am 17. November zurückzukehren: am Jahrestag seiner Verurteilung zum Tode.« – »Ohne mir etwas zu sagen!« – »So ist es.« – »In Athen hatte er keine Geheimnisse vor mir.« – »In Athen hatte er noch nicht begriffen, daß Sie nur danach trachten, ihn am Leben zu erhalten, ihn abzuschirmen. Jetzt hat er es begriffen, und am Tag seiner Abreise wird er Sie hintergehen. Er wird sagen, er ginge Zigaretten holen, in Wirklichkeit aber wird er nach Griechenland gehen. Oder er wird einen Streit vom Zaun brechen, um seiner Flucht einen Vorwand zu geben, und ... wenige Stunden später wird er in Athen landen, mit einem falschen Paß in der Tasche.« – »Er hat keinen.« – »Er wird einen finden, er wird einen finden.« – »Haben Sie versucht, ihn davon abzubringen?« – »Natürlich. Ich habe ihm zu bedenken gegeben, daß ein einzelnes opferbereites Schaf nicht ausreicht, ich habe ihm erklärt, weshalb die derzeitigen Unruhen zu nichts führen und in einem Blutbad ersticken werden, ich habe ihm gesagt, daß die Geschichte sich nicht wiederholt und daß seine Rolle sich verändert habe: daß er nämlich seine Popularität dazu benutzen müsse, vom Ausland her zu agieren. Aber wenn man ihm zu einer Sache zurät, dann tut er sie gerade nicht, und ihm von etwas abraten zu wollen heißt, ihn noch dickköpfiger zu machen. Es gibt nur ein Mittel, ihn von einer fixen Idee abzubringen: ihm eine neue einzuflößen, die ihn gegen die alte mißtrauisch werden läßt, und zwar so, daß er sie für seine eigene hält. Wie ist es Ihnen gelungen, ihn nach Italien zu bringen?« – »Mehr oder weniger so.« – »Versuchen Sie es noch einmal, schauen Sie, daß er sich in irgendeine neue Dickköpfigkeit verrennt, bringen Sie ihn recht weit weg.«

Dich von deinen fixen Ideen abbringen, bewirken, daß du dich in eine neue Dickköpfigkeit verrennst, dich recht weit weg bringen, so weit weg wie möglich. Wohin? Auf die andere Seite des Erdballs, nach Amerika! Das würde ich tun, sagte ich zu ihm. Aber als ich dies sagte, hatte ich eins nicht bedacht. Es gibt etwas, das den furchterregenden Leviathan, das große Monster, den selbsternannten Champion der Demokratie, Amerika, mit den rechten und linken Tyranneien verbindet. Und das ist der starke, selbstherrliche, erbarmungslose Staat, der von seinen manichäischen Gesetzen und verstümmelnden Regeln aufrechterhalten wird, von seinen erbarmungslosen Interessen, von seiner Scheu, besser von seinem Haß auf Wesen, die nicht massenhaft auftreten, auf die Individuen, die in seinem Computer nicht vorprogrammiert sind, die nicht dem konformistischen Kodex entsprechen, die keiner Religion angehören. Die einsamen Geächteten. Der einsame Geächtete kommt nicht raus und nicht rein, man gibt ihm keinen Paß, mit dem er die Grenzen der Tyrannei verlassen könnte, und man gibt ihm kein Visum, mit dem er in das Land des großen Monsters, des selbsternannten Champions der Demokratie eintreten könnte. Gerade weil er einsam ist, weil er keine Partei im Hintergrund hat, keine Ideologie, keine Macht, die für ihn bürgt. Paradoxerweise sind die Dissidenten, die die Sowjetunion verlassen, keine solchen einsamen Geächteten: hinter ihnen steht eine Kasuistik, die Doktrin der unaufhebbaren Fronten, steht der Gewinn des Leviathan, für den sie Handelsware sind, Wechselgeld, das im Namen des Weltgleichgewichtes ausgetauscht werden kann. Ich gebe dir einen Corvolan, und du gibst mir einen Bukowski. Ich gebe dir den Spion X oder Y zurück, und du läßt mir einen Solschenizyn gehen. Nicht etwa, weil mir daran liegt, seine Person zu retten, sondern weil ich sein Hirn brauche, um zu zeigen, daß du böse bist und daß sein Fall exemplarisch ist. Hinter einem Don Quichotte aber, der keiner Macht dient, der keinem Widerstand nützlich ist, der keiner Organisation angehört und keinem Konformismus gehorcht, der zum Bombenlegen im Taxi fährt, das seinem Vetter gehört, der folglich nach seinem Gewissen handelt und nach sonst nichts, der seiner Phantasie folgt und sonst nichts, seinen verrückten Träumen nachhängt und sonst nichts, wer steht hinter ihm? Welcher Staat bürgt für ihn, interveniert für ihn, welche Politik? Hat er vielleicht etwas in der Kasuistik zu suchen, kann man ihn vielleicht als Handelsware benutzen, als Wechselgeld, das im Namen des Weltgleichgewichts ausgetauscht werden kann? Weil er nicht ausgetauscht werden kann, müßte der Leviathan mit ihm selbst verhandeln. Aber der Leviathan verhandelt nicht mit Individuen, vor allem nicht mit Individuen, die auf keiner Karteikarte erfaßt sind. Er verhandelt mit den anderen Staaten, mit anderen Doktrinen, anderen Religionen, allerhöchstens mit Parteien, die einen Staat im Staat bilden. Und dann ist es besser, wenn es Parteien sind, die der Doktrin der unaufhebbaren Fronten dienen. Wenn du nicht einmal Kommunist bist, mein Lieber, will Amerika dich nicht. Kommunist oder Faschist oder Sozialist oder Buddhist, irgendein *-ist*, der irgendeiner Organisation angehört oder irgendeinem Konformismus gehorcht, ein Massenmensch, den man katalogisieren kann, in eine Schablone zwängen kann, der berechenbar ist, mit dem man handeln kann, nicht eine verwirrte Parzelle, die nur sich selbst darstellt, die im Computer nicht vorprogrammiert ist und die nur seinen Ablauf hemmt. Theodorakis paßte nach Amerika, weil er Kommunist war, also katalogisiert und in eine Schablone gezwängt werden konnte, außerdem war er ein bekannter Musiker, also ein Gewicht, das man auf die Waage werfen konnte, ihm hatte man die Erlaubnis gegeben, in Amerika einzuwandern... Dies alles bedachte ich nicht, sondern ließ mich von der ewigen Illusion hinwegtragen, daß der Leviathan ein im Grunde gutmütiges Monster sei, daß er seine Ahnen nicht vergessen habe, die auch Verstoßene, einsame Geächtete waren, und es kam mir nicht einmal in den Sinn, daß man dir das Visum verweigern könnte: meine einzige Sorge war, wie ich dich dazu bringen konnte, es zu beantragen.

»Alekos, ich muß verreisen, nach Amerika. Ich werde zwei bis drei Wochen bleiben.« – »Nach Amerika?! Zwei, drei Wochen?« – »Ja, leider. Wie schade, daß du nicht mitkommen kannst. Ich meine nicht als Urlaubsreise, sondern um Kontakte zu knüpfen, nach Unterstützung zu suchen« – »Unterstützung in Amerika? Mit einem Präsidenten namens Nixon, einem Außenminister namens Kissinger und einem CIA, der Chile an einen Pinochet ausliefert und einen Allende ermorden läßt? Hast du vielleicht vergessen, wer Papadopoulos geholfen hat, wer ihn protegiert, wer das größte Interesse daran hat, ihn dort zu sehen, wo er jetzt ist?« – »Nein,

Alekos, nein, aber Amerika besteht nicht nur aus Nixon und Kissinger und dem CIA; ich kenne in Amerika mehr kritisch denkende Menschen als in Europa. Und, ob es dir nun gefällt oder nicht: du mußt zugeben, daß eine Menge neuer Ideen dort geboren werden.« – »Sie gehen aber auch dort schneller zugrunde als anderswo. Die kritischen Denker dort zählen nicht, sie erreichen nichts, sie haben überhaupt keinen Einfluß auf die Entscheidungen von Nixon und Kissinger und dem CIA. Sie verhindern keine ungerechten Kriege, keine unreinen Bündnisse, keine Hexenverfolgungen.« – »Das stimmt, aber einige Kongreßmitglieder haben sich sehr gut benommen, als du verurteilt wurdest. Und sie beauftragten Johnson, bei Papadopoulos zu intervenieren, damit er dich nicht erschießen lasse.« – »Hm.« – »Ganz abgesehen davon, daß in Amerika die UNO ist. Und daß bei der UNO U Thant ist, der mehr als sonst einer sich für dich eingesetzt hat.« – »Hm.« – »Es gibt auch viele Griechen in Amerika. Denk nur, siebenhunderttausend in New York, siebenhunderttausend in Chicago, dreihunderttausend in San Francisco und mindestens zweihunderttausend in Washington. Und noch mehr in den anderen Städten. Es gibt in Amerika mehr Griechen als in Italien, Deutschland und der Schweiz zusammengenommen.« – »Und? Die Griechen in Italien und Deutschland und in der Schweiz sind noch Griechen, sie sprechen Griechisch, und Griechenland liegt ihnen am Herzen. Die Griechen in Amerika sind längst Amerikaner, sie sprechen kein Griechisch, und Griechenland ist ihnen herzlich egal.« – »Du täuschst dich. Sie sprechen sehr wohl Griechisch. Sogar die Jungen. Mein Blumenhändler in New York ist ein Grieche, der Griechisch spricht. Die Kellner im Restaurant neben dem Blumenhändler sind Griechen, die Griechisch sprechen. Und wenn du mit mir nach Amerika kommen würdest, könnte ich dich mit einem Haufen griechischer Studenten bekanntmachen, die Griechisch sprechen und Feinde der Junta sind. Außerdem würde ich dich mit den Senatoren und Abgeordneten zusammenbringen, die sich für dich eingesetzt haben. Und mit U Thant und anderen Freunden der UNO. Und du könntest in den Universitäten sprechen. Und im Fernsehen, und ...« – »Das glaubst du doch selber nicht, daß sie im Fernsehen einen Typen wie mich reden lassen.« – »Warum nicht? Amerika ist ein Land, das alle aufnimmt, auch seine Kritiker.« – »Amerika ist ein Elefant, der sich jeden Luxus erlauben kann, auch den Luxus der Toleranz. Und wenn du Kritik an ihm übst, kitzelt ihn das nicht einmal, und wenn es ihn doch kitzelt, kichert er, als piekse man ihn ein bißchen in der

Achselhöhle. Abgesehen davon, daß ich für Amerika kein Kritiker bin, sondern ein Hindernis. Ich habe versucht, einen ihrer Schützlinge umzubringen, erinnerst du dich? Vor Hindernissen spielt der Elefant nicht lange Theater: er rennt sie um, zertritt sie.« Nun, bis hierher hatte ich dich gebracht, nun mußte man nur noch den letzten Köder auswerfen. Ich versuchte es: »Würdest du denn nach Amerika gehen?« – »Warum?« – »Viele verstehen nicht einmal, daß man dorthin fahren will, daß man die Kultur und die Menschen kennenlernen will. Sie meinen, es sei ein Verrat, hinzufahren, und der Manichäismus ...« Ich merkte, wie die Angelschnur sich spannte. Du runzeltest die Stirn: »Was heißt Manichäismus?« – »Es heißt, die Welt und das Leben in zwei teilen zu wollen: gut und böse, schlecht und schön; kurz: Schwarzmalerei.« – »Hm! Das ist Fanatismus.« – »Ja.« – »Dogmatismus.« – »Ja.« – »Du glaubst doch nicht, daß ich zu denen gehöre?« – »Nein, aber ...« – »Aber was?! Glaubst du vielleicht, ich hätte Eisenvorhänge in mir? Und wer hat denn gesagt, daß ich nicht nach Amerika will? Ich gehe nach Amerika, nach Rußland, nach China, zum Nordpol, überallhin, wo man etwas Neues kennenlernen kann! Wo jemand ist, der mir zuhört! Und wer sagt denn, daß ich nicht dorthin kann?!« Es klappte. Und wie es klappte! »Niemand hat das gesagt, Alekos. Aber du hast kein Visum, und ...« – »Das Visum beantragt man. Wo beantragt man es? Wo kriegt man es?« – »Hm ... ich weiß nicht ... Am Konsulat in Mailand dauert es meist nur zehn Minuten ...« – »Gut. Pack die Koffer.« – »Die Koffer?« – »Ja, wir fahren nach Mailand.« – »Nach Mailand?« – »Ja, und dann nach Amerika. Ich möchte den Elefanten kennenlernen. Und die Senatoren, die Abgeordneten, diese Kellner und diese jungen Leute, die Griechisch sprechen. Und U Thant. Und den Blumenhändler. Und wer immer bereit ist, mir ein bißchen zu helfen. Es wird eine sehr nützliche Reise sein, warum habe ich nur nicht früher daran gedacht?«

In Mailand wolltest du nicht einmal ins Hotel gehen, so ungeduldig warst du. Da es nahezu fünf Uhr nachmittags war und die Ämter gleich schließen würden, ließen wir das Gepäck in der Portierloge und liefen gleich zum Konsulat. Der Angestellte dort empfing uns vor der Fahne des Leviathan, dessen Ahnen Verstoßene und einsam Geächtete sind, so daß man immer vergißt, daß die Zeiten sich geändert haben, und so weiter. Der Angestellte, der uns bediente, war ein Blondschopf mit sommersprossigem Gesicht und zartem Näschen, und auf seinem Schreibtisch stand, daß er den Rang eines Vizekonsuls innehatte. Er hieß Carl MacCullum und hatte das verdrießliche Aussehen von jemandem, der gerade in dem Augenblick aufgehalten wird, in dem er nach Hause gehen und sich von einem mit Nichtstun verbrachten Arbeitstag ausruhen will. Um keine Zeit zu verlieren, ließ er dich in Eile das Formular ausfüllen, das danach fragte, ob du Kommunist seist oder ob du an Gott glaubst, dann drückte er den Visumstempel in den Paß und trug deine Personalien ein, das Datum der Ausstellung und das des Verfalls. Er wollte gerade auch seine Unterschrift daruntersetzen, als die Sekretärin liebevoll und mütterlich ausrief: »Der Arme, wie sehr er in den letzten Jahren gelitten haben muß!« Er hielt sofort inne, sah dich prüfend und mißtrauisch an und sagte: »Why? Where have you been in these years?« – »Er will wissen, wo du in diesen Jahren gewesen bist«, übersetzte ich etwas überrascht. Wir hatten es ja schon in das Formular geschrieben. »Sag's ihm!« Ich sagte es ihm, er verstand nicht. »Boiati? What ist Boiati? Is it a clinic, a hospital?« – »Er will wissen, ob Boiati eine Klinik oder ein Krankenhaus ist«, übersetzte ich mit der dunklen Ahnung, daß mein Vertrauen zum Leviathan ein weiteres Mal niedergetrampelt werden sollte, und diesmal auf deine Kosten. Du hingegen lächeltest amüsiert, ahnungslos. Du hegtest nicht den geringsten Zweifel, daß die Sache gut ausgehen würde: ich mußte sehr überzeugend gewesen sein, als ich dir die Vorzüge des großen Leviathan darlegte, der-alle-aufnimmt-auch-seine-Kritiker. »Not exactly? What do you mean by saying not exactly?« – »Er will wissen, was du damit meinst«, übersetzte ich, während die dunkle Vorahnung wuchs. »Ich meine damit, daß Boiati ein Gefängnis ist, ein Militärgefängnis. Ein häßliches Militärgefängnis«, antwortetest du, immer noch amüsiert und ahnungslos lächelnd. Die Feder des Blondschopfs fiel mit einem kleinen dumpfen Geräusch nieder. »A prison? A military prison? Why have you been in a prison, a military prison?!« – »Er will wissen, warum du in einem Gefängnis warst, in einem Militärgefängnis.« Dein Lächeln erlosch, deine Stimme wurde heiser. »Sag's ihm.« Ich sagte es ihm: »Herr Vizekonsul, dies ist Alexander Panagoulis. Der Held des griechischen Widerstands.« – »Greek Resistance? What resistance? Resistance for what? Against whom?« – »Er will wissen, welcher Widerstand, Widerstand wofür, gegen wen.« Deine Stimme wurde noch heiserer. »Sag ihm, er soll mir den Paß zurückgeben.« – »Ohne Visum?« – »Ohne Visum.« – »Gut. Will you please ...« Aber noch bevor ich den Satz zu Ende gesprochen hatte, verschwand der Paß in einer Schublade. »Sorry, I cannot sign it. Nor I can give it back to you.«

Ich sah dich an. Du warst bleich und sahst ihn mit solch maßlosem Staunen an, daß deine Augen wie die eines Blinden aussahen. »Was hat er gesagt?« – »Er hat gesagt, daß er nicht unterschreiben und den Paß auch nicht zurückgeben kann.« – »Antworte ihm, daß er nicht das Recht dazu hat, als Amerikaner einen griechischen Paß einzuziehen, und dazu in Italien. Sage ihm, wenn er ihn mir nicht gibt, so nehme ich ihn mir.« Ich übersetzte und fügte noch hinzu, daß er eine unrechtmäßige Enteignung vornehme, die mit Gefängnis bestraft werde, daß ich meinen Rechtsanwalt, die Polizei und seine Botschaft anrufen würde und daß er trotz seiner diplomatischen Immunität im Gefängnis landen würde. Dies aber bewirkte nur, daß er in eine unbeschreibliche Panik geriet. Nein, stotterte er, nein, er könne nicht, er dürfe nicht, der Stempel sei ja jetzt schon drin, nein, was für ein schrecklicher Fehler, o Gott, was für ein unverzeihlicher Fehler, was für ein entsetzliches Unglück, die Schuld läge bei ihm, aber wie sollte man es wiedergutmachen, nein, nein, nein. Er zitterte. Jenes krampfhafte Zittern, das die Kaninchen schüttelt, wenn man sich ihrem Käfig nähert und sie vor Angst ganz zusammenfallen, wenn ihnen das Herz unter dem Fell zu platzen droht und sie nicht wissen, wohin sie gehen und wie sie sich verteidigen sollen: wie wahnsinnig rennen sie im Käfig hin und her, krallen sich mit den Vorderpfoten am Gitter hinauf, und da: jetzt schloß er die Schublade ab, versteckte den Schlüssel in der Innentasche seiner Jacke, damit wir ihn ihm nicht wegnehmen konnten, dann griff er nach dem Telefon und stellte es auf seine Knie, damit wir nicht etwa tatsächlich die Anwälte, die Botschaft, die Polizei anriefen, von den Knien stellte er es auf ein Tischchen, vom Tischchen in eine weitere Schublade, um es dort zu verschließen, aber es paßte nicht hinein, er vertraute es der Sekretärin an, die umsonst versuchte, ihn zu beruhigen. »Herr Vizekonsul, regen Sie sich doch nicht so auf, der Stempel ohne Unterschrift hat absolut keine Gültigkeit.« Aber es nützte nichts, er hielt an seiner grotesken Aufregung fest und bereicherte sie nun durch Hilferufe an den barmherzigen und mächtigen Herrn: oh, mercyful Lord; oh, mighty Lord. Mit einem Mal erhob er sich, um zu seinem Vorgesetzten zu gehen, ihm die Schandtat zu gestehen, ihn um Rat zu fragen, und als er zurückkehrte, hatte er sich beinahe beruhigt. »Are you a communist?« – »Nein, ich bin kein Kommunist«, antwortetest du. »Do you belong to any party?« – »Nein, ich gehöre keiner Partei an«, antwortetest du. Keine Handelsware. Kein Wechselgeld, das man im Namen des Weltgleichgewichts austauschen konnte. Keine Karteikarte, die man in einen Computer stecken konnte. Keine anerkannte Autorität, keine Ideologie, keine Macht, die für dich bürgte. Tatsächlich? Tatsächlich. In diesem Fall müsse er, um dir den Paß zurückgeben zu können, bei der griechischen Regierung um Erlaubnis ansuchen. »Bei wem?!« – »Bei der griechischen Regierung.« Ich schaute dich wieder an. Die Entrüstung, die dich vorher hatte starr werden lassen, verwandelte sich in eine düstere, furchterregende Wut. Du standest auf. Du strecktest ihm den Finger entgegen, bis er fast seine Nase berührte: »Amerikaner, gib mir den Paß zurück. Sofort.« – »But then ... I must cancel ... the stamping ...« – »Er sagt, in diesem Fall müßte er den Stempel wegradieren.« – »Sag ihm, er könnte sich auch die Eier wegradieren, wenn er welche hat.« – »Mr. Panagoulis says, that you may cancel your balls too, if you have got any.« Augenblicklich holte er aus der Innentasche der Jacke das Schlüsselchen wieder hervor. Die Schublade ging auf, der Paß erschien in den Pfötchen des Kaninchens, das mit verquetschter Stimme verkündete, daß es sich einen Augenblick mit seinem Vorgesetzten beraten müsse und daß du dich um Gottes willen nicht aufregen solltest. Und als du den Paß wieder hattest, prangte auf der Seite mit dem Stempel ein großer schwarzer Fleck. Und die neun Buchstaben, aus denen das englische Wort »cancelled« besteht. Einsamer Mann wird ausgelöscht, cancelled.

Ausgelöscht und verleumdet. Am nächsten Tag schrieb ich daher an den Botschafter des Leviathan, einem gewissen Volpe, den die Italiener Golpe nannten. Und dieser, anstatt sich zu entschuldigen, ließ uns von einer gewissen Margaret Hussmann, Konsulin in Rom, antworten. Die gewisse Margaret Hussman, Konsulin in Rom, ließ uns wissen, der Botschafter wolle nach eingehender Prüfung der Angelegenheit uns darüber informieren, daß der Vizekonsul Herr Carl MacCullum sich überaus korrekt verhalten habe, und daß dir laut den Artikeln 212(a)9, 212(a)10, 212(a)28F(ii) des Immigration Nationality Act das Visum verweigert würde. Worauf sich diese Artikel, diese Kabbala-Ziffern bezogen, stand nicht in dem höchst ungezogenen Schreiben; aber ich erfuhr bald, daß es auf deine »moralische Schamlosigkeit« abzielte: auf den verübten oder versuchten Tyrannenmord; denn der Versuch, ein rechtmäßiges Regime zu stürzen, war ein Verbrechen, das der Immigration Nationality Act mit dieser Titulierung bedachte, »moralische Schamlosigkeit«. Ich erfuhr ebenfalls, daß die Ablehnung auch von Washington aus gebilligt und besiegelt worden war, von einem gewissen Kissinger, der zu jener Zeit herrschte, und daß also keine Hoffnung auf eine

Änderung bestand. Aber die Wege des Schicksals sind mannigfaltig. Denn besessen von der Idee, in ein Amerika einzureisen, das dich nicht wollte, stürztest du mit einem beschmutzten Paß zu Nicola nach Zürich. Und am 17. November, dem Jahrestag deiner Verurteilung zum Tode, warst du nicht in Athen, wo Joannidis auf dich wartete, um sein altes Versprechen einzulösen: ich-werde-dich-erschießen-lassen-Panagoulis.

»Und wie soll ich jetzt zurückkehren, wiiie?!« In Athen hatten innerhalb von zwei Tagen die Unruhen unerhörte Ausmaße angenommen. In den Zeitungen stand, daß überall in der Stadt Barrikaden errichtet worden seien, zersplitterte und entwurzelte Embleme der Junta, Demonstranten hatten die Omnibusse requiriert und fuhren damit herum, sie trugen Aufschriften wie Weg-mit-der-Junta, Nieder-mit-dem-Faschismus, Nieder-mit-den-Amerikanern-und-ihren-Lakaien; auf einem Foto sah man sogar deine Mutter mit schwarzen Strümpfen, schwarzem Kleid und einem Proviantkörbchen in der Hand, und junge Männer trugen sie im Triumph ins Polytechnikum. Auf einem anderen Bild sah man die Menge, die aus der Universität herausquoll, bis in den Odos Stadiu hinein, mit einem Meer von roten Fahnen; wohl zehntausend Menschen, und nicht ein Polizist. Aber es waren Bilder, die schon vierundzwanzig Stunden zurücklagen, und die Morgenzeitungen, in denen sie abgedruckt waren, brachten zugleich Nachrichten ganz anderen Inhalts. Kurz nach Mitternacht waren Panzer in die Hauptstadt eingezogen, ungefähr fünfzig Panzer mit neunzig Geschützen, und die meisten fuhren vor dem Polytechnikum auf, in das die Studenten sich eingeschlossen hatten, um von dort aus den Kampf zu führen. Aber die Tore wurden aufgebrochen, es wurde geschossen, und Dutzende starben; unter den Toten war auch jener junge Mann im karierten Hemd, der dir damals in Sunion die beiden Dosen mit dem Sprengstoff gegeben hatte. Er starb mit einer deiner Hymnen auf den Lippen, und niemand würde ihm dies je danken. Die Geschichte schert sich nicht um die Komparsen. »Und wie soll ich jetzt zurückkehren, wiiie?!« Und mit der Wildheit eines gefangenen Tigers durchmaßest du mit großen Schritten das Wohnzimmer von Nicolas Haus. Wenn ich dir sagte, »beruhige dich, auch der eisernste Wille muß sich mit den unvorhersehbaren Dingen abfinden, die das Schicksal beschert«, spucktest du mir eine Feindseligkeit entgegen, die an Haß grenzte. »Du bist schuld, du, du, du! Du hast mir diese Flausen mit der Amerikareise in den

Kopf gesetzt! Du hast mich zu diesem Scheißkonsulat gebracht, zu diesen heuchlerischen Faschisten, die nicht einmal den Mut haben, zuzugeben, wer ich bin! Du warst es, die mich zu diesem stotternden Kaninchen gebracht hat! Heute wäre ich in Athen, wenn du nicht wärst! Ich hätte mit meinem Paß zurückkehren können, und mit diesem Paß kann ich nie mehr zurück, nie, nie, nie!« Deine Augen waren voll Tränen und ohnmächtiger Verzweiflung.

Nicola kam herein mit den Abendzeitungen. Das Polytechnikum war im Morgengrauen geräumt worden, sagte er, die Regierung sprach von einem Dutzend Toten und ein paar hundert Verletzten; man redete schon von einem Massaker. Die Unterdrückungsmaßnahmen waren nun auch auf Saloniki, auf Patras und auf die bäuerliche Bevölkerung von Megara ausgedehnt worden, aber Athen blieb Mittelpunkt. Die Panzer standen auch vor dem Parlament, und ab vier Uhr nachmittags bestand Ausgangssperre. Von besonderer Wichtigkeit war eine Ansprache, die Papadopoulos im Radio gehalten hatte. Er verkündete die Wiederaufnahme des Kriegsgesetzes, das im letzten August außer Kraft gesetzt worden war, und er sprach von ›anarchistischen Minderheiten und skrupellosen politischen Aufwieglern, die im Dienst des internationalen Kommunismus die Ordnung im Lande stören‹. »Hat er das gesagt?« – »Ja.« – »Im Radio, nicht im Fernsehen?« – »Ja.« Sofort beruhigte sich dein Zorn, du sahst mich ohne jeden Vorwurf an. »Dann spricht Papadopoulos mit einem Revolver an der Schläfe. Mit dem Revolver von Joannidis. Papadopoulos ist nunmehr eine Marionette in den Händen von Joannidis, seine Pseudo-Demokratisierung ist mißlungen, sein Regime ist am Ende, und ebenso sein Versuch, es durch Scheinwahlen zu legalisieren; das Heer hat ihm den Rücken gekehrt. Diese Panzerwagen kommen nicht von ihm, sie kommen von Joannidis: Joannidis hat die Unruhen angestiftet, hat gewartet, bis sie genügend angeschwollen waren, um sie dann brutal niederzuschlagen; Joannidis hat das Massaker im Polytechnikum veranstaltet, um zu zeigen, daß Papadopoulos ein unfähiger Schwächling ist; und Joannidis ist es, der nun herrscht, in jeder Hinsicht, unterstützt vom harten Kern.« – »Und wenn du jetzt zurückkehrst, gebe ich dir genau fünf Minuten zu leben, nachdem du in Athen aus dem Flugzeug gestiegen bist«, murmelte Nicola. Du lächeltest traurig: »Es besteht nicht die geringste Notwendigkeit dazu, daß ich jetzt zurückkehre. Es würde zu nichts führen, außer dazu, in der Nachbarzelle von Papadopoulos zu landen.« – »Was sagst du da?!«

– »Ich sage, daß Joannidis kein Mann der Kompromisse ist: er wird Papadopoulos verhaften. Ich sage, daß wir uns alle getäuscht haben: dies war kein Volksaufstand, sondern ein Staatsstreich innerhalb des Staatsstreiches. Diesmal war es Joannidis, der ihn gemacht hat: um Papadopoulos zu entmachten und die Diktatur zu stabilisieren, mehr noch, um wieder zu einer Militärdiktatur zurückzukehren. In einer Woche wird dies alles offiziell bekannt sein.«
Deine Prophezeiungen wurden bestätigt. Acht Tage später stellte Joannidis Papadopoulos unter Hausarrest. Auf den Präsidentenposten der Republik hingegen setzte er einen General namens Phaidon Gizikis. Eben jenen Gizikis, der 1968 deinen Erschießungsbefehl unterzeichnet hatte und der dich im folgenden Jahr in der Zelle von Gudì besuchen kam, um dich dazu zu bewegen, etwas zu essen. »Ich bitte Sie, Herr Panagoulis, essen Sie etwas.« – »Ohne Besteck, Her General? Ich bin kein Hund.« – »Ich begreife das, Herr Panagoulis, Sie müssen aber die Verbitterung der Leute verstehen. Kaum daß man Ihnen einen Löffel gibt, bohren Sie damit ein Loch in der Mauer!« In deiner Geschichte treten fast stets die gleichen Personen auf; selten nur verschwinden sie von der Bühne und verlieren sich im Dunkel. Fast so, als machten sich die Götter einen Spaß daraus, sie dir immer wieder als Köder vorzuwerfen.

Wir kehrten in das komfortable Hotel in Rom zurück, und hier verlangtest du zu meiner Verwunderung nach der gleichen Suite, die dir nach unserer Ankunft in Italien deine Schuldkomplexe verursacht und die Vertreter des falschen Opfermutes schockiert hatte. Wir waren frühmorgens angekommen, und seitdem tatest du nichts anderes, als schweigend die Vorhänge, die Lampen, die Tischlampen, das Innere des Kamins, die Polsterung der Sessel zu untersuchen: als wäre irgendwo eine Bombe versteckt. »Was suchst du denn?« – »Nichts.« – »Warum stöberst du herum?« – »Pst!« Endlich, nachdem du zum zigsten Mal alles durchgemustert hattest, setztest du dich auf das Sofa und sprachst mit lauter Stimme: »Hm! Nenni sagt, ich sei im Exil, aber Joannidis denkt anders. Er scheint überzeugt davon, daß ich mich in Athen aufhalte, denn in den letzten Tagen hat er mich sogar noch zwischen den Steinen des Parthenon suchen lassen. Er gibt nicht auf, dieser Joannidis. Er hat die Unverfrorenheit eines kleinen Robespierre. Und er weiß, wie man in einer Militärdiktatur die Macht behält, er weiß, daß in einer Militärdiktatur nicht der herrscht, der an der Spitze der Regierung steht oder auf dem Präsidentenposten sitzt, sondern der, der das Heer unter sich hat. Armer Averoff. Er wird ganz von vorn anfangen müssen mit seiner Brückenpolitik. Und diesmal wird er sich mit Joannidis arrangieren müssen.« – »Averoff?« Immer wenn man ihn am wenigsten erwartete, tauchte er plötzlich auf, dieser Averoff. »Ja, Averoff. Der, der den Aufstand der Marine organisiert und dann alles ausplaudert, der immer irgendwie durchkommt. Wer weiß, was er Papadopoulos versprochen hatte, und wer weiß, was er ausheckt, um Joannidis hinters Licht zu führen. Vielleicht benutzt er Gizikis dazu.« – »Aber was hat denn Averoff damit zu tun?« – »Er hat damit zu tun. Hu, was für eine Hitze!« Du stießest die Terrassentür auf und tratest hinaus. Aufgeregt winktest du mir, ich solle dir folgen. Ich ging widerwillig hinaus: der Winter nahte und draußen war es kalt. »Aber was soll das...« – »Pst! Sprich leise!« – »Leise? Wo du dir vorher die Seele aus dem Leib geschrien hast!« – »Weil ich wollte, daß sie mich gut hören.« – »Wer?« – »Die, die mich belauschen. Ich bin sicher, daß sie irgendwo Mikrophone angebracht haben.« – »Ach was, Mikrophone! Wer sollte denn Mikrophone angebracht haben!« – »Wer auch immer. Die griechische Botschaft, der amerikanische Geheimdienst, der italienische Geheimdienst, um dem amerikanischen Geheimdienst und der griechischen Botschaft einen Gefallen zu tun...« – »Das war es also, was du suchtest, die Mikrophone?« – »Genau.« – »Warum bist du dann hierher zurückgekommen und hast nach der gleichen Suite verlangt?« – »Weil kein Ort so sicher ist wie der, von dem du weißt, daß er belauscht wird. Wenn du es weißt, kannst du dich danach richten, und du kannst sie sogar noch irreführen durch falsche Aussagen. Machen wir eine Probe.« – »Was für eine Probe?« – »Du wirst schon sehen. Jetzt gehen wir wieder hinein, und ich werde sagen, ich führe nun nach Athen zurück. Du mußt nur mitspielen. Aber nicht lachen, ja?« Nun ja, immer noch besser, als hier im Novemberwind herumzuschlottern. »Meinetwegen.« Wir gingen ins Zimmer zurück, und du begannst wieder laut und sehr deutlich zu sprechen. »Dann reise ich also morgen ab. Ich nehme die Maschine, die um sieben Uhr abends in Athen ankommt.« – »Hast du gebucht?« – »Man soll nie buchen. Das würde sie nur warnen. Man geht am besten im letzten Augenblick hin und wird schon einen Platz bekommen. Scheint es dir klug, meinen Namen schon zwei Tage vorher auf die Passagierliste setzen zu lassen?« – »Du wirst doch nicht unter deinem Namen reisen, Alekos, mit deinem Paß?!« – »Vielleicht doch.« –

»Ich bin in Sorge.« – »Es wird alles gutgehen, ich verspreche es dir.« – »Alekos, was hast du vor in Athen?« – »Wie einfältig du doch bist! Was meinst du, habe ich vor in Athen? Ein Attentat natürlich!« – »Auf wen?« – »Auf Joannidis natürlich, auf wen sonst?«
Du hattest den Betrug wirklich teuflisch gut ausgedacht. Erstens hattest du einen Freund in Athen darum gebeten, er möge am nächsten Tag an den Flughafen gehen und aufpassen, ob sich irgend etwas Ungewöhnliches ereigne. Zum Beispiel ein größeres Polizeiaufgebot gegen sieben Uhr abends. Dann hattest du es so eingerichtet, daß du dich fünfundvierzig Minuten vor Abflug jener Maschine am römischen Flughafen befandest. Dies war der boshafteste Teil der ganzen Geschichte, denn er schloß einen nichtsahnenden Nicola ein. In dieser Woche sollte Nicola dich nach Stuttgart begleiten, um dir bei der Kontaktaufnahme mit einigen Griechen beizustehen, und statt ihn in Zürich zu treffen, wie es normal gewesen wäre, hattest du ihn gebeten, dich in Rom abzuholen. So würden sie dich vor deinem vermeintlichen Abflug nach Athen mit ihm zusammen sehen, und jeder Zweifel über die Authentizität des Gesprächs, das über Mikrophon belauscht worden war, würde schwinden. »Alekos, sie werden trotzdem merken, daß du bluffst.« – »Sie werden es nicht merken, laß mich nur machen. Es reicht mir, wenn sie uns zusammen sehen, wenn er die Zollkontrolle passiert hat, dann werde ich schon rechtzeitig genug verschwinden, damit sie meinen, ich sei in die Maschine gestiegen.« Da sieht man dich also eilig und ungeduldig nach einem Taxi winken, fahren-Sie-schnell-bitte-ich-muß-zum-Flughafen, du steigst aus, mit einer Aktentasche, die auch eine Reisetasche sein könnte, du sagst mir adieu wie einer, der verreist, und flüsterst mir währenddessen die letzten Befehle zu. Völlig grundlos soll ich früher als du ins Hotel zurück, völlig grundlos mich von Leuten fragen lassen, wo du seist. Wir sollten uns zum Abendessen mit Nicola wiedertreffen, wir hatten uns in einem Restaurant verabredet, und um Mitternacht wollten wir zum Hauptpostamt gehen, um den Freund in Athen anzurufen und ihn zu fragen, was geschehen beziehungsweise nicht geschehen war. Ich gehorchte nur, um dir eine Freude zu machen, überzeugt, daß es sich um nichts als eine Kinderei handelte, daß an der Geschichte mit den Mikrophonen nichts Wahres wäre. Aber ich täuschte mich. Um Mitternacht berichtete uns der Freund, daß schon nachmittags der ganze Flughafen in Aufruhr gewesen sei. Soldaten auf den Startbahnen, Funkwagen, Ambulanzen: es fehlten nur noch die

Panzer. Bei Ankunft der Maschine, um sieben Uhr, hätte sich die Sache ins Dramatische gesteigert, denn alle Passagiere seien durchsucht worden wie Kriminelle, man habe einen Spanier festgenommen, einen dunkelhaarigen, etwa dreißigjährigen, schnurrbärtigen Spanier; kurz, einen, der dir ähnlich sah. »Bist du nun überzeugt? Gibt's nun versteckte Mikrophone oder nicht?« Ein triumphierendes Lächeln lag auf deinem Gesicht. Nicola hingegen schien so nervös, daß seine ganze Gelehrtheit verschwunden war und sogar die drei akkuraten Spitzen seines Brusttüchleins verrutscht waren. Das sei eine unnötige Frotzelei gewesen, sagte er immer wieder, und früher oder später würden sie dich dafür zahlen lassen. Du müßtest aufhören mit diesen privaten Kämpfen, diesen persönlichen Duellen. Du müßtest andere Methoden einschlagen, sonst würdest du gar nichts erreichen. Wolltest du den bewaffneten Widerstand? Nun gut, den bewaffneten Widerstand stelle man nicht auf die Beine, indem man sich mit solchen persönlichen Duellen die Zeit vertreibe; viele müßten daran teilnehmen. Und diese vielen müßtest du zusammensuchen, ohne gleich den Mut zu verlieren, wenn du sie nicht innerhalb einer Woche oder eines Monats fändest. »Komm, wir fahren nach Stuttgart. Fangen wir in Stuttgart, in Deutschland an.«

Deutschland, Frankreich, Schweiz, Österreich, Italien, Süden und Norden: ich kann mir nichts Trostloseres vorstellen als diese Reisen auf der Suche nach Kämpfern unter den Exilanten und Emigranten Griechenlands. Ein resignierter Nicola begleitete dich, ich fuhr nicht mit, ich habe also deine Niederlagen nicht miterlebt; aber um sie zu begreifen, genügte mir der Anblick deines abgezehrten Gesichts, als du zurückkamst, die Art, wie du den Koffer fallen ließest, einfach fallen ließest, als enthalte er die ganze Last deiner Bitterkeit, die Stimme, mit der du murmeltest: »Worte, Worte, Worte!« Dann deine Erzählung über das, was geschehen war, ein immergleiches Einerlei. Jubelnde Empfänge bei deiner Ankunft, Beifall bei den Versammlungen, die du in irgendwelchen Theatern abhieltest, unzählige Festmahle in Wirtshäusern, vom Buzuki betäubt, Leibwachen, die deinen Schlaf mit Superautomatic im Halfter bewachten, Küsse, Umarmungen, Frauen, die sich anboten, mit dir ins Bett zu gehen, und alles in allem nicht ein Hund, der gesagt hätte, ja, laß uns mit Gewehren gegen Joannidis kämpfen. »Sag mir, warum?!« Überflüssige Frage, denn üblicherweise weigertest du dich, die Dinge so zu sehen, wie sie wirklich waren; in Griechenland war es dir nicht gelungen, eine Handvoll

Freiwillige zusammenzutrommeln, um die Akropolis zu besetzen, und in Italien warst du nur auf eine Barriere von Unbehagen und Mißtrauen gestoßen. Auch hier war keiner bereit, sich auf selbstmörderische Unternehmungen einzulassen, und schon gar nicht, wenn sie nicht von einer Partei, einer Ideologie gelenkt wurden. Auch hier tauchte die Frage nach deiner politischen Stellung auf, das Problem deines Einzelgängertums, die Tatsache, daß du nicht als Handelsware zu gebrauchen warst, nicht als Wechselgeld, das man im Namen des Weltgleichgewichtes eintauschen konnte: wer-ist-er-denn, was-will-er-denn, wer-bürgt-für-ihn. Das doktrinäre Denken vergiftet nicht nur die Hirne der ausländischen Politiker, programmiert nicht nur den Computer des großen Leviathan; es verdirbt auch das Hirn deiner Brüder, die alsbald in den gleichen Bahnen denken: ›Ist's möglich, daß er kein Parteibuch, keinen Ausweis hat, daß er keiner Kirche angehört?‹ Und es nützt auch nichts, ihnen zu antworten: aber das ist Panagoulis, der euch vom Tyrannen befreien wollte, den man zum Tode verurteilt hat und den man jahrelang in einen Hühnerstall ohne Fenster eingemauert hat! Seine Vergangenheit bürgt für ihn, seine Gegenwart, seine Lauterkeit! Sie schauen mit erloschenen Augen auf, hören mit tauben Ohren zu. Ja, aber der Ausweis, das Parteibuch, wo ist es? Ist er Sozialist, ist er Kommunist, ist er Buddhist? Und schlimmer noch, wenn er nicht imstande ist, mit gelehrten Ausdrücken begründen zu können, weshalb er sich keiner Doktrin, keiner Formel anheimgeben will und kann. Er ist ja kein Philosoph, er ist ja kein Denker: er hat sich über die Dinge, die er weiß, nie den Kopf zerbrochen, hat sie nie bis zu ihrem Grunde durchdacht. Er kann nur sagen, daß er ein Mensch sein will und daß Menschsein soviel bedeutet wie frei sein, mutig sein, kämpfen, sich der eigenen Verantwortung stellen, also packen wir es an, bekämpfen wir sie, diese Diktatur.
Mit dieser Ausstattung, mit deinem Namen als einziger Bürgschaft, deiner Vergangenheit als einziger Visitenkarte, präsentiertest du dich den griechischen Emigranten in Deutschland, in Frankreich, in der Schweiz, in Italien, und wieder ranntest du mit dem Kopf gegen eine Wand. Entweder wurde dein Aufruf zum bewaffneten Widerstand mit der ermüdenden Phrase zurückgewiesen: ich-würde-ja-gerne-aber-ich-habe-Familie, oder er fiel ins Leere, weil die meisten nicht wußten, in wessen Namen du sie aufriefst, zu wem du gehörtest, wer hinter dir stand. Ganz abgesehen davon, daß viele schon von den Kommunisten oder den Papandreisten in Beschlag genommen worden waren. Und wenn

mit den ersteren ein Gespräch praktisch unmöglich war, weil dein Freigeist gegen ihren Dogmatismus prallte, so hegtest du gegen die letzteren eine unüberwindbare Verachtung: es war die Verachtung für die Anhänger eines Demiurgen, der unter dem eigenen Nachnamen eine Partei führte, nein, schlimmer, unter dem Nachnamen seines berühmten verstorbenen Vaters. Vor allem verachtetest du den Demiurgen selbst: schon in der Nacht unseres Zusammentreffens hatte ich bemerkt, mit welchem Hohn du über ihn urteiltest. Es genügte, daß einer den Namen Andreas Papandreu aussprach, und schon ließest du dich zu lauter ungerechten Ausrufen hinreißen: »Dieser Schwätzer! Dieser Scharlatan! Dieser volksverdummende Possenreißer!« Mit solcher Wut, mit solchem Groll sprachst du dies, daß ich zuerst dachte, eine persönliche Feindschaft stünde dahinter, die daher kommen mochte, daß er dich vor deinem Attentat so enttäuscht hatte. Vergeblich warst du zu ihm gefahren, um ihn um Unterstützung zu bitten; du hattest nur leere Versprechungen und Lügen geerntet. Ich überlegte auch, ob ein gewisses Ressentiment schuld daran war, weil er sich's im Exil in Toronto wohlergehen ließ, ganz nach Art jener Politiker, die sich in Sicherheit bringen, sobald es gefährlich wird, und zurückkehren, wenn die Gefahr vorüber ist, um sich an den Opfern der anderen schadlos zu halten. Als er aber während des Massakers im Polytechnikum nach Rom gekommen war, um zu verkünden, daß die Revolte von ihm ausgegangen und gelenkt worden sei, daß die Aufständischen ihn täglich angerufen hätten, um von ihm Befehle in Empfang zu nehmen, Andreas-was-sollen-wir-tun-Andreas, und daß es nicht vierzig Tote gegeben hätte, sondern vierhundert, fünfhundert, sechshundert, tausend, da begann ich zu begreifen. Ich begriff, daß Papandreu für dich die Verkörperung eines heutzutage weitverbreiteten Gebrechens war, ebenso weitverbreitet wie das dogmatische Denken: der geschwätzige Populismus derer, die leer daherkläffen, das Revolutionärstum à la Mussolini derer, die glauben oder uns glauben machen wollen, sie meinten nur das Wohl des Volkes, der abstrakte Maximalismus derer, die sich das Adjektiv ›sozialistisch‹ anlegen wie ein modisches Gewand, eine einträgliche Lüge. So war deine Verachtung gegen ihn bei weitem nicht nur eine private Angelegenheit, sondern traf vielmehr die linken Handwerker der Politik, die Abenteurer, die mit ihrer Unverschämtheit der Rechten einen Vorwand zu Protesten liefern, deren Staatsstreiche auslösen und für ihr schmutziges Korsett von Recht und Ordnung verantwortlich sind.

Und eben jener Linken gehörten zum großen Teil jene an, die dir den Rücken gekehrt hatten. Ich kann mir wirklich nichts Trostloseres vorstellen, als diese Reisen, von denen du mit abgezehrtem Gesicht zurückkehrtest. Oder aber auch mit dem aufgedunsenen Gesicht des Trinkers. In der Tat war dies die Zeit, in der das Trinken dir zur täglichen, perversen, masochistischen Gewohnheit wurde, das äußere Zeichen der Verzweiflung, die dich innerlich zerriß. Dies war auch die Zeit, in der dein Sancho Pansa sich vom Schildknappen zum Krankenwärter aufschwang und versuchte, dich mit heiterer Liebe in den Käfig zu locken, in das Waldhaus.

2. Kapitel

In allen Märchen gibt es ein Waldhaus, ein geheimes Refugium, in das der Held sich zurückzieht, um auszuruhen oder sich auf den nächsten Kampf vorzubereiten, und auch in deiner Geschichte gibt es ein Waldhaus, das von Florenz, und zu Beginn des neuen Jahres zogen wir uns heimlich dorthin zurück. Ich sage heimlich, denn nur wenige kannten die Adresse. Das Haus war im übrigen nicht leicht zu finden: es stand an einem abgelegenen Ort, das Nummernschild war mit der Zeit so verblichen, daß man es fast nicht mehr lesen konnte, und die wenigen, die uns besuchen kamen, verirrten sich meist auch dann, wenn sie schon einmal dagewesen waren. Erinnerst du dich? Auf halber Höhe der von Platanen und Linden gesäumten Straße, die durch das eleganteste Viertel der Stadt führt, war eine Ringmauer; in dieser Ringmauer war in der Nähe der Autobushaltestelle ein Törchen, von wuchernden Pflanzen halb verdeckt; hinter dem Törchen führte ein erst kurvenreicher, dann gerader Privatweg durch einen Park mit Zypressen, Pinien und Roßkastanien. Am Ende des geraden Wegstückes, hinter einer wundervoll schützenden Lorbeerhecke, stand das Haus: eine vierstöckige Villa im Jugendstil, einst vornehmer Wohnsitz einer Patrizierfamilie und nun von drei oder vier Mietern bewohnt. Nachdem der Besitzer gestorben war, hatte man die Villa in Wohnungen aufgeteilt. Es versteht sich von selbst, daß wir nicht eine ganze Wohnung hatten: wir hatten dort ein Zimmer im dritten Stock, an der Nordseite, eine Art Studio mit separatem Eingang. Um dorthin zu gelangen, mußte man sechs steile

Treppenabsätze hinaufsteigen, auf denen man außer einem hysterischen Dackel und einem knurrigen Foxterrier niemandem begegnete. Das Zimmer war groß, dank eines Badezimmers und einer Küche auch bewohnbar, die großen Fenster ließen viel Licht herein. Eine Tür führte auf eine Terrasse mit schmiedeeisernem Geländer; dort sah man auf den hinteren Teil des Parks, wo der kleine Weg sich in zwei Kurven teilte und die Lorbeerhecke sich mit dem Fliederbusch vermählte. Weithin waren nur wundervolle, herrlich belaubte Bäume zu sehen, einige waren so groß, daß sie wohl hundert oder zweihundert Jahre zählen mochten, und einige waren so nah, daß man sie berühren konnte. Die Äste einer Roßkastanie zum Beispiel berührten das Fensterbrett, und ohne den Arm weit ausstrecken zu müssen, konnte man die Kastanien pflücken und ihre glänzende Oberfläche streicheln. Das Schönste aber war ein riesiger Spiegelschrank, der die ganze hintere, den Fenstern gegenüberliegende Wand einnahm und in dem sich die Roßkastanie und die Zypresse spiegelten, so daß man meinte, nicht in einem Zimmer, sondern im Wald zu sein. Wenn man die Fenster öffnete, wurden selbst die Vögel von dem Trugbild angelockt, ahnungslos flogen sie auf den Spiegel zu, um sich auf einen Ast zu setzen, und als sie merkten, daß kein Ast da war, hielten sie erschrocken inne, schlugen mit den Flügeln aufgeregt gegen die unsichtbare Barriere, flatterten kreuz und quer durch das Zimmer auf der Suche nach irgendeinem Blättchen oder Zweiglein, das da sein mußte und doch nicht da war, und kauerten sich schließlich auf der Lampe zusammen, um dort kläglich zu piepsen und das Köpfchen zwischen der Wirklichkeit draußen und dem Trugbild drinnen hin und her zu bewegen, unfähig, zwischen Schein und Wirklichkeit zu unterscheiden. Um sie wieder hinauszujagen, schwenkten wir Handtücher und riefen: »Dorthin! Hinaus! Dorthin!« Eines Morgens kam ein Rotkehlchen so schwungvoll hereingeflogen, daß es augenblicklich mit seinem eigenen Spiegelbild zusammenprallte und mit einem gebrochenen Flügel zu Boden fiel. Es war ein sehr junges Rotkehlchen, vielleicht war dies sein erster Flug, und du hobst es zitternd und behutsam auf, schientest ihm den Flügel mit Stöckchen und Pflastern, bautest ihm ein Nest in einem Hut, wo es zwei Tage und zwei Nächte verweilte und klägliche dünne Pieptöne von sich gab, die erst im Morgengrauen des dritten Tages verstummten. Und du sprangst aus dem Bett: »Es ist wieder gesund, es ist wieder gesund!« Aber es war nicht wieder gesund, sondern gestorben, du streicheltest das leblose gefiederte Häufchen und murmeltest: »Das Trugbild hat

dich getötet, du siehst, was passiert, wenn man sich auf Sachen stürzt, die es nicht gibt.« Dann legtest du es in eine kleine Blechschachtel und begrubst es unter der Zypresse: »Wer wegen eines Trugbildes stirbt, verdient ein gutes Begräbnis.«
Das Waldhaus hatte auch große Nachteile. Jene von Platanen und Linden gesäumte Straße zum Beispiel war sehr einsam, die Toreingänge der Häuser waren hermetisch abgeschlossen, in der Nähe gab es kein Geschäft, kein öffentliches Gebäude, keinen Treffpunkt außer der Bushaltestelle, an der niemand aus- oder einstieg. Unser Törchen hingegen war immer offen, keine Laterne beleuchtete den Weg zum Haus, nachts war die kleine Privatstraße ganz in Dunkelheit gehüllt. Bis zum Haus waren es wohl hundert Meter: wenn jemand dich hätte anfallen oder ausrauben oder umbringen wollen, so hätte er nichts anderes tun müssen, als sich im Dunkeln hinter einem Baum oder der Lorbeerhecke zu verstekken und auf dich zu warten. Aus Vorsicht nahmen wir deshalb abends stets ein Taxi, aber nur selten fuhr das Taxi bis ans Törchen heran, und selbst wenn es dies tat, war es meist schon wieder abgefahren, bevor wir noch den Schlüssel ins Schloß gesteckt hatten: jeder hätte somit die Möglichkeit gehabt, über dich herzufallen. Dies hatte mich bedenklich gestimmt, als wir uns in dem Haus einmieten wollten, aber du hattest dich über meine Bedenken hinweggesetzt und gesagt, daß die Schönheit ihre Gefahren habe und daß es sich bei einem so bezaubernden Ort lohne, diese Gefahren in Kauf zu nehmen. Darum hatten wir den Vertrag unterzeichnet und die Wohnung eingerichtet. Bilder an den Wänden, Bücher in den Regalen, ein Schreibtisch in der richtigen Ecke, ein Schaukelstuhl neben der Terrasse und sogar eine wertvolle Tiffany-Lampe auf einem Tischchen. Du versprachst: »Du wirst sehen, hier werde ich viel heiterer sein!« Du hattest anfangs dein Versprechen gehalten. Anfangs gab es Augenblicke, in denen ich glaubte, die erste Woche des Glücks wieder zu erleben. Nachts liebten wir uns mit mitreißender Leidenschaft, dann schliefen wir eng umschlungen ein. Das Doppelbett war viel zu groß für uns. Tagsüber erlaubten wir uns den einen oder anderen kleinen Luxus, wie etwa, am gleichen Tisch zu arbeiten, ohne uns wechselseitig zu stören, oder zusammen im Park spazierenzugehen, uns im Stadtzentrum zu einem Kaffee zu verabreden, die Verliebten zu spielen, die heiter die Ringe wechseln. Eines Nachmittags kamst du mit einem schmalen, mit Brillanten besetzten Ehering für mich nach Hause, und gleich lief ich, um einen Ring aus Weißgold für dich zu kaufen; aber ich irrte

mich in der Größe, statt an den Ringfinger mußtest du ihn an den kleinen Finger stecken, wo er zu meinem Vergnügen immer bleiben sollte, denn du beklagtest dich darüber, indem du das italienische Wort für Ring, »anello«, falsch aussprachst und »agnello«, Lamm, sagtest: »Questo piccolo agnello! Dieses kleine Lamm!«
Zwischendurch gab es natürlich auch Zeiten, in denen du schlecht gelaunt warst. Zum Beispiel, wenn du die Post am Hauptpostamt abholtest, das wir als Adresse angegeben hatten, um die Verschwiegenheit des Waldhauses zu wahren, und wenn unter den Briefen aus Athen sich einige befanden, die deinen Schuldkomplex, das Gefühl, im Exil zu sein, aufleben ließen. Alles in allem aber war es, als sei ein unerwarteter Friede an die Stelle der Wochen voller Hysterie getreten, die wir in Deutschland, in der Schweiz, in Frankreich vergeudet hatten, und das, was du jetzt tatest, verriet einen gesunden Menschenverstand: für eine römische Tageszeitung schriebst du eine Kolumne mit der Überschrift ›Griechischer Widerstand‹, deine Gedichte kamen in einer zweisprachigen Ausgabe heraus, italienisch und griechisch, so daß sie auch in Griechenland gelesen werden konnten, du besorgtest Stempel, um Flugblätter gegen die Junta zu improvisieren. Dies war ein genialer Einfall, denn um in Athen solche Flugblätter herzustellen, mußte man sich an eine illegale Druckerei wenden, und dies konnten nur die Kommunisten und Papandreisten sich leisten. Mit den Stempeln aber brauchte man nur noch Papier und ein paar Stempelkissen, um die Slogans aufzudrucken. Unter den Slogans war auch jener, der am Parthenon hatte stehen sollen: *Agonas kata tis tirannias – Agonas dia tin elefteria*; Kampf gegen die Tyrannei – Kampf für die Freiheit. Du hattest hundertfünfzig Stempel anfertigen lassen, die ungefähr so groß wie zwei Zigarettenschachteln und darum handlich waren, dann hattest du sie in Taschen mit doppeltem Boden versteckt und sie nach und nach Leuten gegeben, die nach Athen fuhren. Drei solche Taschen hatten ihr Ziel erreicht; vier weitere warteten in dem Spiegelschrank. Außerdem trankst du sehr wenig, bis zum Abendessen stilltest du deinen Durst ausschließlich mit Orangensaft: im Laufe eines Monats hattest du dich nur an zwei oder drei Abenden betrunken. Und auch dann hielt sich deine Trunkenheit in Grenzen, sie erreichte nur die erste Stufe, jene, die die Tore deiner Gesprächigkeit öffnete und deinem Witz freien Lauf ließ. »Nun ja, ich bin heute abend nicht enthaltsam. Aber kannst du dir Sokrates vorstellen, wie er mit Kriton oder Phaidon oder Simmias diskutiert

und nur Orangensaft trinkt?« Das einzige, was mich beunruhigte, war eine geheimnisvolle Reise nach Schweden. »Ich muß nach Stockholm.« – »Um nach Emigranten zu suchen?!« – »Nein, nein.« – »Warum mußt du dann nach Stockholm?« – »Puh! Bin ich denn beim Verhör?« Aus Stockholm kamst du mit einem kleinen Paket und einem Briefumschlag zurück, beides schlossest du in eine Schreibtischschublade ein und stecktest dann den Schlüssel in deine Tasche, ohne mir den Grund zu sagen. »Alekos, was hast du da versteckt?« – »Nichts.« – »Es wird doch kein Sprengstoff sein?« – »Quatsch, Sprengstoff!« Die Sache gefiel mir nicht, und immer, wenn ich die Schublade ansah, überkam mich Angst. Aber von bewaffnetem Widerstand redetest du nicht mehr, und auch nicht mehr davon, daß du nach Athen zurückwolltest. Bald aber sollte ich merken, daß sowohl diese gute Laune als auch all dieser Friede nur dazu dienten, mich zu hintergehen.

»Die Kunst entsteht aus der Not und geht am Reichtum zugrunde.« – »Das stimmt nur manchmal, Alekos: du kannst nicht leugnen, daß die Statuen von Phidias Kunst sind, du kannst ebensowenig leugnen, daß die Sixtinische Kapelle Kunst ist, und dennoch entstand weder das eine noch das andere aus der Not. Sie entstanden aus dem Reichtum.« – »Halt den Schnabel. Ich spreche nicht mit dir, ich spreche mit ihm.« Wir saßen beim Abendessen mit dem Verleger, der deine Gedichte veröffentlichen wollte und der nach Florenz gekommen war, um uns die Korrekturfahnen zu bringen. Ich reagierte deshalb wütender, als ich es getan hätte, wenn wir allein gewesen wären. »Was erlaubst du dir, du ungehobelter Mensch!« – »Halt den Schnabel, sag ich dir. Was weißt denn du schon von Phidias, wo du nicht einmal durch die Nase rauchen kannst? Schauen Sie, sie atmet den Rauch nicht einmal durch die Nase ein. Was für einen Sinn hat es zu rauchen, wenn man den Rauch nicht durch die Nase einatmet?« – »Jeder raucht auf seine Weise, ich rauche auch nicht gerne durch die Nase, und ich kann beim besten Willen nicht sehen, was Phidias mit dem Rauchen und mit der Nase zu tun haben soll«, sagte der Verleger überrascht. Wohl um meine Wut zu besänftigen, zündete er sich eine Zigarette an und rauchte sie nur durch den Mund. Dies bewirkte nur eine Steigerung des ungerechten Angriffs gegen mich. »Das soll wohl ein Bündnis sein? Verteidigen Sie die Schwachen, was? Sie ist gar nicht schwach, glauben Sie das nur nicht, sie ist stärker als ich. Sie ist wie von Eisen. Auch ihr Herz ist aus Eisen! Haben Sie sie jemals weinen gesehen?« Das war wirklich merkwürdig. So etwas war noch nie vorgekommen. »Und sie ist nicht nur unfähig zu rauchen, sie kann auch kein Feuerzeug bedienen. Sie läßt es mindestens dreißig Sekunden offenstehen, bevor sie das Rädchen dreht, und verschwendet dadurch eine Menge Gas. Überhaupt, alles, was sie tut, tut sie stümperhaft. Wissen Sie, wie sie die Briefmarken aufklebt? Verkehrt herum, so daß sie auf dem Kopf stehen. Und wenn man sie darauf aufmerksam macht, zuckt sie mit den Achseln und sagt, es sei völlig egal. Sie hat vor niemandem Respekt. Sie glaubt an nichts und an niemanden.« Ich konnte dein Verhalten nicht einmal auf übermäßiges Trinken zurückführen. Du hattest nur ein Glas getrunken, der Wein interessierte dich an diesem Abend nicht. Wir hatten auch keine Meinungsverschiedenheiten gehabt. Im Gegenteil, bis zu dem Augenblick, in dem du diese Bemerkung von der Kunst gemacht hattest, die angeblich aus der Not entsteht und im Reichtum zugrunde geht, warst du freundlich und zuvorkommend gewesen. Wurdest du vielleicht verrückt? Der Verleger schien sich die gleiche Frage zu stellen; aber seine Ungläubigkeit von vorhin verwandelte sich langsam in Feindseligkeit: »Es ist sicher notwendig, wie von Eisen zu sein, Alekos, wenn man Ihre Überspanntheit ertragen will. Einschließlich des Herzens. An ihrer Stelle hätte ich längst einen Herzinfarkt bekommen.« – »Aha? Das Bündnis geht weiter!« – »Mit Bündnis hat das nichts zu tun. Es hat ...« – »Es hat damit zu tun, daß Sie nicht wissen, wer die Fresken der Sixtinischen Kapelle gemalt hat. Na, wer hat die Fresken der Sixtinischen Kapelle gemalt?« – »Winston Churchill, Alekos.« – »Gut. Bravo. Und welches war der wahre Beruf von Winston Churchill?« – »Basketball-Spieler.« – »Genau. Und wann starb Winston Churchill?« – »1965, im Alter von einundneunzig Jahren.« – »Falsch, falsch! Winston Churchill starb 1967 mit achtzig Jahren.« Nun, du hattest also auch ihn unter Beschuß genommen, aber scherzhaft; Gott sei Dank. Ich konnte mein indigniertes Schweigen brechen und an dem Spiel teilnehmen. »Er hat recht, Alekos. Churchill starb 1965 im Alter von einundneunzig Jahren.« – »Ich habe gesagt, 1967 mit achtzig.« – »Nein, Alekos. Es tut mir sehr leid, Ihnen widersprechen zu müssen, aber es war 1965. Am 24. Januar 1965. Ich erinnere mich gut daran, weil ich an jenem Tag in London war und am nächsten Tag mein Sohn geboren wurde.« Die Stimme des Verlegers klang trocken, kriegerisch. Gerade so, wie du es brauchtest, um deinerseits in einen anderen Ton zu verfallen: »Sie lügen.« – »Ich lüge nicht, und jeder wird Ihnen bestätigen, daß dies das richtige Datum ist. Rufen Sie bei einem Zeitungsarchiv an.« – »Ich werde

anrufen«, sagte ich und erhob mich. Als ich zurückkam, sagte ich: »Sie haben sogar in einer Enzyklopädie nachgesehen. Churchill wurde am 30. November 1874 geboren und starb am 24. Januar 1965. Dies ist eine historische Tatsache.« – »Die Archive irren. Die Enzyklopädien irren. Die historischen Tatsachen irren auch.« – »Und du gehst uns auf die Nerven!« – »Ach? Sehr gut.« Du warfst eine Handvoll Geld auf den Tisch und verließest das Restaurant, ohne zu Ende zu essen. Und ohne uns zu grüßen.
Ich war sicher, dich zu Hause vorzufinden, als ich um Mitternacht dort eintraf. Aber das Haus war leer und die sonst immer abgeschlossene Schublade stand offen; nur noch das Päckchen lag darin, der Briefumschlag war verschwunden. Mein Gott, enthielt der Umschlag etwa ...? Ich riß die Türen des Spiegelschranks auf: wenn die vier Taschen mit den Stempeln noch da wären, so würde sich der Verdacht zumindest verringern. Aber zwei Taschen fehlten, du warst also wirklich nach Athen gefahren. Mit einem falschen Paß: der Briefumschlag enthielt einen falschen Paß. Und das Päckchen? Was war in dem Päckchen? Ich öffnete es. Eine Perücke. Eine blonde Männerperücke. Also warst du vielleicht doch nicht nach Athen gefahren. Vielleicht nach Zürich? Ich rief Nicola an: »Erwartest du ihn? Kommt er zu dir?« – »Nein.« – »Kann es sein, daß er kommt, ohne es dir vorher zu sagen?« – »Nein, warum fragst du mich?« – »Weil...« – »Ich komme sofort.« Und am nächsten Tag kam er, mit seinem weißen Taschentuch in der Jackentasche und seinen geduldigen Augen. »In welcher Stimmung war er, als er aus Schweden zurückkehrte?« – »In bester Stimmung.« – »Was für ein Briefumschlag war es denn?« – »Ein normaler Umschlag.« – »In der Größe eines Passes?« – »Mehr oder weniger.« – »Ja, dann reist er im Augenblick mit einem schwedischen Paß, unter dem Namen eines Herrn Bersen oder Eriksson.« – »Aber warum hat er mir nichts gesagt?« – »Aus den gleichen Gründen, aus denen er damals auf dem Land die Pläne verschwieg, die er schmiedete: um zu verhindern, daß du ihn zurückhältst. Das entspricht doch seinem Stil, nicht wahr? Auch die Tatsache, daß er dich provoziert, beleidigt hat, entspricht seinem Stil. Es ist geradezu seine Strategie. Wenn er dich nicht beleidigt hätte, hättest du ihn auch nicht beleidigt. Also hätte er keine Möglichkeit gehabt, zu gehen, ohne daß du ihm folgtest; nur ein Streit kann einen abrupten Aufbruch rechtfertigen, und nur ein Streit macht es überflüssig, lange Erklärungen abzugeben oder zu lügen.« – »Ich hätte daran denken müssen.« – »Es wäre ihm trotzdem gelungen, dich aufzubringen. Er ist ein Meister in der

Kunst des Provozierens, und wer weiß, wie lange er diese Komödie vorbereitet hat. In gewissen Dingen hat er eine unmenschliche Geduld.« – »Er hat mir sein Vertrauen verweigert.« – »Nein, er hat nach seiner alten Weisheit gehandelt: wer nichts weiß, redet nicht. Wenn wir nicht wissen, wo er ist und was er tut, fällt es uns nicht schwer zu schweigen. Wenn wir es aber wissen, so wird das Schweigen eine Willensanstrengung, und wir laufen ständig Gefahr, uns zu verraten. Und dann gibt es noch eine weitere Regel, die er beherzigt, bevor er sich in ein Unternehmen stürzt, das schlecht für ihn ausgehen könnte: er bricht die Brücken zu jenen ab, die er liebt und die ihn lieben. Er tut dies meist brutal und beleidigend, in dem Glauben, daß sie dann weniger darunter leiden, wenn er ins Gefängnis geworfen oder umgebracht wird. Und es kostet ihn Mühe, glaube mir; er muß gestern abend sehr durcheinander gewesen sein. Die offene Schublade und die zurückgebliebene Perücke sind der Beweis dafür. Ich glaube nicht, daß er sie nur deshalb dagelassen hat, weil er sich sonst auch den Schnurrbart und die Augenbrauen hätte färben müssen. Nun ja. Hoffen wir, daß er kein besonderes Heldenstück im Schilde führt, irgendeine neue Herausforderung, die ihn von seiner Enttäuschung heilen soll. Aber man darf sich nicht viel vormachen: nun, da ihn auch die Emigranten zurückgewiesen haben, will er mehr denn je beweisen, daß er alles allein machen kann. Ich-brauche-niemanden, ich-mache-alles-allein, ohne-die-Kommunisten, ohne-die-Papandreisten, ohne-den-lieben-Gott. Er wird sich niemals ändern.« – »Und was sollen wir jetzt tun, Nicola?« – »Nichts. Es bleibt uns nichts, als zu warten. Und zu hoffen, daß er zurückkehrt.«

Vier Tage später kehrtest du zurück. Das Telefon klingelte: »Ich bin's. Ich bin hier!« – »Wo hier?« – »Am Bahnhof in Rom! Ich steige in den nächsten Zug und komme!« Und drei Stunden später warst du da, unrasiert, schmutzig, zerknittert, schlimmer als ein Bettler, der drei Tage lang im Straßengraben übernachtet hat. Aber dein Lächeln war wie das eines Kindes, das einen Wettbewerb gewonnen oder eine Prüfung bestanden hat. »Ich war dort! Ich war dort! Ich nehme schnell ein Bad, dann erzähle ich dir alles!« Du ließest die Wanne vollaufen, sprangst unter glücklichen kleinen Jauchzern hinein, und dann erzähltest du deine verrückte Geschichte: jedoch ohne ein Wort der Entschuldigung wegen der Sache mit Churchill und ohne eine Erklärung für deine Beleidigungen. Du warst natürlich in Griechenland gewesen. Mit deinem Schnurrbart, deiner Pfeife, deinem Koboloi, unter Tausenden wiederzuerkennen, warst du mit der ersten Morgenmaschine in Athen gelandet: dort warst du von Bord gegangen und hattest dich, mit dem Paß eines gewissen schwedischen Herrn Bjorn Gustavsson, der Grenzpolizei präsentiert. Du rechnetest damit, daß die Polizisten, wie es häufig vorkam, den Passagier anschauen, ohne ihn eigentlich zu sehen, oder nur das Paßfoto mit den Fotos der unerwünschten Personen vergleichen. Und selbst, wenn dies nicht so häufig vorkommt, nun ja, wenn man keine andere Wahl hat, muß man den Stier bei den Hörnern packen und auf sein Glück vertrauen. Rouge et noir, les jeux sont faits, rien ne va plus. Der Polizist hatte zerstreut im Paß herumgeblättert, hatte auf der Liste der Unerwünschten nach dem Namen Bjorn Gustavsson gesucht, hatte das Paßbild mit den Fotos der Gesuchten verglichen und dir dann gähnend den Paß zurückgegeben: »Thank you very much.« In der linken Hand hieltest du die größere Tasche, deren doppelter Boden so groß war, daß du siebenundzwanzig Stempel darin hattest verstauen können, in der rechten Hand die kleinere Tasche mit zwölf Stempeln, und während du zum Zoll gingst, war dir gar nicht erleichtert zumute: am Zoll hätten sie den Paß noch einmal kontrollieren und merken können, daß die Taschen ein wenig zu schwer waren. Aber wenn man sich von solchen Dingen einschüchtern läßt, kommt man auf keinen grünen Zweig, oder? Du tatest jedenfalls so, als seien die Taschen sehr leicht. Also, hin zum Ausgang, dem Zollbeamten gegenüber sich zerstreut geben, wie einer, der nichts zu deklarieren hat, nein, mein Herr, keine Zigaretten, keinen Alkohol, keine Geschenke, nur einige Dutzend Stempel, um Flugblätter gegen die Junta herzustellen, aber das sage ich euch nicht, und ihr seid zu dumm und zu faul, um sie zu finden. Und wenn sie doch nicht zu dumm und zu faul wären? Nochmals rouge et noir, les jeux sont faits, rien ne va plus. Es ging auch dort gut, und da warst du nun in der Stadt, hattest große Lust, zu dem Haus mit dem Zitronen- und Orangenhain zu laufen, deine Mutter zu umarmen, aber das tatest du nicht, und vierundzwanzig Stunden lang hieltest du dich versteckt im Haus eines Freundes. Du gabst ihnen die Stempel und trafst vier Kameraden, die du ›Volksheer des Bewaffneten Widerstandes‹ tauftest. Der Name gefiel dir, weil seine Anfangsbuchstaben im Griechischen das Wort Laòs, Volk, bildeten. Laicòs, Volks-, Antonchi, Widerstand. Oploforì, bewaffnet. Stratòs, Heer. Die Stempel waren alle mit Laòs unterzeichnet. »Aber was willst du mit einem Heer von vier Soldaten anfangen?!« – »Du wirst schon sehen. Ich habe es in Regimenter geteilt: Laòs 1, Laòs 2, Laòs 3, Laòs 4. Ein Mann pro

Regiment.« – »Du wirst nie aufhören zu bluffen, nicht wahr?« – »Nein.«
Den nächsten Tag hattest du damit zugebracht, das zu tun, was dir im Grunde am meisten am Herzen lag: Joannidis zu demütigen. Die Methode, die du dir dafür ausgesucht hattest, war einfach: du zeigtest dich an verschiedenen Orten der Stadt als plötzliche und flüchtige Erscheinung wie Scarlet Pimpernell. Du gingst in eine Bar, bliebst auf einem Bürgersteig stehen, stiegst in ein Taxi, stiegst wieder aus, tratest in die Halle eines Hotels, und sobald du den erstickten Schrei hörtest: »Panagoulis! Das ist doch Panagoulis?!«, verschwandest du, um woanders wieder aufzutauchen, möglichst in einem entfernten Viertel, um Staunen und Unsicherheit zu erwecken. Panagoulis ist zurückgekehrt, man hat ihn auf dem Syntagma-Platz gesehen. Nein, vor dem Polytechnikum. Nein, in Kolonaki. Nein, in Kypseli. Nein, in Pragati. Nein, in der Plaka. Nein, in Piräus. Nein, in Glyfada. Es ist doch nicht möglich, jawohl ist es möglich, ich habe ihn genau gesehen, er war es höchstpersönlich mit seinem Schnurrbart und seiner Pfeife und seinem Koboloi, ich habe ihn sogar gegrüßt, ich habe ihn beim Namen gerufen. Oder: ich wollte ihn grüßen, wollte ihn beim Namen rufen, aber wie ich über die Straße ging, wie ich den Blick wandte, war er nicht mehr da. Bald wurde das Gerücht zu einer Nachricht, und die Nachricht gelangte ins Generalquartier der ESA, und das Dumme war, daß Joannidis nicht daran glaubte. »Woher weißt du das denn?« – »Ich weiß es daher, weil ich zweimal bei der ESA angerufen habe. Und ich habe gesagt: ›Paßt auf, Panagoulis ist hier, informiert sofort den Generalbrigadier.‹ Darauf der Telefonist: ›Man hat uns schon darüber informiert, aber es ist nicht wahr.‹ Eine Weile später habe ich nochmals angerufen und gesagt: ›Paßt auf, es ist wahr, ich bin Panagoulis.‹ Und weißt du, was der Idiot mir daraufhin geantwortet hat? Er sagte: ›Und ich bin Karamanlis.‹ Da kam mir der Gedanke, ihnen einen unerschütterlichen Beweis zu geben; ich bin auf die Akropolis hinaufgestiegen, zusammen mit einem Freund, und habe mich vor dem Parthenon fotografieren lassen, mit einer Tageszeitung in der Hand. So daß man die Schlagzeilen und das Datum genau lesen konnte, verstehst du? Wenn man die Schlagzeilen und das Datum nicht hätte lesen können, so hätte es sich um eine alte Momentaufnahme handeln können. Dann haben wir das Bild in Postkartengröße abziehen lassen und an Joannidis geschickt, mit folgender Widmung: ›Von Alexander Panagoulis, der nach Griechenland kommt, wann es ihm paßt, und der will, daß du dies weißt.‹« –

»Das glaub ich nicht.« – »Ich schwör's dir!« Du sprangst aus der Wanne und holtest das Bild, von dem du einen Abzug zurückbehalten hattest. Es war, wie du gesagt hattest. »Und die Rückreise?« – »Hm! Das war schwierig. Es war geradezu ein Wunder. Mein Freund hat die Bordkarte abgeholt, aber dann mußte ich von neuem durch die Paßkontrolle; ich hatte eine Angst, sag ich dir ... Dann entdeckte ich eine Gruppe von vielleicht dreißig Touristen, und ich habe mich unter die Menge gemischt. Es herrschte ein wüstes Durcheinander, so daß der arme Polizist den Kopf verlor. Er hat nicht einmal begriffen, welcher von uns Bjorn Gustavsson war. Er hat seinen Stempel aufgedrückt und basta. Sieh!«
Ich sah hin und wurde weich in den Knien. Nicht etwa wegen des Stempels, der tatsächlich der tagesfrische Stempel des Athener Flughafens war, sondern wegen des Passes, dessen du dich für die Hin- und Rückreise bedient hattest. Bjorn Gustavsson war ein Jüngling, der so wenig Ähnlichkeit mit dir hatte wie etwa ein weißer Pekinese mit einer schwarzen Dogge. Er hatte ein feines und bartloses Gesicht, mit so zarten Zügen, daß man ihn beim ersten Hinsehen für einen Epheben oder ein Mädchen hielt, seine Haare waren beinahe so blond, seine Augen beinahe so hell wie die eines Albinos. Und, als wäre dies nicht genug, entsprach sein Geburtsdatum ganz und gar seinem Aussehen: achtzehn Jahre. »Du bist verrückt, Alekos.« – »Hm ... Vielleicht hast du recht. Ich müßte das Foto auswechseln. Oder mir den Schnurrbart abschneiden.«

Du wechseltest niemals das Foto aus, und du schnittest dir niemals den Schnurrbart ab. Aber du fandest einen anderen Paß, von einem Italiener, der dir ähnlich sah, und das Hin- und Herreisen ging weiter, jedesmal mit einer absurden Szene vorneweg. Selten nur vertrautest du mir die Wahrheit an. Getreu den Prinzipien, in die Nicola mich eingeweiht hatte, wer-nichts-weiß-bekommt-keine-Angst-und-redet-nicht, und aus einer gewissen Neigung zur Heimlichkeit gelang es dir jedesmal, wenn du nach Griechenland fuhrst, mich zu hintergehen, mich in irgendeinen Streit zu verwickeln, der es dir möglich machte, ›ich-gehe‹ zu sagen. Und obwohl ich den Trick inzwischen längst kannte, fiel ich doch jedesmal darauf herein. »Du kannst ja nicht einmal telefonieren. Wozu hältst du den Zeigefinger immer noch im Loch der Wählscheibe, wenn die Wählscheibe sich zurückdreht? Sie dreht sich doch von allein zurück, oder?« – »Hör auf, Alekos. Ich telefoniere, wie es mir paßt.« – »Ich hör nicht auf, nimm den Finger heraus, das macht mich nervös.« – »Alekos, willst du mich in Frieden lassen, ja oder nein?« – »Nun gut, ich laß dich in Frieden, ich gehe.« Oder: »Venedig ist eine tote Puppe.« – »Vielleicht, aber mir gefällt es trotzdem.« – »Weil du keinen Geschmack hast.« – »Na, man kann vieles sagen, aber nicht, daß der keinen Geschmack hat, der Venedig liebt.« – »Ich sag es aber. Riech mal dein Parfüm: es ist widerlich, es stinkt. Es stinkt nach toter Puppe. Deshalb gefällt dir Venedig, weil es auch nach toter Puppe stinkt.« – »Idiot, Dummkopf.« – »Idiot? Dummkopf?« – »Ja, und ich füge noch hinzu: du hast recht, ich habe keinen Geschmack, der Beweis dafür ist, daß ich mit dir zusammenlebe.« – »Von heute an brauchst du nicht mehr mit mir zusammenzuleben, ich gehe.« Du gingst, und erst am nächsten Tag begriff ich, daß ich wie ein Tölpel von neuem darauf reingefallen war. Nach drei oder vier Tagen kamst du zurück: »Ich bin's! Ich bin's! Rate, wo ich gewesen bin!« Oder: »Grüß dich, Alitaki. Ich habe dir ein Parfüm aus Athen mitgebracht. Das stinkt nicht.« Du konntest mich schon gar nicht mehr beleidigen. Solange du unterwegs warst, trat Angst an die Stelle des Zornes, weil ich dich in Gefahr wußte; dann machte der Zorn der Erleichterung, dich wiederzusehen, Platz. Ich fragte mich höchstens, wozu diese Scarlet-Pimpernell-Auftritte gut seien, außer dazu, dich in Übung zu halten oder das Wortgefecht mit etwas Todesmut zu würzen: vielleicht, um Kontakt aufzunehmen mit Laòs 1, Laòs 2, Laòs 3, Laòs 4? Um irgendwelche Unternehmungen vorzubereiten, die nicht verwirklicht werden sollten? Um zu versuchen, den Kommunisten oder den Papandreisten ein paar Soldaten zu entreißen, um die Einsamkeit zu fliehen, die dich mehr und mehr bedrückte? Um dich nicht zu demütigen, vermied ich es sogar, dir Fragen zu stellen; ich tat so, als handle es sich um höchst wichtige Missionen, aus denen Denkwürdiges hervorgehen würde. Gegen Ende Februar fiel aber eines Abends, als wir zu Hause saßen und Zeitung lasen, mein Blick auf eine Nachricht aus Athen. Zehn Zeilen, nicht mehr. In der vergangenen Nacht, so hieß es, seien in einer Fabrik vier Bomben explodiert, ohne Opfer zu fordern. Eine fünfte hingegen war hochgegangen, während zwei Pyrotechniker, ein Zivilist und ein Soldat, sie entschärfen wollten. Die zwei Pyrotechniker waren umgekommen. Am Ort hatte die Polizei Flugblätter gefunden, die von einer Gruppe namens Laòs 8 unterzeichnet waren. Ich sah dich an: »Wie geht es deinen vier Regimentern?« – »Es sind nicht mehr vier, es sind acht«, antwortetest du mit einem glücklichen Lächeln. »Ich habe Laòs 5, Laòs 6, Laòs 7 und Laòs 8 einberufen. In ein paar Tagen

wirst du sehen, was passiert!« – »Es ist schon passiert, Alekos. Letzte Nacht.« – »Was?« – »Fünf Bomben. Eine ist losgegangen, als sie versuchten, sie zu entschärfen. Sie hat einen Zivilisten und einen Soldaten umgebracht.« – »Wo?« – »In einer Fabrik.« – »Damit habe ich nichts zu tun.« – »Du hast sehr wohl damit zu tun. Man hat Flugblätter von Laòs 8 dort gefunden.« Das Lächeln verschwand. Du sprangst auf und rissest mir die Zeitung aus der Hand: »Ich muß weg.« – »Weg?! Warum?« – »Weil sie mir nicht gehorcht haben! Sie haben mir nicht gehorcht!« – »Worin haben sie dir nicht gehorcht?« – »In allem! Die Bomben sollten nicht dort explodieren! Sie sollten niemanden umbringen, niemanden! Diese Idioten! Diese Dummköpfe!« – »Alekos, das wenigste, was passieren kann, wenn man Bomben legt, ist, daß man damit jene umbringt, die sie entschärfen wollen.« – »Ich weiß. Ich muß weg.« – »Alekos, es ist nicht ihre Schuld, wenn diese zwei Pyrotechniker umgekommen sind. Vor sechs Jahren hätte dir das gleiche passieren können, auch eine von deinen Minen ist nicht explodiert.« – »Ich weiß. Ich muß weg.« – »Der bewaffnete Widerstand ist eine Form des Krieges, Alekos, und im Krieg schießt man nicht mit Bonbons; wenn dein Attentat gegen Papadopoulos geglückt wäre, wer weiß, wie viele Menschen mit ihm gestorben wären.« – »Ich weiß. Ich muß weg.« – »Du wirst nicht wegfahren. Diesmal werde ich dich daran hindern!«
Du fuhrst nicht weg. Ich maß dem keine besondere Wichtigkeit bei: eine deiner charakteristischen Eigenschaften war, immer das Gegenteil von dem zu tun, was du sagtest. Offensichtlich, sagte ich mir, hatte der Schreck über die beiden Toten eine vorübergehende Krise in dir ausgelöst, und gleich danach war dir klargeworden, daß es klüger war, dich von Griechenland für eine Weile fernzuhalten. Du sprachst überhaupt nicht mehr davon. Jenes Gespräch lag bereits einen Monat zurück. In der Zwischenzeit waren all jene dramatischen Vorfälle geschehen, von denen wir noch hören sollten, als wir nach Rom fuhren; kaum waren wir dort angekommen, sagtest du, du müßtest nach Mailand fahren. Die Sache schien mir verdächtig, vor allem, weil du keinen vernünftigen Grund dafür angabst, weshalb du nach Mailand wolltest. »Schau mir ins Gesicht, Alekos: Mailand oder Athen?« – »Ach was, Athen, was hat denn Athen damit zu tun? Und wenn du sicher sein willst, daß ich nach Mailand fahre, brauchst du mich nur dorthin zu begleiten.« – »Einverstanden.« – »Heute abend?« – »Heute abend.« – »Reserviere für uns Plätze im Schlafwagen.« – »Im Schlafwagen? Aber du fährst doch sonst nie im Schlafwagen! Du

sagst doch immer, daß er eine heimtückische Falle sei, daß jeder dem Schaffner den Schlüssel stehlen und ins Abteil hereinkommen könne und daß das Flugzeug viel besser sei!« – »Nein, heute kein Flugzeug.« Ich reservierte die Plätze im Schlafwagen; im Laufe des Tages bemühtest du dich, die Sache allseitig publik zu machen: du telefoniertest von dem Zimmer aus, in dem die Mikrophone versteckt waren, du erkundigtest dich mehrfach beim Hotelportier, ob die Plätze im Schlafwagen wirklich reserviert worden seien, du fragtest mit lauter Stimme nach der genauen Abfahrtszeit. Als wir das Hotel verließen, gab es keinen Hund mehr, der nicht von deinem Vorhaben unterrichtet gewesen wäre. Da waren wir also am Bahnhof, im Zug, im Abteil, der Schaffner verstaute unsere Koffer, und dies war der Augenblick, in dem völlig unerwartet sich der Vorhang lüftete und du das alte Theater zu spielen begannst. »Du hast keine Lust, mit mir nach Mailand zu fahren.« – »Ich habe keine Lust? Aber ich bin doch hier, Alekos!« – »Du bist hier mit einem langen Gesicht, und ich kann Leute mit langen Gesichtern nicht ertragen.« – »Du irrst dich.« – »Ich irre mich nicht, und ich fahre nicht mit dir nach Mailand. Ich halte es nicht aus in einem Abteil mit jemandem, der mich die ganze Zeit schief anschaut.« – »Hör zu, Alekos: du warst es, der nach Mailand fahren wollte, für mich ist es absolut nicht nötig, dorthin zu fahren. Ich mache kein langes Gesicht, ich schaue dich nicht schief an, sondern du willst einen Streit vom Zaun brechen. Gleich wirst du behaupten, Churchill sei heute morgen im Alter von zwanzig Jahren gestorben, nicht wahr?« Während ich dies sagte, wurde mir klar, daß du nur nach Mailand fahren wolltest, um mich und alle anderen hinters Licht zu führen, die deine Wege und Manöver überwachten. Du hattest diesen Plan entworfen, um ohne mich nach Athen zu fliegen; du hattest mich ein weiteres Mal angelogen, erneut war ich darauf hereingefallen, auf die denkbar dümmste Weise. Ich warf einen Blick auf die Uhr; nur noch eine Minute bis zur Abfahrt. Gleich würde der Pfiff des Stationsvorstehers ertönen, der Zug würde sich in Bewegung setzen. Die Zeit reichte nicht mehr, um die Koffer wieder auszuladen; außerdem hätte dies Aufmerksamkeit erregt, und deine Pläne wären zerstört gewesen. Es war also nichts mehr daran zu ändern, gar nichts. Ich fiel auf den Sitz und hörte meine eigene Stimme murmeln: »Du hättest das vermeiden können.« Dann deine Stimme, die antwortete: »Nein, ich konnte nicht.« Der Stationsvorsteher pfiff. Du sprangst hinaus in den Korridor, erreichtest die Wagentür, öffnetest sie und stiegst aus. Der Zug setzte sich in Bewegung, während du unter dem

Schutzdach davonschlichst, mit gesenktem Kopf, ohne dich umzusehen.
Ein Tag, zwei Tage, drei Tage; ich glaubte, ich könne dir diesen üblen Streich, den du mir zum zigsten Mal gespielt hattest, niemals mehr verzeihen. Ich kehrte in das Waldhaus zurück, um dort meine Sachen zu holen und dir einen Brief zu hinterlassen, in dem stand, daß ich nicht gewillt war, eine solche Beziehung länger mitzumachen. Ich sei keine Penelope, die auf Odysseus wartet, stand in dem Brief, ich sei selbst ein Odysseus, ich habe stets wie ein Odysseus gelebt; und die Tatsache, daß ich dir zuliebe meine Natur verleugnet habe und ein Sancho Pansa geworden sei, gäbe dir nicht das Recht, dich in solcher Weise über mich hinwegzusetzen. Ein Sancho Pansa, der treu seinem Don Quichotte folgt, verdiene Vertrauen; man ließe ihn nicht in einem Zug zurück wie einen Koffer. Als ich dich jedoch vier Tage später in jenem grauenhaften Zustand zurückkehren sah, schwand mein Zorn augenblicklich. Du sahst aus wie eine Karnevalsmaske: die eine Hälfte deines Gesichts war brandrot, die andere weiß und blutleer. Die Linie, die dein Gesicht zu zerteilen schien, zog sich von der Stirn über die Nase und das Kinn bis zum Hals hin; das Auge in der weißen Gesichtshälfte sah normal aus, das andere war entsetzlich geschwollen. »Was hast du gemacht?« Statt zu antworten, griffst du nach einer Flasche Wein, machtest sie auf und begannst zu trinken. Schweigend, entschlossen, Glas auf Glas. Das einzige, was du hin und wieder sagtest, war: »Es gelingt mir nicht, mich zu betrinken, es gelingt mir nicht!« Es gelang dir tatsächlich nicht, dein Blick blieb klar, deine Stimme deutlich, und nach wie vor standst du sicher auf den Beinen. Nachdem du die halbe Flasche geleert hattest, gingst du zu dem Schränkchen, in dem die Likörflaschen standen, die dir nicht schmeckten; du holtest alle Flaschen heraus, stelltest sie auf den Tisch und begannst wieder zu trinken. Du trankst alles durcheinander, schüttetest sogar Wodka und Whisky und Kognak in ein und dasselbe Glas, dann kipptest du das Gebräu mit der Entschiedenheit eines Menschen hinunter, der eine übelschmeckende Medizin schlucken muß, und endlich erreichtest du jenen Grad von Betrunkenheit, den du wolltest. Das dritte Stadium, den vorübergehenden Tod. Diesmal aber trug dich die Trunkenheit nicht in die unbegrenzten Weiten des Schlafes, warf dich nicht in die süße Vorhölle des Vergessens, in die sanften Abgründe des Nichts. Bald schon kamst du wieder zu Bewußtsein, du erwachtest mit einem herzzerreißenden Weinen, Tränen und Schluchzer raubten dir den Atem, und durch das nasse Taschen-

tuch hindurch stießest du Wortfetzen hervor, einen eintönigen Kehrreim. »Weg, haben sie gesagt, weg! Weg! Geh weg, weg!« – »Wer hat das gesagt, wer denn?« – »Sie. Weg, haben sie gesagt, weg! Weg! Geh weg, weg!« Es dauerte die ganze Nacht, bis ich begriff, was in Athen geschehen war. Nach den fünf Bomben und dem Tod der beiden Pyrotechniker hatte niemand mehr den Mut gehabt, sich dir zu nähern, und niemand duldete dich mehr in seiner Nähe. Nur zwei deiner Freunde hatten sich zu einer Begegnung mit dir am Strand überreden lassen, aber nicht, um zu hören, was du ihnen zu sagen hattest, sondern um dir den Abschied zu geben: deine Art zu kämpfen interessierte sie nicht mehr, sie hätten beschlossen, in eine Partei einzutreten, und sie würden dies auch tun. Viel Glück und tschüs. Ich fragte dich, wo du übernachtet hättest, und du zeigtest auf die rote Hälfte deines Gesichts und sagtest: »Wo die Bettler und die herrenlosen Hunde übernachten.« Nachdem du vergebens nach einem Ruhelager für die Nacht gesucht hattest, warst du gegen Morgen an den Strand zurückgekehrt, erzähltest du. Dort hattest du dich hingelegt, die eine Hälfte des Gesichtes auf Sand gebettet, die andere schutzlos der aufgehenden Sonne zugewandt. Eine große Schwäche hatte dich überkommen. Bis zum Nachmittag warst du so liegengeblieben, nahezu bewußtlos, und als du die Augen wieder öffnetest, warst du von einem Schwarm von Kindern umgeben, die sich damit vergnügten, dich zu zwicken und naß zu spritzen. »Er ist tot, er ist tot!« Du hattest nicht die Kraft, dich gegen sie zu wehren; du warst aufgestanden und hattest zu Fuß den Flughafen erreicht. »Die eine Wange und das eine Augenlid brannten, zu dieser Jahreszeit ist die Sonne in Athen fast so stark wie im Sommer, und ich hatte Angst, man könnte etwas sehen. Aber man sah nichts. Erst später, im Zug, ist die eine Gesichtshälfte so rot geworden.« Ich verarztete dich mit einer Brandsalbe und versuchte dich zu trösten: »Bei der nächsten Reise, Alekos...« Du unterbrachst mich: »Es wird keine nächste Reise mehr geben. Seit heute bin ich wahrlich im Exil. Es ist besser so, denn an die Bomben, an die Explosionen, an die Waffen, an die glaube ich nicht mehr. Jeder Idiot kann einen Gewehrhahn abziehen oder ein Maschinengewehr abfeuern oder zwei Pyrotechniker und sogar einen Tyrannen umbringen. Und was ändert das? Wenn ein Tyrann tot ist, holt man einen anderen, und oft sind gerade diejenigen die neuen Tyrannen, die die alten erschossen haben. Nein, nicht indem man Leichen sät, macht man die Welt erträglicher, sondern mittels der Ideen. Die wahren Bomben sind die Ideen! Oh, Theòs! Theòs mu!

Wie viele Jahre habe ich vergeudet! Es wird Zeit, daß ich zu denken beginne. Das Schlimme ist, daß ich müde bin. Entsetzlich müde.«
Es war das erste Mal, daß du zu mir sagtest: die wahren Bomben sind die Ideen, jeder Idiot kann einen Gewehrhahn abziehen oder ein Maschinengewehr abfeuern oder zwei Pyrotechniker und sogar einen Tyrannen umbringen. Ich sah dich verblüfft an. Wann hattest du begonnen, dies zu begreifen, was hatte den Durchbruch dieser Erkenntnis bewirkt, die deiner Persönlichkeit so fremd war? War es der Tod der beiden Pyrotechniker gewesen, oder der Schock, dich von deinem kleinen Heer verstoßen zu sehen? Oder hatten diese Geschehnisse einen Samen zum Keimen gebracht, der immer schon auf dem Grunde deines Bewußtseins gelegen hatte? Was für eine Freude, wenn du wirklich zu denken beginnen würdest, wenn du jenen Intuitionen Gestalt gäbest, die du bis dahin nur in knappen Sentenzen oder Gedichten zum Ausdruck gebracht hattest! Welch himmlisches Geschenk, wenn es dir gelingen würde, der Wahrheit ins Auge zu sehen, die wir nie wahrhaben wollen, weil sie nicht bequem ist oder weil es uns an Mut fehlt oder weil die Binde über den Augen, die die Diktatur des Intellekts uns anlegt, uns verwehrt, sie zu sehen! Zum Beispiel, weshalb du einsam warst und weshalb du bei allem, was du begannst, einsam bliebst. Und die Gründe, weshalb dies, weit entfernt davon, ein Übel zu sein, ein Segen war. Wohl ein Schmerz und eine Mühe, aber auch ein Segen: es ist die einzige menschliche Art zu kämpfen, an die Freiheit zu glauben, die Welt um ein geringes reiner, klüger, erträglicher zu gestalten. Denn die Welt ist nicht eine abstrakte Idee: die Welt, das bist du, das bin ich, das ist er. Und wenn du dich nicht änderst, ich mich nicht ändere, er sich nicht ändert, jeder für sich, auf seine individuelle Weise, aus eigenen Stücken, so ändert sich nichts, und wir bleiben Sklaven. Tatsache aber war, daß du zugegeben hattest, müde zu sein. Und daß es diese Müdigkeit gab, dessen war ich mir schon bewußt geworden. Als ich die letzten Wochen überdachte, fiel mir sogar das Ereignis ein, das mich dazu gebracht hatte, sie zu erkennen. Ich will es dir erzählen.

Mit Beginn des Frühjahrs, also lange bevor jene tragische Reise nach Athen alle Hoffnung darauf, deinem Exildasein einen sinnvollen Inhalt zu geben, zunichte gemacht hatte, war das Waldhaus entdeckt worden. Dies wurde uns klar, als wir ein paar junge Männer in Blue jeans bemerkten, die von morgens bis abends vor dem Törchen an der Bushaltestelle herumstanden. Es waren merkwürdige junge Männer. Zunächst fiel auf, daß sie dort standen, als wollten sie in den Bus einsteigen; wenn der Bus aber kam, so stiegen sie nicht ein; aus der Entfernung konnte man sehen, wie sie lebhaft miteinander redeten, wenn man sich ihnen jedoch näherte, verstummten sie. Fast als wollten sie uns nicht hören lassen, in welcher Sprache sie sich unterhielten. Sie waren mal zu dritt, mal zu viert oder zu fünft; zwei von ihnen aber waren immer die gleichen, und diese beiden trugen einen Gürtel mit einem Hakenkreuz an der Schnalle. Italiener oder Griechen? Wir hatten natürlich auch erwogen, ob es sich nicht nur um Faulpelze handelte, die sich dort trafen, oder ob vielleicht die beiden mit dem Hakenkreuz in der Villa wohnten; aber wir hatten sie kein einziges Mal jenseits des Törchens angetroffen. Schließlich konnten wir es uns nicht anders erklären, als daß sie allein deinetwegen da waren. Waren sie von jenen geschickt, die deine Wege überwachen und deine Fahrten in die Heimat erfahren wollten, oder kamen sie im Auftrag derer, die dich entführen und umbringen wollten? In der ersten Woche wolltest du sie zur Rede stellen, dann überlegtest du es dir anders: solange sie uns nicht mit Worten oder Gesten belästigten, hatten wir keinen Grund, die Initiative zu ergreifen; es war klüger, so zu tun, als hätte man sie nicht gesehen. Als einziges Zeichen eines Kriegszustandes gestattetest du dir, die Pfeife wie ein Schwert zu schwingen, wenn wir aus dem Haus traten: du hieltest den Pfeifenkopf in der Faust, so daß das Mundstück nach vorne ragte. »Weißt du, was für eine Waffe das ist? Wenn einer dich anfällt, brauchst du sie ihm nur ins Auge zu stoßen.« – »Und wenn du das Auge verfehlst?« – »Das ist gleich, wo immer du hintriffst, entsteht ein Loch. Natürlich nur, wenn das Mundstück gerade und nicht geschwungen ist.« Und wehe, wenn ich sagte, ein Revolver wäre wohl wirksamer, ich würde einen Revolver kaufen und ihn in meine Handtasche stecken. »Keine Waffen! Ich verbiete es dir!« Dein Vertrauen auf die Kampftauglichkeit des Pfeifenmundstückes, das gerade und nicht geschwungen sein mußte, war so grenzenlos, daß es dich taub machte gegen meine Bedenken; im übrigen habe ich dich niemals mit einer Waffe in der Hand gesehen. Du, der du als Bombenleger, als Organisator von bewaffnetem Widerstand, von Sprengstoffanschlägen, Überfällen auf Kasernen galtest, empfandest Waffen gegenüber eine physische Abneigung. Du wußtest nicht einmal mit ihnen umzugehen, du konntest nicht einmal ein Jagdgewehr richtig anlegen: du hieltest den Kolben zu tief, du legtest ihn nicht an die Wange und verfehltest immer das Ziel – auch wenn es sich um einen schlafenden Vogel auf einem zwei Meter entfernten Ast handelte. Dann tröstetest du dich mit den Worten: »Wenn ich den wieder erwische, versetze ich ihm einen Hieb mit der Pfeife und lege ihn um!«

Nun aber zurück zu den jungen Männern in Blue jeans. An der Schwelle des Sommers nahmen die schweigende Überwachung der Jünglinge vor dem Törchen ein Ende, statt dessen trat aber etwas anderes an deren Stelle: etwas Raffinierteres, Grausameres. Jede Nacht kam, kaum daß wir die Lichter ausgelöscht hatten, ein runder Lichtstrahl durch jenes Fenster, das auf die Terrasse mit dem schmiedeeisernen Geländer ging, und fiel auf uns wie ein Stein aus Licht. Wie es ihnen gelang, den Lichtstrahl mit solcher Genauigkeit auf unser Zimmer zu richten, blieb uns immer rätselhaft. Durch das Dunkel des Parks sahen wir, daß der Scheinwerfer recht weit weg war, hinter den Pinien, die die Umfassungsmauer säumten; um in unser Zimmer zu dringen, mußte der Lichtstrahl durch Dutzende von Bäumen hindurch und eine Art Korridor ohne Stämme und Laub finden. Trotzdem gelang es ihm ausgezeichnet, und trotz der Barriere der Jalousien quälte uns das blendende Licht: mal glitt der Lichtstrahl langsam über die Wände oder über die Zimmerdecke oder über das Bett, mal zuckte er nervös von oben nach unten und von links nach rechts, machte Kreuzzeichen, dann blitzte er boshaft hin und her und blieb heiß und untastbar auf unseren Augen liegen. Dies war der Augenblick, in dem du den Kopf verlorst. Du konntest diese untastbare Hitze auf den Augen nicht ertragen, und jedesmal rissest du die Jalousien auf, stürztest auf die Terrasse und schriest: »Feiglinge, kommt endlich heraus aus dem Dunkeln, ihr Feiglinge, wenn ihr nicht herauskommt, werde ich hinunterkommen und euch suchen.« Natürlich gingst du niemals wirklich hinunter: du wußtest genau, daß sie nur darauf warteten, damit du ihnen ausgeliefert wärst, dann hätten sie behaupten können, du hättest sie angegriffen. Einmal aber kam es anders. Als der Lichtstrahl wieder einmal unsere Augen traf, sah ich dich aus dem Bett springen, sah, wie du Hosen und Schuhe anzogst, und schneller als ich denken konnte, warst du draußen auf der Terrasse und schriest: »Ich komme!« Dann ranntest du zur Tür. Ich konnte dich noch rechtzeitig erreichen, drehte den Schlüssel im Schloß und zog ihn heraus. Und da versuchtest du mit all deiner hemmungslosen Wut, mir die Hand zu öffnen, meine Finger aufzubiegen, erst den Daumen, dann den Zeigefinger, dann den Mittelfinger, aber je

mehr du aufbogst, um so fester hielt ich zu, da nahmst du mein Handgelenk und verdrehtest es mit aller Kraft, du bogst mir den Arm zurück, als wolltest du ihn mir ausrenken, du warfst mich zu Boden, du fielst mit mir, ich konnte mich nur schlecht verteidigen, denn ich hatte nur einen Arm und nur eine Hand frei, aber ich verteidigte mich, ich nahm den Kampf auf. Einen stummen, bösen Kampf, einen Kampf wie von Schlangen, die sich winden, um sich gegenseitig den Hals zuzudrücken, beide entschlossen, nicht nachzugeben, die sich schlagen, sich gegenseitig wehtun, ohne daß ein Wort aus dem Munde kommt, das einzige Geräusch ist ein atemloses Keuchen, eine Art Röcheln. Und plötzlich zerriß mir ein Fußtritt den Bauch. Ein entsetzlicher Schmerz. Der Schlüssel lag in deinen Händen. Meine Stimme zerbrach das Schweigen, um das auszusprechen, was du nicht wußtest: »Das Kind.«
Du richtetest dich kerzengerade auf, als hätte ein Blitzschlag dich mitten auf den Kopf getroffen. Ein paar Sekunden standst du so da und sahst mich mit aufgerissenen Augen und offenem Mund an. Dann ein Atemstoß: »Oh, Theòs! Theòs mu! O Gott! Mein Gott!« Dann wandtest du dich ab, und ohne den Lichtstrahl noch zu beachten, der immer noch erbarmungslos über uns und um uns blitzte und kreiste, ohne selbst mich zu beachten, die ich immer noch auf dem Fußboden lag, mit unerträglichen Schmerzen, als durchbohrten hundert Messer meinen Bauch, brachst du in begeisterten Jubel aus, als hättest du den Verstand verloren. Du lachtest, du weintest, du hüpftest umher, tanztest, klatschtest in die Hände. Du merktest nicht einmal, wie sehr ich unter den Schmerzen litt. Es waren auch nicht meine Schmerzen, die dich dazu veranlaßten, mich endlich vorsichtig aufzuheben, mich zart auf das Bett niederzulegen; du legtest deinen Kopf auf meinen Leib, du murmeltest, grüß dich mein Kind, du mein Rettungsanker, du meine Fessel, meine Freude, mein Wein, du weißt nicht, wer ich bin, ich bin du, du weißt nicht, wer du bist, du bist ich, du bist das Leben, das nicht stirbt. Das Leben, das Leben, das Leben. I zoì,i zoì, i zoì. Komm heraus aus dem Dunkel, Kind, komm bald heraus, dann gehen wir beide weit fort, an einen Ort, wo sie uns niemals finden, wo wir spielen können. Schluß mit dem Leiden, Schluß mit dem Kämpfen. Es war ein verrückter, wunderbarer, süßer, herzzerreißender Monolog, während die Messerstiche in meinem Bauch ständig zunahmen und während das Bedauern darüber, es dir nicht eher gesagt zu haben und das Schuldgefühl, nicht erkannt zu haben, daß ein Kind der einzige Rivale deines Schicksals hätte sein können, mich sprachlos machten. Denn wenn

ich es früher gesagt hätte, wäre es nicht nötig gewesen, zur Tür zu stürzen, den Schlüssel herauszuziehen und diesen bestialischen Kampf zu kämpfen, jenen entsetzlichen Fußtritt hinzunehmen, der es zu Tode getroffen hatte. Denn es bestand kein Zweifel mehr daran, daß dieser Tritt es umgebracht hatte, die Symptome kündigten dies bereits unwiderruflich an: kein Wunder – dessen war ich sicher – hätte die tote Kreatur, die in mir begraben lag, wieder zum Leben erwecken können. Trotzdem schwieg ich, unfähig, deine sinnlose Freude hinwegzufegen; es war besser, dir ein paar Stunden lang die Illusion zu lassen, dachte ich, währenddessen wollte ich liegenbleiben, Kräfte sparen, um mich zu einem Arzt schleppen zu können. Am Morgen löste ich mich von dir, wohlbedacht darauf, dich nicht zu wecken, und ging, um mir die Bestätigung dessen geben zu lassen, was ich schon wußte. Aber daß ich es dir erst hinterher sagte, machte alles nur noch viel schlimmer; ich hatte nicht bedacht, daß es dich so viel stärker treffen würde, daß es die Schuldgefühle wiedererwecken würde, die dich jedesmal quälten, wenn du an jene dachtest, die du liebtest und die du verloren hattest. Deinen Vater, deinen Bruder Georgios, Polykarpos Georgartzis. »Ich bin der Tod. Ich trage den Tod mit mir herum und verteile ihn«, murmeltest du, als du mich sahst und als du das tote, unförmige kleine Bündel sahst. Dann verschwandest du vier Tage lang, und an dem Abend, als du zurückkamst, hatte ich Mühe, dich wiederzuerkennen. Mit blutunterlaufenen Augen, langen Bartstoppeln, einem von Lippenstift verschmierten Hemd, mit einer Alkoholfahne kamst du schwankend herein und sahst aus wie einer, der vier Tage und vier Nächte lang sich in haltlosen Schwelgereien ergangen hat. Gott weiß wo und mit wem. Und ohne eine Erklärung, ohne mich auch nur zu fragen, wie es mir ginge, ließest du dich in den Schaukelstuhl fallen und stimmtest eine wirre Klage über deine Müdigkeit an, die dir Leib und Seele stumpf mache: ich-bin-alt, ich-bin-jetzt-schon-alt, schau-ich-habe-schon-weiße-Haare, ich-habe-auch-einen-Hexenschuß, ich-habe-eine-Lebererkrankung-und-ich-habe-Husten.

Die weißen Haare waren lediglich eine silberne Strähne, die du schon in Boiati gehabt hattest, der Hexenschuß war nur ein leichter, vorübergehender Anfall von Rheumatismus, die Stiche, die du in der Leber verspürtest, waren die notwendige Folge des Trinkens, der Husten die des Rauchens. Aber in diesem Augenblick fühltest du dich wirklich alt. Denn du fühltest dich vom Leben geschlagen.

Dennoch begannst du zu denken. Manchmal mühevoll, manchmal naiv, gingst du mit einer gewissen Leichtfertigkeit über Begriffe hinweg, die einer Vertiefung bedurft hätten, verkündetest oft Gemeinplätze, als handle es sich um allerneueste Entdeckungen, manchmal vertratest du sogar Prinzipien, die hundertfünfzig Jahre zuvor von einem individualistischen Anarchismus vertreten worden waren und die Nenni sofort als nicht auf deinem Mist gewachsen durchschaute, aber du begannst zu denken: auf wunderbare Weise frei von den Schemata der intellektuellen Diktaturen, die vor allem in jenen Jahren die Menschen blind und stumm machten. Du lasest, du schriebst. Auf Zettelchen, auf losen Blättern machtest du dir Notizen, die du mir dann vorlasest und übersetztest, mit dem Stolz eines Kindes, das einen guten Schulaufsatz geschrieben hat. Höre-was-ich-heute-geschrieben-habe, höre-was-mir-heute-eingefallen-ist, warte-ich-lese-es-dir-vor. »Unsere Zeit ist eine Zeit der *Ismen*. Kommunismus, Kapitalismus, Marxismus, Historismus, Progressismus, Sozialismus, Deviationismus, Korporativismus, Syndikalismus, Faschismus: und keiner merkt, daß jeder *Ismus* sich auf Fanatismus reimt. Unsere Zeit ist eine Zeit der *Antis*: Antikommunist, Antikapitalist, Antimarxist, Antihistorizist, Antiprogressist, Antisozialist, Antideviationist, Antikorporativist, Antisyndikalist, Antifaschist: und keiner merkt, daß jeder *-ist* sich auf Faschist reimt. Keiner sagt, daß der wahre Faschismus darin besteht, ein *Anti* aus Prinzip, aus Bockigkeit zu sein, im Verleugnen der Tatsache, daß in jeder gedanklichen Bewegung etwas Richtiges zu finden ist oder zumindest etwas, anhand dessen man das Richtige finden kann. Sich der blinden Gewißheit hinzugeben, man habe die absolute Wahrheit gepachtet, fest aufs Dogma vertrauen, sei es das Dogma von der Jungfräulichkeit Mariä oder das Dogma von der Diktatur des Proletariats oder das Dogma von Recht und Ordnung, bedeutet, den Sinn für die Freiheit zu verlieren: für den einzig unleugbaren und unanfechtbaren Begriff. Tatsache ist, daß das Wort Freiheit keine Synonyme kennt, sondern nur adjektivische Erweiterungen: individuelle, kollektive, persönliche, moralische, physische, natürliche, religiöse, politische, bürgerliche, rechtliche, soziale, künstlerische Freiheit; Freiheit des Ausdrucks, der Meinung, des Glaubens, des Handelns, der Presse, des Wortes, der Treue, des Bewußtseins. Am Ende ist sie der einzige Ismus, das heißt der einzige Fanatismus, dem man sich hingeben darf: denn ohne sie ist der Mensch kein Mensch, der Gedanke kein Gedanke.« – »Das hast du gut gemacht!« – »Gefällt es dir? Gefällt es dir wirklich? Dann

höre, was ich noch geschrieben habe, es ist noch wichtiger als das andere, es handelt sich um die Rechte und die Linke, um die Scheiß-Intellektuellen, die mir mit ihrer falschen linken Gesinnung längst auf die Nerven gehen.« Du holtest ein Blatt hervor, das voller Korrekturen und Ausstreichungen war, und begannst wieder vorzutragen.
»Viele Intellektuelle glauben, intellektuell zu sein hieße soviel wie Ideologien zu erfinden, sie auszuarbeiten, sie zu manipulieren und sich dann mit ihnen zu vermählen und ein Leben nach Formeln und absoluten Wahrheitssätzen zu führen. Damit aber gehen sie an der Wirklichkeit des Menschen vorbei, an ihrer eigenen Wirklichkeit; das heißt, sie leugnen, daß sie selbst nicht nur ein Gehirn haben: sie besitzen schließlich auch ein Herz oder etwas, das einem Herzen ähnlich sieht, und ein Gedärm mit einem Schließmuskel, sie haben also Empfindungen und Bedürfnisse, die dem Intellekt fremd und von ihm nicht beeinflußbar sind. Diese Intellektuellen sind nicht intelligent, sondern dumm, und letztlich sind sie nicht einmal Intellektuelle, sondern Priester einer Ideologie. Sind sie erst mit ihrer Ideologie vermählt, und zwar auf eine Weise, die den Ehebruch und die Scheidung ausschließt, so können sie nicht mehr frei denken und werden stumpfsinnig wie Priester. Auf daß alles sich ihrer Losung füge, urteilen sie nur noch stets nach demselben Schema: hier Hölle und da Paradies, hier das, was erlaubt ist, dort das, was verboten ist. Um eine Stimmigkeit in ihrem Urteil herzustellen, werden sie selbst unstimmig, besser: unehrlich. Nimm den linken Intellektuellen, d. h. den, der heutzutage Mode ist, oder besser, der sich aus Bequemlichkeit oder aus Angst oder aus Mangel an Phantasie nach der Mode richtet: er ist stets bereit, die Diktaturen der Rechten zu verurteilen, nie oder fast nie jedoch die Diktaturen der Linken. Er analysiert, studiert, bekämpft die ersteren mit Büchern und Manifesten; über die zweiten schweigt er, oder er rechtfertigt sie, allenfalls kritisiert er sie schüchtern und gehemmt. Manchmal zieht er sich dabei sogar auf Macchiavelli zurück: der-Zweck-heiligt-die-Mittel. Welcher Zweck? Der einer Gesellschaft, die nach abstrakten Prinzipien, nach mathematischem Kalkül konzipiert ist, zwei und zwei gibt vier, These und Antithese ergeben die Synthese, und all dies, ohne sich dessen bewußt zu sein, daß in der modernen Mathematik zwei und zwei nicht notwendigerweise vier ergibt, sondern vielleicht sechsunddreißig, oder daß in der neuesten Philosophie These und Antithese ein und dasselbe sind, daß Materie und Antimaterie zwei Aspekte derselben Wirklichkeit darstellen? Ihren Rechnun-

gen, ihrer erbärmlichen Ideologiegläubigkeit, ihrer Illusion, nein, ihrer überheblichen Einbildung, daß das Gute und Schöne sich nur auf der einen Seite befinde, haben wir es zu verdanken, daß ein Mißbrauch, ein Mord, ein Völkermord verdammt wird, wenn er sich auf der Seite der Rechten ereignet, und legitimiert oder zumindest verteidigt wird, wenn ihn die Linken begehen. Kurz, die wahre Seuche unserer Zeit ist das ideologische Denken, und die Überbringer der Krankheitskeime sind die dummen Intellektuellen: die weltlichen Priester, die nicht fähig sind zu sehen, daß das Leben (das sie Geschichte nennen) selbst dafür sorgt, daß ihre geistigen Masturbationen wieder in die Schranken verwiesen werden, daß sich von selbst die Künstlichkeit des Dogmas erweist. Seine Unhaltbarkeit, seine Unwirklichkeit. Wenn dies nicht so wäre, aus welchem Grunde wiederholen die kommunistischen Regime dann die Infamie der kapitalistischen Regime? Weshalb tauchen dann in ihnen die Joannidis, die Hatzizisis, die Teofilojannacos der faschistischen Regime wieder auf? Und weshalb bekämpfen sie sich dann untereinander, getrieben von Gefühlen und Bedürfnissen, wie der Vaterlandsliebe und dem egoistischen Nationalismus? Es wird Zeit, die Seuche aufzudecken, ohne Schüchternheit, ohne Hemmungen, ohne Angst. Und damit dies gelinge, darf man nicht bei Marx und den Marxisten verweilen, man muß mindestens zweitausend Jahre zurück, bis zu den Anfängen der christlichen Ideologie. Sie ist es, die diese unnatürliche Zweiteilung unternommen hat, hier Hölle, da Paradies, hier das, was erlaubt ist, dort das, was verboten ist. Die heutigen Herren unseres Gehirns, die Priester der linken Ideologie, tun nichts anderes, als die Fehler dieser ihrer Lehrmeister zu wiederholen: anstelle des Kreuzes sind Sichel und Hammer auf die Fahne gezeichnet, aber es hat sich nichts dadurch geändert, es sind stets noch die gleichen Privilegien, der gleiche Ehrgeiz, der gleiche Betrug.« Dann fragtest du: »Gefällt es dir? Gefällt es dir wirklich? Weißt du, das sind nur Notizen. Schade, daß ich sie nicht schon früher, in Boiati, aufgezeichnet habe. Ja, das ist sehr schade, daß ich nicht schon in Boiati damit angefangen habe. Aber im Gefängnis kann man nicht denken. Man hat die ganze Zeit nichts zu tun, und dennoch gelingt es einem nicht zu denken; es ist schon viel, wenn man ein paar Gedichte hinausschreit.«

Du lasest viel. Proudhon zum Beispiel, dessen liberaler Sozialismus und dessen Abneigung gegen jede Gewalt dir entgegenkamen. Dann Platon, auch wenn du nicht recht begriffst, was du mit Platon anfangen solltest; außerdem lasest du Dichter wie Albert

Camus, den du immer »Camìs« nanntest, weil man im Griechischen das *u* wie ein *i* ausspricht. Es war gänzlich unmöglich, dir die richtige Aussprache von Camus beizubringen. »Camus!« – »Camìs!« Du bewundertest Camus-Camìs seit deiner Jugend, als dir durch Zufall die Aufzeichnung seines Streits mit Sartre in die Hände gefallen war. »Ein Idealist, der imstande ist, sich dem Messianismus der absoluten Prinzipien zu widersetzen«, sagtest du von Camus-Camìs. Und nicht selten zitiertest du von ihm jene Stellen, in denen du deine eigene Position wiedererkanntest, wobei du hie und da etwas Eigenes hinzufügtest, einen Satz, einen Vergleich, ein Argument, oder die Form etwas verändertest und deinem Stil anglichst. »Höre diese Stelle: ›Die institutionalisierten Religionen entsprechen nicht den Bedürfnissen des modernen Menschen, die religiösen Rituale haben in unserer Zeit keinen Sinn mehr, ob sie nun von der Kirche kommen oder sich im neuen oder scheinbar neuen Gewand des Marxismus präsentieren.‹ Und dies: ›Kein denkender Mensch kann einer Ideologie zustimmen, die ihn gänzlich der Geschichte überantwortet, die ihn als deren passives Objekt begreift. Es ist infam, ja gefährlich, den Menschen von den historischen Notwendigkeiten her zu bestimmen. Denn was zunächst nur in Büchern steht, wird alsbald zur polizeilichen Verordnung, die mir vorschreibt, wann ich ins Bett zu gehen habe und wann nicht, wann ich eine Flasche Wein leeren darf und wann nicht, um mich endlich auf dem Roten Platz in Reih und Glied zu stellen, damit ich mein Knie vor dem heiligen Grab Lenins beuge. Nein, im Namen der historischen Logik läßt sich nichts begründen. Nicht die Logik macht die Geschichte.« – »So steht es nicht bei Camus, Alekos. Er sagt: die Geschichte ist nicht alles. Und dann sagt er kein Wort von einer Flasche Wein und dem heiligen Grab von Lenin!« – »Was macht das schon? Ich führe ihn fort, ich mache ihn vollkommen.« Andere Male jedoch übertrugst du die Stellen mit der peinlichen Genauigkeit eines Abschreibers, der das Neue Testament auf ein Miniaturpergament überträgt, und getreu der Vorlage lasest du sie mir vor: »Heute muß man vor allem zwei Fragen stellen. Fügt ihr euch mittelbar oder unmittelbar darein, getötet oder zum Gegenstand von Gewalttätigkeiten gemacht zu werden? Fühlt ihr euch mittelbar oder unmittelbar dazu imstande, zu töten oder gewalttätig zu sein? Jene, die beide Fragen beantworten wollen, werden sich unweigerlich in eine Reihe von Konsequenzen verwickelt sehen, aus denen hervorgehen wird, daß das Problem des Kampfes neu gestellt werden muß.« Und dann: »Nachdem der Mensch gänzlich der Geschichte überantwortet worden ist, kann er sich nicht mehr an jene Seite seiner selbst wenden, die ebenso wirklich ist wie die Seite, die ihn an die Geschichte bindet; darum leben wir im Terror. Um dem Terror zu entkommen, ist es notwendig, dem eigenen Denken gemäß zu denken und zu handeln. Das Schicksal einiger Millionen Europäer steht auf dem Spiel, die, der Gewalttätigkeiten und der Lügen überdrüssig, nicht länger ihresgleichen töten wollen, auch nicht mehr, um sie zu bekehren, auch nicht mehr, um nach dem gleichen System bekehrt zu werden.« Es schien, als suchtest du in diesen Sätzen nach einer Bestätigung für deine eigene Bekehrung, nicht länger an Bomben, an Explosionen, an Waffen, an den blutigen Kampf glauben zu wollen.

Dabei war diese Bekehrung so deutlich, daß ich sogar aufgehört hatte, mich zu fragen, ob sie einem Keim entspringe, den du schon immer in deinem Unterbewußtsein getragen hattest, oder ob sie einem Bedürfnis nach Frieden zu verdanken sei, das seit dem Verlust des Kindes in dir erwacht war. Nie ließest du Reue oder Sehnsucht nach den verwegenen Abenteuern, den gefährlichen Herausforderungen durchblicken. Alles was du nun begannst, war wie die Quintessenz der Vernunft und der Vernünftigkeit: du nahmst an Konferenzen und an Komitees teil, du verteiltest unter den Emigranten deinen Gedichtband, der inzwischen erschienen war, du fuhrst nach Brüssel, um dort die führenden Köpfe der EWG zu treffen. Sogar deine neueste fixe Idee war sehr viel friedlicher, als man meinen sollte: sie bestand schlicht darin, daß du dich beim italienischen Rundfunk um die Möglichkeit einer Sendung bemühtest, die regelmäßig im Abstand von vierzehn Tagen nach Griechenland ausgestrahlt werden sollte. Solche Sendungen gab es bereits in Frankreich, England und Deutschland, sie erreichten jedoch wegen der großen Entfernung kaum ihr Ziel. Der italienische Funk hingegen verfügte über eine Wellenlänge, mit der man die gesamte Region um das Jonische und Ägäische Meer herum erreichen konnte. Du fuhrst deshalb häufig nach Rom, um in dieser Sache mit den Ministern, den Sekretären, den Parteivorsitzenden zu sprechen: geduldig, hartnäckig, unnachgiebig in deinem Entschluß, dich nicht von ihrer Gleichgültigkeit, ihrer Heuchelei, ihrem hinhaltenden ›Wir-wollen-es-uns-überlegen-wir-wollen-sehen-was-möglich-ist‹ entmutigen zu lassen. Und als klar wurde, daß du mit deinen Gesuchen nichts und wieder nichts erreichen solltest, daß Gleichgültigkeit, Heuchelei und Hinhalten ein weiteres Mal siegen sollten, verbitterte dich dies nicht. »Schade«, sagtest du, »wieder einmal muß man eine

Enttäuschung hinnehmen, wieder einmal teuer bezahlen.« Derlei Sätze waren zu deinen Lieblingsaussprüchen geworden. Wenn ich sie hörte, glaubte ich, meinen Ohren nicht zu trauen: denn die Stimmen der Versuchung, die dich auf deinen alten Weg locken wollten, erklangen um dich her wie der Gesang der Sirenen um Odysseus zwischen Skylla und Charybdis. »Odysseus, Odysseus! Komm, o heldenhafter Odysseus! Erhöre uns, Sohn des Laertes, lenke dein Schiff an Land!« In ganz Europa veranstalteten die Palästinenser Massaker; in Deutschland war die Stadtguerilla zur festen Einrichtung geworden; in Italien schien die Philosophie der Gewalt von Minute zu Minute stärker zu werden. Beschlagnahmungen, Erpressungen, Schußwechsel, Erschießungen waren nicht länger alleiniges Hoheitsgebiet der Rechten: sie waren auch bei den extremen Linken zu einer schauerlichen Mode geworden, und man brauchte nicht viel Scharfsinn, um zu erkennen, daß diese Mode nicht so schnell wieder verschwinden, sondern sich vielmehr in einen regelrechten Brauch verwandeln würde. Und was, wenn diese Sirenen die Ketten lösen würden, mit denen Odysseus sich an den Hauptmast seines Schiffes festgebunden hatte? Was, wenn Odysseus den Verführungen nachgäbe und seine Bekehrung, seinen neuen Kampf gegen die Windmühlen vergäße? Aufgebracht, fast schreiend antwortetest du mir: »Du hast nichts von mir verstanden, nichts, nichts! Wie kannst du es wagen zu behaupten, ich hätte auch nur das geringste mit diesen Meßdienern des Fanatismus gemein, mit diesen Bürokraten des Terrorismus, diesen Gewissenlosen, die à la John Wayne auf dem bequemen Terrain der Demokratie herumballern, die, wenn es auch eine schlechte oder kaputte Demokratie ist, doch immerhin eine Demokratie ist. Niemals würden es diese Sektierer in einer Diktatur riskieren, den Folterungen und dem Erschießungskommando ausgeliefert zu werden! Ich bin kein Terrorist! Ich bin es nie gewesen? Ich glaube an die Demokratie! Ich bekämpfe die Tyrannen, hast du das vergessen?! Ich verbiete dir, ich verbiete dir, mich mit diesen Elenden zu verwechseln, die Blut vergießen, um ihre hirnrissigen Ideologien an den Mann zu bringen! Diese Faschisten im roten Gewand, diese Arsch-Revolutionäre!« Der Begriff Arsch-Revolutionäre sollte von jenem Tag an zu einem deiner Lieblingsausdrücke werden. Aber um die Schwäche und allzu große Nachgiebigkeit der Demokratie zu verurteilen, ersannst du den Satz: »Dies ist nicht die Freiheit, dies ist nur ein Fest der Freiheit!« Eines Abends, als es in Rom drunter und drüber ging, als man Fenster einwarf, in Kaufhäuser einbrach, Autos anzündete, da wurde dir bewußt, weshalb du neben Proudhon und Camus auch Platon lasest. Tatsächlich schlugst du ihn auf, an einer Stelle, die du angestrichen hattest, und bebend vor Überzeugung lasest du sie mir vor: »Wenn einer demokratischen, nach Freiheit durstigen Stadt schlechte Mundschenken vorstehen und sie sich über Gebühr in ihrem starken Wein berauscht: so wird sie ihre Obrigkeiten, wenn diese nicht ganz zahm sind und alle Freiheit gewähren, zur Strafe ziehen, indem sie ihnen Schuld gibt, bösartig und oligarchisch zu sein. [...] Und die den Obrigkeiten gehorchen, mißhandelt sie als knechtisch Gesinnte und gar nichts Werte. [...] Als wenn ein Vater sich gewöhnt, dem Knaben ähnlich zu werden und sich also vor den erwachsenen Söhnen zu fürchten, und ein Sohn dem Vater, also die Eltern weder zu scheuen noch bange vor ihnen zu sein, damit er nämlich recht frei sei. [...] Der Lehrer zittert in einem solchen Zustande vor seinen Zuhörern und schmeichelt ihnen; die Zuhörer aber machen sich nichts aus den Lehrern und so auch aus den Aufsehern. Und überhaupt stellen sich die Jüngeren den Älteren gleich und treten mit ihnen in die Schranken in Worten und Taten; die Alten aber setzen sich unter die Jugend und suchen es ihr gleichzutun an Fülle des Witzes und lustiger Einfälle, damit es nämlich nicht das Ansehen gewinne, als seien sie mürrisch oder herrschsüchtig. Man merkt wohl, wie zart nämlich dadurch die Seele der Bürger wird, so daß, wenn ihnen einer auch noch so wenig Zwang auflegen will, sie gleich unwillig werden und es gar nicht vertragen. Und zuletzt weißt du ja, daß sie sich auch um die Gesetze gar nichts kümmern, mögen es nun geschriebene sein oder ungeschriebene, damit auf keine Weise irgend jemand ihr Herr sei. [...] Diese treffliche und jugendliche Wurzel [...] ist es nun eben, aus welcher [...] die Tyrannei hervorwächst. [...] Und in der Tat, das äußerste Tun in irgend etwas pflegt immer eine große Hinneigung zum Gegenteil zu bewirken, bei der Witterung, bei den Gewächsen, bei den lebendigen Körpern und ebenso auch nicht weniger bei den Staaten.«*

Aber wie stumpfsinnig ist doch die institutionalisierte Macht, die Macht, die sich eines jeden Menschen und eines jeden Dinges bedient, die nie stirbt. Wie blind, wie taub, wie dumm sie doch ist. Eben an jenem Abend kam Kissinger auf Staatsbesuch nach Rom, der Kissinger, der dir das Visum für die Vereinigten Staaten

* Platon, »Politeia«, VIII, Kap. 14, 562 d 1-563 e, und Kap. 15, 563 e-564 a (Übersetzung von Friedrich Schleiermacher)

verweigert hatte, und, von hundertzehn Leibwachen begleitet, ließ er sich, von Ehren gesalbt wie ein orientalischer Statthalter, grotesker denn je, in unserem Hotel nieder. Von diesem Augenblick an wurde niemand in der ganzen Stadt besser überwacht als du, der du gegen die Gewalt predigtest und Platon lasest. Nicht nur die an unsere Suite angrenzenden Zimmer waren von FBI-Agenten besetzt; ihre Kollegen beobachteten uns ohne Unterlaß auch durch die geöffneten Fenster des gegenüberliegenden Gebäudes. Sie waren unverkennbar in ihren schrecklichen Hawaii-Blusen, mit ihren dicht behaarten Händen, mit denen sie die Bierdosen umklammert hielten. Und als wäre dies nicht genug, wimmelte der ganze Korridor von Zivilbeamten mit Revolvern im Halfter. Sie hatten wohl unter anderem auch den Auftrag, unsere Schubladen zu durchsuchen. Zweimal bemerkten wir, daß während unserer Abwesenheit unsere Sachen durchwühlt worden waren, denn sie lagen nicht mehr am gewohnten Platz. Aber vielleicht ist es nicht richtig, wenn ich sage, die Macht sei blind-taub-stumpfsinnig-dumm. Die Macht sieht alles, riecht alles, schmeckt alles. Damals jedenfalls schien sie zu wissen, daß der wahre Feind jener erbarmungswürdigen Persönlichkeit du warst, und nicht jene zweideutigen Aufwiegler, die in den folgenden Jahren auf harmlose, unbewaffnete Menschen schießen sollten. Niemals jedoch auf einen Faschisten.

3. Kapitel

Eines Morgens, es war Mitte Juli, erwachtest du und verkündetest: »Die Junta ist gefallen.« Dann erzähltest du mir den Traum, den du letzte Nacht gehabt hattest und dem du die Prophezeiung entnahmst, daß die Junta gefallen sei. Du befandest dich auf dem Grund eines Brunnens, der voller Fische und so tief war, daß von der Tiefe aus der Himmel nur noch wie ein entfernter, schwacher Lichtstrahl aussah. Du warst dort unten seit endlos langer Zeit, seit Jahrhunderten, und du hattest nur einen Wunsch: hinauszugelangen, dem Himmel entgegen. Aber die Wände des Brunnens waren glatt, kein Loch, keine Mauervorsprünge, an denen du dich hättest hinaufziehen können, und es blieb dir nichts anderes übrig, als auf ein Wunder zu warten. Mit einem Mal geschah das Wunder, an der Wand erschienen Löcher und Vorsprünge, und du begannst hinaufzuklettern. Es war entsetzlich mühevoll, denn oft rutschtest du ab und fielst wieder hinunter zu den Fischen und mußtest von vorne beginnen. Eine unendliche Mühsal. Sie dauerte weitere hundert und aberhundert Jahre. Endlich gelangtest du an den Brunnenrand oben, du hieltest inne, um Atem zu schöpfen und um zu sehen, wie es dort draußen aussah. Du sahst eine mit Kies bedeckte Wüste. Inmitten dieser Wüste stand ein Berg, auf dessen Gipfel ein Felsblock balancierte. Plötzlich krachte ein gewaltiger Donnerschlag von diesem Berg her, jenes dumpfe Dröhnen, mit dem Lawinen sich ankündigen; der Felsblock begann zu wackeln, kippte nach vorne und stürzte schließlich den Berg hinunter: dabei zerfiel er in tausend Steinchen, die denen glichen, die die Wüste bedeckten. Höchstes Glück erfüllte dich. Es war allerdings nur von kurzer Dauer, und einen Augenblick später ging es in blinde Wut über, denn auf dem Gipfel des Berges war kurz darauf ein neuer Felsblock erschienen; er glich genau dem anderen, aber er lag fest auf. Dieses feste Aufliegen hatte deinen Zorn erregt und den unwiderstehlichen Wunsch in dir erweckt, den Felsen zu zerschlagen. Du hattest vergeblich versucht, über den Rand des Brunnens zu steigen, aber eine geheimnisvolle Macht hatte deine Beine schwer wie Blei werden lassen und deinen Armen jegliche Kraft geraubt. Du versuchtest es immer wieder, aber dein Mut schwand zusehends, und du bliebst am Brunnenrand hängen. Du littest entsetzlich darunter, weil du begriffst, daß der neue Fels von allein niemals zerbrechen würde, daß du ihn ins Schwanken, ins Rollen, zum Bersten bringen mußtest; wie lange du so littest, wußtest du nicht mehr. Im Traum war es dir endlos erschienen. Die Jahreszeiten wechselten, die Wärme ging in Kälte über, die Kälte wieder in Wärme, auf Sonne folgte Regen, auf den Regen wieder Sonne, und du bliebst immer an den Brunnenrand geschmiedet, halb drinnen, halb draußen, die Augen fest auf den Felsblock gerichtet. Aber du glaubtest dich daran zu erinnern, daß es anfangs Sommer gewesen war, daß dann zweimal Schnee gefallen war und daß zweimal die Schwalben wiedergekehrt waren. Als das zweite Mal die Schwalben kamen, beschlossest du, irgend etwas zu unternehmen, nicht mehr nur zuzusehen. Du strecktest eine Hand aus und griffst nach einem Stein, den du gegen den Felsblock schleudern wolltest, um ihn aus seinem Gleichgewicht zu bringen. Es war dir bewußt, daß dies eine gefährliche Sache war, denn seit langem hattest du begriffen, daß die Löcher und Vorsprünge an der Brunnenwand wieder verschwunden waren; wenn du hinunterstürzen würdest, kämest du nie wieder hinauf. Dennoch mußte man es versuchen,

auch das war dir bewußt, und du beugtest dich vor und ergriffst einen Stein. Jedoch als du ihn mit voller Wucht werfen wolltest, blies vom Felsen her ein heftiger Wind. Er traf dich mit erbarmungsloser Gewalt und stürzte dich zurück auf den Grund des Brunnens, zu den Fischen, für immer.
»Was für ein entsetzlicher Traum, Alekos.« – »Ja, entsetzlich. Es gelingt mir nicht, ihn zu vergessen.« – »Und doch sollte ein Traum, der den Sturz der Junta ankündigt, nicht so entsetzlich sein.« – »Nein, aber er kündigte nicht nur den Sturz der Junta an. Was mich von neuem und für immer in den Brunnen stürzen ließ, war nicht die Junta: es waren jene, die das Erbe der Junta antreten werden.« – »Oh, hör auf! Du wirst in keinen Brunnen mehr fallen. Du träumst solche Dinge, weil du sie tagsüber ausdenkst: unsere Träume sind nichts anderes als verwirrte Reflexe dessen, was wir im wachen Zustand denken. Die Wissenschaft hat bewiesen, daß ...« – »Es gibt keine Wissenschaft, sie ist nichts als eine Meinung. Und sie beweist überhaupt nichts, schon gar nichts über Leben und Tod.« Keinen Streit jedoch gab es über die Bedeutung, die du den übrigen Dingen gabst: der Berg stellte die Macht dar, die ewige Macht, die ohne eine Aussicht auf Erlösung herrscht, der Felsblock, der auf dem Gipfel balancierte, war das Regime, dessen sich die Macht bedient, bis sie beschließt, es abzuwerfen und durch ein neues zu ersetzen, das sie besser brauchen kann. Diktatur, Demokratie, Revolution: alle sind sie Felsblöcke auf dem Gipfel des Berges. Aber wenn der gestürzte und zerbrochene Felsen die Junta war, wen stellte dann der Felsblock dar, der anschließend an seiner Stelle erschienen war? Und warum wolltest du ihn zerschlagen, nachdem er an die Stelle der Junta getreten war? Deshalb, weil er dich am Brunnenrand festhielt, mit dem halben Körper draußen und der anderen Hälfte drinnen, weil er dich nicht hinaussteigen ließ? Das hätte ich schon gerne gewußt. »Aber der Felsen, der an die Stelle der Junta tritt, wer ist das?« – »Willst du wissen, ob er einen Namen hat, ein Gesicht? Sicherlich hat er das.« – »Sag es mir.« – »Nein, es wird sowieso bald herauskommen.« – »Bald?« – »Ja, es ist nun nur noch eine Frage von ein paar Tagen, vielleicht nur von Stunden.« Vierundzwanzig Stunden später ereignete sich der Staatsstreich auf Zypern, der Mordanschlag auf Makarios, die türkische Invasion auf der Insel; eine Woche später rief die Junta jene Politiker zusammen, die Papadopoulos verstoßen hatte und beauftragte sie mit der Bildung einer neuen Regierung, um das Land vor einem Krieg mit der Türkei zu retten. Aber du jubeltest nicht, du beschränktest dich darauf zu murmeln: »Der Felsen hat

sich vom Berg gelöst, der Felsen bleibt auf dem Berg. Wann reist du nach Athen?« – »Wann *ich* abreise, oder wann *wir* abreisen?« – »Wann *du* abreist, denn ich komme nicht mit.« – »Warum? Ich verstehe dich nicht.« – »Du wirst mich verstehen, sobald du ein feines, zartes Stimmchen hörst, das dich mit den Worten begrüßt: ›Liebste Freundin, welch ein Vergnügen, Sie zu treffen, ich bin ein eifriger Leser Ihrer Bücher und Artikel, ich bin einer Ihrer Bewunderer, ich bin, wenn ich so sagen darf, ein Kollege, denn auch ich schreibe.‹«

Ich reiste ohne dich ab. Wenn ich es auch noch nicht ganz verstand, so ahnte ich zumindest, was du meintest, als ich in Athen aus dem Flugzeug stieg. Ich wurde sofort festgehalten und in irgendein finsteres Loch gesteckt. Alle anderen durften inzwischen frei passieren, auch Theodorakis, der gleichzeitig mit mir aus Paris eintraf; aber mein Name stand auf der schwarzen Liste, und bis sie ihn dort ausstrichen und mich aus dem finsteren Loch herausließen, verging eine ganze Weile. Einer der Polizisten schien mir freundlich, ein anderer feindlich gesinnt zu sein, sie stritten miteinander und wußten nicht recht, wer nun für meine Einreiseerlaubnis zuständig war: der neue Innenminister oder die ESA? In der vergangenen Nacht war Karamanlis aus dem Exil zurückgekehrt und als Premierminister vereidigt worden, die Regierung bestand nun zu einem großen Teil aus Zivilisten, die von der Diktatur verfolgt worden waren. Aber Gizikis war noch Präsident der Republik, Joannidis behielt das Kommando über das Heer und über die ESA, nicht einer der führenden Köpfe der Militärregierung war festgenommen worden, die politischen Häftlinge blieben in ihren Gefängniszellen: von welcher Seite man die Sache auch betrachtete, sie erwies sich als rätselhaft und zweideutig. Im übrigen waren sich alle darüber einig, daß nichts klar, nichts sicher war, außer der Tatsache, daß die Junta nicht gefallen war: sie hatte vielmehr abgedankt. Nicht aus eigenen Stücken, sondern auf Befehl der Amerikaner, die einen Krieg zwischen Griechenland und der Türkei, also zwischen zwei Nato-Ländern, vermeiden wollten. Aber ein Regime, das abgedankt hat, ist nicht notwendigerweise auch ein totes Regime; wenn es ihm gelingt, nach seiner Abdankung die Schlüsselpositionen zu halten, etwa die Präsidentschaft, das Heer und die Polizei, so ist es wohl möglich, daß es über Nacht wieder an die Macht gelangt. Die Situation konnte sich also jederzeit sehr plötzlich wieder ändern. Alles hing von Joannidis ab. Es war kein Geheimnis, daß er erst nachgegeben hatte, als der Botschafter der Vereinigten Staaten ihm den Entweder-Oder-

Befehl aus Washington überbracht hatte, daß er sie des Verrats bezichtigte, daß er den CIA beschuldigte, ihm den fatalen Staatsstreich auf Zypern eingeflüstert zu haben, daß er zischte sie-haben-mich-an-der-Nase-herumgeführt, was-für-ein-Dummkopf-war-ich. Aber nun hielt er sich ganz und gar nicht für besiegt, er sprach von nichts anderem als von den Truppen, mit denen er seine Ehre verteidigen wolle, von den Panzern, mit deren Hilfe er sich für die ihm zugefügte Beleidigung rächen wolle, und die Menschen hatten Angst. Nachdem die Euphorie des ersten Augenblicks verflogen war, blieben die meisten in ihren Häusern hocken, um sich nur ja nichts zuschulden kommen zu lassen. Keiner redete von Freiheit, man sprach höchstens von einem ›Hauch von Freiheit‹. Auch Karamanlis, der stets mürrisch und schlechtgelaunt war, sah aus, als erwarte er noch Schlimmeres. Der einzige, der keinerlei Angst oder Sorge zu hegen schien, war der neue Verteidigungsminister Evangelis Tossitsas Averoff. Derselbe, der in den süßesten Tönen flötete: »Liebste Freundin, welch ein Vergnügen, Sie zu treffen, ich bin ein eifriger Leser Ihrer Bücher und Artikel, ich bin einer Ihrer Bewunderer, ich bin, wenn ich so sagen darf, ein Kollege, denn auch ich schreibe.«

Er stand auf der Schwelle meines Zimmers, von einem Marineoffizier begleitet, und seine Hände umklammerten die meinigen wie Muschelschalen, die kein Messer hätte auseinanderzwingen können. Trotzdem waren sie weich, als hätten sie keine Knochen. Ich betrachtete ihn neugierig. Seine runden schwarzen Augen unter den gepflegten Augenbrauen durchbohrten die meinigen wie die eines Hypnotiseurs, dennoch waren sie unruhig und sahen so schlüpfrig aus wie zwei Oliven, die in Öl schwimmen. Der Mund unter dem grausträhnigen Schnurrbart wirkte komisch, denn er sah aus, als sei er zahnlos und war doch voller Zähne, die Lippen lächelten ekstatisch wie die eines Verliebten, der allzu lange von seiner Schönen getrennt sein mußte und nun endlich gekommen war, um mit ihr ins Bett zu gehen. Eine Rolle, die weder zu seinem Aussehen noch zu seinem Alter paßte: er war ein Männchen von ungefähr sechzig Jahren, mit schmalen, abfallenden Schultern, breiten Hüften und einem fetten Bauch; die Nase ragte groß und schief, mit einem Höcker an der Wurzel, aus dem Gesicht heraus, das ganz und gar nicht verführerisch wirkte. Die Stirn aber war hoch und ließ das Gesicht klug erscheinen, man fühlte die Klugheit, noch bevor man sie bewußt wahrnahm. Und wenn es nicht Klugheit war, so war es doch eine Art Schlauheit, die sich von

Klugheit nicht unterscheidet. Darüber hinaus war er hart. Auch das konnte man fühlen. Es war verblüffend, denn es war nichts in seinem Aussehen und in seinem Verhalten, das diese Härte nahelegte, und dennoch war sie da, versteckt in den Falten einer öligen Weichheit. Ich befreite meine Hände aus den Muschelschalen, die für einen Augenblick ihren Zugriff lockerten: »Kommen Sie herein, Herr Minister, nehmen Sie Platz.« Er kam herein, entließ den Offizier mit einer trockenen, würdevollen Geste und setzte sich auf einen Sessel; das Höflichkeits-Menuett nahm seinen Fortgang. »Aber Herr Minister, ich habe niemals erwartet, daß Sie sich hierher bemühen. Es wäre an meiner Stelle gewesen, zu Ihnen zu kommen.« – »Aber liebste Freundin! Ein Kavalier kann es niemals dulden, daß eine Dame sich zu ihm bemüht. Und noch dazu eine solch bezaubernde Dame, von solcher Grazie und solcher Berühmtheit! Wenn ich nicht gekommen wäre, so wäre dies eine Unhöflichkeit der unverzeihlichen Art gewesen. Können Sie mein Italienisch verstehen?« Er sprach ein vorzügliches Italienisch, fehlerlos und ohne Akzent. »Ihr Italienisch ist makellos, Herr Minister, sowohl in der Wahl der Worte als auch in der Aussprache. Selbst Panagoulis spricht es nicht so gut wie Sie.« Ich hatte deinen Namen mit Absicht ins Spiel gebracht, um zu sehen, wie er darauf reagieren würde, aber er reagierte überhaupt nicht, fast als hätte er ihn nicht gehört. »Nun, liebste Freundin, ich habe in Italien Italienisch gelernt, wissen Sie das? Als Kriegsgefangener in Rimini.« – »Rimini? Auch Zakarakis war als Kriegsgefangener in Rimini.« – »Welcher Zakarakis?« – »Der Direktor von Boiati, der Kerkermeister von Panagoulis.« Wieder biß er nicht an. »Rimini, Rom, das waren schöne Zeiten. Wir haben alle Italienisch gelernt in jenen Jahren.« – »Zakarakis nicht. Übrigens, Herr Minister, was geschieht mit den verschiedenen Zakarikis, Teofilojannacos, Hatzizisis? Oder sollte ich vor allem nach Joannidis fragen? Alle stellen sich diese Frage. Wenn die Junta nicht mehr an der Macht ist, fragen sie sich, warum bleibt dann Joannidis Oberhaupt der ESA?« Er seufzte. Er wand sich zweimal auf seinem Sessel herum. Er schloß die Augen, öffnete sie wieder und stürzte sich endlich in eine leidenschaftlich vorgetragene Präambel. Bevor er diese heiklen Fragen beantworten könne, müsse er mir einiges aus der Vorgeschichte erzählen, sagte er, Dinge, die keinem bewußt waren: die meisten Leute glaubten, der Grund des Regierungswechsels sei Zypern, dieser dumme Staatsstreich in Zypern. »Nein, nein, liebste Freundin! Nein, das war nur der Anfang. Was in Wirklichkeit das Militär dazu bewogen hat, das Regierungsamt

niederzulegen, war die Entdeckung, daß die Katastrophe von seiten Bulgariens drohte.« – »Von seiten Bulgariens?!?« – »Ja, liebe Freundin, ja: von den Kommunisten. Immer haben die Kommunisten ihre Hand im Spiel. Denn was haben die bulgarischen Kommunisten gemacht, kaum daß sie von unserem Unglück mit der Türkei und mit Zypern erfuhren? Sie haben mehrere zehntausend Soldaten an der Grenze aufgestellt. Und fünfhundert russische Kampfflugzeuge, ich sage fünfhundert, sind auf den Militärflughäfen Bulgariens gelandet. Und zweitausend russische Techniker, ich sage zweitausend, reisten über Rumänien nach Bulgarien ein. Die Militärs der Junta haben sich von der Panik überwältigen lassen. Eine Panik, die sechsunddreißig Stunden währte. Die verzweifeltsten sechsunddreißig Stunden ihres Lebens, denn ... nun, denn sie sind Patrioten. Man kann dies anerkennen wollen oder nicht, sie sind wahre Patrioten. Patrioten bis ins Innerste. Joannidis einbegriffen, Joannidis vor allen anderen. Und Gizikis versammelte die führenden Häupter seines Staates und sprach zu ihnen: ›Das Vaterland ist verloren, meine Herren, und um es zu retten, bleibt uns nichts, als das Kommando den Zivilisten zu übergeben.‹ Dann hat er ...«
Er redete und redete, und über die Reue hinaus, ihn zu mir gebeten zu haben, überkam mich ein seltsames Unbehagen. Warum hatte ich ihn sehen wollen? Wer hatte mir das eingeflüstert? Du nicht. Du hattest ihn nie erwähnt, außer in jener Bemerkung über die Flötentöne Liebste-Freundin-wie-schön. Wer also? Ach ja, Canellopoulos, der frühere Premierminister, der in der Nacht des Putsches verhaftet worden war und der heute eigentlich den Platz von Karamanlis hätte einnehmen müssen. Ich kannte Canellopoulos, ich hatte ihn in jenen Tagen kennengelernt, als du deinen Paß beantragtest, und aus dieser Begegnung war eine schöne Freundschaft hervorgegangen. Mir gefiel sein müdes, asketisches Gesicht, der Zauber des alten enttäuschten Gentleman, der von ihm ausging, ich bewunderte seinen Mut, die Bildung dieses großen Liberalen; kaum daß man mich aus jenem finsteren Loch auf dem Flughafen entlassen hatte, war ich zu ihm gelaufen, um ihn wiederzusehen. Wir hatten lange miteinander gesprochen, ohne Scheu, aber auf die Erwähnung von Karamanlis hin hatte er unerwarteterweise äußerst ausweichend reagiert, darauf-kann-ich-nicht-antworten, ich-will-das-nicht, ich-muß-jede-Auskunft-darüber-vermeiden. Und plötzlich: »Fragen Sie Averoff. Fragen Sie ihn danach.« Ich rief Averoff an, und er erbot sich, mich in meinem Hotel aufzusuchen. Eine merkwürdige Sache jedenfalls.

Könnte es sein, daß er der neue Felsblock auf dem Gipfel des Berges ist? Trotz seines gekonnten Geschwätzes über die Bulgaren und seiner noch gekonnteren Lobreden auf die Mitglieder der Junta, der fast unverschämten Verteidigung, die er ihnen zukommen ließ, fehlte ein Glied in der Kette seiner Reden. Ein Glied, das vielleicht greifbar nahe vor mir lag, dessen Ort ich aber dennoch nicht ausfindig machen konnte. Es ging mir wie jenem, der die Brille sucht, die er schon auf der Nase hat. Ich mußte es finden. Ich mußte aufmerksamer auf das hören, was er sagte. »Und nun, liebe Freundin, lassen Sie mich erzählen, wie Gizikis und die Häupter seines Staates sich uns gegenüber verhalten haben: wie wirkliche Herren. Mir gegenüber haben sie sich im übrigen immer wie wirkliche Herren verhalten. Natürlich wußten sie, daß ich an der mißlungenen Revolte der Marine im vergangenen Sommer beteiligt gewesen war und daß ich daraufhin verhaftet wurde. Nun gut, sie krümmten mir kein Haar. Sie verhielten sich untadelig. Ja, das will ich betonen: untadelig. Und gestern ... Denken Sie, meine Liebe, wir kamen einer nach dem anderen an, Gizikis empfing uns stehend, freundlich, höflich, dann bat er uns, Platz zu nehmen und bot uns Kaffee und Orangensaft an. Als wir alle saßen, setzte auch er sich und verkündete mit großer Schlichtheit, daß das Vaterland sich nun in der tragischen Endphase befinde, und um das Vaterland zu retten, habe die gesamte Junta beschlossen, auf jede Herrschaftsgewalt zu verzichten, die nicht militärische Herrschaftsgewalt sei. Dann rief er die führenden Häupter seines Staates zusammen, und einer nach dem anderen wiederholte, was Gizikis gesagt hatte. Dann ging man zur Diskussion über. Man sprach von der Verantwortung. Und hier war Gizikis bewundernswert. Ehrlich, human und bewundernswert. Er erbot sich als Sündenbock. Ich weiß, daß mit dem Ende des Regimes jemand zum Sündenbock gemacht werden muß, sagte er, und ich biete mich als solchen an. Ich wollte nicht Präsident der Republik werden, meine Herren, aber da ich diesen Posten angenommen habe, ist es nur recht und billig, daß ich dafür bezahle. Nun, es ist überflüssig, hinzuzufügen, daß wir dieses Anerbieten niemals angenommen hätten, daß wir vielmehr alles dafür tun würden, um Repressalien und Strafen von seiten des Volkes zu verhindern. In diesem Sinne haben wir gehandelt. Zum Schluß sind wir die entscheidende Frage angegangen: die Wahl dessen, der die neue Regierung bilden soll. Die Mehrheit war für Canellopoulos. Ich aber wollte Karamanlis.« – »Warum Karamanlis und nicht Sie selbst, Herr Minister?« Er lächelte wieder: »Ganz einfach, liebe

Freundin, ganz einfach! Weil ich nicht auf das Ministeramt der Verteidigung verzichten wollte! Ah, darin war ich stets unerschütterlich. Un-er-schüt-ter-lich!« – »Und Sie haben gewonnen.« – »Ja, liebe Freundin, ja. Wenn ich etwas will, so erreiche ich es auch. Und wenn ich zwei Sachen will, so erreiche ich sie beide.«
Das Ministeramt für Verteidigung, das Heer! Das war das fehlende Glied der Kette. Was sagtest du immer in bezug auf das Heer? »Wer in Griechenland über das Heer herrscht, der herrscht über Griechenland.« Ich suchte die runden, schwarzen Augen, diese beiden in Öl schwimmenden Oliven: »Herr Minister, wer herrscht heute über Griechenland?« Die beiden Oliven wurden hart und das Flötenstimmchen eisig: »Wie denken Sie darüber, liebste Freundin?« – »Vor einer Stunde noch dachte ich, Joannidis sei es, Herr Minister.« – »Aber, liebe Freundin! Ich bin der Mann, dem der Generalbrigadier Joannidis zu gehorchen hat. Ich bin der Mann, der über das Heer herrscht.« – »Und wer in Griechenland über das Heer herrscht, der herrscht über Griechenland, nicht wahr, Herr Minister?« – »Wer sagt das?« – »Panagoulis.« Er stand abrupt auf. »Es war mir wahrlich ein großes Vergnügen, Sie zu treffen, ein außerordentliches Vergnügen. Wie schade, daß ich nun gehen muß.« Er ging auf den Ausgang zu, hielt mir seine knochenlosen Hände entgegen und schloß meine rechte Hand wieder in die Muschelschalen. »Ich hoffe, auch unseren Freund bald wiederzusehen, sagen Sie ihm dies. Übrigens, wann kehrt er zurück?« Und ohne die Antwort abzuwarten, entfernte er sich, während sich in mir der letzte Rest von Zweifel auflöste. Erst zwei Tage später kehrte der Zweifel zurück und durchbohrte mein Gehirn. Die politischen Häftlinge wurden nach und nach aus den Gefängnissen entlassen, die Menschen schienen wieder fröhlich zu werden, der Hauch von Freiheit nahm mehr und mehr die Umrisse einer wahren Freiheit an: hatte ich mich vielleicht getäuscht?

Du lächeltest spöttisch: »Die Felsblöcke auf dem Berggipfel sind nicht notwendigerweise böse, und wenn die politischen Häftlinge nicht aus ihren Gefängniszellen entlassen würden, was hätte es dann für einen Sinn, von Freiheit zu sprechen? Er wird sich nie wie ein Tyrann verhalten: er ist klug. Weißt du, wie er es angestellt hat, Canellopoulos auszubooten? Irgendwann während dieser Versammlung bei Kaffee und Orangensaft schlug er vor, eine Denkpause einzulegen und ging zusammen mit den anderen Politikern hinaus. Dann gab er vor, aufs Klo zu müssen und ging in den Präsidentenpalast zurück. Geht-nur-weiter-wir-sehen-unsspäter. Er ging in das Büro von Gizikis zurück, und zusammen mit ihm rief er Karamanlis in Paris an. Reisen-Sie-sofort-ab-und-kommen-Sie-her-um-die-neue-Regierung-zu-bilden. Als die anderen mit dem Ergebnis ihres Nachdenkens zurückkamen, hatte Karamanlis den Auftrag längst angenommen und saß bereits im Flugzeug von Giscard d'Estaing, das Richtung Athen flog. Ein Meisterstück. Und ich setzte Kopf und Kragen aufs Spiel, wenn Averoff dieses Meisterstück nicht schon vorbereitet hatte, noch bevor die Junta abdankte.« – »Jedenfalls hat er gesagt, er hoffe, dich bald zu sehen.« – »Dieser Hundesohn.« – »Dann hat er mich gefragt, wann du zurückkehren wirst. Wann wirst du zurückkehren?« Statt zu antworten, gingst du diesmal zum Fenster und zeigtest mir ein Paar, das vor dem Café gegenüber dem Hotel saß: ein junger Mann in Blue jeans und eine Frau. Sie war etwa dreißig, hübsch, elegant, mit üppigem Busen und aschblonden Haaren. »Wer sind die?« – »Ich weiß es nicht. Ihn habe ich noch nie gesehen. Sie schon. Auch gestern in Genf.« Am Tage, nachdem ich nach Athen abgereist war, warst du nach Genf gefahren, um an der Zypern-Konferenz teilzunehmen. »In Genf?« – »Ja, mindestens zwei- oder dreimal. Das erste Mal habe ich sie nicht erkannt. Eine Art Unruhe überfiel mich und sonst nichts. Das zweite Mal aber...« – »Kennst du sie?« – »Ja, aus Stockholm. Wohin ich in Stockholm auch ging, überall stieß ich auf sie. Erst habe ich mir nichts daraus gemacht, ich dachte, sie sei eine schwedische Verehrerin von mir. Dann aber mußte ich mich davon überzeugen, daß sie keine schwedische Verehrerin von mir war.« – »Warum?« – »Weil sie nicht Schwedisch sprach.« Ich betrachtete sie von neuem, voller Staunen. »Bist du sicher?« – »Ganz sicher. Außerdem trägt sie gerne Perücken. In Stockholm war sie blond, wie jetzt, aber in Genf hatte sie kastanienbraunes Haar. Deshalb habe ich sie nicht gleich wiedererkannt.« – »Überlege es dir genau, Alekos. Vielleicht ist die Frau in Genf nicht die gleiche wie die, die jetzt hier auf dem Bürgersteig sitzt. Vielleicht ähnelt sie ihr nur. Aus der Ferne kann man das schlecht beurteilen.« – »Ich beurteile es nicht aus der Ferne: sie saß im gleichen Flugzeug. Sie ist in das gleiche Flugzeug gestiegen wie ich. Ich hatte Zeit genug, sie zu beobachten.« – »Und hat sie es gemerkt?« – »Ich hoffe nicht. Komm, geh vom Fenster zurück, ich möchte nicht, daß sie es jetzt merkt.« Ich trat zurück. »Und der junge Mann?« – »Nie gesehen. Ich bin auch sicher, daß er nichts zu bedeuten hat. Sie ist es, die mich verfolgt. Und mit sehr großer Geschicklichkeit. Sie macht ihre Arbeit sehr gut, sie ist eine Spionin erstklassiger Qualität.« –

»Spionin wofür?« – »Ich weiß es nicht. Um das herauszubekommen, müßte ich sie zu fassen kriegen, und um sie zu fassen, muß ich sie noch eine Weile gewähren lassen... Sie könnte für alles mögliche arbeiten: für den KYP, für den SID. Und wenn sie mich im Auftrag des SID verfolgt, so deshalb, um dem KYP einen Gefallen zu erweisen. Daß der italienische und der griechische Geheimdienst einander kräftig unterstützen, das weiß jeder.« – »Alekos, aber der KYP unterstand doch der Junta!« – »Und jetzt untersteht er der neuen Regierung. Die Geheimdienste stehen jeder Macht zur Verfügung, sie ändern sich nicht, nur weil das Regime wechselt oder die politische Richtung sich ändert. Manchmal wechseln sie ihre Leute aus, um das Gesicht zu wahren, aber das ist nicht anders, als wenn man über dieselbe Hand einen neuen Handschuh überstreift, der dem alten völlig gleich ist. Und ich glaube nicht einmal, daß Averoff sich soviel Mühe gegeben hat, dem KYP einen neuen Handschuh überzustreifen.« – »Ja, aber aus welchem Grund sollte dich der KYP jetzt noch verfolgen oder den SID bemühen, dich zu verfolgen? Ein Mann mit deiner Vergangenheit, der...« – »Gewisse Leute interessiert meine Vergangenheit nicht. Es interessiert sie meine Gegenwart, oder besser, meine Zukunft.« Die Zukunft. Deine Zukunft. Das war das Rätsel, das mich bedrückte, seit die Junta gefallen war. Was würdest du nun mit deiner Zukunft, mit deinem Leben beginnen? Ich suchte deine Augen: »Also, Alekos, wann gehst du zurück?« Aber wieder zeigtest du auf die Frau und den jungen Mann in Blue jeans, anstatt zu antworten. »Hm! Ich möchte wetten, daß auch die beiden dort unten das wissen möchten. Ich möchte auch wetten, daß es ihren Auftraggebern am liebsten wäre, wenn ich in einem Sarg nach Griechenland zurückkäme.« Auch diesmal hattest du meine Frage nicht beantwortet.

Am nächsten Tag war es das gleiche. Und ebenso am übernächsten Tag und an den weiteren Tagen. Einer nach dem anderen kehrten sie zurück: Politiker, Schauspieler, Studenten, Schriftsteller, nicht selten auch Lügner, die nur ins Ausland gegangen waren, um ihre Haut zu retten oder die bequeme Rolle des politisch Verfolgten zu spielen. »Ich bin ein Opfer der Junta, nieder mit der Junta!« Wie Helden und Heldinnen empfangen, von einer wankelmütigen, feigen Menge, wahrscheinlich von den gleichen, die dir die Tür vor der Nase zugeschlagen hatten, kamen sie am Flughafen in Athen an, hoben die Faust, schrien es-lebe-das-Volk-es-lebe-die-Freiheit, und beeilten sich, die Grundlagen für ihre parlamentarische Karriere zu schaffen. Liberale, Sozialisten, Antifaschisten im

Zeichen des Opportunismus. Du aber bliebst still und rührtest dich nicht. Bejubelt wie ein Krieger der Antike, wie ein von Troja zurückkehrender Agamemnon, gab Papandreu der Presse kund, daß er per Schiff in die Heimat zurückkehren und in Patras an Land gehen werde, um von dort die Hauptstadt, von einem Schwarm von Autos und Omnibussen begleitet, zu erreichen, in einer Woge von roten Fahnen schwimmend. »Andreas-es-lebe-Andreas.« Du aber bliebst still und rührtest dich nicht. Mein Staunen darüber wuchs. Zögertest du, weil du dich nicht unter jene Hunde mischen wolltest, die erst kläffen, wenn die Gefahr vorüber ist, und unter die Schakale, die sich am Leiden der anderen vollfressen? Oder hattest du nun, da die Diktatur vorüber war, das Interesse an deinem Land verloren, langweilte dich die Vorstellung, ein normales Leben zu führen? Das ist die Tragik vieler Kämpfer, dachte ich, wenn der Krieg zu Ende ist, können sie sich nicht an den Frieden gewöhnen. Sätze, denen ich nie besondere Beachtung geschenkt hatte, tönten mir plötzlich wieder in den Ohren. »Wie gut ich Guevara verstehen kann! Ich wäre auch nach Bolivien gegangen, anstatt mich auf Kuba zu Tode zu langweilen!« Oder: »Heute morgen habe ich einen Griechen getroffen, der ein wirklicher Kämpfer ist, ein Trotzkist. Schade, daß er ein Parteibuch hat und ich nicht mit ihm zusammenarbeiten kann. Er sagte zu mir: mein Lieber, wenn die Junta fällt, sind wir zwei arbeitslos, und der Bart wächst uns bis zu den Knien.« In Italien wuchs dir der Bart immerhin noch nicht bis zu den Knien: da waren die jungen Männer mit dem Hakenkreuz am Gürtel, die blonde Perückenträgerin, die Vermutung, daß es gewissen Leuten lieber wäre, du kehrtest als Toter nach Griechenland zurück. In der Tat ging die geheimnisvolle Verfolgung weiter und spitzte sich in einem nicht unbedeutenden Ereignis zu. Nach Ablieferung der Reportage über den 23. Juli waren wir nach Zürich gefahren. Wir saßen in einem Restaurant in der Nähe von Nicolas Wohnung. Plötzlich sagtest du: »O nein! Dabei habe ich sie im Flugzeug gar nicht gesehen.« – »Alekos, du willst doch nicht etwa sagen, daß sie hier ist.« – »Doch, doch. Hinter dir. Dreh dich nicht um.« – »Allein oder in Begleitung?« – »Allein.« – »Und mit welcher Haarfarbe diesmal?« – »Schwarz, schwarze Haare.« – »Was sollen wir tun?« – »Wir machen eine Probe. Wir stehen jetzt auf und gehen in ein anderes Restaurant. Wenn sie uns dorthin folgt ...« Wir unterbrachen das Abendessen und verließen ostentativ das Lokal; dann kehrten wir in einem Gartenlokal am anderen Ende der Stadt ein. Wenige Minuten später kam sie, sah sich zerstreut um, als suche sie jemanden, zuckte die Schultern, als wolle sie sagen: Nun ja, er ist nicht da, und ging wieder. »Komm, Alekos, laufen wir ihr hinterher und stellen wir sie zur Rede.« – »Und unter welchem Vorwand? Es ist ja schließlich kein Verbrechen, Perücken zu tragen und sich in den gleichen Städten wie wir aufzuhalten.« – »Und in den gleichen Straßen, in den gleichen Restaurants. Wenn du sie nicht zur Rede stellen willst, dann wende dich an die Polizei.« – »Sehr gut! Und was soll ich der Polizei sagen? Da ist eine blonde, nein braun-, nein schwarzhaarige Frau, die immer dort ist, wo ich bin? Ganz abgesehen davon, daß der Geheimdienst mit der Polizei zusammenarbeitet. Reden wir auf sie ein. Es würde mir großes Vergnügen machen, sie auf frischer Tat zu ertappen.« Vielleicht, sagte ich mir zum Schluß, war es tatsächlich dies, was dich davon zurückhielt, in deine Heimat zurückzukehren. Die dunkle Faszination, zu wissen, daß du im Ausland mehr in Gefahr warst als daheim, die Angst, in der Langeweile eines normalen Alltags und in den Beifallsbezeugungen zu ersticken, die sicherlich auch dir zukommen würden.

Eines Abends aber nahm die Sache eine plötzliche Wendung: »Ich habe mich entschieden. Ich werde am 13. August zurückkehren, am Jahrestag meines Attentats auf Papadopoulos.« – »Das war es also, was du abwarten wolltest!« – »Nicht genau das, wenn mir auch der Gedanke, einigen Leuten das Gedächtnis aufzufrischen, Freude bereitet. Und mit den paar Leuten meine ich nicht nur die Joannidis oder die Averoffs. Ich meine auch die Freunde vom anderen Ufer, jene, die sich die ganze Zeit nicht gerührt haben.« – »Alekos, was meinst du, wenn du sagst, ›nicht genau das‹?« – »Ich meine ... Erinnerst du dich daran, daß du mich einmal gefragt hast, wen ich vorzöge, Garibaldi oder Cavour?« – »Ja, und du hast geantwortet, Cavour wäre dir lieber.« – »Das heißt, die Politik. Nun, nachdem ich über einiges nachgedacht habe, über die Linken und die Rechten und die Menschen überhaupt, bin ich nicht mehr so sicher, ob ich diese Politik noch so sehr liebe. Und nach Griechenland zurückkehren bedeutet, zu dieser Politik zurückzukehren.« Dann, als sei es dir unangenehm, darüber zu sprechen, brachst du das Gespräch jäh ab und sagtest, daß das augenblickliche Problem anderswo liege: darin, am 13. August zurückzukehren.

Um am 13. August zurückzukehren, mußte man einige Vorsichtsmaßnahmen treffen. Die erste war, dich nicht an jenen Orten blicken zu lassen, an denen deine mysteriösen Verfolger dich belagerten: nicht in dem Waldhaus, dem Haus in der Toskana, selbst in Rom nicht. Wir beschlossen also, ein paar Tage am Meer zu verbringen, uns etwas Ruhe und Zweisamkeit zu gönnen; unsere Wahl fiel auf Ischia, wo ein befreundeter Hotelier uns bestimmt aufnehmen würde, auch wenn wir unangemeldet dort auftauchten. »Das wichtigste ist, niemandem etwas davon zu sagen, keine Zimmer vorzubestellen, so gut wie kein Gepäck mitzunehmen. Niemand wird etwas merken, niemand wird uns finden.« Vierundzwanzig Stunden später aber hatte sie uns schon gefunden. Zugegebenermaßen hatte sie uns nie aus den Augen verloren. Mit gespielter Zerstreutheit, üppigem Busen, aschblondem Haar – diesmal wieder aschblond – stand sie auf dem römischen Bahnhof, zehn Meter neben unserem Zug, dem TEE nach Neapel. Sie war jedoch nicht allein, sondern in Begleitung eines jungen Mannes in Blue jeans, der dem Mann ähnelte, der mit ihr im Café gegenüber unserem Mailänder Hotel gesessen hatte. »Ich versteh das nicht, Alekos ... Warum um Gottes willen wollen sie so genau wissen, was du tust und wohin du gehst?« – »Vielleicht wollen sie nicht nur das. Vielleicht wollen sie mehr. Langsam glaube ich wirklich, sie wollen mehr.« – »Fahren wir trotzdem?« – »Sicher. Es wäre überall das gleiche. Und außerdem interessiert mich, was sie als nächstes tun wird.« – »Gut.« Wir stiegen in einen Waggon, der von dem unserer Verfolgerin weit entfernt war, und setzten uns in ein Abteil, in dem bereits ein älteres Ehepaar saß. Unmittelbar darauf erschien der junge Mann in Blue jeans mit einem Paket in einer Cellophantüte. Er legte das Paket ins Gepäcknetz, setzte sich neben dich und holte ein Porno-Heftchen hervor. Am Gürtel hatte er eine Schnalle mit einem Hakenkreuz, das jenem ähnlich war, das die Jünglinge vor dem Törchen des Waldhauses trugen. Aber das Unangenehmste an ihm war nicht einmal die Hakenkreuzschnalle, sondern die Nervosität, die er verbreitete, fast als plage ihn ein schweres Problem oder eine große Angst. Er warf das Heftchen weg, seufzte, blähte die Backen, warf merkwürdige Blicke auf das Paket im Gepäcknetz. Plötzlich stand er auf, nahm das Paket, legte es wieder hin, nahm es wieder, erschreckte die beiden Alten, und ging schließlich fluchend von dannen: »Christus hier, Maria da, Schwanz rauf, Schwanz runter.« – »Gehen wir ihm nach, Alekos.« – »Nein, das ist es ja, was er sucht: einen Streit. Wenn ich darauf eingehe, werde ich von der aschblonden Verfolgerin abgelenkt und kann nicht einmal mehr sehen, ob sie ins Tragflügelboot nach Ischia steigt. Und sie wird ins Boot steigen, das wirst du schon sehen. Und mir soll es recht sein: es dient mir als Bestätigung und als Vorwand, sie zu fassen, endlich zu wissen, wer sie ist und wer sie schickt und zu welchem Zweck. Ich habe langsam genug von dieser Geschichte. Und so wahr ich lebe, diesmal werde ich sie fassen. Sie wird alles vor mir ausspucken.«

Das Tragflügelboot war gänzlich überfüllt. Nur mit Mühe hatten wir einen Platz bekommen und standen nun eingepfercht zwischen Menschenleibern auf dem Deck; vergeblich suchten wir uns breit zu machen, um es etwas bequemer zu haben. Man konnte sich nicht einmal einen halben Meter weit bewegen. »Wir haben sie verloren«, murmelte ich. »Mag sein.« – »Wir hätten sie besser gleich zur Rede stellen sollen, als wir aus dem Zug stiegen.« – »Mag sein.« Als wir den Zug verließen, war sie an der Seite des jungen Mannes in Blue jeans wieder aufgetaucht. Sie standen am Ende des Schutzdaches, der junge Mann hatte kein Paket und keine Cellophantüte mehr in der Hand, und sie sprach lebhaft auf ihn ein, als mache sie ihm Vorwürfe. Worüber? Darüber, daß er dich nicht genügend provoziert hatte? Ohne dich aufzuregen und immer noch so, als hättest du sie nicht gesehen, schobst du mich aus dem Bahnhof hinaus: »Komm, dreh dich nicht um.« Der Hafen war nicht weit vom Bahnhof entfernt, wir legten die Strecke zu Fuß zurück, um besser sehen zu können, ob sie uns folgte. Aber sie folgte uns nicht. »Es sei denn, sie ist mit dem Taxi gefahren und ist schon vor uns da.« – »Mag sein.« – »Dann ist sie jetzt unter den Leuten, die einen Sitzplatz ergattert haben.« – »Mag sein.« – »Oder sie hat die Verfolgung aufgegeben und ist in Neapel geblieben.« – »Mag sein.« Die Motoren dröhnten, das Tragflügelboot glitt von der Startrampe herunter. »Gott sei Dank.« Während du noch sagtest ›Gott sei Dank‹ erschien sie auf der anderen Seite des Decks und winkte zwei Leuten, die am Ufer standen: dem Jüngling in den Blue jeans und einem anderen jungen Mann mit einem runden, sommersprossigen Gesicht. Sie führte ihre rechte Hand ans Ohr und machte eine Geste, als wolle sie telefonieren und rief immer wieder: »Um acht! Ich rufe euch um acht Uhr an!« Sie hatte eine frische, freche Stimme und sprach ein perfektes Italienisch. Die beiden am Ufer nickten wohlerzogen, als nähmen sie den Befehl eines Vorgesetzten entgegen. Ich sah, wie du blaß wurdest, und dann tauchtest du mit einem Satz zwischen die Menschenleiber, die sofort zu protestieren begannen. Was-will-denn-der, was-fällt-ihm-denn-ein, wo-will-er-denn-hin. Nach zehn Minuten kamst du zurück: »Sie ist nicht da.« – »Sie ist nicht da?!« – »Ich habe sie nicht gefunden. Ich habe das ganze Boot abgesucht. Sie ist nicht da.« – »Ich schaue noch einmal.« Ich ging, rief neues Protestgemurmel hervor, was-will-denn-die, was-fällt-ihr-denn-ein, wo-will-sie-denn-hin, ich suchte das ganze Boot nach ihr ab. Auch die Toiletten. Aber ich fand sie nicht. »Aber sie muß doch an Bord sein.« – »Natürlich ist sie an Bord.« – »Suchen wir sie noch einmal, zusammen?« – »Nein, wir werden sie bei der Ankunft stellen. Wir werden als erste aussteigen und sie stellen.« Wir stiegen als erste aus. Wir stellten uns an den Fuß der Landebrücke und achteten auf jeden aussteigenden Passagier, wild entschlossen, sie uns diesmal nicht entgehen zu lassen. Wir ließen uns durch nichts ablenken; plötzlich aber schrie ein Tourist, man hätte ihm die Brieftasche gestohlen, ein kleiner Streit entstand, und wir wurden etwas zurückgedrängt. Dies muß wohl der Moment gewesen sein, in dem sie unbeachtet an uns vorbeiwischte; denn kurz darauf sahen wir ihre blonde Perücke auf dem Rücksitz eines abfahrenden Autos.

Am ersten Tag geschah nichts. Am ersten Tag waren wir fast heiter. Der befreundete Hotelier hatte uns ein hübsches Zimmer gegeben, das aufs Meer hinausging, das Hotel war vorzüglich, mit zwei Restaurants, einem Privatstrand, einem sehr schönen Schwimmbad und einer Bucht, die durch ein Schild mit der Aufschrift »Zutritt verboten« geschützt war. Wir trösteten uns und beschlossen, uns nicht von Wut und Angst überwältigen zu lassen, sondern unsere Ferien zu genießen. Wir hielten nur einige Vorsichtsmaßregeln ein: wir gingen nicht auf die Straße, wir schwammen nicht weit hinaus, wir hielten uns stets unter Menschen, also unter eventuellen Zeugen auf. Am nächsten Morgen aber rütteltest du mich aus dem Schlaf: »Wach auf! Wach auf!« – »Was ist los?« – »Schau.« Fünf- oder sechshundert Meter vom Ufer entfernt, in gerader Linie vor unserem Fenster, lag ein großes, überdachtes Motorboot. »Alekos, wir sind am Meer, und es ist Mitte August. Ist es nicht normal, Mitte August ein Motorboot auf dem Meer schwimmen zu sehen?« – »Tagsüber schon, aber nachts nicht. Seit heute nacht liegt es dort.« – »Ja und?« – »Motorboote fahren nachts nicht spazieren, und bestimmt liegen sie nicht auf diese Weise auf dem Wasser herum.« – »Auf welche Weise? Vielleicht wollen sie fischen?« – »Daran, daß sie fischen wollen, ist kein Zweifel. Aber daß sie Fische fischen wollen, glaube ich nicht. Seit das Boot dort angekommen ist, hat es sich nicht einmal bewegt.« – »Vielleicht ist der Motor kaputt.« – »Wenn der Motor kaputt wäre, so hätten sie sich längst daran gemacht, ihn zu reparieren oder hätten sich abschleppen lassen.

Der Motor ist in bester Ordnung, wollen wir wetten?« Ich verlor die Wette. Ein paar Minuten später wurde der Motor angelassen, und das Boot verschwand, um jedoch wenig später wieder aufzutauchen und sich an die gleiche Stelle zu plazieren. Dort blieb es bis zum Mittag, dann wurde der Motor von neuem angelassen, und das Boot verschwand wieder, um etwas später wieder aufzutauchen und sich erneut vor unser Fenster zu plazieren: diesmal wesentlich näher als vorher. Um drei Uhr nachmittags wiederholte sich das Schauspiel. Bei Sonnenuntergang nochmals. Im Abstand von etwa drei Stunden verschwand es und kam dann wieder zurück, und jedesmal kam es um etwa hundert Meter näher... Vier Personen waren an Bord: keiner wollte offenbar an Land. Wir sprachen mit dem Bademeister darüber, und er sagte, daß es im Sommer eine Menge Verrückte hier gäbe, im Sommer brauche man die Verrückten gar nicht zu zählen, im letzten Jahr sei ein Pärchen eine Woche lang nicht an Land gegangen: sie wollten wohl einen Wettbewerb machen, wer es länger aushielte. Diese Antwort beruhigte uns so weit, daß wir es am Abend wagten, zusammen mit dem Hotelier in ein Hafenrestaurant zu gehen; dort aßest du mit Appetit und trankst voller Fröhlichkeit. In der Nacht darauf schliefst du einen ruhigen Schlaf. Ich nicht. Die Reden des Bademeisters hatte ich überhaupt nicht ernst nehmen können, im Restaurant hatte ich mich die ganze Zeit unruhig umgesehen; und jetzt stand ich immer wieder auf und ging ans Fenster, um zu sehen, ob das Boot noch da sei. Es war noch da: vom Mondlicht beschienen, schaukelte es auf dem ruhigen Wasser leise hin und her und sah aus wie das harmloseste Boot der Welt. Im Morgengrauen lag es immer noch da und schaukelte noch immer hin und her. Während des ganzen Vormittags das gleiche; und ebenso mittags. Als wir um drei Uhr nachmittags nicht in unser Zimmer, sondern hinunter in die Bucht mit dem Schild »Zutritt verboten« gingen und uns, ungeachtet dessen, daß sie völlig einsam war, im Schatten eines Felsens hinlegten, hatte es sich noch immer nicht von der Stelle bewegt. Es lag da und schaukelte hin und her, von den Brandungswellen nun stärker umspült; denn im Laufe der Zeit hatte es sich bis auf knappe zweihundert Meter genähert. Ich zeigte darauf: »Bedrückt es dich wirklich nicht mehr?« Du lächeltest unbekümmert: »Gestern abend im Restaurant hätten sie mich ohne Mühe kriegen können. Ich habe mich getäuscht, sie sind nicht meinetwegen da, sie sind nicht gefährlich.« – »Gefährlich vielleicht nicht. Aber merkwürdig. Wird es ihnen nicht zu heiß, wenn sie da immer in der prallen Sonne liegen?« – »Es ist ja ein überdachtes Motorboot.« – »Und haben sie niemals Lust, ins Wasser zu springen?« – »Sie sind wahrscheinlich faul.« – »Und warum sieht man sie nie? Ich weiß nicht. Etwas erscheint mir sehr merkwürdig: das Boot schaukelt immer so hin und her. Ich meine, es sieht aus, als sei es nicht verankert. Warum werfen sie keinen Anker aus?« Dein Lächeln verschwand augenblicklich, als hätte ich etwas gesagt, woran du nicht im entferntesten gedacht hattest. Du sprangst hoch und sagtest: »Bleib hier, beweg dich nicht, ich werde nachsehen.« Und bevor ich dich zurückhalten konnte, warst du schon ins Wasser gesprungen und schwammst auf das Boot zu.

Alles Weitere ging sehr schnell vor sich. Wenn ich daran zurückdenke, läuft alles vor mir ab wie ein Film im Zeitlupentempo, so, als liefe die Zeit selbst hinter sich her, rasend, überstürzt; dabei waren merkwürdigerweise unsere Bewegungen gar nicht überstürzt gewesen: wir hatten uns beide sehr ruhig bewegt. Wenn wir heil aus dieser Sache herauskommen wollten, waren Ruhe und das Vortäuschen absoluter Gleichgültigkeit unabdingbar; ich begriff dies im Augenblick, als ich hörte, wie das Boot seinen Motor anließ. Du warst schwimmend bis auf etwa fünfzig Meter an das Boot herangekommen, und plötzlich tauchtest du unter, schlugst einen Purzelbaum, machtest eine Wendung und schwammst mit großen, entschiedenen Zügen zurück, langsam, aber entschieden durchfurchtest du schäumend das Wasser, jeder Zug ein kräftiger Stoß, während das Boot hinter dir herfuhr, ebenso langsam, ebenso entschieden, fast, als mache es sich, im vollen Bewußtsein seiner Überlegenheit und seines sicheren Sieges, einen Spaß daraus, dir einen Vorsprung zu lassen, als hebe es sich das Vergnügen, dich zu überfahren, noch ein wenig auf. Vier junge Männer waren nun zu sehen; am Steuer stand ein sehr junger, blonder Mann, die anderen drei waren dunkelhaarig, etwa um die Dreißig; sie schauten dich feindselig und finster an, immer feindseliger und finsterer, je näher sie dir kamen, und sicherlich fühltest du, daß sie dir näherkamen, aber du schwammst im gleichen regelmäßigen und entschiedenen Rhythmus weiter, ohne dich umzudrehen, ohne sie anzusehen, ohne eine Spur von Nervosität zu zeigen; du schwammst auf den Eingang der Bucht zu, auf die Verengung, an der das Schild »Zutritt verboten« aufgestellt war, denn dort wurde es so eng, daß das Motorboot Mühe haben würde, durchzukommen. Mit jedem Schwimmzug kamst du wohl zwei Meter voran, noch eine letzte Anstrengung, und du würdest den Felsen mit dem Steg erreichen. Wehe, wenn

du müde würdest, wehe, wenn du den Mut verlorst, aber du wurdest nicht müde, du verlorst nicht den Mut, und da warst du schon in der Bucht, klammertest dich an den Felsen, zogst dich auf den Steg hinauf, schrittest mit ruhigen, gleichmäßigen Schritten darüber hinweg, immer noch, ohne dich umzudrehen, ohne sie anzusehen, fast so, als interessiere dich das Boot nicht, das nun stehengeblieben war und auf dem die vier Männer lange darüber miteinander zu beraten schienen, ob sie an Land gehen sollten oder nicht. Ich ging dir entgegen, wobei ich mich bemühte, ebenso gelassen auszusehen wie du und über dein blasses, von der Anstrengung gezeichnetes Gesicht und deine aufgerissenen, fassungslosen Augen nicht zu erschrecken. Mein Herz klopfte wild. Ich hatte Bademantel, Schuhe, deine Hose, deine Sandalen, kurz alles am Felsen zurückgelassen, ich wußte, daß alles dort liegenbleiben müßte, so, als entfernten wir uns nur ein kleines Stück; ich wußte, daß du mich gleich am Handgelenk packen würdest und mich zum Schwimmbecken hin, die Terrasse hinauf, in den Aufzug hineinziehen und sagen würdest: »Lächle! Lächle!« Ich hielt dir meinen Arm hin, du nahmst mich beim Handgelenk: »Lächle! Lächle!« Du zogst mich zum Schwimmbad hin, die Terrasse hinauf, in den Aufzug hinein. »Hast du den Zimmerschlüssel?« Dann waren wir in unserem Zimmer, du sahst durch die Ritzen der Jalousie hindurch und sagtest: »Zwei von ihnen sind an Land gegangen und warten offensichtlich dort unten auf uns. Das war klug von dir, daß du die Sachen unten gelassen hast.« – »Und wenn sie heraufkommen?« – »Sie werden nicht kommen. Sie haben keinen Mut dazu. Sie warten darauf, daß wir hinuntergehen und unsere Sachen holen. Komm, wir ziehen uns an, schnell.« – »Und dann?« – »Dann gehen wir hinaus, springen in ein Taxi, fahren zum Hafen und nehmen das erstbeste Boot. Ohne Koffer. Die lassen wir hier. Morgen früh rufen wir hier an und bitten darum, daß man uns das Gepäck nachschickt, zusammen mit der Rechnung. Bis morgen früh darf niemand merken, daß wir fortgefahren sind. Niemand.«
Deine Stimme war kalt, aber dein Gesicht war immer noch blaß und angestrengt, und deine Hände zitterten, als du dich anzogst. Sie zitterten noch immer, als du mit gespielter Gleichgültigkeit am Portier vorbeigingst, als wir uns in ein Taxi setzten, zum Hafen fuhren und uns nach Neapel einschifften. Dort liefen wir zum Bahnhof und tauchten im Gewühl eines Zweiter-Klasse-Eilzuges unter. Nie hatte ich dich so gesehen. Erst als wir im Zug saßen, hörten deine Hände auf zu zittern, und es kehrte etwas Farbe in

dein Gesicht zurück. Endlich brachst du das Schweigen, in das du dich gehüllt hattest, und erzähltest mir, weshalb du im Wasser diese schnelle Wendung gemacht hattest und zurückgeschwommen warst. »Du hattest recht: sie hatten keinen Anker ausgeworfen. Man wirft keinen Anker aus, wenn man sich bereithalten muß, jederzeit loszufahren. Einen Augenblick lang war ich mir der Sache nicht sicher, und da sagte der Blonde: da ist er! Die anderen drei kamen zum Vorschein. Es schien mir, als hätte einer einen Revolver in der Hand. Dennoch glaube ich nicht, daß sie mich umbringen wollten. Wenn sie das gewollt hätten, so hätten sie es die ganze Zeit über ohne weiteres tun können. Ich bin sicher, daß sie mich entführen wollten.« – »Sie können dies auch in den nächsten Stunden noch tun, Alekos. Dein Flugzeug startet übermorgen.« – »Ich weiß, aber heute abend wird nichts geschehen, sie wissen ja nicht, daß wir abgefahren sind. Wer hat uns denn schon abfahren sehen? Das Gepäck ist im Zimmer, die Rechnung ist nicht bezahlt, keiner ahnt, daß wir nach Rom zurückgefahren sind?« Dessen warst du so sicher, daß du alle meine Zweifel und Ratschläge ausschlugst; in Rom gingen wir auf deinen Wunsch sofort ins Hotel und von dort nach Trastevere in ein Restaurant, wo man im Freien sitzen konnte. Während des Abendessens stießest du plötzlich einen tiefen Seufzer aus: »Wann ist der Punkt erreicht, an dem ein Mensch einfach nicht mehr weiter kann?« – »Warum sagst du das?« – »Weil sie uns gefunden haben. Das grüne Auto dort, sieh.« Ich sah mich um. Ein dunkelgrüner Peugeot stand auf der anderen Seite des Platzes, drinnen saß ein Mann mit dunkler Brille. »Vielleicht wartet er auf jemanden, Alekos.« – »Genau das. Er wartet auf mich.« – »Vielleicht fährt er bald weg.« – »Er fährt nicht weg, er fährt nicht weg. Er steht seit einer halben Stunde dort.« – »Es könnte ein Zufall sein.« – »Es könnte schon. Aber es ist keiner.« Du zahltest und riefst nach einem Taxi. Das Taxi kam, und kaum war es losgefahren, setzte sich auch der Peugeot in Bewegung und verfolgte uns mit einer derartigen Unverschämtheit, daß der Taxichauffeur sich zweimal zum Fenster hinauslehnte und schrie: »Du Idiot, was willst du denn?« Dies wurde bald klar, denn auf der Straße, die am Ufer des Tiber entlangführte, kam der Peugeot an unsere Seite; im Licht der Straßenlaternen konnte man das teuflische Grinsen des Mannes mit der dunklen Brille, sein glattrasiertes Gesicht, seine behandschuhten Hände, sein kariertes, elegantes Jackett, seine blaue Krawatte deutlich sehen. Nachdem er eine kurze Weile neben uns hergefahren war, überholte er uns, wurde langsamer,

fuhr wieder neben uns her, um uns gleich darauf wieder zu überholen; schließlich machte er es wie jenes Auto, das uns in Kreta verfolgt hatte, er stieß von der Seite her an unser Auto und drängte es auf den Bürgersteig. Wir hatten einen sehr tüchtigen Chauffeur erwischt. Es gelang ihm nicht nur, um den Baum herumzukommen, auf den wir beinahe aufgeprallt wären; von dir angetrieben, nahm der danach die Verfolgung des Wagens auf und kam ihm immerhin so nahe, daß man das Nummernschild erkennen konnte. Es war, wie üblich, gefälscht.
Es war wegen dieses gefälschten Nummernschildes, daß ich in Verzweiflung geriet; und ich schrie, ich wolle nicht, daß du in einem Sarg nach Griechenland zurückkehrtest; dann bat ich die Polizei um Beistand. Und die Polizei schickte uns drei Beamte in Zivil. Du wolltest natürlich nichts von ihnen wissen, du schriest: »Unglückselige, was fällt dir ein, mich so lächerlich zu machen und mir die Handlanger der Macht auf den Hals zu schicken, verstehst du denn nicht, daß nur Dummköpfe sich von der Polizei beschützen lassen, außerdem erfährt man auf diese Weise nie, wer einen verfolgt und wer die Auftraggeber sind.« Und du hattest recht: nach deinem Tod sollte ich entdecken, daß die italienische Polizei mehr als alle daran interessiert war, dich zu überwachen, mehr als jene, die dich entführen oder umbringen wollten; auch die blonde Perückenträgerin war ihnen bekannt, eine Kroatin namens Jagoda, wegen ihrer Ausdauer und ihrer Gefährlichkeit »Salamander« genannt; sie stand im Dienst des SID und des CIA, war die Freundin eines Generals, der der neofaschistischen Partei angehörte, und Taufpatin von einigen faschistischen Gruppen. Es war wohl kein Zufall, daß die drei, die dich bewachten, sich benahmen, als seien sie nur geschickt worden, um deine Verfolger vor Unvorsichtigkeiten zu warnen: Vorsicht-Jungs-haltet-euch-zurück-sonst-sind-wir-gezwungen-euch-zu-verhaften. Sie machten sich auf groteske Art und Weise bemerkbar, griffen dir schützend unter die Arme, wie Krankenwärter, die einen Kranken auf den Beinen halten, beschnüffelten und beobachteten forschend die Passanten, wie Jäger in einem Dschungel, in dem es von wilden Tieren wimmelt, knöpften sich sogar die Jacken auf, damit man sehen konnte, daß sie Revolver im Halfter trugen. Wir kamen darüber in Streit, so sehr, daß ich meine Reise nach Athen aufgab und beschloß, statt dessen nach New York zu fliegen; die letzten vierundzwanzig gemeinsamen Stunden verbrachten wir als Fremde, die nur zusammen sind, um vor den anderen das Gesicht zu wahren. Und die Frage, die mir seit einigen Tagen auf den Lippen

brannte, die ich vergeblich an dich zu stellen versucht hatte, nachdem du das Gespräch so plötzlich abgebrochen hattest, wie du zur Politik, zu *jener* Politik zurückzukehren gedachtest, das heißt, wie du die Früchte deiner Erfahrung in Wirklichkeit umsetzen würdest, blieb ein ungelöstes Rätsel.

Die Maschine nach Athen und die Maschine nach New York sollten beinahe gleichzeitig starten. Wir hatten inzwischen den Streit beigelegt, ein scherzhafter Satz über Sancho Pansa, der Don Quichotte verläßt, um Gouverneur von Baratteria zu werden, der aber zurückkehren und glücklich sein wird, wieder sein Knappe sein zu können, dieser scherzhafte Satz hatte das Eis gebrochen. Ich hatte dich um Verzeihung gebeten, du hattest mich um Verzeihung gebeten, und nun saßen wir friedlich nebeneinander, warteten auf die Ankündigung der beiden Flüge und sagten uns einige Dinge, die in diesen vierundzwanzig Stunden nicht gesagt worden waren. Daß wir unser Waldhaus behalten wollten,daß in zwei Wochen ich zu dir oder du zu mir kommen würdest, daß wir auf keinen Fall lange voneinander getrennt bleiben würden, daß uns das Wohnen unter verschiedenen Adressen und in verschiedenen Städten den Vorteil einer alltäglichen Freiheit bot und sonst aber nichts an unserem Verhältnis änderte. Beide aber wußten wir, daß ein Abschnitt unseres Lebens zu Ende ging, und die Trauer darüber verursachte uns tausend Schmerzen; der Schmerz darüber, daß wir einander nicht genügend verstanden hatten oder unnötig hart zueinander gewesen waren; der unheilbare Schmerz darüber, ein Kind verloren zu haben, das nie mehr geboren werden würde. Manchmal verfielen wir in ein schmerzliches Schweigen, du griffst nach meiner Hand, deine Augen suchten meine Augen. Dazwischen sprachen wir auch unnötige Sätze, ähnlich jenen, die man spricht, wenn der Zug gleich abfahren soll, aber nicht abfährt, wenn eine Minute unendlich lang wird und überhaupt nicht mehr vergehen will. Fährst-du-weiter-nach-Washington-oder-bleibst-du-in-New-York? Ich-rufe-dich-an-sobald-ich-angekommen-bin. Ja-und-schreibe-doch-gleich. Plötzlich jedoch: »Was ist aus Pater Tito de Alencar Lima geworden?« Ich schaute dich erstaunt an. Es war schon ein Jahr her, daß ich dir seine Geschichte erzählt hatte, und in diesem ganzen Jahr hattest du niemals seinen Namen ausgesprochen, niemals gefragt, was aus ihm geworden war. »Er ist in Paris. Du warst noch in Boiati, als die brasilianische Regierung ihn zusammen mit siebzig weiteren politischen Häftlingen freiließ, im Tausch gegen einen gekidnappten Botschafter.

Er ging erst nach Santiago de Chile und blieb dort bis zum Tode Allendes. Dank der Intervention der UNO bewilligte ihm Pinochet darauf die Ausreise. Er entschied sich dafür, nach Paris zurückzukehren und in ein Dominikanerkloster einzutreten. Warum interessierst du dich mit einemmal für Pater Tito de Alencar Lima?« Du lächeltest ausweichend: »Hast du mich nicht mit Pater Tito de Alencar Lima verglichen?« Ich lächelte auch: »Nur solange ich dich nicht kannte. Ich habe dich mit vielen Leuten verglichen, solange ich dich nicht kannte. Aber warum interessierst du dich mit einemmal für Pater Tito de Alencar Lima?« – »Weil ich von ihm geträumt habe, letzte Nacht.« Schon wieder! Du würdest wohl niemals von diesem Aberglauben geheilt werden. »Laß hören, was tat Pater Tito de Alencar Lima in deinem Traum?« – »Er lief über abgefallene Blätter und hob die Arme hoch.« – »Und was bedeutet das?« – »Ich weiß nicht, aber ich fühle ... ich fühle, daß er sehr unglücklich ist. Vielleicht will er nicht mehr kämpfen. Und wehe dem, der nicht mehr kämpfen will. Man hebt die Arme hoch und stirbt.« Der Lautsprecher krächzte und kündete deinen Flug an. Wir standen auf und gingen zum Flugsteig. »Also tschüs.« – »Tschüs.« – »Es werden dich wohl eine ganze Menge Leute abholen, was?« – »O Gott! Stell dir nur die Menschenmassen vor.« – »Paß gut auf dich auf.« – »Mach dir keine Sorgen. Es bleibt uns noch eine ganze Menge Zeit füreinander. Mindestens zwei Jahre. Als ich an diesem Brunnenrand hing, in dem Traum mit dem Berg, verging ein Sommer, ein Herbst, ein Winter, ein Frühling, ein weiterer Sommer, ein weiterer Herbst, ein weiterer Winter ... Als jener Wind aufkam, flogen die Schwalben umher: alles zusammen macht das fast zwei Jahre.« – »Rede keinen Blödsinn!« – »Es ist kein Blödsinn. Wie oft soll ich dir noch sagen, daß Träume kein Blödsinn sind?«
Ungefähr eine Woche später fiel mir eine Zeitung in die Hände, in der man die Schlagzeile lesen konnte: »Dominikanerpater begeht Selbstmord in Paris.« Der Selbstmörder war Pater Tito de Alencar Lima. Man berichtete, daß seine Leiche mit aufgeschnittenen Pulsadern in einem Wald gefunden worden war und daß es schwer gewesen war, ihn zu identifizieren, da er dort bereits seit zwei Wochen gelegen hatte. Mit großer Wahrscheinlichkeit war der Tod am 13. August eingetreten.

VIERTER TEIL

1. Kapitel

In den Heldengeschichten ist es stets die Heimkehr ins Dorf, die die erlittenen Qualen und die Eroberungen im Reich des Unmöglichen rechtfertigt: ohne eine Heimkehr verlöre das lange Fortbleiben des Helden jeglichen Sinn. Die Heimkehr ist jedoch zugleich die bitterste Erfahrung, die er zu machen hat, ein Schmerz, der ihn mehr erschüttert als alle Kämpfe, die er während seiner großen Prüfungszeit durchzustehen hatte; und dies nicht nur, weil er bis vor die Tore seines Dorfes mit den Schicksalsgöttern kämpfen muß, die nicht aufhören, ihn zu quälen, ihn zu prüfen, sondern weil er nach seiner Heimkehr in den Kreis der gewöhnlichen Sterblichen deren Undankbarkeit, Gleichgültigkeit und Blindheit ertragen muß. In einer einzigen Geschichte bleibt dem Helden diese bittere Erfahrung, dieser Schmerz erspart: in der des indischen Kriegers Muchukunda, der, um von den Menschen nicht enttäuscht zu werden, die Götter darum bittet, ihn in einen tausendjährigen Schlaf fallen zu lassen; aus diesem Schlaf erwacht er mit der Überzeugung, daß die Menschen seiner Opfer nicht wert sind, und er zieht sich in eine Höhle zurück, um sich seiner selbst zu entledigen und in einen Schlaf zu verfallen, aus dem er nicht mehr erwacht. Diese Dinge waren dir nicht ganz unbekannt zu jener Zeit, als du das Flugzeug bestiegst, das dich in die Heimat zurückbringen sollte. Dein Verzicht auf die heimlichen Reisen, nachdem du von allen verstoßen worden warst und dich mit einem von der Mittagssonne zur Hälfte verbrannten Gesicht an jenem Strand wiederfandest, war nicht zuletzt der Erkenntnis von der Undankbarkeit, Gleichgültigkeit und Blindheit der anderen zu verdanken. Dein Verharren im Exil, für das es nach dem Fall der Junta keinen Grund mehr gab, entsprang wohl auch dem Wissen um die neue Einsamkeit, die dich bei deiner Rückkehr erwarten sollte. Rechts oder links, Ideologien, Parteien, Konformismus, Lochkarten für den Computer. Was du nicht wußtest, was du nicht einmal ahntest, war die Enttäuschung, die dich bei deiner Ankunft in Athen erwartete. »Werden dich viele Leute abholen?« – »O

Gott, stell dir nur die Menschenmassen vor.« Darüber, daß dir am Flughafen in Athen eine triumphale Begrüßung zuteil würde, hegtest du keinerlei Zweifel. Ich auch nicht. In solchen Umbruchzeiten zwischen zwei Regimen ist doch jeder Vorwand gut genug, um Hymnen zu singen, sagte ich mir, während ich nach New York flog; und schließlich waren sie zu Tausenden zusammengelaufen, um einen Karamanlis zu begrüßen, der es sich elf Jahre lang in Paris hatte wohlergehen lassen, einen Papandreu, der sieben Jahre lang ein ruhiges Leben in Kanada geführt hatte; zu Tausenden hatten sie die Stimmen erhoben, um die kleinen Opfer der Diktatur oder die Angsthasen zu bejubeln, die im Ausland nichts anderes getan hatten, als auf bessere Zeiten zu warten. Wie würde es also erst bei deiner Ankunft am 13. August werden! Wie sehr würden die Zeitungen die Bedeutung dieses Datums unterstreichen, die Tatsache, daß du gerade an dem Tag heimkehrtest, an dem sich dein Versuch jährte, dem Land seine Würde und Freiheit zurückzugeben. Als ich dich von New York aus anrief, trafen mich deine Worte deshalb wie Fausthiebe. Nur wenige Zeitungen hatten die Nachricht deiner Rückkehr gebracht, und dies meist nur mit zwei Zeilen, die so versteckt waren, daß nur wenige sie wahrgenommen hatten; und die wenigen, die sie wahrgenommen hatten, ließen sich davon nicht erschüttern. Das lächerliche Grüppchen, das dich hinter der Zollsperre erwartete, bestand aus Freunden, Bekannten, Mädchen, die mit dir ins Bett gehen wollten, Tanten, Onkel, Neffen und Nichten, Cousinen und Cousins ersten und zweiten Grades, Menschen, die man eilig zusammengetrommelt hatte, komm-schnell-er-soll-ein-paar-Leute-vorfinden-bei-seiner-Ankunft.

Irgend jemand erhob dann ein pathetisches Schild mit der Aufschrift es-lebe-die-Freiheit, ein anderer schwenkte eine noch pathetischere rote Fahne, ein weiterer schrie macht-Platz, als hätte es irgendeines Platzes bedurft. Es setzte ein Applaus ein, der dem glich, wenn die Kerzen auf dem Geburtstagskuchen ausgeblasen werden, du ließest dich abküssen und abknutschen, man tätschelte deine verschwitzten Hände; dann verschwandest du in einem Auto und bliebst bis zum nächsten Morgen unauffindbar. »Warum, Alekos, was hast du gemacht?« – »Ich habe mich vollaufen lassen. Und ich war mit einer Hure zusammen. Mit einer dicken.« – »Warum, Alekos, warum?« – »Weil sie mich gewonnen hat wie eine Papierblume am Schießbudenstand.«

Es war nicht so sehr die Sache mit der dicken Hure, die mich erschütterte, als vielmehr der klägliche Ton deiner Stimme.

Geraume Zeit später, als ich Zeuge des Zynismus und der Ausbrüche wurde, mit denen du deinen schönen Charakter zerstörtest, als du Frauen nahmst und wieder wegwarfst, Freunde betrogst und dich sinnlos betrankst, da fragte ich mich, ob nicht alles am Nachmittag und am Abend des 13. August 1974 begonnen hatte, als Folge dieses Elends bei deiner Heimkehr. Etwas in dir war zerbrochen, als du erkennen mußtest, daß der 13. August keine Bedeutung hatte in diesem Land, für das du dich geschlagen hattest, daß sie zu Tausenden zusammengelaufen waren, um Karamanlis, den Sohn Papandreus und all die kleinen Opfer der Diktatur zu begrüßen, aber nicht den einzigen, der das Unmögliche gewagt hatte und zum Tode verurteilt worden war. Etwas, das dich böse, ja schließlich fast bestialisch werden ließ und dich zu unablässigen, masochistischen Selbsterniedrigungen trieb, und dies einer Wirklichkeit zum Trotz, die du sehr gut kanntest. Wenn du wie Karamanlis oder Papandreu der Linken oder der Rechten angehört und dich einem der Dogmen angeschlossen hättest, die die Welt in zwei teilen und die Menschen in Gruppen zerfallen lassen wie Spieler oder Sympathisanten einer Fußballmannschaft, ganz gleich, wie unfähig und mies sie ist, dann hätten die Zeitungen die Nachricht von deiner Heimkehr groß herausgebracht und alle hätten sich daran erinnert, daß der 13. August der Jahrestag deines Attentats auf Papadopoulos war; auch zu dir wären sie dann zu Tausenden gekommen. Denn man hätte sie in Reih und Glied aufgestellt und geschickt, genauso wie man sie in Reih und Glied aufgestellt und zu Karamanlis und zu Papandreu und den anderen geschickt hatte. »Aber, sag mir, ein bißchen Volk wird doch dagewesen sein, oder?« Du explodiertest wie eine Bombe: »Das Volk! Das gute Volk, das nie eine Schuld trifft, weil es ja so arm, so unwissend, so unschuldig ist! Das gute Volk, das immer freigesprochen wird, weil es ja so ausgebeutet und manipuliert und unterdrückt wird! Als bestünde das Heer nur aus Generalen und Offizieren! Als wären es nur die Staatsoberhäupter und sonst niemand, die auf unbewaffnete Menschen schießen und die Städte zerstören! Als wären die Soldaten des Erschießungskommandos, die mich umbringen sollten, nicht Söhne des Volkes gewesen! Als wären die, die mich folterten, nicht auch Söhne des Volkes gewesen!« – »Beruhige dich, Alekos.« – »Als wäre es nicht das Volk, das die Könige auf den Thron setzt; als wäre es nicht das Volk, das sich vor den Tyrannen verneigt; als wäre es nicht das Volk, das einen Nixon wählt; als wäre es nicht das Volk, das sich den Herrschern unterwirft.« – »Bitte beruhige dich, Alekos.« –

»Als könne man die Freiheit ermorden ohne die Zustimmung des Volkes, ohne die Feigheit des Volkes, ohne das Schweigen des Volkes! Was heißt denn schon Volk?! Wer ist denn das Volk?! Ich bin das Volk! Ich bin die wenigen, die kämpfen und den Gehorsam verweigern, ich bin das Volk! Sie sind nicht das Volk! Sie sind eine Herde, eine Herde, eine Herde!« Und du knalltest den Hörer hin.

Darauf schrieb ich dir einen Brief, einen der wenigen, die wir uns von da an schreiben sollten. Ich wäre bekümmert, schrieb ich, nicht so sehr über dein schweinisches Besäufnis oder deine elende Hurerei, mit denen du deine Heimkehr entwürdigt hattest, leider gäbe es noch andere Besäufnisse in deinem Leben, andere dicke oder dünne oder auch nicht dicke und nicht dünne Huren, als vielmehr über das, was ich mir hatte anhören müssen, bevor du das Gespräch unterbrochen hattest. Es zeigte, daß dein Nachdenken nichts gefruchtet hatte. Wußtest du nicht längst Bescheid über diese Dinge? Stammte dein Gedicht über die Herde nicht aus der Zeit in Boiati? »Immer gedankenlos,/ohne eigene Meinung,/das eine Mal Hosianna brüllend,/das andere Mal kreuzigt-ihn, kreuzigt-ihn.« Hatten wir nicht ausgiebigst diskutiert über dieses Volk, das geht, wohin man es treibt, das tut, was man ihm befiehlt, das denkt, was man ihm einflüstert, das sich jeder institutionalisierten Macht beugt, jedem Dogma, jeder Kirche, jedem Ismus, jeder Mode, über dieses Volk, das die Demagogen von seiner Schuld und seiner Feigheit stets freisprechen, jene Demagogen, die im Grunde kein Interesse an ihm haben und die es nur freisprechen, um es besser versklaven und sich seiner besser bedienen zu können? Hatten wir nicht gesagt, daß für diese Demagogen das Volk nichts anderes ist, als eine abstrakte Menge, ein Konzept, kraft dessen sie dem einzelnen seine Identität und seine Verantwortlichkeit absprechen können, daß jedoch die einzig wahre Realität das Individuum ist und daß jedes Individuum für sich und für andere verantwortlich ist? In meinem Buch über den Krieg, über Vietnam, hattest du auch über die Kugel aus dem M-16-Gewehr gelesen. Die Kugel erreicht beinahe Schallgeschwindigkeit, und während sie fliegt, dreht sie sich um sich selbst; wenn sie ins Fleisch eingedrungen ist, dreht sie sich weiterhin um sich selbst, sie zerstört und zerfetzt es und läßt den Getroffenen verbluten, so daß er, auch wenn er nur an einem Muskel verwundet ist, innerhalb einer Viertelstunde stirbt. Es ist eine entsetzliche Kugel, und ebenso entsetzlich ist es, daß jemand sie erfunden, daß eine Regierung sie bewilligt hat, daß ein Industrieller sich an ihr bereichert. Aber entsetzlich ist es auch, daß Fabrikarbeiter sie herstellen, genau und gewissenhaft; mit der Zustimmung ihrer Gewerkschaften, ihrer sozialistischen und pazifistischen Parteien im Hintergrund sondern sie genau und gewissenhaft jene Kugeln aus, die einen kleinen Defekt haben, der ihren Flug und ihre zerstörende, zerfetzende und verblutende Kraft hemmen könnte. Entsetzlich ist es auch, daß Soldaten mit ihnen schießen, daß sie genau zielen, damit um Gottes willen keine Kugel verlorengeht, daß sie sich dabei freigesprochen wähnen durch die elende Losung aber-ich-führe-doch-nur-den-Befehl-aus. Ich habe genug von Schlagwörtern wie ich-führe-den-Befehl-aus, ich-führe-nur-den-Befehl-aus, ich-habe-nur-den-Befehl-ausgeführt, schrieb ich dir, ich habe genug davon, daß die Schuld immer den Generalen und sonst niemandem, den Reichen und sonst niemandem, den Mächtigen und sonst niemandem zugeschoben wird: und wir, wer sind denn wir? Bürokratische Daten, Nummern, mit denen sie im Krieg und bei den Wahlen, beim Aufbau ihrer verdammungswürdigen Ideologien, Kirchen und Ismen beliebig umspringen können? Es ist auch unsere Schuld, meine, deine, seine, eines jeden, der gehorcht und sich unters Joch zwingen läßt, wenn diese Kugel erfunden, hergestellt und abgeschossen wird. Zu sagen, daß das Volk stets das Opfer ist, daß es immer unschuldig ist, das ist heuchlerisch und verlogen, es beleidigt die Würde eines jeden Mannes, einer jeden Frau, eines jeden Menschen. Das Volk besteht aus Männern, Frauen, Menschen, und jeder einzelne hat die Pflicht, für sich selbst zu prüfen und zu entscheiden. Und man kann nicht aufhören zu prüfen und zu entscheiden, nur weil man weder General noch reich und mächtig ist. Aber der eigentliche Grund meines Schreibens, so schloß ich, war nicht der, dich an Dinge zu erinnern, die du schon wußtest: ich wollte dir vielmehr etwas erzählen, das dich anging. Eine Geschichte, die sich in den Anfängen des 19. Jahrhunderts bei den Pionieren der holländischen Kolonien in Amerika ereignet hatte; Protagonist meiner Geschichte war ein Bauer namens Rip Van Winkle. »Als Rip, wie du, in sein Heimatdorf zurückkehrte, fand er es sehr verändert: man bereitete sich auf die Wahlen vor. Da inzwischen eine Ewigkeit vergangen war, erkannte ihn niemand mehr, und er erkannte niemanden. Mit seinem Jagdgewehr über der Schulter, von einem Schwarm von Frauen und Kindern gefolgt, wanderte Rip durch die Straßen und gelangte schließlich zu einem Wirtshaus, in dem gerade eine Versammlung abgehalten wurde. Er stellte sich dazu; da er anders aussah als alle, erregte er gleich die

Aufmerksamkeit der Zuhörer, die ihn alsbald umringten und interessiert betrachteten. Nachdem die Versammlung beendet war, näherte sich auch der Redner. Er zog ihn auf die Seite und fragte ihn, welche der beiden Parteien er wählen würde. Rip riß bestürzt den Mund auf. Da näherte sich ihm einer aus der Zuhörerschaft, zog ihn am Bart und fragte ihn nochmals, ob er nun ein Föderalist oder ein Demokrat sei? Wieder riß Rip bestürzt den Mund auf; alle hüllten sich in Schweigen. Da trat breit und wichtigtuerisch ein Herr mit einem Zweispitz auf dem Kopf nach vorne; er stellte sich vor Rip auf, die linke Hand in die Hüfte, die rechte auf seinen Stock gestützt, und forderte ihn auf zu erklären, was er mit einem Gewehr auf der Schulter und einem Schwarm von Elenden im Gefolge bei einer Wahlversammlung zu suchen habe: ob er vielleicht Unruhe im Ort stiften wolle? Der verblüffte Rip aber gab zur Antwort, daß er ein anständiger Mensch sei, daß er hier geboren und hierher zurückgekommen sei, um sich nützlich zu machen und seinen Pflichten nachzukommen; das Gewehr habe er bei sich, weil Männer wir er oft ein Gewehr bei sich hätten, aber er habe niemals einen schlechten Gebrauch von ihm gemacht, und jedenfalls sei er weder für die Föderalisten noch für die Demokraten. Da erhob sich ein großer Tumult. ›Einer, der weder für die Föderalisten noch für die Demokraten ist! Ein Vertriebener! Ein Ketzer!‹ schrien alle. ›Jagt ihn fort! Verhaftet ihn!‹ Dann wurde Rip sowohl von den einen als auch von den anderen verprügelt. Da hast du es, Alekos: für die Herde, und für die Männer mit dem Zweispitz, für die Politik der Politiker, bist du eben solch ein Rip Van Winkle.«
In Wirklichkeit lautete die Geschichte nicht ganz so; ich hatte sie für meinen Zweck und Gebrauch etwas verändert. Um sich zu rechtfertigen, antwortete Rip zum Beispiel: »Ihr Herren! Ich bin ein armer, braver Mann, einer aus diesem Dorf, ein treuer Untertan Ihrer Majestät, Gott möge sie schützen!« Außerdem war Rip kein wahrer Held, nicht einer, der gelitten hat; er war einfach eingeschlafen, und die Eroberungen mit seinem Gewehr hatte er im Schlaf gemacht. Aber das wußtest du nicht, und kaum hattest du den Brief erhalten, riefst du mich an: »Die Geschichte von Rip Van Winkle ist gut; aber zwischen ihm und mir gibt es einen Unterschied. Er wird sofort verprügelt, ich aber nicht. Bald sind hier die Wahlen, und was glaubst du? Alle wollen sie mich: von Karamanlis bis Papandreu, von den Kommunisten bis zur Zentralen Unionspartei.« – »Das ist doch nicht möglich!« – »Jawohl, es ist möglich. In der Politik der Politiker ist alles möglich. Die Politik

der Politiker bedient sich eines jeden, sie läßt es sich sogar einen kleinen Sitz im Parlament kosten.« Deine Stimme klang beinahe feierlich; du hattest den Schrecken des ersten Tages offensichtlich vergessen. »Und was willst du tun, Alekos?« – »Die Stelle von dem Kerl mit dem Zweispitz hat mir besonders gefallen.« – »Alekos...« – »Ja?« – »Ich habe dich etwas gefragt.« – »Was hast du mich gefragt?« – »Du hast mich genau gehört.« – »Ja, und ich will dich auch etwas fragen: weißt du einen Weg, Politik zu betreiben, ohne in die Politik der Politiker einzutreten? Ich will Politik betreiben. Die Politik ist für mich eine Pflicht, ein Werkzeug des Kampfes. Was hat es für einen Sinn, für die Freiheit zu kämpfen, wenn man dann, wenn es ein wenig Freiheit gibt, sie nicht benutzt, um Politik zu machen? Ich habe versucht, einen Mann zu töten, damit man Politik machen kann; ich habe Schmerzen verursacht, damit man Politik machen kann; ich war im Gefängnis und im Exil, damit man Politik machen kann: sollte ich mich vielleicht jetzt ins Privatleben zurückziehen, jetzt, wo wir bald ein Parlament haben werden? Ich muß in dieses Parlament hineinschleichen, wie Odysseus sich mit seinem Holzpferd in Troja einschlich. Ich brauche also ein Holzpferd.« – »Also eine Partei.« – »Ja, eine Partei. Na und?« – »Das ist das gleiche, wie wenn du einer Erpressung nachgäbest, Alekos.« – »Nein, denn wenn ich einmal in Troja eingedrungen bin, werde ich meine eigenen Wege gehen. Außerdem habe ich keine Wahl, sage ich dir. Das Dilemma ist nur... Adieu, es ist zu teuer, über solche Dinge zwischen Athen und New York zu reden.«

Ein paar Tage lang rief ich dich nicht zurück, ich wußte ja, welches Dilemma du meintest. Es war das übliche Dilemma, in dem wir alle stehen, die wir ohne Parteibuch, ohne Kirche, ohne Heimat sind, das übliche Dilemma derer, die diese Welt ein wenig verändern wollen, ohne sich den Regeln des Computers zu unterwerfen: mit wem soll man sich zusammentun, von wem soll man sich erpressen lassen. Weder von der Partei Karamanlis', versteht sich, noch von der Papandreus. Aber nachdem diese beiden Pole deiner Verachtung ausschieden, blieben nur die Kommunisten und die Zentrale Unionspartei. Letztere war eine Art Klub von Sozialliberalen, der in den sechziger Jahren mit den Sozialisten, den Sozialdemokraten und kleinen linken Gruppen koaliert hatte. Daß du dich mit den Kommunisten zusammentun würdest, erschien mir unwahrscheinlich; du wußtest zu gut, was für ein Fest es für sie gewesen wäre, wenn sie dich eines deiner beliebten Bonmots sagen hörten, etwa, daß rechte Diktaturen früher oder später fallen würden, linke aber niemals. Daß du dich dem unsicheren Klub der Zentralen Unionspartei an die Brust werfen würdest, kam mir wie ein masochistischer Scherz vor. Abgesehen vom Vorsitzenden Mavros, den du für einen integren Mann hieltest, bestand die Partei hauptsächlich aus Wichtigtuern ohne Ideen und ohne Zukunft. Aber wie man es auch wendete, du hattest keine Wahl: wenn du Abgeordneter werden und im Parlament deinen Kampf weiterführen wolltest, mußtest du dich den einen oder den anderen an die Fersen heften, wenn auch als Unabhängiger. Von der Neugier ergriffen, und etwas beunruhigt über dein langes Schweigen, das nichts Gutes verhieß, rief ich dich schließlich an. Doch diesmal klang deine Stimme nicht so freudig. Sie war mehr ein Ausbruch wütender Unzufriedenheit. »Hast du dich entschieden?« – »Ja?« – »Mit wem?« – »Was soll das heißen, mit wem?!« – »Mit welcher linken Partei?« – »Linke Partei, linke Partei, was heißt denn schon linke Partei; die Linke ist nichts als eine Lüge, ein Alibi mit dem Wort Volk, eine Unterhose mit dem Namen Volk, die Fahne der Linken ist aus einer Unterhose, cataraméne Cristé, Herrgott nochmal! Eine Unterhose, in der man mit der rechten Hand Schach spielt, ich-gebe-dir-den-Turm-vor-und-du-mir-den-Läufer, ich-nehme-den-König-und-du-die-Königin! Die Bauern sind ja sowieso die gleichen, nur die Farbe ist anders, cataraméne Cristé. Wenn du nicht die Hände in den Schoß legen willst, mußt du eben diese Unterhose anziehen, die Fahne schwenken, dir dieses Etikett aufkleben lassen, du hast recht, es ist eine Erpressung. Eine dreckige Erpressung. Ja, ich habe mich erpressen lassen.« – »Von wem, Alekos? Von wem?« – »Von wem denn schon, was willst du, ich habe mich für das entschieden, was mir am wenigsten nach Erpressung aussah, für die Partei, die am wenigsten Partei ist: für die Zentrale Unionspartei.« – »Ach!« – »Es ist keine großartige Entscheidung, das weiß ich, aber es gibt dort wenigstens keine Demiurgen, keine Volksverdummer und auch keine Priester, die Kerzen auf dem Altar der Geschichte anzünden, und es könnte sogar sein, daß ich mich dort wohl fühle.« – »Was meinst du damit? Hast du dich nicht als Unabhängiger aufstellen lassen?« – »Nein, ich bin in die Partei eingetreten.« – »Eingetreten?!« Ich war sprachlos. Du hattest also gänzlich kapituliert. Die Ohnmacht derer, die ohne Karteikarte, ohne Kirche, ohne Heimat sind, hatte dich also kapitulieren lassen. Und die Alternative dazu, wie sah die aus? Vielleicht wie Sokrates durch die Straßen zu gehen und zu predigen? Oder wieder Bomben zu legen wie jene, die du Arsch-Revolutionäre nanntest? »Hallo, hallo, bist du noch da?« – »Ich bin da, Alekos.« – »Ich hatte Angst, du hättest eingehängt.« – »O nein, ich habe nur nachgedacht.« – »Worüber?« – »Nichts Wichtiges, Liebling. Nichts, nichts.« – »Also gratulierst du mir?« – »Ja, Liebling. Ich gratuliere dir.« – »Und wann kommst du? Hm? Wann kommst du?«

»Wann kommst du?« Jedes Gespräch endete nun mit der Frage: »Wann kommst du?« Und dabei riefst du mich fast täglich an, mit Direktwahl, mit Voranmeldung, am Tag, in der Nacht, du zahltest das Gespräch in Athen oder du führtest ein R-Gespräch mit New York. Nicht etwa, weil du mich so sehr vermißtest oder weil du mir Wichtiges mitteilen mußtest, sondern weil das Telefon dein Lieblingsspielzeug war; du hattest geradezu eine Leidenschaft fürs Telefonieren. Diese Leidenschaft ging auf deine Kindheit zurück, und wodurch genau sie ausgelöst worden war, weiß ich nicht; ich weiß aber, daß sie niemals an Heftigkeit verlor und daß selbst die Überwachung des Geheimdienstes und der Polizei sie dir nicht hatte austreiben können. Am Telefon flirtetest, predigtest, verführtest, organisiertest du, schlossest du Freundschaften, machtest du Verschwörungen und bekämpftest Anfälle von schlechter Laune und von Langeweile: »Ach, wenn ich in meiner Zelle in Boiati ein Telefon gehabt hätte!« Die erste Frage, die du bei der Ankunft in Italien an mich richtetest, war: »Wie viele Telefone hast du?« Und es hatte dir gar nicht gefallen, daß zwar drei Apparate vorhanden waren, aber alle die gleiche Nummer hatten: in dem Haus mit dem Zitronen- und Orangenhain hattest du zwei Apparate mit zwei verschiedenen Nummern, in deinem Büro als Abgeordneter solltest du gar sechs Apparate mit drei Nummern haben. Auch wenn sie alle auf einmal klingelten, in verschiedenen Zimmern, störte dich dies nicht im geringsten, im Gegenteil, es beglückte dich: der Lärm war Musik in deinen Ohren, ein Konzert von Harfen, Violinen, Klarinetten und Flöten, und dir dabei zuzusehen, wie du gleich einer glücklichen Grille von Apparat zu Apparat hüpftest, war ein unvergeßliches Schauspiel; dir dabei zuzuhören war geradezu unglaublich. Niemals wiesest du jemanden ab am Telefon, niemals klagtest du über die Ruhestörung, du stürztest dich auf den Hörer, wie ein Halbverhungerter auf ein belegtes Brötchen: »Ich bin's! Ich!« Besser aber noch gefiel dir, selbst anzurufen. Während deines Exils in Italien gab es ganze Tage, an denen du den Finger nicht aus den Löchern der Wählscheibe herauszogst; am Monatsende kamen Rechnungen von so astronomischer Höhe, daß ich beim bloßen Anblick in tiefe Trostlosigkeit verfiel, und du in ebenso tiefe Reue. Reuig sagtest du dann, merkwürdigerweise im Plural, wir-müssen-aufhören-damit, wir-müssen-aufhören, und ein paar Stunden lang hieltest du dich an diesen Vorsatz; sehr bald aber hattest du ihn wieder vergessen, wähltest eine Nummer, immer war es eine in einer fernen Stadt in einem fernen Land, und: »Ich bin's! Ich!« Inlandsgespräche entzückten dich, Auslandsgespräche brachten dich in Ekstase, Überseegespräche führten dich ins Paradies: du sagtest, mit jemandem auf der anderen Seite des Erdballs zu sprechen sei eine fabelhafte Sache am Rande des Übernatürlichen, vor allem bei Direktwahl. Du suchtest immer nach Leuten, die an weitentfernten Orten wohnten, um sie in Direktwahl anrufen zu können, und du warst sehr niedergeschlagen, als du entdecktest, daß man nach Japan direkt durchwählen konnte, denn du kanntest niemanden in Japan. Monatelang fragtest du mich immer wieder: »Fährst du nicht zufällig nach Japan?« Und als ich schließlich, mißtrauisch geworden, fragte, warum zum Teufel du mich ausgerechnet nach Japan schicken wolltest, was es mit Japan auf sich hätte, gestandest du: »Nichts! Aber wenn du hinfährst, rufe ich dich an!« Die Telefonate nach New York nun ersetzten jene nach Japan, die nie zustande gekommen waren; sie ermöglichten dir, diese »fabelhafte Sache am Rande des Übernatürlichen« ausgiebig zu genießen: so dachte ich, und dabei entging mir die dramatische Ernsthaftigkeit des ständig wiederholten Wann-kommst-du. Und als ich in Athen eintraf, fiel ich aus allen Wolken.

Du sahst aus, als wärest du ein Jahr lang krank gewesen. Dein Gesicht war eingefallen, kleiner geworden, es bestand nur noch aus einer sehr breiten Stirn, umschatteten Augen, einer spitzen Nase und einem Schnurrbart. Dein Körper war wie ausgehöhlt; da die breiten Schultern und der kräftige Brustkorb zusammengeschrumpft waren, war er schlaff wie eine Pflanze ohne Wasser und ohne Stütze. Aber nicht nur, daß du körperlich so heruntergekommen warst, erschreckte mich; dein elendes Aussehen fiel erst richtig durch deine Schlampigkeit auf, eine Art absichtliche Vernachlässigung deiner selbst, als wolltest du damit wer weiß welchen Protest und welche Unzufriedenheit kundtun. Schmutzige Haare, die sich zu einem Wust unappetitlicher Locken aufgetürmt hatten, schwarze Fingernägel, ein ausgebeultes Jackett, vollgestopft mit Kleingeld, die Hosen ohne Bügelfalte und mit Taschen, die bis zu den Knien herunterhingen, ein schmutziges Hemd, an dem die Knöpfe fehlten, die Krawatte schief umgebun-

den. Außerdem stankst du; am Leib hattest du den scharfen Geruch eines Menschen, der sich seit geraumer Zeit nicht gewaschen hat und der in Kleidern schläft. Ich war so entsetzt, daß ich, anstatt mich von dir mit nach Hause nehmen zu lassen, dich erst in mein Hotel fuhr, um dich in die Badewanne zu stecken, deine Kleider reinigen zu lassen und dich zum Friseur zu schicken. Aber auch als du wieder sauber und rasiert warst, sahst du so elend aus, daß sich einem das Herz bei deinem Anblick zusammenkrampfte. Als wir dann zu deinem neuen Büro in die Solonosstraße gingen, fragte ich dich schließlich aus. »Also, Alekos, was ist los?« Los war, sagtest du, weit ausholend, daß dir deine Familie auf den Wecker ging; die Familie sei eine große Last, ja, ein großer Trost zwar, aber auch eine große Last, eine Erpressung, die uns für die gesamte Dauer unseres Lebens begleitet, erst als Säuglinge, dann als Kinder, dann als Heranwachsende, dann als Erwachsene, eine Art Partei, in die man von Geburt an eingeschrieben ist, eine Diktatur, die man nicht los wird, selbst wenn man Widerstand leistet, denn trotz allem liebt man sie ja, zum Teufel nochmal: nimm nur die Mutter zum Beispiel. Sie ist die Erde und die Sonne, alle Planeten und alle Galaxien, der Kosmos aller Kosmen, Gesetz aller Gesetze, Liebe aller Lieben, sie ist das All. Die Inder stellen sie mit vier Armen und einem Kranz von Köpfen dar, den Köpfen ihrer Kinder, die sie verschlungen hat, und sie nennen sie Kali, die Blutige; im Westen stellt man sie sich mit einer Lichtaureole, einem süßen Lächeln und einem schmerzvollen und lieblichen Gesicht vor, und man nennt sie Jungfrau Maria; der arme Christus hat dreißig Jahre gebraucht, bis er seine eigenen Wege gegangen ist, so lange hat sie ihn mit ihrer Liebe erpreßt und ihn beschworen, Schreiner zu werden. In der griechischen Mythologie wird sie dargestellt als Thetis mit den runden Schultern, als Gea mit dem großen Busen, als Juno mit den breiten Hüften, als Pallas Athene, die Kriegerin mit den leuchtenden Eulenaugen, als Jokaste, die Schrecklichste von allen, weil sie ihren Ödipus sogar heiratet, ihn erst gebärt und dann heiratet, was ihn schließlich sein Augenlicht kostet. Wie immer man sie nennen mag, sie bleibt stets die, die uns gebärt und zerstört, beschützt und bestraft, die uns mit ihrer Zuneigung und Eifersucht kastriert, cataraméne Cristé.
»Nein, Alekos, das ist es nicht.« Du seufztest resigniert: »Du hast recht. Es ist zwar auch das, aber eigentlich ist es das nicht.« – »Also, was ist?« Du stimmtest ein weiteres Lamento an, diesmal gegen die Frauen, die dir den Hof machten, die dich nicht in Ruhe ließen, die noch erbarmungsloser, noch verschlingender waren als

Jokaste, die Jungfrau Maria und die Göttin Kali zusammen, und die Schuld dafür lag bei mir, die ich nicht mit dir nach Athen gekommen, sondern statt dessen nach New York gefahren war und dich ihnen zur Verfügung gestellt hatte. »Ein Mann ist schließlich aus Fleisch und Blut, und das Fleisch ist schwach, du brauchst mich gar nicht so anzusehen, sie schmeicheln einem, und man fällt darauf rein, einige würden ihre Seele dafür verkaufen, um zwei Minuten lang in einem Lift vergewaltigt zu werden, und wenn du ihnen diesen Gefallen machst, wirst du sie überhaupt nicht mehr los; am schlimmsten war die Dicke, die ihrem Mann die Hörner aufsetzte, sie rückte mir auf den Leib, sie ließ mich nicht los, diese Hure. Schau mich nicht so an, hab ich gesagt, es ist deine Schuld, hab ich gesagt, cataraméne Cristé!« – »Nein, Alekos. Das ist es auch nicht.« Nochmals seufztest du: »Nein, das ist es auch nicht. Es ist zwar auch das, aber eigentlich ist es das nicht.« – »Also, los, was ist?« Und du ließest die dritte Tirade los, diesmal gegen deine Heimatstadt. »Schau sie dir an, du mußt sie dir nur anschauen, um es zu verstehen, dieser Platz zum Beispiel, hier habe ich als Kind gewohnt, und ich erinnere mich daran, daß damals hier sehr hübsche Häuser standen, mit schmiedeeisernen Balkons und roten Dächern, mit Fronten, auf denen die Patina der Zeit lag, und nun nichts als Mietskasernen, Symbole einer Unwissenheit, die weder sinnvoll verändern noch aufbewahren kann, die nichts anderes kann als zerstören und vergessen. Wir haben alles vergessen, auch Sokrates und Platon, es bleibt uns nichts als das Meer, der Himmel und die Sonne, um die Tomaten wachsen zu lassen; die antike Heiterkeit ist verlorengegangen, und sieben Jahre lang haben sie sich im übrigen diese Diktatur gehalten. Zypern mußte bluten, damit sie einen Fetzen Freiheit wiedererlangten mit Evangelis Tossitsas Averoff, diese Menschen, die nur vom Klatsch und von sonst nichts, von Intrigen und von sonst nichts, von kleinen Betrügereien leben. Levantiner nennt man uns, völlig zu Recht, Verräter waren sie, Faulpelze; ich traue keinem mehr, ich kann keinem mehr trauen, cataraméne Cristé!« – »Nein, Alekos, das ist es nicht.« – »Nein, das ist es nicht. Es ist zwar auch das, aber eigentlich ist es das nicht.« – »Nun, Alekos, was ist es dann?« Du hobst dein Gesicht, in dem der Schrecken stand: »Es ist . . . Es ist, daß ich alles falsch gemacht habe.« – »Du hast alles falsch gemacht?!« – »Ja. Weil diese Wahlen nur eine Farce sind, ein Alibi derer, die die anderen Unterhosen anhaben, die, in die der Name Freiheit eingestickt ist. Wahlen, während Joannidis noch Oberhaupt der ESA ist, cataraméne Cristé! Während die Teofilojanna-

cos, die Hatzizisis, die Malios, die Babalis unbestraft spazierengehen dürfen! Während Papadopoulos es sich in seiner Villa in Lagonissos wohlergehen läßt! Während der einzige Prozeß, der überhaupt geführt wird, der gegen seine Frau Despina ist, wegen lumpiger zehntausend Drachmen, die der KYP ihr monatlich zukommen ließ! Man sagt, sie hätte nichts getan für dieses Geld, man beschuldigt sie des Betrugs gegen den Staat. Wer hingegen etwas getan hat für sein Schmiergeld, ist wohlverdienter Staatsbürger. Und wenn du schreist, wie widerlich, antwortet man dir: warum denn! Wir haben nun eine Demokratie, es herrscht Freiheit. Wir haben Wahlen, sogar Panagoulis kandidiert. Kurz und gut, ich will nicht kandidieren! Ich will mich an dieser Farce nicht beteiligen! Ich habe schlecht daran getan, ja zu sagen! Ich habe schlecht daran getan, zurückzukommen! Ich habe alles falsch gemacht, jawohl, alles! Und ich haue ab, ich haue ab! Ich haue ab!« – »Du haust ab, wohin?« – »Dorthin, wo ich gleich hätte hingehen sollen, nachdem die Junta abgedankt hat! Nach Chile, zu den Basken, in die Hölle! Überallhin, wo kämpfen noch kämpfen bedeutet und nicht solch eine Boxerei gegen Schattengestalten und gegen Alibis!«
Das war es, das an deinen Wangen zehrte, dir die Augen umschattete und dich zu dieser absichtlichen Vernachlässigung deiner selbst trieb. Dann hattest du dich also gar nicht geändert, es war ein Fehler gewesen, zu glauben, daß die paar Monate, die du mit Nachdenken verbracht hattest, dich zu einem neuen Menschen hatten heranreifen lassen: die-wahren-Bomben-sind-die-Ideen. Die Ideen, die Kämpfe, die man mit dem Intellekt führt, waren dir nicht genug; vielleicht hattest du auch diese geheimnisvolle Sehnsucht nach dem Tod gar nicht aufgegeben, die du in Ägina zum Ausdruck gebracht hattest. Ich schaute dich an, wie man eine Tür anschaut, die man mit Gewalt öffnen will, und plötzlich merkt, daß sie schon offen ist. Was sollte ich dir erwidern? Mit welchen Worten sollte ich dir helfen? Mit dem alten Schlagwort, daß sterben leicht ist, leben aber schwer? Mit der alten Weisheit, daß im Krieg ein jeder zum Helden werden kann, daß dies aber im Frieden fast keinem gelingt? Das hätte nichts geändert, zumal das, was du gesagt hattest, verdammt richtig war: diese Wahlen würden niemandem nutzen als den Karamanlis, den Papandreus, den Averoffs, und mit dem Wort Freiheit kann man ebensogut betrügen wie mit dem Wort Volk. »Ich weiß nicht, was ich dir sagen soll, Alekos.« – »Das glaub ich dir gern. Auf, komm.« Wir waren in der Solonosstraße angekommen, und du schobst mich auf

die Tür des Mietshauses zu, in dem du dein Büro hattest. Wir traten ein, stiegen in den Aufzug, kamen in einen langen Flur, vor eine Tür, an der dein Name stand, und da entfuhr mir plötzlich ein Schrei. Unter deinem Namen war ein großes Kreuz hingemalt, und unter dem Kreuz zwei Daten: 17. November 1968 – 17. November 1974. »Alekos! Was bedeutet das, Alekos?« – »Es bedeutet genau das, was du denkst«, murmeltest du. »Es bedeutet, daß es jemandem nicht gefällt, daß ich vor sechs Jahren am Leben geblieben bin und daß dieser Jemand es gerne sähe, wenn ich am 17. November tot wäre.« Dann fügtest du mit wiedergefundener Lebhaftigkeit hinzu: »Weißt du, was ich nun beschlossen habe? Ich werde nicht abhauen, nein. Ich werde nicht auf diese Kandidatur verzichten: ich werde mich aufstellen lassen für die Wahlen, und wie! Ah, wie sehr würde es mir gefallen, wenn sie am 17. November stattfänden!« Und sie fanden tatsächlich am 17. November statt! Wenig später wurde dies bekanntgegeben.

Es war, als hätte man der ausgedörrten Pflanze Wasser gegeben; im Lauf einer Woche blühtest du auch körperlich wieder auf. Wie weggeblasen waren das abgezehrte Aussehen, die umschatteten Augen, die hängenden Schultern, die Schlampigkeit, die Traurigkeit. Don Quichotte hatte sich selbst wiedergefunden, seine Phantasie galoppierte schon wieder ins Reich des bizarren Wahnsinns, des zügellosen Enthusiasmus: »Eine Idee! Diese beiden Daten unter dem Kreuz haben mich auf eine Idee gebracht! Ich werde zehntausend Flugblätter drucken lassen mit der Aufschrift: ›Am 17. November 1968 verurteilte die Junta Alexander Panagoulis zum Tode, am 17. November 1974 wird das Volk ihn als Abgeordneten ins Parlament wählen.‹ So hau ich auch das Wort Volk hinein, und die Unterhosenträger werden mich wählen.« – »Ja, Alekos, aber ...« – »Besser noch: zur Hälfte Flugblätter, zur Hälfte Aufkleber. Da spart man sogar noch den Leim: einmal lecken und fertig. Und man kann sie überall hinkleben, wo man will: an die Fenster von Taxis, von Omnibussen, in Bars, auf Stühle, Tische, auf die Leute. Wenn einer vorbeigeht, peng, klebst du es ihm auf den Rücken, auf den Arm. Oder auch auf den Hintern. Kannst du dir Averoff vorstellen, mit meinem Aufkleber auf dem Hintern?« – »Ja, Alekos, aber ...« – »Hör, was mir noch eingefallen ist: anstelle der üblichen Flugblätter will ich meinen Gedichtband verteilen. Sagen wir, tausend Exemplare. Ist das nicht eine sympathische, eine schicke Geste? Außerdem trägt es zur Verbreitung der Kultur bei.« – »Ja, Alekos, aber wer kümmert sich um deine Wahlkampagne, die Partei etwa?« – »Die Partei? Was hat denn die Partei damit zu tun?« – »Sie hat deshalb damit zu tun, weil eine Wahlkampagne Geld kostet.« – »Geld? Was für ein Geld?« – »Zum Beispiel, um die Flugblätter und die Aufkleber zu drucken und um die tausend Bücher zu kaufen.« – »Die tausend Bücher kaufen wir selbst, mit Autorenrabatt, die Flugblätter und die Aufkleber drucken wir selbst, irgendwie, ich nehme nichts von der Partei!« – »Alekos, du meinst doch nicht im Ernst, daß du eine Wahlkampagne führen kannst, mit tausend Gedichtbänden und ein paar Aufklebern, die du den Leuten auf den Hintern klebst?!« – »Nein, es gibt ja noch die Versammlungen.« – »Aber auch die Versammlungen kosten Geld! Um sie vorzubereiten, braucht man viele Leute, und ...« – »Ich habe ja meine Freunde.« – »Du brauchst Autos und ...« – »Die Autos meiner Freunde.« – »Du brauchst Telefone und ...« – »Ja, Telefone, die schon!« – »Und ein Büro.« – »Ein Büro hab ich.« – »Das in der Solonosstraße? Aber das ist doch ein Loch, kaum größer als deine Zelle in Boiati! Hör mir zu, Alekos ...« – »Nein, ich hör dir nicht zu. Denn wenn ich dir zuhöre, zwingst du mich dazu, logisch zu denken, und wenn ich logisch denke, verliere ich allen Mut. Und wenn ich den Mut verliere, werde ich nicht gewinnen. Das Geld werden wir schon auftreiben. Und wenn wir es nicht auftreiben, dann eben nicht. Dann muß es eben ohne Büro, ohne Autos, ohne Telefone gehen; ich kaufe ein paar Töpfe mit Farbe, ein paar Pinsel und schreibe meinen Namen auf die Mauern. Und wenn ich kein Geld für die Farbtöpfe und für die Pinsel habe, schreibe ich mit Kohle: Wähltmich.« Kein Hindernis konnte dich zurückschrecken, im Gegenteil, es spornte deinen Ehrgeiz und deinen Ideenreichtum an: wenn die Art, wie man die Demokratie handhabte, falsch war, warum sollte man dann nicht dagegen angehen und sich gegen die Ruchlosigkeit der Wahlmaschinerie wehren? »Man gibt Millionen dafür aus, um die Versammlungen in Volksfeste zu verwandeln! Man rodet ganze Wälder, um daraus Papier zu gewinnen und es in Flugblättern zu verschleudern! Man verbrennt ganze Ströme von Benzin, um die Kandidaten im Auto umherzufahren! Ein ehrlicher Kandidat müßte sich mit einem Fahrrad und einem Megaphon begnügen. Ganz davon zu schweigen, daß die sogenannten Unterstützer nichts umsonst hergeben: eine Finanzierung ist immer auch eine Korruption ante litteram, also eine Schuld, die früher oder später in Form von Gefälligkeiten oder Betrügereien zurückverlangt wird.« Wie sehr du wieder zu Kräften gekommen warst, erwies sich im übrigen an jenem Tag, an dem du die fünf Millionen

Lire über die Grenze schmuggeltest, mit denen du deine gesamte Wahlkampagne bestrittest.
Nachdem du schließlich doch eingesehen hattest, daß du mit einem Fahrrad und einem Megaphon nicht weit kommen würdest, und auch das mit Kohle an die Mauern geschriebene Wählt-mich nicht sehr effektiv sein würde, daß es wohl doch des einen oder anderen Plakats bedürfte und du auch ein etwas weniger ungemütliches Büro haben müßtest als das Loch in der Solonosstraße, und da du zugleich entschlossen warst, keine einzige Drachme von deinen Mitbürgern anzunehmen, ernanntest du mich zu deinem privaten Schatzmeister und schicktest mich nach Italien, um dort bei den Unterhosenträgern mit dem Wort ›Volk‹ Unterstützung zu erbetteln. Das war nicht sehr klug, angesichts der Tatsache, daß der erklärte Schützling der italienischen Sozialisten Papandreu hieß und daß allein auf ihn sich alle internationale Verschwendungssucht konzentrierte. Eines schönen Morgens jedoch stellte sich dennoch ein Erfolg ein. Von Nenni angeregt, hatte eine Randgruppe entgegen dem Befehl des Zentralen Komitees eine Summe zusammengestellt, die du nun in Venedig abholen konntest. Da du zur Eröffnung der Biennale in Venedig eingeladen warst und man dir auch das Flugticket zahlte, konntest du sogleich kommen und das Geld in Empfang nehmen, ohne selbst einen Pfennig dabei investieren zu müssen. »Was für eine Summe, Alekos?« – »Eine enorme Summe.« – »Wie enorm?« – »Du wirst schon sehen.« Vierundzwanzig Stunden später standest du auf dem Markusplatz, und zwei Männer, die aus Modena angereist waren, übergaben dir ein verschnürtes Bündel. Du danktest ihnen mit Umarmungen und Küssen, dann ranntest du ins Hotel, löstest mit zitternden Fingern die Schnur, und über das Bett ergoß sich ein Strom von Zehntausend-Lire-Scheinen. »Alekos . . . ist das die enorme Summe?« – »Ja! Fünf Millionen, denk nur! Fünf Millionen! Weißt du, was ich alles anstellen kann mit fünf Millionen?« Und du zähltest sie ekstatisch, streicheltest sie, legtest sie fein säuberlich nebeneinander in ein Köfferchen, das wir von da an überallhin mitnehmen sollten, ins Motorboot, in die Gondel, in die Restaurants, in die Museen, ja sogar zu einem Empfang im Dogenpalast, wo du darauf bestandest, es auf den Knien zu halten, um es nicht aus dem Auge zu verlieren, während du deine Rede hieltest, und es beim Buffet zwischen deinen Beinen verstecktest. »Ich lasse es nicht im Hotel, nein. Sonst wird es mir gestohlen, und dann kann ich mir die Wahlkampagne an den Hut stecken.« Da ein möglicher Diebstahl deine einzige Sorge zu sein schien, glaubte

ich, daß du gar nicht an das Problem gedacht hattest, wie man das Geld nach Griechenland bringen sollte: ein Problem, das nicht so leicht abzutun war durch die strenge italienische Maßnahme gegen Kapitalflucht. Doch du hattest daran gedacht, und wie: ich merkte es, als ich dich zum Flughafen brachte und du dich mitsamt dem Köfferchen auf der Toilette einsperrtest, um nach einer halben Stunde in einem mir recht verdächtigen Gang wieder herauszukommen. Du gingst äußerst seltsam. Es sah so aus, als hättest du zwei Holzbeine, denn du bewegtest deine Knie nicht. Schlimmer noch, du hobst deine Füße gar nicht vom Boden: du wandeltest steif wie ein Roboter: »Alekos! Was hast du denn gemacht?« – »Na! Eine halbe Million in einem Schuh, eine halbe Million im anderen Schuh, eine ganze Million im linken Bein, eine ganze Million im rechten Bein, und der Rest in der Unterhose. Tschüs.« Und mit strahlendem Lächeln stelltest du dich der Polizeikontrolle, wo ein Agent dich von den Achseln bis zu den Hüften nach Schußwaffen untersuchte, das Köfferchen öffnete, in den Papieren wühlte, den Geldbeutel untersuchte: »Kein italienisches Geld?« – »Nicht eine Lira.« – »Danke, gute Reise.« Ich bitte Sie, ich danke Ihnen, und ab, steif wie ein Roboter, ohne die Füße zu heben und die Knie zu beugen, mit deinem Schatz, den dann keine Athener Bank eintauschen wollte, so sehr war er zerknittert, zerfetzt und übelriechend. »Ist das Geld, oder sind das schmutzige Socken?« Es gelang dir aber dennoch, ihn in Drachmen umzutauschen, und mit einem Teil davon mietetest du auch das, was du ›mein Generalquartier‹ nanntest.

Das Generalquartier bestand aus zwei großen, dreckigen, abgenutzten Zimmern; die Fenster waren halb verdeckt von einem Porträt von dir, das man zur Zeit deines Prozesses gemacht hatte, und von einem Plakat, das du dir zum Wahrzeichen erkoren hattest: eine erhobene Faust, die einen Olivenzweig und eine weiße Taube hält. »Was soll denn die Taube?« – »Sie soll gar nichts, sie gefällt mir.« – »Und der Olivenzweig?« – »Auch der gefällt mir.« – »Aber was bedeutet er?« – »Das weiß ich nicht.« Das Mobiliar bestand aus einigen häßlichen Tischen, einem geborgten Schreibtisch, acht klapprigen Stühlen, die acht verschiedene Gönner dir geschenkt hatten, einem schäbigen Sessel, einer Blumenvase, einer elektrischen Heizplatte für den Kaffee und vielen Telefonapparaten, darunter ein roter Münzapparat. Die Menschen, die du dort trafst, waren bar jeder politischen Erfahrung; es waren Jünglinge, deren einziger Verdienst darin bestand, daß sie dir blind ergeben waren; Mädchen, deren einziger Vorteil war, daß sie in dich verliebt waren; treue Verwandte und eine alte Frau mit Hütchen und starker Brille. Wer immer sich erbot, umsonst für dich zu arbeiten, wurde aufgenommen und ohne Erbarmen ausgenutzt, einschließlich der armen Frau, die du zynisch diese-dicke-Hure nanntest. Ärzte wurden dazu angestellt, Plakate anzukleben, Architekten hatten die Aufgabe, deinen Namen auf die Mauern zu schreiben, alte, verkalkte Tanten wurden zu Telefonistinnen und Kaffeeköchinnen umfunktioniert. Aber obwohl es an gutem Willen nicht fehlte, ging die Kampagne verheerend langsam voran. Vor allem war das Propagandamaterial sehr karg. Außer den Aufklebern mit den Daten 17. November 1968 – 17. November 1974 und ein paar Dutzend Plakaten mit Olivenzweig und weißer Taube beschränkte es sich auf etwa hundert Flugblätter, auf denen dein Paßfoto abgedruckt war. Was die tausend Exemplare deines Gedichtbandes betraf, so ruhten diese in einem Lager des Zollamtes, von einer sehr hohen Zollgebühr zurückgehalten, die zu bezahlen du dich weigertest. Die Presse scherte sich nicht im geringsten um dich. Die Zeitungen, die kein anderes Interesse hatten, als ihre linke oder rechte Klientel zu bedienen, erwähnten nicht einmal, daß du kandidiertest. Und schließlich unternahmst du nichts, um deine Wähler zu betören und um ihre Stimmen zu werben. Du hieltest wohl Reden auf den Versammlungen, aber diese waren deine Achillesferse. Nur bei deinem Prozeß war es dir angesichts des Todes gelungen, eindrucksvoll zu sprechen; unter normalen Umständen besaßest du keinen Funken rhetorisches Talent. Du konntest nicht überzeugend argumentieren, es fehlte deiner Rede jede Brillanz, du konntest deine Schüchternheit nicht überwinden, und um dir eine gewisse Haltung zu geben, ließest du dich zu Gesten hinreißen, die fehl am Platze waren, wie etwa die Hände in die Hosentaschen zu stopfen oder drohend die Pfeife zu schwingen. In solchem Durcheinander ging auch der Zauber deiner schönen Stimme verloren, sie wirkte schwach, brüchig, lächerlich durch die Schnitzer, die du dir leistetest, oder auch verzerrt durch grobe, plumpe Lautstärke. Als wäre dies nicht genug, verurteiltest du Wahlversammlungen grundsätzlich. Du behauptetest, sie seien nichts als rhetorische Übungsplätze, wo man das Lügen erlernen kann, wo man die Menschen betrügt, manipuliert, sie in Versprechen ertränkt, die nie eingehalten werden, und um dich von solchen Delikten fernzuhalten, verfielst du ins andere Extrem: du entwarfst gänzlich unpopuläre Konzepte und verkündetest die harte Realität, sprachst etwa vom Gift der Ideologien, vom Stumpfsinn der Dogmen, von der Unehrlichkeit

der Alibis, der Unwahrheit des Fortschritts, der Feigheit der gehorsamen Masse. Zusätzlich faßtest du dies alles in Schlagwörtern und Slogans zusammen. Dir zuzuhören war so anstrengend, daß ich jedesmal mit bangem Herzen mir die Frage stellte: »O Gott, o Gott, was wird er heute anstellen?«
Nicht, daß ich sehr häufig mitgegangen wäre, meist ersparte ich mir die Qual, außerdem verstand ich nicht alles, was du in deiner Sprache verkündetest. Wenn ich aber mitkam, so genügte es mir, Worte zu hören wie sossialismòs, Sozialismus, fassismòs, Faschismus, epanàstassis, Revolution, laòs, Volk, sovraca, Unterhose, ò ghiòs tou Papandreu, der Sohn von Papandreu, um mir eine Rede zusammenreimen zu können, die ich inzwischen längst auswendig konnte und die ungefähr so lautete: »Sozialismus – was heißt heute noch Sozialismus? Jeder redet heute vom Sozialismus, das Wort Sozialismus ist längst zum Salz einer jeden Suppe, zum Schafspelz eines jeden verlogenen Wolfs geworden. Es ist nicht mehr als eine Mode. Haben wir denn vergessen, daß auch Mussolini vom Sozialismus schwätzte, schlimmer, vom Sozialismus selbst herkam, und Hitler ebenso? Ist ›Nazismus‹ schließlich nicht Abkürzung von ›Nationalsozialismus‹? Da sagt einer: ›Sozialismus‹, und ihr rennt hinterdrein, ohne danach zu fragen, was für ein Sozialismus, ohne dem ins Gesicht zu sehen, der den Sozialismus predigt; dem Sohn von Papandreu zum Beispiel, dem das Wort Sozialismus auf der Unterhose geschrieben steht, und ebenso das Wort Revolution und das Wort Widerstand. Was für ein Widerstand denn, was für eine Revolution? Sogar Papadopoulos nannte seinen Staatsstreich eine Revolution, ebenso Pinochet: es gibt bei den Rechten keinen Diktator, der sich nicht auf das Wort Revolution bezöge. Alle rufen sie Revolution aus, und dann macht sie keiner, diejenigen, die sich Revolutionäre nennen, weniger als alle, denn durch ihre Revolution ändert sich nur der Herrscher, das Regime, und sonst nichts. Man kann die Revolution nicht herbeizitieren. Es gibt nur eine einzige wahre Revolution, die des einzelnen, des Individuums, die sich langsam in ihm mit Geduld, mit Ungehorsam herauskristallisiert! Die Revolution besteht aus Geduld, aus Ungehorsam: sie hat nichts mit Eile, nichts mit Chaos, nichts mit dem zu tun, was die Demagogen mit dem Zauberstab verkünden. Glaubt nicht jenen, die euch Wunder versprechen, gebt denen nicht recht, die die Dinge in Null Komma nichts ändern wollen. Es gibt keine Zauberer, es gibt keine Wunder. Die Demiurgen halten euch doch nur zum besten, ihr fürchterlichen Dummköpfe, die ihr gewohnt seid, daß man euch an der Nase

herumführt und euch unters Joch zwingt! Unser bißchen Demokratie fällt mit dem kleinsten Windstoß, wenn ihr dem Geschwätz der falschen Revolutionäre gehorcht! Halten wir ihn fest, diesen Fetzen Freiheit, der uns durch Zyperns Blut geschenkt wurde. Ja, er wurde uns geschenkt, und eine geschenkte Frucht schmeckt stets bitter: wenn ihr nicht auf der Hut seid, werden nur die Erben der Junta Gewinn aus diesen Wahlen ziehen. Denn die Junta ist nicht gefallen, sie hat nur ihre Taktik gewechselt, ihre Macht an die Schwätzer im Liberalen-Kostüm verliehen, an dreckige Schweine wie Evangelis Tossitsas Averoff, an die ekelhafte Rechte, die euch seit Jahrhunderten enteignet, die bis gestern im Menuett des Papadopoulos und mit Joannidis mitgetanzt hat, und die heute mit den Barrikadisten tanzt, mit den Vorkämpfern anderer Totalitarismen. Und ihr merkt es nicht. Weil ihr nicht denkt. Es gibt ja immer jemanden, der euch das Denken abnimmt, der für euch die Entscheidungen trifft: Herr-sag-was-soll-ich-tun, Kamerad-sag-was-soll-ich-denken.«
Die Leute hörten dir mal enttäuscht, mal beleidigt, mal verwirrt zu: was redete der nur, warum quälte er sie und zerschlug ihnen alle schönen Hoffnungen? Was meint er mit diesem Gerede über die Unterhosen, über die Geduld, über die geschenkte Freiheit, über den Sozialismus, der nur ein Wort ist, ein Salz, eine Mode, worauf wollte er am Schluß anspielen, als er vom Denken sprach und vom Nicht-Denken, Kamerad-sag-was-soll-ich-denken? Sie hatten immer daran geglaubt, daß das Gute gut und das Böse böse sei, daß die Schlechten auf der einen und die Braven auf der anderen Seite stünden, nie hatten sie sagen hören, daß die einen wie die anderen seien und daß man eine Revolution als einzelner machen müsse, wenn man die Dinge verbessern wolle: wie macht man das, eine Revolution als einzelner? Zum großen Teil waren es arme Teufel mit Händen voller Schwielen, mit den Gesichtern derjenigen, die sich allem und jedem beugen würden, jeder Macht, jeder Richtung, sie waren Austauschwaren der Breschnews und der Pinochets, der Averoffs und der Söhne von Papandreu. Es genügte, sie anzusehen, um zu wissen, daß sie zur Versammlung gekommen waren, um ein wenig Hoffnung zu schöpfen und nicht, um sich Vorwürfe machen zu lassen. Nein, diesen Jüngling, der so nachlässig, holprig und eintönig daherredete und mit einemmal anfing, verrückte Dinge zu schreien, den konnten sie wirklich nicht verstehen. So endete die Versammlung äußerst kühl, höchstens mit einem dürftigen Höflichkeitsbeifall, der schwächer war als ein leichter Sommerregen. Und du fuhrst mürrisch in einem

kleinen Lieferwagen davon, der nicht gerade zu deinem Ansehen beitrug. Du hattest ihn dir von wer weiß wem ausgeliehen; rundum war er mit deinen Aufklebern bedeckt und mit den Flugblättern, auf denen dieses schreckliche Paßbild abgedruckt war, und er war so alt, daß man ihn anschieben mußte, damit er sich überhaupt in Bewegung setzte. Dir zuzusehen, wie du ihn keuchend vor dir herschobst, war ein Schauspiel, das nur wenige schätzten und viele als trostlos empfanden. Dazu kam, daß sich deine Gegner erbarmungslos an dir rächten, vor allem die Intellektuellen, die mit dem Dünkel derer, die das vierzigbändige Gesamtwerk von Marx und Engels gelesen haben oder zumindest vorgeben, es gelesen zu haben, und natürlich die fünfundvierzig Bände Lenin und die Wissenschaft der Logik von Hegel, dich wegen deiner Unbildung oder wegen der Oberflächlichkeit und Brüchigkeit deiner Gedanken verhöhnten. Manchmal begnügten sie sich auch mit abschätzigen Bemerkungen wie: »Laß ihn reden, er weiß ja nicht, was er will, er ist ein Rohling, ein armer Romantiker, ein verhinderter Bombenleger, was hat er im Grunde schon für Verdienste? Er hat zwei Bomben gelegt. Die eine ist gar nicht explodiert, die andere hat ein Loch in den Asphalt gerissen und weiter nichts.« Solche Worte trafen dich tödlich, auch wenn du es dir nicht anmerken ließest und du unbeirrt festhieltest an deinen unbarmherzigen Reden, deinem schrottreifen Lastwagen, deinem geborgten Schreibtisch, deinen geschenkten Stühlen, deinen elenden fünf Millionen, die nun bis auf wenige Drachmen zusammengeschmolzen waren, und an der unerschütterlichen Überzeugung, das große Wettrennen zu gewinnen.: »Die Menschen verstehen mich im Grunde. Sie werden mich wählen.« Bis der Tag der Wahlen kam.

Wie einer, der auf das Urteil einer Jury wartet, die über seine Zukunft entscheidet, oder auf das Ergebnis einer medizinischen Untersuchung, von dem seine Gesundheit abhängt, und der, je länger das Ergebnis auf sich warten läßt, um so mehr befürchtet, es werde ihm eine unheilbare Krankheit, eine Verurteilung ohne Berufung verkünden, so erwartete ich deinen Anruf aus Athen, während ich in einem schäbigen Hotelzimmer in Jordanien auf und ab ging. Bei deiner letzten Versammlung war ich nicht dabeigewesen, der Mut hatte mir gefehlt. Vom Balkon des Hotels Grande Bretagne aus aber hatte ich eine Versammlung für Karamanlis gesehen, die am gleichen Abend, zur gleichen Zeit stattfand; ich hatte die Menschen gesehen, von denen du glaubtest, daß sie dich verstehen und wählen würden. Ich hatte gesehen, wie sie aufmarschiert waren: geordnet, diszipliniert, zusammengeschart, sie waren wirklich eine Herde, die denen gehorcht, die ihr befehlen, die ihr Versprechungen macht, die sie erschreckt, mit geschlossenen Augen, es ist ja nicht notwendig, auf die Straße zu schauen, die Straße ist ein kompakter Fluß aus Wolle, der sich auf den Platz ergießt, den die Mächtigen vorherbestimmt haben. In diesem Fall ist es der Syntagma-Platz in Athen, es lebe Karamanlis, in einem anderen Fall die Piazza Venezia in Rom, es lebe Mussolini, oder der Petersplatz im Vatikan, es lebe der Papst, der Alexanderplatz in Berlin, es lebe Hitler, der Trafalgar Square in London, es lebe Ihre Majestät die Königin, Place de la Concorde in Paris, es lebe De Gaulle, der Platz des blauen Friedens in Peking, es lebe Mao Tse-tung, der Rote Platz in Moskau, es lebe Stalin, es lebe Chruschtschow, es lebe Breschnew, es lebe, wer gerade daherkommt, es lebe immer der, der ganz oben steht, niemals aber der arme Teufel, der sein Leben dafür gibt, daß aus den Schafen Menschen würden. Ihm applaudiert man erst zu seinem Begräbnis, wenn er nicht mehr stören kann. Ich habe gesehen, wie sie den Platz füllten, zur kompakten Masse wurden, ein Heer von achthunderttausend Menschen, und ich habe es mit der Angst zu tun bekommen. Nicht so sehr wegen ihrer Anzahl, als vielmehr wegen der geometrischen Ordnung, in die man sie in Geschwader und Hundertschaften aufgereiht hatte, wegen der Systematik, mit der sie die Fahnen schwenkten, die Transparente erhoben und die Fackeln hielten, wegen der Regelmäßigkeit, mit der sie die Jubelrufe skandierten und den Ordnern mit den Walkie-Talkies gehorchten. Eins, zwei, drei: »Ka-ra-man-lis!« Eins, zwei, drei: »Ka-ra-man-lis!« Jedes Ka-ra-man-lis bestand aus vier Kanonenschüssen, in regelmäßigen Abständen voneinander, und das Bombardement verdichtete sich immer mehr, wiewohl es schon so laut und so erschreckend war, daß es die Rede des alten Politikasters gänzlich übertönte, der, von Scheinwerfern beleuchtet und von Evangelis Averoff flankiert, sich die Kehle aus dem Leib schrie, Gott weiß, was er dabei sagte: das einzige Wort, das man verstehen konnte, war der Name seiner Partei: Nea Democrazia. Vielleicht erklärte er, was das sei, diese neue Demokratie, auf welche Weise er sie damit übers Ohr hauen wolle, aber sie wollten es nicht wissen, sie wollten ihm Hymnen singen und sonst nichts, und wenn er das Ergebnis eines Fußballspiels verkündet hätte, Real-Madrid-Manchester-zwei-zu-eins, oder ein Kochrezept, man-wende-das-Kotelett-in-Mehl-salze-es-und-brate-es, so wäre das genau das gleiche gewesen, sie hätten genauso ihre vierfachen Kanonenschüsse abgeschossen, ihre Fahnen geschwenkt, die Transparente erhoben, den Geschwaderführern gehorcht, die wiederum den Ordnern mit den Walkie-Talkies gehorchten, die schließlich dem großen Regisseur der ganzen Apotheose gehorchten. Wer war dieser Regisseur? Er hatte sogar daran gedacht, ein Feuerwerk zu inszenieren und Tauben auffliegen zu lassen, wenn er auch das Mißgeschick mit den Tauben nicht vorhergesehen hatte. Die Nacht wurde plötzlich von roten, grünen, violetten, goldenen Lichtern von einem künstlichen Sternenzelt erhellt, und aus den Käfigen, die unter dem Dach des Präsidentenpalastes versteckt waren, flogen Hunderte und Aberhunderte von Tauben über den Platz hinweg. Anstatt aber friedlich zu fliegen, schlugen sie wild mit den Flügeln, wie betrunkene Schmetterlinge; vom Lärm, von den vielen Lichtern, den Fahnen, dieser menschlichen Idiotie zu Tode erschreckt, verloren sie die Kontrolle über ihren Verdauungsapparat und ließen einen Regen von warmen, flüssigen Exkrementen auf die Menge herab. Karamanlis und Averoff machten sich davon, beide wischten an ihren Anzugsjacken herum, auf die die Tauben ihren Darm entleert hatten, den unterschiedlosen Gesetzen einer Gleichheit gehorchend, wie nur die Tiere sie beherzigen; und unter den Klängen der Nationalhymne, die aus den Lautsprechern ertönte, verließ die achthunderttausendköpfige Schar den Platz: stets noch wohlgeordnet, diszipliniert, in Truppen aufgeteilt. Rechtsum kehrt! Vorwärts, Marsch! Auf dem Platz blieb ein Schmutzbelag zurück, Flugblätter, Werbezettel, verlorene Schuhe, leere Flaschen, Nußschalen, die die automatischen Straßenkehrmaschinen schnell beseitigten; da geschah plötzlich etwas Unerwartetes. Vielleicht zufällig, vielleicht aber mit Absicht legte einer der Techniker, die die Lautsprecher bedienten, eine Platte von Theodorakis auf; jenes Lied, das Theodorakis nach deiner Verurteilung zum Tode geschrieben hatte. Und anstelle der Nationalhymne erklang nun diese traurige Musik mit den Worten: »Otàn ktipissis diò forés, k'istera tris ke pali diò, Alexandrè mu ... Wenn du zweimal anklopfst und dann dreimal und wieder zweimal, mein Alexander ...« Verwirrt und ungläubig ging ich hinunter, denn ich wollte sehen, wie die Leute darauf reagierten; aber auf dem nunmehr menschenleeren Platz standen nur zwei Jünglinge, zwei Lämmer aus der Herde, und einer sagte zum anderen: »Ti anìa! Piòs ìne aftòs Alexandròs? Was für eine Schnulze! Wer ist denn dieser Alexander?« Der andere zuckte mit den Schultern: »Den xero, ich weiß nicht.«

Ich hatte auch das Ergebnis der Wahlen nicht abwarten wollen, auch dazu hatte mir der Mut gefehlt. Aber ich hatte in der Nacht der Stimmenauszählung dich in deinem Generalquartier noch kurz besucht, und es war mir klargeworden, wie sich die Dinge anließen. Alle bemühten sich, so auszusehen, als hätten sie sich niemals große Illusionen gemacht; die Telefone klingelten nur, um schlechte Nachrichten zu geben; von Stunde zu Stunde stieg die Stimmenzahl für Karamanlis, während die für dich immer weiter zurückblieb. Die für dich abgegebenen Stimmen waren so spärlich, daß die Presseagenturen deine Niederlage bereits für ausgemacht hielten. Fünf Stimmen in dem einen Wahlbezirk, zehn Stimmen in dem anderen, über fünfzehn Stimmen ging's nirgendwo hinaus, und in vielen Bezirken keine einzige Stimme. Im Kreis der jungen Männer und Frauen, die anderthalb Monate lang für dich gearbeitet hatten, zähltest du vergeblich immer wieder die Stimmen zusammen in der Hoffnung, sie könnten doch noch die Höhe erreichen, die notwendig war, um ins Parlament gewählt zu sein. Vergeblich hängte sich die alte Dame mit dem Hütchen ans Telefon, um die endgültigen Zahlen zu erfahren, vergeblich überprüfte sie deine Prognose des Wahlergebnisses; dann stellte sie fest, daß du dich um drei Stimmen verrechnet hattest, nein, um fünf, nein, um sechs: das änderte nichts an der bitteren Wahrheit, und dein Gesicht wurde immer schmaler und blasser. Unfähig, diesem Todeskampf bis zum Schluß beizuwohnen, ging ich im Morgengrauen fort und sah dich erst am Morgen wieder. Du schliefst, völlig erschöpft; aber als ich dein Haar berührte, wachtest du sofort auf, und sogleich brachst du in heftiges Weinen aus: »Das Volk wählt die, die es belügen! Das Volk wählt die, die es an der Nase herumführen! Das Volk wählt die, die Milliarden ausgeben, um sich bei Feuerwerk und Taubengeflatter wählen zu lassen! Das Volk will versklavt werden; es gefällt ihm, versklavt zu werden!« Dann fielst du in deinen erschöpften Schlaf zurück, ich löste mich von dir und reiste ab, denn ich wollte nicht in Athen sein, wenn deine Niederlage offiziell bekanntgegeben würde. Innerhalb der nächsten drei Tage hätte ich nach Jordanien fahren müssen, um König Hussein zu interviewen, und das benutzte ich nun als Vorwand: ich legte dir einen Brief auf das Kopfkissen, in dem ich log, das Interview mit Hussein sei vorverlegt worden und ich müsse daher sofort nach Amman. Dann fuhr ich wirklich nach Amman. Von hier aus hatte ich nur ein paarmal mit dir telefoniert und stets ungenaue Auskunft erhalten; ich sagte mir, du würdest wohl bestenfalls mit

einem blauen Auge davonkommen und mit Hilfe der Reststimmen von der Nationalen Liste ins Parlament kommen. Schließlich verzichtete ich auch darauf, dich ständig anzurufen: »Ruf du mich an, sobald du etwas Genaues weißt.« Das war's, weshalb ich nun unruhig war wie einer, der das Urteil einer Jury erwartete, die über seine Zukunft entscheiden soll, oder auf das Ergebnis einer medizinischen Untersuchung. Und wenn es deiner Partei auch nicht gelänge, dich mit einem blauen Auge ins Parlament wählen zu lassen? Wem würde dieses Opfer dienen, als unliebsamer Gast in die Politik der Politiker einzutreten? Aber mit welchen anderen Mitteln hättest du den Samen säen sollen, den du in das Wollgewühl, in die starre Kieswüste am Fuße des Berges streuen wolltest? Ganz abgesehen davon, daß ein Sitz im Parlament dich in gewisser Weise schützen würde. Oder war das Gegenteil der Fall? Ich schaute auf die Uhr. Es war elf, und um zwölf Uhr sollte ich Hussein treffen. Ich ging zur Tür, das Telefon klingelte. Ich ging zurück. Du meldetest dich mit jubelnder Stimme: »Ich bins's! Ich! Ich bin Abgeordneter! Ich bin Mitglied des Parlaments!«
Was war es, das die Freude so schnell wieder verschwinden ließ? War es das bittere Wissen darum, daß du nur Abgeordneter geworden warst mit Hilfe von Stimmen, die für andere abgegeben worden waren, also mit Hilfe der Krümel, die auf dem Tisch liegengeblieben waren? Oder war es die Vorahnung von neuen Enttäuschungen, denen du auch in Zukunft ausgesetzt sein würdest! Oder war es die Legende, die Hussein mir erzählte? Seine Majestät war an diesem Morgen trauriger als sonst; plötzlich, nachdem er von seinem Fatalismus gesprochen hatte, fragte er mich: »Kennen Sie die Legende von Samarkant?« Dann erzählte er sie mir. Es war einmal ein Mann, der nicht sterben wollte. Er lebte in Isfahan. Eines Abends sah dieser Mann den Tod auf der Schwelle seines Hauses sitzen. »Was willst du von mir?« schrie der Mann. Darauf sagte der Tod: »Ich bin gekommen, um ...« Der Mann ließ ihn den Satz nicht zu Ende sprechen; er sprang auf sein Pferd und floh mit verhängtem Zügel in Richtung Samarkant. Er ritt zwei Tage und drei Nächte lang, ohne Unterbrechung, und im Morgengrauen des dritten Tages erreichte er Samarkant. Im sicheren Glauben, daß der Tod seine Spur verloren habe, stieg er vom Pferd und suchte nach einer Unterkunft. Als er in sein Zimmer eintrat, saß der Tod auf seinem Bett. Der Tod stand auf, ging ihm entgegen und sagte: »Ich bin glücklich, daß du rechtzeitig gekommen bist, ich hatte Angst, daß wir uns verlieren würden, daß du an einen anderen Ort reiten oder zu spät kommen würdest.

In Isfahan hast du mich nicht aussprechen lassen. Ich war nach Isfahan gekommen, um mich für den Morgen des dritten Tages hier in Samarkant, in diesem Gasthaus, in diesem Zimmer mit dir zu verabreden.«

»Du wirst sehen, was für einen Spaß mir die Politik der Politiker machen wird! Du wirst schon sehen! Nun, wo ich auf die Jagd nach diesen Beweisen gehen kann...« – »Was für Beweise?« – »Die Dokumente der ESA, die Beweise über diese nichtswürdigen Menschen! Es wird mich einige Zeit kosten, aber es wird mir gelingen. Das wichtigste ist, daß ich mich mit niemandem einlasse. Wie heute.« – »Wie heute?!« – »Ja, wie heute.« – »Und es erscheint dir richtig, sich heute mit niemandem einzulassen?« – »Ganz und gar richtig.« In Athen fand eine große Kundgebung zur Erinnerung an das Massaker im Polytechnikum statt; ohne davon zu wissen, war ich gerade rechtzeitig aus Amman zurückgekehrt, um daran teilzunehmen, und während wir zum Treffpunkt gingen, an dem der Demonstrationszug losmarschieren sollte, verkündetest du also, daß du dich mit niemandem einlassen wolltest. »Alekos, erklär mir bitte, warum.« – »Ich habe es dir schon gesagt: damit von vornherein klar ist, daß ich mit den Lügnern, mit den Opportunisten nichts zu tun haben will, daß ich nicht hinter ihren Fahnen und ihren Schildern herlaufen will. Alle Parteien werden vertreten sein, und jede Partei hat ihre Komparsen angeheuert, und sie werden sie zu einem einzigen Zweck in diesem Demonstrationszug marschieren lassen: um eine Kraftprobe abzugeben, einen Wettbewerb der Eitelkeit zu veranstalten. Schau-wie-viele-ich-habe, ich-habe-mehr-als-du, ich-habe-sogar-Fahnen-und-Schilder. Die Parteien scheren sich einen Dreck um die Toten im Polytechnikum. Die Parteien scheren sich immer einen Dreck um die Toten. Und wenn ich daran denke, daß in diesem Zug auch die Kriecher mitmarschieren werden, die immer schwiegen, die sich vor Angst in die Hosen gemacht haben, die nicht einmal das Wort Widerstand hören wollten, weißt du, was ich dir dann sage? Ich würde es vorziehen, mit Teofilojannacos zu marschieren.« – »Es werden aber auch die da sein, die tatsächlich Widerstand geleistet haben, Alekos.« – »Sicher, Requisiten der Parteien, die sie als die Nelke benutzen, die man ins Knopfloch steckt; sie sind längst einkassiert von den Kriechern, die schwiegen und sich vor Angst in die Hosen machten. So ist es immer. Nein, danke: ich sage nochmals, daß ich mich mit ihnen nicht zusammentun will.« – »Aber mit irgend jemandem mußt du dich doch zusammentun,

Alekos. Du wirst nicht allein marschieren wollen oder nur mit mir.« – »Ich werde weder allein noch nur mit dir marschieren. Ich werde mit denen marschieren, die allein sind wie ich. Es gibt sie. Es sind nicht viele, aber es gibt sie. Und ich werde sie finden.« – »Wo?« – »Auf den Bürgersteigen. Ein paar stehen schon da. Meine Freunde, schau!« Wir hatten nun dein Büro erreicht. Du gingst hinein, und mit einer großartigen Geste deutetest du auf das Grüppchen, das für dich im Wahlkampf gearbeitet hatte. Da war die alte Dame mit dem Hütchen und der dicken Brille, da war eine Zwergin von ein Meter und vierzig mit einer Handtasche, die größer schien als sie selbst, da waren etwa ein Dutzend Jünglinge, ein weiteres Dutzend Mädchen und ein Mann mit Hinkebein. »Meine Freunde! Wir werden eine kleine Insel bilden, die für sich besteht.« – »Du hast nicht einmal eine Fahne, ein Schild.« – »Willst du eine Fahne? Willst du eine bunte Fahne?« Mit einer raschen Geste zogst du der alten Dame mit dem Hütchen ein feuerrotes Tuch vom Halse, entschuldige-ich-kauf-dir-ein-neues, dann schriebst du mit Kugelschreiber darauf: Eleftería ke Alitía. Freiheit und Wahrheit. »Fertig. Jetzt haben wir eine Fahne, und eine bunte dazu. Nun brauchen wir nur noch eine Stange. Sucht eine Stange! Und ein paar Nägel! Und einen Hammer.« Ein Hammer war da, aber keine Nägel und keine Stange. »Zieht die Nägel aus den Stühlen heraus, dreht die Schrauben aus den Türgriffen, zerhackt das Tischchen dort!« – »Alekos, was machst du?« – »Eine Fahne. Schilder. Hast du nicht gesagt, daß man auch Schilder braucht?« Sie waren schon dabei, die Nägel herauszuziehen, Schrauben auszudrehen, Stuhlbeine und Reißzwecken herauszureißen, Schilder herzustellen, so emsig, so schnell, daß wir schon eine halbe Stunde später auf der Straße standen und unsere kleine Insel zusammenstellten. An der Spitze die alte Dame mit dem Hütchen und die Zwergin mit der großen Tasche: die Alte schwenkte ihr beschmiertes Halstuch, das an ein Stuhlbein genagelt war, die Zwergin hielt ein unleserliches Schild hoch. In der ersten Reihe du und ich, der Mann mit dem Hinkebein und zwei der Jünglinge, dahinter die anderen. »Und was tun wir jetzt?« – »Jetzt marschieren wir. Ganz für uns. Und wir singen. Ganz für uns.« – »Was singen wir?« – »*Vorwärts die Toten*, das ist doch klar!« Wir setzten uns singend in Bewegung. »Vorwärts die Toteeen! Fahnenträger im Kampf ohne Grenzeeen! Und hinter ihnen wiiir! Begierig, das Banner zu traaageeen!« Wir sahen aus wie ein Trupp von Landstreichern. Die Hoffnung darauf, unbemerkt zu bleiben, konnte man gleich aufgeben: um Abstand zu

wahren vom Rest des Zuges, der teils vor uns herging und teils uns folgte, unterbrachst du das Singen und schriest: »Pente metra! Fünf Meter! Haltet einen Abstand von fünf Metern!« Vergebens näherte sich dir ein Kerl mit einer Armbinde, einer von denen, die für Ordnung sorgen sollten, und bat dich, den Abstand zu verringern, der ganze übrige Zug marschiere als Einheit und auch du müßtest dich anpassen: du brülltest ihn zur Antwort so an, daß er sich sofort aus dem Staub machte. »Pente metra! Fünf Meter!« Die Menschen auf dem Bürgersteig schauten erstaunt zu: wer waren denn diese Unglückseligen, die da von einer Zwergin und einer alten Dame mit Hütchen geführt wurden und sich selbständig machten? Warum schlossen sie sich den anderen nicht an? Warum sangen sie nicht das, was die anderen sangen? Warum trugen sie nicht die gleichen Schilder, die gleichen Fahnen, was sollten diese verknitterten Lumpen und diese unleserlichen Schilder? Und der, der immer pente metra schrie und alle wegjagte, die ihn dem übrigen Zug anschließen wollten, wer war das? Manchmal hörte man deinen Namen nennen: »Es ist Panagoulis, sag ich dir, erkennst du nicht den Schnurrbart und die Pfeife?« Und du antwortetest ihnen geschmeichelt, mit der großen segnenden Geste eines Seelenhirten: »Kommt! Kommt mit!«
So marschierten wir als lockeres Glied des Demonstrationszuges, als ich merkte, wie ein plötzlicher Schauder dir über den Rücken lief; du zeigtest mit einer Kopfbewegung auf zwei junge Männer hin, einen blonden und einen braunhaarigen; sie standen an einer Kreuzung, beide waren gut gekleidet und strahlten etwas wie eine feindselige Ernsthaftigkeit aus. »Zwei ehemalige Wachen der ESA. Zwei von denen, die mich geprügelt haben!« Dann löstest du dich vom Zug, hobst die Arme und riefst: »Halt!« Unter Schüben und Stößen prallte die zweite Reihe auf die erste, die dritte auf die zweite, die vierte auf die dritte, und der Trupp blieb stehen, wobei er den gesamten Zug blockierte; nur die alte Dame mit dem Hütchen und die Zwergin mit der großen Tasche gingen noch ein paar Schritte weiter, merkten aber bald, daß ihnen niemand mehr folgte, und liefen überrascht und verwirrt zurück. Im übrigen waren alle überrascht und verwirrt, niemand begriff, weshalb du plötzlich »Halt!« geschrien hattest, und aus der letzten Reihe vernahm man Fragen und Proteste: »Wer hat gesagt, daß man stehenbleiben soll? Vorwärts, geht weiter! Vorwärts, empròs!« Ich stieß dich mit dem Ellbogen an: »Alekos, laß uns weitergehen!« Du gabst keine Antwort. »Wir blockieren alles, Alekos.« Wieder keine Antwort. »Aber was hast du denn vor?« Immer noch

Schweigen. Später gestandest du mir, daß die Unentschlossenheit dich gelähmt hielt, was-soll-ich-tun, soll-ich-sie-schlagen-oder-soll-ich-mich-ihrer-annehmen, soll-ich-sie-als-Feinde-oder-als-Freunde-behandeln, jene Art von Unentschlossenheit, die meist in plötzliches unvorhergesehenes Handeln übergeht; wie der Spieler vor dem Roulette-Tisch, der überlegt und kalkuliert, und dann nicht mehr überlegt und nicht mehr kalkuliert, sondern plötzlich und unvorhergesehen handelt, rouge-et-noir-les-jeux-sont-faits-rien-ne-va-plus, so starrtest du die beiden an, gerade so, wie man einen Roulette-Tisch anstarrt, kurz bevor man auf gut Glück auf Rot oder Schwarz, auf eine gerade oder auf eine ungerade Zahl setzt, es ist ja egal, ob dies oder das, das Handeln allein zählt, das Risiko, die Herausforderung des Schicksals: man darf nicht neutral bleiben. Und da warfst du plötzlich deine Unentschlossenheit ab, die Entscheidung war gefallen, du löstest dich von unserer kleinen Insel, und mit deinem schweren, langsamen Schritt, mit deinem aufreizenden Phlegma, fast so, als gehöre die Straße dir allein und als hätte niemand das Recht, dich an solch einer Aneignung zu hindern, nähertest du dich den beiden, die dich ängstlich mit aschfahlen Gesichtern ansahen. Du lächeltest, stecktest die Pfeife in den Mund, nahmst sie wieder heraus, zeigtest mit dem Stiel auf deine kleine Truppe und sagtest: »Kommt. Ich erwarte euch.« Dann drehtest du ihnen den Rücken zu und gingst mit dem gleichen Schritt wie vorher, mit dem gleichen Phlegma wie vorher, zurück und wartetest darauf, daß das Roulette aufhöre, sich zu drehen, und die Kugel in einem roten oder einem schwarzen, einem geraden oder einem ungeraden Feld liegenbleibe. Rouge et noir, les jeux sont faits, rien ne va plus.
Wie lange dieses Warten dauerte, wüßte ich nicht zu sagen. Als wir Monate später darüber sprachen, meintest du, daß es nur sehr kurz gewesen sei, daß die ganze Szene insgesamt nicht mehr als zwei oder drei Minuten gedauert hätte. Mir aber und allen anderen, die begriffen hatten, worum es ging, schien eine unerträglich lange Zeit zu vergehen, Stunden, bevor die Kugel zum Stehen kam, die beiden vom Bürgersteig herunterstiegen und zu dir kamen, der du sie mit ausgestreckten Armen erwartetest, ungeachtet der Ausrufe des Kerls mit der Armbinde, der nun zornig und sehr ungeduldig war, geht-endlich-weiter-wollt-ihr-euch-nun-in-Bewegung-setzen-oder-nicht. Du haktest die beiden unter. Du schobst uns beiseite und haktest die beiden unter: einen links und einen rechts. Und indem du einen links und einen rechts hieltest, stelltest du dich wieder in die Reihe und begannst wieder

zu marschieren. Und was für einen Blick warfst du mir zu, als du mein kurzes Zögern bemerktest! Dieser Blick allein genügte, um Klarheit darüber zu schaffen, daß dies keine Geste der Vergebung oder des Erbarmens, sondern vielmehr des Hochmuts, wenn nicht gar der Verachtung gewesen war. Aber nicht Verachtung für die beiden Wachen der ESA, sondern Verachtung für die heuchlerischen Gesetze der Gesellschaft, für die Politiker, die nun auf sehr lukrative Weise über das Massaker im Polytechnikum jammerten, für die Leute, die nun mitmarschierten, aber während der Tyrannei geschwiegen und mitgemacht hatten, kurz, für die Fahnen des Opportunismus und die Schilder der Konvention, unter die zu mischen du dich geweigert hattest; und es konnte nicht schaden, auch wenn es niemand begreifen, niemand auch nur erahnen sollte. In der Tat begriffen und erahnten sie es nicht, und sofort kam eine Stimme auf, die sagte, Panagoulis habe zweien seiner ärgsten Peiniger verziehen, er gehe Arm in Arm mit ihnen durch die Stadt, einen links und einen rechts, wie die beiden Schächer am Kreuz links und rechts von Jesus Christus, ja, meine Herrschaften, Jesus Christus, und das war kein Märchen, jeder, der wollte, konnte sie sehen, sie gingen den Odos Stadiu entlang, an der Spitze dieses Grüppchens, das für sich marschierte. Und die Stimme erweckte jene, die nur halbherzig an diesem so wohlgeordneten Demonstrationszug teilnahmen, der zu wohlgeordnet war, um ehrlich zu erscheinen, und jene, die nicht an dem Zug teilnahmen, weil sie sich nichts daraus machten oder weil sie sich ausgeschlossen fühlten; die einen wie die anderen drängten sich, um Jesus Christus zu sehen, der zwischen den beiden Schächern daherkam, und als Jesus Christus dann mit seinem Schnurrbart, seiner Pfeife und seinem aufreizenden Phlegma erschien, da klatschten sie hingerissen und überwältigt, einige schrien deinen Namen, andere folgten deiner Aufforderung: »Kommt-kommt-mit.« Nach und nach aber trat ein, was du nicht vorausgesehen hattest: das Spiel hörte auf, ein Spiel zu sein, im Kielwasser einer Illusion verwandelte sich dein Hochmut in Demut, deine Verachtung in Dankbarkeit, ja in Liebe für die, die da vom Bürgersteig aus dich beklatschten, ohne das geringste begriffen zu haben. Da waren sie, so dachtest du, die Unabhängigen, die sich aus dem Demonstrationszug raushielten, nicht aus Gleichgültigkeit und Interesselosigkeit, sondern aus Protest gegen das Wollgewühl, dem sie sich nicht anschließen wollten. Da waren sie, davon warst du überzeugt, die Rebellen, die sich der Liturgie dieser Erinnerungezeremonie widersetzten, nicht aus Gefühl-und Gedankenlosigkeit, sondern weil sie auf der Suche nach irgend etwas anderem waren. Wer weiß, wonach sie suchten, aber sie suchten nach irgend etwas. Vielleicht suchten sie sich selbst, ihre unterdrückte Individualität, ihre Einzigartigkeit, die von den Massen, vom Begriff des Massenmenschen entwürdigt worden war. Und kopfüber stürztest du dich in die Rolle, die sie dir deiner Meinung nach zusprachen. Dein Ausdruck, dein Blick, dein Gang veränderten sich, du begannst denen zu danken, die sich dir anschlossen, mit leuchtenden Augen, und wen wundert's, daß sie sich dir bald in Scharen anschlossen. Männer und Frauen, vor allem sehr viele Frauen mit Kindern, an der Hand oder auf dem Arm, Junge und Alte, vor allem sehr viele alte Leute, die sich wahrscheinlich vom Anblick der alten Dame mit dem Hütchen ermutigt fühlten; Halbwüchsige, wahrscheinlich von der Zwergin mit der großen Tasche angelockt; Hinkende, wahrscheinlich vom Mann mit dem Hinkebein in der ersten Reihe angezogen. Nach hundert Metern schon zählte ich fünf Hinkende, drei mit einem Stock und zwei ohne; ein an Kinderlähmung Erkrankter, der sich nicht traute, sich unter uns in der kleinen Insel zu mischen, die nun zu einer richtigen großen Insel angeschwollen war, und der deshalb neben uns herging, auf zwei übergroße Aluminiumkrücken gestützt. Wie er es schaffte, uns zu folgen, ohne zurückzubleiben, war mir ein Rätsel. Aber es gelang ihm, er hinkte hastig, er keuchte, er schleifte seine armen kraftlosen Beine, seinen armen verkrüppelten Körper hinter sich her; und du hieltest noch einmal den ganzen Zug auf, gingst zu ihm hin, um ihn zu küssen und zu uns hereinzuholen, ihn in die Mitte der ersten Reihe zu plazieren, die nun im Rhythmus seines schwankenden, unsicheren Schrittes weitermarschierte. Danach war es nicht mehr notwendig zu sagen: »Kommt-kommt-mit«; es kamen so viele, daß wir bei der Ankunft auf dem Syntagma-Platz nahezu tausend Personen waren.

Dies war dein Debüt in der Politik der Politiker. Dies war der erste deiner poetischen tragischen Fehler in der Politik der Politiker. Denn dieses unordentliche, improvisierte zusammengestellte, kampfunfähige Heer, das dir durch das Mißverständnis eines anderen Prinzips zugelaufen war, durch das Mißverständnis der Vergebung, der Barmherzigkeit, der christlichen Nächstenliebe, kurz das Prinzip Jesu Christi, vielleicht auf der Suche nach etwas, aber ohne es zu wissen, dieses Heer ließ dich glauben, du seist nicht mehr allein. Und auf der Woge dieser Illusion stürztest du dich in den Kampf gegen die Windmühlen des Drachens, den du dir zum Feind erwählt hattest.

2. Kapitel

Im Märchen hat der Drache ein furchterregendes Aussehen: er hat das Aussehen einer geflügelten Schlange mit vielen Köpfen und gespaltenen Zungen oder das einer gigantischen Echse mit Feueraugen und Eisenkrallen. Er ernährt sich von Jungfrauen und Jünglingen, bläst Rauch aus seinen Nüstern, verschlingt jeden, der sich der Brücke nähert, die zu seinem Reich führt; das Land um ihn her ist mit Totenschädeln, entfleischten Knochen, verstümmelten Körpern bedeckt: mit den Überresten derer, die ohne Erfolg versuchten, ihn zu bezwingen. Im wirklichen Leben ist sein Aussehen ein anderes, aber sein Wesen bleibt das gleiche. Manchmal kann man ihn nicht einmal genau bezeichnen, weil er nichts als das Symbol einer abstrakten Realität ist, einer Situation, die zwar da ist, die man aber nicht sieht. Manchmal kann man ihn nicht einmal erkennen, weil er wie ein Mensch auftritt, also einen normalen Körper mit einem Rumpf, zwei Armen, zwei Beinen, einem Kopf, einer Nase, einem Mund und zwei Augen annimmt. Vielleicht mit zwei runden, hypnotisierenden Augen, die so schlüpfrig sind, daß sie wie zwei in Öl schwimmende Oliven aussehen, mit weichen, knochenlosen Händen und süßer, einschmeichelnder Stimme: »Liebste Freundin! Welch Vergnügen, Sie zu treffen, welche Ehre!« Kurz, an Evangelis Tossitsas Averoffs Äußerem war nichts, das ihn als Drachen kennzeichnete. Trotz des Unbehagens, das mich bei meinem Zusammentreffen mit ihm befallen hatte, trotz der Entdeckung, daß er der neue Fels auf dem Berggipfel war, wäre ich niemals auf die Idee gekommen, ihn mir inmitten von Totenschädeln, entfleischten Knochen und verstümmelten Körpern vorzustellen. Im übrigen wies auch sein Lebensstil alle Zeichen der Harmlosigkeit auf. Er war der Schutzheiligen seines Heimatortes, der heiligen Reparata, sehr ergeben, und schlug sich allsonntäglich vor ihrer Ikone die Brust, auf daß sie seinen Sünden vergebe; mit Bischöfen und Erzbischöfen war er gut Freund, und er glaubte sowohl ans Paradies als auch an die Hölle; er war ein liebender Vater und ein treuer Ehegatte, pflegte den Familienkult und kleidete sich in makellose Moral; er war gebildet und schreibsüchtig genug, um Bücher zu schreiben, für die sich niemand interessierte, die aber auch keinem schadeten; er besaß ein Gut bei Janina im nördlichen Epirus und war sehr reich; er gab sich alle Mühe, das biblische Sprichwort Lügen zu strafen,

laut dem eher ein Kamel durch ein Nadelöhr geht als ein Reicher in den Himmel. Ich will sagen, daß er nicht einmal der Faulheit frönte, sondern daß er voller Initiative und Emsigkeit war. Zum Beispiel hatte er in sein Gut in Mezzonovo tatsächlich die besten Kühe aus Kanada eingeführt, und aus deren Milch stellte er einen hervorragenden Parmesankäse her, den er »Mezzovano« getauft hatte, einen ebenso hervorragenden Gorgonzola des Namens »Mezzovola« und einen nicht minder hervorragenden Weißkäse namens »Mezzotta«. Außerdem stellte er einen nicht zu verachtenden Wein her, den »weißen Averoff« und den »roten Averoff«, und auf all das war er so stolz, daß man Mühe hatte, ihm nicht zu glauben, wenn er sagte, die Politik sei für ihn ein edler Zeitvertreib, eine Weise, wie man dem Banner des Liberalismus dienen könne. Er sprach sehr oft die Worte Freiheit, Liberalismus aus, und ebenso oft brachte er seine entrüstete Ablehnung der Diktaturen zum Ausdruck. In der Tat hatte er sich stets, schon zu Zeiten der deutschen und italienischen Besetzung, als wahrer Antifaschist zu erkennen gegeben.
Dennoch war er ein Drache. Vielleicht war er der denkbar beste Drache, den dein Land zu jener Zeit und in jener Situation einem Helden bieten konnte, der auf der Suche nach seinem letzten Kampf war; denn gerade wegen seiner offensichtlichen Harmlosigkeit, wegen seines »Mezzovanos«, seines »Mezzovolas« und seiner »Mezzotta«, wegen seiner liberalen Fassade und seines erklärten Antifaschismus, repräsentierte er in jener Zeit und in jener Situation wie kein zweiter die Macht. Die untilgbare, unkündbare, unzerstörbare Macht, die auch in ihren verstecktesten Formen, mal im Namen des Rechts oder in dem der Kultur, mal im Namen der Ordnung oder in dem der Gerechtigkeit, mal im Namen der Demokratie oder in dem der Revolution, uns stets beherrscht, verwaltet, betrügt, beschneidet, verdummt und verdammt. Herr-sag-was-soll-ich-tun, Kamerad-sag-was-soll-ich-denken. Manchmal verschlingt sie uns tatsächlich wie die geflügelte Schlange im Märchen, jene gigantische Echse, die die Brücke zu ihrem Reich bewacht. Es nützt nichts, sie mit der Lanze des Don Quichotte erstechen zu wollen, denn sie erwacht stets wieder zu neuem Leben, wohl zuweilen mit einem anderen Gesicht, einer anderen Farbe, einer anderen Sprache, denn-das-Volk-oder-sogar-Gott-will-es-so. So war es immer, und so wird es immer sein. Aber wehe, wenn sie nicht bekämpft, nicht angeklagt, nicht entlarvt wird: dann dehnt sich das Reich der Schlange ins Unübersichtliche aus, das Land um sie her füllt sich mehr denn je mit

Totenschädeln, entfleischten Knochen und verstümmelten Körpern, sie weiß aus jedem Waffenstillstand, aus jeder Resignation ihren Gewinn zu ziehen. Und die, die ihr dienen oder sie repräsentieren, sie vergegenständlichen, die Felsblöcke auf dem Berggipfel, weisen die gleichen Zeichen der Gier und der Fähigkeit zur Wiederauferstehung auf. Eben dies war bei dem Drachen, den du dir zum Feind gewählt hattest, der Fall: aufgrund eines atavistischen Rechts, seines Vermögens und seiner Herkunft, war er an die Macht gekommen, wegen seiner Treue zur Monarchie war er nach dem Zweiten Weltkrieg erstmals Minister geworden, in den folgenden dreißig Jahren war er im politischen Sinne tausendmal gestorben und ebenso oft wieder auferstanden, aber seine Substanz starb niemals, sondern blieb auch dann lebendig, wenn er begraben war. Den Beweis hierfür liefert die Tatsache, daß nicht einmal der Staatsstreich von Papadopoulos ihn hatte ausbooten können, daß auch die mißlungene Revolte der Marine ihn nicht seine politische Existenz gekostet hatte. In der Tat behielt er ja in dem Regime, das durch Wahlen legitimiert war, das Amt des Verteidigungsministers inne. Ja, es war notwendig, daß du von nun an all deine Energie auf ihn konzentriertest. Und das würdest du tun, sagtest du entschieden. »Und die anderen, Alekos?« – »Welche anderen?« – »Die Sultane der Demagogie, die Ideologen des Despotismus, die Arsch-Revolutionäre.« – »Um die anderen werde ich mich später kümmern, wenn ich noch lebe. Und wenn ich nicht mehr lebe, dann wird irgend jemand sich statt meiner um sie kümmern. Ein Mann kann nicht zwei Schlachten auf einmal führen, nicht an zwei Fronten zugleich kämpfen. Vor allem nicht, wenn er allein ist. Er muß immer den unmittelbaren, den dringlichsten Feind bekämpfen, je nachdem, zu welcher Zeit und in welchem Land er handelt. Lebte ich in der Sowjetunion oder in Polen oder in der Tschechoslowakei oder in Ungarn oder in Albanien oder in China, so würde ich jene Macht bekämpfen, die im Namen einer Doktrin die Freiheit tötet und die Menschen in den Gulag oder in eine psychiatrische Klinik sperrt. Dann würde ich ihren Mißbrauch und ihre Lügen bekämpfen. Aber ich lebe in Griechenland. Gestern hieß mein Feind Papadopoulos, Joannidis, morgen wird er Papandreu oder Gott weiß wie heißen, und heute heißt er Averoff. Die Rechte ist mein Feind. Die hochmütige und schleimige Rechte, die die Unterhosen mit dem Wort Freiheit trägt und sich der Demokratie bedient, um uns weiterhin in der Hand zu haben. Wenn ich meinen Kampf nicht auf sie, auf ihn konzentrieren würde, was für einen Sinn hätte es dann gehabt, der Erpressung nachzugeben, mir das Etikett einer Partei aufkleben zu lassen, an die ich nicht glaube? Was für einen Nutzen hätte es dann, ins Parlament zu gehen? Und ich habe keine Zeit zu verlieren. Denn der nächste Staatsstreich wird von Averoff begünstigt sein, dessen Wunschtraum es ist, Herr über Griechenland zu werden und seinen König in die Heimat zurückzubringen.«

Daß am 8. Dezember ein Referendum zur Frage Republik oder Monarchie stattfand und daß die Republik dabei entschieden und lautstark gewann, dem schienst du keine Bedeutung beizumessen. Und noch weniger kümmerte dich anscheinend, daß Joannidis endlich verhaftet und ins Gefängnis von Koridallos geworfen worden war, zusammen mit Papadopoulos, Pattakos, Makarezos, Ladàs, den Mitgliedern der Junta: du sagtest, die beiden Ereignisse hätten wenig Bedeutung, ein Referendum könne seine Gültigkeit verlieren, Gefängnistore könnten sich öffnen. Das einzige, was dich beschäftigte, war, wie du den Drachen bekämpfen könntest, ohne dir selbst untreu zu werden, ohne in die Protestpose der Papandreisten oder in die sektiererische Abstraktheit der Kommunisten zu verfallen, das heißt, ohne dich vom Konformismus des offiziellen Antikonformismus anstecken zu lassen. Und während die übrigen Abgeordneten der Linken den Mund mit sakrosankten Sprüchen und rhetorischen Banalitäten vollnahmen, traktiertest du Averoff mit präzisen Anschuldigungen: »Warum gibt der Herr Minister dem Heer nicht jene demokratischen Offiziere zurück, die die Junta verjagte? Stört es den Herrn Minister vielleicht, daß das Heer auch anständige Männer aufzuweisen hat?« – »Warum duldet der Herr Minister, daß die Nachfolger von Joannidis Regimentern und Divisionen befehlen, die jederzeit in Athen einmarschieren und von neuem dieses Parlament zunichte machen können? Gefällt dem Herrn Minister vielleicht die Vorstellung eines Staatsstreiches, der denen zustatten kommt, die die Fahne des Liberalismus schwenken?« – »Ist dem Herrn Minister bekannt, daß der Brigadier Joannidis aus seinem Gefängnis in Koridallos nach wie vor nach seinem Gutdünken über seine Anhänger verfügen kann, das heißt über jene Offiziere, die die Möglichkeit haben, diesen Staatsstreich auszuführen?« Diese Fragen nanntest du die hinterfragenden Fragen; ihretwegen legtest du dir sogar einen Spitznamen zu, der fragende Hinterfrager, und deine Telefongespräche lauteten von nun an etwa so: »Ich bin's! Ich! Der fragende Hinterfrager! Rate, was ich heute gemacht habe?« – »Du hast eine Frage an Averoff gestellt.« – »Nein,

nicht eine Frage, eine hinterfragende Frage!« – »Und er?« – »Er hat mir eine vordergründige Antwort gegeben.« Niemals gönntest du ihm eine Ruhepause. Du verfolgtest ihn wie eine Wespe, die, je mehr man versucht, sie zu ignorieren oder wegzujagen, um so aufdringlicher, anmaßender, penetranter und entschlossener wird, den Stachel ins Fleisch zu bohren. Beinahe war es so, als wäre er nicht nur ein Drache, sondern dein neuer Zakarakis. Eine neue Monomanie. Mit deinem Satz: »Du-wirst-sehen-was-für-einen-Spaß-mir-die-Politik-der-Politiker-machen-wird« noch im Ohr, dachte ich anfangs tatsächlich, du spieltest nur ein bißchen. Als ich aber dann ins Parlament ging und dir bei deiner Arbeit zusah, mußte ich mich davon überzeugen, daß du ganz und gar nicht spieltest und daß nicht du, sondern höchstens er seinen Spaß mit dir hatte. Schon wenn du nur das Wort an ihn richtetest, verzerrtest du das Gesicht, und deine Stimme wurde rauh; sein Gesicht hingegen blieb heiter, seine Stimme sanft. Der verehrte junge Kollege möge bitte Geduld und Nachsicht üben, die Situation war heikel, schwierig, man konnte den Grund, weshalb die Reserveoffiziere nicht wieder in den Dienst genommen worden waren, nicht aufdecken, und ebensowenig den Grund, weshalb die Getreuen des Joannidis nicht verjagt worden waren; man konnte nur so viel sagen, daß nach und nach die Dinge ins reine gebracht würden, zur Zufriedenheit aller. Dem jungen und verehrten Kollegen gebühre Dank dafür, daß er dem Parlament ein so schwerwiegendes Problem ins Bewußtsein gerufen habe.
Endlich die Frage über Georgios. Der Tod von Georgios hatte nie aufgehört, dich zu bedrücken, du hättest ein ganzes Jahr deines Lebens hingegeben, um zu erfahren, wer den Israelis befohlen hatte, ihn zu schnappen und der Junta auszuliefern, um jener Akte habhaft zu werden, die Teofilojannacos dir während des Verhörs unter die Nase gehalten hatte. »Da ist sie, die Akte über deinen Bruder Georgios, da ist sie! Du würdest wohl gerne wissen, was darin geschrieben steht, was?« Du hättest auch viel darum gegeben, wenn man ihm den Offizierstitel, den man ihm als Folge seiner Fahnenflucht abgesprochen hatte, post mortem zurückgegeben hätte, als Bestätigung des Grundsatzes, daß Fahnenflucht in einem Lande, das von einem Tyrannen unterdrückt wird, kein Verbrechen, sondern eine Pflicht ist. Mit noch rauherer Stimme und noch verkrampfterem Gesicht als sonst wandtest du dich damit an Averoff, und diesmal stelltest du ihm keine Frage mehr, sondern gabst ihm einen Befehl: der Herr Minister solle die Akte über den Leutnant Georgios Panagoulis aufspüren und vorzeigen,

dessen Leben zur Austauschware zwischen Papadopoulos und der israelischen Regierung geworden war; der Minister solle dem Leutnant Georgios Panagoulis die Titel und Ehren zurückgeben, die ihm von der Junta abgesprochen worden waren; der Herr Minister solle das Andenken an den Leutnant Georgios Panagoulis von allen Beschuldigungen reinwaschen. Averoff bat sich Zeit aus, um die Akte zu suchen, sagte dann, daß man sie nicht finden könne oder besser, daß es sie gar nicht gäbe; aber auch wenn er sie gefunden hätte, hätte er sie niemals vorgezeigt, denn geheime Dokumente sind geschützt. Du verlorst die Beherrschung. Du zeigtest mit dem Finger auf ihn und schriest, dein Bruder sei desertiert, um der Junta nicht mehr zu dienen, was man nicht in gleicher Weise von denen sagen könne, die heute im Parlament säßen, mit der Aufgabe, die Verbrecher zu schützen und die Schuld der alten Freunde zu vertuschen, in einer wahren Demokratie gäbe es keine geheimen Akten, und eines Tages würdest du sie finden, um ihn und seine Regierung bloßzustellen. Und du würdest noch mehr ausfindig machen, etwas, das ihn ganz besonders anging, und es würde ein wahres Watergate geben. So erbarmungslos und drohend war deine Replik, daß sie ernsthafte Befürchtungen in ihm hervorrief; als du ihm am nächsten Tag in der Vorhalle begegnetest, kam er mit ausgestreckten Armen auf dich zu: »Liebster Freund, zwischen uns liegt ein Mißverständnis vor, das ausgeräumt werden muß. Wollen Sie nicht zu mir zum Abendessen kommen, damit wir die Sache in Ruhe besprechen können? Auch meine Frau würde sich sehr freuen, Sie kennenzulernen, ebenso meine Tochter, die eine ihrer Bewunderinnen ist!« Du aber tatest so, als sähest du die ausgebreiteten Arme nicht, und mit der einen Hand in der Hosentasche und der anderen die Pfeife haltend, zeigtest du mit dem Pfeifenstiel auf ihn und antwortetest ihm: »Hör mir gut zu, Averoff. Solange es ein Parlament gibt, diskutiert man die Probleme eines Landes besser im Parlament als beim Abendessen, zwischen Braten und Dessert.« Einige Tage später, am 24. Februar, versuchten die Offiziere, die Averoff nicht verabschiedet hatte, tatsächlich jenen Putsch, den du vorausgesagt hattest.

Es war nur das Projekt eines Putsches, nicht einmal der Versuch eines Putsches, behaupteten viele. Das Heer hatte ihm nur zu einem Teil zugestimmt, die Marine und die Luftwaffe gar nicht, und es war daher nicht schwer gewesen, den Putsch schon im Keim zu ersticken, indem man siebenunddreißig Offiziere festnahm. Als ich jedoch eine Woche später nach Athen kam, warst du noch ganz überwältigt davon; ohne eine Spur von Lächeln hieltest du mir zehn handgeschriebene Blätter entgegen: »Lies.« – »Was ist das?« – »Notizen für einen Artikel, den ich in Italien veröffentlichen will.« – »Warum in Italien und nicht in Griechenland?« – »Weil ich in Griechenland niemanden finden würde, der es veröffentlicht.« Ich las. Dort stand geschrieben: »*Erstens.* Es erscheint zu teuflisch, um wahr zu sein, und dennoch ist es ebenso wahr, wie es teuflisch ist. Der versuchte Putsch vom 24. Februar war ganz und gar kein bloßer Putschversuch, er ist bei weitem nicht mißlungen; er ist vielmehr eben in dem Maße und bis zu jenem Punkt gelungen, den der Verteidigungsminister Averoff erreichen wollte, um seinen Plan zu verwirklichen. Und Averoffs Plan war, und ist es noch immer, seinen König in die Heimat zurückzuholen und selbst Herr über Griechenland zu werden, wie es dem CIA gefallen würde. (Erklären, daß Averoff vom CIA unterstützt wird, immer unterstützt wurde, daß er während der Zeit der Junta für den KYP gearbeitet hat, also für den CIA.) *Zweitens.* Averoff war bestens informiert über das, was sich in der Nacht des 24. Februars ereignete. Sie hatten ihm sehr wohl angekündigt, daß Joannidis' Offiziere, die Gaddafisten, das Land unter ihre Herrschaft zwingen wollten und daß in Athen siebzig Prozent des Heeres auf ihrer Seite standen. (Erklären, daß die Geheimdienste inzwischen ganz in der Hand von Averoff sind, der als Verteidigungsminister die Hoheit sowohl über die ESA als auch über den KYP innehat.) *Drittens.* Wenige Tage vor dem Putsch erlaubte Averoff sogar einem der Putschisten, einem Infanterie-General beim griechischen Pentagon, zu Joannidis in das Gefängnis von Koridallos zu gehen und ihm einen ›Höflichkeitsbesuch‹ abzustatten. (Erklären, daß die einzig erlaubten Besuche die von den Verwandten und den Anwälten sind.) *Viertens.* Tatsache ist, daß Averoff diesen Putsch gewollt hat. Er war der erste Schritt zur Verwirklichung seines Planes. Er diente ihm dazu, etwa vierzig Offiziere aus dem Heer zu jagen, die seine Pläne durchschaut hatten und nicht gewillt waren, ihn zu unterstützen. (Erklären, daß es ihm mit Hilfe dieses Putsch-Manövers gelang, siebenunddreißig Offiziere zu verjagen). *Fünftens.* Man muß sich fragen, ob Karamanlis begriffen hat, daß Averoff eine Diktatur im parlamentarischen Gewand anstrebt, also eine Regierung, die von einem Parlament getarnt wird, das nur schwätzt, aber nicht das Land regiert. (Erklären, daß Averoff mit den Putschisten nach seinem Gutdünken umgeht und ihnen sogar versprochen hat, den sogenannten Gaddafismus in eine zivilistische, europäische Bewegung überzuführen usw.) *Sechs-*

tens. Auch wenn er die Sache durchschaut, kann Karamanlis nicht viel machen. Er ist nicht so stark, wie er uns glauben machen möchte, wenn er sagt, daß es in seiner Regierung kein Büro gäbe, das er nicht betreten könne, wann immer es ihm gefällt. Es gibt ein solches Büro: das Verteidigungsministerium. (Erklären, daß Karamanlis Averoff nicht absetzen kann, weil Averoff unumschränkter Herrscher über das Heer ist, und wer in Griechenland die Befehlsgewalt über das Heer hat, der hat sie auch über den Premierminister. Erklären, daß sich zwischen den beiden ein geheimer, harter stummer Kampf abspielt.) *Siebtens.* Worauf spielte Karamanlis an, als er beim Interview zum Putsch sagte, daß es über die Gefahr des Faschismus hinaus noch andere Gefahren gegeben habe, und daß sein Leben mehr als jedes andere gefährdet war? (Erklären, daß der Putsch durch einen Kompromiß abgeschlossen wurde: dem zwischen Karamanlis und Averoff.) *Achtens.* Mit einem einzigen Zug ist es Averoff also gelungen, alle schachmatt zu setzen: von Karamanlis bis Joannidis. Die sogenannten Gaddafisten wissen nun sehr wohl, daß ein Staatsstreich nicht gelingen kann ohne einen Politiker im Hintergrund, daß eine neue Junta nicht möglich ist ohne einen Politiker im Hintergrund. Ein Mann mit den politischen und intellektuellen Fähigkeiten eines Averoff, nicht denen eines plumpen Soldaten wie Joannidis. Damit die sogenannten Gaddafisten sich dessen bewußt würden, mußte Averoff sie erst Joannidis abspenstig machen. (Erklären, daß Averoff deshalb keinen großen Wert darauf legte, Joannidis zu verhaften, sondern ihn bat, ins Ausland zu fliehen, mit dem Versprechen, daß er sich um die heimliche Ausreise und um die Unterhaltskosten im Ausland kümmern würde. Erklären, daß Joannidis diesen Vorschlag nicht annahm, teils aus Stolz, teils weil er sich seiner Machtstellung beim Heer bewußt war.) *Neuntens.* Averoff ist nicht einer, der sich die Dinge leicht macht, um schnell und vor allen anderen ans Ziel zu kommen. Die Fassade der Macht interessiert ihn nicht, und er kann warten. Der zukünftige Diktator Griechenlands heißt Averoff. (Fordern, daß die Überschrift lautet: Averoff, der zukünftige Diktator Griechenlands.)«
Ich gab dir zögernd das Blatt zurück. »Bist du sicher, daß du daraus einen Artikel machen willst?« – »Vollkommen sicher. Und du wirst mir dabei helfen.« – »Ist dir klar, daß man Beweise verlangen wird über das, was du hier behauptest?« – »Die habe ich.« – »Alle?« – »Es fehlt mir nur ein einziger: der, daß er zur Zeit der Junta für den KYP gearbeitet hat. Aber früher oder später werde ich ihn finden. Ich weiß, wo er ist.« – »Wo?« – »In den Archiven

der ESA.« – »Gut. An die Arbeit also.« Wir begannen zu arbeiten, und eine Woche später erschien der Artikel, mit der Überschrift, die du gewünscht hattest. Es gab jedoch jemanden, dem dies nicht paßte. Die geheimnisvollen Besucher, die damals das Kreuz unter die Daten 17. November 1968 – 17. November 1974 gemalt hatten, ließen es dich diesmal in einer noch viel finstereren Botschaft wissen, die sie an die Tür deines neuen Büros in der Kolokotronistraße schrieben.

Weihnachten warst du in dieses neue Büro eingezogen, das im Stadtzentrum lag und dir somit den Vorteil eines bequemen und günstigen Arbeitsplatzes bot. Vor allem die Straße, in der es lag, hatte dir zugesagt, die in der Nähe des Parlaments gelegen war, und auch das Gebäude, das abgenutzt und heruntergekommen, aber voller Anmut war. Es hatte die melancholische Anmut der Fin-de-siècle-Häuser, mit abgeblätterter Fassade, schmiedeeisernen Balkonen, Blumenkästen mit Geranien. Der Eingang war nicht schön, weil er an ein Geschäft für Nähmaschinen angrenzte, das nur durch eine Glaswand abgetrennt war (wichtiges Detail für die Geschichte deines Todes), und weil ein feindseliger und geifernder Portier dort immer auf einem Korbstuhl vor sich hindöste, aber der Zauber war wieder da, sobald man in den Aufzug trat. Es war ein alter Aufzug, der beängstigend knarrte und stöhnte; häufig blieb er zwischen zwei Stockwerken stehen, und wenn er einmal geradewegs den dritten Stock erreichte, dann jubelten wir. Im dritten Stock war nur dein Appartement (auch ein wichtiges Detail für die Geschichte deines Todes), das aus fünf Zimmern, Bad und Küche bestand, die zu beiden Seiten des Flurs lagen. Zwei Zimmer hattest du als Büro eingerichtet, das dritte als Wartezimmer für die Leute, die dich besuchen kamen, im vierten war dein Heiligtum, dein Studio untergebracht; aus dem letzten Zimmer, das der Küche und dem Bad gegenüberlag, hattest du ein Wohnzimmer gemacht, gleich dem im Waldhaus. Absichtlich richteten wir es wie das Waldhaus ein, kauften in Italien die Möbel, und ich kam in diesen Tagen eben deshalb nach Athen, um dir dabei zu helfen, die Einrichtungsgegenstände, die Teppiche, die Bilder, die Vorhänge, die Lampen auf die gleiche Weise wie dort anzubringen. In das Wohnzimmer kamen das große Diwan-Bett, das Bücherregal aus dem 18., die Kommode aus dem 17. Jahrhundert, der runde Tisch, der Jugendstil-Sessel und der französische Gobelin; ins Studio kam der massive Tisch im florentinischen Stil, der Kardinalsstuhl, die bequemen Stühle für die willkommenen und die unbequemen Stühle für die unwillkommenen Gäste, das

Schränkchen mit den Geheimfächern, in denen du die Akten verstecken wolltest, die du eines-Tages-finden-würdest-um-Averoff-bloßzustellen. An den Wänden die Wahrzeichen deiner politischen Unabhängigkeit: eine Reproduktion des Bildes von Pelizza da Volpedo: die Bauern des »vierten Standes«, eine Kopie von der ersten Seite der amerikanischen Verfassung, eine Bronzeplatte mit der Aufschrift »Widerstand jetzt und immer«, dem Gedenkspruch, den Piero Calamandrei anläßlich des Gemetzels von Marzabotto verfaßt hatte, ein Pergamentpapier mit den ersten Versen der Göttlichen Komödie, und ein Porträt von Sun Yat-sen. Wir hatten bis in die Dunkelheit hinein gearbeitet, um alles so herzurichten, dann waren wir zu Tsaropoulos essen gegangen, und nun kehrten wir nach Hause zurück, umarmten uns lachend, weil der Aufzug nicht zwischen zwei Stockwerken steckengeblieben war: »Er hat's geschafft! Er hat's geschafft!« Immer noch lachend gingen wir über den Hausflur, machten das Licht mit dem Zeitschalter an und gingen auf die Wohnungstür zu. Mit Klebestreifen unter deinem Namen angebracht, auf braunem Papier gemalt, hing ein großer schwarzer Totenschädel.

Ich erinnere mich sehr gut an alle deine Bewegungen. Erst spannte sich dein Arm, den du um meine Schultern gelegt hattest, und ein paar Sekunden lang standest du wie versteinert da und starrtest vor dich hin. Dann löstest du dich von mir, rissest langsam das Klebeband herunter, nahmst das Blatt und verstautest es in deiner Jackentasche. Dann stecktest du den Schlüssel ins Sicherheitsschloß und gingst auf Zehenspitzen hinein, gespannt auf jeden kleinsten Laut achtend, um die Zimmer zu durchsuchen und dich zu vergewissern, daß niemand sich dort versteckte. Dann gingst du wieder zurück, um die Tür zu verriegeln, und endlich überließest du dich, taub gegen meinen Protest Schluß-jetzt, du-mußt-dich-jetzt-ausruhen, einem endlosen Monolog, der sich aus Berechnungen, Ängsten und Überlegungen zusammensetzte. »Hm! Eine merkwürdige Sache, laß sehen. Wir haben das Haus heute abend um zehn Uhr verlassen, und um zehn Uhr ist die Haustür bereits abgeschlossen. Also war es jemand, der bereits vorher ins Haus gekommen ist und gewartet hat, bis wir weggingen. Oder es war jemand, der einen Schlüssel für die Haustür hat. In beiden Fällen bedeutet dies, daß derjenige es ernst meint. Hm! Ich muß das Schloß auswechseln. Ich muß auch vermeiden, allein auszugehen, vor allem in der Dunkelheit. Für morgen abend müssen wir drei oder vier Leute finden, die mit uns zum Abendessen ausgehen. Es ist notwendig, daß ich immer Zeugen an meiner Seite habe. Und nicht nur einen: mindestens drei oder vier.« – »Zeugen wovon?« – »Eines Unfalls, einer Provokation. Nehmen wir an, daß ein Betrunkener oder einer, der so tut, als sei er betrunken, mich auf einer einsamen Straße überfällt oder daß irgend jemand versucht, mich mit dem Auto zu überfahren oder von einer Brücke oder von einer Böschung hinunterzustoßen. Wenn ich keine Zeugen habe, wer kann dann beweisen, daß ich überfallen oder provoziert worden bin? Dann können sie sagen, es sei ein Unglück gewesen. Und wenn ich nur einen Zeugen habe, dich zum Beispiel, und dieser Zeuge mit mir stirbt? Es ist auch notwendig, daß ich erst spät am Abend nach Hause zurückkehre. Niemals zwischen Mitternacht und zwei Uhr nach Hause gehen, das sind die gefährlichsten Stunden! Nach zwei Uhr werden sie müde, dann denken sie, man käme nicht zurück, und dann gehen sie. Hm! Immer das Licht anlassen, wenn man weggeht, dann denken sie, man sei zu Hause. Und Vorsicht im Treppenhaus. Das Treppenhaus ist der schlimmste Ort. Unbewacht, mit diesem verdammten Zeitschalter ...« Ich hörte dir ungläubig zu: nicht einmal zu Zeiten des Waldhauses hattest du so minuziöse Vorsichtsmaßregeln aufgestellt, so genau alle Möglichkeiten eines Überfalls erwogen. Hatte die Gefahr plötzlich alles Verführerische für dich verloren, war sie nicht mehr das Lebenselexier, der erfrischende Regen, ohne den du verwelktest? Oder handelte es sich nur um eine vorübergehende Krise? Ich kam zu dem Schluß, daß es sich um eine vorübergehende Krise handeln mußte. Aber am nächsten Tag begannst du wirklich, dich nach den Regeln zu verhalten, die du aufgezählt hattest, und du wichst nicht mehr von ihnen ab bis einige Tage vor deiner Ermordung.

Die verblüffendste aller Regeln war die, die das Nachhausekommen nach dem Abendessen betraf. Wenn kein »Zeuge« dich begleitete, so gingst du nicht sogleich in das Haus hinein: du bliebst auf dem gegenüberliegenden Bürgersteig stehen, spähtest ein paar Minuten lang um dich her, und erst nachdem du dich versichert hattest, daß niemand im Hinterhalt lag, gingst du schnell über die Straße, öffnetest hastig die Tür und schlossest sie schnell wieder hinter dir. Den Eingang durchquertest du auf Zehenspitzen, sahst mich mit durchdringendem Blick an, wenn ich irrtümlich mit dem Absatz auf den Boden aufschlug, fast als versteckten sich im Dunkeln ganze Horden von Angreifern, und so schlichen wir bis zur Ecke, wo der Lichtknopf war, auf den du mit einem unüberhörbaren Seufzer der Erleichterung drücktest. Wehe aber, wenn der alte Aufzug nicht unten war. Dann vergaßest du sofort die Erleichterung, du runzeltest die Stirn, dann schimpftest du vor dich hin sie-sind-hinaufgefahren-und-warten-oben, und während der Aufzug herunterkam, stopptest du die Zeit. Du wußtest genau, wie lange er vom dritten Stock bis ins Erdgeschoß brauchte, achtundfünfzig Sekunden, und wenn er wirklich achtundfünfzig Sekunden unterwegs war, so wurdest du blaß, legtest den Finger auf die Lippen und befahlst mir absolutes Stillschweigen. »St! St!« Mit angehaltenem Atem stiegen wir in den Fahrstuhl, fuhren hinauf, stiegen vorsichtig wieder aus, mehr denn je darauf bedacht, keine Geräusche zu machen, mit großer Umsicht stecktest du den Schlüssel ins Schloß, öffnetest die Tür und flüstertest wieder dein beinahe unvernehmliches »St! St!« Dann aber änderte sich die Szene plötzlich. Wie eine wildgewordene Katze sprangst du ins erste Zimmer, dann ins zweite, ins dritte, ins vierte, rissest die Türen auf, schautest hinter die Schreibtische, durchsuchtest das Badezimmer, die Küche, die Abstellräume; bis hin zu dem Zimmer, das stets doppelt abgeschlossen war. Aber auch in diesem Zimmer fandest du keine Ruhe, sondern du bücktest dich und suchtest nach Eindringlingen unter dem Bett, begannst die Schubladen zu durchstöbern, suchtest die Bücherreihen ab, prüftest Papiere, die du absichtlich an einen ganz bestimmten Ort gelegt hattest, um sehen zu können, ob ihre Lage verändert worden war. Jedesmal folgte ich dir skeptisch und resigniert, sagte umsonst siehst-du-es-ist-niemand-da, es-ist-niemand-dagewesen, und fragte mich, ob du nicht etwa unter einem Verfolgungswahn littest. Du nahmst auch den Trick mit den Hüten wieder auf: du hängtest einen Hut hierhin und einen anderen dorthin, und wenn einer fehlte, so bedeutete dies, daß jemand in die Wohnung eingedrungen war und sie durchwühlt hatte. Eines Nachts fehlte der Hut, den du an die Klinke der Schlafzimmertür gehängt hattest, stundenlang suchtest du ihn: »Ein Hut ist ein Beweis. Wenn er nicht mehr da ist, so bedeutet das, daß jemand in der Wohnung war und sie durchwühlt hat.« – »Aber wer, Alekos, wer?« – »Ich weiß schon, wer.« Die Frage danach, wer die Eindringlinge sein könnten, blieb immer unbeantwortet. Bald verlor die Sache für mich ihre Bedeutung: andere Rätsel hatten sie verdrängt.

Seit der Geschichte mit dem Totenschädel warst du vollkommen verändert: die Wirklichkeit bedrohte und verwundete dich in übersteigertem Maß. Du reagiertest auf fast hysterische Weise, du gerietest in Wut und littest häufiger als notwendig, du braustest in einer Weise auf, die mich sprachlos machte. Jenes Aufbrausen, mit dem du deine Reise nach Moskau abbrachst, zum Beispiel.

»Hallo, ich bin's! Ich fahre nach Moskau.« – »Nach Moskau?« – »Ja, sie haben mich zu einem internationalen Kongreß der Jugend eingeladen, und ich fahre hin, um mich ein bißchen umzusehen.« – »Alekos, das ist kein Ort für dich.« – »Ich weiß, aber ich möchte meiner Neugierde nachgeben.« – »Wann reist du ab?« – »Jetzt sofort.« – »Und wann kommst du zurück?« – »In zwei Wochen, sie haben mich für zwei Wochen eingeladen.« Drei Tage später aber: »Hallo... Ich bin's... ich...« Eine beschämte Stimme, aus der Überdruß klang. »Sprichst du aus Moskau, sag?« – »Nein, ich spreche von Athen aus.« – »Ach! Dann bist du also nicht gefahren!« – »Doch, ich bin gefahren.« – »Aber wie denn?! Wenn wir doch vor kaum drei Tagen noch miteinander gesprochen haben! Das ist nicht möglich.« – »Es ist aber sehr gut möglich. Morgen bin ich in Rom, dann wirst du sehen.« Am nächsten Tag kamst du in Rom an, mit dem Paß in der Hand, und aus den Visastempeln ging hervor, daß du tatsächlich in Moskau gewesen warst. Drei Tage lang. »Alekos! Drei Tage lang!« – »Nein, zweieinhalb.« – »Haben sie dich weggejagt?« – »Nein, wirklich nicht, ich bin abgehauen.« – »Abgehauen? Ohne etwas gesehen zu haben?« – »Ich habe alles gesehen.« – »Los, was hast du gesehen?« – »Ich habe den Roten Platz gesehen mit den Türmen, auf denen anstelle der Kreuze rote Sterne angebracht sind, es ist ja das gleiche. Ich habe das heilige Grab gesehen, das heißt das Mausoleum von Lenin. Ich habe die Gläubigen gesehen, die Schlange stehen, um vor dem heiligen Schweißtuch, das heißt der Mumie Lenins zu beten. Sie stehen in der Schlange wie abgerichtete, dumme Gänse. Ich habe den Kongreßpalast gesehen. Dann habe ich noch gesehen...« – »Was hast du noch gesehen?« – »Ich habe drei Polizisten gesehen, die einen Mann verprügelten, so wie Teofilojannacos und Babalis mich verprügelt haben. Und nicht etwa in der Lubjanka während eines Verhörs mußt du wissen, sondern in der Bar eines Hotels. Im Hotel der Reichen und der Ausländer mit ausländischer Währung, im Rossija. Sie schlugen ihn, weil er hineingehen wollte, ohne ein Reicher oder ein Ausländer zu sein, sondern ein x-beliebiger Bürger, der einmal wie ein Reicher oder ein Ausländer mit ausländischer Währung trinken gehen wollte. Sie schlugen ihn ins Gesicht, auf den Kopf und die Genitalien. Sie massakrierten ihn. Er schrie: »Svobòdu! Svobòdu!« Ich wußte nicht, was das heißt, aber der Grieche, der mir als Übersetzer zugeteilt worden war, erklärte es mir sogleich. Es heißt: »Gebt uns die Freiheit, gebt uns die Freiheit!« Der Wein, den ich gerade getrunken hatte, geriet mir in die falsche Kehle. Er kam mir wieder hoch und trieb mir Tränen in die Augen. Und ich ging hinaus, zum Hotel zurück, packte die Koffer und flog am nächsten Morgen nach Athen zurück.« – »Deshalb?!« – »Deshalb, cataraméne Cristé! In meinem Land hat die Diktatur acht Jahre gedauert, aber in Rußland leben sie seit achtundfünfzig Jahren unter der Diktatur, cataraméne Cristé!« – »Nun, hast du das nicht gewußt?« – »Natürlich habe ich es gewußt. Aber ich habe trotzdem geweint.« – »Und wenn du, anstatt zu weinen, ein paar Tage länger geblieben wärst?« – »Das konnte ich nicht, das konnte ich einfach nicht. Svobòdu! Svobòdu! Und los mit den Schlägen. Es ist mir nichts im Gedächtnis geblieben außer diesem Schrei: Svobòdu! Svobòdu! Und dann noch ein kleines Lied, das irgend jemand gesungen hat, aber sehr leise, denn fast alle verharrten in Schweigen und vergingen fast vor Angst. Hier, nimm, ich habe es mir übersetzen lassen.« Es war jenes ironische Liedchen über die Moskauer U-Bahnfahrer, die sich beim Warten und Einsteigen immer links halten müssen: »In meiner U-Bahn komme ich nie in Schwierigkeiten,/denn seit meiner Kindheit/ist es mit ihr, wie mit einer Arie,/wo anstelle des Refrains eine Kantilene steht./Rechts stillgestanden, links fortgeschritten./Ewige Ordnung,heilige Ordnung,/wer rechts steht, steht still,/aber wer fortschreitet, um schneller hinunterzugelangen, muß sich immer links halten.« Nichts konnte dich an diesem Tag dazu bewegen, mehr zu erzählen. Statt dessen schütteltest du immer wieder den Kopf und sagtest: »Es war eine überflüssige, eine falsche Reise, ich will nicht mehr daran denken.«

Ich brauchte deshalb lange, um herauszubekommen, was dir auf dieser überflüssigen, falschen Reise widerfahren war, das dich beim Anblick einer allbekannten Realität dazu gebracht hatte, zu weinen und wegzulaufen. Folgendes war geschehen. Ein vierundsiebzigjahriger General, der vom Bauch bis zum Hals mit Orden geschmückt war, hatte dich am Flughafen abgeholt und gesagt, er wäre das Oberhaupt der Sowjetischen Jugend. Dann hatte er dich in einer schwarzen Limousine zum Kongreßpalast gefahren, wo kein einziger junger Mensch saß: dort gab es nur alte Generale, wie der General vom Flughafen, vom Bauch bis zum Hals mit Orden geschmückt, wie der General vom Flughafen. Die Jugend wagte nicht, einzugreifen, und die Alten lösten sich einer nach dem anderen am Mikrophon ab und redeten ausschließlich von Lenin, Marx und der Schlacht bei Stalingrad, niemals von etwas anderem. Eine ohnmächtige Wut war in dir aufgestiegen, fast fühltest du dich schuldig, weil du die Einladung angenommen hattest, und als die Sitzung vorüber war, lehntest du sogar die Karte für das Bolschoitheater ab. Du machtest dir überhaupt nichts aus diesem verdammten Bolschoitheater, aus dem Ballett, aus dem Schwanensee, du wolltest allein sein; du wimmeltest den Griechen, der dir als Übersetzer zugeteilt worden war, mit dem Vorwand ab, du wolltest ein Nickerchen machen, und bummeltest durch die Stadt. Du wolltest den Majakowski-Platz sehen, wo in den sechziger Jahren Wladimir Bukowskij die Gedichte Jurkas deklamiert hatte.

»Ich bin es,/der zur Wahrheit und zur Revolte auffordert,/der nicht länger dienen will,/und ich zerreiße eure Ketten,/die aus Lügen geschmiedet sind.« Und während du dahinspaziertest, dachtest du vor allem an ihn, denn er war derjenige unter den Dissidenten, der dir am nächsten stand, aber du dachtest auch an Pliutsch, an Grigorjenko, an Amalrik, an die Arbeiter, die Studenten, die unbekannten Bürger, die namenlosen Kreaturen, die zu Tausenden Freiheit des Denkens und des Handelns gefordert haben, die wie du sich dem Dogma widersetzt haben und die deshalb nun in den Zellen ihrer ESA und ihres Boiati saßen, die ins Kreuzverhör genommen wurden von ihren Malios, Babalis, Teofilojannacos, Hatzizisis, Zakarakis, von der Angst und der Gleichgültigkeit des Volkes verraten und totgeschwiegen, von dem Volk, das stets schweigt und gehorcht und kollaboriert. Nachdem du etwa fünfzehn Minuten lang gegangen warst, bemerktest du plötzlich, daß du dich verirrt hattest; du standst auf einem runden Platz, mit einer Statue in der Mitte und einem großen Gebäude an der Stirnseite. Hier bliebst du stehen und schautest zwischen dem einen und dem anderen hin und her, von einem unbegreiflichen Unbehagen, einer Art Kälte befallen, die dir die Knochen steif werden ließ. Unzugänglich wegen des dichten Verkehrs, der beständig um sie kreiste, stand die Statue auf ihrem hohen Podest: es war die Statue eines Mannes mit einem knöchellangen Mantel, der sehr aufrecht, fast in Habachtstellung stand. Er war groß, hager und sah ernst aus wie ein Mönch. Das Gebäude war grau, monumental, im späten achtzehnten oder vielleicht frühen neunzehnten Jahrhundert erbaut, und der erste wie auch der letzte Stock waren fensterlos: auf den ersten Blick hätte man es für ein Museum oder eine Akademie oder ein Ministerium halten können. Aber dein Instinkt sagte dir, daß es nichts dergleichen war, daß es vielmehr etwas Schreckliches, dir Vertrautes beherbergte und daß es eng mit der Mönchsstatue in dem knöchellangen Mantel verbunden war. Dann kehrtest du um; du gingst zurück zum Hotel und fragtest dort sogleich, wie dieser Platz, dieses Gebäude und diese Statue hießen, und du erfuhrst, daß es die Statue von Felix Dzerzinski war, die du gesehen hattest, dem Gründer der CEKA, später GPU und noch später KGB genannt, daß der Platz der Dzerzinski-Platz war und daß das Gebäude die Lubjanka war: die Kathedrale einer jeden ESA, Kathedrale einer jeden Folter, einer jeden Unterdrückung derer, die nicht gehorchen, weil sie auf der Suche nach ein bißchen Freiheit sind. Von diesem Augenblick an wolltest du fliehen.

Du hattest dir vorgenommen, am nächsten Morgen zu fliehen. Aber am nächsten Morgen verschluckte dich wieder die schwarze Limousine und beförderte dich in den Kongreßpalast, zwischen die alten Generale, die ausschließlich von Marx, Lenin und der Schlacht von Stalingrad redeten. Hier bliebst du bis zum Nachmittag, dann sprangst du unter dem Vorwand, etwas Luft schnappen zu wollen, in ein Taxi und ließest dich zur Chklova-Straße 48b bringen, wo Andrej Sacharow wohnte. Hoffentlich gibt es keinen Portier, dachtest du, als du aus dem Taxi stiegst, Portiers sind fast immer Polizeispitzel. Es war kein Portier da; aber die Nummer 48b der Chklova-Straße war eine Mietskaserne mit zwölf Stockwerken, und in welchem Stockwerk wohnte Sacharow? Daran hattest du nicht gedacht, und aus diesem einen Fehler ergab sich eine ganze Kette von Fehlern. Du gingst hinein, auf der Suche nach den Namensschildern der Bewohner, dann gingst du wieder hinaus, darauf wieder hinein und drücktest auf irgendeinen Klingelknopf in irgendeinem Stockwerk. »Sacharow?« – »Njet!« Ebenso ging's am zweiten Klingelknopf: »Sacharow?« – »Njet!« Und beim dritten: »Sacharow?« – »Njet!« Verwirrt, nicht zuletzt durch eine Sprache, von der du nur dieses »Nein« verstandest, dieses »Njet«, das brutal wie eine Ohrfeige war, gingst du wieder hinaus auf die Straße und überlegtest, ob es klug wäre, weiterzusuchen; besser nicht, beschlossest du, es war schon eine Dummheit gewesen, überhaupt hierherzukommen, auf der Woge eines spontanen Einfalls, und dich noch dazu dreien der Bewohner bemerkbar gemacht zu haben, die dir diese ›Njet‹ zugeschleudert hatten. Du konntest Gott danken, daß dir niemand gefolgt war. Dann, während du noch dachtest Gott-sei-Dank-ist-mir-niemand-gefolgt, tauchte plötzlich ein Mann aus dem Nichts auf. Ein Mann mit einer Zigarette in der Hand. Er hielt die Zigarette wie einer, der um Feuer bitten will, kam auf dich zu und sah dich starr an. »Spika. Feuer, bitte.« Du zündetest ihm die Zigarette an und sahst ihn genauso an wie er dich, du studiertest ihn genau und kamst zu dem

Schluß, daß er nicht einmal ein Polizist war. Wie er da stand, mit schwieligen Händen, schmutzigen Nägeln, abgewetzten Kleidern, erzählte seine Gestalt vom Elend eines armen Söldners, der sich für ein paar Kopeken oder aufgrund einer Erpressung an den KGB verkauft hat. An die Stelle der Wut, die dich im Kongreßpalast überkommen hatte, trat nun eine große Traurigkeit. Und mit dieser Traurigkeit gingst du dann bis zu einer U-Bahn-Station, der Station Kursk, und mit Hilfe von einigen Brocken Französisch gelang es dir, den richtigen Zug und die richtige Haltestelle zu erwischen, um zu deinem Hotel zurückzugelangen; dort ließest du dich erschöpft aufs Bett fallen und fielst in einen unruhigen Schlaf voller Alpträume. Joannidis, Hatzizisis und Teofilojannacos saßen, mit vielen Orden geschmückt, im Kongreßsaal und sprachen von Lenin, Marx und der Schlacht bei Stalingrad; Averoff traf sich in einem Zimmer des Kreml mit Jackson, dem Mörder von Trotzki, und murmelte ihm zu: »Mein Lieber, du mußt mir noch einen weiteren Gefallen erweisen«; Malios und Babalis traten aus der Lubjanka und hetzten dich durch die Straßen Zyperns, durch die Straßen Athens, und sie erwischten dich gerade in der Chklova-Straße 48b, nachdem sie Sacharow verhaftet hatten, der aber nicht aussah wie Sacharow, sondern wie Canellopoulos an jenem Morgen, als sie ihn im Schlafanzug verhafteten; und sie brachten dich nicht zur ESA, sondern ins Institut Sjerbski, wo sie dich in die Zwangsjacke steckten und dir Amenzoin injizierten. »Er-ist-verrückt, er-wagt-es-das-Regime-zu-beanstanden, er-ist-verrückt?« Dann brachten sie dich im Polizeiwagen nach Boiati und steckten dich in die Zelle neben der von Bukowski und von Pliutsch; du riefst ihnen zu: »Wladimir! Leonid! Ime edò! Ich bin hier! Imesta masi. Wir sind beieinander!« Aber sie verstanden dich nicht, denn sie konnten kein Griechisch, und Zakarakis lachte: »Hab ich dir nicht gesagt, daß es nichts nützt, Italienisch zu lernen? Warum hast du nicht Russisch gelernt, die Sprache einer Großmacht? Entweder Russisch oder Englisch, oder?« Schweißgebadet wachtest du auf, es war inzwischen Nacht geworden, und du riefst sogleich den Griechen zu dir, deinen Übersetzer: »Ich will mich betrinken, bring mir etwas zu trinken.« Es schien dir, als hättest du niemals größere Lust gehabt, dich zu betrinken, zu saufen, die Scheiße zu vergessen, die überall gleich war, wo immer du hingingst, die Scheiße, die alle Hoffnung zunichte macht. Der Grieche kam. Es war jedoch schon fast elf Uhr, die Hotelbar wurde gerade geschlossen. Es gibt aber in Moskau keinen anderen Ort, um sich zu betrinken, als eine Hotelbar. Und hier begann die Suche nach einem Hotel, dessen Bar nicht um elf schloß, dieser absurde Pilgerzug, der im Rossija endete, wo du gar nicht dazu kamst, dich zu betrinken, denn kaum hattest du die Flasche Wein bestellt, kamen die drei Polizisten herein, um den kleinen Bürger zu verprügeln, der einmal wie die Reichen, wie die Ausländer mit der ausländischen Währung einen trinken gehen wollte. »Svobòdu! Svobòdu!«

Nun, solche verkrampften, übertriebenen, verzweifelten Reaktionen brachten mich zu der Überzeugung, daß du dich ganz und gar verändert hattest. Und dies war nicht alles; nach der Geschichte mit dem Totenschädel brach aus dir noch etwas anderes hervor. Eine exzessive, wütende Lebhaftigkeit, eine freudlose Fröhlichkeit. Eben jene Lebhaftigkeit und Fröhlichkeit des Dionysos, der durch die Wälder zieht und mit den Faunen und den Mänaden schäkert, grinsend, pfeifend, das Haupt mit Efeu bekränzt, den Penis begierig aufgerichtet, und die Augen voller Tränen.

Dionysos ist kein glücklicher Gott, im Gegenteil, er ist der tragischste aller Götter, denn er symbolisiert die Qual des Lebens und die Unvermeidlichkeit des Todes. Dionysos ist ein sterbender Gott, ein Gott, der geboren und wiedergeboren wird, um getötet zu werden. Damit aus seinem Körper der Mensch gestaltet werde, ist es notwendig, daß die Titanen ihn in Stücke zerreißen und ihn kochen; damit aus ihm jene Pflanze hervorgehe, die dem Menschen den Wein beschert, ist es notwendig, daß Demeter seine Glieder begräbt. Dionysos ist das Leben, das ohne den Tod nicht ist, er ist der Fluch der Geburt, er ist die unbewußte Verweigerung des Todes. Nicht durch Zufall ist sein Kult eine gierige und verzweifelte Orgie, ist seine Heiterkeit von Leiden getränkt und seine Munterkeit voller Schmerz. Unter deinen tausend Gesichtern war immer auch das des Dionysos, der grinsend und pfeifend durch die Wälder zieht und mit den Faunen und Mänaden schäkert: »Spielen wir?« Immer war dieser Impetus der Lebhaftigkeit dagewesen. Plötzlich aber hatte er etwas Verzweifeltes, Verkrampftes an sich, fast als wolltest du dir selbst etwas vormachen, um den Gedanken an den Tod ertragen zu können. Du konntest nicht mehr ruhig, still, nachdenklich sitzen. Es gelang dir nicht mehr, dich von der Menge und ihrem Lärm fernzuhalten. Auch an jenen Tagen, an denen du nicht ins Parlament gingst, umgabst du dich mit Leuten, die dein Büro bevölkerten wie die Praxis eines Modezahnarztes. Meist Schmeichler auf der Suche nach Empfehlungen, Taugenichtse auf der Suche nach Protektion, Ausgeburten jener Klientelen-Politik, die du verachtetest. Kurz,

Leute, die du nicht einmal hättest empfangen dürfen, mit denen du dich aber liebend gerne bei Kaffee, Bier und Orangensaft aufhieltest, bitte noch einen Kaffee, noch ein Bier, noch einen Orangensaft. Wenn ich dich betrübt fragte, wozu dies gut sei, so antwortetest du: »Zu nichts! Zum Leben. Es macht mir Spaß.« Nachdem dann der letzte Besucher gegangen war und dich erschöpft zurückgelassen hatte, denn es war inzwischen zehn Uhr abends geworden, nahm das Ritual seinen Lauf. Unter dem Vorwand, Zeugen zu beschaffen, schnapptest du dir die Nächstbesten, meist Schmarotzertypen, die nichts anderes wollten, als von deiner Verschwendungssucht zu profitieren, stelltest dir eine kleine Gesellschaft zusammen, führtest sie aus zum Abendessen in eine Taverne, und je zahlreicher die Gesellschaft war, um so glücklicher schienst du zu sein, um so reichlicher aßest du und um so gieriger trankst du. Literweise Wein, tellerweise Speisen, und währenddessen predigtest, katechisiertest, schnittest du mächtig auf, ohne müde zu werden: wenn einer aus der Tischrunde, von der Müdigkeit übermannt, es wagte, dich zu fragen und-du-gehst-nicht-schlafen, so behandeltest du ihn schlecht. Oder aber du antwortetest trocken: »Wenn ich tot bin, kann ich die ganze Ewigkeit lang schlafen.« Dies dauerte meist bis zwei, drei Uhr morgens, bis die Kellner die Stühle auf die Tische stellten, um dich daran zu erinnern, daß alle anderen bereits gegangen waren. Erst dann erhobst du dich, zahltest für alle, hinterließest Trinkgelder wie ein Millionär und sagtest: »Nun gut, laßt uns das Lokal räumen.« Kaum warst du draußen, schwand jedoch diese Anwandlung von Vernunft, und mit neuer Kraft ersannst du tausend Listen, um die Nacht zu verlängern und dein übermüdetes, schon ganz benommenes Gefolge noch an andere Orte zu schleifen: »Musik! Bouzuki!«

Dein bevorzugtes Lokal war ein Night-Club am Rande der Stadt, sehr groß und abscheulich. Ich verabscheute es vor allem deshalb, weil der Bouzuki dort in solcher Lautstärke gespielt wurde, daß man schon beim Eintreten den Eindruck hatte, daß das Trommelfell zerriß; außerdem hatte der Lärm dort etwas Makabres, Begräbnishaftes an sich: dies war sogar sichtbar. Das Spiel der Reflektoren zum Beispiel, das die Bühne mit gelben, roten, grünen, violetten Lichtern erhellte, bis einem die Augen brannten, das Flimmern des Hintergrunds, der beständig wechselte, so daß es einem beim Zuschauen vorkam, als säße man in einem Karussell, das sich so lange dreht, bis sich der Magen umdreht. Wehe aber, wenn sie dir nicht einen Platz in unmittelbarer Nähe der Kapelle gaben, wo die infernalische Orgie schriller Töne einen betäubte und die grellen, zuckenden Blitze einen blendeten. Dieses Chaos war genau das, was du suchtest, was du brauchtest, um dich lebendig zu fühlen, sofort bestelltest du noch mehr Wein und überließest dich diesen wollüstigen Empfindungen. Wer dich nicht kannte, ahnte nichts von der Wirkung, die dieser entsetzliche Ort auf dich hatte, denn deinem Benehmen konnte man nichts anmerken. Schweigsam und ruhig saßest du da, und der einzige Exzeß, den du dir gestattetest, war, die Blumenverkäuferin herbeizurufen und ihr alle Gardenien, die sie im Korb trug, auf einmal abzukaufen und sie dann den Sängern mit großer Gönnergeste zuzuwerfen. Es war, wie wenn ein sexuelles Fieber, ein Orgasmus dich überkäme und eine Kette von unterdrückten und uneingestandenen Wünschen in deiner Phantasie auslöste, ganz ähnlich dem, was du in Ägina an jenem Morgen geträumt hattest, an dem du erschossen werden solltest, als dir schien, du seist ein Samenkorn und das Samenkorn sich verdoppelte, verdreifachte, vervielfachte, bis es so angeschwollen war, daß die Schale es nicht mehr halten konnte und sie mit einem Knall zerplatzte, die Erde mit tausend Samen überschüttete, und ein jeder sich erst in eine Blume, dann in eine Frucht verwandelte, dann wieder in einen Samen, der sich seinerseits verdoppelte, verdreifachte, vervielfachte, unerschöpflich, und du alle Frauen besitzen wolltest, die aus den Blumen hervorgingen. Da du wußtest, daß die Zeit nicht reichen würde, ergriffst du die nächstbeste, eilig und besessen drangst du in sie ein, warfst sie weg, um die zweite, die dritte, die vierte, die fünfte zu ergreifen. Ich wußte darum, und weil ich darum wußte, litt ich, und weil ich litt, vermied ich es, dich anzusehen, aber es gab immer Augenblicke, in denen die Neugier mich zwang, dir ins Gesicht zu sehen. Was ich dort sah, hatte etwas Bestialisches an sich: trotz der Selbstbeherrschung, die du dir auferlegtest, veränderte sich sogar deine Physiognomie. Deine Augen wurden zusehends schmaler, dein Mund lief rot an, deine Nasenflügel weiteten sich zitternd, dein Atem wurde schwer. Eines Abends begaben sich eine Art Elefantenkuh und ein Ephebe auf die Tanzfläche. Sie fettleibig schwabbelig, schmierig, in einem roten Kleid. Er dünn, mickrig, zappelig, in zu engen Blue jeans. Sie tanzten in einem lasziven und zugleich hysterischen Rhythmus: die Elefantenkuh versetzte die Masse ihres immensen, haltlosen Gesäßes in eine weiche Bewegung und ließ ihre überdimensionale Brust erzittern; der Ephebe verrenkte seinen weibischen Körper schamlos und sichtlich begierig darauf, genommen zu werden. Ein widerliches Schauspiel meiner Ansicht nach, und ich schickte mich an, dir das zu sagen, als ich einen leisen Knall hörte: zack! Ich drehte mich nach dir um; zwischen den zusammengebissenen Zähnen hieltest du das abgebrochene Mundstück der Pfeife, den Pfeifenkopf hieltest du lose in der Hand. »Alekos!« Eine dumpfe, keuchende Stimme antwortete mir: »Stör mich nicht. Ich ficke gerade die beiden dort.«

In den Nächten, in denen du so vom Dämon besessen warst, war es ein beinahe unmögliches Unterfangen, dich von diesem verfluchten Lokal wegzerren zu wollen. Man mußte abwarten, bis es fünf, sechs Uhr morgens geworden war und viele leere Weinflaschen auf dem Tisch standen. Wer weiß, aufgrund welchen physiologischen oder psychologischen Phänomens du den Wein blendend vertrugst und niemals über das unsichtbare erste Stadium der Trunkenheit hinauskamst, niemals in die Exzesse des zweiten und niemals in die dumpfe Starre des dritten Stadiums verfielst, sondern stets voller Energie bliebst. Und dies war das schlimmste, denn wenn wir endlich zu Hause angekommen waren und die Folter, auf Zehenspitzen durch den Flur laufen zu müssen sowie den Todeskampf zu Füßen des Aufzuges überwunden hatten, der wieder einmal in irgendeinem Stockwerk hing, weshalb die achtundfünfzig Sekunden gezählt werden mußten, dann das Martyrium der Zimmerdurchsuchung und die Überprüfung des eventuell verschwundenen Hutes überstanden hatten, mußte der letzte Teil des Rituals zelebriert werden: Dionysos, der den Tod mit dem Phallus austreibt und dem Leben huldigt, indem er sich in düsteren Orgasmen entlädt. Erst nach diesen wilden, leidenschaftlichen Umarmungen, die bar aller Liebe waren und als deren Begleitung du den Ausruf i-zoì-i-zoì-i-zoì, das-Leben-das-Leben-das-Leben skandiertest, überließest du dich dem Schlaf. Ich hingegen lag mit offenen Augen und wachen Sinnen da, dachte nach, lauschte auf die Straßenkehrer, die frühmorgens kamen und fluchend und lärmend den Müll der Kolokotronistraße auflasen; verstrickt in den üblichen Gedankenschemen, mit denen man sich die Existenz zu erklären sucht, verstrickt in der willkürlichen Verteilung von Gut und Böse, glaubte ich, in all dem einen tieferen Sinn zu entdecken: warum vergeudete er seine Kräfte und seine Zeit damit? Welchen Sinn hatten dieses Herumstreichen in den Tavernen und Night-Clubs, diese Selbsterniedrigung, diese würdelosen Gefühle, diese krankhaften Phantasiegebilde, dieses Entflammen für eine fettleibige Elefantenkuh und einen mickrigen Epheben? Wie tief war der Held gesunken, wo war seine Legende geblieben?

Hattest du vielleicht den Anker geworfen und dein Schiff in den bequemen Hafen der Resignation gelenkt? Oder hatte ich mich getäuscht und Don Quichotte mit dem oberflächlicheren Peer Gynt verwechselt? Indem ich mir solche Fragen stellte, löste ich mich immer mehr von dir und war immer mehr davon überzeugt, daß ich dir Eigenschaften zugesprochen hatte, die du nicht besaßest oder die du einst gehabt hattest, die aber nun erloschen waren. Es war dies die Zeit, in der ich begann, dich weniger zu lieben, in der ich meine Rolle als Sancho Pansa, die nun nutzlos geworden war und jeden Sinn verloren hatte, aufgab und wieder zu arbeiten, zu reisen begann; es war die Zeit, die mich einem Leben zurückgab, das du an einem verhängnisvollen Augustnachmittag durcheinandergebracht hattest. Man vergißt so leicht, daß auch ein Held ein Mensch ist, nichts weiter als ein Mensch, und daß es manchmal leichter ist, einer Tyrannei Widerstand zu leisten, Grausamkeiten zu ertragen, in einer Zelle ohne Licht und ohne Luft zu schmachten, als sich mit den Mißverständnissen und Verführungen des normalen Lebens zurechtzufinden. Ich sollte lange brauchen, um zu begreifen, daß deine dionysische Verrücktheit nichts anderes als Verzweiflung war, ein Gefühl der Unzulänglichkeit, das aus der Erkenntnis hervorgegangen war, daß du dir eine Aufgabe gestellt hattest, die über deine Kräfte hinausging und die deshalb unlösbar war. Und erst nach deinem Tod begriff ich, daß du nach dem Vorfall mit dem Totenschädel wußtest, daß dies der letzte Sommer deines Lebens war.

»Wie heißt der Wal aus jenem Buch, der weiße Wal, der niemals stirbt?« – »Moby Dick.« – »Und der Kapitän des Schiffes, der während der Verfolgung des Wals stirbt?« – »Achab.« – »Und der Matrose, der den Schiffbruch überlebt, um die Geschichte von Moby Dick und Achab zu erzählen?« – »Ismael.« – »Ich werde dich Ismael nennen. Und ich werde mit Achab unterschreiben. Gib mir die Adresse.« – »Alekos, weshalb müssen wir immer die Verschwörer spielen?« – »Gib mir die Adresse, hab ich dir gesagt.« Ich gab dir die Adresse. Ich sollte nach Saudi-Arabien fliegen und zwei Wochen später wiederkommen; du wolltest die Adresse, um mir mitzuteilen, ob wir in Rom oder Athen wieder zusammentreffen sollten. Aber in dem Telex, das mich in Gedda erreichte, stand nichts von Rom und nichts von Athen, es stand dort Larnaka. Zypern also. »Ismael zwölf Uhr mittags Larnaka stop keine Bestätigung stop wiederhole keine Bestätigung stop hilf dir selbst stop Achab.« Merkwürdig. Nicht etwa wegen Zypern als Treffpunkt, wo du seit sieben Jahren nicht mehr gewesen warst, weshalb es mir durchaus normal erschien, daß du den Wunsch hattest, Orte und Menschen wiederzusehen, die in deinem Leben eine überaus wichtige Rolle gespielt hatten; vielmehr wegen des Theaterspielens, wegen der Tatsache, daß du die Namen Ismael und Achab benutztest, zu ihnen Zuflucht genommen und außerdem vermieden hattest, das Datum des Treffens und das Wort Zypern zu erwähnen. Die einzige genaue Angabe betraf die Stunde. Und daß ich dir keine Bestätigung geben sollte: »Sieh zu, wie du fertig wirst.« Handelte es sich um einen deiner Scherze, eine deiner Extravaganzen, oder versteckte sich ein ernster Grund dahinter? Ich überprüfte den Flugplan. Du mußtest ihn genau studiert haben, bevor du mir das Telex sandtest: von Gedda aus konnte man Zypern nur über Beirut erreichen, und die Maschine aus Beirut landete genau um zwölf Uhr mittags. Dann raffte ich mich auf, um deinem Befehl zu gehorchen, und, siehe da, du standest tatsächlich in Larnaka, von drei Unbekannten flankiert, und triumphiertest: »Bravo! Du hast's ja geschafft!« – »Ja, aber wäre es nicht besser gewesen, mir ein etwas weniger sibyllinisches Telex zu schicken?« – »Nein, dann hätten sie herausbekommen, daß ich in Zypern bin.« – »Wer hätte es herausbekommen, wer darf es nicht wissen?« – »Jemand, den ich auf die falsche Fährte locken wollte. Ich habe Athen verlassen und gesagt, ich führe nach Italien, nach Florenz.« – »Wann?« – »Vor einer Woche.« – »Und seit einer Woche versteckst du dich hier in Zypern?« – »Nein, nur seit drei Tagen. Solange ich brauchte, um jemanden auf die falsche Fährte nach Italien zu locken. Inzwischen wissen alle, daß ich hier bin. Morgen findet eine Versammlung mit Makarios statt, und ich werde mit den anderen Abgeordneten daran teilnehmen.« – »Erkläre mir das genauer.« – »Es gibt wenig zu erklären. Etwas ist mir zu Ohren gekommen, und ich habe meine Vorsichtsmaßnahmen getroffen. Nun komm.« Wir stiegen in ein Auto, das uns nach Nikosia bringen sollte,und sogleich stießen meine Füße unter dem Vordersitz auf ein Maschinengewehr. »Und das? Gehört das auch zu deinen Vorsichtsmaßnahmen?!« Du zucktest mit den Schultern: »Aber nein. Man wirft hier mit Waffen nur so um sich. Hier in Zypern sind sie verrückt nach Waffen. Sie meinen, man bräuchte nur ein Maschinengewehr, um einen Mann zu beschützen. Vergiß es, schau, was für ein schöner Tag heute ist!«

Du schienst wirklich in guter Laune zu sein. Die nächstliegende Erklärung dafür war, daß es dir gefiel und dich belebte, dich erneut in Gefahr zu wissen. Dies war wohl der Grund, weshalb ich der ganzen Sache keine Wichtigkeit beimaß, ihr nicht einmal auf den Grund ging und nicht danach fragte, wer denn dieser »Jemand« sei. Ich kam, im Gegenteil, nach und nach zu der Überzeugung, du hättest das Ganze nur erfunden,um dir die Langeweile zu vertreiben. Moby Dick, Achab, Ismael: wenn dir wirklich zu Ohren gekommen war, daß man etwas gegen dich vorhatte, und du dem so viel Glauben geschenkt hattest, daß du meintest, deine Verfolger nach Italien abschieben zu müssen, warum warst du dann ausgerechnet nach Zypern gekommen, wo es leichter ist als sonstwo, einen Mann umzulegen? Und hatte dich wirklich niemand beobachtet, als du vorgabst, nach Italien zu fahren und du statt dessen in die Maschine nach Zypern gestiegen warst? Die Angestellten am Flughafen, die Zollbeamten, alle mit denen man beim Abflug zu tun hat, sollten wirklich nichts gemerkt haben? Du warst doch unter deinem Namen und mit deinem Paß gereist, oder? Unsinn! Wahrscheinlich stimmte auch nicht, daß du schon vor einer Woche hierhergekommen warst, wahrscheinlich warst du zusammen mit den Abgeordneten eingetroffen, die zur Versammlung von Makarios eingeladen waren. »Zeig mir deinen Paß.« – »Du glaubst mir wohl nicht, so wie du mir auch nicht geglaubt hast, daß ich drei Tage lang in Moskau war, he?« – »Nein.« – »Hier hast du ihn.« Der Stempel war tatsächlich schon eine Woche alt; aber meine Ungläubigkeit blieb. Sie schwand nicht einmal angesichts der Tatsache, daß die anderen Abgeordneten in einem bequemen Hotel wohnten, du aber in einem Gasthof in der Nähe des Grenzbereiches. »Alekos, warum wohnen nicht auch wir in einem anständigen Hotel?« – »Weil dieses hier einem Freund gehört, dem ich traue. Hier fühle ich mich sicher.« In der Tat gab es hier nur einen einzigen Eingang, der überdies von den drei Jünglingen mit dem Maschinengewehr Tag und Nacht turnusmäßig überwacht wurde. Darüber hinaus begleitete dich ein Leibwächter auf all deinen Wegen; aber hattest du nicht gesagt, daß man in Zypern mit Waffen nur so um sich wirft? Eines Abends aber wurde ich unruhig. Wir waren bei Makarios gewesen, um ihn zu begrüßen; das Gespräch war auf die ESA-Dokumente gekommen: jene, die du, wie du während des Streites mit Averoff verkündet hattest, suchen wolltest, um-ihn-und-seine-Regierung-bloßzustellen. »Eminenz, vieles über den Staatsstreich in Zypern muß noch aufgedeckt werden. Mir ist bekannt, daß Joannidis in die Falle gegangen ist, die ihm der CIA und ein paar griechische Politiker gestellt hatten. Der Beweis steht in jenen Dokumenten.« Makarios hatte dir geantwortet, daß du unter diesen Umständen dein Leben aufs Spiel setztest, wenn du dich auf die Suche nach jenen Dokumenten machtest, und er sagte dies auch zu mir: »Very risky! Very! Sehr riskant! Sehr!« Auf dem Rückweg zu unserem Gasthof sprachen wir darüber: »Alekos, hast du gehört, was Makarios darüber denkt?« Darauf du: »Vergiß es nicht in deinem Buch.« – »Was für ein Buch?« – »Das Buch, das du nach meinem Tode schreiben wirst.« – »Was für einen Tod? Du wirst nicht sterben, und ich werde kein Buch schreiben.« – »Ich werde sterben, und du wirst ein Buch schreiben.« – »Und wenn ich vor dir sterbe oder mit dir zusammen?« – »Du wirst weder vor mir noch mit mir sterben. Ismael stirbt weder vor Achab noch mit Achab. Weil er die Geschichte erzählen muß.«

Du lachtest jedoch, während du so sprachst, und bald darauf lachte auch ich. Erst ein Jahr später, als ich den Fährten deiner Mörder folgte, entdeckte ich ein Zusammentreffen von Ereignissen, das mich erstarren ließ. In jener Woche, in der du in Zypern weiltest, während in Athen alle dachten, du seist in Florenz, kamen zwei Griechen nach Italien. Das Ziel ihrer Reise war Florenz, wo sie bei zwei Landsleuten zu Gast waren, bei den Architekturstudenten Cristos Grispos und Notis Panaiotis. Die beiden gaben vor, daß sie ihre Ferien in Florenz verbrächten und daß sie sich zufällig auf der Fähre von Patras nach Ancona kennengelernt und Freundschaft geschlossen hatten. Merkwürdige Freundschaft, angesichts der Tatsache, daß der eine sich als Exkommunist und Papandreist ausgab, der andere als Neonazist. Merkwürdige Ferien, angesichts der Tatsache, daß sie sich Florenz als Urlaubsort erwählt hatten und keine Anstalten machten, die Stadt zu besichtigen. Tagsüber schlossen sie sich fast immer im Haus ein, angeblich, um auf ein Telefongespräch zu warten, das niemals kam, abends gingen sie aus dem Haus und streunten durch die Gegend, als suchten sie jemanden oder etwas, das sie nicht finden konnten. Wenn sie wieder nach Hause kamen, sahen sie meist sehr unzufrieden aus. Nach einer Woche waren sie wieder abgereist, mit enttäuschten Mienen. Enttäuscht weshalb? Der Neonazist war blond, mit kalten, blauen Augen und von Haß erfülltem Gesicht. Er sprach sehr wenig und grüßte, indem er die Hacken militärisch aneinanderschlug und »Heil Hitler!« ausrief; er nannte sich Takis und besaß in Athen ein paar Fotokopiergeschäfte. Aufgrund der Beschreibung, die mir Grispos und Panaiotis lieferten, glaubte ich, ihn zu kennen. Einen solchen Kerl hatte ich ein paar Monate vorher zur Frage der Beziehungen zwischen den griechischen und den italienischen Faschisten interviewt. Jedenfalls war er einer

derer, die im letzten Frühling den kommunistischen Abgeordneten Florakis verprügelt hatten. Was den Papandreisten betraf, so war dieser ein dicker, vulgärer Jüngling mit rundem Gesicht und glich dem jungen Mann, den ich am Ufer hatte stehen sehen, als wir von der aschblonden Verfolgerin mit dem Beinamen »Salamander« beschattet nach Ischia übersetzten. Er trug meistens Blue jeans und einen eisenbeschlagenen Gürtel, schwätzte sehr viel, hauptsächlich über sein Auto, einen silbergrauen Peugeot, dessen Schnelligkeit und Wendigkeit er nicht genug loben konnte. Er gab sich als routinierten Autofahrer aus, behauptete, in Verfolgungsfahrten und Überholmanövern unschlagbar zu sein und ließ sich lang und breit über seine Reisen aus. Während des Obristenregimes war er auch in Kanada gewesen, wo er in Toronto in einer Autowerkstatt gearbeitet und an Autorennen teilgenommen hatte. Um was für Rennen es sich gehandelt hatte, wußten Grispos und Panaiotis nicht mehr oder gaben zumindest vor, es nicht mehr zu wissen, wiewohl sie sonst sehr gut über ihn unterrichtet waren: alle drei stammten aus Korinth. Es fiel mir jedoch nicht schwer, herauszufinden, daß es Rennen auf offener Strecke waren, Rennen, in denen sich die Konkurrenten durch frontale Stöße und Überhol- und Blockiermanöver gegenseitig zum Schleudern bringen. Es fiel mir auch nicht schwer, dies mit einer Notiz in Verbindung zu bringen, die die Zeitungen bereits gebracht hatten, mit der Tatsache nämlich, daß er bereits im Herbst '73 und im Frühling '74 in Italien gewesen war. Mailand, Rom, Florenz. Was sein wechselhaftes politisches Bekenntnis betraf, das heißt, die Tatsache, daß er mit dem Neonazisten Takis befreundet war, und jene, daß er sich als Exkommunist und Papandreist ausgab, so hatte dies eine recht interessante Vorgeschichte: in den ersten Jahren der Diktatur war er Modezeichner im Atelier von Despina Papadopoulos gewesen. Kurz, ein Bindeglied zwischen der extremen Rechten und der extremen Linken, ein weiterer Sohn jener schrecklichen Ehe, aus der die brauchbarsten käuflichen Geister hervorgehen.
Ich spreche von Michael Steffas. Jenem Michael Steffas, der in der Nacht des 1. Mai 1976 am Steuer seines Autos saß, von dem du getötet werden solltest: eben jenem silbergrauen Peugeot. Er war es, der in jenen Tagen durch die Straßen von Florenz zog und dich suchte, während du in Zypern weiltest.

3. Kapitel

Dieser unglaubliche Sommer, von dem du wußtest, daß es dein letzter war. Es geschah allerlei in diesem Sommer. Damit du nicht die Verabredung in Samarkand vergäßest, erschien auch der Tod in Gestalt eines Autos. Der Prozeß gegen Papadopoulos, Joannidis und die Mitglieder der Junta hatte gerade begonnen, parallel zum Prozeß gegen Teofilojannacos, Hatzizisis und die Bande der Folterer, und wir waren gerade aus Zypern zurückgekehrt, um in ein Athen zu geraten, das von Aufständen gewerkschaftlichen Ursprungs erschüttert wurde, die ebenso befremdlich wie unzweckmäßig waren. Unzweckmäßig, weil sie gerade in jenen Tagen stattfanden, in denen die Stadt ihren Jubel darüber hätte ausdrücken müssen, daß die alten Tyrannen vor dem Richterstuhl standen; befremdlich, weil eine ungewöhnliche Gewalttätigkeit die Aufstände kennzeichnete: Plastik-Bomben, Molotow-Cocktails, Pflastersteine, ein Hagel von Steinen, den die Polizei mit Tränengas, Knüppeln und brutalen Verhaftungen beantwortete; unzweckmäßig auch deshalb, weil die Knüppelschläge und die brutalen Verhaftungen niemals jene Demonstranten trafen, die am meisten Aufruhr verursachten. Im Gegenteil, es schien, als gäbe sich die Polizei besondere Mühe, sowohl diese als auch einen schwarzen Cadillac auszusparen, der seit achtundvierzig Stunden immer wieder vorbeifuhr, um Plastik-Bomben und Molotow-Cocktails zu werfen. Anfangs noch konnte man dies für einen strategischen Fehler einer Linken halten, die nicht fähig war, zu begreifen, wie unzweckmäßig es war, während solcher Prozesse auf die Straße zu gehen; nach und nach aber nahm der Verdacht überhand, daß alles der Federführung einer Rechten zuzuschreiben war, die den auslösenden Funken für einen erneuten Staatsstreich suchte, der wie üblich wieder Recht und Ordnung schaffen sollte. Katastrophale Gerüchte liefen im übrigen um, und in deinem Büro schienen viele sehr besorgt zu sein: sie sagten, in den Kasernen herrsche Kriegsstimmung, die Panzereinheit befinde sich im Alarmzustand, man hätte sogar Truppenmanöver bemerkt. Der einzige, der ruhig zu bleiben schien, warst du: »Wir wollen nicht übertreiben. Wenn es diese Gruppe wirklich gibt, so genügt es, sie zu isolieren. Wenn es diesen schwarzen Cadillac wirklich gibt, genügt es, ihn zu identifizieren und herauszubekommen, wer die Insassen sind, für wen sie agieren, wem sie

Bericht erstatten. Es ist nutzlos, hier herumzustehen und zu schwätzen.« Bei Einbruch der Dunkelheit warst du fortgegangen, um bald darauf sehr zufrieden wieder zurückzukehren: »Mach dich fertig, wir gehen spazieren.« – »Spazieren? Scheint dir dies der geeignete Abend zu sein, um spazierenzugehen?« – »Ja, und ich möchte, daß du dich elegant anziehst.« – »Warum?« – »Weil wir dann, wenn sie uns verhaften sollten, sagen können aber-wir-haben-doch-nichts-damit-zu-tun, schaut-doch-wie-wir-angezogen-sind, wir-sind-nur-spazierengegangen.« Du befahlst mir sogar, ein langes Abendkleid anzuziehen, hohe Absätze und Schmuck zu tragen. Su selbst zogst deinen dunkelblauen Anzug mit seidenem Hemd und Fliege an. »Und so elegant aufgemacht, im großen Pomp, sollen wir uns unter die Demonstranten mischen?« – »Wir werden uns unter niemanden mischen. Außerdem haben wir ja das Auto.« – »Was für ein Auto?« – »Das Auto, das ich gemietet habe.« – »Warum hast du ein Auto gemietet?« – »Um einen Blick auf die Kasernen zu werfen und einen schwarzen Cadillac zu suchen.«
Das Auto war für dieses Unternehmen nicht besonders geeignet: um nicht zuviel ausgeben zu müssen, hattest du einen alten klapprigen Renault gemietet, dessen Motor beim Anlassen tuckerte und jedesmal, wenn du die Gangschaltung bedientest, auseinanderzufallen drohte. Der Wagen schien jedoch für deine Erkundungsfahrt völlig auszureichen, die, ganz und gar nicht abenteuerlich, darin bestand, daß wir in sicherer Entfernung vor der Kaserne stehenblieben, die Scheinwerfer abblendeten, uns umarmten und Zärtlichkeiten vortäuschten, sobald sich jemand näherte, die Augen gut offenhielten und die Ohren gut spitzten. Um Mitternacht hatten wir bereits drei Kasernen ausspioniert, aber es geschah nichts, was auf einen bevorstehenden Staatsstreich gedeutet hätte. Auch in der Stadt geschah nichts; der zweite Tag des Aufstandes war mit einer Explosion auf dem Bürgersteig vor dem Polytechnikum zu Ende gegangen. Vom schwarzen Cadillac, dem diese Explosion zu verdanken war, gab es keine Spur. »Alekos, ist dir klar, daß es so ist, als wollten wir einen Ring im Ozean suchen?« – »Ja, trotzdem fühle ich, daß wir ihn finden werden.« – »Aber wo und wie?« – »Ich weiß es nicht. Laß uns zum Polytechnikum fahren.« – »Aber wir waren doch vor kaum einer halben Stunde dort?« – »Wir fahren noch einmal hin.« Rumpelnd brachte uns der Renault zurück zum Polytechnikum, zurück zu den Studenten, die sich hinter den Portalen verbarrikadiert hatten und Wache hielten. Hatte man den Cadillac inzwischen wiedergese-

hen? Nein, man hatte ihn nicht wiedergesehen. Waren sie sicher? Ja, ganz sicher. Könnte es nicht sein, daß sie sich täuschten? Nein, es könnte nicht sein. »Gut, ich werde warten.« – »Aber warum, Alekos, warum?« – »Weil ich fühle, daß er hier vorbeifahren wird. Ich fühle es, sag ich dir.« Du holtest deine Pfeife hervor und zündetest sie an; schon nach ein paar Zügen kam der Cadillac aus einer Querstraße des Odos Stadiu und fuhr ruhig auf uns zu, als wolle er die Lage peilen; als er uns nähergekommen war, beschleunigte er plötzlich und fuhr schnell davon. Wir hatten gerade noch Zeit, das Nummernschild zu erkennen, ein CD-Schild, Corps diplomatique, und die vier Männer, die im Wagen saßen: drei von ihnen waren ungefähr dreißig Jahre alt, mit schwarzen Haaren und sahen vernachlässigt und anmaßend zugleich aus; der vierte war ungefähr fünfzig, mit grauen Haaren, und gebieterischem Aussehen, trotz eines merkwürdigen geblümten kurzärmeligen Hemds. »Schnell! Hinterher!« Du schobst mich in den Renault, rissest das Steuer herum. Du wolltest dieser Gestalt des Todes ins Auge schauen, die anstelle der leeren Augenhöhlen zwei Scheinwerfer, anstelle des Schädels eine Kühlerhaube und eine Windschutzscheibe, anstelle der knochigen Glieder die Reifen hatte, deren Stimme das Dröhnen des Motors war, und du zittertest am ganzen Leibe vor Freude, die Gestalt des Todes wiedergefunden zu haben, mit ihm liebäugeln zu können wie in Kreta, wie in Rom, wie immer, deine Verwegenheit ausspielen zu können, deine Freude an der Herausforderung, an der Verrücktheit, die mal die Verrücktheit des Don Quichotte, mal die Verrücktheit des Dionysos, mal die Verrücktheit des Achab ist, die aber immer die gleiche Verrücktheit bleibt, welches Gesicht sie auch annehmen mag. Auf den, der dir nahesteht, kommt es nicht an, auf sein Leben kommt es nicht an, auf dein Leben kommt es nicht an, es kommt nur darauf an, dem schwarzen Cadillac nachzujagen, zu sehen, wer die Insassen sind, wer die vier Männer sind, wer sie schickt, sie möglichst in die Knie zu zwingen, sie zu demütigen, und koste es das Leben.

Diese sinnlose, wahnsinnige Verfolgungsjagd, Odos Stadiu, Odos Alexandras, Odos Kifissias, auf ein Auto, das doppelt so schnell fuhr wie das unsere, das so tat, als führe es uns davon, nur um uns hinwegzulocken, in die Falle zu locken! Bald schon sollten sich die Verfolger in Verfolgte verwandeln, und die Verfolgten in Verfolger, es gelang ihnen bestens, mal beschleunigten sie, mal verlangsamten sie die Fahrt, hundertzwanzig, hundertdreißig, hundertvierzig, und dann runter auf hundert, neunzig, achtzig, wie

Fischer, die die Angelleine mal straffer ziehen, mal locker lassen, um den Fisch zu ermüden. Und du wußtest das. Aber du ließest nicht locker. Mit blassem, angespanntem Gesicht, die Hände fest um das Lenkrad, tratst du immer mehr auf das Gaspedal, schleudernd, kurvend, schlitternd, während ich dich anflehte: »Laß sie fahren, um Gottes willen, du bringst uns um, siehst du nicht, daß sie ihr Spiel mit dir treiben, sie könnten uns jederzeit entkommen, sie fliehen nur deshalb nicht, weil sie uns hinhalten wollen, weil sie uns wer weiß wohin führen wollen, du kannst sie nicht einholen, und wenn du sie einholst, wird nur alles schlimmer, sie sind zu viert, wir sind nur zu zweit, sie sind sicherlich bewaffnet und wir nicht, und wenn wir nicht durch einen Autounfall umkommen, so werden sie uns umbringen. Und so zu sterben ist eine Torheit, warum willst du, daß auch ich sterbe, du hast kein Recht, auch andere draufgehen zu lassen, das ist nicht richtig, das ist nicht anständig.« Zu Tode erschreckt, entrüstet, beschwor ich dich, verfluchte ich dich, flehte ich dich an. Du aber, mit blassem, angespannten Gesicht, die Hände fest ums Lenkrad, tratest weiter aufs Gaspedal, um weiterhin zu schleudern, zu kurven, zu schlittern, du würdigtest mich keiner Antwort, keines Lauts, keiner Geste. Du hörtest nicht einmal, was ich zu dir sagte; was ich empfand, interessierte dich nicht im geringsten, fast als wäre ich ein Bündel, nicht ein Mensch. Der Cadillac interessiert dich, sie interessierten dich, und sonst nichts. Sie mußten große Erfahrung in solchen Hetzjagden haben, der Mann, der am Steuer saß, war ein wahrer Meister seines Geschäfts. Manchmal ließen sie sich überholen, dann überholten sie uns wieder, manchmal hielten sie einen beträchtlichen Abstand, andere Male nur ein paar Meter; von der Küstenstraße bei Agios führten sie uns so nach Rafina, dann drehten sie scharf nach links und zogen uns hinauf auf den Berg von Ymittos, dann wiederum eine Wendung nach rechts, und sie jagten uns von neuem hinunter ans Meer bei Voula, und all dies, ohne daß du jemals den Mund aufgemacht, ohne daß du mich eines Blickes gewürdigt hättest. In der Tat hörte ich nach einer Weile resigniert auf zu protestieren, zu betteln. Erst um drei Uhr morgens, als der schwarze Cadillac in die Stadt zurückfuhr und plötzlich bremste, um den Mann mit den grauen Haaren, einen großen, dicken Schatten, der sich sofort in der Dunkelheit auflöste, aussteigen zu lassen, verspürte ich einen Hauch Hoffnung. Erst dachte ich, du wolltest aussteigen und hinter ihm herlaufen. Doch nach endlosem Zögern nahmst du die Verfolgung wieder auf, und die Falle, die sie uns gestellt hatten, schnappte zu.

Eine Sackgasse, die in eine unterirdische Garage führte, in die der Wagen geradewegs hineinfuhr. Ich hörte meine Stimme sagen: »Kehr um!« Dann endlich die deinige: »Zu spät.« – »Wir sind in der Falle, Alekos!« – »Ich weiß.« Du fuhrst auf die Garage zu. Du hieltest neben dem schwarzen Cadillac, der in der Garageneinfahrt stehengeblieben war. Du umklammertest mit der Faust den Pfeifenkopf. Du stiegst aus. »Komm«. Ich gehorchte. Außer den dreien war niemand in der Garage. Auch in der Sackgasse nicht. Einziges Lebenszeichen war der Schatten einer Katze, die lautlos im grünlichen Licht der Neonaufschrift davonsprang.
»Schau sie an.« Die drei erwarteten uns, einer neben dem anderen postiert. Mit geschwellter Brust, gespreizten Beinen und in die Seiten gestemmten Händen: Prüglerstellung. Den dritten behinderte ein zylindrisches Paket, das er in der linken Armbeuge hielt. Sie sahen sich auffallend ähnlich: das gleiche Grinsen, die gleiche Statur, die gleiche olivfarbene Haut, die gleichen herunterhängenden Schnurrbärte. Die gleiche ärmliche Kleidung, ausgebeulte Hosen, abgetragene Jacken, schief gebundene Krawatten. Man begriff sofort, daß nicht sie die Besitzer des Cadillacs waren, und daß das Hirn der ganzen Unternehmung der Mann mit den grauen Haaren war. Aber gerade weil es sich um simple Ausführer, Vollstrecker handelte, um drei Unglückselige, die sich für ein paar Drachmen verkauft hatten, war die Gefahr groß, und instinktiv faßte ich mit der rechten Hand in die Handtasche, als wolle ich eine Waffe hervorholen, die es natürlich nicht gab. Eine vielleicht nicht ganz unnütze Geste, die aber von deinem monströsen Mut offenbar nicht benötigt wurde. Mit festem Blick und zusammengebissenen Zähnen gingst du langsam auf sie zu, so langsam, daß zwischen dem einen und dem anderen Schritt eine Ewigkeit zu vergehen schien, und jeder Muskel deines Gesichtes drückte eine so kalte und unkontrollierbare Wildheit aus, daß du nicht mehr ein Mensch zu sein schienst, sondern ein als Mensch verkleidetes wildes Tier. Du keuchtest, während du dich ihnen nähertest, du starrtest sie an und keuchtest, und als du bei ihnen angelangt warst, bliebst du stehen, um einen nach dem anderen zu fixieren, mit irritierender Langsamkeit. Nachdem du sie angeschaut hattest, klopftest du mit dem Pfeifenstiel auf das zylindrische Paket, und ohne daß einer der drei dagegen rebelliert oder auch nur ein Wort gesagt oder eine Bewegung machte, sagtest du deutlich zuerst auf griechisch, dann auf italienisch: »Siehst du, dies ist eine Bombe. Nicht eine Bombe, die man gegen einen Tyrannen wirft, sondern eine Bombe, die man gegen die Leute wirft. Und dieser da

ist ein griechischer Faschist, ein Knecht ohne Schneid. Ein Knecht des CIA und des KYP und Averoffs.« Nachdem du so geredet hattest, gingst du zweimal um sie herum, mit dem gleichen Schritt, der gleichen irritierenden Langsamkeit, dann bliebst du vor dem mittleren der drei stehen, packtest ihn an der Krawatte und zogst wiederholt daran mit verächtlichen Stößen: »Auch dieser ist ein griechischer Faschist. Siehst du, auch dieser hat keinen Schneid. Auch dieser ist ein Knecht des CIA und des KYP und Averoffs.« Immer noch, ohne daß einer der drei rebelliert oder auch nur ein Wort gesagt oder eine Bewegung gemacht hätte, so daß ich meinen Augen nicht zu trauen glaubte, und während ich die Hand weiterhin in der Handtasche hielt und dachte, daß es doch nicht möglich sei, daß die da so stocksteif standen und sich beleidigen und verhöhnen ließen, daß es nicht normal war, daß sie gleich auf dich springen und dich massakrieren würden, wandtest du dich schließlich dem dritten zu. Du hobst die Pfeife, hieltest den Pfeifenstiel gegen sein Herz, stießest zweimal zu, als handle es sich um ein Messer, und sagtest: »Auch er. Kaum zu glauben, nicht wahr? Schau seine Hände an.« Ein Schlag auf die Hände. »Schau dir die Jacke an.« Schlag auf die Jacke. »Schau dir das Gesicht an.« Schlag aufs Gesicht. »Man würde sagen, er ist ein Kind des Volkes. Von allen dreien würde man sagen, daß sie Kinder des Volkes sind. In einem Geleitzug würde man sie als Kinder des Volkes bezeichnen. Statt dessen aber sind sie Knechte ohne Schneid, Faschisten. Und weißt du, was ich mit Knechten ohne Schneid, mit Faschisten mache? Weißt du das?«

Es gab nichts, was du ihnen hättest antun können. Absolut nichts. Du warst allein mit einer Pfeife und einer Frau, die, von einem langen Abendkleid behindert, so tat, als hielte sie einen Revolver in der Hand, der gar nicht existierte. Wenn einer der drei aufwachen würde, wären wir in Windeseile kurz und klein geschlagen. Und du wußtest das. Aus dem Augenwinkel schienst du jedoch endlich meinen Bluff bemerkt zu haben, und nun bedientest du dich seiner, um alles aufs Spiel zu setzen: rouge-et-noir-les-jeux-sont-faits-rien-ne-vas-plus. Auf Gedeih und Verderb. Leben oder Tod. Ob das eine oder das andere, darauf kommt es nicht an. Worauf es ankommt, ist allein das Spiel, die Herausforderung, das Wagnis. Fünf Sekunden, zehn Sekunden. Zwanzig, dreißig, vierzig. Die Kugel rollte, sie rollte und rollte, sie wurde langsamer, sie bleibt stehen, und da geschah das, was ich nicht zu hoffen, nicht einmal zu denken gewagt hatte. Plötzlich warf der, der das Bündel im Arm hielt, sich auf die Knie, der, den du an der

Krawatte gezogen hattest, bekreuzigte sich, der, den du mit dem Pfeifenstiel geschlagen hattest, bedeckte das Gesicht mit den Händen: »Nicht, Alekos, nicht, ich habe Familie, verzeih mir, laß mich laufen.« – »Nicht, Alekos, nicht, es ist alles ein Mißverständnis, wir bewundern dich doch, wir verehren dich, ich schwöre es bei allem, was mir heilig ist, laß uns gehen.« Und du begannst zu schwanken, das sah ich, du kämpftest deine Wut nieder, auch das sah ich, du mußtest dich fürchterlich beherrschen, um nicht in ein schallendes Gelächter auszubrechen, um Haltung zu bewahren und ihnen mit der gleichen Stimme wir vorher zu befehlen: »Auf, steht auf, ihr Feiglinge. Ins Auto, schnell. Folgt mir in kurzem Abstand.« – »Was redest du da, Alekos?! Was hast du vor?!« – »Ich bringe sie zum Polytechnikum.« – »Und du glaubst, sie werden dir folgen?« – »Ja.« In der Tat folgten sie uns. Gehorsam, wie hypnotisiert. Wie in einem Western, in dem es dem Sheriff gelingt, ganz allein mit der Bande fertig zu werden, sie ins Dorf zu führen und dem Richter zu übergeben, der gegen sie einen Prozeß führen wird, so gehorchten sie dir, ohne ein Wort zu sagen: sie fuhren genauso hinter dir her, wie du ihnen befohlen hattest. Mit deinem klapprigen Renault, der beim Anlassen tuckerte und jedesmal, wenn du die Gangschaltung bedientest, auseinanderzufallen drohte, fuhrst du zu den ungläubigen Studenten. Sie sollten doch dafür sorgen, daß dem Mann das Paket abgenommen würde, sicherlich eine Bombe, und sie sollten sie verhören und herausbekommen, wer sie waren, wer der Kerl mit den grauen Haaren war, wem der Cadillac mit der CD-Nummer gehörte, sicherlich ein falsches Nummernschild, viel Spaß bei der Arbeit und gute Nacht. »Alekos?! Und wir fahren einfach so fort?« – »Was soll das heißen: wir fahren-einfach-so-fort?« – »Das soll heißen, willst du nicht wissen, für wen sie arbeiten, wer sie sind?!« – »Ich weiß es schon. Außerdem mag ich nicht dabei zuschauen, wie Leute verhört und verurteilt werden. Auch wenn es sich um Schufte handelt. Ein Feind vor dem Richterstuhl ist immer ein Exfeind.«

Bald sollte klar werden, was du meintest. Es war eben dieser Sommer, dieser unglaubliche Sommer, der die außergewöhnliche Kohärenz zum Vorschein brachte, mit der du deine scheinbar inkohärenten Handlungen zusammenschweißtest. Und du machtest deutlich, daß Papadopoulos, Joannidis und all die Besiegten, gegen die der Berg, die Macht, nun den Prozeß anstrengte, dich als Feinde nicht mehr interessierten.

»Ich habe ihn gesehen! Ich habe sie alle gesehen!« – »Und sie, haben sie dich gesehen?« – »Ja, der erste, der mich entdeckte, war Ladàs. Weißt du, der, der am Morgen des Attentats meinte, ich sei Georgios und sagte, hör mir zu, Leutnant, ich kenne deinen Bruder Alexander, er ist ein intelligenter Kerl, wenn er hier wäre, würde er dir einen Rat geben, spiel nicht den Dummen vor Ladàs, und so weiter. Und als er mich entdeckte, machte er einen Hüpfer, als hätte ihn eine Wespe gestochen. Er wurde blaß. Dann legte er die Hand auf die Schulter von Joannidis und flüsterte ihm etwas zu. Joannidis drehte sich um, sein Blick traf den meinigen. Mit einem Anflug von Verlegenheit, wie mir schien; er gab die Nachricht sofort an Pattakos weiter, der den Mund aufmachte, um zu fragen: »Wo ist er?« Dann wartete er ein wenig, bevor er sich umdrehte und mich ansah; als er merkte, daß auch ich ihn ansah, drehte er sofort wieder den Kopf zurück, wie ein Kind, das man beim Lauschen erwischt hat. Er unterrichtete Makarezos davon, und der lehnte sich zu Papadopoulos hin, um es ihm zu sagen. Papadopoulos bewegte sich nicht. Er saß steif und gerade auf dem Stuhl und starrte auf den Fußboden, auf eine Stelle vor seinen Fußspitzen, und ein paar Minuten lang blieb er so sitzen: als hätte er einen Stock verschluckt! Dann hob er die Augen, unmerklich, ohne den Kopf auch nur einen Millimeter zu bewegen, ohne nur im geringsten die Miene zu verziehen. Und er sah mich. Und das tat mir weh.« – »Das tat dir weh?« – »Ja. Diese trüben, erloschenen, aschfarbenen Augen. Sie sahen aus wie die Augen eines Toten. Und dieses steinerne, fahle Gesicht. Nein, nicht fahl: grün. Weißt du, so grün wie das Wasser eines Tümpels. Und diese ... ja, diese Würde. Vielleicht saß er absichtlich so da, um zu zeigen, daß er sich als Oberhaupt fühlte und sich nicht unter die anderern mischen wollte, nicht einmal unter seine Kollegen, und daß es nur ein einfaches Unglück war, als Angeklagter in einem Gerichtssaal zu sitzen: jedenfalls trug er eine gemessene Würde zur Schau. Und ich habe gedacht: ›Er ist gar nicht so lächerlich, wie ich gedacht habe, er ist ein Mann.‹ Das hat mich überrascht, denn ich habe an ihn niemals als an einen Mann gedacht, für mich war er immer ein Auto, das man in die Luft gehen lassen mußte, ein Auto mit einem Tyrannen drin, und ich mußte mich anstrengen, um das Ekelgefühl wiederzufinden, das ich hatte, als ich in den Saal eintrat und dachte: welch ein Unterschied zwischen seinem Prozeß und dem meinigen. Ich mit Handschellen, zwischen zwei Polizisten geklemmt in einer viel zu großen Uniform hängend: er von oben bis unten elegant, mit gut gebügeltem Anzug, gut rasierten Wangen, gut gepflegtem Schnurrbärtchen, auf einem gepolsterten Stuhl. Als ich aber das Ekelgefühl wiedergefunden hatte, nützte es mir gar nichts, denn dieser besiegte, gedemütigte Mann, doppelt besiegt, doppelt gedemütigt, weil ich ihn ansah, ich, der ich versucht hatte, ihn umzubringen, war kein Feind mehr. Oder besser, ihn weiterhin als Feind zu behandeln interessierte mich nicht mehr.« – »Und Joannidis?« – »He! Joannidis bleibt immer Joannidis. Kalt, unbefangen, selbstsicher. Joannidis wird niemals nachgeben. Er wird niemals resignieren, er wird sich niemals wie ein besiegter, gedemütigter Mann verhalten! Tja! Im Grunde verstehe ich ihn, denn gewisse Diktaturen entstehen niemals aus Zufall oder aus einer Laune heraus, sondern sind immer ein Produkt der politischen Klasse, die ihnen vorausgeht, ein Produkt ihrer Blindheit, ihrer Unfähigkeit, ihrer Verantwortungslosigkeit, ihrer Lügen, ihrer Heucheleien. Und unter den Rohlingen, die meinen, sie könnten diesem Elend abhelfen, indem sie die Freiheit erwürgen, gibt es nicht nur Typen wie Papadopoulos, sondern auch solche, die so guten Glaubens sind wie Joannidis. Gewalttätig und hirnlos, ja, sogar unfähig zu erkennen, daß sie nur Werkzeuge jener Macht sind, die sie umstürzen wollen, ja, aber guten Willens. Dafür müssen sie dann bezahlen. Die Averoffs hingegen bezahlen niemals. Sie sind wie Korken, die immer wieder an die Oberfläche kommen, auch wenn man sie mit einem Stück Blei beschwert im Meer versenkt, und sie sterben immer in ihren Betten, an Altersschwäche, mit dem Kruzifix in der Hand und dem Respektierlichkeitsausweis in der Tasche. Nein danke, auch Joannidis ist nicht mehr mein Feind. Auch bei ihm interessiert es mich nicht mehr, ihn als Feind zu behandeln.«

Du schriebst auch einen Artikel darüber. Du setztest dich sogar noch dafür ein, daß Joannidis, Papadopoulos und die Mitglieder der Junta nicht zum Tode verurteilt würden: ein Verdikt, das von Anfang an festzustehen schien. »Im Frühjahr '68 haben auch wir Widerstandskämpfer einen Prozeß gegen die Junta angestrengt, meine Herren Richter. Und wir haben sie zum Tode verurteilt, mit einem Urteilsspruch, dessen Vollstrecker im Falle von Papadopoulos ich sein sollte. Wir haben jedoch Männer verurteilt, die im Vollbesitz der Macht waren, ihr richtet Männer, die seit geraumer Zeit alle Macht verloren haben oder von sich aus auf sie verzichtet haben; wir gehörten nicht jener politischen Klasse an, die mit ihren Fehlern den Staatsstreich verursacht hat, ihr hingegen gehört dieser Klasse, dieser Kaste bis heute noch an. Neben den siebenundzwanzig Angeklagten, die heute hier auf der Anklagebank im Gerichtssaal von Koridallos sitzen, müßtet deshalb auch ihr sitzen, meine Herren Richter. Ihr, die ihr ihren Gesetzen gehorcht und ihre Widersacher verurteilt habt. Und mit euch gehörten auch die Minister dorthin, die Parteisekretäre, die Handlanger, die sich mit den Obristen ins Einvernehmen gesetzt haben, die Industriebosse, die das Regime mit ihren Geldern ausgehalten haben, die Verleger und die Journalisten, die es mit ihrer Feigheit unterstützt haben. Ohne die falschen Resistenzler zu nennen, die falschen Revolutionäre, die heute als Ankläger in diesen Gerichtssaal kommen, als Majestätsbeleidiger, um ihre Rolle als Opfer zu spielen, sie, die nie einen Finger gekrümmt haben, um die Diktatur zu bekämpfen, und die nur aus weiser Voraussicht nicht es-lebe-Papadopoulos geschrien haben. Zu viele Dinge müssen an diesem Prozeß mißfallen, sowohl in formaler als auch in moralischer Hinsicht; was vor allem mißfällt, ist, daß ihr zum Zeitpunkt, als er eingeleitet wurde, eine ebenso bittere wie historische Wahrheit außer acht gelassen habt: die Tyrannei wurde nicht vom Widerstand gestürzt. Sie stürzte von selbst, von ihrer eigenen Infamie erstickt, dankte sie in jener Nacht ab, in der Joannidis Gizikis damit beauftragte, jene Politiker zurückzuholen, die durch den Staatsstreich verjagt worden waren. Dies geht zugunsten von Joannidis. Vergessen wir nicht, daß er über einen großen Teil des Heeres verfügte, über Offiziere, die im Staat Schlüsselstellungen innehatten, und daß er sich deshalb sehr gut hätte weigern können, das Kommando aus der Hand zu geben, oder zumindest von der neuen Regierung eine Amnestie für sich und die Mitglieder der Junta hätte fordern können. Vergessen wir auch nicht, daß der Verteidigungsminister Averoff Joannidis die Stelle des Oberhauptes der ESA weiterhin beließ, daß er ihn dann in einen ehrenvollen Ruhestand versetzte und ihn monatelang in Ruhe seine Rosen züchten ließ. Wenn derselbe Joannidis sich nicht des Verrats schuldig gemacht hätte, indem er sich mit Papadopoulos zusammentat, so könnte man sagen, daß ihm in jeder Hinsicht das Recht zukäme, sich verraten zu fühlen. Wäre ich an seiner Stelle, würde ich Averoff fragen: ›Was für ein Spiel haben wir gespielt, Averoff? Erst beläßt du mir den Posten des Oberhaupts der Militärpolizei, dann versetzt du mich in einen ehrenvollen Ruhestand und läßt mich meine Rosen züchten, dann verhaftest du mich und machst mir den Prozeß, mit einer Anklage, die auf das Urteil ›Erschießung‹ abzielt.‹ Ich würde ihn auch fragen, warum Gizikis nicht vor Gericht erschienen ist. Als die Junta abdankte, war er da nicht Präsident der Republik? Dieser Prozeß ist ein

einziger Witz, ein strategischer Schachzug, um den alten Herrschern die Jungfräulichkeit zurückzugeben. Was die Todesstrafe betrifft, die ihr über sie verhängen werdet oder die ihr schon über sie verhängt habt, so wollen wir uns folgendes ins Gedächtnis rufen: einen Mussolini hängt man entweder sofort im Piazzale Loreto auf oder niemals mehr. Wenn zu Zeiten der Diktatur der Tyrannenmord eine Pflicht ist, so ist zu Zeiten der Demokratie die Vergebung eine Notwendigkeit. Zu Zeiten der Demokratie richtet man nicht, indem man Gräber aushebt.«
Du wolltest sogar mit Joannidis und Papadopoulos sprechen. Du sagtest, wenn es dir gelänge, durch den Hochmut des ersteren hindurchzustoßen und die Schweigemauer des zweiten zu durchbrechen, so würdest du erfahren, wo die Archive der ESA versteckt seien; dann wäre es ein leichtes, die Beweise gegen Averoff herbeizuschaffen. Es war jedenfalls nicht schwer, an die beiden heranzukommen: wie alle Angeklagten, saßen sie nicht im Käfig, sondern in der Mitte des Saales, und sie wurden nur von ein paar gutmütigen Polizisten bewacht. Dieser Plan aber hatte sowohl deine Schüchternheit als auch deine merkwürdige Scheu davor, sie zu beleidigen, außer acht gelassen; sobald du eintratst und die Fotografen die Blitzlichter auf dich richteten und du die Kommentare der Journalisten, das Flüstern des Publikums hörtest, da-kommt-er-dort-ist-er, flüchtetest du hinter eine Säule und kamst nicht mehr hervor, nicht einmal, wenn die Sitzung vertagt wurde. »Ist es dir gelungen?« – »Nein, morgen.« – »Hast du dich entschlossen?« – »Nein, morgen.« An einem Vormittag aber bissest du die Zähne zusammen und sprangst in die Bresche; du gingst auf Papadopoulos zu. Du warst so sehr entschlossen, ihn diesmal tatsächlich anzusprechen, erzähltest du mir später, daß du nach ein paar Schritten schon ganz ruhig wurdest und alles um dich her genauestens wahrnahmst: das Schweigen, das plötzlich ausgebrochen war, das Klopfen deines Herzens, die gänzlich verwunderten Blicke, die dir auf dem Wege zu ihm hin folgten. Auch er sah dich übrigens an, sein wassergrünes Gesicht schien endlich von einem leisen Hauch, von einem halben Lächeln bewegt, dem du nicht ansehen konntest, ob es freundlich oder ironisch war, das aber jedenfalls ermutigend wirkte, wie eine Einladung. Während du aber zu ihm hintratst, und deine Augen die seinen trafen, stiegen ferne, aber präzise Erinnerungen in dir auf, ein schwarzer Lincoln, der die Straße von Sunion entlangfährt, in diesem Lincoln jemand, den du nie gesehen hast, den du aber gleichwohl umbringen mußt, vergangene, aber noch bren-

nende Gedanken, wer weiß, was für ein Mensch er ist, wenn man ihm ins Gesicht schaut; wenn man einem Menschen ins Gesicht schaut und sieht, daß er ein Mensch ist wie du, dann vergißt man, was er darstellt, und es wird schwer, ihn umzubringen, besser ist, sich vorzustellen, man brächte nur ein Auto um, dieses verhaßte Auto, das mit hundert Stundenkilometern dahinfährt, hundert Kilometer sind hunderttausend Meter, eine Stunde sind dreitausendsechshundert Sekunden, jede Sekunde entspricht siebenundzwanzig Metern, eine Zehntelsekunde entspricht ungefähr drei Metern, und wie lange dauert eine Zehntelsekunde, mein Gott, nicht einmal einen Augenblick lang, eine Zehntelsekunde ist das Schicksal, kilia ena, kilia dio, kilia tria, tausendeins, tausendzwei, tausenddrei; und während du all dies dachtest und den Mund öffnetest, um das zu sagen, was du niemals sagen zu können geglaubt hattest, guten-Tag-Herr-Papadopoulos, ich-möchte-gerne-mit-Ihnen-sprechen, ertönte eine schrille weibliche Stimme aus dem Publikum: »Papadopoulos ist ein Henker! Joannidis ist ein Mörder! Zertretet sie, diese Würmer! An den Galgen mit ihnen!« Augenblicklich schwand deine Entschlossenheit. Du drehtest dich auf dem Absatz um und gingst errötend davon.
»Warum, Alekos, warum?« – »Weil es mir entsetzlich peinlich war, weil ich mich fürchterlich geschämt habe. Gott weiß, wie sehr ich auf sie geschimpft habe, wie ich ihnen gedroht habe, wie sehr ich sie verfluchte, aber damals waren sie die Herren, und ich lag in Ketten. Einen Mann in Ketten beleidigt man nicht. Niemals. Auch dann nicht, wenn er ein Tyrann gewesen ist. Schluß, ich werde nicht wieder in diesen Gerichtssaal zurückgehen, ich werde ihn nie mehr betreten.« Und du hieltest dieses Versprechen. Du weigertest dich sogar, bei der Urteilsverkündung zugegen zu sein. »Ich habe schon einmal gehört, wie ein Richter ein Todesurteil verlas. Ich weiß, was es bedeutet, zum Tode verurteilt zu werden.« Ich ging statt deiner hin. Und bei dieser Gelegenheit merkte ich, daß du wie üblich das Tatsächliche mit dem Spinnengewebe deiner Einbildung verknüpft hattest, daß du Dinge gesehen hattest, die es gar nicht oder nur in deiner Vorstellung gab. Vor allem lief kein einziger Gefahr, erschossen zu werden: jedes Kind wußte, daß das Todesurteil ein Scheinurteil sein würde, daß Karamanlis eine Stunde später alle begnadigen würde. Der Gerichtssaal von Koridallos war außerdem alles andere als der Schauplatz einer Tragödie, er wirkte vielmehr wie ein Theaterfoyer in der Pause vor dem letzten Akt einer Operette. Die Angeklagten kicherten vor sich hin, tauschten bedeutungsvolle Blicke und Grimassen des Einver-

ständnisses aus und vergnügten sich sogar damit, mir neugierige Blicke zuzuwerfen: er-ist-nicht-gekommen, sie-ist-statt-seiner-gekommen. Was Papadopoulos und Joannidis betraf, so waren diese peinlich darauf bedacht, sich aus dem Weg zu gehen, wie zwei eifersüchtige und sich gegenseitig hassende Primadonnen; sie erweckten in mir beim besten Willen kein Mitleid: es gelang mir ganz und gar nicht, im ersteren jene würdevolle Persönlichkeit zu sehen, die du mir beschrieben hattest, und im zweiten sah ich alles andere als den ehrlichen Soldaten, den du unerwarteterweise so heftig verteidigt hattest. Diese platte, seelenlose Gesicht, diese selbstgerechte Härte! Wenn überhaupt, so war etwas Erbärmliches an ihm, etwas jammervoll Tölpelhaftes. Die Tölpelhaftigkeit jener Militärs, die aussehen, als seien sie mit der Uniform geboren, die sie wie eine zweite Haut mit sich herumtragen und die, wenn sie sie ablegen und Zivilkleidung anziehen, grau und vulgär aussehen. Er war vulgär: mit seiner Unverfrorenheit ich-tue-was-mir-paßt, mit seiner kleinkarierten Jacke, die ihm über den breiten Hüften zu eng und zu kurz war, mit seinen Hosen, die er lächerlicherweise an den Knöcheln mit zwei Wächeklammern festgemacht hatte. Papadopoulos war nicht vulgär, er sah eher aus wie ein kleiner Angestellter, den man beim Nichtstun erwischt hat; Joannidis, der fürchterliche Joannidis, hingegen war vulgär. Ich konnte die Augen nicht von diesen Wäscheklammern wenden. Und nach einer Weile merkte er es. Er erhob sich, kreuzte die Hände auf dem Rücken, und mit schwerem Schritt, wie ein Roboter, kam er auf mich zu, die ich einsam vor der Bank des Generalstaatsanwaltes saß. Hier blieb er mit hocherhobenem Kinn und geschwellter Brust, in nutzlos feindseliger, kriegerischer Pose stehen und fixierte mich mit seinen eiskalten, blauen Augen. Ich starrte zurück, ließ mich auf das dumme Spiel ein, wenn-du-nicht-wegschaust-schau-ich-auch-nicht-weg, und das ging eine Ewigkeit so. Es dauerte so lange, bis er in seiner Sprache etwas murmelte, das ich nicht verstand, die Augen niederschlug und kehrt machte: mit hocherhobenem Kinn, geschwellter Brust, die Hände auf dem Rücken gekreuzt.

»Wer weiß, was er gesagt hat.« Du lächeltest befremdlich: »Ich weiß es.« – »Du kannst es nicht wissen, es war niemand da, der es hätte hören können.« – »Ich weiß es dennoch.« – »Ach ja? Also los, was hat er gesagt?« – »Er hat gesagt: grüßen Sie ihn von mir.« Und davon überzeugt, führtest du mich zum Essen aus, zusammen mit dem üblichen Gefolge von Faunen und Mänaden, um sie über die Ungerechtigkeit dieser Verurteilung zu belehren.

Du redetest in den Wind. Natürlich verstand dich keiner. Keiner billigte die Position, die du in bezug auf diese Männer einnahmst, die du erst hattest umbringen wollen und für die du nun soviel Barmherzigkeit zeigtest. Er spielt den Widerspruchsgeist, sagten sie, er weiß selbst nicht, was er eigentlich will. Und oft dachte ich so in diesem Sommer: niemals habe ich so sehr wie in diesem Sommer empfunden, welches Drama es ist, einen Menschen durch die Wüste zu begleiten, dessen Substanz dahinschwindet, weil er zu viele Menschen in sich vereint, alle voneinander unterschieden, alle in Widersprüche verwickelt, die sich nicht reduzieren lassen auf das Bild eines Helden mit einem guten und einem bösen Auge, einem kindlichen und einem greisenhaften Gemüt, eines Januskopfes, der halb der Vergangenheit und halb der Zukunft zugewandt ist. Wie üblich gelang es mir auch in dieser Beziehung erst nach deinem Tode, als ich mir das Mosaik deiner Persönlichkeit zusammenlegte, zu begreifen, daß jede deiner Gesten, die ich und die anderen für widersprüchlich hielten, einen eigenen Daseinsgrund hatte. Sie setzten sich alle zu einer Linie von sehr klarer Führung zusammen. Dein Verhalten gegenüber dem Prozeß gegen Teofilojannacos, Hatzizisis und der ganzen Gruppe deiner Peiniger, zum Beispiel. Du mißbilligtest diesen Prozeß nicht, du unterschiedest ihn fein säuberlich von dem gegen Papadopoulos, Joannidis und die Mitglieder der Junta, und dies nicht nur, weil er gegen eine unbestreitbare Schuld vorging, sondern auch, weil er jenen Ländern als Mahnung dienen sollte, die die Folter praktizieren. Und dennoch: dreimal hatte man dich als Zeugen der Anklage vorgeladen, und dreimal hattest du irgendeinen Vorwand vorgeschoben, um nicht erscheinen zu müssen. »Ich-habe-Fieber, ich-habe-eine-Verpflichtung, ich-befinde-mich-in-Italien.« – »Aber du bist der wichtigste Zeuge, Alekos, der, auf den man am meisten wartet!« – »Ich weiß.« – »Wann gehst du also hin?« – »Ich weiß es nicht.« Dann kam plötzlich ein Anruf: »Kommst du? Morgen gehe ich hin.« Was dich zu diesem Entschluß gebracht hatte, war das Gerücht, daß der Präsident am Tage, an dem du im Gerichtssaal erscheinen solltest, den Fotografen und den Fernsehleuten den Zutritt verbieten wollte, um soweit wie möglich die Aufmerksamkeit für deine Person und deine Zeugenaussage zu verringern. »Das ist doch unglaublich! Wer kann so etwas von ihm gefordert haben, Alekos?« – »Er.« – »Wer er?« – »Averoff, oder? Es handelt sich um ein Militärgericht, und die Militärgerichte unterstehen dem Verteidigungsminister.« – »Und was wirst du dagegen unternehmen?« – »Nichts. Es ist mir recht so.«

Ich fragte mich, weshalb dir das recht sein könne, während ich den Schauplatz inspizierte, auf dem du bald erscheinen solltest. Ein recht elender Schauplatz im Grunde. Im Gegensatz zum sehr großen und theatralischen Gerichtssaal von Koridallos fehlte hier jegliche Atmosphäre. Es war ein langes und enges Zimmer, durch einen Korridor in der Mitte geteilt, der zum Zeugenmikrophon und zur Richterbank führte. Links vom Eingang saßen die Journalisten und das Publikum, rechts die Anwälte und die Angeklagten. In der ersten Reihe der Angeklagten saß Teofilojannacos: erkennbar an der massigen Statur und dem vernarbten Affengesicht. In der zweiten Reihe Hatzizisis: in seinem blauen Anzug, seiner blauen Krawatte, seinem makellosen Hemd und seinem von der dunklen Brille halbverdeckten Gesicht. In der dritten Reihe der Arzt, der bei den Folterungen anwesend war, damit das Opfer nicht sterbe: ein hagerer, zweideutiger Mensch mit einem lasterhaften Mündchen und Augen, die unstet umherflatterten wie Schmetterlinge. Neben ihnen die anderen: ungefähr dreißig an der Zahl. Anonyme, harmlose Gesichter mit unbestimmtem Ausdruck. Selten nur sehen die Bösen auch böse aus. Übrigens sah meiner Meinung nach nicht einmal Hatzizisis böse aus. Auch Teofilojannacos nicht. Eine gewisse Niederträchtigkeit ging höchstens von seiner Frau aus, einer Anwältin: eine schöne Blondine mit boshaften Zügen und einem sarkastischen Lächeln. All dies ließ den Prozeß ganz und gar nicht dramatisch erscheinen, dessen Präsident, ein hageres, kahlköpfiges Männchen, das in einer viel zu großen schwarzen Toga steckte, müde die Sitzung leitete. Dann aber wurde dein Name ausgerufen, durch den Korridor dröhnten deine Schritte, und Teofilojannacos wurde wieder Teofilojannacos, Hatzizisis wurde wieder Hatzizisis, der Gerichtssaal weitete sich, die Langeweile verwandelte sich in hochgradige Spannung. Du kamst nicht einfach herein, du schrittest einher. Mit einer derart absichtlichen, beunruhigenden Langsamkeit, einem derart majestätischen, herausfordernden Hochmut, daß die Langsamkeit und der Hochmut in jener Nacht, in der du den drei Faschisten aus dem schwarzen Cadillac gegenübergetreten warst, im Vergleich dazu wie Schnelligkeit und Gutmütigkeit wirkten. Eins, zwei. Eins, zwei. Eins, zwei. Was jedoch am meisten beeindruckte, war nicht der Rhythmus deines Gangs. Es war vielmehr, wie dein Körper den Rhythmus deines Schrittes begleitete, vor allem der rechte Arm, der in vollkommener Übereinstimmung mit dem linken Bein sich auf und ab bewegte: als marschiertest du zum Rhythmus eines Pendelschlages. Tick, tack. Tick, tack. Tick, tack. Den anderen Arm hingegen hattest du abgewinkelt, die Hand, in der du die Pfeife hieltest, in Herzhöhe. Dein Blick war sehr fest auf den Präsidenten gerichtet, wie auf eine Beute: mit Absicht beachtetest du weder Hatzizisis noch Teofilojannacos, als hättest du sie noch nie vorher gesehen. Du gelangtest zum Mikrophon. Du fuhrst mit der rechten Hand in die Jackentasche, stecktest die erloschene Pfeife in den Mund und sagtest: »Ich muß dieses Gericht fragen...« Ich sah, wie die unbewegten Masken der uniformierten Richter sich plötzlich verwundert regten und wie das Gesichtchen des Präsidenten erbleichte: »Sie fragen gar nichts! Es ist das Gericht, das fragt! Sagen Sie, wann und wo und wie lange Sie in Haft waren! Sie sollen aussagen und nicht richten, verstanden?« Das war es also, weshalb dir das Zutrittsverbot für die Fotografen und Fernsehleute zurechtkam; das war es also, weshalb du der Vorladung zur Aussage gefolgt warst, kaum daß dir diese Nachricht zu Ohren gekommen war; das war es also, weshalb du so hereingekommen warst, ohne Teofilojannacos oder Hatzizisis eines Blickes zu würdigen: um einen Streit anzufangen und mit lauter Stimme das zu sagen, was du im Gerichtssaal von Koridallos hattest sagen wollen, und zwar, daß nunmehr die wahren Angeklagten nicht jene Schufte waren, die da vor Gericht saßen, sondern jene, die sie um des eigenen Vorteils willen richteten. Nun, da blieb nichts anderes übrig, als die Luft anzuhalten und den Knall abzuwarten.

Du nahmst die Pfeife aus dem Mund. Du hobst sie wie einen Speer: »Ich war vom 13. August 1968 bis zum 21. August 1973 in Gefangenschaft, Herr Präsident, und ich werde genaue Tatsachen aussagen. Nichts als Tatsachen, Herr Präsident, Tatsachen, die im übrigen diesem Gericht bereits bekannt sein müßten, denn ich habe es nicht nötig gehabt, ein anderes Regime abzuwarten, um die in diesem Gerichtssaal anwesenden Angeklagten zu beschuldigen: um Zeit zu sparen, brauchten Sie nichts anderes zu tun, als meine Anklage von vor sieben Jahren zu lesen, die offensichtlich von der Verwaltung, die Papadopoulos zu Diensten stand, unbeachtet blieb. Diese Anklage befindet sich in der Akte, die vor Ihrer Nase liegt. Aber ich stelle eine Bedingung, um diese Fakten hier zu wiederholen: nämlich daß Sie sich mit Höflichkeit an mich wenden, daß Sie mich bei meinen Vor- und Zunamen nennen, daß Sie mich mit ›Herr‹ ansprechen, oder besser noch mit ›Herr Abgeordneter‹, und daß Sie mir erklären, warum Sie den Fotografen und den Fernsehleuten verboten haben, meiner Aussage beizuwohnen. Ist es Ihr Verteidigungsminister Evangelis Averoff gewesen, der Ihnen dies befohlen hat?« – »Zeugeee!« Ungeachtet dieses Aufschreis, stieß die Pfeife zweimal in die Luft: »Ich wiederhole die Frage, Herr Präsident. War es der Verteidigungsminister Evangelis Averoff, der Ihnen dies befohlen hat?« – »Zeugeee! Ich stelle hier die Frageeen!« – »Und ich werde antworten, sobald Sie sich gerechtfertigt haben.« – »Zeuge! Sie vergessen, wo Sie sich befinden.« – »Ich vergesse das nicht. Ich befinde mich vor einem Militärgericht, um über die Schuld von Männern auszusagen, die ich sieben Jahre lang bekämpft habe, während Justizbeamte wie Sie ihnen dienten. Ich befinde mich in einem Gerichtssaal, in dem man über Folterer richtet, deren Opfer laut den Gesetzen der Diktatur verurteilt wurden. Ein Gerichtssaal, in dem ich mit geringerem Respekt behandelt werde, als der, der mir von den Beamten von Papadopoulos zuteil wurde.« – »Schweig!« – »Sie sprechen mich wieder mit ›du‹ an, Herr Präsident.« – »Schweig!« – »Sie sprechen mich weiterhin mit ›du‹ an, wie die Beamten von Papadopoulos. Und wenn du mich mit du anredest, kleiner Averofaki, dann sag auch ich zu dir du: wie zu den Beamten von Papadopoulos.« Die uniformierten Richter hörten mit immer größerem Staunen zu und zuckten bei jedem Satz zusammen. Die Angeklagten saßen wie versteinert da, ebenso ihre Anwälte. Die Journalisten schrieben und schrieben in heller Aufregung, und ich fragte mich, wann ein Waffenstillstand eintreten würde. Aber es kam kein Waffenstillstand. Der Wortwechsel ging weiter, die Stimmen versuchten sich gegenseitig zu übertönen, dröhnend die deine, schrill die des Präsidenten, ein Sichüberkreuzen der Schreie, ein Hundegebell. Der Kampf, den du vorbereitet und erwartet hattest. »Zeuge! Ich will hören, was sich nach deiner Verhaftung ereignet hat und sonst nichts!« – »Nicht, bevor du mir nicht erklärt hast, Averofaki, warum du den Fotografen und dem Fernsehen den Zutritt verboten hast. Nicht, bevor du nicht aufhörst, mich mit du anzureden!« – »Ich heiße nicht Averofaki! Was heißt Averofaki?« – »Das weißt du sehr gut, Averofaki! Es heißt ›Averoffknecht?!« – »Hier wird das Gericht beleidigt. Silentium!« – »Silentium sagst du zu mir, Averofaki? Sie haben es nicht geschafft, mich mit ihren Folterungen, mit ihrem Erschießungskommando zum Schweigen zu bringen, und ausgerechnet du willst mir einen Maulkorb umlegen? Du?!« – »Ich lege dir keinen Maulkorb um, ich verhöre dich nach den Regeln des Prozesses!« – »Die Regeln des Prozesses sehen die Anrede ›Sie‹ und nicht ›du‹ vor, Averofaki!«– »Tatsachen! Ich will Tatsachen hören!« – »Lies sie nach, Averofaki!«

Er gab nach. Vielleicht, weil er dich nicht verhaften durfte ohne die Erlaubnis des Parlaments, vielleicht, weil der Skandal ihm hätte schaden können, vielleicht, weil er langsam müde wurde und merkte, daß er es niemals schaffen würde, gab er schließlich nach. Er kauerte sich auf seinem Sessel zusammen, kehrte zum ›Sie‹ zurück und flehte dich an: »Beruhigen Sie sich, Herr Panagoulis, ich bitte Sie. Lassen Sie sich die Sache nicht so nahegehen und haben Sie die Güte, mir meine Frage zu beantworten. Bitte.« Und du nahmst das Friedensangebot an, du verzichtetest darauf, daß er bekannte, weshalb er den Fotografen und dem Fernsehen den Zutritt verboten hatte, du hattest ja schon alles gesagt, was du sagen wolltest, du senktest die Pfeife, nahmst die Hand aus der Jackentasche und begannst, die Leiden aufzuzählen, die du zwischen dem 13. August 1968 und dem 21. August 1973 erlitten hattest. Aber mit erloschener, gelangweilter Stimme, fast als rezitiertest du eine Rolle, deren Notwendigkeit du nicht einsahst; du sprachst nicht länger als dreißig Minuten. Andere hatten fünf, sechs Stunden lang gesprochen, hatten Einzelheiten, unwichtige Kleinigkeiten, Überflüssiges dargestellt; du hingegen verdichtetest den Kreuzzug von tausendachthundertdreißig Tagen und tausendachthundertzweiunddreißig Nächten auf eine halbe Stunde, all die Tage und Nächte, in denen du die Hoffnung darauf, so sprechen zu können, wie du jetzt sprachst, vor einem Gericht jene anklagen zu können, die heute unmittelbar hinter dir saßen, das einzige war, was dich aufrechterhielt. Du vergeudest in weniger als einer halben Stunde die lang ersehnte Gelegenheit, und du sagtest fast nichts von all dem, was du zu mir sprachst, wenn die Erinnerung dich ins Fieber brachte und du im Fieber phantasiertest und mit brennendem Kopf und eiskalten Beinen in meinen Armen weintest, bis mein Gesicht sich in das von Teofilojannacos oder von Hatzizisis oder des Arztes verwandelt, der bei den Folterungen dabeisaß, und wenn ich dich bat beruhige-dich-ich-bin-es, schau-mich-an-ich-bin-es, so stießest du mich zurück und schriest nein-hört-auf-hört-auf, Mörder Mörder, Hilfe. Sogar die grauenvollsten Qualen erwähntest du nur nebenbei und bagatellisiertest sie, als gehörten sie einer weit entfernten Vergangenheit an, von der keine Spur mehr in dir zurückgeblieben war, als wären Teofilojannacos, Hatzizisis und all die anderen, die nur ein paar Meter hinter dir saßen, tausend und abertausend Meilen entfernt: aufgelöst in Raum und Zeit. Namen, Vornamen, Daten, trockene Informationen und sonst nichts. Peitschenhiebe, Knüppelschläge, Fausthiebe, Verbrennungen mit Zigaretten auf den Genitalien und

auf den ganzen Körper, Bastonaden, Erstickungen mit und ohne Decke, sexuelle Folterungen. Auf den beiden Worten ›sexuelle Folterung‹ bliebst du stehen. »Fahren sie bitte fort«, bat dich der Präsident mit ganz anderer, fast liebevoller Stimme. »Nein, das reicht.« – »Das reicht?!« – »Ja, mein Herr, ich habe nichts mehr hinzuzufügen.«
Ein ungläubiges Schweigen folgte. Alle, von den Richtern bis zu den Angeklagten, von den Anwälten bis zu den Journalisten schienen starr vor Erstaunen. Ist es denn möglich, daß man jahrhundertelang auf ein Glas Wasser wartet und es dann zurückweist? »Vielleicht haben Sie etwas vergessen«, ermutigte dich der Präsident. »Ich habe nichts vergessen. Ich wiederhole jedoch: das reicht.« Von neuem folgte Schweigen. »Hat noch jemand Fragen an den Zeugen zu richten?« stotterte der Präsident. Nach endloser Wartezeit machte lediglich ein Angeklagter in Hauptmannsuniform von der Einladung Gebrauch: »Ich möchte, daß Herr Panagoulis sagt, wie ich mich während des Verhörs verhalten habe.« Vielleicht hoffte er, daß du ihn von irgendeiner Schuld freisprechen würdest, vielleicht hatte er sich auch tatsächlich menschlicher verhalten als die anderen und verdiente etwas Nachsicht. Du aber erfülltest ihm seinen Wunsch nicht, sondern drehtest kaum merklich den Kopf, wobei du über Teofilojannacos und Hatzizisis hinwegsahst, und antwortetest rätselhaft: »Wie jetzt.« Zum drittenmal schwiegen alle. »Sonst möchte niemand mehr eine Frage an den Zeugen richten?« wiederholte der Präsident. Und dies war der Augenblick, in dem Teofilojannacos sich regte. Schwer erhob er sich, fast so, als koste es ihn eine unausprechliche Mühe; er stützte sich auf das Geländer der Bank, auf der seine in die Toga gehüllte Frau saß. Im Stehen wirkte er sehr groß und sehr stark, mit breiten Hüften wie ein Boxer und gedrungenem Stiernacken wie ein Schwergewichtler. Und dennoch war etwas Zerbrechliches an ihm, etwas Schmerzliches oder Resigniertes, das, ob man wollte oder nicht, mitleiderregend war. Man fühlte ein ähnliches Mitleid, wie man es vor einem toten Elefanten oder einem besiegten Rhinozeros empfindet. »Alekos...« Er klammerte sich immer noch an das Geländer und berührte leicht die Toga seiner Frau, die ihm ärgerlich Gott weiß was zuflüsterte; sein glänzender Blick lag auf deinen Schultern, er räusperte sich und wiederholte mit rauher, trauriger Stimme deinen Namen: »Alekos...« Es klang eher wie ein Gebet als wie ein einfacher Name. Eine herzzerreißende Bitte, dich umzudrehen, ihm wenigstens einen kurzen Blick zuzuwerfen. »Alekos...« Du bliebst taub und unbeweglich. »Ich

muß eine Erklärung abgeben, Alekos.« – »Erklärungen werden dem hohen Gericht abgegeben, und nicht den Zeugen«, mahnte der Präsident. Teofilojannacos senkte den Kopf, ohne den Blick von dir abzuwenden, der, das wußte ich, dir wie eine Bleidecke auf den Schultern lastete. Aber du drehtest dich nicht um, und du würdest dich auch nicht umdrehen. »Nun, was für eine Erklärung?« fragte der Präsident. Teofilojannacos holte tief Luft. »Die folgende, meine Herren. Alekos ... Der Herr Abgeordnete Panagoulis hat nicht alles erzählt, was er hätte erzählen können. Das, was er erzählt hat, ist wahr. Ich möchte ihn bitten, daß er mir glaubt, wenn ich sage, daß es mir leid tut, daß es uns leid tut, daß wir ihn auf diese Weise behandelt haben. Ich möchte ihn bitten, mir zu glauben, wenn ich sage, daß ich ihn sehr achte, daß ich ihn immer geachtet habe, daß ich ihn auch damals geachtet habe, daß wir ihn sehr achteten. Denn ...« Hier versagte ihm die Stimme, um jedoch sogleich kräftiger und sicherer fortzufahren. »Denn, meine Herren, er ist der einzige, der uns standgehalten hat. Der einzige, der sich von uns nicht beugen ließ!«
Du bewegtest keinen Muskel deines Gesichts, deines Körpers. Du zucktest nicht mit der Wimper, du gabst nicht das leiseste Zeichen der Reaktion auf das, was du gehört hattest. In dieser Haltung wartetest du, bis das Gericht dich entließ, und als der Augenblick kam, wieder über den Korridor zurückzugehen, drehtest du dich nach der entgegengesetzten Seite um, um Teofilojannacos weiterhin den Rücken zuzukehren oder ihm höchstens das Profil zu zeigen. Mit der gleichen Langsamkeit wie vorher, im gleichen Takt, den linken Arm rechtwinkelig abgebogen, die Hand, die die Pfeife umklammerte, in Herzhöhe, den rechten Arm wie ein Pendel im Rhythmus deiner Schritte auf und ab bewegend, erhobenen Kopfes, festen Blicks verließest du den Gerichtssaal. Eins, zwei. Eins, zwei. Eins, zwei.

Und Zakarakis? Nun, nachdem der Berg die Farce für notwendig erklärt hatte, folgte ein Prozeß auf den anderen. Kaum war einer abgeschlossen, strengte man den nächsten an, der nichts anderes als die Verlängerung oder die Wiederholung des ersten, des zweiten, des dritten war; es erschienen also schließlich auch jene auf der Anklagebank, die man zunächst außer acht gelassen hatte, weil sie nicht wichtig genug gewesen waren. Endlich war auch Zakarakis an der Reihe, und ihm gegenüber, dachte ich, würdest du dich wohl anders verhalten. Es war doch nicht möglich, daß du das Hohngelächter jener Nacht vergessen hattest, als er dich mit der Hälfte des Körpers draußen und der anderen Hälfte drinnen im Mauerloch überrascht hatte? Es war doch nicht möglich, daß du das Grinsen vergessen hattest, mit dem er dir die Gruft mit der Zypresse zeigte, und all die Male, wo er dir die Schuhe, das Schreibzeug, das Papier weggenommen hatte; und die Prügel und die Zwangsjacke? Es war möglich. Es genügte dir, ihm wieder in das stumpfsinnige Gesicht mit den Schweinsäuglein zu sehen, um dich an jenes Versprechen zu erinnern, das du ihm gegeben hattest, als er entdeckte, daß X nicht für Xania, Y nicht für Yemen, Z nicht für Zürich stand, und er dir den blauen und den roten Kugelschreiber brachte, damit du das Rechenproblem von Fermat lösen könntest: »Hör mir zu, Zakarakis. Du bist ein unglaubliches Arschloch, aber du kannst nichts dafür. Und wenn du auf der Anklagebank sitzen wirst, und ich gegen dich aussagen soll, werde ich genau das sagen. Daß du ein unglaubliches Arschloch warst, daß du aber nichts dafür konntest.« In der Tat war deine Rede eher ein Verteidigungsplädoyer als eine Zeugenaussage. »Ja, das, was ich in Boiati gelitten habe, verdanke ich Zakarakis. Er war es, der mir wochenlang die Handschellen nicht abnahm, der mich schlug und der befahl, daß man mich schlage, der mir die Bücher, die Zeitungen, das Schreibzeug und das Papier wegnahm, der mich beleidigte und mich mit grausamer Bosheit verfolgte. Aber auch ich strömte nicht über vor Zärtlichkeit. Seine Beleidigungen beantwortete ich mit Ungerechtigkeiten, seine Bosheit mit Provokation. Einmal befahl er, daß man mich kahlschere, und ich sagte zu ihm: ›Entweder alles oder nichts, Zakarakis. Du kannst mir nicht den Kopf kahlscheren, ohne mir auch die Haare unter den Achseln und um die Eier herum abzurasieren. Wenn du mich nicht auch unter den Achseln und um die Eier herum rasierst, werde ich wieder in den Hungerstreik treten.‹ Er hatte eine Todesangst vor meinen Hungerstreiks, er gab sofort nach. Er schickte einen Soldaten, der mir die Haare unter den Achseln und um die Eier herum wegrasieren sollte. Ich wies ihn zurück: ›Nein, Zakarakis soll es machen, denn er ist schwul und hat Spaß daran.‹ Ich behauptete immer, er sei schwul oder er sei dumm. ›Du bist so dumm, Zakarakis, daß, wenn du einmal tot sein wirst, dein Schädel in der Militärschule als Spucknapf aufgestellt werden wird.‹ Sie brauchen sich also nicht zu erbosen über ihn, meine Herren Richter, um so weniger, als es in jedem Regime solche Zakarakis' gibt, es sind Feiglinge ohne Bedeutung. Es sind jene Typen, die ›es lebe Papadopoulos‹ schreien, wann immer man es ihnen befiehlt, ›es lebe Joannidis‹, wann immer man es ihnen befiehlt, ›es lebe der

König‹, wann immer man es ihnen befiehlt. Wenn Teofilojannacos einen Staatsstreich ausgeführt hätte, so hätte er auch ›es lebe Teofilojannacos‹ geschrien. Leute wie er gehören ganz und gar der Herde an, die blökt, was man ihr befiehlt, und geht, wohin derjenige sie treibt, der gerade der Herr ist. Leute, die gehorchen und sonst nichts, die sich nur wohl fühlen, wenn sie sich an die Fersen einer Autorität heften können. Die Straßen sind voll von ihnen, ebenso die Plätze, auf denen man Versammlungen abhält. Armer Zakarakis. Wenn ich an eurer Stelle wäre, würde ich ihn nur zu einer Woche Haft in meiner Zelle verurteilen, bis er weiß, wie einem dort drinnen zumute ist.« – »Hört ihn nicht an!« schrie Zakarakis verzweifelt. »Ich bin kein Idiot, ich bin kein Schwachkopf, der nichts zählt! Ich bin der Direktor, ich war der Direktor, der Chef! Der Chef! Ich nehme die Verantwortung auf mich, ich möchte, daß man das beurteilt, wofür ich verantwortlich bin!« Aber dank deines Plädoyers wurde er freigesprochen. Und es versteht sich von selbst, daß du dich inzwischen auch allen anderen gegenüber in dieser Weise verhieltest. Mit einemmal schien es, als glaubtest du nicht mehr an all die Dinge, an die du immer geglaubt hattest, an die Prinzipien, die bisher die Grundlage deiner politischen Moral gewesen waren: an den Kult des Individuums, die Weigerung, jene freizusprechen, die auf Geheiß irgendeines Industriebosses die Kugel für die M 16 herstellen und sie dann auf Geheiß irgendeines Generals abschießen, die Verachtung für all jene, die sich hinter dem Refrain ich-führe-nur-Befehle-aus verschanzen. Fast in all deinen Aussagen verschenktest du diesen Refrain. »Es stimmt, daß der Korporal Sowieso an meinen Folterungen teilgenommen hat, aber er führte nur Befehle aus. Und in Ägina warf er sich an jenem Morgen, an dem ich auf meine Erschießung wartete, auf die Knie und bat mich um Verzeihung.« – »Es stimmt, daß der Sergeant Sowieso mich fast zu Tode prügelte, aber er führte nur Befehle aus. Und in Boiati überbrachte er meiner Mutter Nachrichten von mir, und er brachte meine Gedichte in Sicherheit.« Zum Schluß verschenktest du diesen entschuldigenden Refrain sogar an Teofilojannacos. Mit allen Konsequenzen, die sich daraus ergaben.

Sein Fall wurde vor das Berufungsgericht gebracht, und diesmal war der Präsident ein braver Mann, der ganz und gar nicht dem Drachen untertan war. Er hatte kein einziges Verbot gegen die Fotografen und das Fernsehen ausgesprochen, und behandelte dich mit fast unterwürfigem Respekt: ohne ein einziges Mal die Mahnung ›Fakten-und-nicht-Meinungen‹ gegen dich auszusprechen, ohne dich ein einziges Mal zu tadeln, wenn du in der Tat eher deine Meinung kundtatest als Fakten aussagtest; darüber hinaus wandte er sich stets mit dem Titel »Herr Abgeordneter‹ an dich. ›Sprechen Sie ruhig, Herr Abgeordneter.« – »Ich sage, mein lieber Herr Präsident, daß man die Schuld der Soldaten von der Schuld der Offiziere unterscheiden muß. Ich sage, daß man die Soldaten freisprechen muß, weil sie sich den Befehlen nicht widersetzen können. Im übrigen können auch die Offiziere sich den Befehlen nicht widersetzen. Haben Sie sich vielleicht geweigert, die Resistenzler zu verurteilen, während Sie der Junta dienten und dem Militärgericht angehörten?« Ein ungerechter Satz, gewissermaßen eine unentgeltliche Beleidigung. Und er wies sie mit großer Würde zurück: »Sie irren sich, Herr Abgeordneter. Ich habe niemals der Junta gedient, ich habe niemals einem Militärgericht angehört, ich habe niemals einen Resistenzler verurteilt.« – »Ach nein? Warum haben sie dich dann zum General gemacht, Averofaki?« Ein Augenblick der Verwirrung, dann ein Ausruf: »Bravo, Alekos! Mein Kompliment, Alekos!« Es war Teofilojannacos, der das rief. An jenem Tag sah er ganz und gar nicht aus wie ein besiegtes Rhinozeros. Aufgebläht von Anmaßung, voll Unternehmungsgeist, sog er deine Worte in sich auf wie Götternektar; als du entlassen wurdest, schoß er auf dich zu. »Darf ich dir meine Frau vorstellen, Alekos?« Mit dem sarkastischen Lächeln auf den rot angemalten Lippen verstellte dir die Blondine den Weg und hielt dir die rechte Hand hin. Ein Augenblick der Unentschlossenheit, dann ergriffst du ihre Hand: »Sehr erfreut.« Und bevor dir noch richtig klar wurde, was da geschah, hieltest du an der Stelle ihrer weichen Finger die harten von Teofilojannacos in der Hand. »Lieber Alekos, erlaube, daß auch ich dir die Hand drücke.«

»Und du hast ihm die Hand gedrückt!« – »Ich habe sie ihm gedrückt. Ich habe ihm geantwortet: nun, es ist nicht das erste Mal, daß ich Scheiße anfasse. Dann habe ich sie ihm gedrückt.« – »O nein!« – »O ja. Wir haben uns sogar umarmt. Oder besser, er hat mich umarmt. ›Du hast dieses Wort so oft zu mir gesagt, daß ich nun eine Hornhaut habe‹, sagte er zu mir. Dann hat er mich umarmt.« – »O nein.« – »O ja.« – »Aber das war doch wirklich nicht nötig ... Ich verstehe dich nicht, Alekos. Ich verstehe dich nicht mehr.« – »Weil du die Männer, die einen Kampf ausfechten, nicht verstehst. Lies Sartre.« – »Was hat Sartre damit zu tun?« – »*Die schmutzigen Hände.* Letzter Akt, fünftes Bild, dritte Szene. Ich habe die Stelle auswendig gelernt: ›Wie du auf die Sauberkeit hältst, mein Junge! Was für eine Angst du davor hast, dir die Hände schmutzig zu machen! Nun gut, bleibe rein! Wozu nützt dir das? Und warum kommst du zu uns? Die Reinheit ist eine Idee der Fakire, der Mönche. Euch Intellektuellen, euch anarchistischen Bürgern, dient sie als Entschuldigung dafür, nicht arbeiten zu müssen. Nicht arbeiten zu müssen, unbeweglich zu bleiben, die Ellbogen gegen den Leib zu drücken, Handschuhe zu tragen. Meine Hände sind bis zum Ellbogen hinauf schmutzig. Ich habe sie in Scheiße und Blut getaucht‹«. – »Aber deine Hände waren immer sauber, Alekos, immer!« – »Deshalb habe ich immer verloren.« – »Alekos, was stellst du da nur an?« – »Nichts, das ich nicht schon seit geraumer Zeit vorhätte. Auch wenn du jetzt nur zusehen kannst und sonst nichts, nur zuhören kannst und sonst nichts. Tja! Es kommen interessante Dinge zur Sprache in diesen Prozessen, es geschehen interessante Sachen!« Und deine Augen leuchteten böse auf. Aber es war nicht notwendig, nach dem Grund zu fragen. Er lag klar vor Augen. Wie ein Orkan, der sich durch eine Verdüsterung des Himmels, durch das Brausen des Windes ankündigt, und der nach einer langen Zeit der Verhaltenheit in die Ruhe der Dinge einbricht, der dann Äste zerbricht, Bäume entwurzelt, Dächer abdeckt, so bereitetest du dich darauf vor, aus deinen Ketten auszubrechen: deine tausend Gesichter in einem einzigen zu vereinen. Das Gesicht Satans, der, von Gott enttäuscht, sich gegen seine Herrschaft auflehnt und der im irrigen Glauben, auf diese Weise siegreich zu sein, beschließt, ein Dämon zu werden. Die teuflische Hetzjagd hinter dem schwarzen Cadillac her, deine Verteidigung für Papadopoulos, deine Rechtfertigung für Joannidis, deine Freisprechung für Zakarakis, dein Händedruck mit Teofilojannacos waren nur ein Vorspiel. Eine Verdüsterung des Himmels, ein Brausen des Windes.

FÜNFTER TEIL

1. Kapitel

Alle Fahnen, auch die nobelsten und reinsten sind mit Blut und Dreck beschmiert. Bewunderst du die ruhmreichen Banner, die wie ehrenvolle Kostbarkeiten in Museen und Kirchen aufgestellt sind, um davor im Namen der Ideale und irgendwelcher Träume niederzusinken, so mach dir keine Illusionen: die bräunlichen Punkte sind keine Rostflecke, es sind Rückstände von Blut und Dreck, und öfter von Dreck als von Blut. Dreck der Besiegten, Dreck der Sieger, Dreck der Guten, Dreck der Schlechten. Dreck der Helden und Dreck des Menschen, der aus Blut und Dreck besteht. Wo das eine ist, ist leider auch das andere, eines kann nicht ohne das andere sein. Sicherlich hängt vieles von der Menge des geflossenen Blutes und des aufgewühlten Drecks ab: wenn ersteres das zweite übersteigt, werden Hymnen gesungen und Denkmäler errichtet; wenn das zweite das erste übertrifft, schimpft man über den Skandal und feiert Riten der Versöhnung. Doch ein Bestimmen des Verhältnisses ist nicht möglich, zumal mit der Zeit Blut und Dreck die gleiche Farbe annehmen. Auch sind fürs Auge die meisten Fahnen blitzblank sauber: um die Wahrheit herauszufinden, müßte man die Toten fragen, die im Namen der Ideale, der Träume, des Friedens umgebracht wurden, jene, die unter dem Vorwand, die Welt schöner zu machen, beschimpft, beleidigt und betrogen wurden, und mit diesen Zeugenaussagen eine Statistik der Schändlichkeiten, der Grausamkeiten und der Schweinereien, die als Tugend, Gnade und Reinheit verkauft wurde, aufstellen. Es gibt keine Heldentat in der Menschheitsgeschichte, die nicht einen Preis von Blut und Dreck gekostet hätte. Sei es, daß du auf der sogenannten richtigen Seite (richtig für wen?), sei es, daß du auf der sogenannten falschen Seite kämpfst (falsch für wen?), schießt du im Krieg nicht auf Schießbudenblumen. Du schießt mit Blei, wirfst Bomben und tötest Unschuldige. Im Frieden ist es dasselbe, jede große Geste ist wie ein Sensenstreich, der erbarmungslos Opfer mäht; wehe den Helden, die den Kampf mit dem Drachen, wehe den Dichtern, die den Kampf mit den Windmühlen aufnehmen: sie sind die schlimmsten Henker, denn zum Opfern berufen, zum Martern bestimmt, zögern sie nicht, den anderen Opfer und Marter aufzuerlegen; als würde ein entwurzelter Baum weniger entwurzelt sein, ein abgedecktes Dach zugedeckter sein und ein gebrochenes Herz weniger gebrochen sein, wenn der Beweggrund gut ist und das Ergebnis positiv. Das war es, was ich vergessen hatte, als sich in mir die durch Warten und Hoffnung beschwichtigten Ängste bildhaft vordrängten und der Sturm losbrach. Unfähig, den eigentlichen Grund zu finden, der mich verstörte, den Grund, den ich nach deinem Tod erkannte, zog ich mich mit Schaudern von dir zurück.

Der Herbst lag schon in der Luft, und ich war ohne Begeisterung nach Athen zurückgekehrt, nicht meinem Wunsch folgend, sondern einem Brief. Das Trauma der letzten Reise belastete mich wie eine unverdauliche Speise, der Knoten aus Exzessen und Mißverständnissen, der sich vor meinen Augen gebildet hatte, quälte mich mit tausenderlei Zweifeln und irgend etwas in mir war kaputtgegangen. Zu oft war ich in diesen vierzehn Monaten gemeinsamen Lebens müde geworden, in deiner Wüste zu wandeln, deine Einsamkeit zu nähren, ohne meine verringern zu können; zu oft hatte sich die Person, die ich liebte, in andere Persönlichkeiten aufgesplittert, um sich danach vielleicht wieder zu einem unerkennbaren und unbegreiflichen Individuum zusammenzufügen. Du schriebst keine Gedichte mehr, blättertest in Büchern, anstatt sie zu lesen, und begnügtest dich mit simplen Slogans, anstatt dich irgendwelchen Diskussionen zu stellen; du kümmertest dich nicht mehr um das Parlament, auf das du nur noch ironisch und in zerstreutem Ton anspieltest: nichts interessierte dich mehr außer deinem Gelübde und deinem Drachen. Du sprachst nur noch von ihm, von den Beweisen gegen ihn, die man sammeln müsse, und ignoriertest jedes andere Problem und jede andere Wirklichkeit. Kam ich auf etwas anderes zu sprechen und sagte: »Nun komm, Averoff ist nicht der Mittelpunkt der Erde, die Dokumente der ESA können doch nicht dein einziges Interesse und deine einzige Beschäftigung sein«, so nahmst du es mir übel: »Du verstehst nichts, du willst es gar nicht verstehen!« Und als wäre dies nicht genug, hielten jene fürchterlichen Nächte an: das Thermometer all deiner Unzufriedenheit, all deiner Verzweiflung. Der Kreis der Mänaden um Dionysos hatte sich vergrößert und auch erbärmliche Geschöpfe aufgenommen, und es schien, als habest du eine perverse Freude daran, dich zu erniedrigen. Normalerweise handelte es sich um das, was du ein-Sprung-und-weg nanntest, mit der Uhr am Arm, um die Geschwindigkeit zu messen, doch oft komplizierte sich die Situation, du wurdest in Unannehmlichkeiten verwickelt, in ein Spinnennetz, aus dem du dich nicht mehr befreien konntest; das alles setzte dich in meinen Augen herab, nahm mir sogar den Wunsch, mit dir zu sein. »Wann kommst du?« – »Ich weiß nicht.« – »Dann komme ich.« – »Nein, warte. Ich muß nach London, nach Paris und New York.« Es war, als könnte ich fern von dir die Krise überwinden und eine schwindende Liebe festhalten. Aus der Entfernung konnte ich dich in der Tat durch den Filter der Erinnerungen betrachten, die Fehler und Übel aussondern, so daß ich die Person wiederfand, die ich bewundert hatte und die, wie ich es mir immer wieder enttäuscht sagen mußte, vor meinen Augen zerfiel. Zuerst war es dir nicht klargeworden, du trugst archaischen Mannesstolz zur Schau und beschuldigtest mich des für mich unbegreiflichen Betruges; doch nach dem Händedruck mit Teofilojannacos und dem Polemisieren über schmutzige Hände hattest du verstanden, daß es kein Rivale war, der mich bewegte, dich zu meiden, sondern der Überdruß, und mit dem Instinkt eines gefährdeten Tieres schicktest du mir einen unwiderstehlichen Brief: unterschrieben mit Unamuno und nur aus Sätzen Unamunos zusammengefügt. »Wenn ich vor ihm so sehr fliehe, so glaube mir, ist es, weil ich ihn liebe. Ich entfliehe ihm, und doch suche ich ihn. Ist er mir nahe, sehe ich seine Augen, höre ich seine Stimme, würde ich ihn gerne blind und stumm machen, doch kaum entferne ich mich von ihm, sehe ich zwei zitternde Flammen auftauchen, die wie zwei Sterne in der Nacht leuchten. Es sind seine Augen und seine Worte, die so rein durch seine Abwesenheit sind. Seine Seele ist mir nah, je weiter sein Körper entfernt ist. Post scriptum: wann kommst du?« Ich hatte nachgegeben. Ich war geeilt, doch mit einem Vorgefühl, das auch nicht schwand, als wir uns am Flughafen von Athen umarmten, das höchstens stärker wurde, wie ein Fieber, dessen Ursache man nicht kannte. Und nun lagen wir umschlungen im Bett, und seit einigen Minuten blicktest du mich an, als wolltest du mir etwas sagen, ich fühlte, daß die Ursache sich nun herausstellen würde durch Worte, die ich lieber nicht gehört hätte.

Du begannst folgendermaßen zu reden: »Dieser Skorpion. Er war kein Mann, er war ein Skorpion. Ihm würde ich nie die Hand drücken, auch nicht wenn ich dadurch das Paradies auf die Erde holen könnte. Alles hat seine Grenzen, auch schmutzige Hände, wie soll man außerdem einem Skorpion die Hand drücken! Ein Skorpion hat keine Hände, er hat Zangen!« – »Von wem sprichst du eigentlich?« – »Von Hatzizisis spreche ich. Vom Herrn Oberstleutnant Nicolas Hatzizisis. Teofilojannacos war ein Engelchen im Vergleich zu ihm. Denn bei Teofilojannacos konnte ich mich wehren oder mich beklagen, schreien und bewußtlos werden. Teofilojannacos schlug mich und damit Schluß, er mißhandelte meinen Körper und nicht mehr. Dieser Skorpion aber! Er fuhr seinen Stachel aus, bohrte ihn mir in die Seele, zack! Er spritzte mir Gift ein.« – »Alekos, warum denkst du jetzt an diese Dinge?« – »Und wie sie mich verspottet haben, nachdem ich zum Tode verurteilt worden bin! Guten Morgen, Sokrates. Oder soll ich dich Demosthenes nennen? Guten Morgen, Sokrates. Nein, der Vergleich mit Sokrates scheint mir passender! Ich war dem Weinen nahe. Und je mehr ich mir sagte, du darfst vor ihm nicht weinen, nein, desto stärker schossen mir die Tränen in die Augen.« – »Alekos! Was hat denn das alles jetzt damit zu tun, Alekos?« – »Und dann konnte ich die Tränen nicht mehr zurückhalten. Es war schrecklich, wie ein Kind vor einem Skorpion zu heulen. Es war schrecklich, denn er wurde daraufhin noch ironischer: wer-hätte-das-gedacht-daß-du-weinen-kannst, und so weiter. Ich verlor den Kopf. Ich schrie ihn an: Ich werde nicht sterben, Hatzizisis, und eines Tages werde ich dich zum Weinen bringen, denn eines Tages wirst du im Gefängnis landen, und wenn du im Gefängnis bist, werde ich mit deiner Frau schlafen, ich werde sie ficken, bis sie Blut uriniert und ihr die Eingeweide heraushängen, und du wirst nichts machen können, Hatzizisis, nichts, nur weinen, wie ich jetzt weine.« – »Alekos, ich bitte dich!« – »Und er fing an zu lachen. Er erwiderte mir, daß er nicht verheiratet sei.« – »Alekos, kannst du mir sagen, weshalb du plötzlich an all dies zurückdenkst?« In all diesen Monaten hattest du nie von Hatzizisis gesprochen. Nie. »Weil ... Erinnerst du dich daran, als ich dir sagte, daß bei den Prozessen interessante Dinge geschehen sind?« – »Ja.« – »Deshalb, ich hatte begriffen, daß dort der Schlüssel zu finden war. Seine Anwälte benahmen sich etwas zu frech. Sie drohten immer mit Enthüllungen, ließen Papiere flattern, die sie später gar nicht vorwiesen und den Akten nicht beilegten. Deshalb machte ich eine kleine Umfrage und erfuhr, daß er im Gefängnis bevorzugt behandelt wurde. Radio, Fernseher, Besuch von Verwandten und Freunden, unter ihnen auch ein gewisser Kuntas, der für einen Milliardär, der die Faschisten finanziert, arbeitet. Und jeder von ihnen kam mit einem Bündel Fotokopien zu ihm, die der Herr Oberstleutnant äußerst genau prüfte ... Es waren die Kopien des Archivs der ESA. Es sind die Dokumente, die ich brauche.« –

»Ah!« – »Und ich werde sie ihm nehmen.« – »Weißt du, wo er sie aufbewahrt?« – »Nein, aber ich weiß, wer sie aufbewahrt.« – »Wer?« – »Seine Frau.« – »Du sagtest doch, er sei nicht verheiratet.« – »Er war es nicht, doch jetzt ist er es. Verheiratet und verliebt. Sie muß ein hübsches Mädchen sein. Sehr viel jünger als er. Die Tochter eines Widerstandskämpfers, denk bloß. Sie lernten sich kennen, als ihr Vater im Gefängnis war, und heirateten vor drei oder vier Jahren.« – »Kennst du sie?« – »Nein, nie gesehen.« – »Was dann?« – »Ganz einfach: ich werde sie kennenlernen.« – »Und wenn sie dich nicht kennenlernen möchte?« – »Sie wird schon wollen, gewiß.« – »Wenn sie dir nicht verraten möchte, wo sie die Dokumente aufbewahrt?« – »Das wird sie mir verraten, gewiß. Es fehlt noch ein Satz der dritten Szene des fünften Aufzugs im letzten Akt der Komödie von Sartre: In Dreck und Blut dringt das Glied leichter ein als die Hand.« – »Alekos!« – »Was übersetzt heißt: nichts ist unwürdig, wenn das Ende würdig ist.« – »Alekos!« – »Eben das, was die Figur von Sartre ausdrücken will.« – »Alekos!« – »Hm. Da erwartet mich ein schönes Stück Arbeit, ja. Weißt du, das einzige, was mich bei der ganzen Sache beunruhigt ist, daß ich nichts habe, um mich im Notfall fortzubewegen, ich kann nicht immer auf Taxis oder geliehene Autos angewiesen sein. Nicht einmal dein Don Quichotte ging zu Fuß. Also brauche ich ein Pferd, das heißt ein Auto. Schenkst du mir ein Auto?«

Der Flughafen war fast leer. Die meisten Flüge waren aufgrund eines Streiks, der am Tag davor begonnen hatte, gestrichen worden, und im Wartesaal standen nur drei, in weiße Gewänder gehüllte Araber, fünf oder sechs verstörte Westeuropäer und zwei Nonnen mit dem Rosenkranz in der Hand. Die Angestellten am Schalter versuchten mich zu entmutigen und sagten, es gäbe so gut wie keine Möglichkeit, abzufliegen, ich sollte besser den Flug auf morgen verschieben, doch ich beharrte auf der Notwendigkeit, am Abend noch in Rom zu sein, woraufhin sie mir eine Maschine aus Asien empfahlen, die in Athen zwischenlanden würde, doch man wußte nicht wann, denn sie hatte große Verspätung. Das macht nichts, erwiderte ich und ging durch die Paßkontrolle in den Transitraum. Ich ging an die Bar, wo ein Amerikaner vergeblich ein Gespräch anzuknüpfen versuchte. Ob ich auch auf den Jumbo-Jet aus Bangkok warte? »Yes.« – »Wie langweilig, nicht wahr?« – »Yes.« – »Ob es mich störe, darüber zu sprechen?« – »Yes.« Ich wollte allein sein und ungestört darüber nachdenken, was passiert war, nachdem du mich gefragt hattest: »Schenkst du mir ein Auto?« Es war nichts geschehen, woraus du den Aufruhr, den du in mir entfesselt hattest, hättest merken können. Ohne zu antworten, hatte ich auf einen Flecken an der Decke gestarrt, einen Wasserflecken, der wie schleimiges Sperma aussah; einige Minuten lang konnte ich an nichts anderes denken, als daß dieser Fleck wie schleimiges Sperma aussah. Denn auch das, ich hatte es vergessen zu erwähnen, ist auf den blut- und dreckverschmierten Fahnen, auf den ruhmvollen Bannern zu finden, die in Museen und Kirchen ausgestellt werden: das Sperma der Helden, die für die Freiheit, die Wahrheit, die Menschlichkeit und Gerechtigkeit kämpfen. Im Namen jener schönen Träume, jener schönen Worte ziehst du dir die Hosen runter und ergießt Sperma. Weißt du, wieviel Wesen auf diese Weise gedemütigt, verletzt und getötet wurden? Auch so ist Geschichte geschrieben worden. Dann war ich ruckartig aufgestanden, hatte deinen Blick gemieden, der mich entgeistert und fragend musterte, hatte begonnen, von Dingen zu reden, die nichts mit Autos und den ESA-Archiven zu tun hatten und war schließlich unter einem Vorwand weggegangen. Einige Stunden war ich ziellos durch die Stadt gewandert und hatte versucht, mich zu beruhigen, mir zu sagen, daß diese Reaktion für eine unabhängige Frau übertrieben wäre: wir hatten doch schließlich schon über die schmutzigen Hände gesprochen, ich hatte doch gesehen, wie du dich quältest, als du mir nochmals die Szene von Melethos und Sokrates erzähltest und mir deinen Haß gegenüber dem Skorpion kundtatest. Doch das Nachdenken und das Herumwandern hatte nur dazu beigetragen, mir die einzig mögliche Wahl anzudeuten: abfahren. Ich mußte abfahren und bis dorthin vermeiden, allein mit dir zu sein, um jeder Diskussion aus dem Weg zu gehen. Als ich zurückkehrte, fand ich im Büro zwei Journalisten vor; das kam mir sehr gelegen, und ich forderte sie auf, zum Essen zu bleiben. Auf diese Weise waren wir keine Minute allein gewesen, bis es für dich Zeit wurde, ins Parlament zu gehen, um an einer Debatte über wer weiß welches Gesetz teilzunehmen. »Begleitest du mich?« – »Tut mir leid, ich kann nicht.« Die Journalisten meinten: »Wir begleiten dich!« Zusammen mit ihnen warst du dann gegangen und hattest gesagt, daß wir uns um sechs wiedersehen würden, die Debatte würde ungefähr bis sechs Uhr dauern. »Einverstanden.« – »Und heute abend werden wir dann ohne Zeugen essen, so wie du es gerne hast.« – »Einverstanden.« – »Und es wird nicht spät werden.« – »Einverstanden.« – »Was hast du? Stimmt etwas nicht?« – »Nein, warum?« Der Aufzug fuhr

quietschend los, durch die Scheiben lächeltest du mir zu, und nur in diesem Augenblick hatte ich eine gewisse Reue verspürt, die Lust, dir nachzulaufen, dich zu umarmen, deinen Schnurrbart gegen meine Wangen zu fühlen, dir zu gestehen, ich gehe, ich kann nicht mehr. Doch ich war unbeweglich geblieben, nur ein kaltes »Tschüs« war mir über die Lippen gekommen.
Ich schaute auf die Uhr: fünf. Ich sah, wie du in der Aula saßest, der Debatte folgtest, ohne zuzuhören, nervös und verstört durch mein seltsames Benehmen und fühlte, wie mich der Drang zum Weinen überkam. Ich befreite meine Kehle durch ein Räuspern, das im halbleeren Saal widerhallte. Eine Nonne wandte sich um, der Amerikaner warf mir einen seltsamen Blick zu. Er war ein gutaussehender Mann, groß und schlank mit grauen Haaren und blauen Augen, mit der eleganten Haltung, die man bei einigen edlen Pferden findet. Ich erwiderte den Blick und dachte, wieviel schwieriger es sein würde, wenn du graue Haare, blaue Augen, eine schlanke hochgewachsene Figur, die Eleganz eines edlen Pferdes hättest. Paradoxerweise war ich nicht in dich verliebt. Ich war es nie gewesen, auch nicht in den sieben Tagen des Glückes oder in der Zeit des Waldhauses, zumindest nicht in einer Weise verliebt, wie man diesen Terminus im üblichen Sinne versteht. Ich spreche vom physischen Verlangen, das schon beim Anblick der geliebten Person das Auge vernebelt und den Atem abschnürt, vom Schauer, der dich schon bei einem Berühren der Hände oder der Wangen zuerst erstarren und dann hinschmelzen läßt, so daß alles am geliebten Menschen einzigartig und unersetzbar wird, sogar der Geruch seines Atems, der Schweiß, der aus seiner Haut dringt, seine Fehler, die dir nicht mehr wie Fehler, sondern wie köstliche Eigenschaften erscheinen: du brauchst sie, wie du Luft, Wasser und Nahrung brauchst, und in dieser Versklavung stirbst du tausend Tode, um jedoch immer wieder zum Leben zu erwachen, und wieder dessen Sklave zu sein. Diese Symptome kannte ich, und beim besten Willen konnte ich mir nicht einreden, sie auch nur in irgendeinem Augenblick für dich empfunden zu haben. Dein Körper zum Beispiel zog mich nicht an, ich konnte die Frauen nicht verstehen, die ihn schön fanden und die sich immer wieder sterblich in ihn verliebten, indem sie ihre Männer betrogen, sich erniedrigten, um fünf Minuten an die Wand gestellt oder auf ein Bett geknallt zu werden, bloß um nachher den anderen oder sich selbst sagen zu können, daß sie dich berührt hatten; vom ersten Augenblick an habe ich dich ein wenig häßlich gefunden, und das fand ich weiterhin. Diese kleinen Augen, unterschiedlich

geschnitten und das eine höher, das andere etwas tiefer, das eine offen, das andere zugekniffen, diese zerbeulte Nase, dieses kurze und freche Kinn, die Wangen, die füllig wurden, kaum daß du ein wenig an Gewicht zunahmst. Dieses dicke und fettige Haar, das du nie kämmtest, diesen untersetzten Körper, die allzu runden Schultern, die zu kurzen Arme, die zu plumpen Hände mit den abgerissenen statt geschnittenen Nägeln. Im Gefängnis, wo du keine Schere hattest, lerntest du sie abzureißen und machtest es weiterhin so, trotz meiner Abscheu. Und dann noch all die anderen Dinge, die mich an dir störten! Etwa die Art zu essen: gierig, ohne jegliche Manieren. Du stopftest dir so große Bissen in den Mund, daß nicht einmal ein Pferd sie hätte schlucken können. Oder wie du badetest. Baden bedeutete für dich, sich wie eine Ente ins Wasser zu hocken, stundenlang zu dösen, ohne die Seife auch nur zu berühren, plötzlich herauszuspringen, ohne dich abzutrocknen ins Bett zu schlüpfen, mich ganz naß zu machen und freudig zu schreien: »Mir ist kalt, mir ist kalt!« Und dazu deine übertriebene Lebenskraft, deine Gier nach Sexualität, die, wenn du zu deinen Raubtiersprüngen ansetztest, in mir den Instinkt zur Flucht auslöste – man mußte sich beherrschen, lügen, damit du nicht merktest, daß meine Anteilnahme aus dem Verstand rührte, getragen von einer geheimnisvollen, zerreißenden und schmerzlichen Zärtlichkeit, einer Verzückung, die, ich weiß nicht woraus, doch sicher nicht aus Sinnlichkeit entstand. Gewiß hatte nicht die Sinnlichkeit mich zu dir getrieben. Ich erinnerte mich noch gut an die Angst, die ich empfand, als ich dich vor der Glastür auf und ab gehen hörte und du dir nicht schlüssig warst, ob du eintreten solltest oder nicht, ich weiß noch, wie ich erstarrt war, als ich deine Hand an der Klinke sah, und wie erleichtert ich aufatmete, als die Hand sich zurückzog. War es möglich, daß dies alles nur dem Vorgefühl einer Tragödie zuzuschreiben war? Ebensogut erinnerte ich mich an die Unruhe, die mich an dem Abend überfiel, als ich zu dir ins Krankenhaus zurückkehrte, an den geheimen Schrecken, daß ich diejenige sein sollte, die eine Lücke von fünf Jahren zu füllen, einen lang hingezogenen Hunger zu stillen bestimmt war. Nein, auch auf den Zauber der ersten Nacht hatte Sinnlichkeit keinen Einfluß gehabt, es wäre unehrlich, zu sagen, daß deine Leidenschaft meine geweckt hätte, und auch später war es so geblieben: in deinen stürmischen oder sanften Umarmungen war es nicht dein Körper, den ich suchte, sondern deine Seele, deine Gedanken, deine Gefühle, deine Träume und deine Gedichte. Und vielleicht stimmt es, daß eine Liebe fast nie den Körper zum Objekt

hat, oft wählt oder akzeptiert man einen Menschen aus unerklärlichen Gründen, weil man vom Zauber seines Wesens oder von dem, was er in unseren Augen, in unserer Überzeugung, in unserer Moralvorstellung repräsentiert, gefangengenommen wird: doch das Mittel einer Liebesbeziehung bleibt der Körper, und wenn dieser dich nicht verführt, muß es etwas anderes sein. Der Charakter zum Beispiel, oder die Art zu leben und sich zu verhalten. Und mit der Zeit hatte ich festgestellt, daß mir auch dein Charakter nicht besonders gefiel: mit deinen Ausschweifungen, deiner Wildheit, deinen sinnlosen Zornausbrüchen, dem Rausch des ersten, zweiten und dritten Stadiums, deiner steinernen Härte, deiner austernähnlichen Verschlossenheit. Je mehr ich versuchte, die Auster zu öffnen, um an ihre Perle zu gelangen, desto hartnäckiger leistete sie mir Widerstand und ergoß eine schwarze Flüssigkeit; je tiefer ich in den Stein grub, um Rubine und Smaragde zu finden, um so mehr stieß ich auf Steine und Kohle. Dein Wald war voller Gestrüpp und Dornen, wenn ich eine Blume pflückte, riß ich mir die Haut auf und blutete. Schließlich gab es noch deine Arroganz, die dir alles zu erlauben schien, die Leichtfertigkeit, mit der du gewisse Situationen und Probleme einfach auslöschtest, die Widersprüchlichkeiten, in die du dich stürztest. Für mich waren das alles erbärmliche Eigenschaften. Weshalb war ich dann vom Gefühl überwältigt gewesen, dir nachlaufen zu wollen, dich zu umarmen, deinen Schnurrbart an meiner Wange zu fühlen, warum mußte ich mich jetzt räuspern, um meine Tränen zu unterdrücken?
Ich schaute wieder auf die Uhr: halb sechs. Wenn die Debatte wirklich um sechs zu Ende sein sollte, würde bald die Wohnung in der Kolokotronistraße unter deinem Sturmgeläut erzittern, und du würdest deine Nase gegen den Spion drücken, darauf warten, daß ich dir öffne und mir freudig verkünden: »Ich bin es! Ich!« Niemand würde aber am Spion schauen, ein Schweigen würde dir antworten, und im Augenblick würdest du dem keine größere Bedeutung beimessen. Du würdest meinen, daß es sich um einen Scherz handle, würdest die Wohnung mit deinem Schlüssel öffnen und auf Zehenspitzen hineingehen, um mich zu überraschen, auf Zehenspitzen würdest du von Zimmer zu Zimmer schleichen: »Wo hast du dich versteckt?« Und du würdest mich nicht finden. Enttäuscht würdest du nach einem Zettel mit der Nachricht suchen, ich-bin-ausgegangen-komme-gleich-wieder, wie ich es öfters tat, aber du würdest auch den nicht finden. Ich hatte nichts Geschriebenes hinterlassen, ich wollte dir das alles begreiflich

machen, indem ich jede Spur von mir fortwischte. Nachdem der Aufzug mit dir und den beiden Journalisten hinuntergefahren war, hatte ich alle meine Sachen aus den Schubladen und alle meine Kleider aus dem Schrank genommen, hatte alles in zwei große Koffer und einen Karton verpackt und diese zusammen mit anderen belanglosen Sachen wie halbleere Parfümflaschen, Bürsten, Haarnadeln und Pinzetten in einem Abstellraum verstaut, nicht einmal ein Haar von mir war liegengeblieben; danach hatte ich das Nötigste in eine Reisetasche gesteckt, den Schlüssel auf das Bett gelegt, um dir zu zeigen, daß ich ihn nicht mehr brauchen würde und ... Mir drehte sich der Magen um. Ich empfand keine physische Eifersucht dir gegenüber, ich hatte sie nie empfunden, auch nicht am Anfang, als ich merkte, daß das Erwecken von Begierden deiner Eitelkeit schmeichelte, auch nicht später, als deine dionysischen Riten ausbrachen und ich dich mit starrem Blick auf die Pfeife beißen sah, als das Elefantenweib und der Ephebe zum Bouzuki tanzten. Ich spreche von der Eifersucht, die schon beim Gedanken daran, daß der geliebte Mann in einen anderen Körper eindringen könne, einem das Blut in den Adern erstarren läßt, von der Eifersucht, die einem die Knie weich werden läßt, einem den Schlaf raubt, die Leber zerfrißt, die Gedanken quält, von der Eifersucht, die den Verstand mit Fragen, Mißtrauen und Ängsten vergiftet, die den Menschen seiner Würde beraubt, ihn durch Nachforschungen, Klagen und Fallen erniedrigt, zum Polizisten, Inquisitor und Gefängniswärter des geliebten Menschen werden läßt. Vielleicht befolgte ich nur die Regeln der Vernunft, handelte ich nach dem Prinzip, daß Liebesbeziehungen wieder neu erfunden, von der Schlacke und der Bürde befreit werden müssen, die sie auf die Dauer ersticken, wenn ich mir von Anfang an untersagte, auf diese Weise deinetwegen zu leiden. Zu wissen, daß du begehrt wurdest, schmeichelte mir sogar, deine Empfänglichkeit für Versuchungen amüsierte mich, manchmal reizten mich diese beiden Dinge sogar dazu, dich durch Gespräche in eine Begierde zu bringen, die ich dann selbst stillte. Nur in den letzten Jahren hatten mich deine Exzesse verletzt, nicht weil ich wußte, daß für eine Stunde oder eine Nacht eine andere meine Stelle einnahm, sondern wegen des Unrechts, das du dir selbst zufügtest, indem du dich dem Klatsch aussetztest, und den Brauch einer Gesellschaft, die du selbst ändern wolltest, akzeptiertest, indem du dich der Schändlichkeit einer Subkultur anpaßtest, in der der Phalluskult die Intelligenz erniedrigt. Doch auch da hatte ich nicht der Entrüstung nachgegeben, die einen sprachlos

werden läßt und dazu führt, die Schlüssel aufs Bett zu legen und die Tür hinter sich zu schließen. Weshalb konnte dies aber heute geschehen?
Zum drittenmal schaute ich auf die Uhr: es war sechs. Ein inneres Gefühl sagte mir, daß die Debatte um sechs Uhr abgeschlossen und du auf dem Heimweg warst, vielleicht schon im Aufzug, vielleicht an der Tür läutetest, auf Zehenspitzen eintratst, um mich zu überraschen, und ich sah vor meinem geistigen Auge, wie du jedes Zimmer durchstöbertest, nach einem Zettel suchtest, der nicht da war. Du würdest die Stirn runzeln, die Schubladen öffnen, sie leer vorfinden und merken, daß alle meine Sachen fehlten; schließlich würdest du in den Abstellraum schauen, meine zwei Koffer und den Karton entdecken, blaß werden und erstarren. Den Mund geschlossen, mit zusammengekniffenen Lippen und geweiteten Nüstern. Und dein Blick? Der Blick eines Wolfes, der sich daran macht, etwas zu zerfleischen, oder der eines Hundes, der gerade geschlagen worden ist, weil er auf den Teppich gemacht hat? Mir schwindelte, wie durch einen Nebelschleier sah ich den grauhaarigen Amerikaner, die Nonnen mit ihren Rosenkränzen und die in weiße Gewänder gehüllten Araber. Ich klammerte mich an dem Tisch fest und zündete mit zitternden Händen eine Zigarette an. Vielleicht war ich nicht in dich verliebt oder wollte es nicht sein, vielleicht war ich nicht eifersüchtig auf dich oder wollte es nicht sein, vielleicht hatte ich mir einen Haufen Wahrheit und Lügen eingeredet, doch eines war sicher: ich liebte dich, wie ich nie zuvor jemanden auf der Welt geliebt hatte, wie ich nie mehr jemanden lieben würde. Einmal hatte ich geschrieben, daß es die Liebe nicht gibt, und wenn es sie gäbe, so wäre sie ein Betrug: was war überhaupt Liebe? Es war das, was ich jetzt empfand, wenn ich mir vorstellte, wie du erstarrtest, bei Gott, mit dem Blick eines Hundes, der gerade geschlagen worden ist, weil er auf den Teppich gemacht hat, bei Gott! Ich liebte dich, bei Gott. Ich liebte dich so sehr, daß ich den Gedanken, dich zu verletzen, obwohl ich verletzt worden war, dich zu betrügen, obwohl ich betrogen worden war, nicht ertragen konnte, und indem ich dich liebte, liebte ich auch deine schlechten Angewohnheiten, deine Fehler, deine Schwächen, deine Lügen, deine Niederträchtigkeiten, deine Gemeinheiten, dein gewöhnliches Benehmen, deine Widersprüche, deinen Körper mit den zu runden Schultern, den zu kurzen Armen, den zu klobigen Händen, den abgerissenen Nägeln. Sicher, die Liebe hat nicht einen Körper zum Objekt, doch selbst wenn wir vom Ozean getrennt waren, nahm ich diesen Körper mit ins Bett,

in der Erinnerung umarmte ich ihn, wie damals, als wir im Waldhaus wohnten, im Winter, als die Nächte kalt waren und wir uns so wärmten, Kopf an Kopf, Bauch an Bauch, die Beine ineinander verschränkt, oder als wir im Zimmer in der Kolokotronistraße ausgestreckt lagen, im Sommer, wenn die Nachmittage drückend heiß waren und wir uns lachend voneinander entfernten, weg-du-warmes-Ding, aber immer wieder versetzten mich deine seltsamen Äuglein, eines höher, eines tiefer, eines geschlossener, eines offener, in einen süßen Rausch, und ich beugte mich vor, um deine angeschwollenen Lider zu küssen, die wie Mandeln aus Fleisch aussahen, streichelte mit der Spitze des Zeigefingern deine komische Nase, deinen borstigen Schnurrbart, deine zerfurchten Lippen. Mit dem Finger strich ich dann über das Kinn, den Kiefer, über den Backenknochen langsam hinauf bis zu den Ohren, die schön und wohlgeformt waren, und du warst glücklich darüber, daß ich wenigstens deine Ohren bewunderte: »Was für Ohren! Was für Ohren!« Es mag sein, daß mir dein Charakter nicht gefiel, auch nicht die Art, wie du dich benahmst, doch ich liebte dich mit einer Liebe, die stärker als das Verlangen und blinder als die Eifersucht war: in einem Grad, der so unerbittlich und unheilbar war, daß ich mir nun kein Leben mehr ohne dich vorstellen konnte. Du gehörtest dazu, wie mein Atem, meine Hände, mein Gehirn, und auf dich verzichten hieß, auf mich selbst, auf meine Träume, die deine Träume waren, auf deine Illusionen, die meine Illusionen waren, auf deine Hoffnungen, die meine Hoffnungen waren, auf das Leben verzichten! Und die Liebe war wirklich vorhanden, es war kein Betrug, es war vielmehr eine Krankheit, und ich konnte alle Zeichen und Symptome dieser Krankheit aufzählen. Wenn ich mit irgend jemandem, der dich nicht kannte und den du nicht interessiertest, über dich sprach, bemühte ich mich, ihm zu erklären, wie außergewöhnlich, genial und großartig du seist; wenn ich an einem Hemden- und Krawattenladen vorbeikam, blieb ich instinktiv stehen, um die Krawatte, die dir gefallen würde, und das Hemd, das zu einer deiner Jacken passen würde, auszusuchen; wenn ich in einem Restaurant aß, bestellte ich, ohne es zu merken, die Speisen, die dir schmeckten, und nicht die, die ich am liebsten mochte; wenn ich Zeitung las, bemerkte ich immer die Nachricht, die dich am meisten interessieren würde, schnitt sie aus und schickte sie dir; wenn du mich mitten in der Nacht mit einem Wunsch oder einem Anruf wecktest, tat ich, als sei ich wacher als ein Fink beim Morgengesang. Zornig warf ich die Zigarette fort. Eine solche Liebe war doch nicht nur eine Krankheit, sie war Krebs!

Krebs. Wie der Krebs, der ganz allmählich durch die Vermehrung seiner Zellen mit seinem bösen, klebrigen Plasma in die Organe dringt, und, je mehr er wächst, du dir immer bewußter wirst, daß er durch keine Medizin aufgehalten, durch keinen operativen Eingriff entfernt werden kann – vielleicht wäre dies möglich gewesen, als er noch ein Sandkorn war, ein Reiskorn, eine Stimme, die schrie egò s'agapò, eine Umarmung, während der Wind durch die Olivenzweige strich, jetzt aber war es nicht mehr möglich, denn er raubte mir jedes Organ, jedes Gewebe, verschlang mich, so daß ich nicht mehr ich selbst war, sondern ein mit ihm verschmolzener Teig, ein Magma, das nur durch den Tod zerfallen konnte, durch seinen Tod, der auch mein Tod sein würde: so hattest du mich befallen, und du warst dabei, mich zu verschlingen, mich zu töten. Es gibt ein finsteres, typisches Merkmal bei den Krebskranken: kaum haben sie begriffen, daß der Krebs gesiegt hat oder dabei ist zu siegen, lassen sie davon ab, ihn mit Medikamenten, dem Messer oder dem Willen zu bekämpfen und ergeben sich ihm, ohne ihn zu verdammen oder ihn wegen des Martyriums anzuklagen, das er verlangt. Meine »Krankheit« nennen sie ihn, mit fast liebevoller Nachsicht, als würde es sich um einen Freund, einen Herrn oder einen Besitz handeln, den sie nicht entbehren können, und dies »mein« bekommt manchmal einen süßen Beiklang, den gleichen Klang, der in meiner Stimme mitschwang, wenn ich deinen Namen aussprach. Dieses Stadium hatte ich erreicht, weil ich dich nicht entfernt hatte, als du noch ein Sandkorn, ein Reiskorn warst, obwohl mich das Gefühl gewarnt hatte, daß jeder, der in deine Sphäre trete, für immer die Ruhe verlieren würde. Und doch hatte ich genug Gelegenheiten gehabt, dir zu entfliehen, es gab sie haufenweise in der Zeit vor dem Ausflug zum Tempel von Sunion und der Verpflichtung, die ich mit den zwei Dynamitpatronen übernommen hatte. Doch ich hatte sie immer zurückgewiesen, und so hatte der Krebs sich weiter ausgebildet, um mir zu zeigen, daß Lieben gleich Leiden ist und das einzige Mittel, nicht zu leiden, das Nicht-Lieben sei und daß in den Fällen, wo man nicht davon ablassen kann, man verdammt ist, ihm zu unterliegen. Mit anderen Worten: mein Problem war unlösbar, meine Überlebenschance gleich Null, und die Flucht nutzte gar nichts. Gar nichts? Ich hob den Kopf. Zu etwas war sie doch nütze: meinen Stolz zu retten. Man kann nicht zu dem geliebten und liebenden Menschen einfach sagen: ich werde mit der Frau des Soundso ficken, und ich werde so lange mit ihr ficken, bis sie Blut uriniert und ihr die Eingeweide heraushängen, und für dieses Unternehmen brauche ich ein Pferd, schenkst du mir ein Auto? Und all deine Heldentaten, deine Verzweiflung, deine Genialität, deine Gedichte würden nicht ausreichen, um den Abscheu wiedergutzumachen, den ich empfunden hatte, als du den verstaubten, abgenutzten Slogan der Notwendigkeit wiederholtest: nichts-ist-unwürdig-wenn-der-Schluß-würdig-ist. Die gleiche von den Generalen herbeigerufene Notwendigkeit, wenn sie ihre Soldaten in den Tod schicken, um einen Eisenbahnknotenpunkt oder einen Hügel zu erobern, man kann ja nachher ein schönes Telegramm abschicken: »Sehr geehrter Herr, sehr geehrte Frau, wir bedauern, Ihnen mitteilen zu müssen, daß Ihr Sohn im Kampf gefallen ist.« Die vorgeschützte Notwendigkeit der Revolutionäre, die auf alle abdrücken, die ihnen in die Schußlinie kommen, die zerstören und Massaker anrichten wie die Piloten eines Bombers, man schreibt eben nachher einen hübschen kleinen Marsch über die vielen Opfer, die gebracht werden müssen, um die Gleichheit zu erobern und die Zaren zu stürzen. Die den Kämpfenden schon seit eh und je zuerkannte Notwendigkeit, die im Namen dieses verdammten Kampfes jede Gemeinheit vollführen können, Briseis austauschen, Kassandra in die Sklaverei führen, Iphigenie opfern, Ariadne auf einer verlassenen Insel aussetzen, nachdem sie mitgeholfen hatte, den Minotaurus zu besiegen. Im Vergleich zur Geschichte und zur Revolution ist es schließlich eine Kleinigkeit, wenn man einer Frau das Herz bricht, oder ihr den Unterleib zerreißt, nicht wahr? Schluß. Man hat gut reden, wenn man behauptet, daß Heiterkeit einschläfert und Glück dumm macht, daß das Leiden hingegen aufweckt und den Geist anregt. Leiden lähmt, es löscht den Geist, aus und tötet. Und mit dir hatte ich wirklich zu viel gelitten. Abgesehen von kleinen Oasen des Glücks, kurzen Hagelschlägen von Fröhlichkeit, war unser Zusammensein eine Kette von Bedrückungen, Gefahren, Wahnsinn und Neurosen gewesen: mit dir zu sein war, wie in der vordersten Linie zu kämpfen. Es war wie ein Regen von Raketen, Granaten und Napalm, wie ein ununterbrochenes Ausheben von Schützengräben, ein Marschieren auf verminten Feldern, ein Angreifen, ein Verletzen und Verletztwerden, ein ständiges Schreien, Schluchzen, ruf den Sanitäter, gib mir den Auflader. Kommandant, ich kann nicht mehr. Man kann nicht ewig an der Front sein, immer nur dramatisch leben. Man verliert den Sinn für Maß und Ziel.

Halb sieben. Im Lautsprecher knackte es, dann verkündete eine weiche Stimme, daß die Maschine aus Bangkok gelandet sei. Gut, bald würden wir die Maschine besteigen können, und auch wenn es dir in den Sinn gekommen wäre, mich hier zu suchen, hättest du es nicht mehr geschafft, mich zu finden. Oder doch? Die Befürchtung verdichtete sich plötzlich zu lauter Vorstellungen, die in rasend schneller Folge abliefen. Du sahst die Schlüssel auf dem Bett und hattest alles begriffen. Du nahmst sie an dich, gingst auf die Straße, um ein Taxi zu suchen, stiegst in das Taxi, sagtest dem Fahrer, er solle dich zum Flughafen bringen, kamst an, gingst in das Gebäude, zeigtest an der Paßkontrolle deinen Abgeordnetenausweis vor, gelangtest zur Treppe, die in den Transitraum führte, gingst auf die Bar zu, auf die Säule, hinter der ich mich versteckt hatte, und je mehr ich mich dagegen sträubte, es zu glauben, desto sicherer war ich, daß es wirklich geschah, ich hatte sogar den Eindruck, das Geräusch deines schweren, rhythmischen, unerbittlichen Schrittes zu vernehmen, eins-zwei, eins-zwei, eins-zwei. In der Tat, ich saß mit gesenktem Kopf und fragte mich, ob es nicht besser sei, sich in die Reihe zu stellen, zu den Arabern, den Nonnen und dem Amerikaner, die schon neben dem angegebenen Ausgang standen; doch ich war unfähig, mich zu bewegen, und jetzt hallte dein Schritt wirklich, immer deutlicher, immer näher, eins-zwei, eins-zwei, eins-zwei, jetzt hielt er an, und ich sah von unten heraufblickend erst zwei verstaubte Schuhe, die ich gut kannte, denn du putztest sie nie, dann eine Hose, die ich ebensogut kannte, verknittert, ohne Bügelfalte, und zum Schluß das karierte Jackett, an dem der letzte Knopf fehlte. Entsetzt und entschlossen, dich völlig zu ignorieren, richtete ich meinen Blick nicht höher als bis zu dem Fadenbüschel, das an der Stelle des Knopfes war, und tat so, als habe ich dich nicht gesehen. Doch wie eine Kriegsfanfare klingelten die Schlüssel, die ich auf dem Bett gelassen hatte, neben meinem Ohr, und deine rauhe Stimme erhob sich: »Was habe ich gemacht?« Schnell hob ich den Kopf, um deinen Blick zu suchen. Nein, es war nicht der Blick eines Hundes, der geschlagen worden ist, es war der eines Wolfes, der etwas zerfleischen wollte. Und die Lippen des Wolfes zitterten, sie waren dunkelrot, und bei jedem Zittern fletschtest du mit den Zähnen, so daß mich für einen Augenblick die Angst packte. »Du Aas! Was soll ich denn mit deinem Auto anfangen. Ich will dein Auto nicht. Ich brauche nichts und niemanden. Und steh auf, wenn ich mit dir rede!« Ich blieb sitzen und starrte dich an. Durch den Lautsprecher kündigte die weiche Stimme an, daß die Maschine in Kürze abfliegen würde, sie rief die Passagiere auf, sich zu beeilen, ich mußte los. Doch für nichts in der Welt hätte ich deinem Befehl gefolgt, aufzustehen. Du wurdest blaß. Du richtetest mir den Schlüsselbund auf die

Brust. »Wenn du dich rührst, wenn du diese Maschine nimmst, bring ich dich um.« Daraufhin stand ich auf. Ich hob meine Tasche auf und unterbrach das Schweigen: »Gott verdamme mich und dich mit mir, wenn ich je wieder meinen Fuß in diese schmutzige Stadt setze.« Dann drehte ich dir den Rücken zu und machte mich auf den Weg zur Sperre; ich war nur wenige Schritte hinter den anderen Passagieren, als mich ein sehr heftiger Faustschlag in die Lunge traf: »Bleib stehen!« Ich ging weiter, und sogleich traf mich der zweite Schlag, wieder in die Lunge, doch diesmal so mörderisch stark, daß mir die Luft wegblieb, ich mich nach hinten krümmte und eine der beiden Nonnen verwirrt »o Jesus« murmelte. Der Amerikaner errötete und machte Anstalten, sich vorwärtszustürzen, um einzugreifen. Mit einem kurzen Wink hielt ich ihn davon ab und blickte dir fest ins Gesicht. Schweißtropfen hingen dir an der Stirn, an der Nase und am Schnurrbart, in deinen Augen malte sich heftige Bestürzung, und wie sie dabei glänzten. Man hätte meinen können, daß du gleich weinen würdest. So vergingen einige Sekunden, bevor ich jenes Wort aussprechen konnte. Doch zuletzt sprach ich es aus: »Verreck!« Und mit dieser Verwünschung verließ ich dich, ohne mich umzudrehen.

Als ich acht Monate später in die Leichenhalle trat, um deinen Körper zu suchen, und meine Qual wie das unterdrückte, unaufhörliche Heulen eines wunden Tieres war, quälte mich die Erinnerung daran, dir, wenn auch nur durch ein banales Wort, den Tod gewünscht zu haben, das Gewissen bis zur Betäubung, und von dem Augenblick an begannen mich die Vorwürfe wieder zu verfolgen, wie das Tropfen eines lecken Wasserhahns: »Verreck, verreck, verreck, verreck.« Sicher, es gab noch weitere Anklagen, weitere Verurteilungen, mit denen ich mich geißelte; und bald wirst du wissen welche. Doch das »Verreck« enthielt sie alle, durch diesen Ausdruck zermürbte und verurteilte ich mich, stellte ich mir die Frage: warum habe ich an jenem Tag so übertrieben, warum hatte ich dich zurückgelassen, ohne dir irgendeine Erklärung zu geben? Ist es möglich, daß die treuherzige Offenbarung deines Plans und die unschuldige Forderung nach einem Auto mich zu einer so übertriebenen Reaktion geführt hatten? Es gelang mir nicht, mich freizusprechen, obwohl ich das Bedürfnis danach hatte, so bescherte ich mir Antworten, die ich sogleich wieder abstritt. Ja, ich hatte mich beleidigt gefühlt, ich hatte dem menschlichen Drang nachgegeben, mich aufzulehnen, mich von einem zu schwer gewordenen Joch zu befreien, aber hatte ich dir nicht immer gezeigt, daß ich deiner Vorurteilslosigkeit gegenüber offen war? An wen hättest du dich denn sonst wenden können, wenn nicht an mich, deine Gefährtin? Nein, der wahre Grund dieser Reaktion mußte ein anderer gewesen sein, der tief in meinem Unterbewußtsein vergraben war. Eine Angst, ja, oder ein Aberglaube, den ich nicht zugeben wollte oder dessen ich mir nicht bewußt war. Irgend etwas mußte bei mir plötzlich in Gang geraten sein, als ich mir deine Rede über die Notwendigkeiten anhörte: eine Feder war emporgeschnellt, die einen Funken ausgelöst hatte. Und dieser Funke hatte weitere Funken entzündet und eine Kettenreaktion verursacht, wie Minen, die untereinander verbunden sind und an einem Zünder hängen, so daß wenn eine explodiert, alle anderen auch in die Luft gehen. Die Minen des verletzten Stolzes, der nicht zugegebenen Eifersucht, der geknebelten Langeweile: Monate, Jahre hatten sie da gelegen, ohne daß ein Feuerwerker sie entschärft hätte. Und eines Nachts war mit einem Schlag alles klar: das Auto. Das Wort Auto. Ich haßte Autos, habe sie immer so sehr gehaßt, daß ich auch keines besaß, doch dieser Haß hatte gespenstische Ausmaße angenommen, nachdem wir uns kennengelernt hatten, denn es gab von Anfang an einen Alpdruck in unserem Leben: das Auto. Das Auto, das uns auf Kreta angegriffen hatte, indem es sich seitlich an uns zwängte und versuchte, uns von der Straße zu drücken, den Abgrund hinunterzustürzen. Das Auto, das uns bei der Rückkehr von Ischia vor dem Restaurant abpaßte, um unser Taxi zu rammen. Das Auto, aus dem an der Technischen Hochschule Plastik-Bomben geworfen wurden, der schwarze Cadillac, der für mich zum Inbegriff aller ausgestandenen Schrecken mit Autos und aufgrund von Autos geworden war. Ohne das Auto mitzuzählen, das du versucht hattest, in die Luft zu jagen, den Lincoln von Papadopoulos, unter den du dich später, am Ende unserer Woche des Glücks stürzen wolltest. Der Tod in Gestalt eines Autos, mit den Scheinwerfern anstelle der leeren Augenhöhlen, der Motorhaube anstelle des Schädels, den Reifen anstelle der fleischlosen Glieder. Und du hattest mich gebeten, dir den Tod zu schenken. Das war die Feder, der erste Funke. Aber warum hattest du mich darum gebeten, ausgerechnet mich? Du brauchtest mich doch nicht, um ein Auto zu kaufen. Und wieso brauchtest du überhaupt ein Auto, um die gekaperten Dokumente in Sicherheit zu bringen? Was hatte das Auto mit den Archiven der ESA, der Frau von Hatzizisis und den Beweisen gegen Averoff zu tun? Es hatte etwas damit zu tun. Und ob. Das würde ich noch sehr wohl zu sehen bekommen.

Außerdem tritt der Held des Märchens den letzten entscheidenden Angriff nie ohne sein Pferd an: das Pferd bekommt in seiner letzten Herausforderung eine beinahe religiöse Funktion. »Und so bestieg er sein Pferd und machte sich auf die Suche nach dem Ungeheuer.« – »Er gab seinem Pferd die Sporen und eilte, die Pergamente des Königs zu holen.« Sogar in den Mythen des antiken Griechenland, dem offensichtlichen Grundmuster deiner Kultur, kommt immer das Pferd vor. Denn ohne Pferd kann der Held nicht in das Reich der Unterwelt gelangen: es ist der verzauberte Gegenstand, die unentbehrliche Gabe für den Tod. Und diese Gabe, den verzauberten Gegenstand, der zum Tod führt, schenkt immer derjenige, der den Helden liebt.
Man begreift immer erst im nachhinein, zugegeben, daß man das bereits geschriebene Schicksal an seinem Lauf hindern könnte, wenn man gleich begreifen würde. Sicher, ich dachte nicht daran, als ich in das Flugzeug stieg, das mich weit von dir bringen würde, auch nicht, als ich mich neben den Amerikaner setzte, der versucht hatte, mir zu Hilfe zu kommen, und nun vergebens ein Gespräch anknüpfen wollte. Er kannte New York gut, ob ich auch New York kannte? Ja, ich kannte New York. Er lebte in New York, ob ich auch schon einmal in New York gelebt hatte? Ja, ich hatte eine Wohnung in New York. Really, wirklich. How nice, was für ein lustiges Zusammentreffen. Dann flog also auch ich nach New York? Nein, ich flog nicht nach New York. Und doch flog ich hin, ohne es jemandem zu sagen, überzeugt, daß es der einzige Ort sei, wo du mich nicht wieder erwischen konntest. Allein der Gedanke daran, dich wiederzusehen, erschien mir an jenem Nachmittag wie ein unsagbares Übel, eine erschreckende Drohung.

Der Einfall, den du hattest, um mich wieder einzufangen, mich zum Instrument deines Todes zu machen, war wahrhaftig einzigartig. Später hätte ich mich ungläubig fragen müssen, durch welchen Anfall von Blindheit ich mich so von dir hatte überrumpeln lassen. Außerdem kannte ich wie niemand anders deine Schlauheit, deine Komödiantenkünste. Und als würde dies nicht genügen, hatte ich es nicht einmal bereut, daß nun der Ozean uns trennte: New York befestigte jeden Tag mehr meinen Vorsatz, dich ohne Widerruf aus meinem Leben zu reißen. Ich arbeitete dort, traf Leute aus einer anderen Welt, die mir gehörte und dich ausschloß, ich sprach eine Sprache, die dir unbekannt und mir geläufig war, ich fand Gewohnheiten und Landschaften wieder, in denen ich mich immer schon wohl gefühlt hatte. Abends, wenn ich

nach Hause kam und aus den Fenstern des zehnten Stockwerkes auf die schillernde Stadt, die schönen Wolkenkratzer und die schönen Brücken des East River hinausblickte, konnte ich über einen Tag Bilanz ziehen, den ich ohne den Schrecken der Namen Hatzizisis, Teofilojannacos und Averoff verbracht hatte; du fehltest mir nicht. Auch nachts nicht, wenn ich in meinem bequemen Bett lag und dachte, welche Erleichterung es sei, allein zu schlafen, von einer Heizdecke gewärmt und weiter nichts. Es geschah wohl, daß mich von Zeit zu Zeit dein Bild überfiel, wachgerufen durch einen Namen, ein Geräusch oder eine Speise, manchmal sogar durch eine Neonschrift, Alexander, Akropolis, Olimpic, Greek Restaurant, doch um mich wieder davon zu befreien, genügte die Erinnerung an die zwei Fausthiebe in die Lunge. Sie schmerzten immer noch, wie die Brandwunden einer Zigarette. Es kam sogar vor, daß ich beim Anblick des Ringes, den wir an Weihnachten getauscht hatten und den ich jetzt von meinem linken Ringfinger abgenommen und in eine Schublade gelegt hatte, einen Kloß im Hals kriegte; doch es genügte ein bißchen Vernunft, um ihn fortzuräuspern: in einer Wüste, wo jede Pflanze ein Trugbild, jeder Windhauch eine Illusion ist, in der Wüste der Utopien, hatten wir uns gefunden und vergessen, uns zu fragen, wer wir seien und wo wir hinwollten; wie Hunde ohne Steuermarke, hatten wir uns bei der Hand genommen, waren wir über die Sanddünen gestolpert, hingefallen, wieder aufgestanden, und wieder gestolpert und hatten uns gegenseitig Gesellschaft geleistet, von der zweideutigen Leine der Liebe geführt. Doch nun war die Leine zerrissen, wehe, wenn man sie mit dem Kloß im Hals wieder zusammenzuknoten versuchte; wehe, wenn mein Gleichgewicht, mein gewonnener Abstand ins Schwanken geriet. Es gab nur eine Möglichkeit, daß dies geschehen könnte, es war das Risiko, deine Stimme zu hören. Diese Stimme, die mich umgarnte, mich wie durch Hexenkünste gefangennahm. Und es war mehr als eine Möglichkeit, es war eine Gefahr. Denn obwohl das Flugzeug, in das du mich nicht einsteigen lassen wolltest, nach Rom und nicht nach New York flog, würdest du nicht lange brauchen, um zu entdecken, daß ich hierhergekommen war. Ein Anruf hätte genügt. Doch diese Befürchtung hatte nur eine Woche angehalten, in der zweiten Woche glaubte ich nicht mehr daran. Das war ein schwerer Fehler. Am siebzehnten Tag meiner Flucht klingelte das Telefon: »Hallo! Ich bin es! Ich!«
Jede Überraschung hat einen Augenblick lang etwas Einschüchterndes, Engherziges, ja sogar etwas Brutales an sich. Gut oder

schlecht, wie sie auch sein mag, ist sie immer ein Eindringen, ein Auferlegen, eine Gewalttat. Denn sie zerstört ein Gleichgewicht und zwingt denjenigen, dem sie gilt, sie über sich ergehen zu lassen. Der Angriff aus dem Hinterhalt, die verblüffenden Überraschungsmanöver, Handlungen außerhalb des Programms, darin warst du Meister: ich hatte es vergessen. Im guten wie im schlechten schlugst du unmittelbar wie der Blitz ein, wie ein Kind, das ins Zimmer stürmt und dabei ein Gespräch, eine Arbeit oder die Ruhe stört: das hatte ich vergessen. Du aber hattest keineswegs vergessen, daß ich in Überraschungsmomenten wehrlos war, du hattest sehr wohl berechnet, daß ich bei einem Anruf in der ersten Woche noch auf der Hut sein würde, daß du mich aber in der zweiten Woche damit überraschen könntest: »Hallo! Ich bin es! Ich!« Diese Stimme. Die Wände des Zimmers begannen sich zu drehen mit der Wucht einer Zentrifuge, das Bett stürzte in ein Meer voll Ratlosigkeit, und die schönen Wolkenkratzer, die schönen Brücken des East River, die funkelnde Stadt, die Welt, die mir gehörte und dich ausschloß, alles hatte sich auf einmal aufgelöst. Sinnlos, fast lächerlich war die schwache Schranke des Mißtrauens, die ich zwischen uns errichtete: »Was willst du? Wo bist du?« – »Ich bin hier in Madrid! Hör zu! Ich bin in der Klemme! Ich brauche Hilfe!« – »In Madrid? In der Klemme! Das glaub ich dir nicht.« – »Du mußt mir glauben, cataraméne Cristé! Es ist wahr, es ist wahr, es ist wahr! Eine schlimme Klemme, etwas Ernstes! Warum sollte ich dich sonst anrufen, meinst du, es macht mir Spaß, dich anzurufen, hör zu!« – »Wer hat dir denn gesagt, daß ich in New York bin?« – »Niemand, ich habe es mir gedacht, ich hab's versucht! Jetzt vergeude nicht die ganze Zeit mit Gerede, cataraméne Cristé! Ich habe nur wenige Minuten, hör zu!« – »Gut, ich höre.« – »Es ist, daß ich mit dem gefälschten Paß hergekommen bin, verstehst du? Und die Brieftasche mit dem echten Paß hatte ich bei der Polizeikontrolle liegengelassen, verstehst du?« – »Aber was zum Teufel sagst du denn?!« – »Das, was ich gesagt habe, unterbrich mich nicht, cataraméne Cristé, das sage ich! Ich hatte es nicht gemerkt, daß ich ihn dort liegengelassen hatte, verstehst du?! Ich habe es erst gemerkt, als ich über den Lautsprecher ausgerufen wurde und ein Polizist hier in den Wartesaal gekommen ist!« – »O nein!« – »O ja. Und er hielt meine Brieftasche in der Hand! Was hätte ich tun sollen, hätte ich sie ihm vielleicht überlassen sollen? Ich habe sie natürlich zurückgenommen, doch wenn sie nicht ganz dumm sind, wissen sie jetzt, wer ich bin und daß ich hier bin, verstehst du? Und mein Flug ist wegen eines Defektes an der Maschine gestrichen worden, sie haben uns angeboten, in die Stadt zurückzufahren, doch mit welchem Paß soll ich denn zurückfahren, es ist besser, daß ich hierbleibe.« – »O nein!« – »O ja. Jetzt sage ich dir, was du zu tun hast.« – »Ich? Alekos, was kann ich denn von New York aus tun? Ist dir klar, daß der Atlantik zwischen Madrid und New York liegt?!« – »Das ist mir klar, cataraméne Cristé, das weiß ich, es ist mir egal, laß mich reden, hör zu!« – »Gut, ich höre.« – »Du mußt unbedingt, ich sage unbedingt, die erste Maschine nach Europa nehmen, die in Madrid zwischenlandet. Ich rühre mich nicht aus diesem Wartesaal, es sei denn, man verhaftet mich. Das allgemeine Durcheinander ist meine Hoffnung. Hier ist ein Riesenchaos. Das wird bis morgen früh so bleiben, denn es sind noch weitere Flüge gestrichen worden, ich habe nicht verstanden weshalb. Der Wartesaal ist gleichzeitig der Transitraum. Du mußt aussteigen und in den Transitraum kommen. Ganz unauffällig mußt du auf mich zukommen und mir deine Transitkarte zustecken. Wenn das Flugzeug weiterfliegt, steige ich an deiner Stelle ein. Du gehst dann auf die Toilette und kommst erst wieder heraus, wenn die Maschine abgeflogen ist. Du mußt so tun, als hättest du deine Karte verloren und etwas Verzweiflung vortäuschen. Verstanden?« – »Das kommt mir recht absurd vor.« – »Absurd?!?« – »Ja. Mich deshalb extra aus New York kommen zu lassen. Warum suchst du nicht jemanden in Madrid?!« – »Wen in Madrid, wen denn?!« – »Na, dann eben in Europa.« – »Wen in Europa, wen denn?!« – »Warum nimmst du nicht das nächstbeste Flugzeug?« – »Warum, warum! Findest du das den richtigen Moment, um lauter Fragen zu stellen, cataraméne Cristé?! Wie oft muß ich dir immer das gleiche wiederholen, willst du mich im Gefängnis landen lassen?!« – »Nein, Alekos, ich komme.« – »Sofort!« – »Sofort.« – »Wenn du mich hier nicht findest, dann unternimm nichts. Das bedeutet, daß sie mich verhaftet haben. Flieg weiter nach Rom, lauf zu meiner Botschaft und laß von dort aus Athen benachrichtigen, verstandeeeen?« – »Ja, aber was hat denn das für einen Sinn, sich an die römische Botschaft zu wenden, wenn man dich in Madrid verhaftet hat? Wäre es nicht besser, wenn ...« – »Jetzt rede doch nicht so viel, cataraméne Cristé, rede doch nicht, wenn ich dir sage, es so zu machen, bedeutet dies, daß man so vorgehen muß! Ich kann nicht reden! Ich habe schon zuviel gesagt! Wenn du mich hier nicht findest, tu nichts, flieg weiter nach Rom! Bitteee!« – »Gut, tschüs, ich komme.«

Ich legte den Hörer auf, Zweifel packten mich. Einerseits kam mir das alles sehr unwahrscheinlich vor, andererseits konnte es gut möglich sein. Angenommen, du hattest dich nach dem Schock meiner Abreise entschlossen, auf die Dokumente zu verzichten. Ganz plötzlich, so wie du den Akropolisplan abgetan hattest. Das hätte in dir eine schreckliche Leere hinterlassen und den Drang geweckt, sofort etwas anderes zu unternehmen. Aber diesmal nicht in Griechenland, nicht in der Politik der Politiker, sondern in einer Wirklichkeit, wo Weiß wirklich Weiß, Schwarz wirklich Schwarz und Rot wirklich Rot ist, also in einem Land, das von einer Diktatur unterdrückt wird. Spanien. Dafür stand Spanien zur Verfügung, und du hattest mit Spanien noch abzurechnen: ein Gelübde, das du damals abgelegt hattest, als die Basken dein Attentat auf Papadopoulos nachmachten und es ihnen gelungen war, das Auto von Carrero Branco in die Luft fliegen zu lassen. Es hatte dir gar nicht gepaßt, daß die Basken geschafft hatten, was dir mißlungen war. Taub gegen alle meine Versuche, dich zu trösten, sie-waren-viele-und-du-warst-allein, sie-hatten-eine-Organisation-und-du-nicht, verschanztest du dich hinter deiner Eifersucht: »Es war mein Plan, es war mein Plan.« Dann hattest du gesagt, daß du es ihnen noch zeigen würdest, ob du wirklich unfähiger als sie seist. Daß du also nach Madrid gefahren warst, um deine Revanche zu nehmen. Aber nein: Francisco Franco lag im Sterben, eine Rückkehr zur Demokratie war vorauszusehen, und deine Abneigung gegen Gewalt hatte sich inzwischen zu stark herauskristallisiert. Deine Überzeugung, daß jeder Trottel auf den Abzug drücken kann und daß die wahren Bomben die Ideen seien. Und bei nochmaligem Nachdenken mußte ich sogar ausschließen, daß du auf den Plan der Dokumente verzichtet hattest: du warst nach Spanien gefahren aus irgendeinem Grund, der mit den Archiven der ESA zusammenhing. Vielleicht irgendein Dokument, das nach Madrid in Sicherheit gebracht worden war, vielleicht auch irgendeine Person, die mit der Zustimmung Averoffs und des KYP nach Spanien geflohen war. Das würde auch die Sache mit dem falschen Paß und deine Vorsicht erklären, nicht von der spanischen Polizei entdeckt zu werden: klar, jetzt wo du Abgeordneter warst, ein Vertreter der Legalität, konntest du dich nicht bei den alten Machenschaften erwischen lassen. Ja, man mußte dir helfen, aus diesem Flughafen zu kommen. Ozean hin oder her, man mußte dir aus dieser Klemme helfen. Und während meine Phantasie zu galoppieren begann und Zweifel, Unsicherheit und Ungläubigkeit mit Hufschlägen vertrieb, suchte ich einen Flug nach Rom mit Zwischenlandung in Madrid. Ich fand einen, packte schnell mei-

nen Koffer, steckte mir deinen Brillantring an den Finger. Und wenige Stunden später saß ich im Flugzeug: ich komme, Don Quichotte, ich komme; Sancho Pansa ist immer noch dein Sancho Pansa, er wird es immer bleiben, du wirst immer auf mich zählen können, hier bin ich, agàpi, hier bin ich! Nur als ich über dem Atlantik war, hatte mein schlummernder Verstand plötzlich einen Geistesblitz: es war schon sehr seltsam, mich nur wegen einer Bordkarte vom anderen Ende der Erde kommen zu lassen, eine Aufgabe, die jeder in Madrid in wenigen Stunden hätte erledigen können! Handelte es sich um einen Vorwand, um mich zurückzuholen? Du warst zu allem fähig, auch zu so einem paradoxen Scherz. Dieser greifbare Verdacht ließ mir das Blut ins Gesicht schießen. Doch nachdem ich nun nichts mehr dagegen tun konnte, verdrängte ich ihn und verfiel alsbald in einen befreienden Schlaf, der bis zu unserer Landung in Madrid anhielt.
Im Transitraum warst du nicht, und es waren auch keinerlei Zeichen von dem Durcheinander zu sehen, das du erwähnt hattest. Aber es gab ein ungewöhnlich großes Polizeiaufgebot, was mich nervös machte: ich fragte eine Stewardeß, ob im Lauf der Nacht irgendein Zwischenfall sich ereignet habe. Die Stewardeß musterte mich mit einem seltsamen Blick. Zwischenfall? Sie war nur zuständig für Flugauskünfte. Ja, ich verstand, sie möge meine Neugier verzeihen: muchias gracias, adios. Ich setzte meine Reise fort, um zwei Stunden später in Rom anzukommen. Wenn du wirklich verhaftet worden warst, was nach dem seltsamen Flimmern in den Augen der Stewardeß zu urteilen, durchaus anzunehmen war, mußte ich deinen Instruktionen Punkt für Punkt folgen. Einen kurzen Sprung ins Hotel und dann schnell zu deiner Botschaft. Ich eilte zu unserem Hotel und war so müde und durcheinander, daß ich gar nicht auf die Worte des Angestellten und des Portiers achtete. Irgend etwas von zwei Schlüsseln und einem angekommenen Paket. Was für ein Paket? Ich erwartete kein Paket. Automatisch ging ich hinauf in das Zimmer, es war das gleiche, das sie uns immer zuteilten, nachdem die Zeiten der Suite vorbei waren. Ich trat ein. Die Vorhänge waren zugezogen, doch im Halbdunkel konnte man einen großen Korb mit rosa Rosen – sie waren noch nicht aufgeblüht, genauso wie sie mir gefielen – und eine schöne Schale voller Früchte erkennen: Äpfel, Birnen, Orangen, Trauben und kandierte Früchte. Wer konnte mir solche Geschenke schicken, nachdem doch niemand von meiner Ankunft wußte? Ich runzelte die Stirn. Und sogleich bewegte sich eine Gestalt im Bett, und jene Stimme rief: »Hat dir die Überraschung gefallen?«

Jetzt, nachdem der Rosenkorb gegen die Wand geflogen war und die Blütenblätter wie Regen hinunterfielen, nachdem die Äpfel, Birnen und Orangen verstreut auf dem Bett lagen, zusammen mit einem Schuh, der sein Ziel verfehlt hatte, eine Traube dir wie eine Bacchusgirlande die Stirn schmückte und ein hämisches Grinsen, das dein Gesicht verzerrte, als ich das Obst und die Blumen gegen dich zu schleudern begann, zu einem verzückten Lächeln geworden war, und nachdem aus meiner trockenen Kehle kein Ton mehr kam, da anstelle des Zornes jetzt eine resignierte Ohnmacht eingetreten war, konnte ich deine Entschuldigungen anhören. »Laß hören!« Du nahmst die Trauben von deinem Kopf und begannst sie in Ruhe zu essen. »Erstens, ich war wirklich in Madrid: mit einem gefälschten Paß. Dort liegt er. Ich wollte gewisse spanische Widerstandskämpfer treffen, um Informationen über eine Faschistengruppe einzuholen, die gleichzeitig in Spanien, Griechenland, Deutschland und Italien arbeitet. Eine Gruppe, die von Otto Skorzeny, dem Mann, der Mussolini befreit hatte, gegründet worden ist. Ich hatte gehofft, dort das Fadenende eines Knäuels zu finden, der mir seltsam vorkommt. Zweitens, ich habe wirklich meine Brieftasche mit dem echten Paß und meinem Geld bei der Polizeikontrolle vergessen. Sie haben mich wirklich über Lautsprecher ausgerufen, und ein Polizist hat ihn mir wirklich zuzurückgegeben. Drittens, mein Flug ist wirklich gestrichen worden und ich habe dich wirklich vom Flughafen aus angerufen: während ich auf eine andere Maschine wartete. Ich war dort und überlegte, was ich erfinden könnte, wenn sie die Sache merken würden, und da kam mir der Einfall. Er schien mir wirklich hübsch, und ich habe ihn benutzt, um dich zurückzuholen. Viertens, wenn ich diesen Trick nicht angewandt hätte, wärst du nicht hier. Und ich brauche dich.« – »Um ein Auto zu kaufen?« – »Nein. Für viel, viel mehr.« Du wurdest sehr ernst. »Bald werden sich alle auf mich stürzen. Die Linken, die Rechten, die von der Mitte: diese Dokumente werden niemandem zugute kommen. So wie es scheint, ist er nicht der einzige, der da mitgemischt hat, unter den Verrätern ist auch ein Schwein aus meiner Partei. Ich werde noch einsamer dastehen, darum und ...« – »Hast du sie kennengelernt?« – »Ich habe ihren Geliebten kennengelernt. Ja! Sie hat einen Geliebten!« – »Und wann wirst du sie kennenlernen?« – »Bald, sobald ich nach Athen zurückkomme. Aber ich muß vorsichtig sein, es geschehen seltsame Dinge seit ungefähr zehn Tagen. Ich habe den Eindruck, besonders beschattet zu werden, oft jemanden auf den Fersen zu haben, der genau weiß,

was ich mache. Eine ungute Sache.« – »Und du hast vor, trotzdem weiterzumachen?« – »Sicher. Das ist nicht das Problem. Das Problem ist, wie schon gesagt, daß ich auf niemanden zählen kann, auch nicht auf meine Partei, und noch einsamer als vorher sein werde.«
Von diesem Augenblick an war mein Groll verflogen. Ich hob die Rosen, die meinen Wutanfall überstanden hatten, auf, steckte sie in eine Vase und legte das Obst wieder in die Schale, dann sagte ich: »Kümmern wir uns um das Auto.« Und mit diesen wenigen Worten gab ich mich wieder der Rolle hin, die die Götter für mich ausgesucht hatten, noch bevor wir uns begegneten: Teil deines Schicksals zu sein, somit Komplizin deines Todes.

2. Kapitel

Wie ein treibendes Stück Holz, das sich der Strömung nicht widersetzen kann und nicht weiß, ob das Wasser es ans Ufer schwemmen wird oder es bis zum Meer trägt, so trieb ich in jenem Herbst in deinem Leben. Mein Kampf gegen die Liebe, gegen den Krebs, war nun verloren. Meine Flucht: ein Kanonenschuß ins Leere. Bedrückt von dem Gefühl, einen unwiderbringlichen Fehler begonnen zu haben, fragte ich mich umsonst, was ich falsch gemacht hatte. Es zu erkennen hätte mir im übrigen recht wenig genutzt: das Auto war für dich eine beschlossene Sache. Du warst sogar zu der Überzeugung gekommen, daß die Beschlagnahme der Dokumente nur davon abhinge. »Ich kann doch nicht ein Taxi nehmen, um mich vor die Wohnung von Hatzizisis zu postieren oder seinen Anwalt Alfantakis zu beschatten! Taxifahrer sind oft Informateure der Polizei.« Oder: »Ich kann mir doch nicht immer die Wagen anderer ausleihen oder welche mieten. Und ich bin ständig unterwegs, von einem Stadtende zum anderen!« Wenn ich nicht gesagt hätte, kümmern-wir-uns-um-das-Auto, hättest du wahrscheinlich gar nicht mehr daran gedacht. Doch jetzt, wo ich dir den Gedanken wieder in den Kopf gesetzt hatte, verfolgte er dich: jede unserer Unterhaltungen endete mit den Worten Hubraum, Probefahrt, Einfahren, internationaler Führerschein, Kraftfahrzeugschein, Steuermarke, Zulassung, Nummernschild, Zollschein, Farbe. Vor allem die Farbe. Du wolltest einen Fiat 132, und die Farbskala war ziemlich umfangreich, doch du fandest keine, die dir zusagte: fast jeden Tag kamen Diskussionen über den Vor- und Nachteil der blauen Farbe auf, vom Metallicgrau, vom Perlweiß, vom Bordeauxrot, vom Dunkelgrün und vom Apfelgrün. Das einzige, worin wir übereinstimmten, war die Abneigung gegen Apfelgrün. Ich aus Aberglauben, weil sich Grün bei mir mit bedrückenden oder unangenehmen Erinnerungen verband, du aus erbitterter Antipathie gegen Andreas Papandreu, der während seiner Wahlkampagne Grün zur Farbe seiner Partei gemacht hatte. Durfte man außerdem die Tatsache übergehen, daß diese Farbe für Autos eine neue Farbe war, daß es in Athen noch keine apfelgrünen Fiats gab und du infolge dieses Apfelgrüns von denen, die du vermeintlich auf den Fersen hattest, besser verfolgt werden konntest? Lieber grau oder havannafarben oder blau, so daß du auch nachts in der Dunkelheit getarnt sein würdest. Das Thema Auto beanspruchte uns so sehr, daß wir zusammen über nichts anderes mehr sprachen, schon gar nicht über das Drama, in das du hineinschlittertest, das ich im übrigen vollkommen ignorierte, denn meiner Invektive folgend, Gott-verdamme-mich-und-dich-mit-mir, wenn-ich-je-wieder-einen-Fuß-in-diese-schmutzige-Stadt-setze, fuhr ich nicht mehr nach Athen. Du warst es, der nach Italien kam, und wenn ich dich hin und wieder fragte, wie-läuft-es-dort-unten, wichst du aus: »In einem passenden Moment werde ich dir erzählen, jetzt mag ich nicht daran denken.« Das einzige Mal, als du darauf anspieltest, war an einem Nachmittag, als die Rede über die Notwendigkeit wieder aufkam. Wir gingen die Via Veneto entlang, und es war um die Zeit, wo die Vögel sich auf den Bäumen, die die Straße einfassen, zur Ruhe begeben. Sie kamen in Scharen, zu Tausenden, und bildeten vor dem violetten Himmel schwarze Wolken, wir blieben stehen, um dem Schauspiel beizuwohnen. Einer nach dem anderen löste sich von der Wolke wie Wassertropfen aus einem Hahn, zog einen weiten Bogen und ließ sich im Sturzflug auf eine Linde herab: immer wieder dasselbe. Im Sturzflug gaben sie schrille, triumphierende Töne von sich, was zusammen mit dem ununterbrochenen Flügelschlag einen höllischen, bösen Lärm erzeugte. Das Beeindruckendste war aber nicht der Lärm, es war die Ohnmacht der Linde, die zwar groß und stolz dastand, jedoch aufgrund ihrer Unbeweglichkeit dieses Lynchen, dieses Martyrium über sich ergehen lassen mußte. Und das Martyrium nahm kein Ende, die Wolke wurde nie kleiner. Wie eine unversiegbare Quelle fielen die Vögel vom Himmel herab, stürzten sich auf den Baum, gierig wie Piranhas, die ein Rind entfleischen, und tummelten sich auf seinen Ästen, bis diese sich unter dem Gewicht neigten und einige sogar brachen. Der Bürgersteig war von einem Teppich abgerissener Blätter bedeckt. »Alekos!« Du nicktest mit einem geheimnisvollen Lächeln. »Siehst du, das ist ein Beispiel falscher Notwendigkeit. Sie wissen, daß sie ihn verletzen, vielleicht sogar zerstören, und können nicht davon ablassen.« – »Sicher könnten sie das, es gibt doch noch mehr Bäume in der Via Veneto.« – »Aber ihnen nützen die anderen nicht, sie brauchen diesen. Ich weiß das sehr wohl.« – »Was meinst du damit?« – »Ich meine, daß auch Joannidis das hätte, was ich brauche: glaubst du, daß der Exchef der ESA sich nicht eine Kopie der Archive der ESA auf die Seite gelegt hat? Auch Teofilojannacos, das heißt seine Frau hat sie. Und ebenso sein Kollege Alfantakis. Aber sie würden sie mir nie geben. Also muß ich mich auf denjenigen stürzen, der sie mir gibt, ihn entfleischen.« – »Ich verstehe, die ›Arbeit‹ hat also angefangen.« – »Sagen wir, daß sie in vollem Gange ist.« – »Alekos, hast du nicht ein scheußliches Gefühl, wenn du mit den Leuten verkehrst, denen du vorher ins Gesicht gespuckt hättest?« – »Hm! Ich nehme an, daß Bakunin die gleiche Frage gestellt hatte an jenem Tag, als Necajew ihm antwortete: ›In der Politik ist alles erlaubt, soweit es notwendig ist. Sich mit Banditen, Verdorbenen, Dieben zu verbünden, verführen und betrügen. In der Politik ist jeder, und vor allen Dingen ein nützlicher Feind, ein Kapital, das man ausgeben muß.‹« Dann wechseltest du das Thema, und ich griff das alte nicht mehr auf. Weil ich immer wieder die Worte Hubraum, Probefahrt, internationaler Führerschein, Kraftfahrzeugschein hörte, gewann ich vielleicht die Vorstellung, du schwebtest in einem Limbus, in dem all deine Träume die Form eines Autos annahmen.

Und das Auto kam. Es fiel in unser Leben ein bei eisiger Winterkälte. Jemand hatte dir geraten, ein billigeres, bereits eingefahrenes und zugelassenes Auto zu kaufen, und die Firma rief an, um uns mitzuteilen, daß sie zwei preisgünstige Wagen dieses Typs hatten. Fast neu, eine einmalige Gelegenheit. Einziges Problem, die Farbe: der eine war maisgelb, der andere apfelgrün. Das Apfelgrün verwarfst du entschieden und zähltest mir die Vorteile des Maisgelbs auf, daß es die gleiche Farbe war wie in Athen die Taxis und keine-Farbe-läßt-sich-besser-tarnen-als-das-Gelb-das-das-gleiche-Gelb-der-Taxis-sei, findest-du-nicht-auch? Gehen wir! Wir gingen. Und ich war dabei, dir zu sagen, daß ein diskretes Braun noch besser wäre als ein Maisgelb, als ich einen erfreuten Schrei hörte und sah, wie du auf einen grünen Flecken, der im Schatten leuchtete, zustürmtest. Es war ein grelles, stechendes Grün und leuchtender als eine Laterne in der Nacht. »Mein Frühling! Meine Wiese! Im Mai werden Margeriten, Veilchen und Verbenen auf dieser Wiese blühen! Ich will es!« Und in wenigen Minuten gehörte es dir. »Schluß mit dem ganzen Gerede, dem Aberglauben, und wenn es von weitem zu erkennen ist, so macht das auch nichts, wir nehmen es gleich mit, in einer Stunde fahren wir ab; siehst du den schönen Himmel, ich habe ihn für meinen ›Frühling‹ bestellt, ich habe den Wolken ein Telegramm geschickt und ihnen befohlen, sie sollten verschwinden, wenn ich mit meinem ›Frühling‹ fahre.« Das Weitere war eine Folge von Eindrücken, Geräuschen und Farben, die in meiner Erinnerung wie eine frische Wunde brennen. Wie du den Kaufvertrag unterschriebst, wie du dich ans Steuer setztest, die Koffer in den Kofferraum warfst, auf die Autobahn fuhrst, wie uns die grünen Felder links und rechts der Autobahn entgegenrasten, um sich hinter uns schnell wieder in grünen Streifen zu verlieren, dem gleichen Grün deines »Frühlings«; und dabei sangst du: »Grün auf grün! Es lebe das Leben!« Wir fuhren in die Toskana, um dort im Haus auf dem Hügel Weihnachten zu verbringen, wo wir alle unsere gemeinsamen Weihnachtsfeste gefeiert hatten, doch die Erinnerung an dein letztes Weihnachtsfest und an die folgenden Tage haftet nicht an diesen Mauern, diesen Wäldern, sondern an diesem grünen Auto. Du konntest dich nicht von ihm trennen. »Laß uns eine kleine Fahrt machen! Komm, wir wollen den Motor ein bißchen warmlaufen lassen!« Du fuhrst unermüdlich, ohne bestimmtes Ziel, und jeder Weg war dir recht, wenn er auf vier Rädern zurückzulegen war und du deiner Sucht Folge leisten konntest. Du hieltest nur an, wenn du eine Tankstelle oder ein Geschäft entdecktest, in dem Puppen verkauft wurden. Du kauftest sie haufenweise: kleine, große, aus Lumpen und aus Plastik. Und ich verstand nicht wozu. »Was ist denn mit dir los, Alekos? Wem willst du die denn schenken?« – »Den Kindern, den Erwachsenen, den Leuten.« – »Den Leuten?! Zum Spielen?« – »Puppen sind nicht zum Spielen da, sie sind dazu da, denjenigen, der sie uns gegeben hat, nicht zu vergessen.« Am siebten Tag batest du mich, dich nach Athen zu begleiten. »Du wirst doch nicht Athen aus deiner Landkarte streichen wollen!« Ich ließ mich überreden, und mit der absurden Puppenladung wieder Stunden um Stunden in dem grünen Auto eingeschlossen, fuhren wir nach Brindisi, um von da aus mit dem »Frühling« auf dem Schiff nach Patras überzusetzen, am Abend des folgenden Tages in Patras von Bord zu gehen und mit dem Wagen die Strecke von Patras nach Korinth und von Korinth nach Athen zurückzulegen. Die gleiche Strecke, die Michael Steffas vier Monate später mit seinem Peugeot zurücklegen würde, nach Athen zu kommen und dich zu töten, unterstützt von zwei Komplizen in einem roten BMW.

Während der Reise warst du munter und schwatzhaft gewesen. Auf dem Schiff hattest du geflachst, mit den Offizieren und dem Kapitän muntere Gespräche geführt und einmal warst du sogar in den Laderaum hinuntergestiegen, um dem »Frühling« einen Besuch abzustatten, damit er sich nicht ganz verlassen fühle, doch sobald wir auf jener Straße waren, wurdest du von tiefer Wehmut erfaßt. Du fuhrst versunken, den Kopf auf die linke Schulter gelegt, und hin und wieder seufztest du und strecktest deinen Arm aus, um meine Hand zu streicheln. »Was ist los, Alekos, bist du müde?« – »Nein, nein.« – »Ist dir nicht gut?« – »Nein, nein.« – »Was ist dann?« – »Ich weiß nicht. Ich bin traurig.« – »Warum?« – »Ich weiß nicht, vielleicht ist es die Dunkelheit, die Straße.« – »Was ist mit der Straße?« – »Nichts. Es ist wie ... nichts.« Du warst auch schlechter Laune, als wir in der Kolokotronistraße ankamen, und nachdem du schräg, halb auf dem Bürgersteig geparkt hattest, begannst du sogleich die Puppen auszuladen: fast als würde dich die Tatsache stören, nun angekommen zu sein, oder als würde der Besitz des grünen Wagens jetzt deine Besorgnis erregen. Außer der schlechten Laune trugst du auch eine gewisse resignierte Gleichgültigkeit zur Schau. Obwohl du mir in Rom gesagt hattest, ich-habe-den-Eindruck-besonders-überwacht-zu-werden, maßest du der Tatsache, daß der Aufzug nicht unten war, keinerlei Wichtigkeit bei, und beim Eintreten in die Wohnung warst du auch nicht wie üblich auf der Hut. »Du hast wohl ein neues System?« – »Hm! Es nützt ja doch nichts. Das, was sein soll und werden soll, wird sein.« Nur in deinem Arbeitszimmer lebtest du wieder etwas auf; nachdem du die Vorhänge zugezogen hattest, holtest du aus einer Geheimschublade des Bücherbordes eine flache Metallschachtel, etwa in der Größe einer Brieftasche. Du stecktest ein Kabel in die Schachtel, das am Ende eine Art Knopf hatte, führtest das Kabel durch den linken Ärmel deiner Jacke, machtest den Knopf an der Manschette deines Hemdes fest und stecktest das seltsame Gerät in die innere Jackentasche: »Jetzt sag mir, ob man merkt, daß ich ein Tonbandgerät trage!« – »Nein, aber bei wem ...« – »Ich muß üben, damit umzugehen, es ist höchst empfindlich, aber es hat schon seine Früchte getragen.« –

»Bei wem?« Ohne zu antworten, gingst du wieder zur Schublade und holtest einen Brief hervor, der mit ordentlicher, gut leserlicher Schrift geschrieben war, datiert vom 24. Februar 1975. »Von wem ist der?« – »Von Hatzizisis. An seine Frau. Morgen werde ich eine Fotokopie davon machen, die du in Italien aufbewahren sollst.« – »Ist er so wichtig?« – »Ja.« Und du übersetztest ihn mir: »Liebling, ich schreibe dir aus dem Gefängnis, um dir die Punkte mitzuteilen, deren ich angeklagt bin, und um dir zu erklären, daß ich das Opfer einer politischen Intrige bin. Eine Intrige, die sich nicht lange halten wird, auch weil meine Verhaftung dem, der sie angeordnet hat, sehr schaden wird. Die Sorgfalt, wie sie mit mir umgehen, die Bemühungen, die sie für mich aufbringen, zeigen, daß er, der beschlossen hat, einen Prozeß gegen mich zu führen, die schwerwiegenden Folgen, die ihm dieser bringen wird, kennt. Im übrigen konnte man dies auch schon am Ausdruck des Oberstaatsanwaltes ablesen, als er mir den Beschluß mitteilte, und ich ihm sagte: ›Das du etwas Falsches machst, ist aus deinem weißen Gesicht abzulesen. Schau dich im Spiegel an, dort ist ein Spiegel.‹ Vor kurzem ist im Fernsehen gemeldet worden, daß einige Einheiten Attikas in Alarmstellung sind und daß einige Offiziere Vorbereitungen treffen, um sich gegen die Regierung aufzulehnen. Seinem Stil gemäß hat Averoff erklärt, daß der Anteil der Starrköpfigen, so nennt er sie, keine fünf Prozent ausmacht; Averoff weiß sehr wohl, daß seine Worte zu hundert Prozent falsch sind. Averoff ist ein Betrüger, nicht umsonst ist er vom rechten Weg abgegangen und hat den falschen eingeschlagen. Er verhält sich immer gleich. Nachdem er uns betrogen hat, wird er das Volk betrügen. Ich kann mich dessen weitgehend versichern, daß unter den Oberstleutnants und den Obersten diejenigen, die einen Aufstand befürworten, über sechzig Prozent ausmachen, unter den Hauptleuten erreichen sie achtzig Prozent, unter den Leutnants und Unteroffizieren neunzig Prozent. Wenn es sich so verhält, so ist es klar, daß jemand nicht mehr gut schlafen würde, wenn ich frei wäre. Das ist der Grund, weshalb man mich so ungewöhnlich überhastet verhaftet hat, abgesehen von der Freude an Rache, die er und andere dreckige Politiker seinesgleichen haben. Doch ich hoffe, bald wieder aus diesem Teich der Isolation, in dem sie mich festhalten, aufzutauchen ...«
Der Putschversuch, dessen du elf Monate zuvor in einem Artikel deinen Drachen angeklagt hattest. Die Verbindungen, die er dank seiner sogenannten Brückenpolitik gehabt hätte. Seine Befürchtungen, Hatzizisis und die anderen Repräsentanten der Junta zu

verhaften. Und dies war nur der sanfte Anfang von wer weiß welchem Wespennest. Wie warst du an diesen Brief gekommen? Hatte sie ihn dir gegeben oder war es ihr Geliebter gewesen? In beiden Fällen würdest du es sein, wer sonst, der dafür bezahlen müßte?! Bei diesem Gedanken blieb mir die Luft weg. Ohne mich um die Vorhänge zu kümmern, die du zugezogen haben wolltest, öffnete ich das Fenster und lehnte mich hinaus. Doch das trug nur dazu bei, meine Unruhe zu verschlimmern: auf dem Bürgersteig der Kolokotronistraße stand dein schräg geparkter greller »Frühling«, er war wie ein weiterer Alarmschrei. Nein, ich hätte ihn dir nicht kaufen sollen. Ich hätte nicht die Götter herausfordern und nach Athen zurückkehren sollen. »Alekos ...« Du kamst zu mir, legtest einen Arm um meine Schultern und sagtest mit zärtlicher Ironie: »Na! Wenn du so leidest, erzähl ich dir nichts mehr!« – »Ja, machen wir es so, Alekos. Wenn es nicht unbedingt nötig ist, erzähl mir nichts mehr. Ich will nichts mehr wissen.«

Wenn es wirklich das war, was mein wütendes Desinteresse an den Dokumenten aufkommen ließ, so ist es schwierig, zu erklären, weshalb; neben den Ängsten dieses Tages mußte man auch die Folgen der Krise, die durch meine Flucht nach New York entstanden war, hinzurechnen. Große Lieben sind auch Magenverstimmungen, die in Abständen nur durch Nüchternbleiben geheilt werden können: man kann nicht ewig Hasenbraten, Hecht, Fasan, Hummer, Rebhuhn, Kapaun, Reh und gespickten Kalbsbraten wie bei einem mittelalterlichen Festmahl hinunterschlingen, bei dem die Hunde bellen, die Gäste rülpsen, die Trommeln lärmen und Harfen und Geigen den Gesang der Troubadours begleiten. Um diesem Überfluß der pantagruelischen Fresserei nicht zu unterliegen, muß man hin und wieder einen Gang auslassen, aus dem Saal gehen, um wieder Atem zu holen. Und die sieben Tage in New York hatten natürlich nicht ausgereicht, wieder Atem zu holen und die Magenverstimmung zu heilen, nachdem das Bankett sogleich wieder im gleichen Rhythmus mit der gleichen Speisenfolge weitergegangen war. So hatten sich im Herbst, als ich wie ein Stück Holz in der Strömung in deinem Leben trieb, resigniert und mir durchaus bewußt, meinen Kampf gegen den Krebs verloren zu haben, die Folgen in all ihrer Unabwendbarkeit gezeigt, sie nährten meinen Überdruß, ließen neue Auflehnung keimen und brachten mich sogar zu der Entdeckung, daß dich zu lieben mir Zeit, Platz und jede andere Beschäftigung raubte. Ist es denn möglich, sagte ich mir immer wieder, daß sich alles nur um deine

Unternehmungen dreht, um deine Art, Träume, in Wirklichkeit umzusetzen? Ist es denn möglich, daß seit wir uns begegnet sind, auch meine Arbeit zweitrangig geworden ist? Und diese Entdekkung ließ mich die Alarmzeichen überhören: den Kauf all der Puppen, um sie Kindern, Erwachsenen, den Leuten zu schenken, damit man nicht vergessen wird, die geheimnisvolle Wehmut, die dich auf dem Weg von Korinth nach Athen gepackt hatte, die gleiche Bedrücktheit, die ich empfand, als ich den »Frühling« in der Kolokotronistraße geparkt sah, um nicht zu sagen, die gerechtfertigte Angst, die mir den Atem raubte, als du mir den Brief von Hatzizisis übersetztest, seine Anklagen gegen den Drachen. Ergebnis: Sancho Pansa war seinem Don Quichotte nie so fern gewesen wie in den zwei Monaten, in denen du den letzten Angriff verwirklichtest. Ich fragte dich nie, wie weit du gekommen warst, ich wich geschickt deinen Versuchen aus, es mir zu erzählen, las auch die Papiere nicht, die du mir Stück für Stück anvertrautest. Wie zum Beispiel das Original der Abschrift, der auf Tonband aufgenommenen Unterhaltung mit Fany, der Frau von Hatzizisis. Bevor ich es in den rosafarbenen Ordner ablegte, warf ich nur einen flüchtigen Blick darauf.

Hier ist die Abschrift, auf vier kleinen Bogen Durchschlagpapier, etwas lückenhaft, weil durch einen Defekt am Aufnahmegerät einige Sätze unverständlich waren, doch ausreichend, um das Muster zu erkennen, dem du folgtest. Sie trägt das Datum vom 16. Januar 1976, und jener Tsatsos, von dem du hier sprichst, ist der Abgeordnete Demetrius Tsatsos, Mitglied deiner Partei, Neffe des Präsidenten der Republik. »Sag mir, Fany, hast du Hatzizisis 1972 geheiratet?« – »Nein, 1971.« – »Als er in der Infanterieschule war?« – »Nein, dort war er von September bis Dezember 1972.« – »Und wann ging er in die Kriegsschule?« – »Dreiundsiebzig.« – »War dort auch Spanov?« – »Er war Vizekommandant der EAT, der Sonderabteilung für Verhöre.« – »Als du in Kalkida warst, war also Hatzizisis schon Kommandant der EAT.« – »Ja, morgens ging er zur Kriegsschule und abends nach zehn Uhr ging er zur EAT.« – »Ich habe gehört, daß Teofilojannacos damals ein aus Politikern gebildetes Parlament wollte.« – »Nein, nicht er wollte das, sondern Hatzizisis.« – »Sag mir, Fany, der, von dem du mir vorher erzähltest, der im Zentrum ...« – »Dimitri Kamonas.« – »Gehört ihm etwa ein Parkplatz!« – »Ja, hier in der Nähe. Warum fragst du mich das?« – »Nur so, um zu wissen. Und Fotakos, weißt du, ob er ihm nur aus Freundschaft hilft?« – »Ja, nur aus Freundschaft. Wie auch Potamianos und die anderen.« – »Hm! Ich werde mal

Nachforschungen über ihn anstellen. Erzähl mir von Hatzizisis, Fany: wie ging es ihm das letzte Mal, als du ihn im Gefängnis gesehen hast? Hat er da nur über eure persönlichen Angelegenheiten geredet?« – »Ja, von den anderen Dingen hat er nichts gesagt.« – »Es ist klar, er hat kein Vertrauen mehr zu dir, und über gewisse Dinge spricht er mit dir nicht mehr. Außerdem will er den Optimisten spielen.« – »Was heißt das?« – »Ich habe das Gefühl, daß er etwas vorbereitet, worüber auch die Mitgefangenen Bescheid wissen.« – »Das ... *(unverständlich)*« – »Ah! Und die Frau von Teofilojannacos, siehst du sie?« – »Auch wenn ich sie sehen würde, würde ich mit der nicht reden.« – »Man sagt, daß Alfantakis ihr den Hof macht.« – »Das wußte ich nicht. Er fliegt auf alle Frauen.« – »Und Demetrius Tsatsos, was weißt du über ihn? Weißt du, ob seine Briefe an Hatzizisis auch unter den Dokumenten sind? Oder sind sie etwa woanders gelandet?« – »Tsatsos ... *(unverständlich)*. Und dann läßt er darin den Namen von Pantelis, von Kostantopoulos fallen.« – »Fany, vorher sagtest du mir, daß du dabei warst, als Tsatsos die Studenten anklagte.« – »Ja, aber ... *(unverständlich)*. Und er hat schon Informationen über Tsatsos!« – »Und als du und Hatzizisis mit Tsatsos zum Abendessen ausgingt, war er es, der euch einlud?« – »Ja, mit seiner Frau.« – »Ist es wahr, daß seine Frau darum bat, Stricknadeln mitnehmen zu dürfen, um Strümpfe zu stricken?« – »Ja, an einem Abend hatten wir sogar die Birne ausgewechselt, damit sie besser sehen konnte. Es war an dem Abend, als Tsatsos ... *(unverständlich)*« – »Sagte er dies vor oder nach der Junta?« – »Danach, danach.« – »Dann kannst du aber nicht behaupten, daß es ausgeschlossen ist, daß du etwas im Haus hast, Fany! Sein Vetter, dieser Kuntas, ist doch hier in Athen, nicht wahr?« – »Ja, aber ...« – »Hör zu, Fany, du würdest keine Gefahr laufen. Und wenn jemand einen Staatsstreich vorbereitet, mußt du ihn nicht schützen.« – »Aber ich ...« – »Hör zu, Fany, in dieser Sache bleibe ich hart. Ich werde Fotokopien machen, und die Dokumente bleiben, wo sie sind, und niemand wird erfahren, daß ich sie von dir bekommen habe. Wenn etwas gegen deinen Mann dabei ist, verspreche ich dir, daß ich es nicht verwenden werde. Im übrigen ist er zu einunddreißig Jahren verurteilt worden, und was meinst du, was sie von ihm wollen? Sie wollen nur, daß er noch fünf bis sechs Jahre im Gefängnis bleibt und entlassen wird, wenn die Gefahr eines Staatsstreiches vorbei ist. Der Staat hat kein Interesse daran, ihn einunddreißig Jahre gefangenzuhalten, er ist nicht auf Rache aus. Rächen wollen sich diejenigen, die, wie du sagtest, erzählen, daß sie Widerstand geleistet hätten, sich aber nur lächerlich gemacht haben. Nur ihnen liegt viel daran, daß gewisse Leute im Gefängnis bleiben: sie sind voller Haß, weil sie sich vor sich selbst schämen. Du mußt diese Angelegenheit von allen Seiten betrachten, Fany, du mußt verstehen, weshalb es notwendig ist, daß ich die Dokumente habe, aus denen ihre Verantwortung hervorgeht. Nicht unbedingt Dokumente, die sie belasten: Dokumente, die zeigen, wer die Männer sind, die jetzt hohe Staatsämter bekleiden und sie weiterhin bekleiden werden. Diese Dokumente existieren, und wir müssen nachweisen, daß gewisse Leute in schwierigen Situationen ihrer Aufgabe nicht gewachsen waren, daß sie, auf die Probe gestellt, nicht einmal ihre eigene Ehre retteten. Sie sind es, sage ich dir, die weiterhin den Haß gegen eine Gruppe von Offizieren, wie deinen Mann, aufrechterhalten werden. Offiziere, die meiner Meinung nach Verbrechen an dem eigenen Land begangen haben, die man jedoch trotz allem verstehen muß. Ja, wir werden den Mut aufbringen müssen, sie zu verstehen, und Gnade walten lassen, um zu vermeiden, daß diese Situation anhält.« – »Aber ich ...« – »Hör zu, Mädchen: ich glaube wirklich, daß ich diese Papiere ansehen kann, ohne dir Schwierigkeiten zu verursachen und ohne, daß es irgend jemand erfährt. Und an einem dieser Tage, vielleicht am Sonntag vormittag ... warte, Sonntagmorgen habe ich gerade eine Versammlung, um elf. Um wieviel Uhr geht deine Schwiegermutter in die Kirche?« – »Um neun, halb zehn.« – »Und wann kommt sie zurück?« – »Um halb zwölf.« – »Hm. Andere? Gib mir die genaue Adresse. Die Nummer 20, ist die in Richtung Patissia oder Kifissia?« – »Richtung Patissia.« – »Gut, ich werde es finden. Und ich sage dir nochmals, ich werde nichts tun, was die Lage von Hatzizisis verschlimmern könnte. Jetzt bringe ich dich nach Hause, denn um sieben habe ich eine Verabredung.«

Ich las auch nicht die zwei kleinen Blätter mit der Aufzeichnung eines Gespräches zwischen dir und dem Geliebten von Fany. Diese trugen kein Datum, doch das Gespräch war eindeutig nach dem ersten Treffen mit ihr geführt worden und nachdem du einige Papiere, die dich jedoch nicht zufriedenstellten, in die Hände bekommen hattest. Hier ist es: »Was hat sie dir gesagt? Daß dort drinnen keine anderen Dokumente waren?« – »Sie hat gesagt, daß ... *(unverständlich)*« – »Nun, wenn sie es ehrlich meint, daß sie mir helfen will, kann sie herkommen.« – »Sie wird morgen kommen, wenn du ihr einen Termin gibst.« – »Morgen muß ich wegfahren, ich habe etwas zu tun.« – »Sie kann aber erst nach elf

Uhr morgens.« – »Gut, jetzt sag mir, wie hat sie auf die Angelegenheit reagiert, und was hast du ihr gesagt?« – »Ich habe ihr gesagt, was du mir aufgetragen hast: daß ungefähr zehn Leute gekommen sind, daß das ganze Viertel besetzt war, daß sie die Telefonkabel durchgeschnitten haben, daß sie alle zusammen hineingekommen sind, daß nach ein paar Minuten auch Panagoulis gekommen ist und mir gesagt hat, ich solle keine Angst haben, denn er würde mich schützen, wenn ich ihm in irgendeiner Weise helfen würde.« – »Gut, aber da ist noch eines zu klären. Um halb neun, wie lange ist sie da nicht mit dir zusammen gewesen?« – »Wir sind zusammen hinuntergegangen und bis zur Straßenecke gegangen, wo ich merkte, daß ich etwas vergessen hatte und ... *(unverständlich)*« – »Hör zu, Junge, auch wenn sie mir die Füße abschlagen, gehe ich weiter, ich gehe dieser Sache auf den Grund. Also liegt das Problem darin, wie ehrlich du bist. Um halb neun sind ein Junge und ein Mädchen aus dem Haus gekommen, das Mädchen hatte alle Merkmale von Fany, und der Junge sah dir wirklich sehr ähnlich. Sie trugen eine Reisetasche. Sie sind in die Taxiarcasstraße gegangen und dort in ein Haus getreten. Wenn du der Mann warst, ist es besser, du spielst mit offenen Karten.« – »Aber ich ... *(unverständlich)*« – »Und morgen tust du gut daran, Fany zu sagen, sie solle aufpassen, wenn sie zufällig noch andere Dokumente im Haus hat. Selbstverständlich habe ich meine Vorkehrungen getroffen, sei es für den Fall, daß das Haus überwacht wird, sei es, daß die Sache durch irgendeine Schlamperei oder durch Geschwätz an den Tag kommt. Verstanden?« – »Ja, aber ich habe da Zweifel, Alekos: ist es möglich, daß er so viele Dokumente dort im Haus gelassen hat?« – »Es ist durchaus möglich, wenn du mir sagst, daß Fany von dort die Fotokopien hat, die sie Kuntas zukommen ließ.« – »Fany hat die Fotokopien nicht Kuntas gegeben.« – »Sie hat sie ihm gegeben. Was deine Zweifel betrifft: hat es dich, der du soviel in ihrem Haus warst, nie interessiert, danach zu schauen, oder wenigstens danach zu fragen?« – »Doch, aber sie sagte, das ginge mich nichts an, und da fragte ich nicht mehr. Es kommen immer ein Haufen Leute in dieses Haus, und da frage ich auch nicht, wer ist dieser, und wer ist jener. Ich weiß nur, daß er in der Kriegsschule ganze Stapel von Dokumenten hatte, die er dann in Mappen verstaute.« – »Um wieviel Uhr hat sie gestern Hatzizisis im Gefängnis besucht?« – »Gestern war Donnerstag, sie ist um siebzehn Minuten vor zwölf gegangen. Ich weiß es, denn ich habe in einer Bar auf sie gewartet. Warum fragst du mich das?« – »Und um wieviel Uhr bist du zu ihr

nach Hause gegangen?« – »Gestern bin ich überhaupt nicht hingegangen, sage ich dir doch. Sie hat gegen zwölf angerufen und mir gesagt: ›Jannis, meine Eltern kommen zwischen halb eins und eins an. Was meinst du, soll ich hingehen?‹ – ›Ja, geh‹, habe ich ihr gesagt. ›Dann bring mich hin‹, hat sie gesagt. So bin ich losgegangen, um sie abzuholen und ... *(unverständlich)*« – »Hör zu, Junge, sag mir nicht, daß es mein Wagen war. Und sag mir nicht, daß einige Dinge dir nicht gefallen. Du weißt sehr wohl, daß solange diese Geschichte nicht geklärt ist, ich über jeden deiner Schritte Bescheid wissen werde!« – »Alekos, warum sprichst du so mit mir?« – »Außerdem: diese Papiere über Averoff ... *(unverständlich)*« – »Im KYP, glaubst du wirklich?!? Die Obrigkeit ... *(unverständlich)*« – »Junge, die Obrigkeit ist nicht unterrichtet. Wenn ich gewußt hätte, daß die Archive dort waren, hätte ich den Staatsanwalt hingeschickt, das habe ich dir ja bereits gesagt. Doch ich habe auch gesagt, daß jetzt, so wie die Dinge stehen, ein solcher Eingriff keinen Sinn mehr hat. Und seitdem hast du mir nicht ein einziges Blatt gebracht.« – »Aber es ist Fany, die ...« – »Wenn Fany so ist, wie du gesagt hast, wenn sie sich wirklich nicht von ihrem Mann erwischen läßt, wenn sie wirklich so vorgeht, daß keiner etwas merkt, und wenn sie in mir einen Bruder sieht ...«
Was die Briefe von Hatzizisis an Fany betraf, die, nach dem einen, den du mir in Athen gegeben hattest, immer zahlreicher wurden, so störte mich schon allein die Tatsache, sie in Verwahrung zu haben, und ich konnte sie nicht ohne Widerwillen berühren. Die knapp zusammengefaßte Übersetzung, die du mir eines Tages lachend davon gemacht hattest, hatte mir ausgereicht, um zu erkennen, daß nur der erste Brief politischer Art war: die weiteren waren nichts als das herzzerreißende Flehen eines verliebten Ehemannes, der zu allem bereit war, um seine Frau zu halten, die ihn verlassen will. Ich verstand auch nicht, weshalb du sie so bedacht aufbewahrtest: war es Rache an dem Skorpion, der deine Seele gefoltert und dich auch nach dem Todesurteil ausgelacht hatte? Leistetest du dem Schwur Folge, den du in der schrecklichen Nacht dir selbst abgelegt hattest? Und ich hätte meinen Ohren nicht getraut, hättest du mir gesagt, daß dich inzwischen weder Rache noch Schwur kümmerte, daß du in den Sätzen voller Verzweiflung und Ohnmacht, mein-Schatz-geh-nicht-fort, meine-Kleine-verlaß-mich-nicht, ausschließlich Material für deine Strategie sahst. Du bedientest dich ihrer also mit absoluter Nüchternheit, mit der eisigen Kälte des Prinzips, nichts-ist-unwürdig-wenn-der-Schluß-würdig-ist, du lasest sie, um dir No-

tizen zu machen und Überlegungen aufzuschreiben. Erstens: wenn er sie weiterhin anflehte, hatte sie sich noch nicht zur Scheidung entschlossen. Zweitens: wenn sie sich nicht zur Scheidung entschloß, blieben die Dokumente, die er ihr anvertraut hatte, in seinem Besitz und unter seiner Kontrolle. Drittens: damit er den Besitz und die Kontrolle verlöre, mußte die Scheidung verwirklicht werden. Und da wurdest du zum großen Regisseur ihrer Tragödie, zum Puppenspieler, der die Fäden zieht und die Puppen ganz nach seiner Laune tanzen läßt; da fuhrst du nach Korfu, um ihre Eltern aufzusuchen, die, wie es aus den Briefen hervorging, für eine Scheidung waren; da schlugst du Rechtsanwälte vor, gabst juristische Spitzfindigkeiten zum besten, stimmtest dem zu, daß es grausam sei, die Ärmste an einen Mann gebunden zu halten, der dreißig Jahre im Gefängnis abzusitzen hätte; da umgarntest du den Geliebten mit Vorschlägen und Zusicherungen, entflammtest ihn, rietst ihm zu einer Flucht ins Ausland mit ihr und dem Kind aus der Ehe mit Hatzizisis. Und als du merktest, daß er keinen Mut hatte, daß er ein Schwächling war, der es nicht schaffte, dem Einfluß entgegenzutreten, den Hatzizisis noch immer auf die junge Frau ausübte, da stürztest du dich auf die Beute: du umgarntest sie, tröstetest sie, machtest ihr den Hof und verführtest sie, bis auch der letzte Rest vom ehelichen Bündnis ausgelöscht und der Geliebte abgeschoben war, da er sowieso nicht mehr von Nutzen war. All dies in den zwei Monaten, während ich damit beschäftigt war, meine durch Hasenbraten, Hecht, Fasan, Hummer, Rebhuhn, Kapaun, Reh und gespicktes Kalb verursachte Magenverstimmung zu heilen, für die verdammten Dokumente nur dieses wütende Desinteresse hege, deine Versuche, dich mir anzuvertrauen, übergehe, und jede Bitte, dir zu helfen, zurückweise. »Weißt du, ich muß nach Korfu fahren. Komm bitte mit! Dann macht es den Eindruck, als sei es eine Urlaubsfahrt.« – »Korfu? Nein, ich habe keine Lust, ich kann nicht.« – »Du mußt mir helfen, ich habe ein Problem: ich muß drei Griechen in Italien unterbringen. Ein Pärchen und ein Kind.« – »Wer ist dieses Pärchen, wer ist das Kind?« – »Rate mal.« – »O nein! Ich denke nicht daran!« – »Ich bin nervös, weißt du, es gelingt mir nicht, in jenes Haus zu kommen. Ich habe erfahren, daß sie einen Babysitter suchte, und ich dachte, ich könnte ihr eine Amme zuspielen, die ich kenne, aber sie hat sie nicht genommen. Und wenn ich mir einen Wachsabdruck vom Schloß machen würde?« – »Ich möchte nichts davon wissen!«

Nur ein einziges Mal wandte ich dir meine Aufmerksamkeit zu, und zwar als du mir erzähltest, wie du dank der Mithilfe des jungen Mannes an die ersten Pakete mit den Papieren gekommen warst. Es ist überflüssig, zu sagen, daß die Dinge nicht so waren, wie er sie deinen Anweisungen zufolge Fany geschildert hatte und wie du es im April der Presse berichten würdest. Es gab kein besetztes Viertel, keine durchgeschnittenen Telefonkabel, kein zehnköpfiges Kommando, das sich vor dir mit Gewalt Zutritt ins Haus verschafft hatte. Ganz allein warst du hineingegangen, um neun Uhr abends, vierter Stock, rechte Tür hinter dem Aufzug; allein hattest du das Zimmer entdeckt, das erste links, ein Eßzimmer, und dort hattest du das richtige Möbel gefunden, eine Art Anrichte mit Regalen: im obersten Regal waren die Pakete versteckt. Allein hattest du sie gestohlen, in mehreren Etappen, jedesmal in Todesängsten, denn anfangs dachtest du, es sei niemand im Haus, doch dann hattest du bemerkt, daß im Zimmer am Ende des Gangs die alte Mutter von Hatzizisis schlief. Du hattest sie schnarchen gehört. Voller Angst beim Gedanken, sie könnte aufwachen, begannst du schneller zu arbeiten, mit angehaltenem Atem, und der Weg vom Zimmer zur Treppe, vom Treppenhaus zum Auto, vom Auto ins Treppenhaus, von der Treppe wieder ins Zimmer schien endlos zu sein. Dein Herz hämmerte, auf deinem Körper stand der kalte Schweiß, du zittertest, und beim dritten Gang war das Paket mit einem lauten Knall auf den Boden gefallen. Die Alte war aufgewacht: »Jannis, bist du es, Jannis?« Antworten oder nicht? Und wenn ich antworte, wenn sie merkt, daß meine Stimme nicht die von Jannis ist? Fest durchatmen und: »Ja, ich bin es.« – »Ah! Mach nicht so viel Lärm, Jannis. Ich möchte schlafen.« Später war dir deshalb schlecht geworden, in der Nacht hattest du einen Alptraum gehabt. Du hattest von einem Kraken geträumt. Unter allen Meerestieren war der Krake das Tier, das in deinen Augen stärker als alles andere das Unglück und den Tod symbolisierte: einem Kraken kann man nicht entfliehen, sagtest du, wo man auch hinläuft, fängt er dich und packt dich. Und dieser Krake war riesig, monströs, sein Kopf war so breit wie ein Platz, seine Fangarme so lang wie die Straßen einer Stadt, denn er war nicht im Meer: er war in der Stadt. An den Plakatwänden der Gebäude entlang breitete er sich aus, füllte jeden Leerraum und verschlang alles, was ihm in Weg war, Autos, Körper, Handkarren, Omnibusse, und dabei brüllte er. Ein dumpfes, wütendes Brüllen, eine Art Beschwörung, die zum Himmel aufstieg und in einem Wort, das du nicht verstandest, wieder herabfiel. Ein Wort, das gleichzeitig nach Freude und Trauer

klang. »Denk dir, es ähnelte dem Wort Leben, zoi. Oder lebt, zi. Und dabei schien es mir, daß ich tot sei.« Doch nicht einmal diesem Traum maß ich Wichtigkeit bei.
Tatsache ist, daß man nie rechtzeitig erkennt, was wichtig und was unwichtig ist. Solange das geliebte Wesen einem mit seinem Forderungen und Stricken gefangenhalten möchte, fühlt man sich seiner selbst beraubt, und es scheint einem falsch, seinetwegen auf eine Arbeit, eine Reise oder ein Abenteuer verzichten zu müssen; offen oder insgeheim hegt man tausendfachen Groll, träumt von der Freiheit, sehnt sich nach dem Leben ohne Bindung, in dem man sich bewegen kann wie die Möwe bei ihrem Flug durch den Goldstaub; welch grausame Strafe sind die Ketten, an die einen das geliebte Wesen legt und einen daran hindert, die Flügel zu heben, welch zerstörter Reichtum ist der Freiraum, dessen Zugänge mit denselben Ketten verhangen sind! Doch wenn er nicht mehr da ist und sich dieser Freiraum unendlich vor einem aufreißt, wenn man nach freiem Belieben im Goldstaub fliegen kann, die Möwe ohne Liebe und ohne Stricke, spürt man die erschreckende Leere. Und die Arbeit, die Reise und das Abenteuer, auf die man seinetwegen verzichtet hat, zeigen sich in all ihrer Sinnlosigkeit; man weiß nicht mehr, was man mit der gewonnenen Freiheit anfangen soll, ist wie ein herrenloser Hund, wie ein Schaf ohne Herde, man streunt herum, beweint das verlorene Sklavendasein, und man gäbe die eigene Seele her, um zurückkehren zu können und wieder den Forderungen des Kerkermeisters folgen zu dürfen. Denn die Reue erwürgt einen. Reue ist wie eine unheilbare Wunde. Umsonst versucht man sie mit Milderungen, Entschuldigungen, mit wenn-ich-gewußt-hätte, wenn-ich-geahnt-hätte zu verarzten, umsonst versucht man sie zu ignorieren und sich einzureden, daß man ihn in dem gleichen Maße vernachlässigt hat wie er einen selbst, und deshalb ist es ein Patt. Im Moment scheint die Wunde zu vernarben und zuzuwachsen, doch dann kommt immer ein Augenblick, in dem ein Geräusch, ein Geruch, eine Farbe, der Anblick eines Blattes oder eines vorbeifahrenden grünen Autos sie wieder aufplatzen läßt, und sogleich melden sich wieder die Schuldgefühle, die Selbstanklagen, die unbestreitbare Tatsache, daß er tot ist und man selbst lebt, also kein Patt. Es ist nicht nur die Reue, verkannt zu haben, daß in jenen Dokumenten dein Todesurteil geschrieben stand. Es ist auch die Reue, nicht bemerkt zu haben, daß um dich herum alles zusammenfiel und du dich wieder in die entsetzliche Einsamkeit der Jahre deines Lebendig-Begrabenseins von Boiati stürztest.

Das Wort beinhaltet alles, auch die Illusion, daß in der Politik der Politiker Platz für dich sei. Die Archive von Hatzizisis befanden sich nun in deinen Händen, und das grausame Unternehmen war zu einem grausamen Ende gekommen, als dir bewußt wurde, daß trotz allem in der Politik der Politiker kein Platz für dich war und der schlimmste Fehler der gewesen war, je in eine Partei einzutreten. Ein phantasievoller Individualist, der auf seine Würde hält, kann keiner Partei angehören. Aus dem einfachen Grund, daß eine Partei eine Partei ist, das heißt eine Organisation, eine Clique, eine Mafia, im besten Fall eine Sekte, die ihren Anhängern nicht gestattet, eine eigene Persönlichkeit und Ideen zu entwickeln, sondern diese im Gegenteil zerstört oder zurechtbiegt. Eine Partei kann keine Individuen mit eigener Persönlichkeit, eigenen Ideen, mit Phantasie und Würde brauchen: sie braucht Bürokraten, Funktionäre und Diener. Eine Partei funktioniert wie ein Betrieb, wie ein Industrieunternehmen, wo der Generaldirektor (der Leader) und der Verwaltungsrat (das Zentralkomitee) eine einzige unerreichbare Macht darstellen. Um diese Macht zu halten, engagieren sie nur gehorsame Manager, diensteifrige Angestellte und Jasager, also Männer, die keine Männer sind, sondern Roboter, die immer ja sagen. In einem Industrieunternehmen wissen der Generaldirektor und der Verwaltungsrat mit intelligenten und selbständigen Leuten nichts anzufangen, sie können keine nein-sagenden Männer und Frauen gebrauchen und dies aus dem bestimmten Grund, der sogar ihre Arroganz noch überragt: indem sie nämlich denken und handeln, werden die nein-sagenden Frauen und Männer zu einem störenden, sabotierenden Faktor, denn sie streuen Sand ins Getriebe der Maschinen und werden zu Quertreibern. Das Gerüst einer Partei wie das eines Betriebs ist nicht anders als die Ordnung eines Heeres, wo der Soldat dem Gefreiten gehorcht, der Gefreite dem Unteroffizier, der wiederum dem Oberleutnant gehorcht und der Oberleutnant dem General, dieser wiederum gehorcht dem Generalstab, und der Generalstab gehorcht dem Verteidigungsminister: Pfarrer, Prälaten, Bischöfe, Erzbischöfe, Kardinäle, Kurie, Papst. Wehe dem Getäuschten, der glaubt, durch Diskussion und Meinungsaustausch einen eigenen Beitrag bringen zu können: er wird ausgeschlossen, degradiert oder gesteinigt, wie man eben mit dem verfährt, der nicht fähig ist zu verstehen, oder so tut, als würde er nicht verstehen, daß in einer Partei, in einem Betrieb nur erlaubt ist, über bereits Entschiedenes und schon Verabschiedetes zu diskutieren. Und Voraussetzung für jede Diskussion ist, das versteht sich von selbst, daß die heiligen

zwei Prinzipien Gehorsam und Treue immer eingehalten werden. Natürlich gibt es, je nach Partei, verschiedene Nuancen. Sicherlich ist eine Partei mit einer präzisen Ideologie und einer klar herauskristallisierten Theorie schärfer im Verlangen von Gehorsam und Treue und im Unterdrücken jedes individuellen kreativen Beitrags: je strenger eine Religion ist, desto strikter lehnt sie die Protestanten ab und verbrennt die Ketzer auf dem Scheiterhaufen. Paradoxerweise jedoch hat der Mißbrauch und die Schändlichkeit, die eine solche Kirche mit ihren Anhängern treibt, einen Sinn und eine Rechtfertigung: nämlich die Kraft ihres Glaubens und, zumindest dem Anschein nach, das edle Motiv ihres Vorhabens. Ich zerdrücke dich, weil ich das Himmelreich auf Erden schaffen möchte und weil ich es mittels des Dogmas des historischen Materialismus schaffen möchte. Eine Partei hingegen, die weder im Zeichen einer bestimmten Theorie noch eines ideologischen Modells arbeitet, eine Partei also, die weder weiß, was sie will, noch wie sie es will, kann sich auch nicht mit Ideologien rechtfertigen. Demnach sind ihre Schandtaten und ihr Mißbrauch, ihr Verlangen nach Gehorsam und Treue Auflagen, die einzig aus einem privaten Strebertum und einem persönlichen Ehrgeiz herrühren. Cliquen innerhalb der Clique, Mafia innerhalb der Mafia, Kirchen innerhalb der Kirche, und wie eine Krankheit, die sich zunehmend verschlimmert und in den Parteien ohne Doktrin um sich greift wie die Pest, schreitet die Korruptheit und Bestechlichkeit der Jasager voran. Kurz: wenn eine Partei mit einer Doktrin denjenigen, der sich auflehnt und ungehorsam ist, mit ihren Prinzipien zerdrückt, so stößt die Partei, die nicht weiß, was sie will noch wie sie es will, denjenigen, der sich der Prinzipienlosigkeit, nämlich ihren Lügen, ihren Heucheleien, ihrer Klientel nicht anpassen kann, wie einen Fremdkörper ab.
Genau, dies war die Art Partei, die du für fähig gehalten hattest, deine Phantasie, deine Würde, deine Persönlichkeit und Kreativität aufzunehmen. Außerdem war in dem Helden die alte eintönige Illusion rege geworden, der wir uns mangels anderer Möglichkeiten und aufgrund unserer Ohnmacht immer wieder hingeben, wir alle, die wir an das Trugbild einer sich ändernden Welt glauben: nämlich weiterkämpfen zu können im Schutz der Barrikade, die den Namen »Linke« trägt. Denn in der Tat, abgesehen von dem kurzen Zeitraum der Wahlkampagne und von den Versammlungen, in denen du die Papandreus, die Generaldirektoren und Vorstandsmitglieder der offiziellen Linken Lügen gestraft hast und abgesehen von der Reise nach Moskau, über die nur deine

Freunde Bescheid wußten, hattest du nicht viel unternommen, um daran zu erinnern, daß der Dreck immer der gleiche ist, ob links, ob rechts oder in der Mitte. Ich möchte damit sagen: du hattest dir nie die Mühe gemacht, deinen Kampf gleichzeitig an mehreren Fronten zu führen. Im Gegenteil, du hattest dir zur Strategie gemacht, einen Feind nach dem anderen zu bekämpfen, du hattest all deine Kräfte gegen die Rechte, gegen den Drachen, vereint. »Jetzt muß ich mich um ihn kümmern. Danach, wenn ich noch lebe, kümmere ich mich um die anderen.« Absichtlich hattest du also darauf verzichtet, nach deinen Überzeugungen zu handeln, nämlich auf den Grundsatz, daß die Linke die beste Alliierte der Rechten ist, daß sie in den Ländern, in denen sie an der Macht ist, den höchsten Felsblock des Berges bildet und in den Ländern, wo sie nicht regiert, den Felsblock, die Averoffs, stützt, indem sie das Spiel nachahmt und sich in das System integriert. Die gleichen Berufspolitiker, die gleichen Streber und Opportunisten in Friedenszeiten werden oft zu Betrügern und Feiglingen in Kriegszeiten. Und du hattest dich verhalten, als sei der Drache kein zweiköpfiger Drache, als würdest du die Tatsache einfach ignorieren, daß der Versuch, ihm den einen Kopf abzuschlagen, zwecklos ist, wenn man nicht auch den zweiten Kopf abschlägt; daß man dieses Untier nur durch eine gleichzeitige doppelte Enthauptung vernichten und erst dann einen neuen Baum setzen kann. Angenommen, daß ein neuer Baum Früchte tragen kann, daß das Trugbild der sich ändernden Welt ein bißchen Grün und Wasser in sich berge. Ist es vielleicht nicht wahr, daß die Menschen sich nie ändern, daß es nur das Szenarium ist, das sich ändert, aus dem heraus das Trugbild uns blendet? Seit Jahrtausenden laufen wir hinter diesem Trugbild her, wir weinen, wir sterben und landen danach immer wieder am gleichen Flecken. Vielleicht mit einer neuen Gewerkschaft oder Partei, mit einer zusätzlichen Ideologie oder einer neuen technischen Errungenschaft, um die Bürde unserer Falschheit und Dummheit noch zu beschweren. Um dort zu bleiben, wo wir vor hunderttausend Jahren waren, bei einem zweiköpfigen Drachen. Als du dich wieder daran erinnertest, daß der Drache zwei Köpfe hat, war es bereits zu spät, umzukehren, zu spät, um den einzig möglichen Kampf von neuem zu beginnen: den Kampf, der gleichzeitig an verschiedenen Fronten geführt werden muß. Das einzig Mögliche war, der Politik der Politiker, dem Betrieb, in den du eingetreten warst und wobei du vergessen hattest, daß er nur hörige Manager, diensteifrige Angestellte und Jasager einstellte, aber nie Männer und Frauen, die nein sagen und

Sand ins Getriebe streuen, den Rücken zuzukehren. Und das tatest du. Du verzichtetest auf jede Unterstützung und gewannst deine Unabhängigkeit zurück, doch gleichzeitig gabst du dich auch wieder der Einsamkeit hin, die dich dem logischen Ende deines Märchens ausliefern würde: physisch und geistig von allen ermordet zu werden, und zwar von den vom einen wie vom anderen Ufer losgeschickten Mördern.

Das kam auf dich zu, stürzte sozusagen auf dich ein mit den Beweisen der Kollaborationstätigkeit jenes Demetrius Tsatsos, Abgeordneten, Neffen des Präsidenten der Republik, Mitglied deiner Partei, und mit der unvermeidlichen Lässigkeit, mit der deine Partei die Sache behandelte. Fany hatte nicht gelogen an jenem Abend, als du sie mit dem Aufnahmegerät in der Jacke und dem Mikrophon in der Manschette deines Hemdes ausfragtest. Demetrius Tsatsos hatte sich nicht damit begnügt, das Ehepaar zum Abendessen einzuladen, er hatte auch Studenten aus der Opposition denunziert. Wer er war, ging übrigens aus seinen Briefchen hervor, die an Nicolas Hatzizisis und an die Vorgesetzten der Folterknechte der Babulinasstraße gerichtet waren. »Mein lieber Nicolas, die Ansprache Papadopoulos' beim Presseessen war großartig! Es ist wirklich bedauerlich, daß gewisse Drecküberbringer das nicht anerkennen.« – »Lieber Freund Dascalopoulos! Ich habe erfahren, daß Sie befördert worden sind und möchte der erste sein, der Ihnen dazu gratuliert! Daß ein Mann von Ihrer Kultur und Ihrer gesellschaftlichen Bildung befördert wird, ist eine Ausnahme in einem Land von Mittelmäßigkeiten, und Ihre Bestellung an die Spitze der Polizei ist eine Hoffnung für die Zukunft! Ihr Demetrius Tsatsos.« Du verlangtest also, daß das Direktionskomitee der Partei einberufen werden sollte, und stürztest dich kopfüber in den Kampf: was waren das für Sachen, was für Leute?! Da suchtest du nach Beweisen gegen Averoff und fandest gleichzeitig Beweise gegen einen aus deiner eigenen Partei! Unverzüglich mußte er ausgewiesen werden. »Entweder geht er oder ich.« Da kamen sie zum Vorschein, die Cliquen innerhalb der Clique, die Mafia innerhalb der Mafia, die Kirchen innerhalb der Kirche, die Klientel, die Lügen, die Heucheleien, die Berechnungen: Ruhe, mein Junge, nur mit der Ruhe! Wir wollen doch nicht dramatisieren, laßt uns nachdenken. Laß dir Zeit, mein Junge, laß dir Zeit, wir wollen doch erst mal sehen, worum es sich handelt, die Sache genau betrachten. Einfach so aus der Partei ausschließen, einen Mann, der schließlich nicht der Herr Niemand

war, sondern ein gewichtiger Mann, Abgeordneter, Universitätsprofessor, Neffe des Präsidenten: hör mal! Selbst wenn deine Anschuldigungen stimmten, was hat er denn eigentlich gemacht? Er hat sich als Schwächling gezeigt: als Held geboren zu werden, kann man ja nicht verlangen. Was hatte es denn eigentlich auf sich mit diesen Geheimarchiven der ESA? Wer hat dich denn dazu ermächtigt, die Nase in eine so heikle Angelegenheit zu stecken? Wenn man Mitglied einer Partei ist, kann man nicht so selbstherrlich handeln, ohne die Partei zu verständigen! Disziplin, wenn man bitten darf. Disziplin! Belastende Dokumente gegen Averoff? Na gut, schauen wir sie uns genau an, überlegen wir das Für und Wider. Sie könnten der Partei von Nutzen sein, aber sie könnten ihr auch schaden. Am ekligsten waren die Mitglieder des Verwaltungsrates: die Oberhäupter der Kirchenklüngel, der ideologischen Strömungen, der Parteien. Einige von ihnen akzeptierten überdies Finanzhilfen von den deutschen Sozialdemokraten. Demetrius Tsatsos war einer der Schützlinge der deutschen Sozialdemokraten. Während der Juntaregierung war er in Düsseldorf gewesen, als Gast der deutschen Sozialdemokraten: ihm etwas anhaben zu wollen bedeutete, die Finanzhilfe aufs Spiel zu setzen. Und da soll mir jemand sagen, ob bei der Wahl zwischen einer anständigen Person und einem schönen Haufen deutscher Mark eine solche Partei die anständige Person wählt.
»Begreifst du, was sie mir gesagt haben? Begreifst du, was die mit meinen Dokumenten anfangen würden? Sie würden sie einfach verstecken!« – »Alekos, warum wunderst du dich darüber? So machen es alle Parteien: sie wollen Dokumente haben, um sie zu verstecken und, wenn nötig, die Betroffenen damit zu erpressen: Wenn du mir das und jenes nicht zugestehst, laß ich dich hochgehen und sage, daß du ein Verräter bist, geklaut hast und schwul bist. Jede andere Partei hätte dir in der gleichen Weise geantwortet. Auch eine Partei, die ernster zu nehmen ist, als die deine. Man-muß-sehen-ob-es-der-Partei-nützt, hätten sie zu dir gesagt. Und deine Partei ...« – »Sie ist nicht mehr meine Partei. Ich habe einen Stuhl auf dem Tisch zerschlagen und bin zurückgetreten.« – »Ah, und haben sie deinen Rücktritt angenommen?« – »Nein, sie haben ihn zurückgewiesen. Aber das ändert nichts an der Tatsache. Was mich betrifft, ist alles zu Ende.« – »Ich verstehe. Und jetzt?« – »Jetzt bleibe ich im Parlament als Unabhängiger der Linken.« – »Ohne eine Partei, die dich deckt. Mit Feinden innerhalb der Partei, die sich als deine Partei weiterhin betrachtet.« – »Das ist mir gleich.« Aber während du so sprachst, überfiel

dich eine gewisse Beklemmung: du wußtest genau, daß ohne die Rückendeckung einer Partei, mit Feinden innerhalb der Partei, die dich eigentlich hätte stützen müssen, alles noch viel schwieriger sein würde. Wie solltest du zum Beispiel diese Papiere ausspielen, derentwegen du so viel gelitten und andere hattest leiden lassen! Sie der Justiz übergeben, die sie nur ignorieren würde? Sie einer parlamentarischen Kommission überlassen, damit sie die Sache im Sand verlaufen ließe? Sie veröffentlichen? Gewiß, das war die Lösung. Aber wo? Welche Zeitung würde dazu den Mut aufbringen? »Hm. Ich weiß. Ich müßte eine eigene Zeitung haben. Wie wäre es, wenn ich eine Zeitung gründete? Eine kleine Zeitung. Eine Wochenzeitung oder eine, die alle zwei Wochen erscheint für eine Dauer von drei oder vier Monaten: nur solange ich sie zur Veröffentlichung der Dokumente brauche, die ich habe. Ich habe einen Haufen Zeug, weißt du? Und was ich noch nicht habe, das werde ich bald noch bekommen. Außer den Archiven der ESA gibt es auch noch die Archive des KYP. Ich habe entdeckt, daß ein Freund von mir beim KYP sitzt. Ein demokratischer und ehrlicher Offizier. Er ist mit einem Mädchen verheiratet, das mir in der Zeit des Attentats geholfen hat. Er hat mir gesagt, daß er mir einen ganzen Schrankkoffer voller Dokumente gibt! Stell dir vor, die Unterlagen über den Putsch auf Zypern, über den CIA! Über die Verbindungen des KYP und des CIA! Zwischen Averoff, dem KYP und dem CIA! Das ist was anderes als die Briefchen von Tsatsos an Dascalopoulos und Hatzizisis! Wenn ich nachweisen könnte, daß Averoff über den Zypern-Putsch unterrichtet war, daß er im Einverständnis mit dem KYP und dem CIA sogar Joannidis hinters Licht führte ... Es kommt nur darauf an, daß man diesen Koffer rauskriegt. Ich möchte diesem befreundeten Offizier keine Unannehmlichkeiten bereiten. Der ist kein Menschenschinder oder eine lüsterne Dirne, dieser Mann!« – »Alekos ...« – »Ja, eine Zeitung. Auf der Titelseite die Dokumente über Averoff: einige habe ich bereits, andere befinden sich in dem Koffer ...« – »Alekos, laß den Koffer aus dem Spiel. Weißt du denn, was es heißt, eine Zeitung zu gründen! Weißt du, was das kostet? Nur wer Macht besitzt, finanzielle und politische Macht, kann eine Zeitung gründen. Man braucht sehr viel Geld für eine Zeitung, sehr viel.« – »Dann mache ich eben Schulden.« – »Bei wem, Alekos? Wer kein Geld hat, kann auch keine Schulden machen. Schulden sind ein Luxus der Reichen. Keine Papierfabrik wird dir Papier verkaufen. Kein Journalist wird für dich schreiben. Keine Druckerei wird für dich drucken, wenn man weiß, daß du kein Geld hast.« – »Ich werde

Geld aufbringen.« – »Wo? Bei denen, gegen die du dich schlägst? Die Partei müßte dir helfen, oder du müßtest dich an eine andere Partei wenden...« – »Ich werde nie mehr eine Parteeeei haben! Nie mehr! Ich will das Wort Parteeeeiii überhaupt nicht mehr hören! Ich muß kotzen, wenn ich das Wort Parteeeeiii höre!« Und jetzt war die Beklemmung in deinem Augenausdruck nicht mehr nur ein bloßer Schatten: Tränen rollten dir über die Wangen, benetzten den Schnurrbart und durchnäßten deine Krawatte.
Einige Tage später erfuhr ich, daß deine schutzlose Isolierung bereits ihre Früchte getragen hatte. Zweimal waren nächtliche Besucher in die Wohnung in der Kolokotronistraße eingedrungen, wo du, mit einer gewissen Unbedachtsamkeit, die Fotokopien der Archive aufbewahrtest. Einmal, während du in einem Lokal außerhalb der Stadt beim Abendessen warst, und einmal, als du im Haus mit dem Orangen- und Zitronenhain in Glyfada übernachtetest. Sie hatten nichts gefunden, weil alles im verschlossenen Schlafzimmer verwahrt war, dessen Schloß sie nicht hatten aufsprengen können. Aber sie hatten den Büroraum durchwühlt und einen höhnischen Zettel zurückgelassen. »Wie willst du dich wehren, Alekos?« – »Auf gar keine Weise, alitaki. Was sein muß, muß sein. Wie es kommen soll, so wird es kommen. Ich werde einfach versuchen, diese Sache zu Ende zu führen.« Auf diese Weise geschah es, daß meine Liebe zu dir zu neuem Leben erstand und das verrückte Festmahl mit Hasen, Hechten, Fasanen, Hummer, Rebhühnern, Rehen und mit Verzweiflung gespickten Kälbern. Hand in Hand sollten wir dieses Fest achtundzwanzig Tage hindurch begehen. Die letzten achtunzwanzig Tage, die die Götter uns zugestanden.

3. Kapitel

Etwas Seltsames war geschehen. Du warst ohne Ankündigung in Rom erschienen: »Ich habe jemanden gefunden, der die Dokumente veröffentlicht!« – »Wer?« – »Eine Abendzeitung. ›Ta Nea‹.« – »Wann?« – »Bald. Innerhalb der nächsten Wochen. Ein Journalist der ›Ta Nea‹ arbeitet bereits daran.« – »Gott sei gelobt! Und was willst du jetzt hier in Italien?« – »Ich bin hergekommen, um das Buch zu schreiben.« – »Das Buch? Welches Buch?« Du hattest wirklich einmal gesagt, daß du gern ein Buch über das

Attentat, den Prozeß und Boiati schreiben würdest, aber es schien mir, daß es mehr ein Wunsch als ein Vorsatz war. War es möglich, daß du von heute auf morgen und während du bis zum Hals in der Geschichte mit den Dokumenten stecktest, diese Idee wieder aufgriffst? »Das Buch von dem ich dir schon erzählt habe, weißt du? Nach der Abmachung mit der ›Ta Nea‹ hab ich mir folgendes überlegt: es genügt nicht, die Dokumente zu veröffentlichen. Man muß das Thema ausweiten, muß erklären, warum ein Mann, der mit Bombenlegen angefangen hat, sich schließlich mit Zeitungspapier herumschlägt. Dann habe ich an alle Leute gedacht, die Bücher schreiben, ohne daß sie etwas zu sagen haben, während ich doch eine Geschichte erzählen kann, eine großartige Geschichte, und ich habe sie noch nicht geschrieben! Da habe ich den Koffer gepackt und bin hergekommen: ich will nach Florenz.« – »Nach Florenz?« – »Ja, da habe ich meine Ruhe. Ich kann doch nicht in der Kolokotronistraße oder in Glyfada mich hinsetzen, um zu schreiben! Da gibt es zu viele Probleme, zu viel Ablenkung.« – »Ja, aber ...« – »Meinst du, ich schaff es nicht? Da irrst du dich. Ich habe das Buch, das ich schreiben will, ganz klar im Kopf, in Kapitel unterteilt, ich hab mich schon immer als Schriftsteller gefühlt. Ich weiß sogar, wie ich anfange: mit der Szene des Attentats. Wie ich die verwickelten Zündungsdrähte wieder zusammenzuknüpfen versuche, wie er aus seiner Villa in Lagonissos herauskommt, das Meer, das gegen die Felsen brandet ... Und wenn es schwierig wird, kannst du mir helfen.« – »Ja, aber ...« – »Wie lange es dauert? Sieben Monate, mir genügen sieben Monate. Im Mai will ich beim Parlament um eine Erlaubnis bitten, und im November werde ich das Manuskript abgeben. Wichtig ist, daß ich sofort anfange und niemand mich stört, daß also niemand weiß, wo ich bin. Wenn ich morgen früh anfange und drei oder vier Wochen weiterarbeite, kann ich mir eine Pause gestatten, wenn die Dokumente erscheinen und ...« – »Morgen früh?« – »Ja, morgen früh fahren wir los.« – »Alekos, morgen früh kann ich nicht. Ich wußte nicht, daß du kommen würdest und habe einige Verpflichtungen.« – »Du wirst mich doch nicht allein losfahren lassen! Wenn ich einen Rat brauche, um weiterzukommen, willst du mir denn deine Hilfe verweigern?« – »Nein, das ist doch klar, nein, aber warum muß es so eilig sein?« – »Ich kann nicht warten, es brennt mir auf der Seele. Außerdem will ich mich in Rom nicht sehen lassen. Sonst suchen sie nach mir und lenken mich ab. Niemand darf wissen, daß ich hier bin, merk es dir!« Man konnte dich nicht davon abbringen. Ohne dich um meine Gegengründe, meine

Programme zu kümmern, hattest du mich gezwungen, mit dir zusammen abzureisen, indem du sagtest, daß man sich gegen die Inspiration nicht auflehnen könne und du meine Gegenwart, die ich dir nicht versagen könnte, brauchtest. »Und bitte den Portier, uns einen Flug nach Paris zu buchen, dann meint man, wir seien nach Paris gereist.«
Seltsam, die ganze Sache, wirksam seltsam. Aber ich überließ mich nicht den Mutmaßungen oder Zweifeln, als du nun, im Waldhaus zurückgezogen, dich ernsthaft und mit Ausdauer dem Buch widmetest: wer dich über die Blätter gebeugt sah, hätte glauben können, daß es der einzige Grund deiner Reise nach Italien war, daß nichts anderes dich dazu getrieben hatte, dich innerhalb der vier Wände selbst zu verbannen. Du erwachtest früh am Morgen, breitetest die Blätter, den Stift, die Pfeifen, den Tabak, das Feuerzeug auf dem Tisch aus, dann batest du mich, dich allein zu lassen, und machtest dich an deine Arbeit mit dem Eifer eines Schülers, der sich auf eine Prüfung vorbereitet. Du schriebst langsam und ohne Zögern, mit der Leichtigkeit eines Menschen, der mehr einem Impuls als einer Eingebung gehorcht, du fragtest mich nie um Rat, obwohl du mich doch aus diesem Grund nach Florenz geschleppt hattest, und am Abend kamen immer zwei oder drei dichtbeschriebene Seiten in säuberlicher Schrift und ohne Streichungen dazu. Es war der Beweis, daß du nicht die Zeit vergeudetest, und ich staunte jedesmal darüber. War es der Einfluß des Waldhauses? Immer warst du gern dorthin zurückgekehrt, hattest gern die Atmosphäre und die Gegenstände wiedergefunden, die von einer vergangenen Zeit der Vertrautheit und Zärtlichkeit zeugten, den Schaukelstuhl, die Jugendstillampe, den großen Spiegelschrank, in dem sich die Bäume spiegelten, damit die Vögel sich auf dem Laubwerk niederließen, das nicht existierte. Nicht einmal die böse Erinnerung an die Nächte, als man uns mit einem Scheinwerfer belästigte, an die Nacht, als du sie stellen wolltest, und als ich, um dich daran zu hindern, das Kind verloren hatte, zerstörten den Zauber, den diese Zuflucht auf dich ausübte. Sogar in Athen sehntest du dich nach dem Park mit den Pinien, Zypressen und den Roßkastanien, die man auflesen und streicheln konnte, mit den Lorbeerbüschen, den Rosenlauben, den Fliederstauden. Aber warum gingst du nie auch nur ein paar Schritte durch den Garten, warum sahst du nicht einen Augenblick aus dem Fenster, warum hieltest du immer die Läden geschlossen? Jedesmal, wenn ich wegging, öffnete ich sie, jedesmal, wenn ich zurückkehrte, fand ich sie wieder geschlossen. Obwohl ich dem zu

Beginn keine große Bedeutung beimaß, vielmehr dachte, daß ein offenes Fenster eine Verführung sei, der man schwer widersteht, war ich doch bald besorgt über den Heldenmut deines Schreibens, während draußen die Sonne schien, was eine professionelle und nicht schülerhafte Disziplin bedeutete, um so mehr, als ich weitere seltsame Anzeichen entdeckte. Am Abend waren auch die Läden geschlossen und die Vorhänge mit solcher Sorgfalt zugezogen, daß kein Lichtstrahl nach draußen drang: die einzige Lampe, die brannte, stand auf einem Schreibtisch. Und dann das Telefon. Du gingst nie ans Telefon, obwohl du doch einen Kult, eine Leidenschaft fürs Telefon hegtest: wenn ich von auswärts mich mit dir in Verbindung setzen wollte, dann mußte ich heimkommen. »Alekos, ich habe den ganzen Nachmittag versucht, dich anzurufen, zum Teufel! Du hast nicht einmal abgenommen!« – »Woher hätte ich denn wissen sollen, daß du es warst, der anrief? Haben wir denn nicht ausgemacht, daß niemand wissen soll, daß ich hier bin?« Und die Geschichte mit dem Schlüssel. Das Waldhaus hatte einen Nachteil: die Tür schnappte nicht einfach zu, sondern mußte mit einer primitiven Türklinke zugemacht werden, so daß, wenn man sie von außen schloß, derjenige, der drinnen geblieben war, wie in einer Falle saß – es sei denn, er besaß einen zweiten Schlüssel. Diesen zweiten Schlüssel hattest du in Athen vergessen und hattest dich dagegen gesträubt, daß ich noch einen anfertigen ließe: »Nein! Ein Schlüssel genügt. Ich brauche sowieso keinen. Behalt du ihn, wenn du weggehst, und schließ gut zu.« – »Und falls du rausgehen willst?« – »Ich gehe nicht raus.« – »Und falls jemand kommt?« – »Es braucht niemand zu kommen.« – »Nehmen wir an, daß doch jemand kommt.« – »Wenn jemand kommt, bin ich nicht in Versuchung, aufzumachen. Damit vermeide ich jedes üble Zusammentreffen.« Schließlich dein Benehmen, wenn es Zeit war zum Abendessen. Auswärts zu essen war für dich immer ein Vergnügen gewesen, worauf du nicht gerne verzichtet hättest, weil du im Lokal die Speisen auswähltest und zwischen dem einen und dem anderen Gang mit Vergnügen den Geräuschen zuhörtest, und plötzlich wurde dir alles lästig: du wolltest zu Hause essen. »Ich bleibe lieber hier, es ist so gemütlich zu Hause.« – »Willst du dich denn gar nicht vom Fleck rühren und ein bißchen unter die Leute gehen, dich ablenken?« – »Nein.« – »Nun gut, um so besser.«

Um so besser. Es gibt nichts Selbstsüchtigeres als die Liebe, wie man weiß. Manchmal machen wir uns, nur um mit dem geliebten Wesen allein zu sein, selber die größten Lügen vor, sind ganz verblendet; es liegt eine fast finstere Freude darin, den geliebten Menschen ganz allein für uns zu haben, und ich hatte nur allzu lange dich mit den anderen geteilt. Ohne die anderen wurde es uns auch niemals langweilig: die Begegnung zwischen zwei Einsamkeiten ist auch eine Begegnung zwischen zwei Vorstellungswelten, und unsere Phantasie vermöchte jedes Schweigen, jede Leere auszufüllen. Wie weit wurde das Zimmer, wenn du am Abend aufhörtest zu schreiben und dich der Ruhe hingabst! Wenn du eine Schallplatte auflegtest, verwandelte es sich in einen Konzertsaal; wenn du den Fernseher anschaltetest, wurde es ein Theater; wenn du den Tisch wegrücktest, wurde es ein Tanzsaal; wenn du ihn vor den Spiegelschrank stelltest, wurde es ein Festraum, wo wir beide synchron speisten, tanzten und lachten, so daß du spaßhaft protestiertest: »Diese dummen Papageien!« Es gab Abende, an denen du eine Art Dankbarkeit empfandest über dieses absurde Exil und seine unbekannten Gründe, eine geheime Hoffnung, daß dies so lange wie nur möglich andauern sollte, und an solchen Abenden stürzte meine Verblendung geradezu in einen Abgrund seliger Verdummung. Es hätte genügt, die Rede wieder auf die Archive oder auf deinen Zwist mit der Partei oder die geheimnisvollen nächtlichen Besucher in der Kolokotronistraße zu bringen, so daß ich begriffen hätte, daß du dich mit einer ebenso verborgenen wie verzweifelten Qual herumschlugst: in der Erwartung eines schrecklichen Ereignisses, dessen Gestalt du dir vielleicht nicht genau vorstellen konntest, das aber jedenfalls die Erwartung einer tödlichen Niederlage war. Tatsache ist, daß auch du niemals über diese Themen sprachst, daß alles, was du sagtest, nur mit dem Buch zu tun hatte, also mit dem letzten Versuch, einer Sache greifbare Gestalt zu verleihen, ehe du starbst: damit das, was du erlitten hattest, nicht völlig verlorenginge. Immer diskutiertest du darüber, um die Knoten in deinem Geist zu lösen, die Episoden und die Personen und Probleme ans Licht zu ziehen, die herausgestellt werden mußten, ohne daß sie in einer Weise unterstrichen würden, die jemandem nütze oder jemandem in die Hände arbeite. Der Prozeß sollte zum Beispiel als Symbol aller Prozesse dargestellt werden, die von den linken oder rechten Tyranneien inszeniert werden, gestützt auf falsche Geständnisse, erfundene Beweise, verängstigte Zeugen, verschüchterte Verteidiger, kleinmütige Journalisten, so daß dem Angeklagten nichts bleibt als der Stolz, seine eigene Aburteilung herbeizurufen. Und die Kerkermeister wie Zakarakis, die sich nicht bewußt sind, daß sie selbst Gefangene, Opfer wie ihre Opfer sind, verkörpern die ganze

Dummheit der Herde, die vor der Macht schweigt und gehorcht. Und das Problem der Gewalttätigkeit, die der Gewalttätigkeit entgegengesetzt wird, die im Augenblick gerechtfertigt zu sein scheint und die man dann als falsch erkennt, weil sie nur Mißbrauch gegen Mißbrauch setzt, nur einem neuen Herrscher anstelle des vorherigen Herrschers den Weg bahnt. Und das Parallelsystem der ideologischen Barrikaden, hinter denen sich der groteske Fanatismus von Fußballmannschaften verbirgt, die auf die gleiche Ausnützung des Individuums, des Menschen abzielen. Du glaubtest so sehr an dieses Buch, daß du, zusammen mit mir, die Hauptfiguren deiner letzten großen Anstrengung vergessen zu haben schienst. Aber du hattest sie nicht vergessen.

Am zehnten Tag erlahmte der Rhythmus deiner Arbeit. Statt drei Seiten täglich waren es nur noch zwei, wenn auch immer dichter beschrieben, in immer winzigerer Schrift. Dann war es nur noch eine, auch diese dichter und in noch winzigerer Schrift. Dann eine halbe Seite, und dann warfst du fast alles fort, um erneut zu beginnen, aber, wie gewöhnlich, nicht um dem logischen Ablauf der Erzählung zu folgen. »Heute habe ich eine kleine Szene entworfen, die ich später nach sechs oder sieben Kapiteln einfügen werde.« – »Warum?« – »Nur so.« – »Heute habe ich Notizen für einen Dialog gemacht, von dem ich noch nicht weiß, wo er hingehört.« – »Warum?« – »Nur so.« – »Soll ich helfen, Alekos? Wollen wir ein wenig gemeinsam schreiben?« – »Nein, denn wenn wir auch ganz dicht schreiben, kommen wir doch zu früh.« – »Wohin kommen wir zu früh?« – »Auf Seite dreiundzwanzig.« – »Aber warum, zum Teufel, willst du nicht auf Seite dreiundzwanzig ankommen?!« – »Weil ich ... einen Traum gehabt habe.« – »Was für einen Traum?« – »Ich habe geträumt, daß ich dieses Buch schreibe. Und im Traum ist das Buch auf Seite dreiundzwanzig abgebrochen.« – »Ich verstehe nicht.« – »Es wurde abgebrochen, weil ich auf Seite dreiundzwanzig gestorben bin.« – »Aber das ist doch lächerlich!« – »Ha!« – »Hast du deshalb fast alles weggeworfen und spielst du nun herum und schreibst nicht weiter?« – »Ha! Ich schreibe schon weiter. Aber es hat keinen Sinn, ich spüre, daß ich über die Seite dreiundzwanzig nicht hinauskommen werde.« – »Numeriere die Seiten nicht, dann merkst du gar nicht, wann du auf Seite dreiundzwanzig kommst.« – »Gut, das werde ich probieren.« Du probiertest es. Zwei Tage später, als ich nach Hause kam, fand ich dich nicht am Schreibtisch vor, sondern im Bett. Alle Lichter brannten, alle Fenster waren sperrangelweit aufgerissen. Auf dem Boden lagen die beschriebenen Seiten herum, halbzerfetzt und zerknüllt. Ich hob sie auf, zählte sie. Es waren dreiundzwanzig. »Alekos! Wach auf, Alekos!« – »Ich bin wach.« – »Was hast du gemacht?« – »Ich bin fertig.« – »Du bist nicht fertig. Du hast die Seiten numeriert.« – »Ich habe sie nicht numeriert. Aber ich konnte nicht weiterschreiben, also habe ich sie gezählt und gemerkt, daß ich auf Seite dreiundzwanzig angelangt war.« – »Laß uns ernst darüber reden. Was soll das?« – »Das soll heißen, daß ich nichts weiter zu sagen habe, es gibt nichts weiter zu sagen.« – »Dummes Zeug.« Ich reichte dir die letzte Seite hin. »Lies mir das vor, übersetze es.« – »Nein.« – »Ich bitte dich.« – »Nein, sage ich.« – »Warum nicht? Ist sie nicht gelungen, schlecht geschrieben?« – »Nein, sie ist sehr gut gelungen, sie ist schön, die schönste Seite von allen.« – »Warum willst du sie mir also nicht vorlesen?« – »Es ist, weil ich das Gefühl habe ... das Gefühl ...« – »Siehst du, du weißt selber keinen Grund. Also mach mir die Freude, los.« Du nahmst sie mit einem Seufzer, stopftest das Kopfkissen unter der Schulter zurecht, um Zeit zu gewinnen und den Augenblick des Ekels möglichst weit hinauszuzögern, den dir diese Seite offensichtlich bereitete. »Los, fangen wir an. An welchem Punkt der Erzählung stehst du?« – »Am Anfang. Es ist noch der Anfang des Verhörs, als sie mich für Georgios halten und mich verprügeln, damit ich verrate, wer mir den Sprengstoff gegeben hat.« – »Gut. Ich höre.« Du zögertest noch ein wenig und schließlich übersetztest du.

»Es waren viele Offiziere. Sie waren zusammen mit dem, der das Essen ausgab und Malios und Babalis den Kaffee brachte, hereingekommen. Sie gehörten nicht der ESA an. Einige trugen die Abzeichen der Sturmtruppen, andere die der Infanterieregimenter, wieder andere die der Marine. Sie schienen alle von wütendem Zorn erfüllt, Teofilojannacos grinste: ›Siehst du, Leutnant? Das ganze Heer ist außer sich. Wenn ich dich irgendeiner Kaserne ausliefern würde, würden sie dich in Stücke reißen.‹ Plötzlich spuckte mir ein Offizier ins Gesicht, und das war der Auftakt zum Lynchen. Alle zusammen warfen sie sich auf mich, um mich anzuspucken, zu schlagen, zu verhöhnen. Mauern von Uniformen, die sich über der Pritsche zusammenschoben, auf der ich angebunden war. Die Tür stand offen, und immer mehr drängten sich herein, immer dichter, wie Wespen, die sich auf einen Honigtopf stürzen. Anstelle des Honigs war ich. Wie viele es waren, das weiß ich nicht. Wie lange es dauerte, daran erinnere ich mich nicht. Ich erinnere mich aber, daß ich auf jeden Hieb mit einem verächtlichen Satz antwortete. Ich tat das mechanisch, ich war mit meinen Gedanken woanders. Statt der Mauer von Uniformen sah ich erneut das aufgepeitschte Meer, die Zündschnur, deren Knoten ich nicht lösen konnte, die Brandung, die mich durchnäßte, das Auto von Papadopoulos, das näherkam, die Explosion, die Flucht. Und das Schwimmen unter Wasser, während mir der Atem ausging und ich auftauchen mußte. Die Flucht über die Klippen auf das Boot zu, das davonfuhr und mit ihm all die Monate, die Enttäuschungen, die Anstrengungen, die vergeblich gewesen waren. Nichts, nur wegen einer Schnur, die sich verwikkelt hatte und nun zu kurz war. Eine Fehlberechnung wegen einer zu kurzen Schnur, nur noch der Bruchteil einer Sekunde, und der Tyrann würde vorbeifahren. Er lebte. Ich hingegen war gefangen, um hier zwischen den Wespen zu verenden, während ein Aasgeier, die Pistole auf mich gerichtet, schrie: ›Warum hat man dich noch nicht umgebracht, du Scheißkerl?‹ Dann schob Teofilojannacos, sichtlich besorgt, daß er wirklich schießen würde, ihm die Hand beiseite. In diesem Augenblick drängte einer sich vor, schaute mich an und fragte: ›Bereust du es denn wenigstens?‹ – ›Nein. Es tut mir nur leid, daß ich es nicht geschafft habe.‹ Meine Stimme war es, die so antwortete. Welch eine seltsame, weit entfernte Stimme! Woher kam sie? Auch der wohlerzogene Offizier schien weit entfernt zu sein. Woher kam er? Kam auch er aus einer anderen Welt? Jetzt ging er schweigend fort, und kaum daß er fort war, ergoß sich der Zorn der Uniformen erneut über mich. Immer heftiger, immer schlimmer. Sie schlugen mich auf die Fußsohlen, auf die Augen. Ich wiederholte: ›Es tut mir nur leid, daß ich es nicht geschafft habe.‹ Ja, es tut mir nur leid, daß ich es nicht geschafft habe. Dann ein fürchterlicher Schlag. Woher, von wem? Ich spürte einen fürchterlich gewaltsamen Druck auf den Magen, den Hals und die Brust und wie mir das Herz brach, als ob alles in mir zerbersten würde. Und ich erkannte nichts mehr. Ich hielt die Augen geschlossen und ...«

Es war die Szene deines Todes, wie sie einen Monat später, auf der Straße von Vouliagmeni sich ereignen sollte, als Lungen, Leber und Herz alles zusammen bei dem Aufprall zerbarsten und als du für immer die Augen schlossest. Ich stammelte: »Es ist eine Todesszene.« Du nicktest: »Ich weiß.« – »War es wirklich das, was während der Prügelszene geschah?« – »Nein, ich glaube nicht, so scheint es mir wenigstens.« – »Warum hast du es dann geschrieben?« – »Ich verstehe es selber nicht. Plötzlich haben die Worte sich von selbst so geformt. Es war, als ob die Finger sich ohne mein

Zutun bewegt hätten. Ich bin bis ans Ende der Seite gelangt und habe gemerkt, daß ich nicht weiterkonnte, weil meine Gedanken mit den letzten vier Zeilen zu Ende waren.« – »Streich sie durch und schreib weiter.« – »Unmöglich.« – »Ich helfe dir.« – »Das würde nichts nützen. Der Traum hat auch an dieser Stelle aufgehört.« – »Aber du schreibst nicht einen Traum nieder, sondern deine Geschichte!« – »Vielleicht wird meine Geschichte so enden.« Dann erhobst du dich, stopftest deine Pfeife und gingst auf die hell erleuchtete Terrasse hinaus. Auf dem Rasen zeichnete sich unverwechselbar dein Schatten ab. Man konnte sogar den Umriß deines Profils mit der Pfeife im Mund erkennen: jedermann hätte es erkennen können. Es war klar, daß es dir jetzt nichts mehr ausmachte, gesehen und erkannt zu werden, weil du wußtest, daß das Ende nicht hier auf dich lauerte, sondern anderswo und daß du dich in keiner Weise den Ereignissen, dem Schicksal entziehen konntest und daß das Schicksal ein Fluß ist, den kein Damm auf seinem Weg zum Meer aufhält. Das einzige, was von uns abhängt, ist die Art, wie wir auf diesem Fluß steuern, seine Strömungen bekämpfen, um nicht wie ein ausgerissener Baumstamm dahinzutreiben. »Es ist schon gut.« – »Was ist schon gut?« – »Du wirst es für mich schreiben. Darüber haben wir ja bereits gesprochen.« – »Hör auf, Alekos!« – »Du wirst es für mich schreiben, versprich es!« – »Hör auf, Alekos!« – »Versprich es mir!« – »Gut, ich verspreche es!« – »Gut, wo werden wir heute zu Abend essen? Ich möchte in ein nettes Lokal, wo es laut zugeht und viele Leute sind. Und ich will viel trinken, viel, viel, viel Wein!«

Du leertest die zweite Flasche und bestelltest die dritte. »Schade, ich wäre gern alt geworden, um zu sehen, wie das ist. Ich habe auch immer geglaubt, daß das Alter die glücklichste Lebensepoche ist. Die Kindheit ist eine unglückliche Zeit. Immer werden einem Vorwürfe gemacht, und man wird tyrannisiert. Was habe ich als Kind für Prügel bezogen! Meine Mutter war immer mit dem Besen bei der Hand. Aber mit dem Besenstiel, den kriegte ich zu spüren! Um ihr zu entkommen, habe ich mich einmal vom Fenster herabgelassen. Ich habe ein Bettlaken in Streifen geschnitten, ein Seil daraus geknüpft und mich daran runtergelassen. Als ich aber auf dem Bürgersteig unten ankam, stand sie schon dort und erwartete mich mit dem Besen in der Hand. Haha! Mit dem Ausbrechen habe ich nie viel Glück gehabt. Mein Vater hingegen hat mich nie geschlagen. Nicht einmal als wir in dem Haus mit dem Kino wohnten. Im Sommer liefen die Filme im Freien, und man konnte vom Balkon der Wohnung aus alles sehen. Da lud ich also die Kinder aus dem Viertel zu uns ein und ließ sie Eintritt bezahlen. Verbilligt, natürlich. Schließlich merkte es der Kinobesitzer und wollte das Geld von meinem Vater zurückerstattet haben. Und mein Vater zahlte, ohne mich zu verprügeln. Er war gut, mein Vater. Weil er alt war. Die Alten sind immer nachsichtiger und gutherziger. Weil sie alt sind und schon Bescheid wissen. Alt werden ist die einzige Möglichkeit, Bescheid zu wissen.« – »Alekos, hör auf mit dem Trinken.« – »Auch als Halbwüchsiger ist man unglücklich. Dann verprügeln sie dich vielleicht nicht mehr so viel wie in der Kindheit, weil du dich dann wehrst. Dafür aber schulmeistern sie dich, und das ist schlimmer als versohlt werden. Das und jenes mußt du werden, sagen sie, so wie der mußt du werden, auch wenn du gar keine Lust dazu hast, weil du nur einfach leben willst und nichts weiter. Und weil du das oder jenes werden sollst, schicken sie dich in die Schule, wo man fürchterlich unglücklich ist. In der Schule lernt und verliebt man sich. Mit vierzehn Jahren habe ich mich verliebt. In ein Mädchen aus meiner Klasse, eine Blondine, die sagte, daß ich wie James Dean aussähe. Weißt du, wer James Dean war? Einer, der mit dem Auto tödlich verunglückt ist. Und ich sah ihm tatsächlich ähnlich. Der gleiche Mund, die gleichen Augen, die gleichen Haare und die gleiche Figur. Aber ich habe nie etwas darauf geantwortet, wenn sie sagte, ich sähe James Dean ähnlich. Weil ich mich nicht mit ihr verabreden wollte, ehe ich eine lange Hose trug. Und diese langen Hosen kriegte ich nie. Schließlich nahm ich die von Georgios. Ich habe sie in einem Kahn hinausgerudert und sie geküßt. Am Tag darauf wurde ich von der Schule gejagt, und ich weiß nicht warum. Ich erinnere mich aber an den Schmerz, der mich überwältigte, als ich in eine andere Schule gesteckt wurde und ich sie nicht mehr wiedersah. Dann hörte ich, sie sei tot. Mit dem Auto verunglückt, wie James Dean. Wieviel man doch leidet, als Halbwüchsiger! Ich glaube, daß man im Alter viel weniger unglücklich ist, auch wenn man sterben muß. Für die Alten ist der Tod etwas Natürliches. Oder irre ich mich? Das werde ich nie erfahren, ob ich mich da irre. Um festzustellen, ob ich mich irre, müßte ich alt werden, und mir wird es nicht gegeben sein, ein alter Mann zu werden, schade.« – »Alekos, hör auf zu trinken!« Du leertest die dritte Flasche und bestelltest die vierte. »Aber die allerunglücklichste Zeit ist die Jugend. Weil du nämlich in der Jugend anfängst, die Dinge zu begreifen und merkst, daß die Menschen nichts taugen. Den Menschen liegt weder etwas an der Wahrheit noch an der Freiheit, noch an der Gerechtigkeit. Das sind unbequeme Dinge, und die Menschen finden sich in der Lüge, in der Versklavung und in der Ungerechtigkeit zurecht. Darin wälzen sie sich wie die Schweine. Das habe ich gemerkt, sobald ich in die Politik geriet. Man muß sich mit der Politik beschäftigen, um zu merken, daß die Menschen nichts taugen, daß ihnen die Scharlatane, die Betrüger und die Drachen recht sind. Man beginnt sich mit der Politik zu beschäftigen voller Hoffnungen und wundervoller Absichten, indem man sich einredet, daß die Politik eine Pflicht und ein Mittel sei, um die Menschen besser zu machen, und dann merkt man, daß genau das Gegenteil der Fall ist, daß nichts in der Welt so verdirbt wie die Politik, nichts die Menschen um so viel schlechter macht, als die Politik es tut. Eines Tages, als ich zwanzig Jahre alt war, ging ich zu dem Politiker, den ich am meisten bewunderte. Er war ein großer Sozialist, und es hieß, er sei der einzige, der saubere Hände habe. Ich ging hin, um ihm über gewisse Schweinereien zu berichten, die gewisse Genossen von ihm verübten, und weil ich glaubte, daß er davon nichts wüßte. Er lachte und sagte: ›Junger Mann, du wirst doch nicht glauben, daß man mit Idealen Politik machen kann?‹ Dann sagte er, ich sei an die falsche Adresse geraten. An diesem Tag weinte und besoff ich mich. Bis dahin hatte ich mich noch nie betrunken, mir schmeckte der Wein gar nicht. Ich trank gern Orangensaft. Auch jetzt trinke ich lieber Orangensaft. Aber ich lernte das Weintrinken mit zwanzig Jahren, ich lernte es, mich zu besaufen, weil man im Suff besser weinen kann. Man erträgt es besser, daß die Menschen nichts taugen und daß man sie immer weniger mögen kann, je besser man sie kennt. Ich kann die Menschen nur lieben, solange es sich um Kinder oder um alte Leute handelt. Kinder mag ich gerne, Alte mag ich gerne, und ich hätte gerne nur für Kinder und Alte Politik gemacht. Denn für sie macht nie jemand Politik. Den Politikern sind die Kinder und die Alten gleichgültig: die Kinder und die Alten gehen ja nicht wählen. Und weil ich ein Kind gewesen bin, wäre ich auch gerne alt geworden. Ein schöner, schnurrbärtiger Alter mit Husten. Auch als sie mich erschießen wollten, bedauerte ich nur eins: daß ich kein alter Mann werden würde. Es stimmt nämlich nicht, daß Altwerden eine Last ist. Altwerden ist ein Vergnügen. Und das ist recht so. Alle sollten alt werden, damit sie diese Erfahrung machen. Ober, noch eine Flasche.« – »Alekos, höre auf mit dem Trinken.« Du trankst mit der eisernen Entschlossenheit, die zum dritten Stadium führt, deine Pupillen glänzten, deine Lippen waren sehr rot, deine Stimme war sehr belegt. Aber dein Kopf blieb klar. »Alekos, ich bitte dich, hör auf, laß uns nach Hause gehen.« – »Nein, ich will trinken.« – »Wir müssen gehen, das Lokal ist leer.« – »Aber ich muß dir doch erzählen, warum auch das reife Alter unglücklich ist, warum das ganze Leben unglücklich ist.« – »Morgen, das erzählst du mir morgen.« – »Nein! Jetzt! Wir werden nun ein anderes Lokal aufsuchen.« – »Es ist spät, Alekos, sehr spät!« – »Es ist nie zu spät, um noch ein wenig weiterzuleben. Auch wenn man unglücklich ist.«

Um noch ein wenig weiterzuleben, wenn auch unglücklich, gab es einen Ort, den du liebtest. Das war eine kleine Bar am Piazzale Michelangelo. Dorthin gingen wir nach dem Abendessen während der Zeit deines Exils in Florenz. Wir hielten uns auf dem Piazzale Michelangelo auf, dieser riesigen Terrasse, die über der Stadt zwischen den Bäumen und dem Himmel schwebte. Nachts war dies ein herzbewegender Ausblick. Der Fluß, der sich wie ein glänzendes Band dahinzieht, mit all den Laternen, die sich darin widerspiegeln, jede Laterne ein strahlendes Bündel goldener und silberner Funken, und über dem Fluß die Brücken wie Regenbogen, auf beiden Seiten des Flusses die Dächer, die ihre roten Ziegelsteine wie Teppiche ausbreiten, und aus den Teppichen ragen die Glockentürme und die Wehrtürme empor, blähen sich die angestrahlten Kuppeln gegen den schwarzen Himmel auf. Als wir dorthin gelangten, betrachtetest du das alles glücklich staunend und sagtest, der Himmel habe seine Sterne über die Erde ausgeschüttet, und daß es Schönheit nur dann gibt, wenn der Himmel sie auf die Erde schüttet, wo man sie betrachten kann, ohne sich den Hals zu verrenken. Dieses Mal aber nahmst du sie gar nicht wahr, sondern du zogst mich sogleich in die kleine Bar: »Zwei Gläser Ouzo, doppelt. Oder vielmehr vier große, doppelte Ouzo.« – »Sehr wohl, mein Herr.« Mit ironischer Dienstfertigkeit stellte der Kellner vier Gläser Ouzo hin, die übertrieben groß und übertrieben »doppelt« waren. Zwei davon trankst du in einem Zug, während am Nebentisch jemand lachte und dir sogleich eine Träne die Nase entlang über deinen Schnurrbart lief. »Nicht weinen, Alekos. Warum weinst du denn?« – »Weil ich alles falsch gemacht habe. Ich habe den Menschen vertraut und habe alles falsch gemacht. Ich habe geglaubt, daß den Menschen Wahrheit, Freiheit und Gerechtigkeit am Herzen lägen. Das war alles ein Irrtum. Ich habe geglaubt, daß sie etwas begreifen. Ich habe alles falsch gemacht. Wozu soll man leiden, kämpfen, wenn die Menschen nicht verstehen, wenn es ihnen gleichgültig ist? Ich habe alles falsch gemacht.« – »Sei still, Alekos. Sei still!« – »Ich hätte meine Zelle nicht verlassen sollen. Als sie mich entlassen haben, hätte ich sofort in meine Zelle zurückkehren müssen. Und immer wieder zurückkehren, immer wieder. Dann hätten sie begriffen. Als ich in meiner Zelle saß, begriffen sie. Wenn du gefangen bist, begreifen sie. Dann begreifen sie es nicht mehr, außer wenn du stirbst. Wenn ich wollte, daß sie mich verstehen, müßte ich sterben.« – »Sei still, Alekos, sei still!« – »Ein Begräbnis wäre vonnöten, ein schönes Begräbnis. Dann kämen sie, von Stadt und Land, von den Inseln, würden die Straßen verstopfen, auf die Bäume steigen und dort sitzen wie die Raben. Und sie würden begreifen. Wenigstens einen Tag lang würden sie begreifen. Und sie würden sich rühren.« – »Sei still, Alekos, sei still!« – »Auch du würdest endlich begreifen. Denn siehst du, nicht einmal du begreifst. Du liebst mich nicht, und du begreifst mich nicht. Manchmal muß man sterben, damit man verstanden wird. Auch um geliebt zu werden, muß man manchmal sterben.« – »Sei still, Alekos, was sagst du da? Hör auf! Alle schauen dich an und hören dir zu.« Sie schauten dich tatsächlich an, sie hörten dir tatsächlich zu, und von den Nebentischen hörte man murmeln: »Er ist betrunken, betrunken ist er.« – »Was macht das schon? Was macht es mir denn aus, daß ein paar Dummköpfe morgen herumerzählen, daß sie gesehen haben, wie ich in einer Bar geheult habe? Was wissen denn die, weswegen ich heule und warum ich saufe? Sie haben zu viele Autos. Und wozu brauchen sie die Autos? Damit sie zu den Fußballspielen fahren können. Weißt du, was diese Leute am Tag meiner Beerdigung machen werden? Sie werden sich ein Fußballspiel anschauen. Und zwischen einem Tor und dem nächsten werden sie sagen: ›Rat mal, wer umgekommen ist?‹ Und nach dem Fußballspiel werden sie wahrscheinlich zu einer politischen Kundgebung gehen, zur Kundgebung eines Schakals, der ohne Kampf und ohne zu leiden ein Tor geschossen hat. Und dem werden sie voller Begeisterung Beifall klatschen. Ihretwegen braucht man gar nicht zu sterben. Sie begreifen nichts anderes als das Fußballspiel und das Auto. Ich hasse sie mitsamt ihren Autos. Und jetzt pisse ich auf ihre Autos.« Schwankend standest du auf, warfst einen Geldschein auf den Tisch, um die Ouzos zu bezahlen und gingst dann in Richtung der Autos, die auf dem Piazzale Michelangelo geparkt waren. Mit einem Griff befreitest du dich von mir, weil ich versuchte, dir zu folgen, und gelangtest zu den Autos. Dann machtest du dir ganz gemächlich die Hosen auf, holtest den Penis raus, in voller Ruhe, hieltest ihn wie eine Fahnenstange und begannst ruhig und entschieden die Kühler,

Fenster und Flanken der Autos mit Urin zu überschwemmen. Ich drängte, bat dich, aufzuhören um Gottes willen, aber je mehr ich dich anflehte, um so mehr leistetest du mir Widerstand, hielt dieser unverschämte, hartnäckige Strahl an, als ob deine Blase unbegrenzte Wassermengen enthielte und jeder Tropfen dich etwas mehr von einer grenzenlosen Verzweiflung befreite, die jedes Maß überstiegen hatte, und während du dich so aufführtest, trugst du dein Gedicht über diejenigen vor, die nie ungehorsam sind, sich nie kompromittieren, nie etwas aufs Spiel setzen. »Ihr wandelnden Gräber, / ihr Schmähungen des Lebens, / ihr Mörder eurer Gedanken, / Marionetten in Menschengewand, / die ihr die Tiere beneidet, / den Sinn der Schöpfung beleidigt, / und bei der Dummheit Zuflucht sucht, / euch von der Angst leiten laßt. / Die ihr die Vergangenheit vergaßt, / mit trübem Auge die Gegenwart seht, / keinen Sinn für die Zukunft habt, / nur atmet, um zu sterben, / nur die Hände rührt, um Beifall zu klatschen, / und morgen noch kräftiger als gestern und heute klatschen werdet. / So wisset denn, daß ihr alle / die lebendige Rechtfertigung seid für jede Tyrannei, / und daß ich alle Tyrannen hasse, / so sehr wie ich mich vor euch und euren Dreckautos ekle.«
Zuerst scheu und dann immer nervöser hatten sich die Leute vom Nebentisch auf der Schwelle der Bar versammelt und beobachteten entsetzt diese Szene. Aus den Augenwinkeln hattest du es wohl bemerkt und warst dir klar darüber, daß, wenn einer sich gerührt hätte, die anderen alle zusammen voller Entrüstung über dich hergefallen wäre. Aber das trug nur dazu bei, deinen Abscheu, deine Dreistigkeit zu steigern, und während die Gruppe zögerte, blieb dir Zeit genug, dein Gedicht aufzusagen, deine Blase bis auf den letzten Tropfen zu entleeren, den Penis zu verstauen, die Hosen zu schließen und auf dem Absatz kehrtzumachen. Ein Taxi fuhr vorbei. Du hieltest es an und stiegst ein: »Schnell, weg von hier!« Im gleichen Augenblick ertönte ein Schrei: »Haltet ihn, schnappt ihn!« Aber der Taxifahrer begriff, daß er dich retten mußte, trat aufs Gas und erreichte in wenigen Minuten das Waldhaus. Er erbot sich sogar, dich die Treppe hochzustemmen, weil du nunmehr wie eine Stoffpuppe schwanktest. »Soll ich Ihnen helfen? Ohne Umstände. Es ist immer ein Vergnügen, einem zu helfen, der auf die Autos der Dreckscheißer pißt.« Ich aber sagte nein danke und zog dich allein hinauf bis zum dritten Stock, wobei jede Stufe zum Berg wurde, und legte dich dann aufs Bett, wo du mit einem glückseligen Grunzen zusammensankst: »Ich habe sie gründlich gewaschen, was? Die habe ich getauft. Im Namen des

Vaters, des Sohnes und des Heiligen Geistes.« Aber das Reich des Vergessens, das dritte Stadium, war noch fern. Du rülpstest, grinstest, brummtest konfuse Proteste gegen die Komplizen der Mörder, die töten, ohne sich die Hände schmutzig zu machen, dann über mich, da ich nicht imstande war, dich zu lieben, und nicht dich, sondern meine Vorstellung von dir liebte, und, damit ich endlich begreifen sollte, daß du eben du seist und nicht meine Vorstellung von dir, daß du darum sterben müßtest, denn als Toten hätte ich dich vollkommen geliebt: »Hau ab. Ich will dich hier nicht haben, hau ab. Hau ab, hab ich gesagt, hau ab.« Schließlich wurde es mir zuviel. Es war bedrückend und zugleich beschämend, dich so zu sehen, selbst der Gedanke, im gleichen Bett zu schlafen, wurde mir unerträglich. Und als du anfingst zu schnarchen, ging ich wirklich weg. Als ich am nächsten Morgen zurückkam, fand ich das Zimmer halb zerstört.

Es sah aus, als ob ein Wirbelsturm durch die Fenster gebraust und die Dinge zerschlagen, entwurzelt, zerschmettert und zerstückelt hätte. Die kostbare Jugendstillampe war in Trümmern, der Schreibtisch umgeworfen, der Schaukelstuhl umgestürzt, ebenso die Stühle. Ein Bild war von der Wand gefallen, ein anderes hing schief, und die rosa Ordner der Dokumente lagen überall verstreut. Du selber lagst reglos auf dem Boden neben dem Telefon, dessen Hörer daneben lag. Hatte hier ein Ringkampf stattgefunden? Hatte man dich umgebracht? Weil ich glaubte, daß man dich umgebracht hatte, blieb ich stocksteif stehen, bis du das gute Auge und die Lippen öffnetest. »Es tut mir leid, wegen der Lampe. Die ist von selber umgefallen.« Ich sagte nichts. Selbst wenn ich hätte antworten können, dich fragen wollen, was passiert sei und warum, wäre es mir nicht möglich gewesen. Ein unterdrücktes Schluchzen schnürte mir die Kehle zu. Mit diesem unterdrückten Schluchzen brachte ich das Telefon, die Stühle, den Schaukelstuhl wieder an Ort und Stelle, sammelte die Scherben auf, die armen Überreste der Jugendstillampe, die ein Meisterwerk an Anmut und Harmonie gewesen war. Ich warf alles in den Abfalleimer. Immer noch bewegungslos am Boden liegend, verfolgtest du mit deinem guten Auge meine Bewegungen, und eine gewisse Anteilnahme schien plötzlich bei dir aufzuleuchten, als ich die rosa Ordner auflas. Du erhobst dich. Dein blasses und geschwollenes Gesicht, die zerzausten Haare, der zerknitterte Anzug voller Kotzflecken zeugten von einem Drama am Rande des Irrsinns. »Wo warst du?« – »Im Hotel. Du hast mir gesagt, ich soll abhauen. Du warst betrunken.« – »Um so besser. Ich hätte auch dir etwas zufügen können nach diesem Telefonanruf.« – »Was für einen Telefonanruf?« – »Ich habe in Athen angerufen. Die Veröffentlichung im ›Ta Nea‹ ist verschoben worden. Verschoben, wie sie es nennen.« – »Auf wann?« – »Auf immer, wenn ich nicht zurückkomme. Ich muß abreisen.« – »Ich dachte, du wolltest nicht mehr nach Griechenland.« – »Eigentlich nicht. Aber es bleibt mir keine Wahl.« – »Ich komme mit dir.« – »Nein, hier bist du mir nützlicher.« – »Hier?« – »Ja, denn falls mir etwas zustoßen würde, dann müßtest du diese Dokumente benutzen.« – »Ich weiß ja gar nicht, worum es sich dreht.« Du stelltest den Schreibtisch, der noch immer umgestürzt dalag, wieder auf die Beine, und sagtest: »Das wirst du bald erfahren.«

Du setztest dich vor die rosa Ordner, um mir endlich mitzuteilen, was sie enthielten, und du schienst ein Mann, der sich durch keine Gemütsbewegung erregen läßt und ganz und gar von der Vernunft bestimmt ist. Mit dem rasierten Gesicht, dem frisch gekämmten Haar, der nach einem ausgiebigen Bad entspannten Haut, dem sauberen Anzug schienst du ein Professor, der seinen Schüler unterrichten will. Oder ein Notar, der dabei ist, das eigene Testament aufzusetzen? Ein Hauch von schmerzlicher Verachtung lag in deinem Blick, aber die Stimme war fest, als du nun sagtest: »Siehst du, das sind die verfluchten Blätter.« Die Blätter, derentwegen du so viele Monate deines Lebens und meines Lebens verwirrt und die Existenz anderer Menschen durcheinandergebracht hattest, die vielleicht niederträchtig und dumm, aber doch Menschen waren. Was enthielten sie? Nichts anderes als die übliche Geschichte von den Steinmassen, die vom Berge stürzen, um dann wieder auf den Berg zurückzukehren, solider denn je. Die übliche Geschichte von der Macht, der ewigen Macht, die niemals stirbt und die nicht fällt, auch wenn sie zu fallen scheint, die sich nicht ändert, auch wenn sie sich zu ändern scheint: es fallen nur die, die ihre Stellvertreter sind, es ändern sich nur die, die sie interpretieren, und die Quantität oder die Qualität der Unterdrükkung. Es ist immer so gewesen, es wird immer so sein, die Geschichte der Menschheit ist ein unaufhörliches Verhöhnen von Regierungsformen, die gestürzt werden, um doch das zu bleiben, was sie waren: in jeder Epoche und in jedem Land waren die Papiere, die diesen Beweis lieferten, die gleichen wie die deinigen und würden es mehr oder weniger immer sein, nur mit einem anderen Datum, mit anderen Namen und in anderer Sprache. Ja, auch in den gesunden und starken Demokratien – sofern es überhaupt eine gesunde und starke Demokratie gibt, denn alle Demokratien sind schwach und kränklich, weil sie Demokratien sind, Systeme also, die auf dem geringeren Übel beruhen. Ja, auch in den Ländern, die von einer Revolution heimgesucht werden: jede Revolution trägt in sich die Keime dessen, was sie zum Einsturz gebracht hat, und mit der Zeit entlarvt sie sich als die Fortführung dessen, was sie zu Boden riß. Jede Revolution gebiert ein neues Imperium. Sieh sie dir an, die Französische Revolution, das Beispiel, das die Welt vergiftet hat, mit den Lügen Freiheit-Gleichheit-Brüderlichkeit. Ströme von Blut und Träumen, Meere von Grausamkeiten und Chimären, und dann? Napoleon Bonaparte und das Imperium, die gleichen Privilegien wie die zuvor, vielleicht noch perfekter, die gleichen Mißbräuche wie die zuvor, vielleicht mit einem nach den Prinzipien der Logik verfaßten Kodex besiegelt. Sieh sie dir an, die Russische Revolution, ein neues Beispiel neuer Gifte, erneute Ströme von Blut und von Träumen, wieder ein Meer von Grausamkeiten und Chimären. Und dann? Ein Imperium kleiner Zaren, gleich dem gestürzten Zar, die gleichen Privilegien wie die zuvor, perfektere vielleicht, der gleiche Mißbrauch wie der zuvor, vielleicht mit einer nach den Kriterien der Wissenschaft formulierten Doktrin besiegelt. Philosophische, mathematische, medizinische Wissenschaft: ein Psychiater, der dich für verrückt erklärt, weil du nicht gehorchtest. Dort zerstört man dich nicht nur durch den Kerker und das Erschießungskommando, sie zerstören dein Gehirn mit Amenzoin. Sieh dir Amerika an, jenes Amerika, das von Verzweifelten, die Freiheit und Glück suchten, geschaffen wurde, das sich gegen England auflehnte, weil es nicht eine seiner Kolonien sein wollte. Und dann? Amerika erfand das Sklaventum, menschliches Fleisch wurde nach Gewicht verhandelt wie das Fleisch der Ochsen, und es zermalmte weitere Verzweifelte, die auf der Suche nach Freiheit und Glück waren, und schließlich machte es den halben Planeten zu seiner Kolonie. Sieh dir in Europa die Länder an, die im Widerstand kämpften und die heute mit den gleichen Regimen leben, die dem Faschismus und dem Nazismus den Weg bahnten: die gleichen Anführer, die gleichen Polizeiorganisationen. Wenn du zu solchen Rückschlüssen mehr brauchst als das, was du mit bloßem Auge erkennst, müßtest du nur die geheimen Akten ihrer Minister lesen. Warum also leiden, warum kämpfen, warum dich der Gefahr aussetzen, daß dich die Salve trifft, die vom Berge kommt und die dich in die Tiefe hinunterreißt, zu den Fischen? Darum, weil dies der einzige Weg des Daseins ist, wenn du ein

Mann, eine Frau, eine Person und nicht ein Herdentier bist, bei Gott! Wenn ein Mann ein Mann und kein Herdentier ist, dann ist in ihm der Instinkt des Überlebens vorhanden und führt ihn dazu, daß er kämpft, selbst wenn er weiß, daß er vergeblich kämpft und verlieren wird: Don Quichotte, der gegen die Windmühlen anrennt, ohne sich darum zu kümmern, daß er allein ist, vielmehr stolz darauf ist, allein zu sein. Und es spielt überhaupt keine Rolle, ob er um seiner selbst willen oder für die Menschheit handelt, ob er an das Volk glaubt oder nicht, ob sein Opfer zu einem Ergebnis führt oder nicht: solange er kämpft und in dem Augenblick, da er unterliegt, ist er selber das Volk, ist er selber die Menschheit. Und vielleicht gibt es doch ein Ergebnis: es besteht darin, daß er sich vom Haufen löst, daß er nicht zum Wollgewühl der Herde gehören will, daß er sie aufstört, und sei es nur eine Stunde oder einen Tag lang. Manchmal genügt es, daß ein Mann oder eine Frau sich von der Herde entfernen, auf daß die Herde sich ein wenig verstreue, das Wollgewühl sein Dahinströmen auf dem vorgezeichneten Weg vom Berge herab unterbreche. Das solle ich gut in Erinnerung behalten, damit ich diese Papiere gut benutze, die eine alte Regel wiederholten, eine Regel, die so alt wie die Welt und so weit wie die Welt ist. Damit ich sie nicht der einen oder der anderen Barrikade zugute kommen ließe, nicht den Betriebsdirektoren, den falschen Fabrikanten falscher Revolutionen, nicht also den Opportunisten, den Scheißrevolutionären. Damit ich sie den armen Christenmenschen zugute kommen ließe, die allein sich herumschlagen, frei von Schemen und Doktrinen, von theologischen Spitzfindigkeiten und sinnlosen Gewalttätigkeiten. Damit sie deine kleine Wahrheit aufgriffen, die diesmal in einem kleinen Land gefunden worden war, das nichts zählte, das niemanden interessierte, das nicht mehr als eine Handvoll verstreuter Inseln in einem großen, blauen Meer und seine überholten Legenden, seine vergessene Weisheit, und seine Toten zu bieten hatte. »Alekos! Warum sagst du mir das alles?« – »Weil... Laß uns anfangen.«

Du wähltest einen Brief aus mit dem Datum vom 5. Januar 1968. »Dies ist der Beweis, den ich monatelang von Averhoff erbeten habe und den Averoff mir ständig verweigert hat. Es ist die Bestätigung, daß Georgios an die Israeli verkauft worden ist als Gegengabe für einige Ratschläge, um weitere Menschen umzubringen. Er betrifft nicht den Verteidigungsminister, oder betrifft ihn nur so weit, als er zeigt, wie sehr ihm daran gelegen war, die Offiziere der Junta zu schützen, sie in ihren Schlüsselstellungen zu halten, wo sie ihre Untaten begingen, und zusammen mit ihnen eine Regierung zu schützen, die 1968 keine diplomatischen Beziehungen zu Griechenland unterhielt und ihnen dennoch Georgios für dreißig Silberlinge verkaufte. Hm! Die Politik des Kräfteausgleichs in der Welt. In diesem Sinn ist der Brief ein Kleinod.« Dann übersetztest du: »An das Stabsquartier des Heeres. Dringend. Geheim. In Ausführung der Anordnungen des Premierministers und Verteidigungsministers Georgios Papadopoulos wird die Abordnung der sechsundfünfzig Offiziere, die als Beratungstrupp für die israelischen Spezialtruppen gegen die palästinensischen Kommandos vorgesehen sind, mit einer Sondermaschine am 13. Januar nach Tel Aviv abfliegen. Die Offiziere sind speziell für Sabotageakte ausgebildet, dank der von unserem Heer im Krieg 1946–49 erworbenen Erfahrungen. Sie werden auch die in dieser Art Kampf von dem israelischen Heer gesammelten Erfahrungen sich zunutze machen und genauestens Bericht erstatten über ihre Tätigkeit. Dem Kommandanten der Abteilung, Oberst Antenore Mpitsakin, wurden die erforderlichen Instruktionen erteilt, damit diese Mission und ihre Aufgaben während der Zeit des Aufenthalts der griechischen Offiziere im israelischen Heer geheim bleiben. Um Proteste von seiten der arabischen und der kommunistischen Länder und der öffentlichen Meinung im allgemeinen zu vermeiden, wurden strenge Vorkehrungen getroffen, die die absolute Geheimhaltung gewährleisten. Der Premierminister und Verteidigungsminister Georgios Papadopoulos hat den Oberst Antenore Mpitsakin überdies angewiesen, den zuständigen israelischen Geheimdienst den wärmsten Dank der griechischen Regierung für die enge Zusammenarbeit im Fall des Leutnants Georgios Panagoulis auszusprechen. Er hat ihn ebenfalls beauftragt, das Versprechen zu erneuern, daß diese Zusammenarbeit immer mehr verstärkt werden würde im gegenseitigen Interesse der beiden Länder. Unterzeichnet: F. Roufogalis, Vizedirektor des KYP.«

Du überreichtest mir den Brief mit leicht zitternder Hand und suchtest dann weitere Blätter aus: »Diese hingegen betreffen ihn. Sie beweisen, daß er, ehe er mit den Obristen buhlte und seine Überbrückungspolitik anzettelte, um die Zügel des Landes in die Hand zu nehmen, dieser Evangelis Tossitsas Averoff ein Hundesohn gewesen ist. Es ist nämlich nicht wahr, daß er in den vierziger Jahren gegen die Faschisten gekämpft hat: hier, mit Stempel und Unterschrift versehen, eine Anzeige, die ein gewisser Ziki Niksas am 29. August 1944 eingereicht hat. Aus ihr geht hervor, daß im

Jahr 1941 der gegenwärtige Verteidigungsminister in die berüchtigte rumänische Legion eingetreten ist und seine Zusammenarbeit mit den italienischen Besatzungstruppen aufgenommen hat. Hier auch die Anzeige vom 23. September 1944 eines gewissen Elias Skiliakos, Rechtsanwalt in Larissa, aus der hervorgeht, daß in der gleichen Zeit Averoff den Besatzungstruppen geholfen hat, indem er versuchte, eine griechisch-italienische Allianz mit dem Konsul Giulio Vianelli und dem damaligen Premierminister Tsalakoglu zu bilden. In seinem Gut von Giannina hat er sogar dafür gesorgt, daß alle Gewehre eingesammelt und der italienischen Besatzungstruppe übergeben wurde, um den Widerstand einzudämmen. Hier schließlich eine Reihe von Briefen und Anzeigen, die noch weitere Machenschaften aus seiner Jugendzeit aufzeigen, die er selber ›meine antifaschistische Vergangenheit‹ nennt. Eines Tages wurde er festgenommen und ins Gefangenenlager Fieramonte nach Italien verschickt. Dort erfuhr er sogleich eine bevorzugte Behandlung: Brathähnchen oder Truthahn anstelle der Ration, eine bequeme Privatzelle, wo er aus und ein ging, wie es ihm paßte. Er benutzte sogar das Auto des Direktors und konnte zu jedem gehen, wann und wie er wollte. Und weißt du, warum? Weil er ein Spion war. Man wollte, daß er eine Liste der kommunistischen Gefangenen aufstellte, und er tat es. Er sollte sagen, welche von den Gefangenen am gefährlichsten waren, und er sagte es. Dann versetzte man ihn von Fieramonte nach Arezzo, und da brauchte er nicht einmal ins Lager: er wohnte in einem Hotel erster Klasse. In der Tat, ein Spezialgefangener. Niemand durfte mehr als hundert Lire im Monat aus Griechenland zugeschickt bekommen, er bekam jedesmal tausend Lire, und zwar mehrmals im Monat. Keiner konnte die Lira für weniger als drei- oder vierhundert Drachmen eintauschen, er tauschte sie für acht Drachmen ein. Als Lohn für seine Dienste hatten die Italiener ihn auch beauftragt, die Verbindung mit der Schweizer Botschaft und dem Internationalen Roten Kreuz zu übernehmen: er durfte also die Päckchen oder das Geld verteilen. Dabei begünstigte er nur diejenigen, die kollaborierten. Schließlich ging er nach Rom, mietete in der Nähe der Piazza Venezia eine Wohnung und ließ sich dort zusammen mit einem Rechtsanwalt aus Samos namens Nicolarezos nieder, der Vertrauensmann der italienischen Behörden in Griechenland auf dem Spionagesektor war. Zusammen mit Nicolarezos gelang es ihm, die Heimkehr von dreihundert griechischen Gefangenen zu hintertreiben, weil sich unter diesen einhundertzehn Patrioten der Gruppe Freiheit oder Tod befanden. Die

Justiz hat diese Anzeigen natürlich archiviert. Das-Gesetz-ist-gleich-für-alle. Als er sie jedoch bei der ESA fand, hat der vorausblickende Hatzizisis sie auf die Seite gelegt. Alles ist nützlich, auch die Jugendstreiche, wenn man jemanden erpressen will. Noch sind wir, ich wiederhole es, bei den Jugendstreichen, bei den läßlichen Sünden. Das dicke Ende kommt noch, das beginnt mit den Dokumenten bei seiner Festnahme im Jahr 1973, als der Aufstand der Marine mißlang und als unser Hatzizisis, der darüber Bescheid wußte, daß Averoff bis über den Hals in dieser Geschichte steckte, die Papiere an sich nahm und zur ESA brachte. Dort hatte er es gar nicht nötig, ihn zu erschrecken, denn der künftige Verteidigungsminister enthüllte sogleich aus freien Stücken Namen und Vornamen, Adressen und Daten, Zusammenkünfte und Verantwortlichkeiten, über die die ESA keine Beweise hatte, sogar die Art und Weise, wie der Widerstand auf Kreta, in Larissa, im Epiros organisiert war. Die Denunziationen sind in zwei handgeschriebenen Verteidigungsschriften enthalten. Hier sind sie.«

Du übersetztest mir den Teil, der die zweite Verteidigungsschrift einleitete: »Am Tag meiner Verhaftung fühlte ich mich nicht wohl. Das wurde auch vom Kommandanten der EAT-ESA bestätigt. Am Nachmittag erlitt ich in seinem Büro einen Ohnmachtsanfall. Man kam mir zu Hilfe, und es ging mir dann besser. Mein Gesundheitszustand blieb jedoch schlecht, und ich konnte den Fragen, Anschuldigungen und Forderungen des Kommandanten nicht mit klarem Verstand folgen. Ich begriff daher nicht, daß sich das Verhör auch auf den politischen Aspekt dessen, was vorgefallen war, erstreckte und die Verantwortlichkeit vieler Marineoffiziere betraf, nicht nur derjenigen, mit denen ich zusammengewesen war. So beschränkte ich mich aufgrund meines Ehrenwortes darauf, die Kenntnis der Tatsachen abzuleugnen, auf die der Kommandant sich berief. Heute fühle ich mich jedoch wohler, auch dank der Medikamente, die mir der Kommandant freundlicherweise besorgte, und dank der Spaziergänge im Freien, die er mir gestattete, und ich bin der Ansicht, nicht mehr an mein Ehrenwort gebunden zu sein. Andere haben bereits ausgesagt und Details geliefert, so daß ich gestehen kann, daß ich nicht aus unlauterer Absicht, sondern wegen der Kürze unserer Unterhaltungen nicht alle Einzelheiten mit der notwendigen Genauigkeit erklärt habe. Ich tue dies nunmehr in der Überzeugung, daß es gegenüber den darin verwickelten Personen und meinem Land sowohl mein Recht als auch meine Pflicht ist. Ich ziehe meine

Verteidigungsschrift vom 7. zurück, um die volle Wahrheit über die Ereignisse, über die ich unterrichtet bin, auszusagen.« Du nahmst eine beliebige Seite, um ein Stück daraus zu übersetzen: »Ich fragte dann, was man im Fall eines Mißlingens unternehmen wolle. Man antwortete mir, daß man ins Ausland flüchten und die Schiffe dort lassen würde, damit diejenigen, die nicht direkt an der Verschwörung beteiligt waren, sie nach Griechenland zurückführen könnten. Andere sollten jedoch unter dem Schutz einer ausländischen Macht dort gelassen werden. Ich bemerkte, daß in einem solchen Fall es am ratsamsten sei, Zypern zu wählen, und informierte sie darüber, daß Leonidas Papagos soeben aus Italien zurückgekehrt sei, wo er mit dem König zusammengetroffen war, der Vorbehalte gegenüber dieser Unternehmung erhoben habe. Es verging einige Zeit, ehe es zu einer neuen Zusammenkunft kam, und gegen Mitte Mai beschloß ich, ihn wieder aufzusuchen. Ich sandte Herrn Fufas in die Wohnung von Papadogonas, und dieser setzte die Unterredung für den Vormittag des 21. Mai am Marathon-See fest. Einer der Beweggründe, warum ich das Zusammentreffen mit Papadogonas wünschte, waren zwei Botschaften, die Konstandinos Karamanlis mir hatte zugehen lassen und die besagten, daß man ihm von der Sache erzählt habe, und, falls es sich nicht um eine ernsthafte Absicht handle, das Vorhaben zu streichen sei. Der andere Beweggrund war, daß Papadogonas mir die in Frage kommenden Tage für die Revolte enthüllt hatte. Eines dieser Daten stand nahe bevor, und ich fürchtete, daß man einen schweren Fehler politischer Taktik riskierte. Ich fürchtete außerdem, daß das Geheimnis durchsickern würde. Ich hatte tatsächlich aus einer gewissen Bemerkung des Industrieunternehmers Cristos Stratos geschlossen, daß er über alles auf dem laufenden sei. Papadogonas bestätigte dies: er selbst war mit Stratos zusammengetroffen, der kleine Finanzbeihilfen für die Familien der Unteroffiziere versprach, die an der Revolte teilnehmen würden. Stratos war sogar auf dem laufenden über das anvisierte Datum: die Nacht zwischen dem 22. und dem 23. Mai. Aber der Startbefehl war bereits gegeben, die Vorbereitungen liefen, und sie zurückzurufen wäre unmöglich gewesen.«

»Hier, nimm.« Du übergabst mir den Packen mit den beiden Verteidigungsschreiben und fügtest einen Brief hinzu: »Leg den auch dazu.« Es war ein handgeschriebener Brief, datiert vom 26. Juli 1976, gerichtet an den Hochwohlgeborenen Herrn Major Nicolas Hatzizisis, Kommandant der EAT-ESA. Gezeichnet war er hochachtungsvoll Evangelis Averoff, und es wurde darin Hatzizisis gedankt für die Freundlichkeit, ihm sieben Exemplare der Faschistenzeitung Estias übersandt zu haben. Ich nahm es, und schon durch die Berührung erlebte ich aufs neue die Bestürzung jenes Tages, als die Augen des Drachen sich mit meinen Augen trafen, um einen langen, grausamen Augenblick darin zu forschen, dann hatten seine Hände die meinen wie zwei Muschelschalen umschlossen, und ein kalter Schauer lief mir den Rücken hinunter, weil diese Hände glatter als die Hände eines kleinen Mädchens waren, und ihre Berührung dennoch Ekel hervorrief. Den gleichen Schock wie bei der Berührung einer Brennessel, deren Blätter sich zunächst ganz weich anfühlen, dann aber stechen. Dennoch war es nicht die Berührung seiner Hände gewesen, die mich verstörte, auch nicht der Tonfall seiner Stimme, die manchmal in metallenes Kreischen umschlug, auch nicht sein wäßriger Blick und seine schwarzglänzenden Augen: es war seine Anspielung auf die Überbrückungsregierung. Du ahntest, was er dachte: »Ja, wir bewegen uns auf eine Überbrückungsregierung zu, wir kommen soweit. Wir kommen auch dahin, daß sich zeigt, wie recht ich damit hatte, ihn im Parlament anzugreifen wegen des Problems der Reserveoffiziere, zu sagen, daß er die demokratischen Reserveoffiziere in Bereitschaft hielt, weil sie ihn bei seinen Maßnahmen störten in gleichem Maße, wie sie Papadopoulos und Joannidis störten. Das hier ist es.« Und du zeigtest mir zwei Schreiben mit Briefkopf: oben links sein gedruckter Name, Evangelis Tossitsas Averoff, dann der maschinengeschriebene Text und zum Schluß eine handschriftliche Anmerkung. Dann übersetztest du: »Athen, den 21. Januar 1974. An den General Phaidon Gizikis, Präsident der Republik, am Ort. Hochwohlgeborener Herr Präsident, ich habe die Ehre, Ihnen beigefügte Notiz vorzulegen. Ich unterzeichne sie nicht und schreibe sie in dritter Person, weil ich annehme, daß Sie sie wahrscheinlich anderen vorzeigen wollen, ohne mitzuteilen, wer sie Ihnen zugeleitet hat. Es handelt sich jedoch keineswegs darum, daß die Urheberschaft geleugnet werden soll, wie Sie aus diesem Blatt wohl ersehen, das meinen Namen trägt. Die Notiz, die ich beifüge, ist ein Kompendium, das sich im ersten Teil auf die generellen, aber essentiellen Leitlinien beschränkt. Es berührt und analysiert nicht alles. Da dies den Eindruck erwecken könnte, daß ich bezüglich der gegenwärtigen Regierung ein Vorurteil hege, hebe ich folgendes hervor: 1. Es ist durchaus korrekt und in vieler Hinsicht richtig und nützlich, daß zahlreiche Reserveoffiziere aus den höchsten Ämtern der Verwaltung entfernt werden. 2. Die Regierung hat in einer nicht orthodoxen, aber in der bestmöglichen Weise die dramatische Frage unserer verehrungswürdigen Kirche aufgegriffen. Ich glaube, daß dieser Versuch seine Früchte tragen wird. 3. Ich begrüße die Wiedereinsetzung des Rates für die Ernennung der Präfekten. 4. Die Unterdrückung der Mißbräuche ist nützlich, sofern sie ohne Ausnahmen und auf objektive Weise vorgenommen wird. Hiermit bitte ich Sie, hochverehrter Herr Präsident, den Ausdruck meiner Hochachtung entgegenzunehmen, immer Ihr ergebener Evangelis Tossitsas Averoff.« Es folgte ein Postskriptum vom 1. Februar 1974: »Nachdem ich vergeblich nach einer beidseitig bekannten Person als Überbringer dieses meines Schreibens und der beigefügten Notizen gesucht habe, bringe ich dieses selbst in Ihre Wohnung. Es ist möglich, daß ich Ihnen per Post eine Kopie zugehen lasse. In Anbetracht der Art der Beförderung wäre ich Ihnen dankbar, wenn Ihr Feldadjutant den Empfang bestätigen könnte.« Unter dem Postskriptum befanden sich weitere drei Anmerkungen, die offensichtlich von anderer Hand stammten, vielleicht von der des Adjutanten Gizikis', über die per Post übersandte Kopie: »Der Wachbrigadier des Wohnhauses in der Plankediasstraße 51–53 hat sich geweigert, vorliegendes Schreiben in Empfang zu nehmen. Es wurde am Tag darauf, dem 2. Februar 1974, von Herrn Zizis Fufas dem Herrn Spiropoulos, Sekretär des Präsidenten der Republik, übergeben, in der Stisicorustraße 17 um neun Uhr dreißig.« – »Montag, den 4. Februar 1974. Um acht Uhr dreißig benachrichtigte Herr Bravacos telefonisch das Amt des Herrn Atanasakos, daß der Herr Präsident den Umschlag erhalten hatte.« Schließlich die letzte Anmerkung: »Herr Bravacos von der Präsidentschaft der Republik hat im Amt angerufen, um zu bestätigen, daß der Präsident den Brief erhalten hat.«

»Hier, nimm.« Du übergabst mir auch den Brief an Gizikis, und ein amüsiertes Lächeln ließ die Enden deines Schnurrbarts erzittern. »Ha! Eigentlich ist dieser Averoff ein Genie. Ein Provinzgenie, aber immerhin ein Genie. Wenn er nicht in einem kleinen Land, das nichts mehr zählt, auf die Welt gekommen wäre, sondern in der Sowjetunion oder in Amerika oder in China, dann könnte er heute darüber entscheiden, ob der Dritte Weltkrieg ausbrechen soll oder nicht. Wenn er wenigstens in einem zentraler gelegenen oder reicheren Land geboren worden wäre, käme er auf irgendeine Weise in die Geschichtsbücher. Armer Averoff, das ist ihm nicht gelungen: in Griechenland auf die Welt zu kommen und überdies im Jahr zweitausend! Immerhin, daß Averoff ein Genie ist, ein Provinzgenie, aber ein Genie, das ist hier bewiesen.« Und du ließest die acht engbeschriebenen Seiten der Anlagen-Schrift flattern. »Das ist ein kleines Meisterwerk. Es beginnt mit vagen Anspielungen über Liberalismus, vorsichtigen Darlegungen über die Gefahren, in welchen die Regierung schwebt, geht dann über zu Schmeicheleien, in denen gesagt wird, daß ein Freudengefühl, ein lebhafter Zukunftsoptimismus, herzliche Zuneigung für die Streitkräfte ganz Griechenland am 25. und 26. November 1973 ergriffen hätten, also am Tag nach dem Massaker der Technischen Hochschule, als Joannidis Papadopoulos des Amtes enthob, geht dann von der Schmeichelrede über zu einer Bestandsaufnahme der Situation, und hör nun gut zu. Denn die Geschicklichkeit, mit der er sich als Retter des Vaterlandes, vielmehr als Mann der Vorsehung anbietet, ist einfach teuflisch.« Du suchtest die Seite zwei hervor und übersetztest: »Daß an der Spitze der Streitmächte aufrichtige Männer stehen, woran der Schreibende nicht zweifelt, zählt nicht. Das Volk sieht darin lediglich den Vorsatz, auf unbestimmte Zeit eine Oligarchie fortzusetzen, die auf der Armee basiert – und nichts weiter. Allein der Anblick der Uniformen irritiert das Volk, und viele, die früher mit Stolz die Uniform trugen, zeigen sich heute darin nur mit Vorsicht in der Öffentlichkeit. Dies ist traurig und gefährlich, Herr Präsident, denn auf diese Weise wird die Jugend jedem folgen, der gegen das Regime lst. Und leider wissen wir, daß diejenigen, die gegen das Regime sind, in den wenigsten Fällen zu gesundem Denken fähig sind: während der letzten Monate ist die griechische kommunistische Partei rege geworden, und der anarchistische Gedanke, der inkohärent und zerstörerisch ist, entwickelt seine Verführungskunst auf die Jugend, die beeinflußbar ist und versucht, gewalttätig zu werden. Man gleitet ab nach links, in Richtung höchst gefährlicher Formen bösartiger Anarchie, was die Jungen betrifft, die morgen das Land leiten sollen. Im Ausland ist die griechische Kommunistenbewegung sehr energisch, energischer als je. Laut glaubwürdiger, ausländischer Quellen sind allein in Deutschland, wo die italienische kommunistische Partei zwei Arbeiterverbände gegründet hat, einen mit Sitz in Köln und einen in Stuttgart, zwei starke Gruppen griechischer Kommunisten: Die ESAK und die EESKEI, die zusammenarbeiten. In der Vorversammlung in Stockholm, wo sich im vergangenen Jahr Emigranten aller Nationalitäten getroffen haben und wo beschlossen wurde, im März des Jahres 1974 in Kopenhagen ein Treffen abzuhalten, waren die griechischen Vertreter die kämpferischsten ...« Hier unterbrachst du die Übersetzung: »Es folgt eine verschwommene Analyse der wirtschaftlichen Situation, und dann kommt das Beste. Denn was Averoff dem Gizikis vorschlägt, um dem Übel der Obristen abzuhelfen, ist genau das, was im Juli 1974 dann passierte, als alle glaubten, die Junta sei gefallen. Mit anderen Worten, in diesen Blättern liegt der Beweis, daß die Junta abgedankt hat, getreu den Vorschlägen Averoffs und nach dem System, das Averoff wollte: indem sie nach außen hin die Macht den Politikern übergaben, in Wirklichkeit sie aber durch ihn behielten, der in dem Augenblick, als er das Verteidigungsministerium übernehmen würde, der Erbe und Interpret des vergangenen Regimes oder zumindest der seiner Interessen werden würde. Habe ich es klar ausgedrückt? Ich will damit sagen, daß die Regierungsmacht im Januar 1974 nicht mehr wußte, was sie mit den Obristen anfangen sollte und eine Wachablösung brauchte, zum Beispiel eine formelle Demokratie, bei der die Schlüsselstellungen in Händen der reaktionären Rechten lägen, und das konnte nur durch die Rückkehr eines Karamanlis geschehen, der durch einen Averoff, dem nunmehrigen Herrn und Gebieter jenes Heeres, aus dem die demokratischen Offiziere ausgemerzt worden waren, ausgewählt und aufgedrängt wurde. Ich hatte also geirrt, als ich glaubte, daß Averoff seine Schlacht im letzten Moment gewonnen habe, indem er Canellopoulos und Mavros betrog, indem er sagte wir-sehen-uns-gleich-wieder-ich-muß-nur-mal-Pipi-machen. Er hat tatsächlich Pipi gemacht, und betrogen hat er sie auch tatsächlich, aber was am 23. Juli passiert ist, war seit Monaten beschlossene Sache. Der einzige Punkt, an dem Averoff gescheitert ist, war der Schwindel mit den Relativparteien. Der Schwindel bestand in einem schlauen Einfall, zu dem die Monarchie von 1963 bis 1967 ihre Zuflucht genommen hatte, um die Rechte am Ruder zu halten, und das funktionierte folgendermaßen: jede Partei mußte sich als einer anderen Partei entsprechend oder relativ erklären, also jener, die ihr ideologisch am nächsten stand, und nur die Relativparteien konnten sich verbünden, um eine Regierung zu bilden. Aber keine Partei wollte sich als Relativpartei der Kommunisten erklären, und das verstümmelte die Linke und zwang sie, sich immer mit der Rechten zu verbünden. Nur Georgios Papandreu hatte sich dagegen aufgelehnt, indem er eine Volksfront bildete, in der sich die gesamte Linke mit dem Zentrum verband. Und die Rechte hatte darauf mit dem Putsch von Papadopoulos reagiert. Aber auch wenn ihm die Sache mit den Relativparteien mißlang, wußte Averoff doch, daß er gewonnenes Spiel hatte. Er wußte in der Tat, daß er auf Karamanlis zählen konnte, auf die Gewissenhaftigkeit, mit der Karamanlis

den Plan, der in dem Brief an Gizikis enthalten ist, befolgen würde. Dies ist der Plan.« Und du übersetztest weiter:
»Erstens: Der Präsident der Republik wird eine Persönlichkeit auswählen, die geschickt ist und Vertrauen einzuflößen vermag. Etwa einen älteren Offizier oder einen älteren Politiker oder Fachmann. Zweitens: Der Präsident der Republik wird dieser Persönlichkeit das Amt des Premierministers übertragen, und der Premierminister wird vor dem Fernsehschirm auftreten, um sein Programm anzukündigen, nicht jedoch die Zusammensetzung seiner Regierung. Drittens: Das Programm wird die Leitlinien respektieren, die keinen Änderungen unterliegen können. Kleinere Abänderungen und Berichtigungen werden im Lauf eines umfassenden Gedankenaustauschs geprüft werden. Die Leitlinien sind folgende: a) Der neue Premierminister wird mitteilen, daß die Streitkräfte mittels des Präsidenten der Republik ihm die Aufgabe übertragen haben, die demokratische Legalität wiederherzustellen. b) Der neue Premierminister gibt seiner Hochachtung für die Streitkräfte Ausdruck, indem er hervorhebt, daß diese aus dem Volk stammen, daß sie das Volk achten und jederzeit die innere und äußere Sicherheit des Landes verteidigen. c) Der neue Premierminister erklärt, daß er absichtlich noch nicht die neue Regierung gebildet habe (siehe Anlage Top Secret).« Anlage Top Secret: »Erstens: Es liegt nicht im Interesse der Dinge, daß die Sache bekannt wird, aber wir müssen uns einig werden über die Ministerien der Verteidigung und der Öffentlichen Sicherheit, so daß diese Ämter von Personen übernommen werden, die achtbar, einflußreich und im Besitz des Vertrauens nicht nur des Präsidenten der Republik, sondern auch des Premierministers sind. Zweitens: Man muß die Glaubwürdigkeit jener entkräften, die behaupten, daß die Wahlen unter der Kontrolle der lokalen Behörden abgehalten werden, die von der Junta ernannt sind und daher einen psychologischen Druck zugunsten der Junta selbst auszuüben vermögen. Drittens: Es muß vermieden werden, die Gemeindewahlen vor den allgemeinen Wahlen abzuhalten. Wenn dies nicht vermieden wird, wäre es in vieler Hinsicht gefährlich, vor allem jedoch weil mancherorts dann Gemeindeverwaltungen entstehen, die die allgemeinen Wahlen zugunsten der Linken beeinflussen würden. Viertens: Man muß die öffentliche Meinung im In- und Ausland davon überzeugen, daß der Wahlgang in korrekter Weise durchgeführt wird (siehe Haupttext). Nur auf diese Weise kann man verhindern, daß subversive Kandidaten ernannt werden. Fünftens: Die einzelnen Artikel des Wahlgesetzes müssen klären,

daß jede Partei verpflichtet ist, beim Obersten Gerichtshof eine Erklärung zu hinterlegen, in der ihre Grundprinzipien und ihre Relativparteien genannt werden; daß jede Partei als relativ zu einer anderen Partei angesehen wird, nur unter der Voraussetzung, daß sie ähnliche Prinzipien akzeptiert; daß die nicht zu anderen Parteien relativen Parteien weder an der Bildung der Regierung beteiligt werden noch diese stützen können; daß ein Abgeordneter nicht von einer Partei zu einer anderen Partei überwechseln kann, sofern die Partei, die er verläßt, nicht relativ ist zu der Partei, zu der er übergeht. Sechstens: Die griechische kommunistische Partei kann ausschließlich unter der Bedingung legalisiert werden, daß diejenigen, die sich hinter den Eisernen Vorhang begeben, nicht nach Griechenland zurückkehren, und daß sie für schuldig befunden werden, das Blut ihrer Brüder vergossen zu haben, um an die Macht zu kommen. Siebtens: Da es sich um ein heikles Problem handelt, kann die Frage der Monarchie von einer Versammlung diskutiert werden, die eine Verfassungsänderung ins Auge faßt. Wie soll man aber die Frage lösen, die aus der Tatsache entsteht, daß die aktiven Ausarbeiter des Referendums, das die Republik errichtete, dieses Referendum als falsch bezeichnen? Aus Gründen, die mit vorliegender Note nichts zu tun haben, betrachtet der Schreiber eine verfassunggebende Versammlung als den besten Ausweg aus dem Dilemma. Dies jedoch erfordert eine mündliche Erklärung.«

»Hier, nimm.« Die Anlage wurde zu den anderen Blättern gelegt, und deine Stimme verriet ein zorniges Beben. »Die mündliche Aussprache hat stattgefunden. Die Komödie rollte genauso ab, wie Averoff sie in seinem Drehbuch für Gizikis festgelegt hatte: die Fassade war die Übertragung der Macht an Karamanlis, die wirkliche Macht ging aber an Averoff über, also beinahe unbeeinträchtigt des Status quo. Das einzige, was ihm nicht gelang, war, sich von Joannidis und den verschiedenen Hatzizisis und Teofilojannacos zu befreien, ohne sie einsperren zu lassen: überflüssig zu erwähnen, daß die Prozesse gegen sie nicht in den Bereich der sogenannten mündlichen Absprachen einbezogen wurden. Und das wurde seine Achillesferse; deshalb zögerte er, sie verhaften zu lassen. Aber er fand eine Lösung für dieses Problem. Direkt oder indirekt ließ er sie einzeln zu sich kommen und bot ihnen an, ins Ausland zu fliehen: entweder ihr geht, oder ich sehe mich gezwungen, euch zu verhaften, einen Prozeß gegen euch zu führen. Die meisten weigerten sich: teils aus Stolz, teils weil einige glaubten, mit einem Staatsstreich mit Hilfe der Gaddafi-Anhänger an die Macht zu gelangen. Andere hingegen nahmen den Vorschlag an. Und dieses Blatt ist der Beweis.« Du schwenktest ein handgeschriebenes Blatt, einen an Karamanlis gerichteten Brief, gezeichnet von einem Grenzbeamten von Efzoni. Er trug die Protokollnummer 2499, war am 6. Dezember 1974 aufgegeben, eingetroffen am 17. Er besagte: »Herr Präsident, der Unterzeichnete hält es für notwendig, folgende Tatsachen zur Kenntnis zu bringen. Zwischen dem 15. und 20. November dieses Jahres betrat eines Morgens ungefähr um halb sechs Uhr der Vizekommandant der Paßkontrolle obiges Amt. Dies ganz im Gegensatz zum üblichen Amtsbeginn um neun Uhr. Der Vizekommandant erwähnte nichts vom Eintreffen eines Busses, und als dieser Bus eintraf, ungefähr um sechs Uhr, bemerkten wir, daß er vom Direktor des Fremdenpolizeiamtes von Saloniki eskortiert wurde. Der Direktor trug Zivilkleidung. Es wurde uns nicht gestattet, auch nur zur Kontrolle der mitgeführten Auslandswährung den Bus zu betreten. Der Fahrer brachte die eingesammelten Pässe dem diensthabenden Beamten, der die Passagiere kontrollieren sollte. Dann fuhr der Bus unmittelbar weiter auf jugoslawisches Gebiet. Nach sicherer Quelle befand sich unter anderen der Exleutnant des KYP, Michael Kurkulakos, im Bus, der mit falschem Paß reiste. Ich bitte den Herrn Präsidenten, meinen Brief als gültig zu betrachten. Mit den besten Empfehlungen.« Du lächeltest bitter: »Das war kein kleiner Fisch, dieser Kurkulakos. Er war auch ein Agent des CIA in Saloniki und wurde angeklagt, zwei Widerstandskämpfer, Tsarukas und Kalkidis, umgebracht haben zu lassen. Jetzt ist er offenbar in München oder in einer anderen deutschen Stadt, und dort soll er bei einer faschistischen Organisation tätig sein, die 1960 von Otto Skorzeny gegründet wurde, du weißt, derjenige, der Mussolini am Gran Sasso befreit hat. Eine Organisation mit der Bezeichnung ›Die Spinne‹. Auf griechisch Aracni. Man hört auch, daß er sich oft mit Panajotis Cristos, dem Erziehungsminister zur Zeit von Joannidis, und mit Evangelos Sdrakas, einem anderen hohen Tier der Junta und außerdem Freund von Averoff, trifft. Er lehrt auf der Universität von Giannina, der Heimatstadt von Averoff. Mit diesem Bus ist auch, wie ich vermute, Sdrakas entkommen, ein gelungener Streich. Was ›Die Spinne‹ betrifft, so hat sie offenbar überall in Europa ihre Stützpunkte: in Deutschland, Spanien, England, Frankreich, Italien. Warte nur, bis ich den Koffer in die Hände kriege, den mir der Offizier des KYP versprochen hat, dann wirst du etwas erleben: ich sage dir, daß der künftige Diktator Griechenlands Averoff heißen könnte, wenn ihm nicht rechtzeitig jemand die Maske abreißt und ihn entlarvt. Ein Diktator in Zivil, wie Salazar, von der Sorte derer, die sich ewig halten. Ja, ich muß unbedingt an diesen Koffer herankommen. Wenn man mir nur die Zeit dazu läßt...« Und grinsend schwenktest du das letzte Blatt. »Hier ist der Diamant, der Koh-i-noor.« – »Der... was?« – »Der Diamant von Koh-i-noor, der größte aller Diamanten, das Juwel aller Juwelen. Das hier läßt mich seit Wochen nicht ruhig schlafen, das ist schuld daran, daß ich sogar das Sonnenlicht verabscheue. Der Beweis, daß er für die Junta spioniert hat. Das kommt offensichtlich aus dem Archiv von Hatzizisis, der Informationen und Beurteilungen über die von der ESA auf Listen geführten Personen sammelte.« Ich warf einen Blick darauf, und diesmal war es nicht nötig, daß du übersetztest. Alles lag auf erschreckende Weise klar. Auf der ersten Reihe links standen die Namen, jeweils hinter einer Nummer. Auf der zweiten Reihe die Berufsbezeichnungen. Auf der dritten Reihe die politische Zugehörigkeit. Auf der vierten die Kommentare. Es waren sieben Namen, die Numerierung lief von siebzehn bis dreiundzwanzig. Bei Nummer dreiundzwanzig lasest du: »Evangelis Averoff – Exabgeordneter – Anhänger der Überbrückungspolitik zwischen der Nationalregierung und den Expolitikern – Ist bereits Mitarbeiter und erhält Weisungen von hohen Exponenten des KYP, bisherige Ergebnisse höchst positiv.«

Auf dem Antlitz jener, die wissen, daß sie dem Tod entgegengehen, liegt ein geheimnisvoller Ausdruck, ein Schatten, der sich in den Augen verdichtet und sich auf die Bewegungen überträgt. Man beobachtet diesen Ausdruck auch bei den Kranken, die das Krankenhaus verlassen, um zu Hause in ihrem Bett zu sterben, oder bei den Soldaten, die in einen Kampf ziehen, aus dem es keine Rückkehr gibt. Und man kann ihn nicht sogleich festhalten, denn man spürt ihn mehr, als daß man ihn sehen könnte: erst nach dem Tod, in der Erinnerung, erscheint er dir klar umrissen wie bei einem sauber abgezogenen Foto, und plötzlich weiß man, was dieser Augenblick bedeutete. Sehnsucht nach der Zukunft, die nicht mehr kommen wird, das plötzliche Bewußtsein, daß ohne die Zukunft auch die Gegenwart eine Illusion und nur die Vergangenheit das Dasein ist. Ja, genau diesen Ausdruck hattest du in deinen Augen an jenem Tag, als du für immer das Waldhaus verließest. Die Koffer waren bereits im Taxi verstaut, das Taxi wartete, bald würde der Zug abfahren, und du zögertest, die linke Hand in der Manteltasche, den Kopf zur Seite geneigt, die rechte Hand an der

Pfeife, die fest zwischen die Zähne geklemmt war, gingst im Zimmer hin und her, schweigsam, versunken, betrachtetest jeden Gegenstand, als wolltest du dir alles genau ins Gedächtnis prägen und zugleich ein Stück deines Lebens, die Augenblicke einer Zeit festhalten, die ewig hätte dauern sollen. Ein Schaukelstuhl, ein Aschenbecher, ein Bild, die du nicht wiedersehen würdest. Ich zitterte vor Ungeduld: »Was suchst du, Alekos, was fehlt noch? Los, komm, es wird sonst zu spät, gehen wir.« Du aber antwortetest nicht, als wäre es dir gleichgültig, den Zug zu versäumen, die Zeit zu vergeuden, weil du Zeit genug hattest und bald die ganze Ewigkeit vor dir haben würdest. Und plötzlich setztest du dich aufs Bett, die Lippen zu einem geheimnisvollen Lächeln verzogen, von einem traurigen Schatten umspielt, dann nahmst du die Pfeife aus dem Mund, streicheltest das Kopfkissen und murmeltest: »Hier ist es uns gut gegangen. Hier waren wir lebendig.« – »Wir werden wieder hierherkommen, Alekos, komm, laß uns gehen.« – »Ja, laß uns gehen.« Aber du sprachst diese paar Worte – ich verstand es einen Monat später – wie ein Kranker, der weiß, daß er am Ende angelangt ist, und der ja-ja sagte auf die Worte du-wirst-wieder-gesund-mein-Lieber, mit dem Tonfall des Soldaten, der wissend in den Kampf ohne Wiederkehr zieht und antwortet ja-ja, wenn man ihm sagt, du-schaffst-es-du-schaffst-es. Es geschahen noch andere seltsame Dinge an jenem Tag, Dinge, die sich in den folgenden Tagen wiederholten und verdichteten. Zögern, Zaudern, Aufschieben. »Innerhalb von vierundzwanzig Stunden möchte ich in Athen sein, wir wollen also nur eine Nacht in Rom bleiben, nicht mehr. Den Koffer will ich gar nicht aufmachen.« So sagtest du im Zug. In Rom angekommen, packtest du jedoch sogleich alles aus und buchtest nicht einmal den Flug nach Athen. »Alekos, wir müssen den Flug buchen.« – »Morgen.« Und am nächsten Tag: »Übermorgen.« Und am übernächsten Tag: »Das hat noch Zeit.« Immer wieder verschobst du die Abreise, fast als ob es das Problem der »Ta Nea« nicht mehr gäbe, und jeder Vorwand war dir recht, um die Koffer nicht wieder zu packen, den Flug nicht zu buchen. Der erste Vorwand war die Ankunft eines befreundeten Schneiders aus Athen, der einen Stoffhandel zwischen Italien und Griechenland organisieren wollte. Der zweite war eine Einladung nach Capri zum Geburtstag einer achtzigjährigen Dame, der Mutter eines deiner Bewunderer. Der dritte war eine Party in der griechischen Botschaft, die du bisher nie betreten hattest. Der vierte war eine Verabredung mit dem Verleger, dem du das Buch versprochen hattest. Natürlich lag dir herzlich wenig am befreun-

deten Schneider, noch weniger am Geburtstag der Achtzigjährigen, an der Party lag dir überhaupt nichts, und die Besprechung mit dem Verleger war völlig sinnlos, weil du dich ja weigertest, weiter an dem Buch zu schreiben. Dennoch trafst du dich mit dem Schneider, gingst du zur alten Dame, nahmst an der Party teil, besprachst dich mit dem Verleger, ohne daß du je erwähntest, daß du nach Athen zurückkehren müßtest, um die Veröffentlichung der Dokumente voranzutreiben. Du legtest vielmehr eine unerwartete und unerklärliche Sorglosigkeit an den Tag. Die lähmende Angst, die dich auf Seite dreiundzwanzig überfallen hatte, war überwunden, verschwunden die düstere Melancholie, die zu dem apokalyptischen Besäufnis und dem Wasserfall von Urin über die Autos geführt hatte, verflogen die feierliche Dramatik jenes Morgens, an dem du mir die Dokumente über den Drachen vorgelesen und übergeben hattest – und es sah fast so aus, als ob diese Vorfälle nie stattgefunden hätten, als ob die Zukunft ein langwährendes Versprechen sei, das du ohne Eile und Furcht genießen solltest, als ob deine Verpflichtung, die Wahrheit zu enthüllen, nicht mehr dringlich sei. Ganz aufgeregt kamst du von der Besprechung mit dem Verleger zurück und bestätigtest, daß du deine Meinung geändert hattest, daß du nun ab Seite dreiundzwanzig weiterschreiben, Mitte August die Hälfte des Manuskriptes und bis Ende des Jahres das Ganze abliefern würdest. »Vielmehr, weißt du was? Den Urlaub vom Parlament nehme ich gleich, wenn ich nach Griechenland komme. Ich bleibe zwei Wochen dort, dann kommst du zu mir, und zusammen kommen wir mit dem ›Frühling‹ hierher zurück.«
Ich war froh darüber und gleichzeitig irritiert. Einerseits freute ich mich, dich so reingewaschen zu sehen vom düsteren Schmerz, in dem du das Waldhaus halb zertrümmert hattest, und segnete im stillen diese Tage der wohlverdienten Ruhe; andererseits schloß ich daraus, daß deine Probleme nicht so ernster Natur waren, wie du sie hingestellt hattest, und fragte mich, welche Laune oder Hysterie dich diesmal dazu gebracht hatte, mich mit deinen Ängsten, deinen theatralischen Szenen und der besessenen Verlesung der lästigen Archivmaterialien zu quälen? Ich schwankte innerlich hin und her, weigerte mich einmal, dir bei deinen absurden Unternehmungen zu folgen, um dann doch wieder deine Komplizin zu werden bei deinen müßigen Zeitvertreib. Nie aber kam mir der Verdacht, daß du die Abreise nach Athen hinausschobst, weil sich plötzlich der Überlebensinstinkt über die Leidenschaft für die Herausforderung erhoben hatte. Erst dann stieg eine

Ahnung in mir auf, wie die Dinge lagen, als du sagtest: »Es wird Zeit, daß ich mit dem Zaudern Schluß mache.« Im gleichen Augenblick, als du dies sagtest, schlug deine Stimme um, und es geschah etwas ganz Bizarres. Wir überquerten gerade die Via Veneto, und die Ampel schaltete auf Rot. Ich blieb stehen, weil ich wohl wußte, wie sehr es dich ärgerte, wenn ich bei Rotlicht über die Straße ging, aber sogleich stießest du mich mit einem brutalen Stoß mitten in den Verkehr. »Vorwärts! Wovor hast du Angst? Wer nicht bei Rotlicht über die Straße gehen will, ist nicht bereit zu sterben, wer nicht bereit ist zu sterben, ist nicht bereit zu leben!« Dann ließest du mich auf dem gegenüberliegenden Bürgersteig stehen und kamst erst zu später Nachtstunde mit halbzerfetzter Jacke und abgeschürften, blutigen Händen ins Hotel zurück: als ob du sämtliche Bäume der Allee mit den Fäusten geschlagen hättest. Aber es waren nicht die Bäume der Allee, auf die du eingeschlagen hattest, sondern es war ein armer Zuhälter, der dir eine Nutte angeboten hatte. Du hattest so hart auf ihn eingeschlagen, daß die Polizei herbeigeeilt war und man dich verhaften wollte. »Alekos, hast du dich wieder betrunken?« – »Nein, ich habe keinen Tropfen angerührt.« – »Aber warum hast du das denn gemacht?« – »Ich weiß es nicht, ich schwöre dir, ich weiß es nicht. Es ist einfach über mich gekommen, ich hätte ihn umbringen können, ich mußte an jemandem die Wut auslassen, die mir im Leib sitzt.« Dann schlossest du dich mindestens für eine Stunde ins Badezimmer ein, und als ich besorgt nachsah, ob es dir schlecht ging, fand ich dich in der Wanne liegend, mit geschlossenen Augen und gekreuzten Armen, in der Stellung einer Leiche im Sarg. »Was machst du denn, um Himmels willen?« – »Ich halte eine Probe ab. Weißt du, es ist gar nicht gesagt, daß der Tod häßlich ist. Im Grunde ist der Tod ein Freund der Müden. Ein großer Verbündeter der Liebe. Keine Liebe der Welt hält stand, wenn ihr nicht der Tod zur Hilfe kommt. Wenn ich lange leben würde, würdest du mich schließlich verabscheuen. Da ich aber bald sterben werde, wirst du mich auf ewig lieben.«
Es kam der letzte Tag, den wir gemeinsam verbringen sollten, der Tag, den ich Monate und Jahre hindurch in meinem Gedächtnis durchforschen sollte, auf der hartnäckigen Suche nach jeder Einzelheit, jedem Augenblick, als ob mir dadurch auch nur ein Tropfen von dem wiedergegeben würde, was ich verloren hatte, ohne daß es mir jedoch gelang; ich verfiel vielmehr in die ohnmächtige Ratlosigkeit, die einen beim Erwachen aus einem Traum ergreift, an den wir uns nicht mehr erinnern können, auch

wenn es ein wichtiger Traum war, ein Vorhang senkt sich über die vielen Einzelheiten, ein Schleier der Finsternis, der die Bilder und Laute ausgelöscht hat und den man nicht zerreißen kann. Vergebens verfolgt man das Echo eines Geräuschs, einer Geste, vergebens bildet man sich ein, es erhascht zu haben; im gleichen Augenblick, in dem man glaubt, es ergriffen zu haben, löst es sich auf, und man muß sich damit abfinden: der Traum ist wirklich entschwunden. So geht es mir mit unserem letzten gemeinsamen Tag. In irgendeinem entlegenen Winkel meines Unterbewußtseins muß der Film mit all den Dingen liegen, die wir unternahmen, die wir sagten, aber das Vergessen verschließt den dunklen Brunnenschacht mit einem Stein, der schwerer ist als Marmor. Ein Dunkel, das von der Morgenröte bis zur Abenddämmerung reicht. Die Erinnerung an die letzte Nacht aber ist ganz klar, sie flackert auf wie ein Feuerwerk, zusammen mit der Musik deiner schönen Stimme, die das Märchen der Sterne erzählt, die von den schwarzen Löchern des Kosmos aufgesogen werden. Wir sitzen in deinem Lieblingsrestaurant, das auf einem Platz in der römischen Altstadt gelegen ist, der Raum ist eng und schmal, die Decke gewölbt, im Kamin brennt ein violettes Feuer, die Tische sind von Kerzen erleuchtet, die in grünen Flaschenhälsen stecken, über die das Wachs träufelt und seltsame Formen bildet, weiße Stalaktiten. Wir sitzen in einer abgelegenen Ecke hinter einem Geländer, verborgen von einer Säule. Im Kerzenlicht sieht dein Gesicht bleich aus, deine Stirn erscheint höher denn je, dein Schnurrbart dichter denn je, und auf der linken Seite hast du drei silberne Fäden in deinem Schnurrbart. Die hatte ich nie zuvor bemerkt, sie waren vorher nicht da: wann ist er ergraut? Auch das graue Haarbüschel an der Schläfe ist grauer geworden. Seltsam, wann ist es grauer geworden? Ich tue so, als ob ich es ausreißen möchte, du wehrst dich, indem du den Kopf zur Seite neigst, voller Sanftmut. Sanft bist du an diesem Abend, und weich ist dein Blick. »Morgen fährst du also wirklich«, flüstere ich. »Ja.« – »Ich möchte mit dir kommen.« – »Nein, ich brauche dich hier, ich habe es dir schon gesagt. Außerdem sehen wir uns bald wieder, Ostern sehen wir uns wieder. Dann bringe ich den ›Frühling‹ mit, und wir lassen ihn neu lackieren. Er muß eine andere Farbe bekommen. Wenn mir jemand etwas antun wollte ...« Wie ein Stich ins Herz war es: war es dieser letzte Satz oder die makabre und erschreckende Vorstellung, die das Auto in mir hervorruft? Seltsam, seit der Silvesternacht, seit drei Monaten habe ich das Auto nicht gesehen und frage dich auch nicht danach: ob es gut oder schlecht funktioniert, ob es dir noch gefällt. Im Gegenteil, jedesmal wenn du den Namen des Autos nanntest, wechselte ich das Thema: als ob ich nicht daran erinnert werden wollte, daß dieses Auto existierte und daß ich nicht mehr nach Athen zurückgekehrt war nach jener Reise auf dem Schiff, als wir in Patras an Land gingen. Bin ich deshalb nicht zurückgekehrt, weil das Versprechen gebrochen wurde oder wegen des Autos? »Wir können uns für Blau oder Grau oder Tabakbraun entscheiden«, sagst du. Und wieder der Stich ins Herz: ja, wegen des Autos. Ich ertrage es nicht, daß du von diesem Auto sprichst. Ich kann deinen Reden über den Tod zuhören, daran bin ich nun bereits gewöhnt, denn du sprichst immer über den Tod, aber ich kann nichts vom Auto hören. Da weiche ich aus und wechsle arglos das Thema. Du erzählst mir auf deine Weise, zum Teil frei erfunden, die Geschichte von den Sternen, die von den schwarzen Löchern des Kosmos aufgesogen werden. Die Theorien der Astronomen interessieren dich nicht, sagst du, wieso denn Kernkraftverdichtung, wieso Schwerkraftanziehung, du weißt genau, was die schwarzen Löcher im Kosmos sind. Das sind regelrechte Löcher, Risse im Unendlichen, und zwar ganz winzige Löcher mit dem Durchmesser eines Glases, und es scheint eigentlich ausgeschlossen, daß ein Stern hineingleiten könne, da die Sterne unermeßlich, groß wie eine Welt sind, aber um durchzukommen, ballt der Stern sich zusammen, verdichtet sich in Millionen und Milliarden von Jahren und wird wie eine Faust, eine Zitrone, ein Kiesel, und dann vollzieht sich der Zauber. Sein Geschick. Ein mächtiger Wind erhebt sich, mehr noch als ein Wind, ein riesiger Wirbelsturm, der den Stern herbeiruft, herbeilockt, herbeifleht, um ihn ins schwarze Loch stürzen zu lassen. Der Stern möchte nicht. Millionen und Milliarden von Jahren hindurch hat er nur existiert, um in das schwarze Loch zu stürzen, deshalb hat er sich geballt und verdichtet, bis er nur noch faustgroß ist, wie eine Zitrone, wie ein Kiesel, und jetzt, wo die Zeit gekommen ist, will er nicht. Denn er möchte alt werden, in Frieden von selber verlöschen, sich treiben lassen. Voller Angst wehrt er den Ruf ab, widersetzt sich mit all seinem Willen, seiner ganzen Kraft und seinem mächtigen Gewicht, dem mächtigen, konzentrierten Gewicht. Er flieht. Er entfernt sich in weiten Kreisen, bis an die Grenzen des Universums, verbirgt sich hinter Sternen, die der Wind nicht herbeilockt, er verteidigt sich, verweigert sich, als ob er das Schicksal, das seit Anbeginn über ihn verhängt ist, nicht kenne oder ihm der Mut zu diesem Schicksal fehle. Aber der Wind ist unwiderstehlich, er ist stärker, als die grenzenloseste Schwere,

als der hartnäckigste Widerstand, so daß die Flucht des Sterns immer schwächer, sein Kreisen immer enger wird, immer näher um das schwarze Loch, und plötzlich verengt sich der grenzenlose Raum zu einem engen, tiefen Strudel, einem Schacht, in den das Unendliche hineingleitet, schweigend, ein kreisendes Schweigen, das sich um sich selbst dreht, und plötzlich wird dieses Loch zu einem lichtlosen Tunnel, der keinen Ausgang hat. Oder vielleicht gibt es den Ausgang, doch ist er so weit entfernt, daß man nichts davon sieht. Und der erschöpfte Stern läßt sich besiegt und willenlos verschlingen, stürzt kopfüber ins Dunkel, ins Mysterium, wer weiß wohin. Und sag mir, was gibt es auf der anderen Seite?
Deine Augen glänzen unruhig im Kerzenschein, deine Stimme bebt: »Was ist auf der anderen Seite?« Wieder trifft mich der Dolchstich, und ich schaudere. Doch diesmal hast du nicht vom Auto gesprochen, sondern nur in poetischer Weise die wissenschaftliche Theorie ausgelegt, um ein Märchen daraus zu machen, und du bist nicht der Stern, der fliehen will. »Es ist ein wunderbares Märchen«, stammle ich. »Nein, es ist die schreckliche Wahrheit«, antwortest du. »Es kommt darauf an, wie man sie versteht, Alekos.« – »Man kann sie nur auf eine Weise verstehen: die schwarzen Löcher sind der Tod.« – »Wenn die schwarzen Löcher der Tod sind, dann würde jeder Stern dort hineinfallen. Aber sie saugen gewisse Sterne auf und andere nicht. Warum?« – »Weil nicht alle Sterne bestraft werden müssen. Die schwarzen Löcher saugen die Sterne auf, die bestraft werden müssen.« – »Bestraft wofür?« – »Dafür, daß sie nach anderen Welten gesucht haben, wo jeder jemand ist, und wo es Gerechtigkeit, Freiheit und Glück gibt.« – »Es ist kein Verbrechen, nach anderen Welten zu suchen, wo jeder jemand ist und wo es Gerechtigkeit, Freiheit und Glück gibt.« – »Nein, aber es ist ein Luxus, den die Diktatur Gottes nicht zulassen kann, und auch der Berg nicht. Gott will uns weismachen, daß sein Universum das einzig mögliche ist, der Berg will uns weismachen, daß sein System das einzig mögliche ist. Und wer sich dagegen auflehnt, endet in einem schwarzen Loch.« – »Du redest, als ob du an Gott glaubtest.« – »Ich glaube daran. Ich weiß nicht, was er ist, aber ich glaube daran. Und ich verzeihe ihm auch, weil er keine andere Wahl hat, und daher auch keine Schuld.« Ich lächle: »Ich habe einmal einen gekannt, der genau das Gegenteil gesagt hat. Die Menschen sind unschuldig, sagte der, weil sie Menschen sind.« – »Wer war das?« – »Ein gefangener Vietcong.« – »Dann hat er nie vor einem Erschießungskommando gestanden.

Als man mich erschießen wollte, verzieh ich auch Gott. Und wenn ich sterben werde, werde ich ihm wieder verzeihen.« Es gelingt mir nicht mehr zu lächeln. Du bemerkst es und streichelst meine Hand: »Nimm's dir nicht zu Herzen.« Dann winkst du mit der gewohnten Geste der Blumenverkäuferin, die mit einem Korb voller Rosen hereintritt, kaufst alle Rosen und wirfst sie mir in den Schoß. Wir gehen fort und denken nicht mehr an die sterbenden Sterne, du machst dich über mich lustig, weil ich den riesigen Rosenstrauß kaum tragen kann. Zu Fuß gehen wir durch die Sträßchen zwischen den rußigen Mauern, und von diesem Zeitpunkt an habe ich nur noch gedämpfte Laute, verstreute Bilder, Empfindungen, die nicht länger als das Atemholen dauern, in Erinnerung. Unsere Schritte, die auf dem Pflaster widerhallen, ein Hund, der schwanzwedelnd vorbeiläuft, dein Daumen, der meine Handfläche kitzelt, während du flüsterst: »Das Leben ist doch schön. Schön, auch wenn es häßlich ist. Und sie weiß es nicht.« Sie, das ist eine Nutte, die gelangweilt dahinschlendert. »Gib mir eine Rose.« Ich gebe sie dir, du bietest sie ihr an und erntest nur eine Beleidigung. »Du armer Trottel, bist du blöd?« Wir kommen bis zur Via Veneto, zu dem Baum, den am Nachmittag des Autokaufs die Vögel zu Hunderten überfielen. Auch heute stürzen sie sich auf ihn, schlafen, dicht wie dunkle Beeren auf den Ästen. »Und Necajew?« – »Er versucht, dem Wind zu entkommen.« – »Und Satan?« – »Satan ist im Paradies.« Wir betreten das Hotel, und im Lift vergnügst du dich damit, alle Knöpfe zu drücken: »Ich fliege die Maschine, die uns ins Paradies bringt!« Im Flur raubst du mir sämtliche Rosen und steckst eine in jede Türklinke. Im Zimmer wirst du ruhig. Du ziehst dich langsam aus und streckst dich nachdenklich aufs Bett; die Arme im Nacken gekreuzt, schaust du bewegungslos an die Decke. »Was aber ist auf der anderen Seite? Was ist dort?« – »Schluß, Alekos, Schluß damit!« – »Antworte: was ist auf der anderen Seite?« Ich antworte: »Wenn die verschlungenen Sterne nach besseren Welten suchen, dann müßten dort bessere Welten sein.« – »Nein, da ist das Nichts. Das nämlich ist die äußerste Strafe, für die, die nach besseren Welten suchen, das Nichts. Aber vielleicht ist es keine Strafe, sondern eine Belohnung. Man müht sich so sehr ab, um zu suchen, was es nicht gibt, daß man schließlich nötig hat, im Nichts ausruhen zu können.« Dann fährst du plötzlich auf: »Wollen wir spielen?« Und von einer hemmungslosen Fröhlichkeit ergriffen, wirfst du deine Beine auf mich und sagst, daß du kein Stern seist, sondern ein leuchtender Komet, und die Lampe könnte man ruhig ausmachen.

Du machst sie aus, und wir lieben uns, wie wir uns in einer fernen Augustnacht geliebt haben, in dem Zimmer mit den ramponierten roten Sesseln, den Tellern mit Pistazien auf dem Tischchen, während der Wind in den Olivenzweigen sang. Mit den gleichen Gesten, den gleichen Empfindungen. Aus einer Vergangenheit, an der die Jahre spurlos vorbeigegangen sind, kehren die harmonischen Umarmungen wieder, die Liebkosungen, die Freude, zusammen immer wieder in einem blendenden Strom von Zärtlichkeit unterzugehen, als ob dies ewig währen und sich bis ins Alter wiederholen sollte. Mein Alter, dein Alter. Und es sollte doch nur diese letzte Nacht währen. »Vergiß mich nicht. Vergiß mich niemals. Du darfst mich nie vergessen!« gurrt eine Stimme, die mir unkenntlich ist, rauh und herzzerreißend, während dein Körper den meinen umschlungen hält. Lange Zeit nachher, wenn unsere Tragödie sich vollzogen haben wird, und an Stelle des zunächst herzzerreißenden Schmerzes eine Narbe zurückbleiben wird, die wehtut, auch ohne daß man sie berührt, eine andere und schlimmere Einsamkeit, in der ich mir nutzlose und sinnlose Fragen stelle, warum nicht für alle das Alter kommt, und was der Tod sei, der Tod vor allem, der einen vor dem Alter heimsucht, und warum du so verliebt warst in den Tod, voller Furcht zwar, aber verliebt, so daß ich wie auf eine lebende Person, auf eine Frau eifersüchtig wurde, später also, da würde die Erinnerung an den letzten Abend und an die letzte Nacht mich wie eine Erleuchtung überfallen. Ich zweifle nicht, daß du wußtest. Du hattest die absolute Gewißheit, daß der Wirbelsturm begonnen hatte und das schwarze Loch dich aufsaugen würde.

Wir verließen das Hotel um drei Uhr nachmittags, deine Maschine flog um vier. Das Taxi war übel zugerichtet und fuhr mit aufreibender Langsamkeit, und du triebst den Fahrer an: »Fahren Sie doch etwas schneller, bitte, ich versäume noch mein Flugzeug.« Er aber antwortete ungezogen: »Schneller kann ich nicht, da hätten Sie früher losfahren müssen!« Plötzlich, am Stadtrand, fing der Motor an zu tuckern, und der Wagen blieb stehen. »Ist kein Benzin mehr drin.« – »Kein Benzig mehr? Da nehmen Sie Fahrgäste auf zum Flugplatz und haben nicht genug Benzin?« Um Streit zu vermeiden, schaltete ich mich ein: »Sehen Sie, gleich da drüben ist eine Tankstelle, versuchen Sie doch, bis dahin zu kommen.« Unter Brummen und Fluchen, Schalten und wütenden Tritten aufs Gaspedal erreichten wir die Tankstelle und tankten voll. Umsonst. »Der fährt trotzdem nicht. Ist kaputt.« – »Kaputt?!« Ich schaute dich an und befürchtete einen Wutanfall: nachdem du gebeten und gebettelt hattest, verfolgtest du nunmehr schweigend den Vorgang, und das war gewöhnlich das Vorspiel für deine Zornausbrüche. Diesmal jedoch nicht, plötzlich warst du ganz still, als ob das alles dich nichts anginge: oder hattest du es vielleicht gar nicht begriffen? »Alekos, er sagt, der Wagen ist kaputt.« – »Um so besser?« – »Wieso um so besser? [?] Willst du denn nicht abreisen?« – »Hm!« – »Sag, denn wenn du abreisen willst, muß man etwas unternehmen!« – »Hm!« – Immer ungezogener unterbrach der Taxifahrer unser Gespräch: »Ob Sie nun abreisen wollen oder nicht, ich kann nicht mit Ihnen hier stehen bleiben! Ich rufe jetzt ein anderes Taxi!« – »Wenn Sie meinen!« Er ging weg, um zu telefonieren und kam alsbald zurück. »Ich finde keines, es gibt keines. Soll ich eines hier auf der Straße aufhalten?« – »Wenn Sie meinen.« Murrend stellte er sich mitten auf die Straße, aber es fuhr kein Taxi vorbei, dabei war es beinahe halb vier. »Alekos, kehren wir um ins Hotel, du kannst ja morgen abreisen.« – »Vielleicht hast du recht.« Aber in dem Augenblick, als du dies sagtest und ich mich übermäßig erleichtert fühlte, von übertriebener Freude erfüllt, nicht, weil du noch einen weiteren Abend dableiben würdest, sondern weil bei dieser Abreise etwas nicht stimmte, fuhr ein leeres Taxi vorbei. Unser Fahrer hielt es auf, besänftigt nunmehr, hob die Koffer hinüber, öffnete für uns die Wagentür und sagte: »Schnell, sein Motor ist in Ordnung, der kann rasen.« Wir fuhren weiter Richtung Flughafen, es war nun drei Uhr vierzig. »Alekos... soll ich ihm sagen, daß nur noch wenige Minuten Zeit bleiben?« – »Aber nein, warum willst du denn das Schicksal übers Knie brechen? Was sein soll, soll sein, was werden soll, das wird werden. Wenn geschrieben steht, daß ich dieses Flugzeug nehmen soll, dann werde ich es auch nehmen, auch wenn wir nach vier Uhr dort ankommen. Wenn geschrieben steht, daß ich es nicht nehmen soll, werde ich es nicht nehmen, wenn wir noch vor der Zeit eintreffen.« Dann legtest du den Arm um meine Schultern und sagtest ernst: »Du würdest gern noch einen Tag mit mir zusammen sein, das weiß ich. Ich auch, aber ein Tag mehr oder weniger, ein Monat mehr oder weniger, was ändert das? Wir haben viel voneinander gehabt, und durch einen Tag mehr oder weniger, einen Monat mehr oder weniger können wir auch nicht haben, was wir nicht gehabt haben.« – »Warum sagst du das?!« – »Weil du eine gute Gefährtin gewesen bist. Die einzig mögliche Gefährtin.«

Es war genau vier Uhr, als wir am Flughafen eintrafen. Der Flug war bereits abgerufen, die Maschine mußte starten. Aber ein Angestellter der Fluggesellschaft erkannte dich und gab Anweisung, daß man warte. Dann ergriff er rasch und diensteifrig das Gepäck, übergab dir die Bordkarte, steuerte dich zur Paßkontrolle: »Schnell, laufen Sie, schnell.« Du folgtest ohne Hast, zaudernd bei jedem Schritt, fast als ob du das Schicksal zwingen wolltest, das Gesetz des was-sein-soll-soll-sein, was-werden-soll-wird-werden, oder als ob es dir jetzt widerstrebte, nach Athen zurückzukehren, und vor der Glastür, durch die nur die Passagiere zugelassen sind, bliebst du sogar stehen, um mit dem Koboloi zu spielen. »Also, tschüs!« sagte ich und reichte dir die Hand. In der Öffentlichkeit umarmten wir uns nie. Aber du schlossest sie zwischen deine Hände, lange, und miedest meinen Blick. »Tschüs, alitaki.« Der Beamte bebte vor Ungeduld: »Schnell, laufen Sie, rasch.« Du nicktest und gingst bis zum Schalter der Paßkontrolle, passiertest die Polizeikontrolle. Gingst einige Meter weiter, ohne dich umzuwenden, warst beinahe am Ausgang zum Flugfeld. Als gehorchtest du einem unbezwingbaren Drang kehrtest du dort plötzlich um. »Was machen Sie, wohin wollen Sie?!« kreischte der Beamte. Zwei Polizisten sprangen auf und versuchten dich aufzuhalten. »Das geht nicht!« Du schobst sie, ohne sie anzublicken und ihnen zuzuhören, hochmütig beiseite, bald standst du wieder auf der Schwelle der Glastür und kamst auf mich zu. Du umschlangst mich in langer, heftiger, schweigender Umarmung. Du küßtest mich auf den Mund, auf die Stirn, auf die Schläfen. Du nahmst mein Gesicht zwischen deine Hände: »Ja, eine gute Gefährtin. Die einzig mögliche Gefährtin.« Immer hochmütiger, immer phlegmatischer kehrtest du zurück, vorbei an den verwunderten Polizisten und dem entsetzten Beamten. Der letzte Anblick, der mir von dir blieb, ist ein marmorblasses Gesicht, von dem der schwarze Schnurrbart absticht, und zwei glänzende, feste, ergreifende Augen, die mich von ferne anblicken und in meine Augen dringen. Lebend sollte ich dich nicht mehr wiedersehen.

SECHSTER TEIL

1. Kapitel

Der Tod ist ein Dieb, der nie ohne Vorankündigung kommt: das ist es, was ich dir bisher zu erklären versucht habe. Der Tod meldet sich mit einer Art von Duft, mit ungreifbaren Wahrnehmungen, mit lautlosen Geräuschen. Den Tod hört man kommen. Auch als du mich am Flughafen umarmtest, wußtest du, daß ich dich lebend nicht mehr wiedersehen würde. Im übrigen hattest du ihn nur allzuoft umworben mit deinen Herausforderungen, ihn in deinen Gedichten besungen, in deinen Ängsten angerufen, als daß du ihn jetzt nicht hättest erkennen, ihn aufspüren und dessen gewiß sein sollen, daß er dir bevorstand. Hier aber lag der Unterschied: daß du ihn sonst zurückgewiesen oder ihm ausgewichen warst, knapp einen Augenblick, ehe er dich ergriff; nach dieser Umarmung aber gingst du ihm entgegen wie ein ungeduldiger Verliebter. Aus Berechnung, aus Lebensmüdigkeit, aus der Müdigkeit des Verlierens heraus? Aus diesen drei Gründen zusammen. Die Berechnung entsprang der Lebensmüdigkeit, die Lebensmüdigkeit entsprang der Müdigkeit des Verlierens: in jener Nacht, als du das Waldhaus zerstörtest, hattest du wohl verstanden, daß jede Phase deines Märchens in eine Niederlage mündete. Du brauchtest nur zurückzublicken, um zu dem Schluß zu kommen, daß der Fluch des Mißlingens über deine Existenz mit der Unerbittlichkeit eines Krebsgeschwürs verhängt war, es genügte, daß du deinen Weg über die acht Jahre zurückverfolgtest, um festzustellen, daß dein einziger Sieg darin bestanden hatte, daß du dich an nichts und an niemanden ausgeliefert hattest, daß du selbst in Augenblicken der Trostlosigkeit und des Zweifels nicht nachgegeben hattest. Das Attentat auf Papadopoulos war fehlgeschlagen; der Kreuzweg der Verhaftung, des Prozesses, der Verurteilung hatte Griechenland nicht aufgestört. Die Fluchtversuche aus dem Kerker waren nicht gelungen, und um die Sonne wiederzusehen, hattest du die Gnade des Tyrannen hinnehmen müssen. Der Plan der Akropolis war Phantasterei geblieben, deine heimlichen Reisen nach Athen waren zu nichts anderm nutze, als dir Leiden einzubringen; die

Hoffnung, einen bewaffneten Widerstand zu organisieren, hatte Schiffbruch erlitten. Und die Rückkehr ins Dorf war ein Fehlschlag; der Entschluß, dich in die Politik der Politiker einzuschalten, ein Irrtum; der Wahlfeldzug ein Desaster; die Tätigkeit als Abgeordneter erfolglos. Das gleiche galt für deine Anstrengungen, dich einer Partei anzupassen und die Unwürdigen daraus verjagen zu wollen; und es galt auch für deinen Versuch, ein Buch zu schreiben. Was deine große Intuition anbelangt – daß nämlich die Ideologien nicht standhalten, weil jede Ideologie zur Doktrin wird und jede Doktrin sich an der Realität des Lebens, der Nichtkatalogisierbarkeit des Lebens aufreibt – oder was deine große Entdekkung betrifft – daß die schematische Einteilung in rechts und links keine Bedeutung hat und sich in etwa gar aufhebt, da beide durch falsches Alibi abgestützt und aufs gleiche Ziel zusteuern, auf die Macht, die unterdrückt –, warst du nie imstande, das entweder als Gedanke zu formulieren oder rigoros durch Tatsachen zu stützen. Einmal faßtest du dies in poetischen Slogans zusammen, dann wieder neutralisiertest du alles mit deiner Nachgiebigkeit gegenüber der schmutzigen Erpressung der gegensätzlichen Barrikaden und stelltest dich auf die Seite der Lügner, die auch die Unterhosen mit dem Wort »Volk« anziehen, aber unter »Volk« die ihnen beifallklatschende Menge verstehen, und verbanntest deine Intuition in den Gefrierkasten angedeuteter Ideen und unmöglicher Vorhaben. Einzig und allein durch deinen persönlichen Fall, der zu einmalig war, hattest du zum Ausdruck gebracht, daß jedes menschliche Wesen eine Einheit ist, die man weder verallgemeinern noch auf ein Massenkonzept reduzieren kann, und daß deshalb das Heil im Individuum zu suchen sei, das sich selbst revolutioniert.

Was immer du unternommen hattest, nie war dir mehr geblieben als eine Handvoll Sand, und in allem warst du gescheitert, in allem: als Sprengstoffattentäter, als Verschwörer, als Volkstribun, als Politiker, als »leader«. Auch als »leader« – denn wer hatte dir denn zugehört, außer einigen wenigen Anhängern, die mehr deinem persönlichen Charme unterlagen als der Faszination deiner Botschaft, und nur am Nachmittag des Umzugs war dir etwas Volk nachgezogen, im Kielwasser einer nichtverstandenen Geste. Nie hattest du einen Jünger, einen echten Komplizen, auf den du dich hättest verlassen können. Der einzige Gesprächspartner, der in der Wüste jener Jahre an deiner Seite stand, war ich; ich aber stützte meine Bindung auf die doppeldeutigen Fundamente der Liebe und, wie du mir vorwarfst, liebte dich nicht als den, der du warst, vielmehr als den, der du nach meinem Wunsche hättest sein sollen und nicht warst, Nguyen Van Sam, Huyn Thi An, Chato, Julio, Marighela und Pater Tito de Alencar Lima, die Schemen meiner nach Schemen gelebten Vergangenheit, so daß ich bei jedem Zusammenbruch des Schemas unter falschen Vorwänden davonlief, aufbegehrte und gerade dann ausfiel, wenn ich dir hätte beistehen sollen. Und die Einsamkeit blieb deine wahre Gefährtin. Gewiß, dies ist das Schicksal des Don Quichotte, das Schicksal der Helden, der Dichter. Aber es kommt doch noch immer der Tag, an dem ein Mann, so sehr er auch Held ist, so sehr er Dichter ist, nicht mehr länger allein durch die Wüste zu irren vermag. Es kommt immer der Augenblick, in dem er des Lebens müde wird, weil er des Verlierens müde ist, und, vom Überdruß überwältigt, sich sagt, einmal-muß-ich-doch-gewinnen, und indem er es sagt, denkt er an den Tod (und spürt seinen Duft im Nacken, ganz nah), als ob er einen Trumpf in der Hand hielte. Ein verborgenes As, ein Preis. Warum denn alt werden? Warum denn diese Mühe, die sich Existenz nennt, weiterschleppen? Um immer wieder die gleichen Niederlagen zu erleiden, sich selber zu wiederholen oder sich anzupassen und in der Eintönigkeit des Verzichts, in der Normalität dahinzuwelken? »Er ist nicht mehr der verrückte Anarchist, der Unruhestifter, der Rebell, er hat Vernunft angenommen, ist erwachsen geworden.« – »Ich habe den Eindruck, ihn wiederzuerkennen, ist er nicht derjenige, der die Bombe gelegt und die Archive der ESA gestohlen hat?« Mit dem Tod aber würdest du deinen Opfern, deinen Leiden, deinen Niederlagen einen Sinn verleihen. Und endlich würden die Leute auf dich hören, dich verstehen. Auch wenn sie es schlecht ausdrückten, mit Blumen, Fahnen und Schreien, sein-Holocaust, sein-Beispiel, damit würden sie endlich auf deiner Seite stehen und dokumentieren, daß die Herde auch etwas anderes sein kann als Herde, daß die Doktrinen vor der Initiative des einzelnen, dem Ungehorsam des einzelnen, dem Mut des einzelnen zusammenfallen, daß jeder jemand ist, sofern er es nur will, daß das Heil im Individuum, das sich selbst revolutioniert, liegt. Und vielleicht hätte der Berg ein wenig gebebt, vielleicht hätte die Masse auf seinem Gipfel geschwankt. Kein lebender Held ist soviel wert wie ein toter Held, das sagten schon unsere Vorfahren der Antike. Im übrigen fallen die mythischen Helden nicht den Altersbeschwerden anheim, siechen nie in einem Krankenbett dahin: sie entschwinden in der Blüte der Jugend, auf gewaltsame Weise, und beinahe immer ist der letzte Akt ihres Abenteuers praktisch ein Selbstmord, ausgeführt durch

die Hand ihrer Mörder. Sterben, um unsterblich zu sein, sich töten lassen, um wenigstens einmal zu siegen, das ist das furchtbare und geniale Kalkül, das du machtest, indem du Selbstverleugnung und Hochmut, Altruismus und Egoismus, dein gutes und dein böses Auge mischtest, ohne in extremis deiner Verabredung in Samarkand ein Bein zu stellen, indem du dich dem Tod in einer selbstmörderischen Umarmung anheimgabst.
Es reifte im Zeitablauf eines Monats heran, das schreckliche und geniale Kalkül. Im Monat April. Bewußt oder unbewußt? Die Grenze, die das Bewußte vom Unbewußten trennt, ist eine derart feine Linie! Als du wieder nach Athen kamst – so erfuhr ich –, schienst du gänzlich leer von jeder Lebhaftigkeit, warst du einer geheimnisvollen Teilnahmslosigkeit verfallen. Du verbrachtest viel Zeit im Büro, wo deine Sekretärin dich mit erloschenem Blick, zusammengepreßten Lippen und verschränkten Armen sitzen sah, wie einer, der einer fixen Idee nachhängt. Du wandtest nicht einmal den Blick, wenn das Telefon läutete oder wenn sie dich ansprach, man mußte zu dir treten und dich am Ärmel ziehen, damit du mit einem Ruck reagiertest: »Wer ist es, was ist los?« Wenn der Laufbursche von der Stehbar unten mit dem heißen Kaffee kam, bemerktest du weder ihn noch das Täßchen, das er auf deinen Tisch stellte, und wenn du es dann bemerktest, schautest du überrascht auf: wie war denn der Kaffee auf dem Tisch gelandet, wer hatte ihn gebracht? Manchmal standest du ganz langsam und seufzend auf und gingst durch die Räume. Die Hände in den Taschen, mit hängenden Schultern und gebeugtem Kopf, drei Schritte vor, drei Schritte zurück, wie in Boiati. Wenn die Schritte dich an den Schreibtisch der Sekretärin führten, bliebst du stehen und starrtest sie an, ohne sie zu sehen. Deine Augen waren derart gläsern, daß sie Angst bekam: »Herr Panagoulis! Fühlen Sie sich schlecht, Herr Panagoulis?« Du fühltest dich schlecht. Allen sagtest du es. Du hattest Schmerzen im Magen, Schmerzen in den Beinen, konntest nicht schlafen. »Ich habe zwei Schlaftabletten genommen, und es hat nichts genützt.« Oder: »Um fünf Uhr bin ich eingenickt, und um sieben war ich schon wieder wach.« Oder: »Ich halte mich kaum auf den Beinen, und die Speiseröhre schmerzt. Ich kann nicht schlucken.« Du aßest kaum, nie vor dem Abend, du hattest urplötzlich aufgehört zu trinken und behauptetest, daß der Weingeruch dich anekle. Den Durst löschtest du mit Orangensaft, und das Abendessen war für dich kein heiteres Symposium, das in Trunkenheit endete, sondern nur noch ein Vorwand, um dir ein wenig Nahrung, ein wenig Gesellschaft bei

irgend jemandem zu finden. Ein durchreisender Freund oder ein zudringlicher Höfling oder eine lüsterne Mänade. Auch ihnen gegenüber zeigtest du dich wortkarg, zerstreut, als ob dein Geist Tausende von Meilen entfernt oder von einem Nebel eingehüllt sei, der ein Geheimnis abschirmte. Ein erschreckendes Phänomen war der unerklärliche Haß, den du gegen deinen »Frühling« an den Tag legtest. Du schlugst die Autotüren heftig zu, fuhrst ihn mit Bösartigkeit, indem du beim Einschalten der Gänge kratztest, die Reifen gegen die Bordsteine riebst, ihn schlecht parktest, so daß er dem Verkehr und den Stößen anderer Autos ausgesetzt war, und du ließest ihn mit Wollust verdrecken. Von außen war dein Wagen immer voller Staub und Schlammspritzer, das Innere war ein Sammelsurium von Blättern, Lumpen, Zigarettenstummeln, Zeitungen und Abfällen. Du liehst ihn im übrigen jedem, der ihn haben wollte, mit absoluter Gleichgültigkeit nahmst du es hin, wenn er dabei neue Kratzer und Beulen davontrug: als ob er ein Symbol deines Gemüts geworden sei, das in die Brüche ging.
Ich wußte das nicht, ahnte es nicht einmal, daß dein Gemüt in die Brüche ging. Ich wähnte dich heiter und ruhig, weil du die »Ta Nea« dazu gebracht hattest, nicht länger zu zögern und die Dokumente noch im Laufe des Monats zu veröffentlichen. In den ersten zehn Apriltagen war ich nur ein einziges Mal besorgt, und zwar als du mich anriefst, um mir zu sagen, daß man wieder in deine Wohnung eingedrungen sei und wiederum versucht habe, dir die Dokumente zu entwenden. »Hallo, ich bin es, ich bin's. Rat mal, was passiert ist. Heute nacht, als ich nach Hause kam, fand ich dort einen Mann.« – »Einen Mann bei dir zu Hause?« – »Ja, ich habe ihn dabei ertappt, als er versuchte, die Tür zum Schlafzimmer aufzubrechen.« – »Und was hast du gemacht?!« – »Ich habe mich auf ihn geworfen und habe ihn verprügelt. Dann habe ich ihn gefesselt, gefangengenommen und in einen Keller gesperrt. Jetzt verhöre ich ihn.« – »Und wer hat ihn zu dir geschickt?« – »Das ist es, was ich rauszubekommen versuche, bis jetzt kann ich nur sagen, daß er Erodotu heißt.« – »Vielleicht ist er nur ein Einbrecher, Alekos.« – »Nein, er ist nicht nur ein Einbrecher. Er wußte, daß die Fotokopien im Schlafzimmer waren.« – »Aber wieso? Wieso bewahrst du sie immer noch dort auf? Hast du sie immer noch nicht an einen sicheren Ort gebracht?« – »Aber wohin soll ich sie denn bringen? Vielleicht in die Villa Averoff?« – »Hör zu, Alekos ...« – »Laß die Predigten, tschüs!« Ich war nicht nur besorgt, sondern auch ratlos: wie war das denn möglich, daß du deinen Schatz weiterhin in diesem Haus, in diesem Zimmer liegen

ließest, jedermann zugänglich? War es nicht sehr sonderbar, daß du über diesen alarmierenden Zwischenfall beinahe leichtfertig erzähltest, rat-mal-was-passiert-ist, heute-nacht-habe-ich-einen-Mann-in-meiner-Wohnung-gefunden, ich-habe-ihn-gefangen-genommen-und-in-den-Keller-gesperrt? Aus dem Tonfall deiner Stimme hätte man annehmen müssen, daß dich die ganze Sache amüsierte. Oder irrte ich mich? Um das herauszubekommen, wartete ich einige Stunden und rief dich dann wieder an. Diesmal aber verriet deine Stimme trostlose Resigniertheit. »Ja, ich bin es, was willst du mir denn erzählen?« – »Ich, nichts, Alekos. Du mußt mir etwas erzählen!« – »Worüber denn?« – »Wieso, worüber? Über diesen Erodotu, den du in den Keller gesperrt hast. Hat er ausgepackt?« – »Ah, ja, er hat ausgepackt.« – »Und von wem ist er geschickt worden?« – »Es ist nicht angebracht, am Telefon darüber zu reden. Aber ich pfeif' darauf, es hat keine Bedeutung.« – »Keine Bedeutung? Ein Unbekannter dringt nachts bei dir ein, du ertappst ihn dabei, daß er deine Schlafzimmertür aufbrechen will, rufst mich an, um es mir mitzuteilen und nun hat-es-keine-Bedeutung?« – »Es hat keine Bedeutung, weil sich an der Sache nichts ändert. Er ist ein armer Teufel, und es tut mir sogar leid, daß ich ihn verprügelt habe. Der Ärmste, er ist von oben bis unten voller blauer Flecken.« – »Und übergibst du ihn nicht der Polizei?« – »Nein.« – »Teilst du es nicht der Presse mit?« – »Nein.« – »Alekos, ich begreife dich nicht.« – »Ach, vielleicht werde ich klug und weise. Das Leben ist derart mühsam, warum soll man es mit Nichtigkeiten noch komplizierter machen? Ich habe ihn erwischt, habe auch erfahren, was ich wissen wollte und habe beschlossen, daß es mir gleichgültig ist. Das reicht mir.« Und mit diesen Worten setztest du einen Schlußstrich unter eine Angelegenheit, die dich früher zu wahren Wortströmen, zu einem Ozean von Zornausbrüchen verleitet hätte. Es würde mir auch nie mehr gelingen, dir meine Überzeugung zu vermitteln, daß es sich um eine sehr ernste Sache handelte. Auf solche Versuche reagiertest du vielmehr mit so hemmungsloser Grobheit, daß ich daraus schließen mußte, daß du dich trotz der zaubervollen achtundzwanzig Tage und der Umarmung auf dem Flugplatz von mir loslöstest. »Nichts Neues über deinen Gefangenen?« – »Über welchen Gefangenen?« – »Erodotu, meine ich?« – »Hör doch auf mit Erodotu, was soll Erodotu denn bedeuten.« – »Er zählt, Alekos, er zählt.« – »Und falls er zählen sollte, ist das meine Sache.« – »Aber wie kannst du mir denn so antworten?« – »So antwortet man, wenn man die Nase voll hat. Ich habe die Nase voll von dir, genau wie von Erodotu. Tschüs, ich kann dir nicht mehr zuhören. Ruf mich doch nicht immer wegen jedem Dreck an! Wenn du wüßtest, womit ich mich herumschlagen muß!«

Du mußtest dich herumschlagen. Vor allem mit der Partei. Nachdem man deinen Rücktritt zurückgewiesen hatte, hattest du mit der Partei eine Art Waffenstillstand geschlossen. Aber in den folgenden Tagen waren weitere Beweise für die Kollaboration von Tsatsos an den Tag gekommen. Der Krieg war wieder aufgeflakkert, und zwar hatte sich die Lage noch mehr verschärft, weil er unverschämterweise vorgeschlagen hatte, dich der Präsidentschaft der Jugendgruppe zu entheben, und weil er, um das zu schaffen, die Schützenhilfe der Parteiströmung angenommen hatte, die von deutschen Sozialdemokraten zur Förderung einer ultragemäßigten und neutralen politischen Linie finanziert wurde. Zu der Anstrengung, dich für die Sache zu schlagen, kam nun die Entrüstung darüber, daß du ausgerechnet von jenem Haufen Gesinnungsloser angegriffen wurdest, von den politischen Jasagern, die keinerlei Skrupel kannten. Dann gab es Schwierigkeiten mit der »Ta Nea«, Hindernisse, die du nicht vorausgesehen hattest. Eines davon betraf die Werbeankündigungen, welche Funk und Fernsehen nicht akzeptieren wollten aus Furcht, sich zu kompromittieren; ein anderes Hindernis war die Frage der Abfolge, in der die Archive veröffentlicht werden sollten. Du verfochtest zu Recht die Meinung, daß die Dokumente über Averoff die Serie eröffnen sollten, weil sie am schwerwiegendsten waren und weil er sonst auch Zeit gewonnen hätte, mit Hilfe eines juristischen Tricks etwas dagegen zu unternehmen. Der Journalist, dem du die redaktionelle Betreuung anvertraut hattest, Jannis Fazis, vertrat hingegen die Meinung, daß sie als letzte erscheinen sollten, weil sie, an den Schluß gestellt, an dramatischem Wert gewinnen würden. Fazis, den du gern mochtest, wurde in seiner Ansicht von einem Direktor unterstützt, den du derart verabscheutest, daß du ihn Herrn Malaka, Herrn Scheißhaufen nanntest, und das alles steigerte deinen Mißmut, deine Appetitlosigkeit, deine Schlaflosigkeit. Dennoch waren es nicht diese Probleme, die dein mangelndes Interesse an Erodotu und deine Abwehr mir gegenüber nährten: es war die geheimnisvolle Willensschwäche, in die du dich flüchtetest, wie eine Schnecke sich in ihr Gehäuse zurückzieht, um zu schlafen. Im Grunde also das, was den Todgeweihten in der Phase vor dem Koma zustößt. Es gibt eine Phase, ehe das Koma eintritt, während der sie sich in eine fast mystische Isolierung zurückziehen: sie weisen die Menschen, die sie geliebt haben, zurück, achten nicht mehr auf die Vorgänge, die ihre Leidenschaften erweckten, entledigen sich aller Regungen, der Neugierde, der Wünsche und Sehnsüchte, all dessen, was eine Brücke zum Leben darstellt. Die entscheidende Phase ist jedoch nicht diese, denn in dem Augenblick, da sie sich von jeder Bindung, von jeder restlichen Versuchung befreit glauben, entfesselt sich in ihnen ein zorniges Aufbegehren, fast eine Sehnsucht nach dem Leben, das schön ist, auch wenn es häßlich sein mag; im Leben gibt es die Sonne, den Wind, das Grün und das Azurblau, die Freude an einer Speise, einem Getränk, einem Kuß, die Freude, die die Tränen wieder vergessen läßt, es gibt das Gute, das das Böse wettmacht, es gibt alles – und das ist das Gegenteil des Nichts. Auf der anderen Seite gibt es die Bewegungslosigkeit, das Dunkel, das Nichts. Und dann hat der Todgeweihte plötzlich wieder Lust zu lieben, zu wünschen, zu kämpfen. Vor allem zu kämpfen. Es ist eine dumpfe Lust, schmerzlich, zerbrechlich wie ein Kristall. Und sie dauert nur einen kurzen Augenblick. Aber für einen Helden genügt dieser Augenblick, um die letzte Anstrengung zu vollbringen.

Die letzte Anstrengung begann in jener Woche, als das Schicksal sich noch einmal meiner bediente, als Drehscheibe, als Glied in der Kette. Es war Mitte April. Ostern nahte heran, mit verschiedenem Datum in meinem Land und in deinem. Das katholische Osterfest war am 18., das orthodoxe am 25. April. Da läutete das Telefon und bescherte mir deine altbekannte freudige Stimme: »Hallo, ich bin es, ich bin's, kalimera, guten Tag, alitaki!« – »Gott sei Dank. Du bist also heute guter Laune. Geht alles gut?« Ja, antwortetest du, alles ging fabelhaft gut, weil du zum zweitenmal, und diesmal endgültig, aus der verhaßten Partei ausgetreten warst: mit der Politik der Politiker hattest du nun gar nichts mehr zu tun. »Wirklich?« Wirklich, und du hattest noch Halsschmerzen, weil du sie so angeschrien hattest, du fühltest dich wie Demosthenes wegen all der Dinge, die du ihnen ins Gesicht geschleudert hattest. Was für eine Anklagerede, oder vielmehr was für eine Rauferei! Vor der parlamentarischen Gruppe zudem, wo auch die anderen alles hörten. Als erstes hattest du dem Tsatsos den Schnabel gestopft, indem du ihm seine Briefchen an Dascalopoulos und seine Aufträge an Hatzizisis vor die Schnauze geschmissen hattest. Dann warst du seinen Helfershelfern über den Mund gefahren, indem du ein Interview von Brandt verlasest, jenes, in dem Brandt zugab, daß er ihre kleine Kirchengemeinde finanzierte; dann hattest du die Frage gestellt, auf welchen Sozialismus sich diese

Zentrumsunion bezog, die da von Sozialismus redete. Auf den ungreifbaren und undefinierbaren Sozialismus der deutschen Sozialdemokraten? Auf den geschwätzigen und verlogenen des Demagogen Papandreu? Auf den totalitären und sektiererischen der Fanatiker, die in Europa ein Kambodscha anrichten wollten? Lauter Sozialisten, zum Donnerwetter. Abgesehen vom Christentum gab es keine Münze, die so von der Inflation befallen war, wie der Sozialismus. So inflationsbefallen, so verschnipselt, so verplempert, daß nicht einmal das Gold von Fort Knox ausreichen würde, um ihr ein wenig Wert und Ansehen zu verschaffen. Und das Fürchterlichste war, daß man sie zwar in der Brieftasche trug und mit geschlossenen Augen für jeden Quatsch ausgab und daß trotzdem niemand wußte, was zum Teufel sie bedeutete, außer dem, was in einem Buch darüber geschrieben stand, das nur eine Handvoll Gelehrter gelesen hatten – und damit basta. Und selbst wenn es das bedeutete, was du dir erhofftest, einen Traum, mit dessen Hilfe man vorwärtsschreiten und die Welt ein wenig freier gestalten konnte, ein wenig sauberer, wollten sie den Traum auf diese Weise verwirklichen? Indem sie sich für eine Handvoll Mark verkauften, einen Sack Dreck aufrechterhalten, weil er ein Neffe des Präsidenten der Republik war, und dir dabei in den Arsch treten, weil du die schmutzige Rechte, die Rechte von Averoff denunzieren wolltest? »Danach habe ich den Stuhl auf dem Tisch zertrümmert, habe hinter mir die Tür zugeschlagen und das Türschloß herausgebrochen.« – »Ah!« – »Das heißt, daß ich aus der Partei ausgewiesen werde, weil der Rücktritt nicht zählt.« – »Ah!« – »Und jetzt hassen sie mich in voller Übereinstimmung: rechts und links und im Zentrum, auf der äußersten Rechten, auf der äußersten Linken und im äußersten Zentrum. Der reinste Volksentscheid.« – »Ah!« – »Wenn ich also heute nacht unter einen Lastwagen gerate oder mir an einem Teller Pilze den Gifttod hole, dann frag mich nicht, wer mich umgebracht hat. Sie haben mich einstimmig umgebracht: rechts, links, Zentrum, äußerste Rechte, äußerste Linke, äußerstes Zentrum.« – »Ah!« – »Ich bin glücklich.« – »Glücklich?!« – »Ja, weil mir das Leben gefällt. Im Leben gibt es die Sonne, den Wind, das Grün und das Azurblau, die Freude an einem Gericht, an einem Getränk, an einem Kuß, es gibt die Freude, die die Tränen wieder vergessen läßt, es gibt das Gute, das das Böse wettmacht, es gibt alles, und ich liebe dich.« – »Ich dich auch.« – »Und außerdem gibt es das Radio, das gerade die Werbung für die ›Ta Nea‹ durchgibt: Alexandros Panagoulis enthüllt die Geheimarchive, die die Regierung nicht hat entdecken

können.« – »Alekos, das ist weiß Gott eine gute Nachricht! Du hast es also geschafft! Wann geht das Fest denn los?« – »In drei Tagen, am Sonntag. Haha. Schade, daß ich am Sonntag nicht in Athen bin. Ich komme nach Italien, am Sonntag. Ich komme mit meinem ›Frühling‹ und bleibe bis Donnerstag oder Freitag.« – »Alekos ...« – »So bin ich weit vom Schuß bei dem Wirrwarr und lasse den ›Frühling‹ neu lackieren, in Blau. Blau fällt im Dunklen nicht auf, und es ist ja nicht schlimm, wenn wir ihn dann umtaufen müssen. Wir werden ihn einfach ›Herbst‹ nennen.« – »Alekos ...« – »Reserviere dir einen Platz im Schlafwagen nach Brindisi, ich nehme das Schiff von Patras und komme in Brindisi an, wir treffen uns am Hafen und fahren zusammen weiter nach Rom und Florenz.« – »Alekos!« – »Was ist los? Willst du nicht nach Brindisi kommen?« – »Nein, Alekos, Brindisi hat damit nichts zu tun. Tatsache ist, daß ich Sonntagabend oder Montag früh abreise. Ich fahre nach Amerika.« – »Aber Sonntag ist doch Ostern!« – »Ja, Alekos.« – »Wir haben doch immer Weihnachten und Ostern zusammen verbracht!« – »Ja, Alekos, aber diesmal war doch klar, daß wir Ostern nicht zusammen verbringen könnten, weil ich nach Amerika fahre! Darüber haben wir gesprochen, Alekos!«
Wir hatten darüber gesprochen, und sogar häufig. Am 18. oder am 19. April, hatte ich dir gesagt, müsse ich nach New York und von dort nach Massachusetts, um in einem College einen Vortrag zu halten. Thema des Vortrags war der Journalismus und die politische Bewußtseinsbildung in Europa durch die Presse, und nach einigen skeptischen Bemerkungen hattest du abschließend gemeint, daß dies ein gutes Thema sei. Du hattest mir sogar die Anregung gegeben, mich über gewisse Wanderprediger zu unterrichten, die im 16. Jahrhundert mit ihren politischen Informationspapieren von einem Feudalstaat zum anderen gezogen waren. »Erinnerst du dich nicht daran, Alekos?« – »Ich erinnere mich daran so gut, daß ich gesagt habe: ich komme am 18. an und bleibe die ganze Woche. Dein Vortrag ist am 26. Es bleibt dir also genug Zeit, um am 24. oder 25. oder sogar schon am 23. abzureisen.« – »Nein, Alekos, nein, weil ich für die Tage davor eine Menge Verabredungen in New York habe: auch darüber haben wir gesprochen!« – »Die Verabredungen in New York machst du rückgängig, ganz einfach.« – »Unmöglich, Alekos.« – »Nichts ist unmöglich, außer Sterben.« – »Hör zu, Alekos: warum kommst du nicht jetzt gleich mit dem Flugzeug? Dann bleiben wir zusammen bis Sonntagabend oder Montag früh und ...« – »Nein. Wenn ich komme, will ich fast die ganze Woche bleiben. Wenn ich

komme, komme ich mit dem ›Frühling‹, um ihn umlackieren zu lassen. Und um ihn von hier wegzukriegen, um nicht in die Versuchung zu kommen, während des Durcheinanders damit rumzufahren.« – »Na gut, bring ihn mit. Dann sehen wir uns für vierundzwanzig Stunden und ...« – »Nicht für vierundzwanzig Stunden, nein.« – »Sei vernünftig, Alekos. Versuch doch, dich nur ein einziges Mal meinen Verpflichtungen anzupassen, sei nicht eigensinnig.« – »Du bist die Eigensinnige.« Du-bist, ich-bin, du-bist-schuld, ich-bin-schuld: wenn wir in dergleichen Hickhack gerieten, entfesselte sich unser Antagonismus, und keiner von beiden wollte nachgeben. Schließlich brülltest du, ich solle ruhig nach Amerika, oder auf den Mond, oder in die Hölle fahren, du jedenfalls würdest sowieso nicht kommen, würdest auch den Wagen nicht umlackieren und ihn in Athen behalten, und unterbrachst die Sprechverbindung, so daß bei mir die Vorstellung einer großen grünen Blechschnauze zurückblieb, die mit glühenden gelben Lichtern dahinraste, verfolgt von anderen gelben Lichtern. Das übliche vermenschlichte, finstere Bild des Todes in Form eines Autos. Da begann ich mir selber zu sagen, daß ich vielleicht doch die Verabredungen in New York verschieben und sechs Tage später hätte abreisen sollen, ihm eben seinen Wunsch erfüllen, und in der Nacht rief ich zurück, um dir zu sagen, du-hast's-geschafft-Lieber-es-geht-in-Ordnung-habe-mein-Programm-umgestoßen. Aber das Telefon klingelte ins Leere: du warst fort, um deinen Zorn in einem Lokal mit Bouzuki-Musik verrauchen zu lassen. Du warst mit einem Griechen aus Zürich unterwegs, und dieser erzählt, daß du außer Rand und Band gewesen seist, überall Rosen und Gardenien kauftest und den Musikern zuwarfst, damit sie das Lied spielten, das dich seit zwei Jahren quälte, das-Leben-ist-kurz-sehr-sehr-sehr-kurz, und daß du später zwei Prostituierte in die Kolokotronistraße mitschleppen wolltest. Du nahmst sie dann nicht mit, weil der Grieche aus Zürich dich daran hinderte: »Du bist doch ganz kaputt, ruh dich aus, willst du denn sterben?« Und du: »Hm! Kannst du dir vorstellen, was man mir für ein Begräbnis machen würde, wenn ich jetzt stürbe? Eine Million Menschen mindestens. Und sogar Papandreu würde sich verneigen, um meinen Sarg zu küssen, sogar Tsatsos würde sein Bedauern aussprechen. Der einzige, der schweigen würde, wäre vielleicht Averoff.« Aber du warst nicht betrunken, sprachst über Camus, über Epikur, über das Glück, das man in den Sinnesfreuden sucht, im Wein, in den Dirnen, indem man ganz vergißt, daß das Glück nur in der Ataraxie besteht, also in der Abwesenheit von

Schmerz, und da der Tod Abwesenheit von allem ist, ist er also auch Abwesenheit von Schmerz und infolgedessen bedeutet er Glück. »Das Glück der Steine, sagt Camus.« Du schienst von diesem Ausspruch wie besessen: alles, was du sagtest, fing mit dem Glück der Steine an.

Ich aber wußte nicht, daß du nunmehr das Glück der Steine ersehntest, und nichts hätte einen solchen Verdacht in mir erwecken können, und daß ich dich nicht erreichen konnte, ärgerte mich. Gegen Morgen hörte ich auf, dich anzurufen und schwor mir, das amerikanische Programm aufrechtzuerhalten. Wir sprachen erst am Sonntag, den 18. April, wieder miteinander. Von diesem Augenblick an sind unsere Telefongespräche wichtig geworden, unersetzliche Steinchen, um das Mosaik deiner letzten Anstrengung zusammenzufügen. Eine so grausame, so übermenschliche Anstrengung, die Gedächtnis und Geist trübt. »Hallo, ich bin es. Ich bin's.« – »Du bist also wirklich nicht gekommen, he? Bist du deinem Eigensinn treu geblieben?« – »Besser so, alitaki, viel besser. Du kannst dir gar nicht vorstellen, was ich hier alles zu tun habe, und die Sorgen dazu. Wenn ich gekommen wäre, hätte ich den ›Frühling‹ mitgebracht, und den ›Frühling‹ brauche ich hier, weil ich nicht mehr in der Kolokotronistraße schlafe: ich schlafe in Glyfada. Und zweimal am Tag von Glyfada nach Athen hin und her zu fahren wäre ohne Auto ja gar nicht möglich.« – »Deshalb habe ich dich letzte Nacht nicht erreichen können! Das hättest du mich aber wissen lassen können!« – »Ich habe es dir gesagt!« – »Wann?« – »Gestern.« – »Aber gestern haben wir doch gar nicht miteinander gesprochen!« – »Ja, stimmt.« – »Aber warum schläfst du denn in Glyfada? Wieder so ein Erodotu?« – »Nein, eine Vorsichtsmaßnahme. Weißt du, die ›Ta Nea‹ ist erschienen. Heute steht ein langer Artikel darüber in der Zeitung. Eine ganze Seite über meine Dokumente. Aber der große Tag ist morgen. Die eigentliche, wirkliche Veröffentlichung beginnt morgen.« – »Mit den Dokumenten über Averoff?« – »Nein, leider nicht. Herr Malaka hat nicht nachgegeben, er macht sich vor Angst in die Hosen. Er beginnt mit dem Tagebuch von Hatzizisis.« Und gleich darauf ist alles Nebel. »Weißt du, warum ich dich anrufe?« – »Um mir fröhliche Ostern zu wünschen und mich um Verzeihung zu bitten, daß du an deinem Eigensinn festgehalten hast.« – »Nein, um dir zu sagen, daß wir das orthodoxe Osterfest miteinander verbringen werden, nächsten Sonntag! In Paris!« – »In Paris?« – »Ja, Freitag, den 23. muß ich nach Paris, um an einem Kongreß von chilenischen Ausgewiesenen teilzunehmen und... Hab ich es dir nicht gesagt? Komisch, ich dachte, ich hätte es dir gesagt. Jedenfalls habe ich versprochen zu kommen, und du kommst zu mir nach Paris. Wir bleiben dort bis Montag oder Dienstag, und dann fahren wir nach Zypern.« – »Nach Zypern?« – »Ja, ich muß dort etwas abholen, das … Am Telefon kann ich es nicht erklären, aber du kannst es dir vorstellen. Erstklassige Ware.« – »Alekos …« – »Gefällt dir der Vorschlag mit Paris und Zypern? Nicht wahr, das freut dich?« – »Alekos … morgen fahre ich nach Amerika. Hast du das vergessen?« – »Nach Amerika?!« – »Ja, mein Lieber, nach Amerika. Deshalb haben wir doch vor drei Tagen gestritten, nicht wahr?« – »Hm, stimmt. Jetzt fällt es mir wieder ein.« – »Jetzt-fällt-es-dir-wieder-ein?!« – »Ja, ich hatte es vergessen. Und was willst du in Amerika machen?« – »Alekos! Was ist denn mit dir los? Der Vortrag im College von Massachusetts, hast du das auch vergessen?« – »Hm, richtig. Jetzt erinnere ich mich. Du kommst also nicht mit mir nach Paris?« – »Nein, mein Lieber, nein!« – »Und auch nicht nach Zypern?« – »Nein, mein Lieber, nein.« – »Schade!« – »Alekos, geht es dir gut, Alekos?« – »Ja, ja. Wann kommst du zurück aus Amerika?« – »Am 4. oder 5. Mai.« – »Hm. Richtig. Jetzt erinnere ich mich, Dann sehen wir uns am 5. Mai. Am 5. Mai komme ich zu dir. Oder nein, du kommst zu mir am 5. Mai. Wir haben also eine Verabredung für den 5. Mai. Halten wir den 5. Mai fest.« Immer wiederholtest du das Datum vom 5. Mai, wie eine kaputte Schallplatte, die immer die gleiche Stelle spielt, als ob es dich entsetzliche Mühe koste, es festzuhalten und als ob das Denken dich tödlich anstrengte. Und doch war auch in den Augenblicken höchster Anspannung dein Verstand hell und klar geblieben, und für Daten hattest du ein phantastisches Gedächtnis. So hattest du zum Beispiel auch während unseres Streites genau gewußt, daß mein Vortrag in Massachusetts für den 26. April angesetzt war. Seltsam. Wirklich seltsam, sagte ich mir. Und ich legte den Hörer auf mit einem Gefühl des Unbehagens, das noch weit über meine Verwirrtheit ging.

Ich wäre weit weniger verwirrt gewesen, hätte ich gewußt, daß du mit der Zustimmung, die Veröffentlichung ausgerechnet mit dem Tagebuch des Hatzizisis zu beginnen, dein Versprechen gegenüber Fany gebrochen hattest: »Wenn etwas gegen deinen Mann darin steht, verspreche ich dir, es nicht zu benutzen. Glaub mir, Mädchen, ich bin sicher, daß ich die Dokumente der Archive benutzen kann, ohne dir damit Schwierigkeiten zu bereiten und ohne daß jemals irgend jemand davon erfährt …« Überdies jedoch warst du gerade in jenen Tagen in den Besitz der Dokumente gelangt, die ich erst nach deinem Tod empfangen würde: ein Blatt mit der Protokollnummer 98975. Oben links, in Maschinenschrift: »Von der Zentrale KYP an den Verteidigungsminister Evangelis Averoff. Absolute Geheimsache. Dringend-Persönlich.« Oben rechts in Handschrift: »Empfangen am 6. April 1976, 9.30 Uhr.« In der Mitte, ebenfalls handschriftlich: »Graf. Herr Minister. 463.« Der Text besagte: »Wir haben die Ehre, Ihnen mitzuteilen, daß aufgrund Ihres mündlichen Befehls der vergangenen Tage der Oberst Konstandinos Kostantopoulos und ein anderer Offizier des Hauptquartiers zu unserer Gruppe von Zypern stoßen werden, um wieder in den Besitz der Geheimdokumente der EAT-ESA von Athen zu gelangen, die sich in Händen eines Mitarbeiters des Abgeordneten Panagoulis befinden. Obiges Amt stellt sich Ihren Anordnungen zur Verfügung, um mitzuteilen, daß Ihre weiteren Aufträge erwartet werden.«

Nach diesem Blatt und der Entscheidung, die die »Ta Nea« getroffen hatte, überstürzten sich die Ereignisse. Vor allem mit telefonischen Drohungen: »Wenn du nicht Vernunft annimmst, Panagoulis, wirst du es bereuen. Wenn dir weiter der Kamm schwillt, Panagoulis, wirst du dafür büßen.« Dann der hartnäckige Widerstand der Gerichtsbarkeit, die durch einen Richter namens Giuvelos die Veröffentlichung zu verhindern suchte. Giuvelos war ein unternehmungslustiger, ehrgeiziger Mann. Er hatte bereits Alarmzeichen gegeben, als das Radio die Werbedurchsagen machte, und unverzüglich die »Ta Nea« angerufen, um zu erfahren, worum es sich handle, und du hattest ihn natürlich nicht ernst genommen. »Ich halte es für unmöglich, daß er uns wirklich daran hindern will«, hattest du zu Fazis gesagt. »Er wird sich schon beruhigen.« Am Sonntag, den 18. April jedoch, dem Vortag der Veröffentlichung des Tagebuchs von Hatzizisis, rief er dich plötzlich wieder an, um dich zu warnen. Ebenso am Montag, den 19., und ebenso am Dienstag, den 20. April. Diesmal, um dich zusammen mit Fazis in seine Kanzlei zu bestellen. Dabei war nichts Sensationelles in diesem Tagebuch, keine anrüchige Aussage über ein Regierungsmitglied; trotz der dramatischen Umstände, unter denen es veröffentlicht wurde, erklärte es lediglich die Methoden, mit welchen tagtäglich der KYP der ESA die Listen der überwachten Personen übermittelte. Die Leser waren geradezu enttäuscht gewesen: »Ist das alles?« Was die Listen betraf, die Fazis und sein Chefredakteur als Beispiel ausgesucht hatten, so betrafen sie Personen, die in vollem Frieden mit ihrem Gewissen

lebten, Widerstandskämpfer wie Mavros oder Canellopoulos. Die Vorladung vom 20. April verärgerte dich also. Warum machte er sich denn so wichtig, dieser Giuvelos? Wovor fürchtete er sich? Vielleicht, daß die Liste mit der Nummer dreiundzwanzig zum Vorschein käme: »Evangelis Averoff – Exabgeordneter –, Gefolgsmann der Überbrückungspolitik zwischen der Nationalregierung und den Expolitikern, ist bereits Mitarbeiter und wird von hohen Exponenten des KYP mit Ergebnissen dirigiert, die bisher sehr positiv sind.« Deine Verärgerung wurde zur Entrüstung, als du bemerktest, daß Giuvelos dich für den 21. April vorlud, dem Jahrestag des Papadopoulos-Putsches. »Giuvelos! Du willst wohl den 21. April feiern, Giuvelos?« brülltest du ins Telefon. Er könne lang auf dich warten, du würdest seiner Vorladung nicht Folge leisten, wenn er mit dir sprechen wollte, müßte er schon mit Panzerwagen zu dir kommen, weil du ihm die Tür nicht aufmachen und ihn nicht sehen wolltest. Dann batest du Fazis, dasselbe zu tun. Am 22. April begab sich sodann Giuvelos in die Redaktion. Er sprach mit Fazis und dem Chefredakteur und legte seine Forderungen auf den Tisch: daß die »Ta Nea« unverzüglich die Veröffentlichungen einstellen und ihm die Archivdokumente herausgeben sollte. Das verlangte auch der Verteidigungsminister, der als zuständige Instanz der ESA und des KYP als einziger befugt sei, die Genehmigung zur Verbreitung derartiger Unterlagen zu geben. Und falls die »Ta Nea« nicht gehorchte, würde mittels einer Verordnung für die Beschlagnahmung gesorgt werden. Man solle dich hierüber informieren. Sie informierten dich, und deine Antwort war kristallhart: »Sagt dem Giuvelos, daß er sich mit seiner Ordonnanz den Arsch wischen kann.«
Ja, dein Kampfgeist hatte sich wieder entzündet. Um welchen Preis jedoch! Diejenigen, die dir nahestanden, sagen, daß man dich nur anzuschauen brauchte, um die Anstrengung zu begreifen, die es dich kostete, die Anspannung, die an dir zehrte. Du konntest keinen Augenblick zur Ruhe kommen, zogst dir die Jacke aus und brummtest, mir-ist-heiß, zogst sie wieder an und brummtest mich-friert, lockertest die Krawatte, knöpftest das Hemd auf, klagtest über Magenschmerzen: »Ich habe Fieber. Mir ist übel. Ich bin alt. Ach, was bin ich alt!« Manchmal zeigtest du auch auf die Häuser der Kolokotronistraße und sagtest: »Hm! Aus einem dieser Fenster könnten sie fabelhaft gut auf mich schießen!« Die Vorstellung, daß dich jemand umbringen wolle, verließ dich nicht einen Augenblick. War es das, was dich in die Zustände der Verwirrtheit stürzte, die dir den Geist vernebelten? In der Nacht

zwischen Mittwoch und Donnerstag, als ich dich aus New York anrief – in Athen war es bereits Donnerstag –, schienst du in einem Nebel zu irren: »Bist du schon zurück, gut! Gut gemacht! Ich komme morgen, um zwei Uhr nachmittags, mit der Olympic. Holst du mich am Flughafen ab?« – »Am Flughafen, Alekos? An welchem Flughafen?« – »Wieso, welchen Flughafen? In Paris, klar! Dann fahren wir nach Zypern und ...« – »Alekos, wo glaubst du denn, daß ich bin, Alekos?« Schweigen. Dann ein ratloses Schnaufen: »Wo bist du denn? Von woher rufst du an?« – »Aus New York, Alekos! Ich bin in New York!« – »Ach, nein! Ich glaubte, du seist in Paris.« – »Aber was sagst du da, Alekos? Ich habe dich doch auch gestern aus New York angerufen?!« – »Hm! Stimmt! Hm! Aber was treibst du denn in New York? Warum bist du denn in New York? Wollten wir uns denn nicht in Paris treffen, das orthodoxe Ostern miteinander verbringen und am Montag nach Zypern fahren?« Ich hätte am liebsten geweint. »Nein, Alekos, nein. Hast du schon wieder alles vergessen?« – »Ja. Ich habe es wieder vergessen.« – »Was ist mit dir los, Alekos?« – »Alles. Ich bin müde, bin so müde. Ich habe es satt, ich habe es so satt. Ich kann nicht mehr. Das macht mich fertig, weißt du, das macht mich ganz fertig. Weißt du das? Wenn ich diese Geschichte hinter mir habe, laß ich auch das Parlament sausen. Ich will wieder Mathematik studieren. Statt daß ich mich daran mache, das Buch zu schreiben, mache ich mich wieder an die Mathematik. Das Bücherschreiben nützt ja doch nichts. Auch im Parlament sitzen nützt zu gar nichts. Ach, habe ich Kopfschmerzen, solche Kopfschmerzen! Hast du die Fotokopie von dem Blatt bekommen?« – »Was für eine Fotokopie, und was für ein Blatt?« – »Das ich dir vor zwei Tagen nach Florenz geschickt habe.« – »Alekos, ich bin doch in New York, wie könnte ich da eine Fotokopie bekommen haben, die du mir vor zwei Tagen nach Florenz geschickt hast?« – »Richtig. Da hast du recht. Da siehst du, wie müde ich bin. Wenn du es bekommst, dann bring es gleich in den Tresor.« – »Wir bringen es zusammen hin, wenn ich zurück bin, Alekos.« – »Ja, wenn du zurückkommst. Aber wann kommst du zurück?« – »Am 5. Mai, Alekos, das weißt du! Wir haben hundertmal darüber gesprochen.« – »Hm! Ja, stimmt. Am 5. Mai. Wir sehen uns am 5. Mai. Und die drei Exemplare der ›Ta Nea‹, hast du die bekommen?« – »Wo denn, bekommen?« – »Ach ja, ich hatte es schon wieder vergessen, du kannst sie ja gar nicht bekommen haben, ich habe sie nach Florenz geschickt. Um so besser. Steht sowieso nichts Wichtiges drin. Sie veröffentlichen weiterhin nur nichtssagendes

Zeug, ich bin Dummköpfen in die Hände geraten. Tschüs, wir sprechen uns morgen wieder. Morgen bin ich in Paris, im Hotel Saint Sulpice. Nein, nicht im Saint Sulpice, im Louisiana. Ist es das Saint Sulpice oder das Louisiana? Sogar das habe ich vergessen, cataraméne Cristé! Dieser Kerl von einem Giuvelos tötet mir nicht nur den Nerv, sondern auch das Gedächtnis.«
Die Verordnung Giuvelos' erging am Freitag, den 23. April. »In Anbetracht der Tatsache, daß das Kriegsgericht eine Untersuchung über die Dokumente der ESA eröffnet hat, in Anbetracht der Tatsache, daß eine Zeitung dabei ist, diese Dokumente zu veröffentlichen, in Anbetracht der Tatsache, daß diejenigen, die sich ihrer bemächtigt haben, sich weigern, sie trotz gesetzmäßiger Aufforderung der Gerichtsbarkeit auszuliefern, und in Anbetracht der Tatsache, daß es nicht möglich war, sie zu beschlagnahmen und die erwähnte Publikation dazu angetan ist, die Arbeit der Gerichtsbarkeit zu behindern, wird beschlossen, ihre Veröffentlichung ab heute zu verbieten.« Der Text der Verordnung erreichte die »Ta Nea«, während du dich auf dem Flug nach Paris befandest, völlig ahnungslos, daß die Drohung verwirklicht wurde, vielmehr in der Überzeugung, daß sie nicht verwirklicht werden würde. Während der Reise, so erzählte mir später ein Passagier, der neben dir saß, schienst du entspannt. Du unterhieltest dich ganz ausgewogen und liebenswürdig, kritisiertest die Aufsässigkeit der Jugend, lobtest die Vernunft der Älteren und zitiertest dazu Sprichwörter. Ein paarmal zitiertest du das Wort von Mao Tse-tung: »Wenn du mit dem Finger auf den Mond zeigst, schauen die Dummen auf den Finger, statt auf den Mond.« Daß an jenem Tag deine Laune nicht verdorben und dein Geist nicht verwirrt war, bestätigen im übrigen die beiden Griechen, die dich in Orly erwarteten, ein junges Paar aus deiner dionysischen Entourage. »Ein wenig blaß, das war er, und hatte Ringe unter den Augen. Ein wenig abgespannt, weil, wie er sagte, der Passagier neben ihm zu viel mit ihm schwätzen wollte. Aber beinahe fröhlich. Er hat dann mit Appetit gegessen und erzählte lachend von dem Pärchen Giuvelos-Averoff.« Du warst auch ganz klar und heiter, als du mich anriefst, um klarzustellen, daß es sich um das Louisiana handelte und nicht um das Saint Sulpice: du scherztest sogar über deine Vergeßlichkeit. »Ich wette, du bist in New York!« Am Samstag jedoch schwebtest du wieder im Nebel und warst apathisch. Es war um sieben Uhr abends, in Paris, als ich dich von New York aus anrief, um dir frohe Ostern zu wünschen, und ich hatte kaum gehofft, dich anzutreffen. Ich dachte, daß du um diese

Tageszeit auf dem Kongreß der Exil-Chilenen sein würdest. Du warst nicht auf dem Kongreß, du antwortetest mit schlaftrunkener Stimme: »Ja, ich habe geschlafen ... ich schlafe.« – »Um sieben Uhr abends? Und die Chilenen?« – »Die Chilenen sind in Chile.« – »Du bist aber freundlich. Frohe Ostern.« – »Für mich gibt es kein Ostern, für mich gibt es gar nichts mehr. Er hat den Erlaß herausgegeben und die Veröffentlichung suspendiert. Gestern.« – »Und was willst du nun machen?« – »Ich weiß es nicht. Am Montag werde ich entscheiden, am Montag fahre ich zurück.« – »Ohne erst nach Zypern zu fahren?« – »Das hat keinen Sinn mehr.« Du hattest keine Lust zum Reden, es gelang dir nicht, ein Gespräch durchzuhalten, du weigertest dich, die Adresse des Colleges aufzuschreiben, wo ich am folgenden Abend sein würde. »Ich rufe dich sowieso nicht dort an, das ist zu kompliziert. Ruf du mich an. Und wenn du mich nicht anrufen kannst, mach dir keine Sorgen: wir sehen uns am 5. Mai. Die Verabredung bleibt für den 5. Mai.« Das war das einzige, was nie in den Abgrund des Vergessens hinunterstürzte, das Datum des 5. Mai. »Aber was hat die Adresse des Colleges mit dem 5. Mai zu tun? Der 5. Mai ist noch weit, Alekos.« – »Nein, der ist nahe. Sehr nahe.« – »Gut, er ist nahe. Tschüs, Alekos, bis morgen.« Aber als ich dich am nächsten Tag anrief, sagte mir der Portier des Louisiana-Hotels, du seist abgereist. Abgereist? Oui, madame, le monsieur est déjà parti. Hat er keine Nachricht für mich hinterlassen? Non, madame, pas de message pour personne. Keine Nachricht für niemanden. Le monsieur était pressé, très pressé. Der Herr hatte es eilig, sehr eilig.

2. Kapitel

Der Sonntag in New York ist so ruhig und so beunruhigend. Es scheint, als ob die Welt stillstünde, das Leben erstarre – am Sonntag in New York. Die Leute schweigen, die Straßen sind verlassen, das einzige Geräusch in dieser Stille ist das stumpfe Schleifen der Räder auf dem Asphalt, ein Auto, ein Laster oder das Blubbern eines Hubschraubers, der über die Stadt fliegt. Wer hat behauptet, daß man sich am Sonntag in New York ausruht und entspannt? Im Gegenteil, der Tag scheint dafür geschaffen, daß man nachdenkt, die Bilanz der eigenen Irrtümer und Verluste zieht, daß man sich also quält. Gelähmt von dieser Leere, dieser Stille, zerfleischte ich mich in Selbstvorwürfen, Zweifeln, Fragen, und das Gefühl, einen tragischen Irrtum begangen zu haben, indem ich nach Amerika geflogen war, wuchs in mir von Minute zu Minute. Gewiß, ich hätte den Vortrag, den ich am folgenden Abend halten sollte, nicht absagen können, ohne daß ich auf unverzeihliche Weise unhöflich erschien; gewiß, du hattest des öfteren gesagt, daß ich dir nützlicher wäre fern von Griechenland; gewiß, meine Anwesenheit in Athen wäre wahrscheinlich nur eine Last gewesen. Aber jedesmal, wenn wir miteinander sprachen, erschienst du so einsam, so traurig, so verwirrt, und wie hatte ich es fertiggebracht, dich in einem solchen Augenblick zu verlassen? Seit vierundzwanzig Tagen hatten wir uns nicht mehr gesehen. Plötzlich wurden daraus vierundzwanzig Monate, vierundzwanzig Jahre. Nie hatten wir uns vierundzwanzig Tage lang nicht gesehen, nie. Die längste Unterbrechung war die nach meiner Flucht gewesen: siebzehn Tage. Und damals ging es dir gut: so gut wie einem Satan, der gegen die Diktatur Gottes rebelliert, so gut wie einem weinlaubumkränzten, genießenden Dionysos. Diesmal jedoch: »Es gibt kein Ostern für mich, für mich gibt es gar nichts mehr.« – »Le monsieur est parti. Le monsieur était pressé, très pressé.« Und das Blatt, das du mir nach Florenz geschickt hattest? Was war das für ein Blatt? Wovon handelte es, von wem? Und jener Abschied, die Umarmung vor allen Leuten, der feierliche Satz: »Du bist eine gute Gefährtin gewesen. Die einzig mögliche Gefährtin.« Warum sprachst du in der Form der Vergangenheit? Und warum dachte ich jetzt an diese Umarmung wie an ein Lebewohl? Dummes Zeug, melancholische Gedanken an einem Sonntag in New York. Am 5. Mai würden wir darüber sprechen. »Wir sehen uns am 5. Mai.« – »Es bleibt bei der Verabredung am 5. Mai.« Jeder deiner Sätze schloß mit dem 5. Mai, dem Datum des 5. Mai. Dieser 5. Mai wurde geradezu eine fixe Idee. Er begann, mich nervös zu machen, dieser 5. Mai. Es würde doch nichts Besonderes, nichts Schlimmes vorfallen an diesem 5. Mai? Überhaupt, was die Tage betraf, warum warst du denn einen Tag früher von Paris weggefahren? Ich telefonierte nach Athen, aber niemand antwortete. Da lehnte ich mich auf. Schluß mit den Schuldkomplexen, den Befürchtungen, den Ängsten: wenn ich auch auf der anderen Seite der Erdkugel war, in einer Gegend, die nicht zu dir gehörte, in einer Wirklichkeit, die dich ausschloß, so gelang es mir trotzdem, meiner Existenz deine Bedingungen aufzuerlegen, sie zu bestimmen und zu verschlingen. Ich mußte mich freimachen,

freimachen von dir! Ich würde gleich nach Amherst weiterfahren. Ich packte die Koffer und war drei Stunden später in Amherst, dem Städtchen, wo sich das College befand.
Gut geschnittener, frischer Rasen. Dichtbelaubte Bäume. Ziegelhäuser mit Veranden auf kleinen weißen Säulen und schiefergedeckten Dächern. Und vor dem Fenster meines Zimmers ein wundervoll blühender Pfirsichbaum, eine rosa Wolke, deren Duft betäubte. Willkommen bei uns, willkommen, sieh, wie sanft, wie leicht die Welt bei uns ist! Keine Archive der ESA, kein Tagebuch des Hatzizisis, keine heldenhaften Unternehmungen, keine Leidenschaften. Wir haben alles überwunden, auch den Schmerz. Wir haben nie Hunger, wir frieren nie, die theologischen Streitigkeiten interessieren uns nicht, an das Schicksal glauben wir nicht, auch nicht an den Aberglauben und an die Vorahnungen. Wir sind logisch, wir denken vernunftorientiert. Und sind auch nett, gastfreundlich, manierlich, trotz einiger Kriege und verweigerter Einreisevisa. Komm, ruh dich bei uns aus, wir legen dich ein wenig in Narkose. Ein schönes Amphitheater mit Samtsesseln, eine Mauer von unbewegten Gesichtern, die lauschen. Ein Lautsprecher, der eine metallene Stimme ausstrahlt, eine Sprache, die dich endlich aus meinen Gedanken auslöscht. Good evening, ladies and gentlemen, it's a pleasure to be here with you. Guten Abend, meine Damen und Herren, es ist mir ein Vergnügen, hier bei Ihnen zu sein. The subject of this lecture will be the art of journalism and, through the press, the formation of the political consciousness in Europe. Das Thema dieser Vorlesung ist das Handwerk des Journalismus und die politische Bewußtseinsbildung in Europa mit Hilfe der Presse. Wo ist Athen? Wer ist Sancho Pansa? Und Ismael? Später, im Hotel, steht ein Telefon an meinem Bett. Ich brauchte nur den Hörer abzunehmen, Vorwahl und Nummer zu drehen und dir zu sagen: »Siehst du, da habe ich also über political consciousness und politische Bewußtseinsbildung geredet, und, abgesehen von der Liebe, warum bist du denn einen Tag früher von Paris abgereist?« Ich hebe den Hörer ab und sage: »Hallo, may I have a coke? Können Sie mir bitte eine Coca-Cola bringen?« Welch eine Erleichterung, diese wohllebige Ruhe, die mit Vergessen ausgepolstert ist. Would you like to stay one day more, two days more? Würden Sie gern noch einen oder zwei Tage länger bleiben? Yes, thank you! Thank you very much. O ja, danke vielmals, tausend Dank. Die Quälerei aufschieben, sie einstellen, noch ausruhen, um vierundzwanzig Stunden diese köstliche Narkose der Seele zu verlängern. Ist es so, wie man sich auf das

Schlimme vorbereitet, das aufbrüllt, wenn wir aus der Narkose erwachen? Denn jenseits des Ozeans näherte sich indessen der Tod. Der unwiderstehliche Sog des Windes, der den Stern in den Abgrund hinuntersaugt und jeden Rest von Hoffnung, von Illusion fortfegt! Dir blieben nur noch fünf Tage zu leben.

Montag, der 26. April, fünftletzter Tag. Du warst wie ein Vogel, der in einem Raum ohne Fenster und Türen herumflattert – so erzählte mir Fazis. Du gingst auf und ab, auf und ab, wütend, suchtest einen Ausweg, einen Ausweg, den es nicht gab. Bei der Rückkehr aus Paris, am Abend vorher, hattest du Giuvelos angerufen und dein rauhes Brüllen hatte die Kolokotronistraße erschüttert: »Giuvelooos! Bist du auch ein Knecht des Averoff, Giuvelooos? Läßt du dich auch von dem schwulen Kerl Averoff herumkommandieren, Giuvelooos?« Aber Giuvelos hatte eiskalt geantwortet, daß er nur von der Gerechtigkeit Befehle entgegennahm und daß die Gerechtigkeit ihren Lauf nehmen würde. Dann hattest du den Offizier des KYP angerufen. Der Koffer mit den Dokumenten über Zypern, der Koffer! Man mußte ihn unverzüglich wegschaffen, man durfte keine Zeit verlieren! Sie sollten ihn dir so schnell wie möglich schicken. Vielmehr solle er selber unverzüglich ins Büro kommen: du mußtest ihm erklären, was im Gang war. Von Schreck ergriffen, hatte der Offizier ein Nein gestottert, das war nicht mehr möglich, es war zu gefährlich geworden, sich mit dir sehen zu lassen: Averoff hatte ihn im Verdacht, er sollte in eine Kaserne an der türkischen Grenze versetzt werden. Versetzt?! In eine Kaserne an der türkischen Grenze?! Also wollte man dich nicht nur zugrunde richten, sondern auch die Arme verstümmeln und die Zunge ausreißen? Bebend vor Zorn hattest du dem Offizier eine Adresse zugeflüstert, die Wohnung eines zuverlässigen Freundes: dort solle er dich erreichen. Der Offizier war gekommen, und ihr hattet stundenlang alles besprochen, aber als ihr auseinandergingt, war nichts beschlossen. Schlimmer noch war, daß du am Steuer deines Wagens auf der Straße nach Glyfada den Eindruck hattest, von zwei Wagen verfolgt zu werden: einem sehr hellen und einem roten. Es war dir so »vorgekommen«, weil der eine verschwand, wenn der andere wieder auftauchte, aber dennoch grenzte dein Verdacht an Gewißheit. Mit dieser festen Vorstellung warst du zu deiner Mutter nach Hause gekommen. Auch dort schrillte dreimal das Telefon: »Wenn du nicht vernünftig wirst, Panagoulis, wirst du es bereuen.« – »Wenn du dir weiter den Kamm schwellen läßt,

Panagoulis, dann wirst du es teuer bezahlen.« – »Wir passen gut auf, Panagoulis, auf jede Geste und jeden Ortswechsel. Du entkommst uns nicht.« Du hattest nicht schlafen können, sie ließen dich nicht in Ruhe. Du warst völlig erschöpft von Schlafbedürfnis und Ohnmacht, wie ein Vogel, der in einem fensterlosen und türlosen Raum herumflattert und sich die Flügel gegen die Wände und Decke stößt. Wenn du nur nicht so allein gewesen wärst! Wenn hinter dir eine Partei gestanden hätte. Wenn die Parteien wirklich ernsthaft und würdig gewesen wären! Wenn das Wort »links« wirklich einen Sinn gehabt hätte! Wenn anstelle der Politik der Politiker, der Politikaster, der Ehrgeizlinge, der Arrivisten, der Demagogen, der Demiurgen, der Scheißrevolutionäre, wirkliche Männer gestanden hätten, bereit, sich zu schlagen und dir zur Hand zu gehen! Wenn das Volk wirklich Volk gewesen wäre, wenn du es hättest aufrufen, zu ihm hättest sprechen können: Genossen, Freunde, Brüder, helft! Helft um Gottes willen! Und es mußte doch einen Ausweg geben: du warst aus Boiati ausgebrochen, du würdest auch aus diesem Dornengestrüpp ausbrechen. Du würdest, ja, das war es, du würdest mit Karamanlis sprechen, um ihm zu sagen, daß du über Averoff alles wußtest, auch über seine Ränke gegen dich: Geheimdienste, Justiz, Disziplinarmaßnahmen, die über deine Freunde verhängt wurden. Du wolltest Karamanlis zwei verschiedene Lösungen anbieten: entweder er intervenierte bei seinem Verteidigungsminister, damit er dich in Ruhe lasse, und bei Giuvelos, damit er die Verordnung zurücknähme, oder aber du würdest im Parlament gegen ihn antreten: das hieße, daß er in die höchst unbequeme Lage geriete, von dir die Beweise für deine Behauptungen einzufordern. Das verrückte Geflatter des Vogels beruhigte sich. Du setztest dich an den Schreibtisch und riefst Moliviatis an, den persönlichen Sekretär und Berater Karamanlis. Du batest um einen Termin mit dem Premierminister: höchst schwerwiegende Gründe, sagtest du, ließen die Begegnung dringlich erscheinen. Moliviatis erwiderte, daß der Herr Premierminister in diesen Tagen sehr beschäftigt sei: es gab Schwierigkeiten mit der Türkei und mit der NATO. Die Aussichten für eine Unterredung waren sehr gering. Aber er würde sein Bestes tun und dich Weiteres wissen lassen.

War es Moliviatis, der Averoff verständigte? Am Montag, den 26. April, schien Averoff durchaus auf dem laufenden zu sein über deine Versuche, Karamanlis zu sehen. Am Nachmittag war er in Gudì auf dem Militärplatz von Dionysos, zur nachösterlichen Zeremonie, und unterhielt sich mit einem Offizier. Dieser erwähnte im Verlauf des Gesprächs deinen Namen. Dies wirkte, als hätte er Feuer an eine Zündschnur gelegt. Averoff verlor sogleich die ölige Freundlichkeit und erlitt einen Wutanfall, den ihm niemand zugetraut hätte. Er vergaß sogar, daß Hunderte von Leuten ihn sahen und ihm zuhörten. Mit seinen blutunterlaufenen kleinen Augen schrie er: »Der Unverschämte! Dieser verfluchte Kerl! Ich werde ihn zerschmettern! Zerschmettern! Zerschmettern! Exonthòso, exonthòso, exonthòso!« Feuerzungen, Brüllen, hysterisches Umsichschlagen, abgeschlagene Köpfe und zerfleischte Skelette: die Überreste derer, die sich erdreisteten, sich der Brücke zu nähern, die das Königreich beschirmt, und einen kleinen Pfeil abzuschießen, ein Steinchen gegen den Berg zu werfen. In die Knie, ihr Ruchlosen, in die Knie, ihr alle, die ihr es wagt, die Träger der Befehlsgewalt herauszufordern, diejenigen, die zählen! Exonthòso, exonthòso, exonthòso! Alle hörten, wie er dieses Verb hinausschrie. Und der Offizier, der unfreiwillig diese Szene heraufbeschworen hatte, verfiel in derartige Verlegenheit, daß er errötend sagte: »Herr Minister, gestatten, daß ich Ihnen den Rücken zuwende und den Leuten zulächle. Sonst glauben sie noch, daß Sie mich zerschmettern wollen.«

Dienstag, der 27. April, viertletzter Tag. Du betratest das Büro und beklagtest dich, daß du wieder eine höllische Nacht verbracht hättest: kein Schlaf und starke Migräne. Du hattest auch deshalb nicht schlafen können, weil auf dem Heimweg nach Glyfada wieder das rote Auto und das helle, fast weiße Auto aus dem Dunkel der Vouliagmenistraße aufgetaucht waren, auf der Höhe der Tankstelle, wo dich der rote Wagen fast gestreift hatte. Ein roter BMW, in dem zwei Männer saßen. Waren es Polizisten, die deine Wege überwachen sollten oder gedungene Störenfriede, um dich zu belästigen oder dir vielleicht eine Lektion zu erteilen? Du würdest sie schon einmal auf die Hörner nehmen, um das herauszubekommen. Vom Verfolgten würdest du zum Verfolger werden und sie zum Anhalten zwingen. Nicht jetzt, jetzt hattest du wichtigere Sorgen. Vor allem die Unterredung mit Karamanlis. Das Telefon klingelte, du hobst gespannt den Hörer ab: Moliviatis? Nein, die gewohnte höhnische Stimme: »Wir wissen immer, wohin du gehst und wo du bist, Panagoulis. Mach nur so weiter, du wirst schon sehen!« Die Sekretärin hörte, wie du schriest: »Arschloch! Malaka! Komm doch her, sag es mir doch ins Gesicht, wenn du den Mut dazu hast!« Sie schaltete sich ein: »Beruhigen Sie sich, Herr Panagoulis! Wer war es denn, Herr Panagoulis?« – »Der übliche Idiot, der meint, er kann mich erschrecken.« Und Moliviatis? Wieder klingelte das Telefon, wieder hobst du gespannt den Hörer ab. Nein, es war nicht Moliviatis. Fazis war es, der dir die Szene auf dem Militärplatz in Dionysos mit Averoff erzählte. »Hat er tatsächlich exonthòso gesagt, ich werde ihn zerschmettern?« – »Ja, viele Male.« – »Ja, wer hätte das gedacht? Das gefällt mir, er ist temperamentvoller, als ich glaubte. Nun will ich ihn aber auf die Palme bringen. Und du, Fazis, wirst eine Menge interessanter Dinge zu berichten haben. Einen Roman, mein Lieber, einen regelrechten Roman!« Fast als ob diese ganze Sache dich belustigte. Aber als du den Hörer auflegtest, sahst du ungeduldig auf die Uhr. Und Moliviatis? Warum rief Moliviatis denn nicht an? In ein paar Minuten würdest du ihn selber anrufen. Du riefst ihn an. Oh, sagte er aufgeblasen und unterwürfig, du wärst ihm um eine Sekunde zuvorgekommen. Gerade wollte er dich anrufen, um dir zu sagen, daß er gestern leider richtig vorausgesagt habe: die Arbeitsliste des Herrn Premierministers war übervoll. Es gab nicht eine einzige Pause, um eine Unterredung mit dir dazwischenzuschieben. Oh, die Türkei! Oh, die NATO! Sehr bedauerlich. Man müsse abwarten. »Ich kann nicht warten, Herr Moliviatis! Ich darf nicht warten! Ich will nicht warten!« – »Versuchen Sie doch zu verstehen, Herr Panagoulis, es handelt sich um Staatsfragen ...« – »Auch bei mir geht es um eine Staatsfrage. Berichten Sie das, cataraméne Cristé!« – »Ich werde es ausrichten, werde es versuchen.« Versuchte er es wirklich? Hatte er es versucht? Einige Monate nach deinem Tod sprach ich mit dem Geschäftsmann, der mit Karamanlis befreundet war und der mit dir nach Paris geflogen war. Ich berichtete ihm diese Episode, bat ihn, Karamanlis zu fragen, warum er dich in dieser Woche nicht empfangen habe. Der Geschäftsmann tat mir den Gefallen, und als ich ihn wiedersah, schwor er, daß Karamanlis offenbar die Wahrheit gesagt habe, als er behauptete, nie davon erfahren zu haben, daß du mit solchem Nachdruck eine Unterredung verlangt hattest. Ob er ihm die Wahrheit gesagt hat, weiß ich nicht, aber ich weiß, daß diese Weigerung für dich einen tödlichen Schlag bedeutete. Du sankst am Schreibtisch zusammen und sagtest immer wieder: »Es gibt niemanden, ich habe keinen Menschen. Ich bin allein, allein, allein! Ich kann nicht mehr. Ich schaff es nicht mehr.«

Man sieht es auf dem Foto, das am Abend jemand im Restaurant aufgenommen hat. Das Bild eines Menschen, der sich mit den Zähnen am Leben festbeißt. Die Wangen sind so eingefallen, daß die Backenknochen mehr hervorstechen als die Kiefer. Die Augenhöhlen sind so schwarz, als ob man dich mit Fäusten bearbeitet hätte. Die Nase ist so scharf, daß sie ihre Form verändert hat, das Doppelkinn verschwunden und der Hals so mager, daß der Hemdkragen dir um den Hals schlottert. Du sprichst mit zwei Leuten, die dir ernsthaft zuhören, und aus der Art, wie du die Hände bewegst, ist zu ersehen, daß du eine fürchterliche Nervenanspannung im Zaum hältst. Die beiden Leute haben gegessen, ihre Teller sind fast leer, der deinige ist noch voller Speisen. Dein Weinglas ist unberührt. Du konntest wirklich nicht mehr, denn in welche Richtung du auch immer blicktest wurden dir alle Wege verschlossen, die Zukunft brach über dir zusammen wie ein Haus, das einstürzt.

Mittwoch, der 28. April, drittletzter Tag. Moliviatis hatte nicht nur das Versprechen nicht gehalten, Karamanlis von deinem Wunsch nach einer Unterredung zu berichten, er ließ sich nun auch noch verleugnen. Gut also: so würdest du deinen Kampf im Parlament ausfechten. Du nahmst Papier und Stift, schriebst einen ersten Entwurf deiner Sonderanfrage an Karamanlis. »Warum hält der Premierminister in seiner Regierung an einem Posten von vorrangiger Bedeutung wie dem Verteidigungsministerium des Herrn Evangelis Tossitsas Averoff, also ein Individuum, das mit der Junta kollaboriert hat, das unter Papadopoulos als Spion des KYP fungierte, der unter Joannidis die Marine verriet, indem er den Inquisitoren jede Einzelheit der Revolte berichtete, der nach der Junta den Kriegsverbrechern dazu verhalf, ins Ausland zu entkommen?« Dann schriebst du, was du sonst noch sagen wolltest, während du dich den Sitzen der Regierungsmitglieder nähertest, um die Beweispapiere vorzulegen. »Ich übergebe dem Premierminister die Beweise für das, was ich gesagt habe: die Archive der EAT-ESA, die Evangelis Tossitsas Averoff wieder mit Hilfe der Geheimdienste in seinen Besitz bringen wollte, und deren Veröffentlichung er mit Hilfe der Justiz hat einstellen lassen. Hier sind sie, das Parlament ist mein Zeuge.« Du erzähltest es mir, als ich aus meiner seelischen Narkose von Amherst wieder nach New York zurückkehrte und dich anrief. »Ich schreibe etwas Wichtiges, etwas sehr Wichtiges.« – »Was denn?« – »Eine Sonderanfrage an Karamanlis. Ich lese sie dir vor, hör zu.« – »Heißt das, daß du ihm die Dokumente übergeben willst?!« – »Ja. In der nächsten Woche geht die Bombe hoch. Diesmal im Parlament, und du wirst sehen, daß sie genauso knallt, wie die vor acht Jahren, die ich dem Papadopoulos beschert habe.« – »Erzähle es niemandem,

Alekos.« – »Im Gegenteil, so etwas braucht Reklame.« Dann erzähltest du mir von den telefonischen Drohungen und von den beiden Autos, die – woran du nicht mehr zweifeltest – dich nachts verfolgten. Diese Quälerei, im Rückspiegel immer nach einem Auto zu spähen, das einmal da ist, dann wieder verschwindet, einmal rot und einmal hell-fast-weiß ist, so daß du dich manchmal selber fragst, ob du Hirngespinste hast, dir dann wieder sagst, daß du ganz klar bist, einmal wütend wie ein wilder Eber, dann wieder dir selber wie eine Fliege vorkommst, die in einem Spinnennetz gefangen ist. »Jeden Abend, verflucht, jeden Abend, wenn ich nach Glyfada fahre! Weißt du, den ›Frühling‹ sieht man ja auch im Dunkeln, mit dieser verteufelten phosphoreszierenden grünen Farbe.« – »Alekos, mußt du denn wirklich jeden Abend nach Glyfada fahren?« – »Das ist besser als in der Kolokotronistraße. Da ist doch einer eingedrungen, der die Tür aufzubrechen versuchte, erinnerst du dich?« – »Und wer begleitet dich, wenn du abends nach Glyfada fährst?« – »Niemand, wer sollte mich denn begleiten? Ich bin ja nicht Seine Exzellenz Papandreu, ich habe keine Leibgarde wie er!« – »Alekos, wer meinst du denn, wer es diesmal ist?« – »Wer soll es denn sein, jemand, der mich liebt.« – »Alekos, ich komm zu dir. Hier habe ich alles erledigt, und ich möchte nicht bis zum 5. Mai warten.« – »Nein, wir treffen uns am 5. Mai.« – »Aber was hast du nur mit dem 5. Mai?« – »Weil wir es so ausgemacht haben. Das bleibt sicher. Du wirst sehen, daß wir am 5. Mai zusammen sein werden.« – »Aber du hörst dich so bedrückt an ...« – »Ha, was gäb ich darum, wenn ich wieder zurück könnte in meine Zelle in Boiati!«
Diese schwache Stimme, und die Resignation, die daraus sprach! Denn am 28. April geschah folgendes: deine Widerstandskraft löste sich auf, deine Unzerstörbarkeit ging in Stücke, die Resignation kam über dich. Die letzte Anstrengung währt nicht lange. In einem gewissen Augenblick kehrt die Lebensmüdigkeit wieder, Leib und Seele überlassen sich der Resignation, die rückwärtsgewandt ist: der Überschwang, das Schreien, die Sonderanfrage, die du nicht mehr stellen würdest, waren das letzte unfreiwillige Aufzucken. Das steht auch in dem Gedicht, das du in jener Nacht schriebst, als du wieder in die Kolokotronistraße gingst. Gedanken eines Mannes, der aus der Verbannung sich nach der Vergangenheit sehnt, da die Vergangenheit das einzige ist, an was er sich halten kann, um jene Zeit zurückzurufen, in der die Einsamkeit eine enge und lichtlose Zelle, der wahnsinnige Wunsch war, mit jemandem zu sprechen, wo aber die Zukunft eine Hoffnung war.

Hier ist es, das Gedicht, auf vier Blättern deines Notizblocks. Wie hektisch und verändert ist die Schrift. Von Vers zu Vers wird sie hektischer und unkenntlicher, als ob es dich entsetzliche Mühe kostete, den Stift in der Hand zu halten. »So wie in der Vergangenheit/die Dichter wanderten und ihre Wahrheiten deklamierten,/ ihre in schöne Worte gekleideten Wahrheiten,/ihre mit Namen benannten Erzählungen,/so ging auch ich umher/in unbekannten Orten,/die der Schönheit der unsrigen nicht nachstehn/und wollte glauben, daß ich nicht/der Welt den Rücken kehrte./Ich aber reise nicht,/ich spreche zu mir selber/in den Wäldern, Bergen und Tälern,/ich aber reise nicht,/die Gefährtinnen sind es, die eilen/ und meine Erinnerung an meine Freunde,/die mich an manchen Orten/erwarten und meinen,/ich tauche plötzlich vor ihnen auf/ wie in einstigen Tagen,/als wir in unseren Träumen/uns Hoffnungen hingaben/und als der Schmerz/uns immer und überall folgte./ Bäume, Berge und Täler reisen,/und ich,/an die gebunden, die litten, weil ich litt,/die weinten, weil ich weinte,/die Gitter beschwören, weil ich hinter Gittern war,/allein./Jahre sind inzwischen vergangen, und ich,/ohne den Schmerz zu vergessen,/ohne ihn aber zu Unrecht zu beschwören,/gehe noch immer auf alten Straßen,/Straßen, die nur der Leidende kennt,/und sehne mich nach meiner Zelle,/weil ich weiß, daß ich damals/etwas zu geben hatte,/was alle begriffen./Und denk ich an das, was ich weiß,/daß nunmehr geschieht,/so sag ich nun erst recht,/ohne daß die anderen begriffen,/daß mein Ende auf die Weise kommen wird,/ wie die Mächtigen es wollen.«
Achtundvierzig Stunden später sollte ich das Gedicht unter deinem Kopfkissen finden, zusammen mit dem fünften Blatt, auf dem du die Worte des Sokrates aufgeschrieben hattest, die er sprach, ehe er sich selbst den Tod gab: *»Jedoch, es ist nun Zeit, daß wir gehen, ich, um zu sterben, und ihr, um zu leben. Wer aber von uns beiden zu dem besseren Geschäft hingehe, das ist allen verborgen außer nur Gott.«**

Donnerstag, der 29. April, vorletzter Tag. Du betratest das Büro, ohne jemanden anzuschauen, und sagtest der Sekretärin, daß du nicht gestört werden wolltest: du müßtest telefonieren. Es war der Anruf bei Averoff, der letzte Versuch, um die Versetzung des Offiziers des KYP zu verhindern. Du hattest sogar einen Rechtsanwalt um seinen Rat gefragt, und ihr wart beide zu dem gleichen

* Platon, »Apologie«, 33. Kap., 42a, 3–5 (Übersetzung von Friedrich Schleiermacher)

Schluß gekommen: es hatte keinen Sinn, die Drohungen aufzugreifen, die Averoff am Montagnachmittag in Gudi ausgestoßen hatte: das würde die Versetzung nur noch beschleunigen. Es war besser, so zu tun, als ob du davon nichts wüßtest und einen Kompromiß zu versuchen, also seine übliche Taktik nachzuahmen. Der Averoff, der immer die Oberhand behielt, war nicht derjenige am Montagnachmittag, vielmehr ein wohlerzogener, vernunftbegabter Herr und Meister der Heuchelei: der schlug sich nicht mit blanken Waffen, sondern mit dem Gift der Intelligenz. Man mußte also genau das gleiche machen. Du wähltest die Nummern des Verteidigungsministeriums. Du verlangtest den Herrn Minister. Der Herr Minister ließ sich nicht verleugnen: »Lieber Freund! Verehrter Kollege! Welches Vergnügen und welche Ehre, Ihre Stimme zu hören!« Deutlicher Sarkasmus bebte in der honigsüßen Stimme. Du ließest dich nicht entmutigen. Besten Dank, Herr Minister, der Herr Minister ist wirklich sehr freundlich, hoffentlich war es keine Störung für den Herrn Minister. »Aber was sagen Sie da, Verehrtester! Wie kommen Sie zu einer solchen Vermutung? Stören?« Jawohl, stören, wiederholtest du. Du riefst ihn ja schließlich an, um ihn um eine Gefälligkeit zu bitten, und Gefälligkeiten sind immer lästig. »Ich bitte, lieber Freund! Ich bitte Sie! Worum handelt es sich?« Es handelt sich um einen Offizier, dessen Geschick dir am Herzen lag, sagtest du, einen Offizier vom KYP. Seine Frau sei nämlich eine gute Freundin, die dir 1968 sehr geholfen hatte, als du aus Zypern entflohst. Damals war sie an der Botschaft in Zypern tätig. »Ich verstehe, lieber Freund, ich verstehe.« Diese Frau liebte, als echte Athenerin, ihre Heimatstadt und konnte sich nicht von ihr trennen. Aber der Herr Minister habe eben den Befehl gegeben, daß der Offizier des KYP in ein Dorf an der türkischen Grenze versetzt werden solle. »Fahren Sie fort, lieber Freund, fahren Sie fort.« Wo also lagen die Schwierigkeiten mit der Dame? Fiel es ihr schwer, dem Gatten ins Dorf an der türkischen Grenze zu folgen, oder fiel es ihr schwer, in Athen zu bleiben, fern vom Gatten? Eine grausame Situation, weil die beiden sich zärtlich liebten. »Klarer Fall, lieber Freund, klarer Fall. Und worin kann ich dienlich sein, lieber Freund? Reden Sie!« Alle Farbe wich aus deinem Gesicht. »Das erkläre ich Ihnen doch gerade, Herr Minister. Ich bitte Sie darum, den Offizier nicht zu versetzen.« – »Und ich bin durchaus bereit, Ihnen entgegenzukommen, verehrter Freund und Kollege. Ich werde den Offizier dorthin versetzen, wo Sie es wünschen. Wohin wünschen Sie, daß der Offizier versetzt werde, lieber

Freund und verehrter Kollege?« Ein Katz-und-Maus-Spiel. Er die Katze, du die Maus. Ein Spiel, das dir nicht gelang. Auch mit Hatzizisis war es fast immer mißlungen, weil du nicht dabeibleiben, es nicht ertragen konntest und plötzlich explodiertest. Daß du kurz vor dem Explodieren warst, sah man an der Blässe deines Gesichts und der blauangelaufenen Narbe auf dem linken Backenknochen. Du versuchtest, dich zu beherrschen: »Ich wünsche, daß er da bleibt, wo er immer gewesen ist, Herr Minister: in seinem Büro vom KYP in Athen.« Ein zwitscherndes Lachen: »Verehrtester! Wer möchte Ihnen eine Gefälligkeit verweigern? Ihre Wünsche sind mir Befehl. Athen ist, fürchte ich, unmöglich. Aber sagen Sie mir, wohin Sie ihn am liebsten versetzt haben möchten, und ich gehorche.« Du legtest den Hörer auf die Schreibtischplatte, schlossest die Augen, zwangst dich zum Atemholen. Noch eine kleine Anstrengung, mein Gott, noch ein Versuch. Laß es gelingen. Du nahmst den Hörer wieder auf: »Vielleicht habe ich die Sache nicht deutlich genug erklärt, Herr Minister. Ich bat Sie darum... Kurz und gut, ich möchte nicht, daß der Offizier versetzt wird. An keinen anderen Ort.« – »Das möchten Sie nicht, Verehrtester? Sie möchten es nicht?« – »Nein.« – »Und warum nicht, wenn ich fragen darf, warum, wenn das nicht zu indiskret ist?« – »Weil, wie ich Ihnen sagte, die Frau dieses Offiziers...« Aber da brachen alle Dämme, die zerbrechlichen Dämme, die den Ozean deines Zorns im Zaume hielten. Sie barsten mit einem Schrei, vor dem die Scheiben erzitterten, im Raum nebenan zuckten alle zusammen, und die Sekretärin bekreuzigte sich. »Averofakiii! Kleiner Averoooff! Akúsa, Averofaki, skulikaki! Hör zu, kleiner Averoff, kleiner Wurm! Den isse t'afendikò tis Elladas! Du bist nicht der Herr über Griechenland! Und du wirst es auch nicht werden! Ke den tha ghinis! Weil ich, ich dich daran hindern werde! Aus meinem Grab heraus werde ich dich daran hindern, aus meinem Graaab!« Da vergaß auch Averoff jede Vorsicht und ließ der Wut, die ihn in Gudì überwältigt hatte, ihren Lauf. Er wiederholte die gleichen Worte und fügte noch schlimmere hinzu, auch er schrie und schrie: »Egò tha s'exonthòso, Panagoulis! Ich werde dich zerschmettern, Panagoulis! Egò tha se katastrepso, Panagoulis! Katastrepso. Ich werde dich kaputtmachen, Panagoulis! Ich werde dich zerstören!«

Das erfuhr ich gleich darauf, als wir wieder miteinander sprachen und ich dann deine Stimme wiedererkannte. Es war nicht deine Stimme, deine schöne, sinnliche, gutturale Stimme: es war ein dünnes Gejammer, das aus einer Höhle zu kommen schien, die

Millionen und Abermillionen Lichtjahre entfernt war. Sie verging immer wieder und ließ Lücken des Schweigens zurück. Und ich fragte. »Hallo, Alekos, hallo! Ich höre dich nicht, hörst du mich?« – »Er hat mir...« – »Hallo, Alekos, hallo!« – »Werde dich zerstören... zerschmettern...« – »Hallo, Alekos, hallo! Um Gottes willen, die Leitung funktioniert nicht!« – »Nein, die Leitung funktioniert. Ich funktioniere nicht mehr.« – »Warum, Alekos, warum denn? Was hast du denn, Alekos, sag es mir, geht es dir nicht gut, hast du Fieber?« – »Nein, Ja.« – »Ja oder nein? Erklär mir, erschreck mich doch nicht, du jagst mir Angst ein! Und ich bin hier drüben und kann nichts für dich tun, hallo!« – »Ja, es geht mir schlecht. Sehr, sehr schlecht...« – »Was fehlt dir? Weshalb?« – »Weil ich sehr, sehr traurig bin. Sehr, sehr, sehr in Sorge.« – »Alekos, Schluß mit dieser Geschichte! Du bringst dich ja um, sie bringen dich um! Ich komme nach Athen, ich komme gleich, sofort. Ich will dich sehen, ich will dich mit fortnehmen, ich will...« – »Komm, wenn du willst, aber du kannst nichts machen, agàpi. Nichts. Wir sehen uns am ersten Mai, am ersten Mai wirst du mich sehen. Tschüs.« Du unterbrachst die Verbindung, ich war ratlos. Der erste Mai. Hatte ich richtig verstanden? Hattest du gesagt am ersten Mai? Ja, erster Mai: nicht am fünften Mai. Mein Gott, nun erinnertest du dich nicht einmal mehr an das Datum unserer Verabredung. Oder hattest du es dir anders überlegt und wolltest, daß ich wirklich am ersten Mai käme, also übermorgen? Ich mußte nochmals zurückrufen. Aber nein, warum zurückrufen. Diese Telefongespräche quälten mich nur, und ich wollte auch nicht noch einmal diese Stimme hören, die nicht deine Stimme war. Ich würde eben wirklich am ersten Mai ankommen. Ich wäre eben am nächsten Tag abgereist. Und ich tat es. Ich stieg genau in dem Augenblick ins Flugzeug, als du starbst. Um sechs Uhr achtundfünfzig, Freitag, den 30. April. In Athen war es ein Uhr achtundfünfzig, Samstag, den ersten Mai. Genau um sieben Uhr schaute ich an Bord auf die Uhr und war überrascht über die Pünktlichkeit der Maschine, die meist Verspätung hatte. Während des Fluges war ich unruhig, vermochte mir aber die bedrückende Nervosität nicht zu erklären. Sie verschlimmerte sich, als man einen Film projizierte, der mir als böses Vorzeichen erschien: die Geschichte eines verrückten und mutigen Dichters, von allen verkannt und immer in unglaubliche Abenteuer verwickelt, der vom Tod verfolgt wurde, und der Tod, in ein weißes Schweißtuch gehüllt, hielt eine Sichel und versuchte ihn zu ködern. Zeitweise nahm die Sichel die ganze Leinwand ein, und der Dichter mußte

entfliehen. Um zu entkommen, stürzte er sich in neue Abenteuer, neue Tollheiten, aus denen er wie durch Wunder schadlos hervorging. Schließlich aber wurde er es müde zu fliehen, sich dem Tod zu verweigern, der ihn so hartnäckig begehrte, und er ging ihm entgegen und ließ sich töten. Er und der Tod entfernten sich gemeinsam, singend und tanzend, über eine große Wiese, die so grün war wie dein grüner »Frühling«.
Die Gleichzeitigkeit der Handlungen ist nur scheinbar ein Mysterium, das aus zufälligen und unabhängigen Episoden zusammengesetzt ist. In Wirklichkeit handelt es sich um ein Gewebe, das aus untereinander zwangsläufig verbundenen Episoden besteht. Es handelt sich um eine gut geölte Maschine. Zu dieser Überzeugung gelangte ich, als ich die Ereignisse rekonstruierte, aus denen dein letzter Lebenstag sich zusammensetzte, als ich sah, wie alles zusammenstimmte und dazu beitrug, die Maschinerie zu ölen, die parallelen Wege deiner Handlungen und der Handlungen Steffas miteinander zu verflechten, auf daß der nunmehr unumkehrbare Prozeß deines Todes sich ohne Fehler, Verzögerungen und Behinderungen an einem präzisen Punkt vollzöge, das heißt, an dem bereits in Raum und Zeit bestimmten Punkt. Das schwarze Loch unter der Autowerkstatt mit der Aufschrift Texaco, um ein Uhr achtundfünfzig, am Samstag, dem ersten Mai, neunzehnhundertsechsundsiebzig.

Der letzte Tag deines Lebens hob sich aus einem grauen Himmel, einem Himmel wie aus Blei. Während der Woche hatte eine sommerliche Sonne geschienen, und keine Wolke hatte das azurne Blau verdüstert. Am Vorabend jedoch hatte der Horizont sich plötzlich mit einem eisfarbenen Licht verfinstert, ein starker Wind war aufgekommen, das Meer schwoll an und schlug an die Strände, und ein Gewitter war niedergegangen von Athen bis Korinth. Die ganze Nacht hindurch hatten Blitze, wie bei einem Streit wildgewordener Götter, die Lüfte durchzuckt, der Regen hatte die Straßen überschwemmt, und erst gegen Morgen war endlich wieder Ruhe eingetreten, mit jenem grauen Himmel, dem Himmel wie aus Blei, dem Vorboten des Unheils. Du warst früh aufgewacht. Seltsamerweise hattest du gut geschlafen, und als deine Mutter dir den Kaffee brachte, warst du bereits auf, um nachdenklich den Garten und die vom Unwetter beschädigten Pflanzen zu betrachten. Der Sturm hatte die Rosen geköpft und die Bäume verstümmelt, Orangen und Zitronen lagen auf einem Teppich von abgerissenen Ästen und Laub. Auch das Bündel

Knoblauch, das an einer Palme befestigt gewesen war und das Unheil abwenden sollte, lag am Boden. Die Knollen lagen zerstreut auf dem Gartenweg, und die lehmigen Schollen und einige Knollen waren aufgeplatzt: die einzelnen Teile sahen aus wie Überreste einer zerrissenen Kette. »Deine Knoblauchknollen!« riefst du aus. Deine Mutter sah hinaus und war starr vor Entsetzen: nie zuvor war das Bündel heruntergefallen, auch dann nicht, als man dich zum Tod verurteilt hatte. Erschreckt stellte sie das Tablett mit dem Kaffee ab, lief hinaus, um eine Knolle nach der anderen einzusammeln, dann trat sie wieder ins Haus und band ein frisches Bündel, ein größeres, umwickelte es fest mit einer Schnur und band es wieder an die Palme. Sie hatte es gut zugebunden, aber kaum wandte sie den Rücken, da löste sich der Knoten, das Bündel fiel erneut zu Boden und verstreute wiederum die Knollen: als ob der Teufel sich damit vergnügte, immer wieder Zeichen übler Vorbedeutung zu setzen. Du standst am Fenster und schautest ihr aufmerksam zu, und ein unerklärliches Lächeln ging über dein Gesicht. »Das wird dir nicht gelingen, selbst wenn du sie annagelst«, sagtest du, als sie wiederum die Knollen auflas, um sie zum Strauß zu bündeln. Deine Stimme war hell an jenem Morgen, es war die schöne Stimme, die ich liebte, und deine hohe Stirn war faltenlos. Du sahst ausgeruht und erfrischt aus. Eine geheimnisvolle Heiterkeit war ganz unvermittelt an die Stelle der Verzweiflung getreten, der du dich bis vor wenigen Stunden überlassen hattest.
Du wuschst und kleidetest dich sorgfältig, als ob du zu einer Party gehen wolltest. Du wähltest gute Wäsche, das schönste Hemd und den Anzug, den du am liebsten hattest: Jacke und Hose aus nußfarbenem Gabardine. Mit größter Sorgfalt rasiertest du dich, stutztest den Schnurrbart, stecktest alle die Gegenstände in die Tasche, die du gewöhnlich bei dir trugst: Pfeife, Zigarillos, Tabak, Stifte, Terminkalender, Notizblock, eine kleine Schere, Zeitungsausschnitte. In der Brusttasche verbargst du ein Dokument über Averoff, das du noch nicht hattest fotokopieren lassen. So hattest du auch zu einem deiner Anhänger gesagt: »Es ist zu wichtig. Fotokopieren ist immer ein Risiko. Ich trage es besser bei mir.« Du tatest das alles ohne Eile, mit der Ruhe eines Menschen, der sein Leben nicht mehr nach den Zeigern der Uhr mißt. Als du fertig warst, gingst du im Haus hin und her, als ob du keine Lust hättest, fortzugehen oder als ob du etwas suchtest. War es eine Erinnerung an etwas Verlorenes? Deine Mutter, die in ihren Pantoffeln hinter dir her schlurfte und sich Haarnadeln im wirren Schopf feststeckte, sagte überrascht: »Ti teles? Was willst du?« – »Tipote, nichts.

Ich habe nur an etwas gedacht. Bis zu meinem Geburtstag sind es noch ein Monat und zwei Tage. Siebenunddreißig Jahre, am 2. Juli. Ich bin alt.« Schließlich gingst du fort, indem du noch einen Blick zum Knoblauchbündel warfst, das nun fest an der Palme hing. Am Gartentor angelangt, bliebst du jedoch stehen, wandtest dich um und rissest mit einem Ruck das Bündel herunter und warfst es zu Boden: »Man soll nicht abergläubisch sein!« Sie brummte noch, erschreckt und entrüstet, als du schon am Steuer des »Frühling« saßest und in Richtung Vouliagmenistraße losfuhrst: auf der Straße, die du tausendmal gefahren warst und Meter für Meter kanntest, jede Kurve, jedes Schlagloch. Wandtest du dich um vor der Autowerkstätte mit der Aufschrift Texaco? Wenn ich dabei war, hattest du dich immer umgewandt und gemurrt, daß die Mechanikergrube gefährlich sei, so ohne ein Mäuerchen, eine Fallgrube, in der man sich den Hals brechen konnte. Du deutetest auf die Tafel über der Grube, Kalon Taxidi, gute Fahrt, und sagtest: »Gute Fahrt mit Genickbruch!« Um neun Uhr warst du in der Kolokotronistraße und parktest den »Frühling« genau vor dem Strickmaschinengeschäft, gleich neben deinem Eingang, dessen Wände und Fenster auf den Korridor zum Aufzug gerichtet sind. Das Geschäft war bereits geöffnet, und der erste Kunde war da: ein junger Mann mit rundlichem Gesicht voller Muttermale. Es war der gleiche, der im Juli fünfundsiebzig mit dem griechischen Faschisten nach Florenz gekommen war und eine Woche lang blieb: genau die Woche, als du Athen mit der Behauptung verließest, nach Florenz zu reisen und statt dessen nach Zypern gefahren warst. Der gleiche, der sich in Florenz mit seinen Kamikaze-Unternehmungen, den komplizierten Kunststücken, die er mit seinem Peugeot vollbrachte, so gebrüstet hatte: vorne herumreißen, hinten herumreißen – und das andere Auto spritzt weg wie ein Geschoß. Der gleiche, der während der Juntaregierung im Atelier von Despina Papadopoulos gearbeitet und viele Reisen unternommen hatte, in Länder, wo man den Regimegegnern im Exil auf den Fersen bleiben mußte, vorwiegend in Kanada, wo er auf offener Rennbahn an sportlichen Wettbewerben teilgenommen hatte, jenen schrecklichen Wettbewerben, bei denen Autos zu Schrott gefahren werden, wobei derjenige gewinnt, der am kaltblütigsten ist und die flinkesten Augen hat. Michael Steffas also. Derzeit Sozialist im Gefolge Papandreus, beschäftigt bei einer Konfektionsfirma, der Heim Fashion, und Besitzer eines silberweißen Peugeot 504. Und wie der Zufall so spielt: in das Strickmaschinengeschäft war er in jenen Tagen bereits des öfteren gekommen.

Du betratest das Büro, und dort erwartete dich der Anwalt. Du erzähltest ihm von deinem Streit mit dem Drachen: »Wie du siehst, habe ich deinen Rat befolgt, aber es ist unmöglich, sich zu einigen. Ich habe nun keine andere Wahl mehr, als der Sache bis auf den Grund zu gehen, koste es was es wolle. Am Montag richte ich die Sonderanfrage an Karamanlis.« – »Damit wirst du recht wenig erreichen.« – »Ich weiß. Karamanlis kann es sich nicht leisten, ihn abzuhängen, und es gibt niemanden, der auf meiner Seite steht. Niemanden.« – »Was dann?« – »Nichts. Es gibt Fälle, wo man, um zu siegen, auch noch den Atem verlieren muß.« – »Und nach der Sonderanfrage?« – »Da gehe ich für ein paar Tage nach Italien und dann nach Zypern.« Der Anwalt schaute dich überrascht an: du warst so gefaßt an jenem Vormittag, so sicher. Sogar als du über den heftigen Wortwechsel berichtetest, in den du mit Averoff geraten warst. Deine Stimme verriet keinerlei Leidenschaft. Aber was meintest du mit dem Ausspruch es-gibt-Fälle-wo-man-um-zu-siegen-auch-noch-den-Atem-verlieren-muß? Von einem Verdacht bedrängt, brachte der Anwalt das Gespräch auf die telefonischen Drohungen, die Verfolgungen mit Autos, die Unzweckmäßigkeit dessen, daß du dich jede Nacht auf verlassenen Straßen nach Glyfada begabst. »Wie langweilig seid ihr doch alle zusammen«, erwidertest du, »möchtest denn auch du, daß ich mit einer Leibgarde herumfahre und mich damit lächerlich mache?« Dann hobst du den Telefonhörer ab und sprachst mit jemandem, wobei du eine gelangweilte Grimasse schnittest. Lästiges Zeug. Eine gewisse Sugiulzoglu lud dich im Auftrag ihres Schwagers Victor Nolis, einem Griechen aus Melbourne, zum Abendessen ein. Du hattest ihn 1968 in Rom kennengelernt, diesen Nolis, und vor einigen Monaten hatte er sich über diese Sugiulzoglu, der Schwester seiner Frau, wieder gemeldet. Jetzt befand er sich in Athen und wollte dich, zusammen mit den beiden Frauen, zum Essen ausführen. »Ausgerechnet heute! Das ist das letzte, was ich mir wünsche – den Abend mit drei Nachteulen zu verbringen.« – »Komm mit mir essen. Ich hole dich im Auto ab und bringe dich dann selber nach Glyfada, damit du wenigstens einmal nicht allein durch die Nacht fährst«, schlug der Anwalt vor und nahm das Gespräch dort wieder auf, wo der Anruf der Sugiulzoglu es unterbrochen hatte. »Nein, danke. Wenn ich nicht mit denen gehe, dann muß ich mit dem Direktor der Olympia Express essen gehen, kommt auf eines raus. Wir sehen uns morgen wieder.« – »Gut, wir sehen uns morgen, aber ich sage es dir noch einmal: fahre nachts nicht alleine herum, und vor allem fahre möglichst wenig bis hinaus nach Glyfada. Die Geschichte mit den beiden, die dich im Dunkeln verfolgen, gefällt mir gar nicht.« – »Was sein muß, muß sein, und was künftig sein muß, wird eben sein.« Mit diesen Worten trenntet ihr euch und später riefst du noch einmal Nolis an: er solle gegen fünf Uhr zu dir kommen, und falls es dir bis dahin gelungen wäre, die Verabredung mit dem Direktor der Olympia Express abzusagen, würdest du mit ihm und seiner Frau und der Schwägerin zum Essen gehen. Mittlerweile hatte Michael Steffas das Strickmaschinengeschäft verlassen und war mit einem Taxi zur Heim Fashion gefahren. Er benutzte ein Taxi, weil er seit einem Monat seinen Peugeot nicht in Athen hatte, so sollte er später aussagen. Er hatte ihn in Korinth vor dem Haus seiner Eltern, weil er noch ein französisches Nummernschild hatte und der Wagen neu zugelassen werden mußte. Einen Monat vorher hätte er wegen dieses ausländischen Nummernschildes beinahe eine schwere Geldbuße bekommen.

Gegen halb drei Uhr verließest du das Büro, kamst um halb vier zurück, um die Verabredung mit dem Direktor der Olympia Express rückgängig zu machen – und an diesem Punkt ist es, daß die Gleichzeitigkeit deiner Handlungen mit denen Steffas einsetzt. Um fünf Uhr kam Nolis, und du sagtest ihm, daß ihr euch mit seiner Frau und der Schwägerin zum Essen in einem Restaurant in Glyfada treffen könntet. Um die gleiche Stunde, um fünf Uhr, zog Steffas den Rolladen der Heim Fashion herunter, bereit für seinen Auftritt. Um sechs verabschiedetest du dich von Nolis mit der Abmachung, daß du vor dem Essen ihn in der Alkionisstraße 8, wo er logierte, abholen würdest, und um die gleiche Stunde, um sechs, ging Steffas zu Basilio Jorgopoulos, seinem Freund und späteren Alibi. Um neun rief dich die Sugiulzoglu an, daß ihr Auto kaputt sei, und ob du auf dem Weg zur Alkonisstraße bei ihr vorbeikommen könntest, in der Androtzustraße 15 A? Um die gleiche Stunde, um neun, stieg Steffas in den Bus nach Korinth, um den Peugeot nach Athen zu holen. (Und was war mit dem französischen Nummernschild, das umgeschrieben werden mußte? Was war mit der Gefahr, sich einen saftigen Strafzettel zu holen? Jorgopoulos, so lautete die Ausrede, hatte ihm vorgeschlagen, den ersten Mai mit zwei Mädchen in Ägina zu verbringen, und darüber hatte er jede Vorsicht vergessen. Aber ist denn Ägina nicht eine Insel? Fährt man denn nicht per Schiff nach Ägina? Warum sollte man denn mit dem Bus nach Korinth, den nichtzugelassenen Peugeot nach Athen fahren, ihn auf das Schiff verladen, dort ausladen, wieder einladen, und ihn am folgenden Tag wieder nach

Korinth bringen? Das blieb offensichtlich sinnlos. Wer aber hatte gesagt, daß der Peugeot tatsächlich zu einem Ausflug mit den beiden Mädchen nach Ägina diente? Er könnte zu einem ganz anderen Zweck dienlich sein, zu einer Gefälligkeit etwa, die Kaltblütigkeit, ein flinkes Auge, Geschicklichkeit im Herumreißen, oder gar eine Kamikaze-Vergangenheit, erworben auf den Rennstrecken von Kanada, und einen starken Wagen erforderte, der Zusammenstößen leichter standhielt als ein gewisser heller-fast-weißer Wagen, der sich in den vergangenen Tagen nicht auf der Höhe seiner Aufgabe gezeigt hatte.) Um halb zehn verließest du die Kolokotronistraße, um die Sugiulzoglu abzuholen und zu den Nolis' zu stoßen. Um zehn warst du in der Alkionisstraße bei den Nolis', wo man dir einen Aperitif anbot, einen Schluck Whisky, den du aber nicht mochtest und unberührt stehen ließest. Um Viertel nach zehn gingt ihr zusammen fort. Um zehn traf der Bus mit Steffas in Korinth ein, er stieg aus und rannte zu dem Platz, wo der Peugeot stand. Es war Viertel nach zehn, als er diesen Platz erreichte und eilig in den Wagen stieg. Es war zehn Uhr fünfundzwanzig, als er in die Autobahn, die von Korinth nach Athen führt, einbog. Um die gleiche Zeit parktest du den »Frühling« vor dem Restaurant Tsaropoulos', wo du dann zusammen mit den Nolis' und der Sugiulzoglu eintratest. Es war das Lokal, das du vor drei Jahren für uns ausgesucht hattest, an dem Abend, als ich zu dir zurückgekehrt war und du aus der Klinik durchgebrannt warst, ganz munter, zu neuem Leben erstanden, und du mir das Gedicht geschenkt hattest. Damit hatte die glückliche Woche begonnen.

Aufgeregt bestelltest du das Abendessen. Plötzlich war die Ruhe des Morgens, das heitere Gleichgewicht, die Leidenschaftslosigkeit dahin und hatte einer unerwarteten Euphorie Raum gegeben. Du wirktest aufgekratzt, sprachst ununterbrochen, scherztest, erzähltest lachend von den Archivdokumenten, von Averoff und Tsatsos, von der Sonderanfrage, die du am Montag an Karamanlis stellen wolltest, von dem Erdbeben, das du verursachen würdest, wenn du die durch Giuvelos verbotenen Papiere übergabst. Du verrietest sogar, daß du ein Buch schreiben wolltest, es bereits angefangen hattest, sprachst über die Probleme, die die Unterbrechung der Arbeit verursacht hatten, daß du aber im Mai die Arbeit wieder aufnehmen und noch im Laufe des Jahres zu Ende bringen würdest. »Ich werde im Sommer und Herbst ohne Unterbrechung dransitzen, deshalb fahre ich auch nach Italien. Ich werde das Parlament um Genehmigung bitten. Es ist ein Buch, das mit dem

Attentat auf Papadopoulos beginnt und mit den Dokumenten abschließt. Es ist die Geschichte einer Bemühung, die Geschichte eines Mannes.« Du versprachst auch, die Reise nach Australien zu unternehmen: »Ja, ich will mich auch einmal rühren und die Welt sehen. Sobald ich das Buch fertig habe, komme ich wirklich nach Australien.« Eine unabsehbar weite Zukunft schien vor dir zu liegen, voll freudiger Erwartungen und Erfolge. Es schien, als ob dein entsetzlicher Plan zu sterben, um zu leben, vergessen sei. Deine Augen glänzten, die Hände zitterten, alles begeisterte dich. Die Gesellschaft der drei Alten, das Essen, die Leute. Die beiden Damen schauten dich stumm an, bezaubert, Nolis hörte dir fasziniert zu. Welch ein Feuer, welche lebensvolle Wärme hatte dieser Mann! Du brauchtest nicht einmal Alkohol, um dieses Feuer zu nähren: eine Flasche für vier Personen. Als du einmal das Glas an die Lippen setztest, sagtest du, daß dein Verhältnis zum Wein nicht mehr so prächtig sei: du hättest die Vorzüge des Orangensafts wiederentdeckt. »Und ich bin auch gar nicht traurig darüber, denn das Dunkel ist voller Tücken und lauernder Schatten. Man muß klar bei Verstand sein und schnell reagieren.« Unterdessen fuhr Michael Steffas und fluchte über den Regen, der zwischen Korinth und Megara immer dichter fiel und ihn daran hinderte, so zu rasen, wie er gewollt hätte. Dennoch fuhr er ziemlich schnell, ersichtlich aus der Tatsache, daß er um zehn vor zwölf bereits wieder bei Jorgopoulos war, seinem Alibi bis halb zwei. (Seltsam, diese mitternächtliche Rückkehr dorthin, diese genau verfügbare Zeugenschaft auf die Minute.) Und der rote BMW? Auch der war da, er war zur Stelle und wartete erst gar nicht auf den Peugeot von Steffas, um dir entgegenzufahren. Nachdem er dir bis zum Restaurant gefolgt war, entfernte er sich bis zur vereinbarten Zeit und hatte damit einen bezeichnenden Fehler begangen. Es war um Mitternacht, als ein völlig verschreckter Bürger sich auf dem Polizeirevier meldete, um anzuzeigen, daß ein dunkelroter BMW in der Vouliagmenistraße ihn aus einiger Entfernung ein paar Kilometer lang verfolgt habe und dann plötzlich auf ihn losgefahren sei, dann habe er ihn gestreift, mit der unverhüllten Absicht, ihn von der Straße zu drängen. Er habe einen Unfall vermieden, indem er das Steuer fest im Griff hielt und, sobald es möglich war, anhielt. Nein, nein, ein Zufall konnte es nicht gewesen sein. Er konnte dies beweisen, denn während er noch im Wagen saß, um sich von dem Schrecken zu erholen, war der rote BMW wieder aufgetaucht. Und hatte gehalten. Die Insassen, zwei Männer, hatten sich ihn genau angeschaut, dann hatten sie eine Geste der Enttäuschung gemacht: als ob sie sich in der Person geirrt hätten oder sich gegenseitig als Idioten bezeichneten. Vielleicht erinnerten sie sich daran, daß du noch nicht wieder in der Vouliagmenistraße sein konntest, nachdem du doch gerade noch im Restaurant Tsaropoulos' saßest. Der erschreckte Bürger trug einen Schnurrbart und hatte ein grünes Auto. Nicht apfelgrün, aber im Dunkeln sah es beinahe so aus wie dein Wagen.

Du verließest das Lokal Tsaropoulos' kurz nach ein Uhr früh, und auf der Schwelle entbrannte noch ein kleiner Streit: du wolltest deine Gäste nach Hause fahren, und sie bestanden darauf, ein Taxi zu nehmen. Du schliefst ja in Glyfada, und das Lokal befand sich in Glyfada, und die drei sagten immer wieder, daß es ein Unsinn wäre, wenn du in die Alkionis- und Androtzustraße fahren würdest, die beide in weit entfernten Stadtvierteln lagen, um dann wieder nach Glyfada zurückzukehren. Aber du zwangst sie trotzdem dazu, in deinen »Frühling« zu steigen, erste Station war die Alkionistraße, und es war, nachdem du dich von den Nolis' verabschiedet hattest, daß in einer Querstraße der Alkionisstraße etwas Sonderbares geschah: ein Taxi überholte dich und verstellte dir die Straße, indem es plötzlich vor dir abbremste. Auch du bremstest ab, stiegst aus und sagtest: »Jetzt also auch noch die Taxis! Da möchte ich doch einmal sehen, wer es ist.« Du gingst auf den Fahrer zu, und die Sugiulzoglu sah, wie du einige Minuten lang mit ihm diskutiertest. Aber als du zurückkamst, schienst du erleichtert: »Nein, er ist nicht mir nachgefahren. Er stammt aus Glyfada, ich kenne ihn.« Du fuhrst wieder los und bogst in die Poseidonstraße ein. »Ich bin eben einfach so mißtrauisch geworden gegen Autos.« – »Warum denn?« rief die Sugiulzoglu aus. Du gabst keine Antwort. Vielleicht hattest du sie gar nicht gehört. Mit zusammengekniffenen Lippen und gerunzelter Stirn spähtest du in den Rückspiegel. Plötzlich: »Heleni, haben Sie Lust, auf einen Sprung in ein Lokal mit Bouzuki-Musik zu gehen? Nur auf ein Glas Orangensaft, und um ein wenig Musik zu hören. Gleich hier in der Nähe, in der entgegengesetzten Richtung, kenne ich eines.« Die Sugiulzoglu begriff nicht und wehrte ab, es sei so spät und sie zu alt, um mit einem jungen Mann in ein Bouzuki-Lokal zu gehen. »Aber los doch, Heleni.« – »Nein, danke, wirklich nicht.« – »Macht nichts.« Den Blick immer noch auf den Rückspiegel gerichtet, tratst du aufs Gas und bogst mit großer Geschwindigkeit in die Leoforos Sigru ein. Vor der Bierfabrik bremstest du fast schlagartig und batest eilig um Entschuldigung: es sei nicht deine

Gewohnheit, Damen nachts am Bürgersteig abzusetzen, aber die Androtzustraße war nicht weit von hier und die Hausnummer 15 A genau um die nächste Ecke, ob es ihr etwas ausmache, auszusteigen und zu Fuß hinüberzugehen? Wiederum begriff die Sugiulzoglu nicht. Erst nach deinem Tod wurde ihr klar, daß du nicht in die kleine und dunkle Androtzustraße fahren wolltest und daß es dir darum ging, so schnell wie möglich allein zu sein. Sie sagte, es mache ihr gar nichts aus, stieg aus, ohne daß du Anstalten machtest, ebenfalls auszusteigen oder ihr die Wagentür aufzumachen. Eine Hand am Steuer, die andere an der Schaltung, warst du bereit zu spurten. »Danke, Heleni. Verzeihen Sie, Heleni.« – »Ihnen vielen Dank, Alekos. Aber warum übernachten Sie denn nicht in der Kolokotronistraße? Das ist doch nur zwei Schritte von hier. Lohnt es sich denn, noch einmal die zwanzig Minuten bis nach Glyfada hinauszufahren?« – »Ich schlafe lieber vier Stunden in Glyfada als acht Stunden in der Kolokotronistraße.« – »Auf Wiedersehen also ...« – »Auf Wiedersehen.« Du wartetest nicht einmal ab, daß sie die Straße bis zum gegenüberliegenden Bürgersteig überquerte. Du fuhrst unmittelbar los. Und es war ein Uhr fünfunddreißig, höchstens ein Uhr vierzig, sagte später die Sugiulzoglu. Sie konnte es aussagen, weil sie um ein Uhr vierzig zu Hause war: um die zweihundert Meter bis zur Androtzustraße 15 A zurückzulegen, die Haustür aufzuschließen, den Aufzug abzuwarten, in den dritten Stock hinaufzufahren, in die Wohnung zu treten, konnte sie nicht mehr als acht oder zehn Minuten gebraucht haben. Richtig. Aber nachts, auf fast unbelebten Straßen, brauchtest du von jener Stelle auf der Leoforos Sigru bis zu der Stelle, wo sie dich ermordeten in der Vouliagmenistraße nicht mehr als fünf oder sechs Minuten. Und da war durch den Stoß die Uhr in deinem »Frühling« stehengeblieben – um ein Uhr achtundfünfzig: die von den Zeugen bestätigte Uhrzeit. Zwischen dem Augenblick, als du dich von der Sugiulzoglu verabschiedetest, und dem Augenblick des Zusammenstoßes bleibt also eine Leere von achtzehn bis dreiundzwanzig Minuten, sagen wir zwanzig Minuten, und die konnte oder wollte nie jemand erklären. Das sind die zwanzig Minuten der Corrida mit deinen Mördern.

Sie tauchten plötzlich gemeinsam auf, als ob sie sich zu einem zeitlich präzise fixierten Stelldichein verabredet hätten. Sie tauchten sofort auf, als du in die Diakoustraße einbogst. Ein roter BMW und ein silbergrauer Peugeot. Und gewiß hat es dich nicht überrascht: daß dies passieren würde, hattest du bereits in der

Poseidonosstraße begriffen, als du umkehren und halten wolltest, unter dem Vorwand, ein Bouzuki-Lokal aufsuchen zu wollen, und du warst dir dessen ganz sicher, als du dich in der Leoforos Sigru von der Sugiulzoglu befreitest. Übrigens sagten die Zeugen, die die Polizei der Machthaber ignorieren und zum Schweigen bringen würde (außer einem, der sich nie beugte, ein Chauffeur namens Mandis Garufalakis) am nächsten Morgen, daß hinter dem apfelgrünen Fiat nicht nur ein Peugeot fuhr: da war auch ein rostroter oder granatroter Wagen, vielleicht ein Jaguar oder auch ein BMW. Du befandest dich zwischen den beiden wie eine Maus in der Falle, und es ist möglich, daß du im ersten Moment zu entkommen versuchtest. Fast gleichzeitig aber fühltest du den unwiderstehlichen Drang, sie zu stellen, ihnen ins Gesicht zu schauen, zu sehen, wer sie waren, dich zu schlagen, genau wie du dich auf Kreta und in Rom und in Athen geschlagen hattest, jedesmal und wann immer man dich einzuschüchtern oder zu provozieren oder mit einem Auto umzubringen versucht hatte. Erneut wurdest du von der Lebensmüdigkeit übermannt, die aus der Müdigkeit des Verlierens herrührt, und daher vom Drang, wenigstens als Toter zu siegen, dem unbewußten Kalkül zufolge, demnach kein lebender Held es mit einem toten Helden aufnehmen kann – und die Corrida begann. Jene, die für Augenblicke die Rolle umkehrt, und den Verfolgten in den Verfolger verwandelt, den Verfolger in den Verfolgten, und dann wieder die Ausgangssituation herstellt, so daß der Verfolger wieder Verfolger wird und der Verfolgte wieder Verfolgter. Welche die Arena dieser Corrida war, ehe ihr auf die Vouliagmenistraße gelangtet, weiß ich nicht, aber als ich die Straßen deines Todeskampfes im nachhinein verfolgte, zog ich die Schlußfolgerung, daß es sich nur um die Strecke Diakoustraße, Anarafseosstraße, Loguinustraße, Musururustraße, Imittustraße, Iliupoleosstraße handeln konnte – zuerst also in Richtung des Friedhofs, dann rund um den Friedhof, denn wenn man an der Leoforos Sigru nicht unmittelbar in die Vouliagmenistraße, sondern in die Einbahnstraße einbiegt, muß man notgedrungen durch die genannten Straßen fahren, und diese Straßen führen zum Friedhof, und wenn man am Friedhof angekommen ist, kann man nicht umhin, drum herum zu fahren wie ein kreisender Stern, der vom Sog des Abgrunds ergriffen wird und ins dunkle Loch aufgesogen wird. Ich sehe dich, angespannt über dem Steuerrad, bleich, wie du ihnen nachrast, während sie dir nachrasen, wie du sie angreifst, während sie dich angreifen, in einer Abfolge von wahnsinnigem Schleudern, Beschleunigen, Bremsen, Zusammenstößen. Die Stöße, die Kollisionen, die in der Expertise beschrieben wurden, die von den Richtern der Machthaber nicht anerkannt wurde, die rostbraunen Farbspuren, die man auch als rostrot oder granatrot hätte bezeichnen können – und in welchem Augenblick begriffst du, daß der Impuls des Überlebens nutzlos war, wie das Aufzucken des Sterns, der, um sich dem Wirbel zu entreißen, sich dem Strudel überläßt? In welchem Augenblick faßtest du den Gedanken, auf die Vouliagmenistraße zu fahren, um das Haus mit dem Orangen- und Zitronenhain zu erreichen, die einzige Rettung? Plötzlich brachst du aus dem fürchterlichen Karussell aus, braustest über die gleiche Straße, von der du gekommen warst, über die Anarafaseosstraße und von dort über die Vouliagmenistraße, auf der die Zeugen, von denen ich sprach, ein grünes und ein rotes und ein silbergraues Auto vorüberbrausen sahen. Vier Zeugen: ein Taxichauffeur, der sich zweihundert Meter weiter hinten befand, der Fahrgast, der darin saß, ein zweiter Taxifahrer, der vor euch fuhr, ein dritter, der an einer Kreuzung stand. Das sollten sie später berichten, aus freien Stücken waren sie auf das Polizeirevier gekommen. Zuerst nahm die Polizei nicht einmal ihre Personalien auf, dann wollte sie ihre Namen wissen, und drei von ihnen veränderten nun ihre Aussage, hatten das rote Auto vergessen. Nur Mandis Garufalakis bestand auf seiner Aussage, man hörte nicht auf ihn oder riet ihm ab, das heißt, drohte ihm, so daß er in der Tat mit den Journalisten, die mehr erfragen wollten, immer weniger bereitwillig sprach, mit der Abwehr, die aus der Angst entspringt. »Ja, ein roter und ein weißer... weiß, nein, hellbraun... Nein, grau.« Einmal so, einmal anders, einmal rechts, einmal links sollten sie dich überholt und dir den Weg abgeschnitten haben, stellten sich quer vor dich, und du mußtest ihnen beiden ausweichen, um sie zu überholen, und kaum war es dir gelungen, wiederholten sie das Manöver. Mit Methode, mit Präzision, in perfekter Gleichzeitigkeit. »Aber ich weiß von nichts, meine Herren, ich habe nichts gesehen, um Gottes willen. Ich will keine Scherereien, ich habe Frau und Kinder, eine Familie, zieht mich nicht in die Sache hinein. Wenn ihr mich nicht in die Sache hineinzieht, wenn ihr mir schwört, meinen Namen nicht zu nennen, dann kann ich euch ja sagen, daß das grüne Auto immer zwischen dem roten und dem hellen Auto eingezwängt war, im roten Auto saßen zwei Personen, und das rote Auto machte in einem bestimmten Moment das Ärgste: es fuhr direkt auf das Nummernschild des grünen Wagens auf. Das grüne Auto geriet ins Schleudern, kam aber wie durch ein Wunder wieder in die

Gerade und raste weiter in Richtung Glyfada. Ich weiß aber nichts, meine Herren, ich habe nichts gesehen, ich habe nichts gesagt, um Gottes willen.« Sie fuhren alle drei sehr schnell. Hundertzehn, hundertzwanzig, hundertdreißig – und mit dieser Geschwindigkeit kamt ihr bis zur Kirche von Sankt Demetrius. Dort hören die Häuser auf, und die Straße übersteigt einen kleinen Buckel. Hinter dem Buckel erweitert sich die Vouliagmenistraße zu einer doppelten Fahrbahn, die von einer Verkehrsinsel geteilt wird. Fünfzig Meter weiter, auf der rechten Seite, ist die Autowerkstatt mit der Aufschrift Texaco.

Auf der Höhe von Sankt Demetrius war es, daß der rote Wagen dich am Nummernschild rammte. Und es war nach dem kleinen Buckel, daß er dich zum letztenmal überholte, um sich dann zu entfernen und im Dunkeln unterzutauchen. Aber während sie dich überholten, um dann im Dunkeln unterzutauchen, benutzten die beiden Insassen des roten Wagens die Gaspistole – oder nicht? Eine Pistole wie die, die der Untersuchungsrichter mit solcher Ungeniertheit im August zu den Akten legte. Die Waffennummer ist 159 789, made in West Germany; kurzer Lauf und kleiner Kolben. Die Ladetrommel enthält fünf Zylindergeschosse, fünf metallene Patronen mit einem kleinen Loch, aus dem Gas ausströmt, ohne merkliche Spuren zu hinterlassen. (Und falls es Spuren hinterlassen hätte, kümmerte man sich in der Leichenhalle nicht darum, sie festzustellen. Man machte keine geeignete Analyse auf Rückstände von Betäubungsmittel oder narkotisierendem Gas.) Ich frage also nochmals: benutzten sie diese Gaspistole oder nicht? Die Umstände ließen es zu, denn du hattest während der Fahrt das linke Seitenfenster beinahe ganz heruntergelassen. Als man den »Frühling« fand, war das linke Seitenfenster beinahe ganz geöffnet. Und wenn sie sie nicht benutzten, wenn der Untersuchungsrichter nicht einen Fehler beging, indem er die Pistole mit der Waffennummer 159 789 mit solcher Ungeniertheit zu den Akten legte, was war es dann, wodurch du betäubt wurdest und du in einen Erstarrungs- und Schlafzustand versetzt wurdest? Was war es, das dir den Blick und den Willen benebelte? Du schleudertest und rutschtest, als der Peugeot dich erreichte, liefst Gefahr, die Kontrolle über den Wagen zu verlieren, so daß es Steffas ein leichtes war, das Werk zu vollenden. Erst rammte er dich mit dem vorderen rechten Kotflügel an deinem linken hinteren Kotflügel, dann heftete er sich an die linke Flanke und schleifte dich einige Meter, dann löste er sich mit einer raschen Wende und fügte dir den tödlichen Stoß zu: ein Seitenschlag mit dem rückwärtigen Teil seines Wagens gegen deinen vorderen linken Kotflügel. Und du flogst wie ein Geschoß hinaus, während er mit einer meisterhaften Kamikaze-Wende als Killer, der auf den Rennstrecken Kanadas geschult worden war, den Wagen fast im rechten Winkel herumriß, um sich in die Lücke in der Verkehrsinsel, die die Vouliagmenistraße aufteilt, einzufädeln. Du schossest quer hinaus auf den breiten Bürgersteig, auf den freien Platz neben der Werkstätte mit der Aufschrift Texaco, knapp einige Meter vorbei an einem Laternenpfosten, versuchtest vergeblich, trotz der Betäubung und Erstarrung, die sich deiner bemächtigt hatten, den irren Lauf zu bremsen. Dein »Frühling« war nunmehr vom Boden gelöst. Hoch und rasant flog er unerbittlich auf die Montagegrube zu, die zur Werkstatt gehörte, auf das schwarze Loch mit dem Plakat »Gute Reise, Kalon Taxidi«, und nichts hätte ihn aufhalten können. Wenn dieser Flug vielleicht weitere zwei Meter angehalten hätte, wäre der Wagen über das Loch der Montagegrube hinweggekommen, um noch in der Welt der Lebenden zu landen: du hättest dich retten können. Das aber war nicht der Wille der Götter, stand nicht in deinem vorbestimmten Schicksal, und das Auto verlangsamte seinen Flug und senkte sich in Richtung der Mauer, die man einen Augenblick lang nicht gesehen hatte und nunmehr plötzlich sah, die auf dich mit wahnsinniger Geschwindigkeit herabstürzte, keine Mauer mehr war und nur noch der letzte Aufprall, das Dröhnen einer platzenden Bombe, das Ende war. Und während du die Arme hobst, als Zeichen der Ergebung, des Sieges der Ergebung, während deine Handflächen an die Grenzen des Nichts rührten, geschah alles, wie es geschehen mußte, wie du es in deinen unbewußten Berechnungen, in deinen Hellsichtigkeiten, in den letzten Zeilen des Buches vorausgesehen hattest, dessen Niederschrift auf Seite 23 abbricht: »›Es tut mir nur leid, daß ich es nicht geschafft habe.‹ Meine Stimme war es, die so antwortete. Welch eine seltsame, weit entfernte Stimme. Woher kam sie? Auch der wohlerzogene Offizier schien weit entfernt zu sein. Woher kam er? Kam auch er aus einer anderen Welt? Jetzt ging er schweigend fort, und kaum daß er fort war, ergoß sich der Zorn der Uniformen erneut über mich. Immer heftiger, immer schlimmer. Sie schlugen mich auf die Fußsohlen, auf die Augen. Ich wiederholte: ›Es tut mir nur leid, daß ich es nicht geschafft habe.‹ Ja, es tut mir nur leid, daß ich es nicht geschafft habe. Dann ein fürchterlicher Schlag. Woher, von wem? Ich spürte einen fürchterlich gewaltsamen Druck auf den Magen, den Hals und die Brust und wie mir das

Herz brach, als ob alles in mir zerbersten würde. Und ich erkannte nichts mehr. Ich hielt die Augen geschlossen und...«

Der erste, der herbeirannte, war der Fahrer des Taxis mit dem Fahrgast, und zuerst konnte er nichts anderes erkennen als eine dichte Wolke. Im Augenblick des Aufpralls hatte sich eine mächtige Staubwolke erhoben und überdeckte alles mit Dunkelheit. Der Chauffeur tastete sich durch die dunkle Wolke, und als er am Rand der Fallgrube ankam, bedeckte er sein Gesicht, ungläubig und entsetzt: es schien gar nicht möglich, daß ein so großes Auto in einen so engen Raum eingezwängt war. Aber genau wie ein sterbender Stern, der sich zusammenzieht und verdichtet, bis er nur noch faustgroß ist, nicht größer als eine Zitrone, ein Kiesel, um sich von seinem schwarzen Loch aufsaugen zu lassen, war dein »Frühling« zusammengeschrumpft und klein geworden und nur noch ein Haufen verbogener Eisen- und Blechteile und zersplitterter Scheiben. Inmitten dieses Gewirrs lagst du, noch lebend und scheinbar unversehrt. Du hobst die Augenlider, bewegtest die Lippen: »Ime... bin... Mou echun... sie haben mich...« – »Still, still«, flehte der Chauffeur, der dich nicht erkannte. »Isan... Sie waren...« – »Still, still, wir holen dich raus.« Und mit Hilfe des Fahrgastes zogen sie dich aus dem Blechgewirr raus, holten dich aus der Montagegrube, legten dich auf den Bürgersteig. Dort erkannte er dich und stellte fest, daß du nicht unversehrt warst: aus den Verletzungen quoll unstillbar das Blut und lief über den Asphalt. »Ins Krankenhaus, schnell, ins Krankenhaus!« stammelte er. »Ins Krankenhaus oder in die Leichenhalle?« sagte der Fahrgast. Und voller Zweifel hoben sie dich an den Armen hoch, die ausgerenkt, an den Beinen, die gebrochen waren, und legten dich auf den Vordersitz des Taxis. Deine Augen waren bereits blind. Deine Lippen bewegten sich vergeblich, um etwas zu sagen. Das Krankenhaus war sehr weit entfernt, und es war zu nichts mehr nütze. Auf halbem Weg bewegtest du ein letztes Mal noch die Lippen und riefst klar und deutlich: »Oh Theòs! Theòs mu! O Gott, mein Gott!« Dann tatst du einen langen tiefen Atemzug, und dein Herz brach.

3. Kapitel

Siebzehn Stunden später traf ich in Athen ein. Vor der Leichenhalle stand eine schweigende Menge. Man stieß mich in einen großen Raum, der von einer nackten Glühbirne kümmerlich erhellt war; es war das Leichenschauhaus mit den Kühlzellen, und sogleich blendete mich ein Blitzlicht, und ein scharfer Befehl zerriß die Stille: »Weg mit den Fotografen! Alle hinaus! Schließt die Fenster!« Dann machte jemand ein Fach auf, warf einen Blick ins Innere, schloß es wieder und grunzte: »Né, aftos. Ja, dieser hier.« Es war das letzte Fach links unten, daneben waren noch zwei weitere und darüber noch drei andere. Glatt, glänzend, aus Metall. Sie sahen aus wie die Türen eines Panzerschranks. »Etìmi. Sind Sie bereit?« fragte jemand. Ich nickte, das Fach wurde geöffnet, und ein eisiger Hauch wehte uns an. Im Fach lag ein weißes Bündel auf einer metallenen Platte. »Siguri, wirklich?« fragte nochmals die Stimme. Ich nickte wieder, und die Metallplatte glitt mir entgegen: ein blutbeflecktes Laken, das einen Körper barg, kam zum Vorschein. Man konnte die Umrisse des Kopfes, der über der Brust gekreuzten Hände und der Füße gut erkennen. Sie hoben das Laken, und ich sah dich. Du ranntest. Du überquertest den Strand und ranntest in großen Sprüngen wie ein fröhliches Fohlen, die Hose lag eng an deinen kräftigen Hüften an, das T-Shirt umspannte deine starken Schultern, und dein Haar wehte in leichten, schwarzen Seidenwellen. Die Nacht zuvor hatten wir uns zum erstenmal in einem Bett geliebt und unsere beiden Einsamkeiten miteinander vermählt, und am Nachmittag waren wir ans Meer gegangen, wo die Sommersonne unbarmherzig glühte über dem Azur des Meeres. Diese Flut von Sonnenlicht und Azurbläue ergoß sich über dich, und du schriest voller Glück: »I zoì, i zoì! Das Leben! Das Leben!« Ich kniete nieder, um dich anzuschauen, ungläubig. Von der Leiste bis zum Hals hatten sie deinen Körper aufgeschlitzt, um dir das Herz, die Lungen, die Eingeweide zu rauben, dann hatten sie dich mit schwarzen Knoten wieder zugenäht, die dich verunstalteten wie schwarze, an der Haut haftende Kakerlaken, die im Begriff waren, dich zu verschlingen. An deinem rechten Arm vom Ellbogen bis zum Handgelenk hattest du eine klaffende Wunde, eine entsetzliche Schwellung verformte deinen zerschmetterten Oberschenkel. Das Gesicht jedoch war unversehrt, nur ein bläulicher Schatten lag um die Schläfe. Ich rief dich, voller Scheu, berührte dich zögernd. Starr, in der stolzen und abweisenden Unbewegtheit der Toten, wiesest du hochmütig jedes Wort und jede Geste der Liebe zurück: man mußte erst die Angst überwinden, dich zu beleidigen, um deine eisige Stirn, die eisigen Wangen, den wirren, mit Reif bedeckten Schnurrbart zu liebkosen. Ich überwand sie, um dich ein wenig zu wärmen. Aber es war, als wolle man eine Marmorstatue erwärmen, denn von dir blieb nur eine Marmorstatue übrig, die die Umrisse und die Züge dessen trug, der du bis vor siebzehn Stunden gewesen warst, und ein ohnmächtiger Zorn durchzuckte mich, eine Gewißheit, die den Beigeschmack von Haß hatte: man hatte dich nicht aus Versehen umgebracht, man hatte dich getötet, damit du nicht länger lästig sein solltest. Ich erhob mich. Jemand breitete das Laken wieder über dich und schob mit einem Fußtritt die Metallplatte wieder hinein. Das Fach schloß sich wieder hinter dir, noch einmal wehte mich ein eisiger Hauch an – dann ein dumpfer Knall.

Draußen war es Nacht. Eine Schleimspur der Neugier folgte mir. »Sie weint nicht!« sagten die Leute. In der Kolokotronistraße lag dein Gedicht: »Das Ende wird so kommen, wie jene es wollen, die die Macht haben.« Dort waren auch die Worte des Sokrates: »Jedoch, es ist nun Zeit, daß wir gehen, ich, um zu sterben, und ihr, um zu leben. Wer aber von uns beiden zu dem besseren Geschäft hingehe, das ist allen verborgen außer nur Gott.«* Dort war auch mein Schmerz, der endlich in den Schrei eines wunden Tieres ausbrach. Dort war meine Mühe des Lebens und das Versprechen, das es zu halten galt. »Du wirst es für mich schreiben, versprich es mir!« – »Ich verspreche es.« Dort war die Erwartung des 5. Mai, des Tags deiner Beerdigung. »Am fünften Mai werden wir uns sehen, am fünften Mai werden wir wieder zusammensein.« Es kam die furchtbare Qual des Morgens, als ich ins Leichenschauhaus zurückkehrte, um dich anzukleiden, nochmals mit dir die Ringe zu wechseln, dem Riesenkraken gegenüberzutreten, der zì, zì, zì brüllte. Aber der Berg blieb an seinem Platze, unerschütterlich, und die Aasgeier warteten darauf, deinen Leichnam zu verschlingen, Unterzeug zu schwenken mit der Aufschrift Volk, der Parole Freiheit, wir grüßen den edlen Genossen, wir verneigen uns vor dem edlen Widersacher. In Korinth war Michael Steffas auf dem Weg zu seinem Stammcafé, um sich dort mit seinen Freunden zu einer Tasse guten türkischen Kaffees mit einem Teller Gebäck niederzulassen.

* Platon, »Apologie«, 33. Kap., 42a, 3–5 (Übersetzung von Friedrich Schleiermacher)

Es war nicht leicht gewesen, nach dem tödlichen Rammstoß zu wenden und die Lücke in der grünen Verkehrsinsel zu schaffen, um wieder auf die andere Fahrbahn der Vouliagmenistraße zu gelangen und von dort in der entgegengesetzten Richtung, also zur Stadtmitte hin zu entfliehen. Es war nicht leicht gewesen, weil die Lücke schmal und für die Verkehrsteilnehmer bestimmt war, die von Glyfada kommend, wenden, um die Einfahrt der Werkstatt mit der Aufschrift Texaco zu erreichen. Entweder mußte man also über die Verkehrsinsel fahren oder langsam um sie herumsteuern, da eine hohe Geschwindigkeit zweifellos dazu hätte führen können, daß das Auto sich überschlug. Dennoch hatte sich der Peugeot, obwohl er mit hundertdreißig Stundenkilometern fuhr, nicht überschlagen. Durch Slalomfahren war es Michael Steffas gelungen, sich in die Lücke einzufädeln wie ein geschickter Skiläufer, der allen Toren ausweicht, mit der Präzision eines Akrobaten, der nach dem Salto wieder das Trapez zu fassen kriegt, um erneut mit seiner Übung anzusetzen. Unter Beibehaltung der gleichen Geschwindigkeit war es ihm gelungen, durch die beiden Pfosten durchzukommen, die am Ende der Zufahrt die Bahn beengen, dann noch einmal zu wenden und in die Olgastraße einzubiegen. Doppelter Slalom also und doppelter Salto. Reif für den Zirkus. Oder war es die Leistung eines gedungenen Söldners, der an derartige Unternehmen gewöhnt und ungewöhnlich kaltblütig war? Es war die gleiche Kaltblütigkeit, die er während der folgenden Wochen und Monate an den Tag legte, vor der Polizei, vor der Presse, vor allen. Nachdem er drei Kreuzungen hinter sich hatte, war er in der Olgastraße ausgestiegen, um die Schäden an seinem Peugeot zu überprüfen. Dann war er zu Fuß zur Vouliagmenistraße gelaufen und am Beginn der Steigung stehengeblieben, um zu sehen, was passierte. Es passierte das, was passieren mußte, in der großen Staubwolke sah man zwei Menschen, die einen leblosen Körper hervorzogen, und einen dritten, der schrie: »Er stirbt, er ist schon tot, er stirbt!« Man sah auch ein Taxi und wie hinter den Fenstern Licht gemacht wurde, Leute, die auf den Balkon traten und fragten, wer da sterbe oder tot sei. Das hatte ihn keineswegs aus der Fassung gebracht, und nach zwei oder drei Minuten war er zurückgegangen und hatte sich wieder ans Steuer seines Peugeot gesetzt. Eine fabelhafte Leistung von seinem Peugeot! Er hatte keine schweren Schäden davongetragen, lediglich am vorderen rechten Kotflügel war er etwas verbeult und hatte einige Farbstreifen an der Seite. Nichts, was ihn daran hätte hindern können, wieder nach Korinth zu fahren. (Und die Fahrt

nach Ägina? Und Jorgopoulos, der ihn am nächsten Morgen mit den zwei Mädchen erwartete? Einfach alles vergessen, weggewischt?) Um halb vier Uhr morgens war Steffas wieder in Korinth. Er hatte seinen Wagen an der gewohnten Stelle geparkt, war ins Bett gegangen und gleich eingeschlafen. Mittags um eins war er aufgewacht, hatte gegessen, nochmals ein Schläfchen gehalten und war nun auf dem Weg zu seinem Stammcafé, um mit den Freunden eine Tasse guten türkischen Kaffees mit einem Teller Gebäck zu verzehren. Man mußte sich ja zeigen, seine Anwesenheit in der Stadt beweisen.
Er kam gegen sieben Uhr in das Lokal und setzte sich an den Tisch, wo schon einige Freunde saßen: der Sohn des Bürgermeisters, ein anderer namens Dimitri Nikolau und eben Cristos Grispos und Notis Panaiotis, die beiden Studenten, bei denen er in Florenz gewohnt hatte, zusammen mit dem Faschisten Takis. »Tag, wen sieht man denn da! Seid ihr für die Osterferien hier?« – »Ja, und du, Michael, warum hast du dich denn versteckt?« – »Was heißt da versteckt, ich bin gestern mit dem Bus aus Athen gekommen, seit gestern bin ich da.« Sie redeten auch über das Wetter, das sich wieder aufgeheitert hatte, so daß man am nächsten Tag ans Meer fahren konnte, und dann kam der Bruder des Grispos: »He, habt ihr die Nachrichten im Radio gehört?« – »Nein, warum?« – »Panagoulis ist umgebracht worden!« – »Panagoulis? Umgebracht?« – »Kinder, Panagoulis ist umgebracht worden.« – Steffas hielt den Mund. »Wer hat ihn umgebracht, wer?« – »Das weiß man nicht. Man hat ihn angefahren und mit dem Auto aus der Fahrbahn geworfen. Zwei waren es, scheint es: ein weißer Mercedes und ein roter Jaguar.« – »Wieso scheint es?« – »Weil die einen behaupten, daß der Jaguar kein Jaguar und der Mercedes kein Mercedes war. Jedenfalls ist er in eine Autowerkstatt in der Vouliagmenistraße hineingerast. Mausetot. Auf der Stelle. Oder beinahe. Seine Leber war in neunzehn Stücke zerfetzt, die rechte Lunge ist gerissen, und das Herz ist geplatzt wie eine Bombe. Peng!« Steffas blieb weiterhin stumm, als interessiere ihn die Neuigkeit nicht. Zwei Monate später sagten mir Grispos und Panaiotis, daß sein Gesicht keinerlei Reaktion gezeigt hätte. Er schien völlig gleichgültig, ja, völlig normal oder gar etwas gelangweilt. Er gähnte. »Hat man niemanden verhaftet?« – »Nein, man weiß nichts.« – »Aber ist es ein Unfall gewesen oder nicht?« – »Ach was, Unfall, sie haben ihn kaltgemacht, sag ich euch.« – »Und was steht in den Zeitungen?« – »Heute gibt es doch keine Zeitungen. Heute ist doch der erste Mai.« – »Richtig.« – »Aber wer

ist es denn gewesen?« – »Baah!« Und mit diesem »Baah!« wurde die Unterhaltung beendet, und sie sprachen wieder über den Ausflug ans Meer: »Fahren wir also ans Meer, morgen?« – »Natürlich, wir fahren nach Lutrakis.« – »Und wer fährt uns hin?« – »Steffas fährt uns mit seinem Peugeot hin. Wo steht denn dein Peugeot, Michael?« Steffas brach sein Schweigen und sagte mit der gewohnten Stimme: »Hier ist er, wo soll er denn sonst sein? Auf dem Parkplatz steht er.« – »Warum bist du denn dann zu Fuß hierhergekommen? Ist er kaputt. Hast du einen Unfall gehabt?« – »Wieso denn Unfall, es ist wegen des Nummernschilds. Seit einem Monat rühre ich ihn nicht an wegen dieses Nummernschilds. Du kannst dir denken, was ich für eine Strafe aufgebrummt kriege, wenn er nicht zugelassen ist.« – »Aber wer denkt denn schon am Feiertag an die Zulassung. Von hier bis nach Lutrakis ...« – »Nein, das geht nicht.« – »Ach komm!« – »Ich habe gesagt, daß es nicht geht.« – »Na gut, dann fahre ich euch, ich habe ja auch einen Wagen«, erbot sich der Sohn des Bürgermeisters. »Wer kommt denn alles mit?« – »Ich komme mit«, antwortete Grispos. »Ich auch«, fügte Nikolau hinzu. »Ich habe schon eine Verabredung«, sagte Panaiotis. »Und du, Michael, kommst du mit?« – »Klar«, erwiderte Steffas. »Also Jungens, dann treffen wir uns morgen früh um zehn.« – »Gut, um zehn.« Und dabei blieb es. Ein lustiger Ausflug, alles sehr angenehm, berichtete mir Grispos. Sowohl auf der Hinfahrt als auch auf der Rückfahrt war Steffas bester Laune, die Seele der Gesellschaft. Er lachte, scherzte, redete über Autos, Kleidung, Frauen, vor allem über Frauen. Er machte nie eine Anspielung auf deinen Tod. Auch die anderen erwähnten ihn nie.

Gegen vier Uhr nachmittags kehrte er am Sonntag, dem 2. Mai nach Athen zurück, und, seinen Aussagen zufolge, ging er ins Kino und dann nach Hause. Wen er aber danach traf oder was er machte, weiß man nicht; man weiß auch nicht, wer ihn dazu drängte oder ihm riet oder ihn dazu zwang, vierundzwanzig Stunden später zur Polizei zu gehen. Nur eines steht fest: niemand, absolut niemand hatte ihn in Verdacht. Man suchte nach einem Mercedes, nicht nach einem Peugeot. Aber das Gerücht, daß du nicht durch Zufall, nicht aus Versehen umgekommen, daß du vorsätzlich und im Auftrag getötet worden seist, stieg wie ein Fluß bei Hochwasser, immer bedrohlicher: man mußte ihm Einhalt gebieten. Montagnachmittag erschien Steffas bei der Polizei, begleitet von seinem Anwalt, einem gewissen Kaselakis, der 1963 einen gewissen Nicos Mundis verteidigt hatte, der des Mordes an einer englischen Journalistin, Anne Chapman, angeklagt war, die eine Reportage über die Beziehungen zwischen der Junta und dem CIA vorbereitete. Auch in jenem Fall hatte sich der Mörder geradezu auf silbernem Serviertablett angeboten, auch damals hatte Kaselakis die Richter überzeugt, daß es sich nicht um einen politischen Mord handelte: er hatte bewiesen, daß Nicos Mundis diese Anne Chapman in einem Anfall von Raserei ermordet habe, nachdem er sie vergewaltigt hatte. Zwar hatte der Mann nach dem Urteilsspruch sein Geständnis zurückgezogen und immer wieder gesagt, lauter Lügen, Lügen, er habe die Schuld auf sich genommen, weil man ihn dafür bezahlt habe und er Geld brauchte, oder so ähnlich. Steffas, so sagte Kaselakis, melde sich als schlichter Zeuge und aus reiner Liebe zur Wahrheit, damit Schluß sei mit diesen Vermutungen über ein politisches Verbrechen. Es habe sich um einen gewöhnlichen Unfall gehandelt, den typischen Unfall, den das Opfer selbst verursacht, und beinahe sei auch Steffas dabei umgekommen. Er war ganz normal auf die Vouliagmenistraße gefahren, der arme Steffas, als ein grüner Fiat ins Schleudern geriet und, indem er ihn rechts überholte, auf ihn prallte. In der Tat hatte der arme Steffas seinen Wagen knapp herumreißen können, durch die Lücke in der Verkehrsinsel sich in Sicherheit gebracht, indem er entgegen der Fahrrichtung fuhr. Nachdem er dann einen Aufprall hörte und umkehrte, hatte er eine riesige Staubwolke und zwei Männer gesehen, die einen leblosen Körper aufhoben, aber nicht gedacht, daß er einen Toten hinter sich gelassen hatte. Daß dieser Mann wirklich tot gewesen sei und daß es sich um Panagoulis gehandelt habe, erfuhr er erst Montagvormittag aus den Zeitungen. Nein, weder vor noch nach dem Unfall hatte er ein rotes Auto gesehen, das waren Erfindungen von seiten derer, die Interesse daran hatten, den Tod als politisches Verbrechen hinzustellen, rot war nur er selber, Michael Steffas, ein ehemaliger Anhänger der Kommunisten, jetzt Sozialist im Gefolge von Papandreu, sollte ein Genosse von der Linken vielleicht Panagoulis umgebracht haben? Die Polizei zeigte keinerlei Zweifel an ihm, und, anstatt ihn zu verhaften, nahm sie ihn unter ihren Schutz. Man erlaubte ihm sogar, eine Pressekonferenz zu veranstalten, während der er durch seine Selbstbeherrschung und seine Sicherheit alle in Erstaunen versetzte. Es gab keine Frage, die ihn hätte in Verlegenheit bringen können oder die ihn verwirrte. Er geriet auch nicht in Verwirrung, als jemand ihn darauf aufmerksam machte, daß das Gesetz der Dynamik unveränderlich sei: wenn Panagoulis ihn gerammt hätte und nicht selber gerammt worden wäre, dann wäre Steffas aus der Bahn geflogen. Diese Beweisgründe brachte er seelenruhig mit gleichmütigem, kaltem Blick vor und sagte, sie sollten glauben, was sie wollten: Dynamik hin oder her, er habe sich nichts vorzuwerfen. Sie sollten doch zum Teufel ihren Verstand und ihre Gehirnzellen benutzen: wenn man ihm hätte etwas vorwerfen können, dann wäre er doch nicht zur Polizei gegangen, oder? Er zuckte auch nicht mit der Wimper, als jemand meinte, etwas habe man ihm doch vorzuwerfen, nämlich Versäumnis der Pflicht zu Hilfeleistung, denn er habe ja einen tödlich Verunglückten gesehen. Warum sei er nicht zu Hilfe gekommen? »Weil der Verletzte bereits in ein Taxi gesetzt worden war und man mich in keiner Weise brauchte.« Und warum war er nach Korinth zurückgefahren anstatt dem Taxi nachzufahren und in der Stadt zu bleiben? »Weil ich von einer Art panischen Schreckens und dem unwiderstehlichen Bedürfnis ergriffen wurde, nach Korinth zurückzukehren. Das ist doch leicht zu verstehen, nicht?« Und am nächsten Tag sollte er nach Ägina fahren? »Daß mir die Lust vergangen war, nach Ägina zu fahren, ist doch begreiflich. Mir lag nichts mehr an Ägina.« Und der rote Wagen, warum leugnete er so hartnäckig, daß dort auch ein roter Wagen gewesen sei, den gesehen zu haben andere Zeugen doch bestätigt hatten? »Weil ich ihn nicht gesehen habe und weil, wie gesagt, mich diese Geschichte vom politischen Verbrechen, vom organisierten Verbrechen irritiert.« Einen Moment mal: wenn seine Unschuld so sonnenklar war, wenn er Sozialist, ein Sozialist im Gefolge Papandreus war, ein Genosse von der Linken, warum irritierte es ihn dann so sehr, wenn man sagte, es handle sich um ein politisches Verbrechen, um ein organisiertes Verbrechen? Warum hatte er, indem er dies ableugnete, sich der Polizei gestellt? Eine logische, richtige und gefährliche Frage. Aber auch bei dieser Frage kam er gut davon, indem er vielmehr einen höchst verärgerten Ausdruck zeigte. »Ich bin nicht hier, um von euch einem Prozeß unterzogen zu werden, und man vergißt, daß ich mich nicht gestellt habe: ich habe mich als Zeuge gemeldet. Ich stehe auch keineswegs unter Arrest.« Und danach: »Ich weiß immer, was ich sage und was ich tue.« Sogar als jene verdächtigen Einzelheiten ans Licht kamen – seine Beschäftigung im Atelier der Despina Papadopoulos, seine Fahrgeschicklichkeit, seine sportlichen Unternehmungen in Kanada –, fuhr er fort zu sagen: »Ich werde gut davonkommen. Ich weiß immer, was ich sage und was ich tue.«

Er wußte es. Und wie er es wußte! In der Tat nahm die Justiz der Machthaber keinerlei Notiz von dem Gutachten der italienischen Sachverständigen, aus dem unmißverständlich hervorging, daß du vom Peugeot mit Hilfe eines Vor- und Rückwärtsmanövers gerammt, überdies zweimal von einem anderen Auto angefahren worden warst, das Lackspuren hinterlassen hatte, rostbraune oder dunkelrote. Sie berücksichtigte nicht Steffas' Vergangenheit, auch nicht die Tatsache, daß er sich auch am Morgen des 30. April im Strickmaschinengeschäft in der Kolokotronistraße aufgehalten habe. Sie berücksichtigte nicht, daß er sich im Juli des Jahres 1975 zusammen mit dem Faschisten Takis nach Florenz begeben und sich dort aufgehalten hatte, indem er offensichtlich etwas oder jemanden suchte, der sich nicht finden ließ. Sie berücksichtigte nicht, was ich elf Stunden hintereinander vor dem Untersuchungsrichter aussagte, indem ich ihm berichtete, was ich von Cristos Grispos und Notis Panaiotis erfahren hatte, indem ich die Drohungen und Quälereien aufzählte, die du drei Jahre lang hattest erdulden müssen, ebenso die Versuche, dich zu entführen oder mit dem Auto umzubringen, sowohl auf Kreta als auch in Rom und in Athen, die Dinge, die du mir während der letzten Telefongespräche erzählt hattest, über die Dokumente berichtete, deren du dich in den letzten Tagen bemächtigt hattest und deren Inhalt, so schloß ich, ich mir vorbehielte, vor Gericht zu enthüllen. Sie berücksichtigte nicht, sondern schob mit bemerkenswerter Eile beiseite, was ein gewisser Georgios Leonardos, ein Vorbestrafter aus Saloniki, berichtete, demnach in der Nacht vom 16. und 17. April sich auf dem Omonia-Platz in Athen vier Mitglieder der Faschistengruppe »Aracni«, »die Spinne«, getroffen hätten, von der du mir nach der Lektüre der Dokumente erzählt hattest, und ehe du dann das Juwel der Juwelen schwenktest, den Koh-i-noor-Diamanten. Sie hatten sich getroffen und beschlossen, dem Panagoulis eine Lektion zu erteilen, die ausreichen würde, um ihm den Dünkel auszutreiben und den Mund zu stopfen, sagte Leonardos, denn in der Tat hätte es nur eine Lektion sein sollen: und es war reines Pech, daß es zu weit ging. Er sagte dies und lieferte dazu Daten und Namen, präzise Einzelheiten, und unter den Namen war der des Basilius Kaselas, eines Arztes von der äußersten Rechten, Agent des CIA in Saloniki, dann der des Antonios Mikalopoulos, eines Vorbestraften aus Saloniki, der bereits in den Mord an dem kommunistischen Abgeordneten Lambrakis verwikkelt gewesen war und der überdies einen roten BMW besaß. In seiner Zeugenaussage vor dem Untersuchungsrichter packte Leonardos viele Details aus. Er hob sogar hervor, daß sich einige Tage nach deinem Tod Kaselas nach London begeben habe, wohin sich damals viele Faschisten flüchteten. Er übergab sogar eine Gaspistole, die die Schläger der Aracni-Gruppe benutzten, um ihre Opfer zu betäuben. Eben jene Pistole, made in West Germany, Waffennummer 158789. Aber Kaselas und Mikalopoulos erhoben ein Protestgeschrei wegen Verleumdung, erwiderten, daß Leonardos ein Exhibitionist, ein Verrückter, ein bekannter Denunziant sei, bereits wegen Verleumdung vorbestraft, und jener bekam es mit der Angst zu tun. Er nahm alles zurück, was er gesagt hatte. Oder nötigte man ihn, alles zu widerrufen? Einigen Journalisten war es jedoch gelungen zu ermitteln, daß er gar nicht so verrückt und gar nicht so verleumderisch war: die »Aracni-Gruppe« gab es tatsächlich, Kaselas war tatsächlich nach London gefahren, und auf der Durchreise hatte er in München Sdrakas getroffen, den Exminister, der bei Efzoni mit Kurkulakos über die Grenze geflüchtet war. Andere Journalisten hatten sich auch dessen vergewissert, daß Mikalopoulos tatsächlich einen roten BMW besaß. Und sie waren zu ihm nach Saloniki gefahren, hatten ihn gefragt, wo dieser rote BMW sich befände. Er antwortete, daß er ihn verkauft habe. Sie fragten ihn, an wen er ihn verkauft habe, und er antwortete, nein, so richtig verkauft habe er ihn nicht: er habe ihn verschenkt. Sie fragten ihn, wem er ihn denn geschenkt habe, und er meinte, nun, einem Nonnenkloster. Sie fragten ihn, welchem Nonnenkloster, und er hatte gesagt, daran könne er sich nicht mehr erinnern: »Hinaus mit euch, ihr Verfluchten!« Nein, die Justiz berücksichtigte all das nicht, die Justiz der Machthaber. Auch die sogenannte Linke, diese unfaßbare Linke, die nie denjenigen zu hören scheint, der ihr etwas vorwirft oder sie anklagt oder sie kritisiert, die zu ihrer Erneuerung nur Pistolenhelden à la John Wayne und Scheißrevolutionäre gebiert, berücksichtigte dies nicht. So kam es, daß aufgrund der These eines Autounfalls lediglich Steffas vor Gericht gestellt und verurteilt wurde. In erster Instanz wegen vorsätzlicher Tötung zu drei Jahren mit Bewährungsfrist. Am Appellationsgericht zu fünftausend Drachmen Geldbuße wegen Unterlassung der Beistandspflicht. Fünftausend Drachmen, die er ohne Schwierigkeiten aufbrachte und sogleich bezahlte, da er mittlerweile Mitinhaber des Geschäftes Heim Fashion geworden war, er hatte es zu etwas gebracht. Fünftausend jämmerliche Drachmen.

So ging es, während noch weitere seltsame Dinge geschahen, während der Richter Giuvelos zum Apostel des Mutes, der

Demokratie und der Freiheit wurde, indem er selbst die Archivdokumente verbreitete, deren Veröffentlichung er dir verboten hatte, Dokumente, die natürlich den Drachen und die Gefährten des Drachens nicht berührten, kein Hinweis auf die von ihm an Gizikis übersandte Denkschrift, kein Hinweis auf die Liste Nummer dreiundzwanzig; während der Drache Verteidigungsminister blieb, ungestört, unaufstörbar und unantastbar; während deine Partei eine neue Unschuld erwarb, indem sie Tsatsos auswies, also post mortem deine Forderung erfüllte; während Papandreu deinen Leichnam adoptierte, wie man ein hilfloses Waisenkind adoptiert, und damit wie mit einer Fahne bei einer Demonstration herumschwenkte, während deine Freunde und Genossen en bloc in seine Gruppe umschwenkten für den Lohn eines Parlamentssitzes; während die Faschisten Fazis mit so unbändiger Wut verprügelten, daß sie ihm den Schädel mitsamt seinen Erinnerungen zertrümmerten; während auch ich bedroht wurde mit Briefen und Anrufen, wage-es-nur-gewisse-Sachen-zu-schreiben-und-du-wirst-schon-sehen, druck-nur-dein-Buch-und-du-wirst-dich-wundern; während das Volk dies alles erneut hinnahm, aufs neue blind und taub und stumm, aufs neue zum Gehorsam oder zur Ohnmacht gezwungen; während niemand zu sagen wagte, ihr seid alle Mörder, rechts, links und im Zentrum, ihr habe ihn alle zusammen umgebracht, ihr schmutzigen Mörder, die ihr vom Alibi von Gesetz und Ordnung lebt, von der Mäßigung und vom Gleichgewicht, von der Gerechtigkeit und der Freiheit; während der böse Wal, Moby Dick, sich ungeschoren davonmacht und die Wasser sich legen, sanft, nachgiebig und vergeßlich über den Strudel deiner untergegangenen Stimme; da siegte wieder einmal die Macht. Die ewige Macht, die nie stirbt, die nur fällt, um wiederzuerstehen, immer sich selber gleich, nur in einer anderen Färbung. Du aber hattest es wohl begriffen, daß es so kommen würde, und wenn du je einen Zweifel hegtest, so verging er in jenem Augenblick, als du den tiefen Atemzug tatest, der dich auf die andere Seite des Tunnels hinübersog: in die Grube, in die unabweislich jene geworfen werden, die die Welt verändern, den Berg abtragen, der im Wollgewühl blökenden Herde eine würdige Stimme verleihen möchten. Die Ungehorsamen. Die unverstandenen Einzelgänger. Die Dichter. Die Helden der sinnlosen Märchen, ohne die jedoch das Leben keinerlei Sinn hätte und ohne die sich zu schlagen, im vollen Bewußtsein zu verlieren, reiner Wahnsinn wäre. Einen Tag lang jedoch, den Tag, der zählt und der aufwiegt, der kommt, wenn man vielleicht nicht mehr auf ihn hofft und der dann in der Luft einen winzigen Samen zurückläßt, aus dem eine Blume erblüht, begriff auch die im Wollgewühl blökende Herde. Nicht mehr Herde war sie, an jenem Tag, sondern ein Riesenkrake, der würgte und brüllte zi, zi, zi! Alekos zi, zi, zi! Alekos lebt, lebt, lebt! Darum also lächeltest du so geheimnisvoll, jetzt, als du in die Grube gesenkt wurdest, wo der Hohepriester mit Gold und Ketten, mit Saphiren, Smaragden und Rubinen geschmückt, Symbol aller gegenwärtigen, vergangenen und künftigen Macht, lächerlich hineinstürzte und den Kristallsarg zerbrach, die Marmorstatue mit Füßen trat, und glaubte, daß nur das als Rest zurückgeblieben sei von einem Traum, von einem Mann.

»Wie mit dem Zauberstäbchen jedoch konnte ich sogleich alle bösen Geister vertreiben, wenn ich von Italien zu erzählen anfing.«

Goethe

Italien erzählt

Herausgegeben von Stefana Sabin

Band 9237

Italien erzählt – 25 Autoren, 25 Geschichten, die Zeugnis geben von Italien und seiner Literatur in den letzten 50 Jahren: von jener unverwechselbar italienischen Art, Widersprüche zwischen Vorstellung und Wirklichkeit zu lösen. Längst anerkannte und auch hierzulande bekannte Autoren und andere, die wohl in Italien eingeführt, hier aber noch zu entdecken sind, erzählen von Liebe und Ehe und immer wieder von der Familie, von Spiel und Arbeit, von Heimat und Fernweh – 25 verschiedene Facetten des Phänomens Italien. Ohne das Geheimnis zu erklären, macht dieser Band die Faszination begreiflich, die von Italien ausgeht.

Es erzählen: Dino Buzzati, Italo Calvino, Antonio Delfini, Natalia Ginzburg, Primo Levi, Giorgio Manganelli, Elsa Morante, Cesare Pavese, Mario Soldati, Antonio Tabucci und viele andere.

Fischer Taschenbuch Verlag

Erzähler-Bibliothek

George Langelaan
Die Fliege
Eine phantastische Erzählung
Band 9314

D.H.Lawrence
Die Frau, die davonritt
Erzählung
Band 9324

Thomas Mann
Mario und der Zauberer
Ein tragisches Reiseerlebnis
Band 9320
Der Tod in Venedig
Novelle
Band 11266
Tristan
Novelle
Band 10572
Die vertauschten Köpfe
Eine indische Legende
Band 9305

Walter de la Mare
Die verlorene Spur
Erzählung
Band 11530

Daphne Du Maurier
Der Apfelbaum
Erzählungen
Band 9307

Herman Melville
Bartleby
Erzählung
Band 9302

Arthur Miller
Die Nacht des Monteurs
Erzählung
Band 9332

Franz Nabl
Die Augen
Erzählung
Band 9329

René de Obaldia
Graf Zeppelin oder Emiles Leiden
Erzählung
Band 10177

V.S. Pritchett
Die Heimkehr der verlorenen Tochter
Erzählung
Band 11265

Alexander Puschkin
Die Erzählungen des verstorbenen Iwan Petrowitsch Belkin
Band 9331

Peter Rühmkorf
Auf Wiedersehen in Kenilworth
Ein Märchen in dreizehn Kapiteln
Band 9333

Antoine de Saint-Exupéry
Nachtflug
Roman. Band 9316

Fischer Taschenbuch Verlag

fi 669/5b